KB239696

小倉進平과 國語 音韻論

李珍昊
飯田綾織 共編 및 譯註

제이앤씨
Publishing Company

머리말

小倉進平은 한국어를 연구한 일본인으로서 매우 유명한 학자이다. 그는 향가와 이두의 해독뿐만 아니라 방언학과 서지학 방면에 상당한 업적을 남겼다. 국어를 연구하는 사람이라면 그를 모르는 사람이 없다고 해도 과언이 아니다.

필자가 小倉進平의 글을 직접 대한 것은 부끄럽게도 박사과정에 재학할 때였다. 그 이전에는 기껏해야 그가 조사해 놓은 방언 자료만 참고할 뿐이었다. 그러다가 자음동화와 관련된 논문을 쓰면서 우연히 그의 책을 한 권 접했는데 매우 이른 시기에 국어의 자음동화에 대해 상당히 체계적인 접근을 했다는 사실을 알고 적지 않게 놀랐던 기억이 난다. 小倉進平의 논저들을 번역해 보아야겠다는 생각은 어쩌면 이 때부터 싹 텄을지 모른다.

그렇지만 그것을 실행에 옮긴 것은 재작년 말부터 20세기 전반기에 이루어진 국어 음운론 연구 성과들을 살펴보면서부터이다. 주시경, 김두봉, 최현배 등 여러 선학들의 연구를 살피면서 小倉進平의 연구도 당연히 검토해야겠다고 생각했다. 잘 알지도 못하는 일본어를 한자에 의지하여 겨우 읽는 수준이었지만 그의 논의에 의미 있는 내용이 상당히 있다는 사실을 알 수 있었고 번역과 함께 주석을 달면 좋겠다는 느낌이 들었다. 아직까지 그의 논저들을 역주한 책은 나온 적이 없어서 더욱 의미가 있겠다는 판단도 했다.

문제는 필자의 일본어 실력이었다. 혼자서는 절대로 할 수 없는 일이었기에 같이 작업할 사람이 필요했다. 다행히도 필자가 재직하는 대학에는 일본에서 대학을 졸업했고 국문과에서 박사과정까지 수료한 이이다 사오리(飯田綾織) 선생님이 계셨다. 선생님께 의도와 취지를 말씀 드리자 흔쾌히 응하셨다. 그 때부터 우리는 특별한 일이 없는 한 일 주일에 두 번씩 만나서 강독을 해 나갔다. 이이다 사오리 선생님은 초벌 번역을 맡았다. 이것을 함께 강독하면서 잘못된 부분을 바로잡았다. 그 후의 작업은 주로 필자가 담당했다. 우리말 표현에 맞게 자연스럽게 고치면서 필요한 주석과 해설을 달았다. 두 사람이 각자 자신이 잘 할 수 있는 부분을 맡아서 공동 작업을 했다고 해도 과언이 아니다.

처음에는 약 10편 정도의 논저만 번역하려고 했었다. 그렇지만 작업을 해 나가면서 좀 더 많은 글들이 포함되어 당초 계획보다 두 배 정도 분량이 많아졌다. 논저들은 주로 ≪朝鮮語方言の硏究≫와 ≪小倉進平博士著作集≫에서 구했지만 없는 것은 일본에서 복사하기도 했다. 여기에는 이이다 사오리 선생님의 공이 컸다. 번역은 되도록 의역에 가깝게 하고자 했다. 원저자의 의도를 왜곡하거나 내용을 바꾸지 않는 범위 내에서 국어식 표현에 맞지 않는 것은 약간씩 손을 보았다. 외국어 번역물이라는 느낌이 들지 않도록 최대한 주의를 기울였다. 각 장의 마지막에는 간략한 해설도 덧붙여 도움이 되게 하였다.

小倉進平은 이전부터 특유의 성실성으로 유명했다. 심악 이숭녕 선생 역시 小倉進平의 성실한 학문적 자세와 자료 수집만큼은 인정한 바 있다. 그의 성실함은 글에도 온전히 드러난다. 어떤 현상을 설명할 때 대등한 내용이 계속될 때에는 표현하는 문체나 문장 형식까지도 그대로 반복하는 경우가 많다. 생략해도 될 만한 내용조차도 고집스럽게 담아서 어떤 부분은 심지어 읽기 지겹거나 따분할 정도이다. 그렇지만 그것이 바로 그의 장점이 아닐까 한다.

小倉進平의 글을 번역하고 주석을 달 때에는 되도록 객관적 자세를 취했다. 그가 한국어를 철저히 과학적인 연구 대상으로만 본 것처럼 필자도 그를 한 사람의 국어학자로만 보았다. 그래서 그의 업적들은 있는 그대로 평가하려 했다. 가령 이후의 연구에 영향을 준 것이 있다면 필자가 아는 범위 내에서는 그 사실을 주석에 밝혔다.

이러한 태도가 결코 국내 연구자들의 업적을 깎아 내린다고 생각하지는 않는다. 그의 연구에 외솔을 비롯한 국내 학자들이 어느 정도 영향을 받은 것은 사실이지만 小倉進平의 연구는 어디까지나 암시적인 것이 많았다. 즉 선공(先功)은 그에게 돌아갈지 몰라도 그것을 더 심화・발전시켜 현재와 같은 높은 수준에 이르게 한 것은 당연히 국내 학자들의 몫인 것이다. 그런 점에서 小倉進平의 영향을 있는 그대로 인정한다고 해도 큰 문제는 되지 않으리라는 것이 필자의 생각이다.

이 책은 내용에 따라 5부로 나누었다. 그런데 이것은 편의상의 분류임을 밝혀 둔다. 성격이 애매한 논문도 적지 않다. 다만 내용상 큰 비중이 어디에 놓였는지를 고려하여 배열했을 뿐이다. 같이 묶인 논저들은 연도 순서에 따라 배열하였다. 원문에 있던 주석이 아니고 역자들이 따로 붙인 주석은 '역자주' 표시를 해서 구별했다. 이 표시 뒤에 나오는 내용은 모두 원문에는 없던 것이다.

출판사에 번역 원고를 넘긴 것은 작년 9월 초였고 초교 작업에 들어간 것은 10월 중엽이었다. 몇 차례 교정을 보다 보니 해를 넘겨 출판에 이르게 되었다. 간행일을 굳이 2월 8일로 한 것은 이유가 있어서이다. 그 날은 小倉進平의 忌日이다. 그는 1944년 2월 8일에 타계하였다. 이 책은 그가 없었더라면 나올 수 없었던 만큼 그가 세상을 떠난 날을 간행일로 삼아서 기념하는 것도 의미가 있겠다고 판단했다.

이 책은 과거에 치열한 삶을 살았던 한 학자가 남긴 흔적이다. 이 흔적이 국어 음운론을 연구하는 젊은 연구자들에게는 큰 도움이 되리라고 믿어 의심치 않는다. 지금은 상식처럼 널리 알려진 사실이 처음에는 어떻게 설명되었는지를 알 수 있으며 그러한 설명이 이후에 어떻게 변모하는지도 확인할 수 있을 것이다. 이 번역서가 조금이라도 가치를 지닌다면 바로 이 부분이 아닐까 한다.

2009. 2. 1. 역자를 대표하여

이진호 적음

목차

3부 현대국어 음운론 223

4부 방언 음운론 405

5부 그 밖의 주제들 565

1부

小倉進平의 삶과 학문

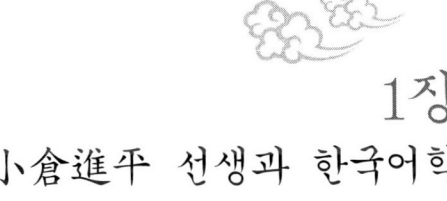

1장
小倉進平 선생과 한국어학

河野六郎

극동 아시아의 여러 언어 중에서 한국어는 아직 충분히 해명되지 않은 언어 중 하나이다. 한반도를 기점으로 하여 중국, 일본, 그리고 다른 지역에서 상당수의 인구를 가지고 있는 한민족의 언어는 그 많은 방언까지 포함하여 고유의 문자인 한글의 창제 이래 500년의 역사를 가지고 있고, 좀 더 올라가면 얼마 안 되지만 한자로 표기된 단편적인 기록도 가지고 있다. 그렇지만 역사적이나 지리적 상황은 아직까지 부분적으로만 해명되어 있다. 광복 이후 한국이나 북한에서 자국 언어로서 한국어 연구를 정력적으로 행하고 양적으로나 질적으로 차근차근 성과를 올리고 있다. 그러나 사실 한국어에 대한 과학적 연구의 초석은 주로 일본 선각자들의 손으로 이루어졌다고 할 수 있다. 이러한 선각자 중 故 오구라 신페이(小倉進平) 선생의 업적은 가장 의의가 깊다.

선생은 1882년 6월 4일 일본 센다이(仙臺)에서 태어났다. 1903년 동경제국대학 문과대학에 입학하여 언어학을 전공, 1906년 "헤이안 시대(平安朝) 말엽까지의 일본어 음운 변천(平安朝末期に至る国語の音韻変遷)"이라는 졸업 논문을 제출하여 같은 대학을 졸업하였다. 그 후 잠시 우에다 가즈토시(上田萬年) 박사 밑에서 국어학 연구실의 조수로 근무하고 약 4년간

대학원에서 일본어를 연구하였다. 당시에는 한일 양국 사이의 정치적 관계에 자극을 받아 한국어도 일본 학계에서 연구하고 있었다. 주로 역사학자 시라토리 구라키치(白鳥庫吉) 박사가 주의를 기울이고 있었지만 한 편으로 가나자와 쇼자부로(金澤庄三郎) 박사도 언어학적 고찰을 시도하고 있었다. 그러나 여전히 한국어의 현상과 역사에 대해서 정확한 조사가 필요함을 통감하였다. 이런 상황에서 좋은 기회를 만난 젊은 언어학자[1]는 가나자와 박사나 시라토리 박사의 적절한 권고가 없었더라도 이 미지의 세계를 향해 학문적 열정에 불타는 눈을 돌렸을 것이다.[2] 이렇게 해서 1911년 기꺼이 한국으로 건너와 한국어의 본격적인 조사에 임하였다. 이후 선생의 생애는 그야말로 한국어학의 건설에 헌신하게 되었다.

선생은 한국에 건너와 조선총독부의 관리로 근무하면서 모든 곤란을 극복하고 한국어 연구를 시작하였다. 1924년 유럽과 미국으로 유학을 갔고[3] 1926년 한국으로 돌아와 경성제국대학 설립과 동시에 교수로 임명을 받았으며 이듬해 문학박사학위를 받았다. 1933년 후지오카 가츠지(藤岡勝二) 박사의 후임으로 동경제국대학 문학부 언어학과의 주임 교수가 되어 도쿄로 돌아왔지만 그 후에도 경성제국대학의 겸임 교수로 한국에 가 한국어 조사를 계속 하였다.[4] 1935년 선생은 ≪鄕歌及び吏讀の硏究≫로 제국학사원

1) [역자주] 젊은 언어학자란 小倉進平을 뜻한다.
2) [역자주] 小倉進平 스스로의 회고에 따르면 그가 한국어 연구에 전념하기로 결심하고 한국으로 온 것은 가나자와 쇼자부로(金澤庄三郎)의 영향 때문이다. 가나자와 쇼자부로(金澤庄三郎)는 한국어와 일본어가 같은 계통이라는 '日鮮同祖論'으로 유명하다.
3) [역자주] 경성제국대학의 설립을 위해 조선총독부에서는 동경제국대학 출신자들을 교수로 내정한 후 서구의 유명 대학으로 유학을 보냈다. 小倉進平이 유럽과 미국으로 유학을 간 것도 이에 따른 것이다. 자세한 것은 "이충우(1980), ≪경성제국대학≫, 다락원"과 "정승철(2006), 경성제국대학과 국어학, ≪국어학논총≫, 태학사"를 참고할 수 있다.
4) [역자주] 이숭녕의 ≪혁신국어학사≫(1976)에 따르면 일 년에 한 달씩 한국에 와서 강의를 했다고 한다. 그런데 어느 해인가 그가 내한했을 때 교수 대표와 학생 대표가 인사차 그의 숙소를 방문하자 '공부하는 사람이 시간을 낭비를 하

(帝國學士院) 은사상(恩賜賞)을 수상하였다.[5] 1938년에는 일본 언어학회 창립에 진력하였고 서거할 때까지 부회장으로서 학회의 발전에 기여하였다. 1943년 정년제에 따라 두 대학의 교수직을 떠난 후 그 때까지 수집한 방대한 자료의 정리 및 출판에 여생을 바치려고 했으나 과도한 연구로 건강을 해치게 되었고 다음 해 2월 8일 동료와 제자들의 놀라움과 슬픔 속에서 영면하였다.

선생의 이러한 삶을 피상적으로 보는 사람은 혹시 선생이 순탄한 길을 걸어왔다고 생각할지 모른다. 적어도 선생의 만년(晩年)은 공을 세우고 이름을 떨친 노학자(老學者)의 조용한 생활이었다. 그러나 그 영예는 30여 년에 걸친 선생의 엄청난 노력에 걸맞는 것일 뿐이다. 긴 세월 동안 선생을 둘러싼 환경이 반드시 선생의 학문적 활동에 유리한 것만은 아니었다. 특히 경성제국대학 설립 이전 한국에서 공직 생활을 하며 틈을 내어 연구를 계속 한 것은 적지 않은 어려움을 동반하였을 것이라 생각된다. 학문적인 분위기가 거의 없었던 곳에서 그 누구의 이해도 얻지 못한 채 한 걸음씩 착실하게 기반을 다져 나가는 것이 얼마나 많은 인내와 노력을 필요로 한 것이었겠는가! 게다가 선생은 강인한 의지를 가지고 그 어려움을 돌파하여 마침내 한국어 연구에 과학적 기초를 세웠다. 실로 선생은 그 무엇보다도 의지의 인간이었고 그 업적 중 토대가 되지 않은 것이 하나도 없었다.

물론 선생보다 이전에 그리고 선생과 같은 시기에 한국어 연구에 헌신한 선각자들도 있었다. 이런 선각자들로는 가나자와 쇼자부로(金澤庄三郎), 아유카이 후사노신(鮎貝房之進), 마에마 교사쿠(前間恭作)라는 세 선학(先

고 있으며 자신의 공부에도 방해를 하고 있다'면서 크게 화를 낸 적이 있다고 한다. 그가 얼마나 성실한 자세로 연구에 임했는지 알 수 있는 대목이다.

5) [역자주] 제국학사원은 현 일본학사원의 전신으로 학문적으로 탁월한 학자들을 위해 설치한 기관이며 한국의 학술원과 그 성격이 비슷하다. 제국학사원의 은사상은 1911년 제정되었으며 황실의 하사금을 수상금으로 수여한다. 제국학사원에서 수여하는 상은 일본 내에서 가장 권위 있는 것이며 그 중에서도 은사상이 가장 우수한 상이다.

學)의 이름을 올리는 것으로 충분할 것이다. 이 세 분은 각각 특징을 가지고 있고 각자의 방면에서 훌륭한 업적을 남겼지만 한국어의 언어학적 연구 방향에 결정적으로 기여한 사람은 틀림없이 故 오구라 선생이다.

선생의 업적에 일관되게 흐르는 것은 한국어의 역사적 고찰이었다. 한 언어의 역사적 고찰은 먼저 자료를 수집하고 해석하는 것에서 시작해야 한다. 선생은 여기에 주목하여 한글 자료의 수집에 힘을 기울였고 수집한 문헌과 그 외에 직접 확인한 문헌을 해설하여 ≪朝鮮語學史≫ 초판을 1920년에 출판하였다.[6] 이 책은 이전에 단편적으로 발표한 서지학 논문과 함께 한국어 연구의 착실한 방향을 지시한 것이다. 한국의 문헌에 관한 서지학적 저작으로서는 이미 Maurice Courant의 뛰어난 ≪한국서지(Bibliographie Coréenne)≫를 비롯하여 여러 종류가 있었다.[7] 하지만 ≪朝鮮語學史≫는 제목이 가리키는 바와 같이 단순한 문헌 해제에 그친 것이 아니라 한국어에 관한 연구 활동의 발전을 체계적으로 기술하였다. 초판 발행 이후 이 방향에 대한 선생의 연구는 차근차근 진행되어 그 성과가 20년 후인 1940년 증보 개정판 ≪增補朝鮮語學史≫로 나타났다. 이 개정판은 구판(舊版)과 비교할 때 양적, 질적으로 비약적인 발전이었으며 한국어사 연구는 이것으로 확고한 기반을 얻었다. 그리고 이 책은 종전 후 1964년 필자의 이름으로 된 증주(增註)를 덧붙여 도코 쇼인(刀江書院)에서 다시 간행되었다.

한국어의 역사상 가장 매력적이면서도 어려운 문제는 고대 한국어의 해명이다. 고대 한국어란 한글이 제정된 15세기 중엽 이전의 언어를 말하는데 이 시기의 언어는 한자로 표기된 단편적인 기록을 통해 겨우 알려져 있다.

---

6) [역자주] 小倉進平이 모은 한국어 관련 서적들은 동경대학교 대학원의 '소창문고(小倉文庫)'에 따로 소장되어 있다.

7) [역자주] ≪한국서지(Bibliographie Coréenne)≫는 1894년부터 1896년 사이에 간행되었으며 1901년 보유편이 나왔다. 한국에서는 1994년 일조각에서 번역판이 나왔다. 이 책의 간행 과정과 모리스 쿠랑의 삶에 대해서는 Daniel Bouchez가 1986년 ≪동방학지≫(연세대 동방학연구소 간행) 51, 52호에 걸쳐 쓴 '한국학의 선구자 모리스 꾸랑(상, 하)'에 매우 자세하게 나와 있다.

그 중 가장 흥미로운 것은 신라의 향가이다. 그 외 한글 공포 이후에도 사용되던 이두(吏讀)라는 것이 있다. 이것은 여러 문서에서 주로 조사나 조동사가 한자로 표기되어 특유한 독법(讀法)으로 전해져 왔다.[8] 여기에는 옛 시대의 어법이 전승되어 있다.

향가나 이두에 사용된 한자의 독법은 매우 복잡하고 해독 또한 대단히 어렵다. 그 해독에는 우선 각 단어 혹은 각 형태소가 고대 한국어 자료에 나타난 많은 예증을 널리 수집하여 그 용법을 조사하고 다음으로 한글 자료가 남아 있는 가장 오래된 시기 즉 중세 한국어에 대한 정확한 지식을 바탕으로 고대어의 고형과 옛 용법을 정해야 한다. 오구라 선생은 이 준비를 하고 해독을 시도하여 ≪郷歌及び吏讀の研究≫[9]를 출판하였다.[10] 향가와 이두의 해독은 부분적으로 2, 3명의 학자들에 의해 시도되었었지만 선생은 그 전반을 연구하여 큰 반향을 불러일으켰다. 즉 양주동 씨는 그 비평을 겸한 새로운 견해를 발표했고, 또한 선생과 가나자와 박사 사이에는 논쟁이 일어났다. 양주동 씨는 ≪朝鮮古歌研究≫에 온 힘을 기울였다.[11] 해방 후에는 이러한 이전의 업적을 토대로 한 때 한국 학계에서 활발한 논의가 전개되었다. 그러나 이 고대어의 해명은 아직 단서를 잡은 데 불과할 뿐이며 보다 많은 연구가 필요하다.

지금 제시한 선생의 노작 ≪郷歌及び吏讀の研究≫에는 세 편의 주목할 만한 논문이 부록으로 실렸다. 이 중 두 편은 음운사에 관한 것인데 하나

8) [역자주] 여기서 말하는 조동사란 현재 흔히 사용하는 어미에 대응한다.

9) 1929년 서울에서 간행.

10) [역자주] 잘 알려져 있다시피 이 책은 小倉進平의 박사학위논문이다. 小倉進平은 1924년에 박사학위논문을 제출하였고 1927년에 박사학위를 받았다. 그러므로 비록 책의 간행 연도가 1929년이지만 실제 연구 결과는 1924년에 이미 완성되었다고 보아야 한다.

11) [역자주] ≪朝鮮古歌研究≫는 1942년에 간행되었다. 양주동은 小倉進平과는 달리 문학을 전공하였으며 한국어를 잘 알고 있었기 때문에 小倉進平의 향가 해석과 다른 결과를 얻을 수 있었다. 양주동의 국어 연구에 대해서는 "김완진 외(1985), ≪국어연구의 발자취(1)≫, 서울대출판부"와 "고영근(2003), 양주동의 국어학 연구, ≪국어국문학≫ 133, 국어국문학회"를 참고할 수 있다.

는 오랜 시간 전 한국어의 모음조화에 명확히 보이는 사실을 논증한 것이고 다른 하나는 조선어의 자음 중 가장 특징적인 된시옷, 즉 후두 파열 또는 협착을 동반하는 파열음의 한 계열이 원래 복두(複頭) 자음이었다는 점을 논의한 것이다.[12] 세 번째 논문은 한국어 경어법 접사의 역사적 전개를 다룬 것으로 이는 더 확대되어 1938년 하나의 책≪(朝鮮語に於ける謙讓法・尊敬法の助動詞≫, 東洋文庫論叢 26)으로 출판되었다. 이들 논문은 모두 한국어사에서 매우 중요한 문제를 살핀 것으로 선생의 뛰어난 통찰력을 보여 준다. 선생은 한국어 역사의 전반적 기술을 완성할 수는 없었는데 만년(晚年)에 산세도(三省堂)에서 기획한 국어총서 중 ≪朝鮮語の歷史≫를 집필하기로 동의하였다. 그러나 그 원고도 끝내 완성되는 것을 볼 수 없었다.

전술한 바와 같이 고대 한국어의 해명은 중세 한국어의 해박한 지식을 전제로 한다. 또 위에서 살핀 세 편의 논문도 마찬가지로 중세 한국어의 정밀한 조사에 의거하고 있다. 선생은 30년 동안 중세 한국어 및 그 이후의 많은 문헌을 면밀히 연구하였고 그 결과 만 개 이상에 달하는 단어를 수집하였다. 아쉽게도 선생의 생전에 스스로의 손으로 출판하지는 못했지만 그 원고는 한 때 재일(在日) 한국인 단체의 지원을 받아 ≪朝鮮古語辭典≫이라는 이름으로 출판할 예정이었다. 그러나 매우 유감스럽게도 이 계획은 그 단체가 당시 일본에 진주하고 있던 미군 당국에 의해 해산되었기 때문에 결실을 맺지 못하였다. 선생이 육필로 쓴 카드는 지금도 필자가 보관하고 있다.

언어지리학의 출현에 따라 종래 오로지 문헌에만 의지했던 언어사 연구에는 방법의 혁신과 함께 막대한 자원인 방언이 등장하게 되었다. 특히 문헌이 부족한 한국어와 같은 언어에 있어 방언은 큰 언어 자료이다. 오구라 선생은 일찍이 이러한 새로운 언어학 분야의 중요성을 인정하고 한반도와 인근 도서(島嶼)의 한국어 방언을 직접 가서 조사하였다. 그 조사는 많은 책자의 형태로 보고되었지만 전반적 기술로서 우선 그 개요가 1940년 영문으로 출판

---

12) [역자주] 복두 자음이란 소위 어두자음군과 관련된 개념이다. 이 책의 2부에 번역된 "된시옷"을 참고하기 바란다.

되었다(≪The Outline of the Korean Dialects≫, Toyo Bunko 간행). 이어서 선생은 스스로 수집한 방언 어휘와 이전의 방언 연구 논문들을 약간 수정하여 ≪朝鮮語方言の研究≫(상・하)라는 대작(大作)을 간행하려고 했으나 그 완성을 보지 못한 채 세상을 떴다. 이 책은 1944년에 이와나미 쇼텐(岩波書店)에서 간행되었다.

한국어가 어떠한 계통에 속하는 언어인지에 대해서는 단순히 언어학자뿐만 아니라 일반 사람들까지도 흥미를 가지게 하는 문제이지만 아직까지 미해결이다. 오구라 선생도 말할 필요 없이 여기에 깊은 관심을 기울여서 널리 우랄・알타이어라는 관점에서 한국어의 계통을 논하였다(≪朝鮮語と日本語≫(1934년), ≪朝鮮語の系統≫(1935년) 등). 그러나 선생은 늘 이 매력적인 문제를 언어 현상과 역사의 확실한 기반에 바탕을 두고 다루지 않으면 안 된다고 훈계하였다. 사실 한국어에 관한 한 비교 연구의 전제인 현상 및 역사의 기술에 의해 이루어지는 것들이 너무 많아서 이것이야말로 우리 제자들과 후학들에게 맡겨진 과제이다.

마지막으로 선생 개인이 손수 한 것은 아니지만 현대 한국어 사전으로서 1920년에 간행된 조선총독부의 ≪朝鮮語辭典≫[13] 편찬에 참여하였다. 이 사전은 어떤 면에서는 특색을 가지고 있지만 당시 편집을 주재하고 있던 총독부의 관리가 선생의 의견을 채택하지 않았기 때문에 선생은 이 사전에 만족하지 않았다.[14] 그래서 선생은 경성제국대학 법문학부의 지원을 받아 같은 학부의 사업으로 선생의 사전을 계획하고 그것을 준비 중이었는데 정년

13) 1974년 고쿠쇼 간코우카이(国書刊行會)에 의하여 다시 간행.

14) [역자주] ≪朝鮮語辭典≫은 처음에 기획될 때에는 한국어사전과 한일대역사전(韓日對譯辭典)의 기능을 모두 갖추도록 되어 있었다. 실제로 1917년에 완성된 ≪朝鮮語辭典原稿≫(규장각 소장)에는 각 표제항에 대해 상단에서는 한국어로 주석을 하고 하단에서는 일본어로 주석을 하였다. 그러나 이후 한국어 주석이 빠짐으로써 1920년 정식으로 간행될 때에는 한일대역사전으로 성격이 변하고 말았다. 小倉進平이 이 사전에 만족하지 않았던 이유는 이러한 성격의 변화와 관련이 있을 가능성이 높다. 자세한 것은 "이병근(1985), 조선총독부 편 조선어사전의 편찬목적과 그 경위, ≪진단학보≫ 59, 진단학회"를 참고할 수 있다.

퇴임을 맞아 그 사업이 지속되도록 필자에게 부탁하였다. 필자는 기꺼이 그 임무를 맡으려고 했지만 종전(終戰) 후 귀국하는 바람에 안타깝게도 그만두게 되었다.

이상 故 오구라 신페이 선생의 업적 개요를 약술했다. 간단하게 보아서도 알 수 있듯이 선생은 한국어학의 많은 분야에서 정력적으로 활동하고 토대가 되는 노작들을 남겼다. 동아시아 여러 지역의 많은 언어 가운데 특히 상당한 문화와 역사를 가진 한국의 언어가 과학적 연구의 기반을 얻게 된 것은 모두 선생의 헌신적인 노력에 의한 것이며 차후 한국의 국내외 연구자에 의해 그 발전이 기대되지만 그것은 분명 선생이 세운 초석 위에서일 것이다. 여기에 다시 선생의 명복을 비는 것과 더불어 선생이 이룬 한국어학의 영원한 발전을 기원한다.

이번에 교토대학 문학부의 하마다 아츠시(浜田敦) 교수의 호의로 같은 대학 국어학국문학 연구실에서 故 마에마 교사쿠(前間恭作) 선생의 저작집에 이어서 ≪小倉進平博士著作集≫ 전 4권의 간행이 기획되어 이미 제 1권으로 앞서 언급한 ≪鄕歌及び吏讀の硏究≫가 출판되었다. 이것은 필자에게는 참으로 고마운 일이고 원래 필자가 당연히 해야만 할 것을 하마다 교수가 대신 한 것이다. 이전부터 일본에 관한 조선어 문헌의 출판으로 하마다 교수에게는 큰 은혜를 느끼고 있었는데 거기에 오구라・마에마 두 선생의 저작집 간행까지 일체 부담해 주어서 뭐라 감사의 말을 해야 할지 모르겠다. 동학의 사람으로서 다만 고마울 뿐이다.

1975년 2월 8일

'小倉進平 선생과 한국어학'에 대한 해설

이 글은 고노 로쿠로(河野六郎)가 오구라 신페이(小倉進平)의 한국어 연구에 대해 쓴 것으로 1950년 ≪言語研究≫ 16호에 처음 실렸다. 그러다가 1975년 교토대학 문학부 국어학국문학연구실에서 小倉進平의 저작물을 모아 ≪小倉進平博士著作集≫을 간행할 때 다시 실렸다. 1950년에 발표한 글과 비교하면 서두의 첫 번째 단락이 사라지고 대신 맨 마지막에 한 단락이 추가되었다는 점 외에 몇 문장의 가감이 있으나 큰 차이는 없다.[15] 원래 제목은 "故 小倉進平先生と朝鮮語學"이다.

잘 알려져 있다시피 河野六郎은 동경제국대학에서 小倉進平의 지도를 받은 제자였으며 그의 추천으로 경성제국대학의 조수(助手)가 되었고 강사를 거쳐 조교수에 이르렀다. 그런 그가 스승의 삶과 학문에 대해 쓴 것이므로 小倉進平을 이해하는 데 도움이 될 듯하다. 특히 간행되지 못한 몇몇 자료나 원고에 대한 언급은 주목을 요한다. 그 소장처가 분명히 밝혀진다면 지금 출판을 하더라도 국어 연구에 큰 도움이 될 것으로 보이기 때문이다.

小倉進平의 삶과 학문에 대한 더 자세한 내용은 다른 논저를 통해서도 알 수 있다. 일본인이 쓴 글로는 고노 로쿠로(河野六郎)의 논문 이외에 야스다 도시아키(安田敏朗)의 ≪言語の構築-小倉進平と植民地朝鮮≫(1999)이 있어 참고할 수 있다.[16] 또한 2006년 한국에서 번역되어 나온 ≪그때 그 일본인들≫(한길사)에도 小倉進平의 삶에 대한 내용이 수록되어 있다. 한국인이 쓴 글 중 이숭녕의 ≪혁신국어학사≫(박영사)에는 일본인들의 글에서는 알려지지 않은 小倉進平의 모습 중 일부가 나타나 있어 흥미롭다. 또한 "이병근(2005), 1910~20년대 일본인에 의한 한국어 연구의 과제와 방향, ≪방언학≫ 2, 한국방언학회"에서도 小倉進平의 삶과 학문을 엿볼 수 있다.

---

15) 여기서는 ≪小倉進平博士著作集(Ⅳ)≫(京都大 國文學會 刊行)에 수록된 것을 번역하였다.

16) 이 책은 현재 일본의 출판사와 판권 계약을 하고 번역 중에 있다.

2장
小倉進平의 국어 음운론 연구

이 진 호

1. 머리말

한 개인의 학문에 대한 평가는 세 가지 측면에서 충분한 접근이 이루어질 때 비로소 온전하다고 할 수 있다. 즉 개별 업적들에 대한 미시적 고찰, 학문적 성과에 대한 일반화, 전체 연구사에서 차지하는 의미 도출이라는 과정을 제대로 구비해야만 하는 것이다. 이 과정은 순차적으로 이루어질 수밖에 없다. 미시적 고찰이 선행되어야 일반화가 가능하며 그 일반화를 가지고 연구사적 의의를 이끌어낼 수 있기 때문이다.

그러나 중요 학자의 학문에 대한 연구사적 검토를 보면 이러한 과정 중 일부를 빠뜨린 경우를 종종 찾을 수 있다. 특히 미시적 고찰이 제대로 이루어지지 않은 경우가 많다. 대표적인 몇몇 논저만을 바탕으로 하여 결론을 도출하는 연구사적 검토가 무분별하게 양산되는 것이 현실임을 부정할 수 없다. 이러한 태도가 거시적인 차원에서 어떤 중요 의미만을 간략히 포착하는 데에는 문제가 없을지 모르지만 내용상의 한계를 지님은 분명하다.

미시적인 검토는 학문적으로 중요한 역할을 했거나 많은 업적을 남긴 사람일수록 더욱 필요하다. 미시적 고찰을 통해 한 개인의 학문적 태도가 어떤 변모 과정을 거치는지는 살필 수 있다. 많은 경우 이러한 변모 과정은 연구자 스스로가 인식하고 있던 문제점의 극복 과정이기도 하기 때문에 꽤 중요한 의미를 지닐 수 있다. 그뿐만 아니라 미시적 관찰을 통해 그 동안 알려지지 않은 사실들이 밝혀지는 경우가 허다한 것이다. 결국 철저한 미시적 관찰을 바탕으로 일반화를 도출하고 전체 연구의 흐름 속에서 그 의미를 짚어내는 접근 태도가 요구된다고 하겠다.

이 글에서는 小倉進平(1882~1944)의 국어 음운론 연구에 대해 살피고자 한다. 小倉進平은 향가와 이두의 해석, 방언 자료의 조사 및 연구 등으로 국어학계에서는 널리 알려진 언어학자이다. 1911년에 한국으로 건너와 1944년 타계하기까지 상당한 규모의 논저를 남겼다.[1] 그 주제도 국어학사, 방언학, 음운론, 서지학, 계통론 등 여러 방면에 걸쳐 있다. 그렇지만 그의 학문에 대한 연구사적 고찰은 매우 거시적인 측면에서 느슨하게 이루어졌다는 느낌을 지울 수 없다.[2] 더구나 그의 음운론 연구에 대한 체계적 검토는 전무한 실정이다.[3] 이후의 논의에서도 드러나겠지만 그는 국어 음운론 분야에서 적지 않은 기여를 했는데 모음조화를 비롯한 일부 주제에 한정해서 부분적인 언급을 한 것 이외에는 별다른 논의를 찾기 어렵다.

이러한 상황에는 몇 가지 이유가 있다. 첫째, 小倉進平은 음운론 연구자로서보다는 다른 분야의 연구자로서의 면모가 훨씬 크게 부각되어 왔다. 둘째, 실제로도 순수 음운론적 연구라고 할 수 있는 논저가 그리 많지는 않다. 셋째, 음운론 논저들도 산발적이고 개별적이라서 어떤 연속성을 찾기가 쉽지 않다. 넷째, 자료 중심의 연구를 했기 때문에 이후 다른 연구자들의 논의에서도 주로 조사된 자료를 인용하는 수준에 머물렀다. 다섯째, 그의 논저가 외국어로 되어 있어 자유로운 접근이 어느 정도 제한되어 있다.

---

1) 小倉進平의 삶에 대해서는 河野六郎(1950), 이숭녕(1976), 安田敏朗(1999), 이병근(2005) 등을 참고할 수 있다.
2) 최근에 와서 小倉進平의 학문에 대한 논의가 일부 이루어졌다. 그러나 이병근(2005)를 제외하면 논저의 중심 주제를 간략히 정리하는 것 이상의 수준은 보이지 않는다.
3) 崔聖玉(2001)에서 小倉進平의 음운론 연구를 검토하려 했지만 그 내용이 너무나 소략하여 연구사적 검토라고 간주하기가 어렵다.

小倉進平은 한 개인에 불과하지만 그의 음운론 연구에 대한 검토는 큰 의미를 지닌다. 小倉進平의 음운론 연구를 체계적으로 고찰함으로써 국어 음운론사의 내용이 더 풍부해질 수 있는 것이다. 그는 현대적 의미의 국어 음운론 연구를 최초로 시도한 주시경과 비슷한 연배이며 김두봉, 최현배 등 주시경의 뒤를 잇는 중요 학자들과 같은 시대에 활동했던 학자이다. 따라서 그의 연구에 대한 검토는 초기 국어 음운론의 성립과 발전 과정을 이해하는 데 매우 중요하다. 여기서는 미시적인 방법과 거시적인 방법을 최대한 동원하여 小倉進平의 음운론 연구를 조명할 것이다. 검토 대상으로 삼은 小倉進平의 논저는 다음과 같다.[4]

연도	제 목	구분	약호
1915	朝鮮語の子音同化	논문	<소창1915>
1920	國語及朝鮮語のため	책	<소창1920>
1923	國語及朝鮮語 發音概說	책	<소창1923>
1924	南部朝鮮の方言	책	<소창1924>
1928	朝鮮語の toin-siot	논문	<소창1928>
1929	鄕歌及び吏讀の硏究	책	<소창1929ㄱ>
1929	平安南北道の方言	책	<소창1929ㄴ>
1930	咸鏡南道及び黃海道の方言	책	<소창1930>
1931	濟州道方言	논문	<소창1931ㄱ>
1931	朝鮮語母音の記號表記法に就いて	논문	<소창1931ㄴ>
1934	朝鮮語と日本語	책	<소창1934ㄱ>
1934	諺文のロ-マ字表記法	논문	<소창1934ㄴ>
1935	朝鮮語の系統	책	<소창1935>
1937	朝鮮語タ・チャ行音中の變相	논문	<소창1937>
1939	朝鮮語の語の中間に現はれる [b]	논문	<소창1939>
1941	朝鮮語の音節の中間にあらはれる [k]・[g]	논문	<소창1941>
1943	大邱附近の方言	논문	<소창1943>
1944	朝鮮語方言の硏究	책	<소창1944>
1953	朝鮮語の喉頭破裂音	논문	<소창1953>

4) 완전한 서지 사항은 京都大學 國文學會에서 간행한 ≪小倉進平博士著作集(四)≫를 참고할 수 있다.

2. 흐름과 경향

小倉進平이 쓴 국어 음운론 논문 중 가장 앞선 것은 1915년에 발표된다. 이후 약 30년에 걸쳐 논저들을 발표하는데 음운론 연구에 있어 뚜렷한 흐름이나 경향을 쉽게 발견하기는 어렵다. 무엇보다도 그가 음운론 이외에 다른 분야의 연구도 함께 수행했기 때문에 음운론 연구만의 흐름이나 경향이 잘 드러나지 않는 것이다. 그럼에도 불구하고 시간의 순서에 따라 그의 연구가 어떤 모습을 지니는지 간략히 검토하기로 한다.

초기에는 다분히 현대국어를 중심으로 한 분류적이고 기술적인 연구가 중심을 이룬다. <소창1915>와 <소창1923>이 대표적인 논의이다.[5] 특히 <소창1923>은 <소창1915>의 내용을 일부 수정한 채 그대로 반영하고 있어 초기 연구를 대표한다고 할 수 있다.[6] 小倉進平이 한국어의 역사적 연구에 관심을 갖고 주력했다는 것은 이미 잘 알려진 사실인데 이 시기의 연구에서는 아직 그러한 관심이 잘 드러나지 않는다. 여기에는 당시 小倉進平이 한국어와 일본어의 교육에 관심을 가졌다는 사실도 일정 정도 역할을 했으리라 본다. 효과적인 교육에는 역사적 연구보다는 당대 언어에 대한 기술적 접근이 더욱 필요한 것이다.

그렇지만 이 시기는 역사적 연구를 본격화하기 위한 준비기라고도 할 수 있다. 小倉進平은 한국어의 역사를 제대로 연구하기 위해 옛 문헌에 대한 정확한 이해와 함께 방언 자료를 충분히 축적해야 한다고 보았다.[7] 이전 시기의 언어를 담고 있는 옛 문헌의 중요성은 국어사 연구에서 말할 필요도 없겠지만, 문헌으로부터 얻어낼 수 있는 자료의 부족을 小倉進平은 방언에

---

5) 이 외에 <소창1920>이 있는데 단순한 현대국어에 대한 연구는 아니지만 음운론과 관련해서는 현대의 한국 한자음과 일본 한자음을 단순 대조할 뿐이어서 역시 분류적·기술적 성격을 지닌다고 할 수 있다.

6) 그러나 이숭녕(1976 : 214~215)에서는 이 책을 실패작으로 평가했다.

7) 이것은 현재의 관점에서 본다면 너무나 당연한 것이지만 당시에는 이런 인식을 하기가 무척 힘들었다.

서 보충하고자 했다. 문헌에 대한 연구 결과는 1920년 ≪朝鮮語學史≫로 나타났고 방언 조사는 1910년대부터 지속적으로 수행하여 짧은 글로 발표했다.[8] 이처럼 비록 초기에 간행된 음운론 관련 논저에는 역사적 측면에 대한 관심이 잘 드러나지 않지만 그 준비는 차근차근 진행되고 있었다고 할 수 있다.

1920년대 중반 이후에 간행된 음운론 관련 논저들은 크게 두 부류로 나눌 수 있다. 하나는 방언 조사 결과물 또는 그 결과물을 바탕으로 한 연구로 <소창1924>, <소창1929ㄴ>, <소창1930>, <소창1931ㄱ>, <소창1937>, <소창1939>, <소창1941>, <소창1943>, <소창1944> 등이 여기에 속한다. 이 중 <소창1937>, <소창1939>, <소창1941>는 기존의 개별적인 방언 조사 결과를 종합하여 음운론적 주제를 상론한 순수 음운론적 연구이고 나머지는 방언 조사 보고의 성격을 띠며 항목별로 방언 자료들을 분류한 후 음운론적 설명을 일부 곁들이는 방식으로 되어 있다. 시기적으로 보면 초기에는 자료 분류가 중심이고 후기에는 분류된 자료의 종합적 고찰이 중심을 이룬다.

다른 하나는 방언 자료와 무관하게 이루어진 연구로서 <소창1928>, <소창1929ㄱ>, <소창1953> 등이 해당한다.[9] 이 논의들은 수적으로 방언 조사를 바탕으로 한 것과 비교해 열세인 것을 알 수 있다. 방언 자료를 이용하지 않는 대신 음성학적 실험, 문헌 자료 등에 의지해 논의를 진행하였다. <소창1928>은 현대국어만을 대상으로 한 것이고 <소창1929ㄱ>은 음운사를 다루었으며 <소창1953>은 현대국어와 중세국어 모두를 다루었다. 주제상으로 보면 세 편 모두 된소리와 관련된 주제가 공통적으로 들어있으며 다만 <소창1929ㄱ>에 모음조화가 더 포함되어 있다는 차이가 있다.

8) 방언 조사 결과를 발표한 글들을 모아서 낸 책이 <소창1924>이다.

9) <소창1929ㄱ>은 향가와 이두의 해독이 내용의 중심을 이루지만 뒤에 첨부된 세 편의 논문 중 두 편이 모음조화, 어두자음군이라는 음운사적 주제에 대한 것이다. 특히 <소창1929ㄱ>은 비록 간행은 1929년에 되었지만 실제 집필이 완료된 것은 1924년이다. 따라서 1920년대 중반의 연구물로 보아야만 한다.

이상을 통해 小倉進平의 음운론 연구는 시기적으로 크게 둘로 나눌 수 있을 듯하다. 1기는 방언 자료를 본격적으로 이용하기 전으로 현대국어 중심의 논의가 주를 이룬다. 1920년대 초반까지가 이 시기이다. 그러나 이 시기는 음운에 대한 역사적 연구를 위한 준비기로서의 의미도 지닌다. 2기는 방언 자료를 적극 활용하는 한편 음운사 연구를 시작한 시기이다. 小倉進平에게 있어 방언은 어차피 국어사 연구를 위한 보조 자료이므로 방언 자료를 이용한 논저가 나온다는 것은 국어사 연구가 시작되었음을 의미한다고 할 수 있다. 더욱이 1920년대 중반에 완성된 <소창1929ㄱ>을 비롯하여 문헌 등에 의지한 음운사 연구가 나타나고 우랄 알타이 어족에 속하는 언어와의 음운론적 비교가 <소창1934ㄱ>, <소창1935> 등에서 본격화된 것을 보면 1920년대 중반 이후로 음운사 연구가 출발했다고 평가해도 틀리지는 않을 것이다.

그럼에도 불구하고 小倉進平의 국어 음운사 연구는 본격적인 궤도에 올랐다고 보기에 미흡한 점이 많다. 그의 관심이 국어의 역사적인 측면에 있었고 음운론 역시 예외는 아니었지만 음운사 연구를 온전하게 수행했다고 평가할 수는 없는 것이다. 이것은 현재의 음운사 연구 수준과 비교하여 질적인 측면을 평가한 결과가 결코 아니다. 小倉進平의 음운사 연구는 어쩌면 본격화되기도 전에 끝나 버렸다고 해야 할지도 모른다. 무엇보다도 순수한 음운사 주제를 담고 있는 논저의 수가 소수에 불과하다. <소창1929ㄱ>, <소창1939>, <소창1941>을 제외하면 음운사 연구라고 할 만한 것이 별로 없다. 분명 그는 국어사 연구를 지향했으므로 음운론 역시 역사적 연구가 중심이 되어야 하지만 현재 남은 결과물에서는 음운사 연구가 중심이라고 하기는 쉽지 않다. 과연 그 이유는 무엇일까?

앞에서 살폈듯이 小倉進平은 이미 1910년대부터 국어사 연구를 위해 문헌에 대한 검토와 방언 자료 수집을 꾸준히 수행해 왔다. 그는 철저한 준비 과정을 거친 후 국어사 연구를 진척한 것이다. 문헌에 대한 연구는 1920년에 일단락되었지만 방언 자료의 수집은 1930년대 초에나 완료된다.[10] 따라서 문헌과 방언 자료를 모두 이용한 본격적인 음운사 연구는 1930년대 중반 이후에나 기대할 수 있다. 실제로 <소창1939>, <소창1941> 등 전국적인 방언 자료나 문헌 자료에 기대어 본격적인 음운사 연구를 한 것은 1930년대 후반부터이다. 또한 小倉進平이 만년(晩年)에 ≪朝鮮語の歷史≫를 집필하기로 했었다는 점을 보아도 그는 이전까지 착실히 준비해 놓은 업적을 바탕으로 이를 종합하는 본격적인 국어사 연구를 기획했음이 분명하다.[11] 그러나 小倉進平은 이 작업을 제대로 하지도 못하고 그만 타계하고 말았다. 그의 음운사 연구가 제대로 이루어지지 못한 것은 이 때문으로 보인다. 탄탄한 기반을 바탕으로 제대로 된 연구를 시작하려는 순간 예기치 못한 죽음으로 모든 것이 끝나 버린 것이다.

3. 주제별 고찰

小倉進平은 비록 순수 음운론 연구물을 많이 남기지는 않았지만 중요한 주제들을 상당수 다루었다. 그의 논의는 이후 국내 학자들에게 많은 영향을 주었다. 여기서는 몇몇 대표적인 내용을 중심으로 그의 연구를 조망하기로 한다.

3.1. 모음조화

모음조화에 대한 연구는 小倉進平의 가장 빛나는 업적 중 하나이다. 그

---

10) 小倉進平의 방언 조사는 1910년대부터 시작하여 1930년대 초에 일단락된다. 초기에는 주로 남부 방언을 중심으로 했으며 후반기에는 북부 방언을 중심으로 했다. 1930년대 후반기에도 전국을 대상으로 방언 조사를 했지만 小倉進平의 제자였던 河野六郎이 담당했기 때문에 小倉進平 자신의 방언 조사는 1930년대 초에 마무리 되었다고 할 수 있다.

11) 자세한 것은 河野六郎(1950)을 참고할 수 있다.

는 국어의 모음조화를 최초로 공식화하였다. 모음조화에 대한 언급이 처음 나오는 것은 <소창1923>이다.[12] 여기서 중세국어의 문법 형태소에서 보이는 이형태 교체(ᄋᆞᆫ : 은 등), 상징어(의성어와 의태어)의 분화, 어간 뒤에 붙는 '-아/어X'계 어미의 교체를 근거로 국어에는 오래 전부터 같은 성질을 가진 모음들끼리 서로 조화를 이루는 현상이 존재했으며 현재까지 남아 있다고 했다. 이후 <소창1929ㄱ>에서는 조화를 이루는 모음들의 부류까지 설정하여 强母音(ㅏ, ㅑ, ㅗ, ㅛ, ㆍ), 弱母音(ㅓ, ㅕ, ㅜ, ㅠ, ㅡ), 中性母音(ㅣ, ㅡ)의 세 가지를 나누었다.

이로써 국어 모음조화의 윤곽이 어느 정도 드러났으며 그의 모음조화 이론은 국내의 많은 학자들에게 큰 영향을 미쳤다. 그렇지만 小倉進平의 모음조화 논의에는 몇 가지 문제점도 있다. 우선 小倉進平은 모음조화를 이루는 모음들의 부류를 나누는 데까지는 나아갔지만 모음조화에 참여하는 모음들의 대립 관계는 인식 못했다. 가령 'ㆍ : ㅡ, ㅏ : ㅓ, ㅗ : ㅜ'와 같은 대립쌍을 파악하지 못한 것이다. 그 결과 '애 : ᄋᆡ', '에 : 예'와 같이 모음조화에서 서로 대립하지 않는 모음들도 마치 모음조화에 따라 구분되는 것처럼 다루어졌다. 다음으로 'ㅡ'를 약모음과 중성모음에 모두 포함시킨 점이다. 잘 알려진 바와 같이 'ㅡ'는 약모음일 뿐이며 중성모음에도 'ㅣ'만 포함된다. 그러나 小倉進平은 서로 다른 시기의 문헌들을 함께 다루면서 'ㆍ'로부터 변화한 'ㅡ'와 원래부터 'ㅡ'였던 것을 뒤섞어 버림으로써 잘못된 결과에 이르렀다.

이러한 문제점들은 이후 국내 학자들에 의해 해결되었다. 우선 첫 번째 문제점은 1920년대에 이미 사라졌다. 천민자(1926)에서는 'ㅓ : ㅏ, ㅡ : ㆍ, ㅜ : ㅗ, ㅔ : ㅐ, ㅣ : ㆎ, ㅟ : ㅚ'라는 여섯 개의 모음조화 대립쌍을 제시하고 'ㅓ, ㅡ, ㅜ, ㅔ, ㅣ, ㅟ'는 表態音, 'ㅏ, ㆍ, ㅗ, ㅐ, ㆎ,

---

12) <소창1934ㄱ>에 따르면 그 이전에도 마에마 교사쿠(前間恭作)의 ≪韓語通≫(1909)과 ≪龍歌古語箋≫(1924)에서 모음조화에 대한 언급이 있었다고 한다. 그러나 小倉進平의 연구와 비할 바가 되지 못한다.

ㅚ'는 裏態音으로 규정하여 모음조화란 모음들의 '表 : 裏' 관계에 의해 이루어진다고 보았다. 이러한 설명은 小倉進平과는 무관하게 이루어졌지만 그의 문제점을 완벽히 해소했다는 점에서 큰 의미를 부여할 수 있다.[13] 두 번째 문제점은 이숭녕(1946)에서 해결되었다. 여기서는 小倉進平이 'ㅡ'를 잘못 분류하게 된 원인을 자세히 분석하면서 중성모음에 소속된 'ㅡ'를 제거하여 올바른 모음 부류를 설정하였다.[14] 이후 모음조화 연구는 모음체계와 결부되면서 더 수준 높은 단계로 올라섰다.[15]

3.2. 'ᆞ'

'ᆞ'에 대해서는 이미 小倉進平 이전에도 여러 학자들이 관심을 가지고 있었으며 小倉進平도 몇몇 논의는 알고 있었다. 小倉進平은 <소창 1923>에서 'ᆞ'가 '아'와 '오'의 중간음이라고 주장하고 그 근거로 두 가지를 들었다. 즉 예전에 'ᆞ'를 지녔던 단어 중 'ᄆᆞᆯ(馬), ᄑᆞᆺ(小豆)' 등은 방언에 따라 모음이 '아'로도 나타나고 '오'로도 나타나며 한국어 단어를 전사한 일본어 자료에서 'ᆞ'가 'オ(o)' 계열의 모음으로 표기된 예가 많다는 것이다.

물론 이 두 가지 근거는 모두 완벽하지는 않다. 우선 'ᆞ'가 '오'로 나타난다고 제시한 단어들은 모두 'ᆞ' 앞에 양순음이 오는 단어들이다. 즉 양순음 뒤에서의 원순모음화 때문에 'ᆞ'가 '오'로 바뀐 것이다. 이러한 결합적 변화는 'ᆞ'의 원래 음가를 논하는 데서 제외해야 한다. 주위의 영향을 받지 않은 환경에서의 자생적 변화를 통해 음가를 살펴야만 하는 것이다. 또한 일본어 자료의 경우 한국어와 일본어의 상이한 모음 체계가 'ᆞ'의 표기에 어떤 영향을 미치는지에 대한 논의가 선행되지 않는 한 있는 그대로 받아들이

13) 여기에 대해서는 이진호(2000, 2008)을 참고할 수 있다.

14) 그렇지만 중성모음의 목록에서 'ㅡ'를 제외한 것은 1939년 양주동의 글에서 처음 등장한다. 이 사실은 고영근(2003 : 21)에서 지적하였다.

15) 모음조화에 대한 초창기의 국내외 논의에 대해서는 이진호(2008)을 참고할 수 있다.

기는 쉽지 않다.

이후 <소창1931ㄱ>에서는 제주도 방언의 'ᄋᆞ' 음가까지 논의에 끌어들였다. 이처럼 小倉進平은 당시까지 나온 'ᄋᆞ'의 음가론에 있어 가장 실증적인 자료에 기반하여 논의를 진행했다고 할 수 있다. 'ᄋᆞ'에 대해 심도 깊은 논의를 담고 있는 이숭녕(1949ㄱ)에서도 小倉進平의 논의에 대해 경의를 표할 정도였다. 그러나 그의 'ᄋᆞ' 연구는 단순한 음가론 영역에 머무르고 말았다는 한계를 지닌다. 'ᄋᆞ'는 국어 모음 체계에 있어 가장 중요한 위치를 차지하지만 小倉進平은 이러한 체계의 관점에서 'ᄋᆞ'를 다루지는 못했다.

3.3. 된소리

小倉進平이 된소리에 관심을 갖게 된 것은 ㅅ-계 합용병서 때문이었다. 된소리는 ㅅ-계 합용병서로 표기하는 것이 오랜 관례였는데 이 중에는 이전의 ㅂ-계 어두자음군으로부터 변화한 것도 있었다. 그리하여 <소창1929ㄱ>에서 여기에 대한 역사적인 추적을 하면서 동시에 현대국어 된소리의 실체에 대해서도 관심을 갖게 된 것이다. <소창1928>과 <소창1953>이 된소리의 본질을 해명하고자 한 것이며 모두 방언 자료와 무관하게 실험음성학적 방법론이나 문헌에 의지해 논의를 진행했다. <소창1928>에서는 된소리의 특징으로 기식의 충분한 축적과 유성의 전이음을 들었으나 <소창1953>에서는 된소리가 후두의 파열을 동반하는 음이라고 했다.[16] 소위 후두 파열음설을 제창한 것이다. 된소리의 후두 파열음설은 최현배(1937)에서 몇 가지 근거를 제시하며 반대한 적도 있지만 다른 연구자들에게는 적극적으로 수용되기도 하였다.[17]

이처럼 된소리 자체에 대해서는 관심을 가졌지만 된소리로 바뀌는 음운현상에 대해서는 별다른 인식을 하지 못했다. 小倉進平은 한 번도 경음화

---

16) 후두 파열음설이 처음 나온 것은 <소창1934ㄴ>이다.
17) 일제 시대에는 경음의 본질에 대해 많은 학자들이 관심을 갖고 있었다. 여기에 대해서는 <소창1953>과 김영송(1992)에 잘 정리되어 있다.

현상에 대해 언급한 적이 없으며 표기에 반영하지도 않았다. 다만 어중에서 경음화의 적용 환경에 놓인 장애음은 무성음으로 표시하고 그렇지 않은 장애음은 유성음으로 표시하여 결과적으로는 구별이 되었지만 경음화라는 현상을 인식한 것이라고 볼 수는 없다.[18]

3.4. 변이음

한 음소의 변이음은 모국어 화자들이 쉽게 인식하기 어렵다. 그래서인지 국내 학자들의 논의에서는 'ㄹ'이 음절말에서 설측음으로 발음되는 것을 제외하고는 변이음에 대한 언급이 좀처럼 없었다.[19] 반면 小倉進平은 외국인이었기 때문에 국어의 변이음들을 훨씬 쉽게 인식할 수 있었다.

국어의 다양한 변이음은 <소창1923>에서 많이 언급되었다. 가령 장애음들의 음성적 유성음화, 'ㅅ'의 구개음화, 파열음의 음절말 미파화, 모음 '어'의 두 가지 음가 등을 정확히 지적하였다. 특히 장애음의 유성음화는 'ㅅ'에는 적용되지 않는다고 한 점에서 정확성도 겸비했음을 알 수 있다. 변이음의 종류뿐만 아니라 그 분포에 대해서도 인식하여 유성 파열음은 어두에 오지 않는다는 설명을 하기도 했다. 이처럼 小倉進平은 국어의 변이음과 관련된 현상을 최초로 정밀화했으며 이것은 이후의 국내 학자들의 논의에 큰 영향을 미쳤다. 비록 외국인이라는 유리한 조건을 가진 것은 사실이지만 변이음과 관련된 그의 설명이 상당히 높은 수준에 있었음은 분명하다.[20]

---

18) 이것은 일본인이었던 小倉進平이 '평음 : 유기음 : 경음'이라는 국어의 장애음 대립을 충분히 인식하지 못했기 때문일 수도 있다.

19) 주시경은 'ㄹ'이 종성에 놓이면 '두ㄹ'로 발음난다는 언급을 했는데 '두ㄹ'이란 'ㄹㄹ'로서 설측음 '[l]'을 가리킨다.

20) 다만 小倉進平이 활동하던 시기에는 변이음이라는 개념이 아직 정착되기 전이었기 때문에 그 역시 한 음소에 속하는 음성적 변이체로서의 변이음을 인식하지는 못하고 다만 같은 글자가 환경에 따라 음성적 실현이 다르다는 방식의 설명을 할 수밖에 없었다.

3.5. 하향이중모음

'ㅐ, ㅔ, ㅚ, ㅟ'가 중세국어 시기에 이중모음이었다는 사실은 河野六郎(1945 : 224)에서 처음 언급했고 이숭녕(1949ㄴ), 허 웅(1952), 이숭녕(1954) 등에서 이를 매우 상세히 논증했다고 보는 것이 일반적이다. 그런데 <소창1923>에 이미 여기에 대한 상당한 암시가 들어있다. 즉 '가히>개'와 같이 모음 연쇄가 다른 단모음으로 바뀐 예가 존재한다는 점, 일본에서 1712년 간행된 ≪倭漢三才圖繪≫의 한국어 항목에서 '고개(坂)'를 '古加伊(こかい)', '배(船)'를 '波伊(はい)', '개(犬)'를 '加伊(かい)', '매(鷹)'를 '末伊(まい)'로 표기한 점, 예전에 모음으로 끝나는 명사 뒤에 주격 조사가 붙을 때 '밍직(孟子＋이)'로 발음되었다는 점 등을 제시한 것이다. 또한 <소창1944>에서는 '외'가 ≪東國輿地勝覽≫, ≪和漢三才圖繪≫, ≪朝鮮物語≫를 비롯한 여러 문헌에 두 음절로 표기되어 있다는 사실까지 보강하였다.

물론 小倉進平은 이러한 사실들을 'ㅐ, ㅔ, ㅚ, ㅟ'가 예전에 하향이중모음이었다는 주장을 하기 위한 근거로 제시한 것은 아니었다. <소창1923>에 제시된 내용들은 두 모음이 합쳐져 다른 모음으로 바뀌는 모음동화를 설명하는 가운데 가볍게 언급했을 뿐이며 <소창1944>의 경우에는 '외'가 예전에 두 음절로 발음된 경우도 있음을 지적하기 위해 제시했을 따름이다. 그러나 이 내용들은 이후 다른 학자들이 하향이중모음에 대해 논의하는 데 중요한 근거로 사용되었다. 가령 ≪倭漢三才圖繪≫의 예들은 河野六郎(1945)에서, '가히>개'와 같은 변화나 '밍직(孟子＋이)'와 같은 주격 조사의 표기는 이숭녕(1949ㄴ)에서 하향이중모음설을 뒷받침하는 유력한 근거로 제시되었다. 小倉進平의 원래 의도와는 상관 없이 그의 설명은 이후 내용에서 매우 긴요하게 다루어진 것이다.

3.6. 어두자음군의 문제

국어의 어두자음군은 <소창1929ㄱ>에서 논의되었다. 小倉進平은 그

당시 ㅅ-계 합용병서로 표기되던 것들을 역으로 추정하여 'ㅂ'으로부터 변화한 것과 그렇지 않은 것을 구분하였다. 그는 어두자음군이 모두 표기대로 발음되다가 후대에 변화를 입었다는 입장을 취하였다. 그리하여 ㅅ-계, ㅂ-계, ㅄ-계 어두자음군을 구분한 후 ㅅ-계 어두자음군은 원래 '[s]'로 시작했으나 변화를 거쳐 된소리로 바뀌었고 ㅂ-계는 'ㅂ＞ㅅ', ㅄ-계는 'ㅄ＞ㅂ＞ㅅ'을 거쳐 역시 된소리로 바뀌었다고 보았다. 특히 ㅅ-계 합용병서의 'ㅅ'이 예전에 온전히 발음되었다는 증거로서 가나자와 쇼자부로(金澤庄三郎)가 이미 제시했던 '시토미(シトミ, 蔀) : 씀(苫)', '보살(菩薩) : ᄡᆞᆯ(米)',[21] '시토기(シトギ, 粢餅) : ᄯᅥᆨ(餠)'의 대응에 이외에 일본 문헌에 한국어 'ᄯᅡ(地)'가 'すたぐ(sutagu)', 'ᄯᅴ(帶)'가 'すて(sute)'로 남아 있는 사실 등을 제시했다. 그렇지만 어두자음군의 생성에 대해서는 별다른 언급을 하지 못했을 뿐만 아니라 변화 과정에 대한 설명도 매우 소략하다.[22]

小倉進平은 국어의 어두자음군에 대해 가장 먼저 체계적인 접근을 하였다. 1920년대에 백정목이나 Ramstedt와 같은 인물들이 어두자음군에 대해 언급하기도 했지만 小倉進平과 같이 환경별로 자료를 충실히 제시하고 그 흔적을 자세히 살피지는 못했다. 특히 小倉進平은 ≪鷄林類事≫의 '菩薩' 항목을 비롯해 어두자음군과 관련된 여러 문헌 자료도 언급하고 있어 그 의미가 각별하다.

3.7. 구개음화

구개음화는 小倉進平 이전에 이미 주시경이나 김두봉이 언급한 바 있다. 小倉進平은 <소창1923>에서 국어의 구개음화를 다루었다. 그런데 그의 논의는 주시경이나 김두봉과 몇 가지 점에서 차이가 있다. 우선 주시경이나

---

21) 일본의 일부 지역에서는 쌀의 한 종류를 '보살(菩薩)'이라고 한다. 구체적인 것은 <소창1929ㄱ>을 참고할 수 있다.

22) 小倉進平은 우랄 알타이 제어는 자음군이 어두에 올 수 없다는 두음법칙이 있다는 사실을 알고 있었다. 그래서 한국어의 어두자음군이 존재하는 사실에 대해 매우 의아해하기도 했다. 자세한 것은 <소창1934ㄱ>에서 논의되었다.

김두봉은 구개음화를 익은소리 또는 버릇소리라고 하여 일종의 습관 때문에 나오는 그리 바람직하지 못한 현상으로 분류하고 적용 환경만을 간략히 제시하는 데 그쳤다. 반면 小倉進平은 구개음화가 'y, i'의 조음 위치에 닮아 가는 현상임을 분명히 했다. 특히 ㅎ-구개음화의 경우에는 'ㅎ'이 'ç'으로 바뀐 후 음성적으로 비슷한 'ʃ'이 되었다고 하여 그 과정을 매우 상세하게 설명하였다. 구개음화가 모음에 의한 동화임은 小倉進平에 의해 공식화되었다.

다음으로 小倉進平은 '구개음화'라는 용어를 처음으로 사용하였다. 초기 국어 음운론 연구에서는 많은 음운 현상을 나열하기는 했지만 현상에 대한 명칭은 부여하지 않았다. <소창1923>에는 국어의 음운 현상에 대한 명칭이 처음 나오는데 그 중에 구개음화가 들어있다. 이후 최현배 등 국내 학자들은 '이붕소리되기'와 같은 용어를 제안하기도 했는데 이것은 '구개음화'를 우리말로 바꾼 것에 불과하다.

小倉進平은 <소창1937>에서 북부 방언을 중심으로 ㄷ-구개음화의 적용 양상을 자세히 살피기도 했다. 평안도 방언에 ㄷ-구개음화가 존재하지 않는다는 사실은 이전에도 부분적으로 언급된 적이 있지만 전체적인 적용 양상을 일괄하여 고찰한 것은 처음이었다. 다만 구개음화의 역사적 적용 과정에 대한 설명에는 이르지 못한 점이 아쉽다고 하겠다.

3.8. 두음법칙과 말음법칙

국어의 어두에 올 수 있는 음에 제약이 있다는 사실은 주시경 이래로 끊임 없이 지적되어 왔다. 그렇지만 대부분의 논의들은 하위 현상 하나하나를 개별적으로 다루었을 뿐 공통점을 파악하여 하나로 묶지 못했다.[23] 반면 小倉進平은 두음법칙이라는 용어를 처음 사용했을 뿐만 아니라 여기에 여러

23) 국내 논의 중에서는 심의린의 ≪音聲 言語의 敎育≫(1949)에서 두음법칙이라는 이름 아래 여러 현상들을 묶은 바 있지만 용어나 내용을 볼 때 小倉進平의 영향을 크게 받은 결과로 보인다.

가지 현상들을 포괄했다. 가령 <소창1934ㄱ>에서는 'ㄹ'과 자음군이 어두에 올 수 없는 현상을 두음법칙에 포함시켰고 <소창1935>에서는 여기에 유성장애음이 올 수 없는 것까지 덧붙였다. 비록 'y, i' 앞에 오는 어두의 'ㄴ'이 존재하지 않는다는 것은 빠졌지만 여러 가지 하위 현상들을 어두에 대한 제약으로 묶으려 했다는 점에서 의미가 있다.

한편 小倉進平은 말음법칙에 대해서도 다루었다. 말음법칙은 두음법칙과 반대되기 때문에 단어의 마지막 위치와 관련된다.[24] 그렇지만 국어의 말음법칙으로 제시된 특별한 현상은 없다. 다만 <소창1934ㄱ>에서 국어의 어말에 자음군이 오는 것이 그리 용이하지는 않다는 언급만 했다.

3.9. 유성마찰음

앞서의 연구들이 후대에 대부분 긍정적인 영향을 미쳤다면 유성마찰음과 관련된 小倉進平의 연구는 이후에 철저히 무시되었다. 실제로 이 문제에 대한 그의 주장은 수긍하기 몹시 어려울 정도로 타당성을 결여하였다. 그렇지만 연구사의 측면에서는 의의가 있다고 생각하여 간략히 다루기로 한다.

중세국어 시기에 존재했으리라 추측되는 유성마찰음에는 'ㅸ, ㅿ, ㅇ(ɣ)'의 세 가지가 있다. 小倉進平은 이 세 가지 음을 모두 논문에서 다루었다. 우선 'ㅸ'에 대해 <소창1923>에서는 그 음가가 '[w]'라고 했다.[25] <소창1953>에서는 'ㅸ'의 음가가 'w'인 근거를 세 가지 제시하기도 했다. 또

---

24) 국어 음운론 연구에서는 한 때 음절말에 올 수 있는 자음의 종류가 7개로 한정되어 일어나는 음운 현상(벗+도 → 벋도 등)에 대해서 말음법칙이라는 용어를 사용한 바 있다. 이러한 태도는 말음법칙의 원래 개념을 고려해 볼 때 타당하지 않다. 음절말과 단어말은 엄연히 구분되는 위치인 것이다. 이희승(1955 : 185)에서 '말음법칙'이라는 용어 대신 '받침법칙'이라는 용어를 사용한 것도 이러한 사실 때문으로 보인다.

25) <소창1934ㄴ>에서는 'ㅸ'이 어두에 쓰인 경우에 한해 'β'라는 기호를 배당하고 양순마찰음이라고 했다. 그러나 그 예가 '범(虎)'밖에 없다고 함으로써 'ㅸ'의 음가를 추정함에 있어 큰 의미를 두지 않았다. 결국 대부분의 'ㅸ'은 어중에 나타나며 따라서 'ㅸ'이 'w'를 나타낸다고 본 셈이다.

한 <소창1939>에서는 'ㅸ'이 기원적으로는 유성음 'b'에 소급하며 이것이 방언에 따라 'ㅸ(w)' 또는 'ㅂ'으로 바뀌어 현재와 같은 분화가 초래되었다고 했다.

'ㅿ'은 <소창1923>에서 그 음가가 'j' 또는 'z'라고 언급했다가 이후에는 'z'였다고 입장을 바꾸는데 그 암시는 <소창1929ㄴ>에서 나오고 <소창1944>에서 확정되었다. 또한 <소창1944>에서는 'ㅿ'이 방언에 따라 's'로 바뀌거나 또는 반모음 'j'를 거쳐 탈락함으로써 두 가지 방언형이 생기게 되었다고 했다. 'ㅿ'의 변화 과정에 'j'를 둔 것은 만주어의 영향 때문이라고 할 수 있다.

'ㅇ(ɣ)'은 <소창1941>에서 마찰적 후음이라고 보았다. 또한 중세국어에서 'ㄱ~ㅇ'의 교체를 보이는 문법 형태소의 두음이 기원적으로 'ɣ'였다고 했다. 이 음은 'ㄹ'을 제외한 자음 뒤에서는 'ㄱ(k)'으로 변하고 'ㄹ' 뒤에서는 탈락했으며 모음 뒤에서는 두 가지 모습이 다 나타나게 되었다는 것이 그의 결론이다.

이상과 같은 논의는 개별적으로도 문제를 지닌다. 'ㅸ'의 경우 그 음가를 'w'로 본 것은 현재 관점에서 타당하지 않다. 'ㅸ'과 'w'는 동일한 것이 아니고 변화의 입력과 출력의 관계에 있다고 볼 때 많은 현상들을 잘 설명할 수 있다.[26] 또한 'ㅇ(ɣ)'은 변화 과정에 대한 해명이 정밀하지 못할 뿐만 아니라 어휘 형태소에서 보이는 동질적인 현상은 'ㅇ(ɣ)'과 전혀 무관하게 다루었다는 문제점이 있다.

그런데 이러한 개별적인 문제점보다도 더 심각한 것은 유성마찰음이라는 체계 속에서 각각을 다루지 못했다는 것이다. 중세국어의 유성마찰음은 후대의 변화 과정에서 공통적인 모습을 보인다.

---

26) 'ㅸ'의 변화 공식에는 차이도 존재하지만 'w'가 변화의 중요 출력형 중 하나였다는 것은 부인할 수 없다.

ㅸ(β)	ㅿ(z)	ㆁ(ɣ)
/ \	/ \	/ \
p — w	s — ∅	k — ∅

위에서 볼 수 있듯이 유성음 계열이 한 축을 이루고 무성음 계열이 한 축을 이루며 'Ø(zero)' 또는 반모음이 나머지 축을 이루는 것이다. 이러한 공통적인 관계는 이 자음들의 변화 과정이나 기원에 반영되어야만 한다. 그러나 小倉進平은 이러한 관계를 제대로 인식하지 못했다. 이처럼 개별 유성마찰음들에 대한 설명이나 유성마찰음 체계 전체에 대한 인식에서 수긍할 수 없는 모습을 보였기 때문에 그의 연구는 이후에도 별로 주목을 받지 못하였다.

4. 성과와 한계

앞에서 살폈듯이 小倉進平은 국어 음운론의 중요 주제 중 상당수를 다루었다. 또한 그의 연구 성과들은 직간접적으로 후대의 국내 학자들에게 많은 영향을 끼쳤다. 그가 다룬 주제 중 많은 것은 '최초'라는 수식어를 달기에 충분하다. 여기에서 살피지 않은 연구 주제 중에서도 동화 이론과 같은 것은 외솔 최현배에게 큰 영향을 주었다. 이러한 세부적인 성과들은 이미 어느 정도 언급했으므로 좀 더 거시적인 차원에서 그의 성과를 살피기로 한다.

국어 음운론 연구에서 小倉進平이 이룬 가장 큰 업적이라면 실증적인 연구 방법론을 정착시킨 것을 들 수 있다. 이것은 특히 음운사 연구에서 두드러진다. 小倉進平은 문헌 자료는 물론이고 방언 자료, 계통론적 비교 등 현재 확립된 역사언어학의 연구 방법론을 거의 총동원하였다. 물론 이러한 방법론은 이미 서구에서 이론적으로 정립되었으므로 방법론 자체가 새롭지는 않다. 그렇지만 小倉進平은 이러한 방법론을 이용하여 음운사 연구를 어떻게 할 수 있는지 그 본보기를 보여 준 것이다.

문헌 자료의 경우 일본 문헌(≪和漢三才圖會≫나 ≪朝鮮物語≫ 등), 중국 문헌(≪鷄林類事≫, ≪華夷譯語≫ 등), 한글 창제 이전의 문헌(≪三國史記≫, ≪鄕藥救急方≫ 등), 한글로 된 각종 문헌(≪月印釋譜≫ 등), 다양한 주제의 한문 서적(≪耽羅志≫, ≪東國與地勝覽≫, ≪東醫寶鑑≫, ≪北塞紀略≫, ≪雅言覺非≫ 등), 서양인에 의한 각종 자료(≪Corean Primer≫, ≪Grammaire Coréenne≫ 등)에서 보듯이 그 유형이나 수에서 엄청나게 광범위하다. 방언 자료 역시 마찬가지이다. 그가 수십 년에 걸쳐 축적한 방언 자료의 가치는 이루 말할 수도 없다. 小倉進平 사후 국내에서 나온 방언 자료집 중 그의 조사 결과를 참고로 한 것이 많다는 것만 봐도 그가 기여한 바를 충분히 알 수 있다. 또한 일찍부터 한국어의 계통론에 관심을 가지고 이 방면의 연구를 진척시킴과 동시에 계통 관계에 있는 다른 언어들의 자료로부터 설명의 근거를 찾기도 했다. 小倉進平 이전까지는 음운사 연구 자체가 별로 이루어지지 않았다는 점에서 그가 이러한 실증적 방법론을 모두 이용했다는 것은 분명 높이 평가해야 한다.

이러한 음운사 연구 이외에 현대국어 연구에서는 음성학 이론에 근거하여 변이음 또는 음운 현상 등을 세밀하게 다루었다. 서구 음성학 이론은 김두봉을 비롯한 국내 학자들에 의해 이미 1910년대부터 수용되었다. 小倉進平은 이보다 좀더 높은 수준의 음성학 이론을 바탕으로 구개음화나 유성음화 등 여러 현상들을 설명할 수 있었다. 小倉進平은 여러 음성학자들의 이론을 섭렵했지만 그 중에서도 Wilhelm Viëtor(1850~1918)의 영향을 많이 받았다.[27)]

이처럼 전체적인 연구 방법론이나 개별 주제에서 선보인 선구적인 견해는 小倉進平이 국어 음운론 연구사에서 결코 가벼이 다루어져서는 안 됨을 잘 말해 준다. 그런데 뛰어난 성과의 이면에는 한계도 존재한다. 그의 가장 큰 한계는 체계에 대한 인식 부족을 들지 않을 수 없다. 음운론에서의 체계란

27) 자세한 것은 이진호(2008)에서 논의한 바 있다.

대단한 것을 의미할 수도 있지만 작게는 연관성, 관련성을 의미한다고 볼 수도 있다. 유사한 것들끼리의 관계, 대립되는 것들끼리의 관계 등이 모이면 곧 체계가 되는 것이다.

그런데 小倉進平은 이러한 체계의 개념을 갖고 있지 않았다. 가령 국어의 자음이나 모음을 다룰 때에는 존재하는 개별 음성들을 나열하는 데 급급했다. 모음조화를 다룰 때에도 같은 성질을 가진 모음들을 묶는 데까지는 성공했지만 서로 대립하는 모음들 사이의 관계는 파악하지 못했다. 유성마찰음 계열을 명확히 인식하지 못한 것도 같은 맥락이다. 체계의 개념은 유럽의 구조주의 음운론에서 중시했는데 아쉽게도 小倉進平은 이 이론을 제대로 접하지 못했던 것이다.[28] 小倉進平의 연구를 개별적, 개체적이라고 평가하게 된 근거가 바로 여기에 있다.

또한 다양한 방언 자료들을 분류하고 기술하는 수준을 넘어 설명의 단계까지 이르러야 하는데 그러지 못했다는 점도 지적할 수 있다. 小倉進平의 논저 중 상당수는 수집된 방언 자료의 정리와 기술에 많은 지면을 할애하고 있다. 상이한 방언형들을 엮어서 역사적 분화 과정을 정밀하게 도출해 내었어야 하지만 그러한 작업은 극히 일부 논의에서만 나타날 뿐이다. 물론 앞에서도 언급했듯이 小倉進平 스스로는 궁극적으로 종합적 설명을 하고자 계획을 세웠지만 결과적으로 남아 있는 논저에는 그것이 제대로 이루어지지 않았다. 이것 역시 小倉進平의 연구가 국어 음운론 연구에서 높이 평가 받지 못한 중요한 이유 중의 하나이다.

5. 맺음말

小倉進平의 국어 음운론 연구는 옳고 그름을 떠나 연구사적으로 중요한

28) 여기에 대해서는 이진호(2008)을 참고할 수 있다.

의미를 지닌다. 그의 연구 성과를 아무리 폄하한다고 하더라도 후대의 국내 연구자들에게 분명한 영향을 미쳤다는 점에서 그 가치를 인정할 수밖에 없다. 그렇지만 지금까지 그가 국어 음운론 연구사에서 대접 받은 것을 살피면 너무나 야박하기 그지 없다. 그 과정에서 그에 대한 온전한 평가가 이루어졌다고 보기는 어렵다.

광복 후 국어 음운론 연구가 크나큰 성장을 하면 할수록 小倉進平이라는 존재는 더욱 더 잊혀졌다. 근래 들어서는 방언 자료 제공자로서의 小倉進平만 남아 있을 뿐 국어 음운론 연구자로서의 小倉進平은 자취를 감추었다고 해도 과언이 아니다. 주시경, 김두봉, 이숭녕 등 비슷한 시기의 기라성 같은 국내 학자들의 논저도 기억에서 사라져 가는 지금의 현실을 감안하면 小倉進平을 기억해야 한다는 주장 자체가 무리일지도 모른다. 그렇지만 제대로 된 평가가 이루어진 후 잊혀지는 것과 그런 평가 자체도 이루어지지 않은 채 잊혀지는 것은 분명 다르다. 小倉進平은 후자에 속하지 않을까?

小倉進平의 연구는 분명 개별적이고 개체적인 한계를 지닌다. 그런데 그런 한계가 있다면 그것을 인정하고 그 한계 안에서 의미를 찾을 수도 있을 것이다. 앞서의 논의에서도 알 수 있었듯이 부분적으로는 小倉進平이 이후의 음운론 연구에 많은 기여를 했음을 부인할 수 없다. 지금까지 이런 측면에 대해 소홀했던 것은 미시적 관찰이 부족했기 때문이 아닌가 한다. 이 글의 머리말에서 강조한 미시적 관찰이 왜 중요한지가 小倉進平의 경우에는 더욱 잘 드러난다고 하겠다.

참고 문헌

강신항(1986), ≪국어학사≫, 보성문화사.

고영근(1995), ≪최현배의 학문과 사상≫, 집문당.

고영근(2003), 양주동의 국어학 연구, ≪국어국문학≫ 133, 국어국문학회, 5~49.

김영송(1992), '우리말 음성－음운연구' 분야에 대하여－, ≪한글≫ 216, 한글학회, 31~66.

김완진・이병근(1979), 국어학연구의 방향정립을 위한 기초적 연구－음성학・음운론의 연구－, ≪관악어문연구≫ 4, 서울대, 307~329.

송철의(2006), 1910~20년대 한국어 연구와 한국어의 실상－음운론을 중심으로－, ≪국어학논총≫, 태학사, 1515~1542.

이기문(1972), 국어학연구사와 앞으로의 과제, ≪민족문화연구≫ 6, 고려대 민족문화연구소, 263~266.

이기문(1977), 국어사 연구가 걸어온 길, ≪나라사랑≫ 26, 외솔회, 135~146.

이병근(2005), 1910~20년대 일본인에 의한 한국어 연구의 과제와 방향－小倉進平의 方言研究를 중심으로－, ≪방언학≫ 2, 한국방언학회, 23~61.

이숭녕(1946), 모음조화 수정론, ≪한글≫ 96, 한글학회, 2~7.

이숭녕(1949ㄱ), ≪조선어음운론연구 제일집 '・'음고≫, 을유문화사.

이숭녕(1949ㄴ), 'ㅐ, ㅔ, ㅚ'의 음가변이론, ≪한글≫ 106, 한글학회, 25~35.

이숭녕(1954), 십오세기의 모음체계와 이중모음의 Kontraktion적 발달에 대하여, ≪동방학지≫ 1, 연세대 동방학연구소, 331~432.

이숭녕(1976), ≪혁신 국어학사≫, 박영사.

이진호(2000), 다시 찾는 두 어학자－백정목과 최예항－, ≪형태론≫ 2-2, 박이정, 344~355.

이진호(2003), 심악 이숭녕 선생의 학문 세계－음운론 분야를 중심으로－, ≪어문연구≫ 121, 한국어문교육연구회, 495~521.

이진호(2008), 일제 시대의 국어 음운론 연구, ≪한국어학≫ 40, 한국어학회, 93~126.

이태환(2002), 小倉進平의 우리말 연구, 경원대 석사학위논문.

이희승(1955), ≪국어학개설≫, 민중서관.

정승철(2006), 경성제국대학과 국어학－이희승・이숭녕・방종현을 중심으로－, ≪국어학논총≫, 태학사, 1465~1494.

천민자(1926), 모음의 연구「본문의 신연구」에서 초록, ≪동광≫ 5, 수양동우회, 204~212.

崔聖玉(2001), 朝鮮語研究(1910~1945)－小倉進平の音韻研究を中心として－, ≪日本學報≫ 47, 韓國日本學會, 161~174.

최현배(1937), ≪우리말본≫, 연희전문학교출판부.

安田敏朗(1999), ≪言語の構築－小倉進平と植民地朝鮮－≫, 三元社.

河野六郎(1945), ≪朝鮮方言學試攷－'鋏'語考－≫, 東都書籍.

河野六郎(1950), 故小倉進平博士, ≪言語研究≫ 16, 日本言語學會, 京都大學國文學會 編 ≪小倉進平博士著作集(四)≫(1975)에 '故小倉進平先生と朝鮮語學'으로 再收錄.

'小倉進平의 국어 음운론 연구'에 대한 해설

이 논문은 원래 2008년 ≪우리말연구≫ 22호에 발표한 것을 약간의 수정만 해서 다시 실은 것이다. 小倉進平의 논저를 역주하면서 그의 음운론 연구에 대한 본격적인 해설이 덧붙으면 좋겠다는 생각을 했다. 그런데 그런 논문은 어디서도 찾을 수가 없어 역자의 한 사람으로 직접 쓰게 되었다. 다른 학술지에 발표하지 않고 역서에 그대로 실을 수도 있었지만 고노 로쿠로(河野六郎)의 글과 마찬가지로 재인용의 형식을 취하는 것이 좋을 듯하여 부득이하게 책이 간행되기 전에 다른 학술지에 게재하였다. 小倉進平의 국어 음운론 연구를 흐름에 따라 조망하고 각 주제별로 핵심 견해를 살폈으며 성과와 한계도 아울러 지적하였다.

2부

국어 음운사

3장
모음조화

모음조화 또는 협운법(協韻法, harmony of vowels)이라는 것은 우랄 알타이 어족의 한 특징이라고 불리고 있다. 즉 어근 또는 어간에 있는 모음이 그 다음에 오는 말의 모음에 영향을 끼쳐 자신과 완전히 동일한 모음 또는 유사한 모음으로 변화시킴으로써 모음들 사이에 일정한 협조가 이루어지게 하는 것을 의미한다.[1] 모음조화는 언어에 따라 (가)처럼 두 부류를 취하는 것과 (나)처럼 세 부류를 취하는 것이 있다.

(가)

- 强母音 : u, o, a, e
- 弱母音 : ö, ü, é, I

(나)

- 强母音 : u, o, a

1) [역자주] 이러한 설명은 모음조화가 동화임을 전제로 한 것이다. 모음조화를 동화로 볼 수 있는지는 논란의 여지가 있다. 모음조화의 다양한 이론들에 대해서는 "이기문(1971), 모음조화의 이론, ≪어학연구≫ 7-2, 서울대 어학연구소"를 참고하기 바란다.

· 弱母音 : ö, ü, ä
· 中母音 : é, i

(가)에서는 강모음끼리 또는 약모음끼리는 모음의 조화를 허용하지만 강모음과 약모음 사이의 조화는 허용하지 않는다. (나)에서는 강모음과 약모음 각각의 조화를 허용하지만 강모음과 약모음 서로간의 조화는 허용하지 않는다. 한편 중모음이라는 것이 있는데 중모음은 강모음과 약모음 어느 쪽과도 조화할 수 있는 것을 말한다.

이처럼 모음조화는 강모음과 약모음 또는 강모음과 약모음 및 중모음의 종류에 따라 작용하지만 여기에 경모음(輕母音)과 중모음(重母音)의 관계가 더해져 복잡한 현상을 드러낼 때가 있다. Yakut어가 이 현상을 지니고 있다.[2] 즉 이 언어는 아래에서 볼 수 있듯이 어떤 음절에 'y'라는 輕母音이 오면 그 다음에 오는 모음은 그와 동일한 'y' 또는 그와 대립하는 'a'이어야만 되는 현상이 있는 것이다.[3]

· 輕母音 : y, i, u, ü
· 重母音 : a, ä, o, ö

또 모음조화에는 상술한 여러 현상이 예외 없이 완벽히 일어나는 것, 부

2) [역자주] Yakut어는 터키어 계열에 속하는 언어이다. 이 언어는 터키어 계열 중 가장 북쪽에서 사용되며 터키어 계열에 속하는 다른 언어들과 상당히 이질적인 모습을 보인다고 한다.

3) [역자주] 터키어 계열에 속하는 언어는 두 가지 모음조화를 가진다. 하나는 잘 알려진 전설모음과 후설모음의 조화이다. 다른 하나는 평순모음과 원순모음, 저모음과 고모음의 조화이다. 즉 첫 음절의 모음이 평순모음이면 후행하는 모음도 평순모음이며 첫 음절의 모음이 원순모음이면 후행하는 모음이 평순 개모음이거나 원순 고모음이어야만 하는 것이다. 小倉進平이 말하는 Yakut어의 輕重에 따른 모음조화는 두 번째 유형의 모음조화를 말하는 듯하다. 자세한 것은 "변광수 편(1993), ≪세계 주요 언어≫, 한국외대 외국학종합연구센터"를 참고할 수 있다.

분적으로 일어나는 것, 일정한 법칙을 발견하기 힘든 것의 구별이 있다.

한국어에 모음조화 현상이 존재하는지의 문제는 오늘날까지 학자들에 의해 연구되지 않은 중요한 문제이다. 필자는 모음조화야말로 한국어가 우랄 알타이 어족에 속해야 하는지에 대해서 가장 유력한 자료를 제공해 준다고 믿고 있다. 현대국어에서는 모음조화 현상이 그다지 현저하지 않은 것처럼 보일지 모르지만 주의를 깊이 기울여 관찰하고 고어(古語)에 소급하여 조사를 진행하면 이 법칙이 오래 전부터 비교적 정확하게 적용되었음을 알 수 있다. 필자는 우선 과거와 현재의 한국어 실례에 대해 역사적인 관찰을 시도할 필요성을 느낀다.

과거의 한국어는 예전 문헌에서 조사해야 한다. 한글 창제 이전의 표기법은 향가나 이두처럼 한자를 차용한 것이기 때문에 고유어의 발음을 정확히 전사했다고 할 수 없다. 따라서 한국어의 음운을 논의하는 데 있어서는 당연히 한글로 표기된 이후의 여러 문헌에서 예증을 구하는 것 외에는 다른 적당한 방법이 없다. 여기서는 다음 문헌들을 채택하여 오래 전의 한국어 모음조화 현상을 관찰하기로 한다. 이들 문헌 중 한두 권을 제외한 나머지는 모두 15세기 무렵에 간행된 것들이다.[4)]

서명	간행 연대	약호
龍飛御天歌	1445년(正統 10)	龍飛
訓民正音(宮內省本)	1446년(正統 11)	訓民
月印千江之曲	1457~1464년(天順年間)	月印
妙法蓮華經諺解	1463년(天順 7)	妙法
五臺山上院寺 重創勸善文	1464년(天順 8)	五臺
圓覺經諺解	1465년(成化 1)	圓覺
蒙山法語諺解	1465~1467년(成化年間)	蒙山

4) [역자주] 小倉進平은 이 한두 권의 예가 큰 문제를 일으키리라고 생각하지는 않은 듯하다. 그러나 결과적으로는 15세기 이후에 간행된 몇 권의 책을 포함시킴으로써 모음조화를 이루는 모음의 부류를 잘못 설정하게 되었다. 여기에 대해서는 "이숭녕(1946), 모음조화 수정론, ≪한글≫ 96, 한글학회"를 참고할 수 있다.

서명	간행 연대	약호
杜詩諺解	1481년(成化 17) 初刊 1632년(崇禎 5) 重刊	杜詩
禮記大文諺讀	16세기 경	大文
捷解新語	1676년(康熙 15)	捷解

한국어의 모음조화를 논의하는 데에 있어 여기서는 편의상 조사, 의성어·의태어, 활용어의 세 방면에서 관찰하기로 한다.

(Ⅰ) 조사

(1) '-ᄋᆞᆫ'과 '-은'

주격 조사 '-은'.[5] 오늘날은 일반적으로 '-은'만 사용하지만 예전에는 '-ᄋᆞᆫ'과 '-은'의 두 가지가 있었다.[6] 그 용법은 다음과 같다.

(가) '-ᄋᆞᆫ'

- '아' 뒤 : 八ᄋᆞᆫ(訓民), 合ᄋᆞᆫ(訓民), 三ᄋᆞᆫ(月印), 歎ᄋᆞᆫ(月印), 惡ᄋᆞᆫ(月印), 江ᄋᆞᆫ(月印), 하나ᄒᆞᆫ(一, 月印), 밥ᄋᆞᆫ(飯, 杜詩), 납ᄋᆞᆫ(猿, 杜詩), 膽ᄋᆞᆫ(杜詩), 怛(大文), 黨ᄋᆞᆫ(大文), 間ᄋᆞᆫ(大文), 房ᄋᆞᆫ(大文), 末ᄋᆞᆫ(大文), 方ᄋᆞᆫ(大文), 答ᄋᆞᆫ(大文), 男ᄋᆞᆫ(大文), 達ᄋᆞᆫ(大文)
- '야' 뒤 : 上[7]ᄋᆞᆫ(月印), 着ᄋᆞᆫ(蒙山), 雀ᄋᆞᆫ(杜詩), 藥ᄋᆞᆫ(杜詩), 略ᄋᆞᆫ

---

5) [역자주] 현대국어에 대응하는 형태가 무엇인지를 제일 앞에 제시하였다. 이하 다른 경우도 마찬가지다.

6) [역자주] '-은'은 초기 문법에서 주격 조사로 설정되었다. 지금은 대부분 보조사로 규정한다.

7) [역자주] 중세국어 시기에는 '上'의 음이 '샹'이었다. 이후에 제시되는 한자들 중 현재의 음으로는 중성이 'ㅏ, ㅓ, ㅗ, ㅜ' 등인데도 불구하고 'ㅑ, ㅕ, ㅛ, ㅠ' 뒤에 오는 환경에 포함된 것은 일부 예를 제외하면 모두 예전에 'ㅑ, ㅕ,

(杜詩), 杖ᄋᆞᆫ(大文), 喪[8]ᄋᆞᆫ(大文), 讓ᄋᆞᆫ(大文), 上ᄋᆞᆫ(大文), 鄕ᄋᆞᆫ(大文)

- '어' 뒤 : 儉ᄋᆞᆫ(大文)
- '여' 뒤 : 艶ᄋᆞᆫ(妙法), 病ᄋᆞᆫ(杜詩), 冕ᄋᆞᆫ(杜詩), 跡ᄋᆞᆫ(杜詩), 接ᄋᆞᆫ(大文), 情ᄋᆞᆫ(大文), 迎ᄋᆞᆫ(大文), 寧ᄋᆞᆫ(大文), 病ᄋᆞᆫ(大文)
- '오' 뒤 : 同ᄋᆞᆫ(訓民), 모ᄆᆞᆫ(身, 妙法), 木ᄋᆞᆫ(妙法), 通ᄋᆞᆫ(妙法), 고ᄌᆞᆫ(花, 杜詩), 頓ᄋᆞᆫ(杜詩), 玉ᄋᆞᆫ(杜詩), 恭ᄋᆞᆫ(大文), 功ᄋᆞᆫ(大文), 踊ᄋᆞᆫ(大文), 動ᄋᆞᆫ(大文), 東ᄋᆞᆫ(大文), 公ᄋᆞᆫ(大文), 虹ᄋᆞᆫ(大文)
- '요' 뒤 : 欲ᄋᆞᆫ(訓民), 用ᄋᆞᆫ(訓民), 龍ᄋᆞᆫ(月印), 宗ᄋᆞᆫ(圓覺), 龍ᄋᆞᆫ(杜詩), 屬ᄋᆞᆫ(大文), 辱ᄋᆞᆫ(大文), 尊ᄋᆞᆫ(大文)
- '우' 뒤 : 軍ᄋᆞᆫ(杜詩), 君ᄋᆞᆫ(杜詩), 두ᄆᆞᆫ(置, 杜詩)
- '유' 뒤 : 戌ᄋᆞᆫ(杜詩), 中ᄋᆞᆫ(大文)
- '으' 뒤 : 根ᄋᆞᆫ(妙法), 님금ᄋᆞᆫ(君, 五臺)
- '이' 뒤 : 人ᄋᆞᆫ(月印), 十ᄋᆞᆫ(月印), 身ᄋᆞᆫ(妙法), 新ᄋᆞᆫ(訓民), 人ᄋᆞᆫ(訓民), 必ᄋᆞᆫ(訓民), 一ᄋᆞᆫ(訓民), 室ᄋᆞᆫ(杜詩), 이ᄅᆞᆫ(事, 杜詩), 信ᄋᆞᆫ(大文), 人ᄋᆞᆫ(大文), 心ᄋᆞᆫ(大文), 進ᄋᆞᆫ(大文), 立ᄋᆞᆫ(大文), 薪ᄋᆞᆫ(大文)
- '에' 뒤 : 네ᄒᆞᆫ(四, 月印), 세ᄒᆞᆫ(三, 月印)
- '와' 뒤 : 王ᄋᆞᆫ(月印), 豁ᄋᆞᆫ(杜詩), 冠ᄋᆞᆫ(大文), 光ᄋᆞᆫ(大文), 官ᄋᆞᆫ(大文)
- '워' 뒤 : 源ᄋᆞᆫ(杜詩)
- 'ᄋᆡ' 뒤 : 百ᄋᆞᆫ(月印), 白ᄋᆞᆫ(月印), 澤ᄋᆞᆫ(妙法), 宅ᄋᆞᆫ(杜詩), 生ᄋᆞᆫ(杜詩), 生ᄋᆞᆫ(大文), 伯ᄋᆞᆫ(大文), 澤ᄋᆞᆫ(大文)

ㅛ, ㅠ'를 중성으로 가졌다. 즉 한자음의 중성에 변화가 생긴 것이다. 이러한 변화는 주로 치음(齒音) 뒤에서 일어났다. 예전에는 치음 뒤에 'ㅑ, ㅕ, ㅛ, ㅠ' 등이 자유롭게 결합할 수 있었지만 이후에 반모음 'y'의 탈락을 거쳐 지금은 그러한 연쇄가 허용되지 않는다.

8) [역자주] '喪'은 ≪東國正韻≫에 '상(平, 去)', 그 외의 다른 문헌에서도 '상'으로 되어 있다. 중성이 'ㅑ'가 아니라 'ㅏ'이므로 여기에 속할 수 없다. 단순한 실수인지 아닌지 알 수 없다. 이후에 제시되는 한자들 중에도 '喪'과 같이 중성이 잘못 분류된 예가 있을 가능성이 없지 않으나 여기서는 더 이상 지적하지 않기로 한다.

(나) '-은'

- '아' 뒤 : 欄은(杜詩)
- '야' 뒤 : 相은(訓民)
- '어' 뒤 : 言은(訓民), 凡은(訓民), 德은(大文)
- '여' 뒤 : 情은(訓民), 便은(訓民), 聲은(訓民), 連은(訓民), 成은(訓民), 燃은(月印), 城은(月印), 賢은(月印), 現은(月印), 靜은(月印), 熱은(月印), 前은(圓覺), 接은(大文), 寧은(大文), 榮은(大文), 役은(大文), 然은(大文), 川은(大文)
- '오' 뒤 : 谷은(妙法)
- '요' 뒤 : 足은(杜詩), 尊은(大文)
- '우' 뒤 : 文은(訓民), 不은(訓民), 둘흔(二, 月印), 君은(大文), 文은(大文)
- '유' 뒤 : 衆은(月印)
- '으' 뒤 : 則은(訓民), 得은(訓民), 急은(訓民), 乘은(月印), 等은(圓覺), 繩은(大文)
- '이' 뒤 : 伸은(訓民), 一은(杜詩), 人은(杜詩), 人은(大文), 心은(大文), 臣은(大文), 親은(大文), 賓은(大文), 聘은(大文)
- '워' 뒤 : 越은(月印), 怨은(大文)

이상을 통해 볼 때 ≪禮記大文諺讀≫처럼 약간 후대의 문헌에서 '寧ᄋᆞᆫ' 또는 '寧은', '尊ᄋᆞᆫ' 또는 '尊은' 등과 같이 '-ᄋᆞᆫ'과 '-은'의 구별이 혼동되는 것이 있으나 그 외의 여러 문헌에서는 대체로 아래와 같다.

① '아, 야, 오, 요, ᄋᆡ, 와' 뒤에는 '-ᄋᆞᆫ'이 붙는다.
② '여, 으' 뒤에는 '-은'이 붙는다.
③ '어, 우, 유, 이' 등의 모음 뒤에는 '-ᄋᆞᆫ'과 '-은'이 서로 반반씩 붙는다.

(2) '-ᄂᆞᆫ'과 '-는'

주격 조사 '-는'.[9] 오늘날은 '-ᄂᆞᆫ'과 '-는'의 구별이 거의 소실되었지만 예전에는 다음과 같이 사용되고 있었다.

(가) '-ᄂᆞᆫ'

- '아' 뒤 : 稼ᄂᆞᆫ(妙法), 芽ᄂᆞᆫ(訓民), 下ᄂᆞᆫ(訓民), 加ᄂᆞᆫ(訓民), ㅏᄂᆞᆫ(訓民), 下ᄂᆞᆫ(大文), 麻ᄂᆞᆫ(大文)
- '야' 뒤 : ㅑᄂᆞᆫ(訓民), 者ᄂᆞᆫ(訓民), 者ᄂᆞᆫ(杜詩), 者ᄂᆞᆫ(大文), 也ᄂᆞᆫ(大文)
- '어' 뒤 : 御ᄂᆞᆫ(訓民)
- '여' 뒤 : 與ᄂᆞᆫ(訓民), 庶ᄂᆞᆫ(月印)
- '오' 뒤 : 故ᄂᆞᆫ(訓民), 所ᄂᆞᆫ(訓民), ㅗᄂᆞᆫ(訓民), 五ᄂᆞᆫ(月印), 渡ᄂᆞᆫ(月印), 報ᄂᆞᆫ(月印), 土ᄂᆞᆫ(妙法), 毋ᄂᆞᆫ(五臺), 草ᄂᆞᆫ(杜詩), 道ᄂᆞᆫ(大文), 毋ᄂᆞᆫ(大文), 惡ᄂᆞᆫ(大文), 壺ᄂᆞᆫ(大文)
- '요' 뒤 : ㅛᄂᆞᆫ(訓民), 苗ᄂᆞᆫ(妙法), 橋ᄂᆞᆫ(杜詩)
- '우' 뒤 : 夫ᄂᆞᆫ(月印), 夫ᄂᆞᆫ(杜詩), 夫ᄂᆞᆫ(大文), 投ᄂᆞᆫ(大文), 父ᄂᆞᆫ(大文), 口ᄂᆞᆫ(大文), 侯ᄂᆞᆫ(大文)
- '유' 뒤 : 流ᄂᆞᆫ(訓民), 趣[츄][10]ᄂᆞᆫ(大文)
- '이' 뒤 : 而ᄂᆞᆫ(訓民), 易ᄂᆞᆫ(訓民), ㅣᄂᆞᆫ(訓民), 齒ᄂᆞᆫ(訓民), 二ᄂᆞᆫ(訓民), 彌ᄂᆞᆫ(月印), 尼ᄂᆞᆫ(月印), 氏ᄂᆞᆫ(月印), 이ᄂᆞᆫ(此, 妙法), 之ᄂᆞᆫ(大文), 其ᄂᆞᆫ(大文)
- 'ᄋᆞ' 뒤 : 字ᄂᆞᆫ(訓民), 此ᄂᆞᆫ(訓民), ㆍᄂᆞᆫ(訓民), 使ᄂᆞᆫ(訓民), 子ᄂᆞᆫ(月印), 此ᄂᆞᆫ(妙法), 寺ᄂᆞᆫ(五臺), 此ᄂᆞᆫ(杜詩), 子ᄂᆞᆫ(大文), 士ᄂᆞᆫ(大文), 事ᄂᆞᆫ(大文), 祀ᄂᆞᆫ(大文)

---

9) [역자주] '-는'도 '-은'과 마찬가지로 초기 문법에서 주격 조사로 설정되었다. 지금은 보조사로 처리한다.

10) [역자주] '趣'의 음은 ≪東國正韻≫에 '츅(入), 즁(上), 츙(平), 츙(去)', ≪三韻聲彙≫에 '츄(去)', ≪全韻玉篇≫에 '츄, 추, 츅'으로 되어 있다. 괄호 속은 성조를 나타낸다.

・'예' 뒤 : 製ᄂᆞᆫ(訓民), 制ᄂᆞᆫ(訓民), 禮ᄂᆞᆫ(大文), 醴ᄂᆞᆫ(大文), 階ᄂᆞᆫ(大文)
・'와' 뒤 : 化ᄂᆞᆫ(月印), 過ᄂᆞᆫ(大文), 火ᄂᆞᆫ(大文), 坐ᄂᆞᆫ(大文)
・'외' 뒤 : 壞ᄂᆞᆫ(月印), 內[뇌][11]ᄂᆞᆫ(月印), 外ᄂᆞᆫ(月印), 退ᄂᆞᆫ(大文), 塊ᄂᆞᆫ(大文)
・'위' 뒤 : 爲ᄂᆞᆫ(訓民), 句ᄂᆞᆫ(圓覺), 位ᄂᆞᆫ(大文)
・'의' 뒤 : 矣ᄂᆞᆫ(訓民), 機ᄂᆞᆫ(妙法), 義ᄂᆞᆫ(大文), 旣ᄂᆞᆫ(大文), 祈ᄂᆞᆫ(大文)
・'ᄋᆡ' 뒤 : 臺ᄂᆞᆫ(五臺), 臺ᄂᆞᆫ(杜詩), 宰ᄂᆞᆫ(大文), 代ᄂᆞᆫ(大文), 拜ᄂᆞᆫ(大文)

(나) '-는'
・'아' 뒤 : 多는(訓民)
・'야' 뒤 : 也는(大文)
・'어' 뒤 : 於는(訓民), ㅓ는(訓民)
・'여' 뒤 : 子는(訓民), 如는(訓民), ㅕ는(訓民), 書는(訓民), 妻는(月印)
・'우' 뒤 : 愚는(訓民), 附는(訓民), ㅜ는(訓民), 右는(訓民), 無는(訓民), 丘는(月印), 豆는(大文)
・'유' 뒤 : ㅠ는(訓民), 水는(大文), 胄는(大文), 酒는(大文), 主는(大文)
・'으' 뒤 : ㅡ는(訓民)
・'이' 뒤 : 始는(大文), 之는(大文), 治는(大文)
・'에' 뒤 : 뒤헤는(後, 龍飛)
・'예' 뒤 : 惠는(大文), 帝는(大文), 禮는(大文), 肺는(大文), 體는(大文)
・'위' 뒤 : 鬼는(大文)
・'의' 뒤 : 器는(大文)
・'ᄋᆡ' 뒤 : 隊는(大文)

이상을 통해 볼 때 ≪禮記大文諺讀≫과 같은 책에서 '禮ᄂᆞᆫ' 또는 '禮는'처럼 '-ᄂᆞᆫ'과 '-는'을 혼동하는 것이 있지만 그 외의 여러 문헌에서는 대

11) [역자주] '內'의 음은 ≪東國正韻≫에 '뇡(去), 쉥(去)', 그 외의 다른 문헌에서는 주로 'ᄂᆡ'로 되어 있다.

체로 다음과 같다.

① 'ᄋᆞ, 야, 오, 요, 이, ᄋᆞ, 외, 와, 위, 의, ᄋᆡ' 뒤에는 '-ᄂᆞᆫ'이 붙는다.
② '여, 으' 뒤에는 '-는'이 붙는다.
③ '어, 우, 유, 예' 등의 모음 뒤에서는 '-ᄂᆞᆫ'과 '-는'이 서로 반반씩 붙는다.

(3) '-ᄋᆞᆯ'과 '-을'

목적격 조사 '-을'. 오늘날은 '-ᄋᆞᆯ'과 '-을'의 구별이 소실되었지만 오래 전에는 다음과 같이 사용되고 있었다.

(가) '-ᄋᆞᆯ'

- 'ᄋᆞ' 뒤 : 상ᄋᆞᆯ(龍飛), 望ᄋᆞᆯ(龍飛), 瘼ᄋᆞᆯ(龍飛), 樂ᄋᆞᆯ(龍飛), 나라ᄒᆞᆯ(國, 龍飛), 刹ᄋᆞᆯ(龍飛), 남ᄀᆞᆯ(木, 龍飛), 端ᄋᆞᆯ(龍飛), 薩ᄋᆞᆯ(月印), 覺ᄋᆞᆯ(月印), 薩ᄋᆞᆯ(妙法), 難ᄋᆞᆯ(妙法), ᄯᅡᄒᆞᆯ(地, 妙法), 나라ᄒᆞᆯ(國, 五臺), 洛ᄋᆞᆯ(杜詩), 다ᄆᆞᆯ(墻, 杜詩), 바ᄇᆞᆯ(飯, 杜詩), 盤ᄋᆞᆯ(杜詩), 盞ᄋᆞᆯ(杜詩)
- '야' 뒤 : 良ᄋᆞᆯ(龍飛), 爵ᄋᆞᆯ(龍飛), 掠ᄋᆞᆯ(龍飛), 相ᄋᆞᆯ(妙法), 著ᄋᆞᆯ(妙法), 相ᄋᆞᆯ(圓覺), 悵ᄋᆞᆯ(杜詩), 良ᄋᆞᆯ(大文), 裳ᄋᆞᆯ(大文), 漿ᄋᆞᆯ(大文), 爵ᄋᆞᆯ(大文)
- '어' 뒤 : 거ᄉᆞᆯ(物, 捷解)
- '여' 뒤 : 性ᄋᆞᆯ(龍飛), 燕ᄋᆞᆯ(杜詩), 川ᄋᆞᆯ(杜詩), 踐ᄋᆞᆯ(杜詩), 域ᄋᆞᆯ(杜詩), 星ᄋᆞᆯ(杜詩), 柄ᄋᆞᆯ(杜詩), 翦ᄋᆞᆯ(大文)
- '오' 뒤 : 오ᄉᆞᆯ(衣, 龍飛), 功ᄋᆞᆯ(龍飛), 宗ᄋᆞᆯ(龍飛), 骨ᄋᆞᆯ(龍飛), 孫ᄋᆞᆯ(龍飛), 福ᄋᆞᆯ(龍飛), 고ᄌᆞᆯ(花, 月印), 호ᄆᆞᆯ(爲, 月印), 木ᄋᆞᆯ(妙法), 功ᄋᆞᆯ(妙法), 福ᄋᆞᆯ(五臺), 돌ᄒᆞᆯ(石, 杜詩), 호ᄆᆞᆯ(爲, 杜詩), 服ᄋᆞᆯ(大文)
- '요' 뒤 : 勇ᄋᆞᆯ(龍飛), 俗ᄋᆞᆯ(龍飛), 欲ᄋᆞᆯ(妙法), 用ᄋᆞᆯ(妙法), 觸ᄋᆞᆯ(妙法), 俗ᄋᆞᆯ(杜詩), 庸ᄋᆞᆯ(杜詩)

- ‘유’ 뒤 : 純 을(大文)
- ‘으’ 뒤 : 金 을(龍飛), 等 을(五臺), 升 을(大文)
- ‘이’ 뒤 : 心 을(龍飛), 民 을(龍飛), 陣 을(龍飛), 因 을(妙法), 이를(事, 妙法), 因 을(五臺), 이를(事, 圓覺), 히믈(力, 蒙山), 職 을(杜詩), 實 을(杜詩), 入 을(大文), 賓 을(大文), 日 을(大文)
- ‘ᄋᆞ’ 뒤 : ᄆᆞᅀᆞᄆᆞᆯ(心, 龍飛), ᄆᆞᄅᆞᆯ(馬, 龍飛), ᄇᆞᄅᆞᄆᆞᆯ(風, 杜詩), ᄃᆞᄅᆞᆯ(月, 杜詩), ᄆᆞᅀᆞᄆᆞᆯ(心, 杜詩)
- ‘와’ 뒤 : 王 을(龍飛), 觀 을(龍飛), 官 을(龍飛), 凰 을(杜詩), 皇 을(杜詩), 王 을(杜詩)
- ‘외’ 뒤 : 獲 을(龍飛)
- ‘ᄋᆡ’ 뒤 : 生 을(妙法), 行 을(妙法), 宅 을(妙法), 行 을(圓覺), 生 을(圓覺), 生 을(杜詩), 色 을(杜詩), 行 을(大文)

(나) ‘-을’

- ‘아’ 뒤 : 顔을(妙法), 眼을(圓覺)
- ‘어’ 뒤 : 業을(龍飛), 法을(妙法), 버믈(虎, 杜詩), 言을(大文)
- ‘여’ 뒤 : 姓을(龍飛), 名을(龍飛), 命을(龍飛), 亭을(龍飛), 鏡을(龍飛), 政을(龍飛), 情을(妙法), 見을(妙法), 劣을(妙法), 節을(妙法), 境을(妙法), 善을(妙法). 病을(妙法), 寂을(圓覺), 便을(圓覺), 明을(圓覺), 念을(圓覺), 令을(杜詩), 情을(杜詩), 尺을(杜詩), 病을(杜詩), 節을(大文), 正을(大文), 席을(大文)
- ‘오’ 뒤 : 몸을(身, 訓民), 곳을(處, 捷解)
- ‘우’ 뒤 : 文을(妙法), 風을(杜詩), 佛을(妙法), 얼구를(顔, 圓覺), 門을(杜詩)
- ‘유’ 뒤 : 輪을(妙法), 舜을(妙法), 衆을(妙法)
- ‘으’ 뒤 : 應을(妙法). 音을(妙法), 德[득][12]을(妙法), 웃드믈(幹, 妙法),

12) [역자주] ‘德’은 ≪東國正韻≫에 ‘득(入)’, 다른 문헌에서는 대부분 ‘덕’으로 되어 있다.

勝을(圓覺), 北을(杜詩), 구스를(琴, 杜詩), 根을(捷解), 禽을(大文)
- '이' 뒤 : 日을(龍飛), 臣을(龍飛), 心을(龍飛), 食을(龍飛), 人을(月印), 證[징][13]을(妙法), 心을(妙法), 進을(妙法), 實을(妙法), 心을(五臺), 이블(口, 杜詩), 仁을(大文), 任을(捷解)
- '와' 뒤 : 王을(龍飛)
- '워' 뒤 : 鉞을(龍飛), 쉬을(雉, 龍飛), 願을(五臺), 原을(杜詩)

이상을 통해 볼 때 ≪龍飛御天歌≫에 '王ᄋᆞᆯ' 또는 '王을'이 있는 것처럼 '-ᄋᆞᆯ'과 '-을'을 혼동한 경우가 있으나 대체로 다음과 같다.

① '아, 야, 오, 요, ᄋᆞ, 와, ᄋᆡ' 뒤에는 '-ᄋᆞᆯ'이 붙는다.
② '어, 여, 우, 유, 으, 워' 뒤에는 '-을'이 붙는다.
③ '이' 모음 뒤에서는 '-ᄋᆞᆯ'과 '-을'이 서로 반반씩 사용된다.

(4) '-ᄅᆞᆯ'과 '-를'

목적격 조사 '-를'. 오늘날은 '-ᄅᆞᆯ'과 '-를'의 구별이 소실되었으나 예전에는 다음과 같이 사용되었다.

(가) '-ᄅᆞᆯ'
- '아' 뒤 : 馬ᄅᆞᆯ(龍飛), 下ᄅᆞᆯ(龍飛), 下ᄅᆞᆯ(妙法), 下ᄅᆞᆯ(大文), 바ᄅᆞᆯ(所, 捷解)
- '야' 뒤 : 耶ᄅᆞᆯ(妙法), 者ᄅᆞᆯ(大文)
- '어' 뒤 : 빈허ᄅᆞᆯ(簷, 杜詩)
- '여' 뒤 : 棲ᄅᆞᆯ(杜詩), 쌔ᄅᆞᆯ(骨, 杜詩)
- '오' 뒤 : 豪ᄅᆞᆯ(龍飛), 租ᄅᆞᆯ(龍飛), 度ᄅᆞᆯ(妙法), 道ᄅᆞᆯ(妙法), 寶ᄅᆞᆯ(妙法), 好ᄅᆞᆯ(妙法), 道ᄅᆞᆯ(圓覺), 所ᄅᆞᆯ(杜詩), 연고ᄅᆞᆯ(緣故, 捷解)

---

13) [역자주] '證'은 ≪東國正韻≫에 '징(去)', 다른 문헌에서는 '증'으로 되어 있다.

- ‘요’ 뒤 : 쇼ᄅᆞᆯ(牛, 龍飛), 小ᄅᆞᆯ(妙法), 教ᄅᆞᆯ(圓覺), 廟ᄅᆞᆯ(杜詩), 小ᄅᆞᆯ(大文), 墓ᄅᆞᆯ(大文)
- ‘우’ 뒤 : 頭ᄅᆞᆯ(妙法), 賦ᄅᆞᆯ(杜詩), 豆ᄅᆞᆯ(杜詩), 樓ᄅᆞᆯ(杜詩), 牛ᄅᆞᆯ(杜詩), 婦ᄅᆞᆯ(大文), 舞ᄅᆞᆯ(捷解)
- ‘유’ 뒤 : 類ᄅᆞᆯ(妙法), 類ᄅᆞᆯ(圓覺), 樹ᄅᆞᆯ(杜詩), 流ᄅᆞᆯ(捷解), 州ᄅᆞᆯ(捷解)
- ‘이’ 뒤 : 里ᄅᆞᆯ(龍飛), 비ᄅᆞᆯ(雨, 龍飛), 피ᄅᆞᆯ(血, 月印), 利ᄅᆞᆯ(妙法), 智ᄅᆞᆯ(妙法), 持ᄅᆞᆯ(妙法), 味ᄅᆞᆯ(妙法), 利ᄅᆞᆯ(五臺), 理ᄅᆞᆯ(圓覺), 彌ᄅᆞᆯ(圓覺), 智ᄅᆞᆯ(圓覺), 마치ᄅᆞᆯ(杵, 圓覺), 理ᄅᆞᆯ(蒙山), 理ᄅᆞᆯ(杜詩), 머리ᄅᆞᆯ(頭, 杜詩), 味ᄅᆞᆯ(捷解), 어미ᄅᆞᆯ(母, 捷解)
- ‘ᄋᆞ’ 뒤 : 土ᄅᆞᆯ(龍飛), 字ᄅᆞᆯ(妙法), 子ᄅᆞᆯ(妙法), 死ᄅᆞᆯ(妙法), 師ᄅᆞᆯ(五臺), 子ᄅᆞᆯ(五臺), 事ᄅᆞᆯ(杜詩), 子ᄅᆞᆯ(捷解), 事ᄅᆞᆯ(捷解)
- ‘애’ 뒤 : 害ᄅᆞᆯ(妙法), 礙ᄅᆞᆯ(妙法), 대ᄅᆞᆯ(竹, 杜詩), 내ᄅᆞᆯ(芳, 杜詩), 애ᄅᆞᆯ(膽, 杜詩)
- ‘에’ 뒤 : 둡게ᄅᆞᆯ(蓋, 杜詩), 므지게ᄅᆞᆯ(虹, 杜詩)
- ‘예’ 뒤 : 滯ᄅᆞᆯ(妙法), 切ᄅᆞᆯ(妙法), 世ᄅᆞᆯ(妙法), 偈ᄅᆞᆯ(妙法)
- ‘와’ 뒤 : 化ᄅᆞᆯ(妙法), 果ᄅᆞᆯ(妙法), 化ᄅᆞᆯ(圓覺), 와ᄅᆞᆯ(與, 杜詩), 戈ᄅᆞᆯ(大文)
- ‘외’ 뒤 : 罪ᄅᆞᆯ(龍飛), 悔ᄅᆞᆯ(妙法), 자최ᄅᆞᆯ(跡, 妙法)
- ‘위’ 뒤 : 畏ᄅᆞᆯ(妙法), 구위ᄅᆞᆯ(宮, 杜詩)
- ‘의’ 뒤 : 機ᄅᆞᆯ(妙法), 記ᄅᆞᆯ(妙法), 器ᄅᆞᆯ(杜詩)
- ‘ᄋᆡ’ 뒤 : 才ᄅᆞᆯ(龍飛), 션ᄇᆡᄅᆞᆯ(儒, 龍飛), 보ᄇᆡᄅᆞᆯ(寶, 月印), 보ᄇᆡᄅᆞᆯ(寶, 妙法), 愛ᄅᆞᆯ(圓覺), ᄇᆡᄅᆞᆯ(腹, 杜詩), ᄒᆡᄅᆞᆯ(日, 杜詩)

(나) ‘-를’

- ‘아’ 뒤 : 下를(捷解)
- ‘야’ 뒤 : 者를(大文), 射를(大文)
- ‘어’ 뒤 : 車를(妙法)
- ‘오’ 뒤 : 謀를(龍飛)
- ‘우’ 뒤 : 武를(龍飛), 無를(杜詩)

- '유' 뒤 : 有를(妙法), 壽를(五臺)
- '으' 뒤 : 브를(火, 妙法)
- '이' 뒤 : 理를(捷解), 들기를(擧, 捷解), 이를(此, 捷解)
- 'ᄋᆞ' 뒤 : 使를(捷解)
- '예' 뒤 : 弟를(龍飛), 制를(龍飛), 禮를(大文)
- '위' 뒤 : 位를(龍飛), 位를(圓覺)
- '의' 뒤 : 義를(龍飛), 期를(大文), 喜를(五臺)
- 'ᄋᆡ' 뒤 : 在를(妙法)

이상을 통해 볼 때 ≪禮記大文諺讀≫에서 '者ᄅᆞᆯ' 또는 '者를'과 같이 '-ᄅᆞᆯ'과 '-를'을 혼용한 예가 있으나 대체로 다음과 같다.

① '아, 여, 오, 요, 이, ᄋᆞ, 애, 에, 와, 외, ᄋᆡ' 뒤에는 '-ᄅᆞᆯ'이 붙는다.
② '으' 뒤에는 '-를'이 붙는다.
③ '어, 야, 우, 유, 예, 위, 의' 등의 여러 모음 뒤에는 '-ᄅᆞᆯ'과 '-를'이 반반씩 사용된다.

(5) '-애'와 '-ᄋᆡ'[14]

(가) '-애'

- '아' 뒤 : 間애(妙法), 房애(妙法), 家애(妙法), 網애(妙法), 山애(妙法), 覺애(妙法), 間애(五臺), 下애(五臺), 漢애(杜詩), 潭애(杜詩), 南애(杜詩), 甲애(大文), 下애(大文), 雅애(大文), 我애(大文), 寒애(大文), 家애(大文), 夏애(大文)

14) [역자주] '애'와 'ᄋᆡ'는 중세국어 시기에 모음조화에 의해 구별되는 모음의 대립쌍이 아니었지만 小倉進平은 이 두 모음이 마치 대립쌍인 듯이 다루고 있다. 각주 15)에서도 설명하겠지만 '-애'와 '-ᄋᆡ'는 모음조화에 의해 분화된 이형태가 아니고 서로 다른 형태소에 불과하다.

- ‘야’ 뒤 : 陽애(龍飛), 場애(妙法), 夜애(妙法), 相애(妙法), 鄕애(杜詩), 也애(大文), 喪애(大文), 上애(大文), 者애(大文)
- ‘오’ 뒤 : 道애(妙法), 苦애(妙法), 모매(身, 妙法), 孫애(五臺), 道애(圓覺), 冬애(杜詩), 空애(杜詩), 木애(杜詩), 誥애(大文), 東애(大文), 途애(大文), 모매(身, 捷解)
- ‘요’ 뒤 : 終애(龍飛), 小애(妙法), 終애(大文)
- ‘이’ 뒤 : 臣애(大文), 陣애(大文)
- ‘ᄋᆞ’ 뒤 : ᄀᆞ새(邊, 龍飛), 바ᄅᆞ래(海, 月印), 事애(大文), 辭애(大)
- ‘애’ 뒤 : 介애(大文)
- ‘예’ 뒤 : 禮애(大文)
- ‘와’ 뒤 : 果애(妙法)
- ‘ᄋᆡ’ 뒤 : 宅애(妙法), 生애(杜詩)

(나) ‘-ᄋᆡ’

- ‘아’ 뒤 : 山ᄋᆡ草木(山上草木, 龍飛)
- ‘오’ 뒤 : 雨露ᄋᆡ한프를저지ᄃᆞᆺ(雨露之滋衆卉, 妙法), 八正道ᄋᆡ모ᄃᆞᆫ고디오(八正道之所會也, 妙法), 閭廬ᄋᆡ무더믄(閭廬丘墓, 杜詩), 宋玉ᄋᆡ슬호ᄆᆞᆯ(宋玉悲, 杜詩)
- ‘요’ 뒤 : 時俗ᄋᆡ양ᄌᆞ(俗態, 杜詩)
- ‘이’ 뒤 : 萬民ᄋᆡ헐므오ᄆᆞᆯ(萬民瘡, 杜詩)
- ‘와’ 뒤 : 鳳凰ᄋᆡ부리(鳳觜, 杜詩)
- ‘ᄋᆡ’ 뒤 : 因行ᄋᆡᄀᆞᆮᄒᆞ샨고디라(蓋因行所同也, 妙法)

‘-애’와 ‘-ᄋᆡ’는 그 앞에 오는 모음 종류에 따라 결정이 되는 것 같지만 실제 용례에 따르면 ‘-애’와 ‘-ᄋᆡ’의 구별은 이러한 관계에 의해 이루어지는 것이 아니다. 많은 경우 ‘-애’는 여격(與格, dative case) 또는 처격(處格, locative case)에 해당하고 ‘-ᄋᆡ’는 속격(屬格, possessive case)에 해당하여 그 의미에 따라 용법을 구별하는 것이다.[15)]

(6) '-에(에)'와 '-예'[16]

장소 또는 때를 가리키는 조사 '-에'. 오늘날에는 '-에'와 '-예'의 구별이 소실되어 오로지 '-에'만 사용되지만 예전에는 다음과 같이 쓰였다.

(가) '-에(에)'

- '어' 뒤 : 劫에(妙法), 凡에(圓覺)
- '여' 뒤 : 天에(月印), 易에(大文), 旅에(大文), 廷에(大文), 年에(大文), 命에(大文), 傳에(大文), 免에(大文), 念에(妙法), 見에(妙法), 情에(妙法), 經에(妙法), 先에(妙法), 殿에(杜詩), 面에(杜詩), 城에(杜詩). 年에(杜詩), 城에(捷解)
- '오' 뒤 : 門[몬][17]에(妙法), 東에(捷解)
- '우' 뒤 : 後에(妙法), 右에(龍飛), 後에(龍飛), 後에(杜詩), 門에(杜詩), 國에(捷解), 物에(捷解), 風에(大文), 后에(大文), 後에(大文), 門에(大文)
- '유' 뒤 : 中에(妙法), 衆에(妙法), 中에(圓覺), 中에(捷解), 中에(大文)
- '으' 뒤 : 그에(玆, 月印), 力[륵][18]에(妙法), 品[픔][19]에(妙法), 陵에(杜詩), 뜯에(捷解), 側에(大文), 升에(大文)

---

15) [역자주] 각주 14)에서도 지적했듯이 '애'와 '의'는 모음조화에 의해 대립하는 모음쌍이 아닌데도 함께 다룸으로써 이와 같은 설명이 나오게 되었다. 중세국어 시기에 '-애'는 처격에 사용되었고, '-의'는 일반적으로 유정 체언 뒤에서 속격의 기능을 하였으며 특수한 명사에 한해 처격의 역할도 수행했다. 즉 '-애'와 '-의'는 같은 형태소가 아니고 서로 다른 형태소인 것이다.

16) [역자주] '-에(에)'와 '-예'도 모음조화에 의해 구별되는 대립쌍은 아니었다. '-예'는 'ㅣ'로 끝나는 어간 뒤에서 '-에' 대신 사용되었다.

17) [역자주] '門'은 ≪東國正韻≫에는 '몬(平)'으로 나오나 다른 문헌에서는 대부분 '문'으로 나온다.

18) [역자주] '力'은 ≪東國正韻≫에서는 '륵(入)'이지만 다른 문헌에서는 대부분 '력'으로 나온다.

19) [역자주] '品'은 ≪東國正韻≫에는 '픔(上)', ≪倭語類解≫, ≪三韻聲彙≫, ≪全韻玉篇≫ 등에서도 '픔', ≪飜譯老乞大≫, ≪訓蒙字會≫에서는 '품'으로 되어 있다.

・'이' 뒤 : 室에(龍飛), 日에(龍飛), 日에(月印), 身에(妙法), 塵에(妙法), 이에(玆, 妙法), 地에(圓覺), 이에(玆, 圓覺), 質에(大文), 日에(大文)
・'워' 뒤 : 原에(杜詩), 願에(妙法)
・'이' 뒤 : 內에(杜詩)

(나) '-예'
・'오' 뒤 : 戶예(捷解)
・'유' 뒤 : 슈예(龍飛)
・'이' 뒤 : 飛예(龍飛), ᄃᆞ리예(龍飛), 사ᅀᅵ예(間, 月印), 뎡바기예(頂, 月印), 地예(妙法), 理예(妙法), 時예(妙法), 머리예(頭, 妙法)
・'애' 뒤 : 놀애예(謳, 龍飛), 奈[내][20]예(妙法)
・'예' 뒤 : 弟예(龍飛), 世예(龍飛), 世예(月印), 製예(訓民), 世예(妙法), 切예(妙法), 歲예(五臺), 世예(杜詩), 世예(大文), 制예(大文), 禮예(大文), 禮예(捷解)
・'외' 뒤 : 罪예(捷解)
・'위' 뒤 : 衛예(妙法)
・'의' 뒤 : 掎예(冗費), 幾예(龍飛), 意예(大文), 義예(大文)
・'ᄋᆡ' 뒤 : ᄒᆡ예(日, 龍飛), 來예(妙法), ᄇᆡ예(船, 杜詩), 海예(杜詩), 臺예(杜詩), ᄇᆡ예(船, 捷解), 內예(捷解), 怠예(捷解)

이 항목의 '-에, -예'를 앞선 항목 (가)에서 '-에'의 뜻을 가진 '-애'의 용법과 비교하면 다음과 같다.

① '아, 야, 오, 요, ᄋᆞ, 애, 와' 뒤에는 '-애'가 붙는다.
② '어, 여, 우, 유, 으, 워, 의' 뒤에는 '-에'가 붙는다.

---

20) [역자주] '奈'는 ≪東國正韻≫에 '냉(去)', ≪三韻聲彙≫와 ≪全韻玉篇≫에는 '내, 나'로 나온다.

③ '애, 예, 이' 뒤에는 '-예'가 붙는다.
④ '이' 모음 뒤에서는 '-애, -에, -예' 모두를 사용한다.

(7) '-앤', '-인', '-엔', '-옌'[21]

모두 '-에는(장소, 시간)'의 의미로 사용된다. 예전의 용법은 다음과 같다.

(가) '-앤'
- '아' 뒤 : 方앤(月印), 洛앤(杜詩), 사맨(麻, 杜詩)
- '야' 뒤 : 帳앤(杜詩), 喪앤(大文), 上앤(大文), 者앤(大文)
- '유' 뒤 : 中앤(大文)
- 'ᄋᆞ' 뒤 : 하ᄂᆞᆯ핸(天, 杜詩), 事앤(大文), 士앤(大文)

(나) '-인'
- '아' 뒤 : 바ᄆᆡᆫ(夜, 杜詩), 알ᄑᆡᆫ(前, 杜詩)
- 'ᄋᆞ' 뒤 : ᄀᆞᄋᆡᆫ(邊, 杜詩)

(다) '-엔'
- '어' 뒤 : 法엔(妙法), 굴헝엔(卷, 杜詩)
- '여' 뒤 : 前엔(妙法), 節엔(圓覺), 前엔(杜詩)
- '우' 뒤 : 門엔(杜詩)
- '유' 뒤 : 洲엔(杜詩), 中엔(大文)
- '으' 뒤 : 겨스렌(冬, 圓覺), 녀르멘(夏, 圓覺), 므렌(水, 杜詩)
- '이' 뒤 : 비첸(光, 杜詩), 길헨(道, 杜詩)
- '워' 뒤 : 苑엔(妙法), 原엔(杜詩)

21) [역자주] 이 네 개의 모음도 '앤'과 '엔'을 제외하면 역시 모음조화에 의해 구별되는 모음쌍이라고 볼 수 없다. 아래의 (8)에 제시되는 네 모음도 마찬가지이다.

(라) '-옌'

・'이' 뒤 : 비옌(雨, 杜詩)

・'애' 뒤 : 崖옌(杜詩)

・'의' 뒤 : 氣옌(杜詩)

이상 네 가지 용법을 통해 보면 ≪禮記大文諺讀≫에 '中앤' 또는 '中엔'과 같이 '-앤'와 '-엔'의 용법을 혼동하는 경우가 있지만 대체로 다음과 같다.

① '아, 야, ᄋᆞ' 뒤에는 '-앤'이 붙는다.

② '아, ᄋᆞ' 뒤에는 '-인'이 붙는다.

③ '어, 여, 으, 이, 워' 뒤에는 '-엔'이 붙는다.

④ '이' 뒤에는 '-옌'이 붙는다.

(8) '-앳', '-잇', '-엣', '-옛'

모두 속격의 의미로 사용된다. 예전 용법은 다음과 같다.

(가) '-앳'

・'아' 뒤 : 江앳(龍飛), 間앳(月印), 祥앳(妙法)

・'야' 뒤 : 相앳(妙法)

・'오' 뒤 : 都앳(龍飛), 보맷(春, 月印), 楚앳(杜詩)

・'요' 뒤 : 種앳(圓覺)

・'ᄋᆞ' 뒤 : 하ᄂᆞᆯ햇(天, 月印), ᄇᆞᄅᆞᄆᆡᆺ(風, 杜詩)

・'와' 뒤 : 華앳(圓覺)

(나) '-잇'

・'아' 뒤 : 바ᄆᆡᆺ(夜, 杜詩), 알ᄑᆡᆺ(前, 杜詩)

(다) '-엣'
· '어' 뒤 : 劫엣(妙法)
· '여' 뒤 : 命엣(龍飛)
· '우' 뒤 : 國엣(龍飛)
· '유' 뒤 : 囿엣(龍飛), 中엣(杜詩)
· '으' 뒤 : 쁘뎃(意, 訓民), 等엣(圓覺)

(라) '-옛'
· '이' 뒤 : 소리옛(意, 訓民), 머리옛(頭, 妙法)
· '예' 뒤 : 世옛(妙法), 世옛(圓覺)
· 'ᄋᆡ' 뒤 : 海옛(龍飛), 보ᄇᆡ옛(寶, 妙法)

이상 네 가지 용법을 통해 보면 대체로 다음과 같다.

① '아, 야, 오, 요, ᄋᆞ' 뒤에는 '-앳'이 붙는다.
② '아' 뒤에는 '-잇'이 붙는다.
③ '어, 여, 우, 유, 으' 뒤에는 '-엣'이 붙는다.
④ '이, 예, ᄋᆡ' 뒤에는 '-옛'이 붙는다.

(9) '-ᄋᆞ로'와 '-으로'

도구나 방향 등을 나타내는 조사. 오늘날은 둘의 구별이 소실되어 '으로' 한 가지로 바뀌었지만 예전에는 다음과 같이 사용되었다.

(가) '-ᄋᆞ로'
· '아' 뒤 : 案ᄋᆞ로(妙法), 湯ᄋᆞ로(大文), 算ᄋᆞ로(大文), 端ᄋᆞ로(大文)
· '야' 뒤 : 漿ᄋᆞ로(龍飛), 象ᄋᆞ로(龍飛), 璋ᄋᆞ로(大文)
· '여' 뒤 : 겨ᄐᆞ로(傍, 月印), 峽ᄋᆞ로(杜詩), 泉ᄋᆞ로(杜詩)
· '오' 뒤 : 伏ᄋᆞ로(龍飛), 소ᄂᆞ로(手, 蒙山), 돌ᄒᆞ로(石, 杜詩), 哭ᄋᆞ로

(大文)

- '요' 뒤 : 種ᄋᆞ로(龍飛)
- '이' 뒤 : 心ᄋᆞ로(龍飛), 人ᄋᆞ로(大文)
- 'ᄋᆞ' 뒤 : ᄒᆞᄆᆞ로(爲, 大文)
- '와' 뒤 : 官ᄋᆞ로(大文)
- 'ᄋᆡ' 뒤 : 幸ᄋᆞ로(龍飛), 生ᄋᆞ로(妙法), 色ᄋᆞ로(大文)

(나) '-으로'

- '아' 뒤 : 惡으로(妙法)
- '야' 뒤 : 量으로(妙法)
- '어' 뒤 : 德으로(龍飛), 言으로(大文), 蘗으로(大文), 法으로(大文)
- '여' 뒤 : 病으로(龍飛), 請으로(龍飛), 便으로(妙法), 石으로(杜詩), 卿으로(大文)
- '오' 뒤 : 本으로(大文)
- '우' 뒤 : 君으로(杜詩), 躬으로(大文)
- '유' 뒤 : 衆으로(妙法), 六으로(大文)
- '으' 뒤 : 金으로(妙法), 等으로(妙法), 力[륵]으로(妙法)
- '이' 뒤 : 乘[싱][22]으로(妙法), 心으로(杜詩), 民으로(大文), 人으로(大文), 蘋으로(大文), 職으로(大文)
- '워' 뒤 : 權으로(妙法), 遠으로(大文)

이상을 통해 보면 대체로 다음과 같다.

① '아, 야, 여, 오, 요, ᄋᆡ' 뒤에는 '-ᄋᆞ로'가 붙는다.
② '아, 야, 어, 우, 유, 으, 워' 뒤에는 '-으로'가 붙는다.
③ '여, 이' 뒤에는 '-ᄋᆞ로'와 '-으로'가 모두 사용된다.

22) [역자주] '乘'은 ≪東國正韻≫에 '씽(平, 去)'로 나오고 그 외의 문헌에서는 대부분 '승'으로 되어 있다.

이상 9개 항목에 걸친 음운 현상을 표시하면 대략 다음과 같다.

조사		앞에 오는 단어의 모음																			
1	ᄋᆞᆫ	야*	야*	어	여	오*	요*	우	유	으	이*			에		와		워			ᄋᆡ*
	은	아	야	어	여*	오	요	우	유	으*	이*							워			
2	ᄂᆞᆫ	아*	야*	어	여	오*	요*	우	유		이*	ᄋᆞ*			예	와	외		위	의	ᄋᆡ
	는	아*	야	어	여*			우	유	으	이				예						
3	ᄋᆞᆯ	아*	야*	어	여	오*	요			으	이*	ᄋᆞ*				와					ᄋᆡ*
	을	아		어*	여*	오		우	유	으*	이							워			
4	ᄅᆞᆯ	아*	야	어	여	오*	요	우	유		이*	ᄋᆞ*	애	에	예	와	외		위	의	ᄋᆡ*
	를	아	야	어		오		우	유	으	이	ᄋᆞ			예				위	의	ᄋᆡ
5	애	아*	야*			오*	요				이	ᄋᆞ*	애			와					
6	에			어*	여*	오		우	유*	으*	이							워			
	예					오			유		이		애		예*		외			의	ᄋᆡ*
7	앤	아*	야*									ᄋᆞ									
	ᄋᆡᆫ	아*										ᄋᆞ									
	엔			어*	여*					으*	이							워			
	옌										이										
8	앳	아*	야*			오	요					ᄋᆞ									
	ᄋᆡᆺ	아*																			
	엣			어*	여*			우	유	으											
	옛										이*				예						ᄋᆡ
9	ᄋᆞ로	아	야		여	오	요				이										ᄋᆡ
	으로	아	야	어*	여			우	유	으	이							워			

('*'는 절대적으로 우세한 형태를 표시함)

위의 표를 모음의 종류에 따라 분류하여 모음조화 현상을 간명하게 표시하면 다음과 같다.

조사		앞에 오는 단어의 모음 중 빈도수가 가장 높은 모음																			
ᄋᆞ	ᄋᆞᆫ	아	야			오	요	우	유		이					와		워			ᄋᆡ
	ᄂᆞᆫ	아	야			오	요	우	유		이	ᄋᆞ				와	외			의	ᄋᆡ
	ᄋᆞᆯ	아	야			오					이	ᄋᆞ				와					ᄋᆡ
	ᄅᆞᆯ	아				오	요	우	유		이	ᄋᆞ	애			와	외				ᄋᆡ
	ᄋᆞ로					오	요				이										

조사		앞에 오는 단어의 모음 중 빈도수가 가장 높은 모음																			
으	은				여			우	유	으	이							워			
	는				여			우	유	으											
	을			어	여			우	유	으	이							워			
	를							우	유	으											
	으로			어				우	유	으	이							워			
애	애	아	야			오	요				이	ᄋᆞ	애								
	앤	아	야																		
	앳	아	야			오	요														
인	인	아																			
	잇	아																			
에	에			어	여				유	으	이							워			
	엔			어	여					으	이							워			
	엣			어	여			우	유	으											
예	예										이		애		예		외				ᄋᆡ
	옌										이										
	옛										이				예						ᄋᆡ

이 표를 더 간략하게 하면 다음과 같은 결과를 얻는다.

제일 앞에 오는 모음(A)	뒤에 오는 모음 중 가장 빈도가 높은 모음(B)					
아, 야		ᄋᆞ	애			ᄋᆡ
어, 여	으			에		
오, 요		ᄋᆞ	애			
우, 유	으			에		
으	으			에		
이	으	ᄋᆞ		에	예	
ᄋᆞ		ᄋᆞ				
와		ᄋᆞ				
워	으			에		
ᄋᆡ		ᄋᆞ			예	

이 표에서 귀납할 수 있는 사실은 다음과 같다.

가. (A)의 '아, 야, 오, 요, ᄋᆞ, 와'는 (B)에서 'ᄋᆞ, 애'를 동반한다.

나. (A)의 '어, 여, 우, 유, 으, 워'는 (B)에서 '으, 에'를 동반한다.
다. (A)의 '이'는 (B)에서 'ᄋᆞ'와 '으, 에'를 동반한다.
라. (A)의 'ᄋᆡ'는 (B)에서 'ᄋᆞ'와 '예'를 동반한다.

이상에서 추측건대 대략 다음의 세 가지 법칙을 세울 수 있다.

① '아, 야, 오, 요, ᄋᆞ, 와, 애'는 서로 모음이 조화될 수 있다.
② '어, 여, 우, 유, 워, 으, 에'는 서로 모음이 조화될 수 있다.
③ '이, ᄋᆡ'은 ①의 'ᄋᆞ'와 ②의 '으, 에, 예'에 조화될 수 있다.

①을 强母音(또는 陽母音), ②를 弱母音(또는 陰母音)이라고 부른다면 ③은 中性母音이라고 할 수 있을 것이다.23)

(Ⅱ) 의성어와 의태어

의성어란 기원적으로 사물의 음성을 모방하는 단어를 말하고 의태어란 기원적으로 사물의 동작이나 상태를 모방하는 단어를 의미한다. 가령 일본어에서 천둥 소리를 'ゴロゴロ(gorogoro)', 개가 짖는 소리를 'ワンワン(wanwan)'이라고 하는 것이 의성어에 속하고, 무서워서 소름이 끼치는 모양을 'ゾクゾク(zokuzoku)', 반짝이는 모양을 'ピカピカ(pikapika)'라고 하는 것은 의태어에 속한다. 한국어에도 물론 이런 종류의 단어가 예전부터 다수 있었지만 여기서는 오로지 현대어에 대해서만 모음조화 현상을 고찰하고자 한다.

23) [역자주] 小倉進平이 '양모음, 음모음'과 같은 용어를 어디에서 참고하여 사용했는지는 알 수 없다. 그러나 1940년에 발견된 ≪訓民正音解例本≫에서 모음의 제자에 陰陽의 원리를 사용했고 모음조화가 陰陽의 관점에서 해석될 수 있음을 생각하면 小倉進平이 이미 이 시기에 '陰陽'이라는 용어를 쓴 것은 매우 흥미롭다.

(1) 첫 음절에 '아'를 포함한 예

까드락까드락	(자랑스러워하는 모양)
가랑가랑	(액체가 가득 찬 모양)
가르랑가르랑	(가래가 걸려 숨을 쉬는 모양)
깍둑깍둑	(조각조각 나 있는 모양)
간실간실	(간사한 모양)
간질간질	(간지러운 모양)
깔깔	(큰소리로 웃는 모양)
갈걍갈걍	(얼굴이 여위는 모양)
깔끔깔끔	(매끄럽지 않은 모양)[24]
깜박깜박	(깜박이는 모양, 아득한 모양)
감숭감숭	(군데군데 검은 점이 있는 모양)
깟깟	(까치의 울음소리)
갓칫갓칫	(작고 단단한 것이 손에 닿이는 모양)
말긋말긋	(액체 안에 고형물이 섞이는 모양)
망울망울	(우유 등이 굳어진 모양)
아믈아믈	(시야가 가려지는 모양)
아삭아삭	(이빨로 잘 씹는 시원시원한 모양)
아슥아슥	(많은 것이 비뚤어져 있는 모양)
아슬낭아슬낭	(체구가 작은 사람이 귀찮게 걷는 모양)
아장아장	(아기가 처음으로 걷는 모양)
아지직아지직	(단단한 물건을 부수는 소리)
차곡치곡	(질서 있는 모양)
차근차근	(세밀하게 대처하는 모양)
찬찬	(단단하게 동여매는 모양)
찰낭찰낭	(액체가 넘칠 듯한 모양)
알뜰알뜰히	(검소한 모양)

24) [역자주] '까끌까끌'과 비슷한 의미이다.

알씬알씬	(아부하는 모양)
앗삭앗작	(단단한 물건을 부수는 소리)
앙잘앙잘	(원망스럽게 군소리를 내는 모양)
바작바작	(물건을 빻는 소리)
박박	(물건이 깨지는 소리, 물건을 빻는 소리)
빡빡	(담배를 피우는 모양)
반들반들	(매끄러운 모양)

위의 여러 예를 보면 첫 음절에 모음 '아'가 포함되어 있는 경우 그 뒤에는 '아, 야, 오, 우, 으, 이' 등의 모음을 포함한 음절이 접속될 수 있지만 '어, 여' 등의 모음을 포함한 음절은 접속되지 않음을 알 수 있다.

(2) 첫 음절에 '야'를 포함한 예

갸우뚱갸우뚱	(동요하는 모양)
갸웃갸웃	(자꾸 엿보는 모양)
꺅꺅	(짐승이 애처롭게 우는 소리)
야금야금	(조금씩 취하는 모양)
야슬야슬	(얕은 생각을 능숙하게 설득하는 모양)
야죽야죽	(얕은 생각을 능숙하게 설득하는 모양)
뱐들뱐들	(교만한 모양)
뱡글뱡글	(회전하는 모양)

위의 여러 예를 보면 첫 음절에 '야'가 포함되어 있는 경우 그 뒤에는 주로 '으, 우' 등의 모음을 포함한 음절이 이어질 수 있지만 앞 항목 (1)과 마찬가지로 '어, 여' 등의 모음을 포함한 음절은 이어질 수 없다고 생각한다.

(3) 첫 음절에 '어'를 포함한 예

건듯건듯	(대략)

껍신껍신	(신체를 흔드는 모양)
겁적겁적	(신체를 흔드는 모양)
꺳덕꺳덕	(교만한 모양)
겅둥겅둥	(도약하는 모양)
겅둥겅둥	(도약하는 모양)
겅충겅충	(진정하지 않은 모양)
꺼덕꺼덕	(반 정도 마른 모양)
거들거들	(언행이 진정되지 않은 모양)
거듬거듬	(대략)
거물거물	(혼미한 모양)
거칫거칫	(매끄럽지 않은 모양)
철썩철썩	(물이 흔들리고 넘치는 모양)
철벅철벅	(물을 밟는 모양)
철벙철벙	(물건을 물 속에 던지는 모양)
철철	(물이 넘치는 모양)
언틀언틀	(울퉁불퉁한 모양)
얼근덜근	(맵고 맛이 없는 것)
얼넉덜넉	(무늬가 섞여 있는 모양)
얼숭얼숭	(무늬가 산만하여 사람 눈을 어지럽히는 모양)
얼씬얼씬	(그림자가 눈 앞에서 번쩍이는 모양)
얽둑얽둑	(얼굴에 자국이 있는 모양)
컹컹	(개가 짖는 소리)

위의 여러 예를 보면 첫 음절에 모음 '어'가 포함되어 있는 경우 그 뒤에는 주로 '어, 우, 으, 이'를 포함한 음절, 특히 '어, 으' 모음이 있는 음절이 가장 빈번하게 접속된다. 그러나 '아, 야, 오' 등의 모음을 포함한 음절은 접속되지 않는데 이것은 매우 주목해야 할 사실이다.

(4) 첫 음절에 '어'를 포함한 예

여짓여짓　　(말하고자 하는 것을 주저하는 모양)
별늠별늠　　(기도하는 모양)

이 종류의 예는 많이 발견할 수 없지만 모음 '여'는 뒤에 '이' 또는 '으'를 동반하는 듯하다.

(5) 첫 음절에 '오'를 포함한 예

소마소마　　(위태로워하고 무서워하는 모양)
쏙쏙　　(뾰족한 모양, 경솔한 모양)
속살속살　　(속삭이는 모양)
속달속달　　(속삭이는 모양)
솜을솜을　　(가려운 모양)
송알송알　　(술 등이 발효하는 모양)
졸깃졸깃　　(부드럽고 탄력이 있는 모양)
존존　　(織物의 발이 곱고 가는 모양)
못작못작　　(누에가 먹는 모양)
몽탁몽탁　　(누에가 먹는 모양)
고들고들　　(밥이 딱딱한 모양)
ᄭᅩ박ᄭᅩ박　　(조는 모양)
고슬고슬　　(떡 등이 적당히 익은 모양)
ᄭᅩ장ᄭᅩ장　　(노인의 허리가 구부러지지 않은 모양)
ᄭᅩ치ᄭᅩ치　　(심하게 마른 모양)
ᄭᅩᆯ싹ᄭᅩᆯ싹　　(토하려는 소리)
골골　　(약한 모양)
ᄭᅩᆯᄭᅩᆯ　　(시냇물이 흐르는 소리)
곰을곰을　　(蠢動하는 모양)
ᄭᅩᆷ싹ᄭᅩᆷ싹　　(微動하는 모양)

모락모락	(연기, 먼지 등이 피어오르는 모양)
송송	(얼음이 어는 모양)
콩콩	(개가 짖는 소리)

위의 여러 예를 보면 첫 음절에 모음 '오'가 포함되어 있는 경우에는 그 다음에 '오, 아, 으, 이'를 포함한 것이 이어진다. 그러나 '어, 여, 우, 유' 등의 모음을 포함한 음절은 이어지지 않는데 이것은 매우 주목해야 할 사항이다.

(6) 첫 음절에 '우'를 포함한 예

수덕수덕	(말라서 딱딱한 모양)
술쩍술쩍	(분노를 겉으로 드러내지 않고 참는 모양)
술술	(돼지가 우는 소리)
술쩍	(식물을 삼키는 모양)
술으룩	(닭이 놀라서 내는 소리)
술적술적	(액체를 흔들 때 나는 소리)
굼틀굼틀	(蠢動하는 모양)
굼벅굼벅	(신체를 굽혔다가 펴는 모양)
굽슬굽슬	(머리를 숙이고 몸을 낮추는 모양)
굿을굿을	(가죽 면이 약간 응고하는 모양)
무룩무룩	(증기, 연기 등이 피어오르는 모양)
무앙무앙	(완고한 모양)
문척문척	(부패물이 분해되는 모양)
문덩문덩	(부패물이 분해되는 모양)
물덤벙술덤벙	(줏대 없이 여러 가지 일에 착수하는 것)
문게문게	(계속 나오는 모양)
뭉글뭉글	(부드럽고 매끄러우면서 잡기 어려운 모양)
뭉실뭉실	(살이 쪄서 부드러운 모양)

수럭수럭	(쾌활한 모양)
수리수리	(시력이 몽롱한 모양)
수선수선	(마음이 혼란스러운 모양)
술넝술넝	(마음이 혼란스러운 모양)
수슬수슬	(水痘 등이 조금 마른 모양)
쑥쑥	(깊이 들어가는 모양)
숭숭	(구멍이 많은 모양)
주볏주볏	(훈계하여 두려워하는 모양)
주섬주섬	(순차적으로 많이 거두어 가는 모양)
주적주적	(어린애가 걷기 시작하고 말하기 시작하는 모양)
주춤주춤	(서거나 쪼그리는 모양)
죽죽	(비가 멈추지 않은 모양)
쑥쑥	(빠는 모양)
준득준득	(부드럽고 탄력이 있는 모양)
쭝긋쭝긋	(입을 우물우물 움직이는 모양)
중덜중덜	(불평을 중얼거리는 모양)
추근추근	(부드럽고 탄력이 있는 모양)
충충	(물이 충만한 모양)
쿠렁쿠렁	(봉지 따위에 물건이 넘치는 모양)
쿨녹쿨녹	(기침하는 모양)
쿨쿨	(코를 고는 모양)

위의 여러 예를 보면 첫 음절에 모음 '우'가 포함되어 있는 경우에는 그 다음에 '우, 어, 여, 으, 이, 에'를 포함한 음절, 특히 '우, 어, 으'가 들어 있는 음절이 가장 빈번하게 온다. 그렇지만 '아, 야, 오, 요' 등의 모음을 포함한 음절은 접속하지 않는데 이것은 매우 주의해야 할 사실이다.[25)]

25) 앞에 제시한 예 가운데 '무앙무앙'에서 모음 '아'를 취한 것은 특이한 예이다.

(7) 첫 음절에 '으'를 포함한 예

긔뎩긔뎩	(기울어져서 흔들리는 모양)
그렁그렁	(구토를 일으키는 모양)
근뎅근뎅	(흔들리는 모양)
흔뎅흔뎅	(흔들리는 모양)
끈적끈적	(끈적거리는 모양)
긁죽긁죽	(긁는 모양)
숭숭	(고민하는 모양)
는적는적	(부서지기 쉬운 모양)
늘쩡늘쩡	(완만한 모양)
늘큰늘큰	(완만한 모양)
늠실늠실	(행동이 陰祕한 모양)
늠을늠을	(행동이 陰祕한 모양)
쓰적쓰적	(청소하는 모양)
슬근슬근	(가볍게 맞닿는 모양)
슬금슬금	(몰래 하는 모양)
슬쩍슬쩍	(몰래 하는 모양)
슬슬	(가볍게 쓰다듬는 모양)
슴쌕슴쌕	(잘 썰리는 모양)
즈런즈런	(생활이 풍족한 모양)
즐즐	(예정보다 늦어지는 모양)
큼직큼직	(약간 큰 모양)

위의 여러 예를 보면 첫 음절에 '으'가 포함되어 있는 경우 그 뒤에는 '으, 어, 이, 에'를 포함한 음절, 특히 모음 '으, 어'가 들어있는 음절이 가장 많이 접속된다.[26] 그러나 '아, 야, 오, 요' 등의 모음을 포함한 음절은 접속

26) 앞에 제시한 예 중 '긁죽긁죽'에서 모음 '우'를 취한 것은 특이한 예이다. [역자 주] '으' 뒤에 모음 '우'가 연결되었기 때문에 특이한 예라고 한 듯하다.

하지 않는데 이것은 매우 주의해야 할 사항이다.

(8) 첫 음절에 '이'를 포함한 예

미적미적	(어떤 것을 맡아서는 미루는 모양)
밋근밋근	(매끈매끈한 모양)
씩쉴씩쉴	(쓸데없는 것을 말하면서 노는 것)
씩둑씩둑	(쓸데없는 것을 말하면서 노는 것)
씩은씩은	(헐떡이는 모양)
실눅실눅	(피부나 근육이 바르르 움직이는 모양)
싱경싱경	(부뚜막에 불이 없어서 차가운 모양)
싱싱	(생기 있는 모양)
시글시글	(蠢動하는 모양)
시큼시큼	(근육이 아픈 모양)
시금시금	(근육이 아픈 모양)
시큰시큰	(근육이 아픈 모양)
시득시득	(초목이 시들은 모양)
시득부득	(초목이 시들은 모양)
시들부들	(초목이 시들은 모양)
시억시억	(강직하여 굽힘이 없는 모양)
시적시적	(꾸물거리는 모양)
씨걱씨걱	(문이 흔들려서 나는 소리)
씨그럭씨그럭	(불만을 말하는 모양)
지근덕지근덕	(강한 척하는 모양)
지근지근	(강한 척하는 모양)
지금지금	(음식에 섞인 모래를 씹는 소리)
지긋지긋	(인내하는 모양)
지르르	(광택이 아름다운 모양)
지랑지랑	(踈忽한 모양)

지벅지벅	(몹시 울퉁불퉁한 길을 걷는 모양)
지부럭지부럭	(사람을 괴롭히는 모양)
지적지적	(말씨가 거친 모양)
지절지절	(말씨가 거친 모양)
지질지질	(습기 차는 모양)
찍찍	(곤충과 새가 우는 소리)
진물진물	(피부가 썩어 문드러진 모양)
찔썩찔썩	(풀 등을 바르는 모양)
질겅질겅	(부드럽고 탄력이 있는 음식을 씹는 모양)
질깃질깃	(강인한 모양)
질컥질컥	(오물이 끈적끈적한 모양)
질퍽질퍽	(오물이 끈적끈적한 모양)
집엄집엄	(순차적으로 줍는 모양)
집적집적	(경솔히 착수하여 성취 못 하는 모양)
짓걸짓걸	(여러 사람이 시끄럽게 이야기하는 모양)
징검징검	(엉성하게 꿰매는 모양)
치렁치렁	(時日을 연기하는 모양)
칠썩칠썩	(쓸데없이 긴 모양)
칭얼칭얼	(어린애가 보채는 모양)

위의 여러 예를 보면 첫 음절에 '이'가 포함되어 있는 경우 그 다음 음절에는 '이, 어, 우, 으, 워' 특히 '이, 어, 우, 으'가 빈번하게 이어지는 것을 본다.[27)]

(9) 첫 음절에 '애'를 포함한 예

쌔쌔	(소아・부녀 등이 우는 소리)

27) 앞에서 제시한 예 가운데 '지랑지랑'과 같이 드물게 '아'가 나타난 것도 있다.

쌔적쌔적　　(둔한 모양)
쌔지럭쌔지럭　　(둔한 모양)
개죽개죽　　(불평을 말하고 사람을 괴롭히는 모양)
매암매암　　(매미가 우는 소리)
매일매일　　(성질이 온화하지 않은 모양)

위의 여러 예를 볼 때 첫 음절에 모음 '애'가 포함되어 있는 경우 그 뒤에는 '아, 어, 여, 우, 이' 등의 모음을 포함한 음절이 이어질 수 있음을 알게 된다.

(10) 첫 음절에 '에'를 포함한 예

게걸게걸　　(불평을 말하고 사람을 괴롭히는 모양)
데걱데걱　　(무거운 것이 스치는 모양)
데설데설　　(豪放한 모양)
뎅겅뎅겅　　(금속이 스치는 소리)
메슥메슥　　(구토를 일으키는 모양)
베슬베슬　　(기피하는 모양)
헤근헤근　　(경박한 모양)
헤적헤적　　(물건을 구하려고 파헤치는 모양)
헤죽헤죽　　(활보하는 모양)

위의 여러 예를 보면 첫 음절에 '에'가 포함된 경우 그 뒤에는 주로 모음 '어, 으'가 포함된 음절이 접속된다.

(11) 첫 음절에 '위'를 포함한 예

귀둥대둥　　(질서 없는 모양)
뉘엿뉘엿　　(구토를 일으키는 모양)

뒤룩뒤룩　　　(동작이 둔한 모양)
뒤슬뒤슬　　　(의젓한 모양)
뒤적뒤적　　　(포개어진 것에서 찾는 모양)
휘뚝휘뚝　　　(동요하고 넘어지는 모양)
휘둘휘둘　　　(도로가 구부러진 모양)
휘청휘청　　　(휘는 모양)

위의 여러 예를 보면 첫 음절에 모음 '위'가 포함되어 있으면 그 다음에는 '어, 여, 우, 으' 모음을 포함한 음절이 이어짐을 알 수 있다.

(12) 첫 음절에 '웨'를 포함한 예

쉐정쉐정　　　(노인이 건강한 모양)

이런 종류의 예는 많이 발견할 수 없다.

(13) 첫 음절에 '의'를 포함한 예

믠숭믠숭　　　(민둥산이 되는 모양)
틔적틔적　　　(남의 말을 트집 잡는 모양)
희끋희끋　　　(눈앞이 침침해지는 모양)
희슷희슷　　　(흰 빛깔이 여러 군데에 흩어져 있는 모양)

위의 여러 예를 보면 첫 음절에 '의'가 포함되어 있는 경우에는 그 뒤에 '어, 우, 으'가 포함된 음절이 온다.

이상 13개 항목의 음운 현상을 표로 나타내면 대략 다음과 같다.

	첫 음절 모음(A)	둘째 음절 이하에 오는 모음(B)									
1	아	아*	야			오	우	으*	이*		
2	야						우	으*			
3	어			어*			우	으*	이*		
4	여				여			으			
5	오	아*				오		으	이		
6	우	아		어*	여		우	으*	이		에
7	으			어*				으*	이		에
8	이			어*			우	으*	이		
9	애	아		어	여		우		이	애	
10	에			어*				으*			
11	위			어	여		우	으			
12	웨			어							
13	의			어			우	으			

('*'는 비교적 우세한 형태를 표시함)

그리고 이 표 가운데 중요한 모음들의 상호 관계를 나타내면 다음과 같다.

가. (B)의 '아'는 (A)의 '아, 오'와 가장 많이 접속된다.
나. (B)의 '어'는 (A)의 '어, 우, 으, 이, 에'와 가장 많이 접속된다.
다. (B)의 '으'는 (A)의 '어, 야, 어, 우, 으, 이, 에'와 가장 많이 접속된다.
라. (B)의 '이'는 (A)의 '아, 어'와 그 외의 각종 모음에 접속된다.

위의 사실로부터 추측건대 다음의 세 법칙을 설정할 수 있다.

① '아, 오'는 서로 모음의 조화를 할 수 있다.
② '어, 우, 으, 이, 에'는 서로 모음의 조화를 할 수 있다.
③ '이'와 '으'는 ①의 '아', ②의 '어, 우' 등과 조화할 수 있다.

이 때 ①을 强母音(또는 陽母音), ②를 弱母音(또는 陰母音)이라고 부른다면 ③은 中性母音이라고 할 수 있을 것이다.

다음으로 매우 흥미로운 현상은 한 단어 속에 포함된 어떤 모음을 다른 모음으로 바꿈으로써 완전히 동일한 의미의 다른 단어를 만들어 내는 것이다. 이 때의 모음 변화는 결코 임의에 따라 불규칙적으로 이루어지는 것이 아니고 엄연한 조화의 규칙에 따라 이루어진다. 예컨대 '솔솔'이란 단어가 있을 때 첫 음절과 두 번째 음절이 모두 '오' 모음을 포함하지만 첫 음절 모음이 '우'로 변하여 '술'이 되고 두 번째 음절도 '술'로 바뀌면 같은 의미의 '술술'이라는 단어를 형성하게 되는 것이다. 이것은 일종의 완전한 모음조화라고 일컬을 수 있을 것이다.[28] 여기서 이런 종류의 예를 열거하면 다음과 같다.

(A)	(A)의 모음	(B)	(B)의 모음	뜻
솔솔	오-오	술술	우-우	이슬비 내리는 모양
솜솜	오-오	숨숨	우-우	痘痕이 작은 모양
졸졸	오-오	줄줄	우-우	시냇물이 흐르는 모양
뱅뱅	애-애	삥삥	이-이	회전하는 모양
뱌슬뱌슬	야-야	비슬비슬	이-이	기피하는 모양
쌱쌱	야-야	씩씩	이-이	밀집하는 모양
얽작얽작	아-아	얽적얽적	어-어	痘瘡이 밀집한 모양
캬캬	야-야	캥캥	애-애	여우가 우는 소리
나탈나탈	아-아	너털너털	어-어	모발 등이 늘어지고 움직이는 모양
남상남상	아-아	넘성넘성	어-어	목을 펴서 들여다보는 모양
깔딱깔딱	아-아	껄떡껄떡	어-어	숨이 막히는 모양

이 외에 주목할 필요가 있는 사실은 첫 음절에 '오'가 오면 다음 음절에 '아'를 동반하고 첫 음절에 '우'가 오면 다음 음절에 '어'를 동반하는 현상이 나타난다는 점이다. 이것은 위의 경우와 비교할 때 불완전한 모음조화라

28) [역자주] 이런 유형의 단어 형성법은 의성어나 의태어에만 국한되지 않고 일반 어휘에서도 찾을 수 있다. '맑다 : 묽다, 남다 : 넘다, 보드랍다 : 부드럽다' 등이 모두 여기에 속한다.

고 부를 수 있을 것이다.[29] 예컨대 다음과 같다.

(A)	(A)의 모음	(B)	(B)의 모음	뜻
쏘삭쏘삭	오-아	쑤석쑤석	우-어	찾는 모양
깜짝깜짝	아-아	끔쩍끔쩍	우-어	놀라운 모양
소락소락	오-아	수럭수럭	우-어	쾌활한 모양
송당송당	오-아	숭덩숭덩	우-어	성기게 자르는 모양

이 현상에 주의를 깊이 기울이면 '오'와 '아'가 같은 부류의 모음이고 '우'와 '어'가 또한 같은 부류의 모음임을 발견할 수 있으며 앞에서 말한 강모음과 약모음의 조화 현상이 여기서도 이루어지고 있음을 충분히 알 수 있다.

또한 이와 별도로 일종의 다른 음운 현상이 존재한다. 그것은 아래와 같이 동의어에 속하면서 첫 음절의 모음은 변하지만 두 번째 음절의 모음이 변화하지 않는 경우이다.

(A)	(A)의 모음	(B)	(B)의 모음	뜻
가슬가슬	아-으	거슬거슬	어-으	도량이 크고 시원스러운 모양
간들간들	아-으	건들건들	어-으	요염한 모양
감실감실	아-이	검실검실	어-이	군데군데에 검은 점이 있는 모양
갑을갑을	아-으	겁을겁을	어-으	신체가 흔들리는 모양
소득소득	오-으	수득수득	우-으	반 정도 마른 모양
소들소들	오-으	수들수들	우-으	초목이 시든 모양
속은속은	오-으	숙은숙은	우-으	비밀스럽게 말하는 모양
곰실곰실	오-이	굼실굼실	우-이	준동하는 모양
솝을솝을	오-으	숩을숩을	우-으	도로가 구부러진 모양

29) [역자주] 앞의 경우는 단어를 이루는 모음이 동일하고 이 경우는 모음들이 동일하지 않기 때문에 '완전 : 불완전'의 개념으로 구분한 듯하다.

즉 '가슬가슬'의 '가'가 '거'로 변화해도 다음 음절의 모음은 종전처럼 '으'를 유지하여 '거슬거슬'이 되고 '곰실곰실'의 '곰'이 '굼'으로 변화해도 '굼실굼실'과 같이 '실'이 그대로 유지되는 것이다. 이것은 첫 음절에 있는 '아'가 '어'로 변화하고 '오'가 '우'로 변화할 때 이전에 있던 두 번째 음절의 '으' 또는 '이'가 그대로 있더라도 지장이 없음을 의미하는 것이며 '으, 이'가 중간성을 지녀서 모든 모음과 조화할 수 있음을 나타내는 것이다.[30] 앞서 '으'와 '이'를 中性母音으로 설정한 것은 이 경우를 봐도 정당하다고 할 수 있다.

(Ⅲ) 활용어

동사와 형용사는 그 어간에 여러 가지 음이나 말이 이어져 일본어의 활용과 유사한 모습을 보인다. 이는 'ᄒᆞ-'라는 동사의 어간에서 'ᄒᆞ야, ᄒᆞᄂᆞᆫ, ᄒᆞ다, ᄒᆞ고'와 같은 형태가 생기는 것을 말한다. 이 형태들 중 여기서 모음조화의 증거로서 인용하려 하는 것은 연결형이라고 불러야 할 'ᄒᆞ야'에서 '야'의 형태이다. 연결형이라는 것은 항상 '야'에만 국한된 것이 아니고 '보아', '길어' 등과 같이 어간에 있는 모음의 종류에 따라 '아'가 되기도 하고 '어'가 되기도 하며 그 외의 모음으로도 변할 수 있다. 그렇지만 이처럼 어간 모음의 종류에 따라 그 뒤에 각각 다른 모음이 나타나는 것은 한국어 자체에 자연스럽게 배어 있는 약속에 따른 것이며 한국어의 모음조화를 연구하는데 매우 중요한 자료를 준다. 다음에 대략적인 것을 말하고 그것으로부터 도

30) [역자주] 이러한 설명이 올바르지 않다는 것은 말할 필요도 없다. 小倉進平은 '이, 으'를 중성모음으로 설정한 자신의 견해가 타당함을 뒷받침하기 위해 이 예들을 제시했지만 (A)와 (B)의 두 번째 음절에 오는 '으, 이'는 예전에 동일한 가치를 가지지는 않은 것들이 대부분이다. 즉 (A)의 '으, 이'는 예전에 'ᄋᆞ'였다가 'ᄋᆞ'의 변화 및 전설모음화를 통해 나온 것들이 많은 것이다. 반면 (B)의 '으, 이'는 원래부터 '으' 또는 '이'였던 것이 많다.

출할 수 있는 사실을 가리키고자 한다.

(1) 어간에 '아'가 있는 경우

어간	연결형	연결형의 생략형	뜻
가	가아	가	往
사	사아	사	買
맛나	만나아	밋나	遇
남	남아		餘
만	만하		多

(2) 어간에 '야'가 있는 경우

어간	연결형	연결형의 생략형	뜻
얏	얏하		淺
쟉	쟉아		小

(3) 어간에 '어'가 있는 경우

어간	연결형	연결형의 생략형	뜻
건너	건너어	건너	越
것	것어		收
벗	벗어		脫
먹	먹어		食
검	검어		黑

(4) 어간에 '여'가 있는 경우

어간	연결형	연결형의 생략형	뜻
셔	셔어	셔	立
켜	켜어	켜	挽
젹	젹어		少

(5) 어간에 '오'가 있는 경우

어간	연결형	연결형의 생략형	뜻
보	보아		見
오	오아	와	來
올	올느아	올나	上
놀	놀아		遊
옮	옮아		移

(6) 어간에 '요'가 있는 경우

어간	연결형	연결형의 생략형	뜻
됴	됴하		善

(7) 어간에 '우'가 있는 경우

어간	연결형	연결형의 생략형	뜻
두	두어		置
주	주어		與
죽	죽어		死
울	울어		泣
눕	누어		臥
굵	굵어		太

(8) 어간에 '으'가 있는 경우

어간	연결형	연결형의 생략형	뜻
쓰	쓰어	써	用
흘	흘느어	흘너	流
만들	만들어		作
읊	허		吟
크	크어	커	大

(9) 어간에 '이'가 있는 경우

어간	연결형	연결형의 생략형	뜻
지	지어	져	負
먹이	먹이어(먹여)		食
닙	닙어		着
닑	닑어		讀
믿	믿어		信
깁	깁허		深

(10) 어간에 'ᄋᆞ'가 있는 경우

어간	연결형	연결형의 생략형	뜻
ᄎᆞ	ᄎᆞ아	ᄎᆞ	蹴
ᄊᆞ	ᄊᆞ아	ᄊᆞ	廉

(11) 어간에 '애'가 있는 경우

어간	연결형	연결형의 생략형	뜻
보내	보내어(보내여)		送

(12) 어간에 '에'가 있는 경우

어간	연결형	연결형의 생략형	뜻
세	세어(세여)		强

(13) 어간에 '외'가 있는 경우

어간	연결형	연결형의 생략형	뜻
되	되어(되여)		成

(14) 어간에 '위'가 있는 경우

어간	연결형	연결형의 생략형	뜻
쉬	쉬어(쉬여)		休

(15) 어간에 '의'가 있는 경우

어간	연결형	연결형의 생략형	뜻
이긔 싀	이긔어(이긔여) 싀어(싀여)		勝 酸

이상 15개 항목에 걸친 현상을 표로 나타내면 다음과 같다.

	1	2	3	4	5	6	7	8	9	10	11	12	13	14	15	16
(A) 어간의 모음	아	야	어	여	오	요	우	유	으	이	ᄋᆞ	애	에	외	위	의
(B) 연결형의 모음	아	아	어	어	아	아	어	어	어	어	아	어	어	어	어	어

이렇게 하여 위의 표에서 추출할 수 있는 사실로는 다음과 같은 여러 가지가 있다.

가. (B)에서 '아'로 나타나는 것은 (A)에서 '아, 야, 오, 요, ᄋᆞ'의 여러 음이다.

나. (B)에서 '어'로 나타나는 것은 (A)에서 '어, 여, 우, 으, 이'의 여러 음이다.

그리고 위의 사실로부터 추측건대 다음의 두 가지 법칙을 설정할 수 있다.

① '아 · 야 · 오 · 요 · ᄋᆞ'는 서로 모음의 조화를 이룰 수 있다.
② '어 · 여 · 우 · 으 · 이'는 서로 모음의 조화를 이룰 수 있다.

이 때 ①을 强母音(또는 陽母音)이라고 부를 수 있다면 ②는 弱母音(또는 陰母音)이라고 부를 수 있을 것이다.

(Ⅳ) 결어

이상 조사, 의성어와 의태어, 활용어의 각 항목에 걸쳐 조사한 결과를 일괄하여 나타내면 다음과 같다.

조사	의성어와 의태어	활용어
①'아, 야, 오, 요, ᄋᆞ, 와, 애'는 조화된다. ②'어, 여, 우, 유, 워, 으, 에'는 조화된다. ③'이, ᄋᆡ'는 'ᄋᆞ', '으, 에, 예'에 조화된다.	①'아'와 '오'는 조화된다. ②'어, 우, 으, 이, 에'는 조화된다. ③'이, 으'는 '아'와 '어, 우'에 조화된다.	①'아, 야, 오, 요, ᄋᆞ'는 조화된다. ②'어, 여, 우, 으, 이'는 조화된다.

이것을 볼 때 세부적으로는 다소 예외가 있겠지만 대체로 한국어는 다음 세 가지의 모음조화가 이루어진다는 것을 결론으로 삼기에 충분할 것이다.

① 강모음 : 아, 야, 오, 요, ᄋᆞ
② 약모음 : 어, 여, 우, 유, 으
③ 중성모음 : 이, 으

'모음조화'에 대한 해설

이 글은 小倉進平의 박사학위논문 뒤에 첨부된 세 편의 논문 중 첫 번째이며 원래 제목은 '母音調和'이다.[31] 小倉進平이 박사학위를 받은 것은 1927년이고 이것이 책으로 나온 것은 1929년이다. 그러나 박사학위논문을 제출한 것은 1924년이다.[32] 학위논문 제출 후 2년 이상이 지나서 학위를 받은 이유가 분명치는 않지만 1924년부터 1926년까지 小倉進平은 구미로 유학을 떠나 있었으므로 학위논문 제출과 취득 시점에 차이가 난 것으로 추측된다.[33]

이 논문의 존재는 이미 1923년에 출판된 ≪國語及朝鮮語 發音概說≫에서 언급되었다. 이 책에서 小倉進平은 한국어의 모음조화만을 상세히 다룰 여유가 없어 이미 이루어진 결론 중 일부만을 소개하겠다고 했는데 그 내용이나 구성이 박사논문에 실린 논문과 거의 동일하다. 다만 1923년 책에서는 모음조화를 이루는 모음들의 부류는 따로 제시하지 않았을 뿐이다. 따라서 모음조화에 대한 小倉進平의 논문은 최소한 1923년에는 어느 정도 완성된 형태를 지녔다고 볼 수 있다.

이 논문에서 小倉進平은 문헌에 나타난 문법 형태소의 이형태 실현 양상, 의성어와 의태어를 이루는 모음들의 구성, 용언 어간 뒤에 결합하는 '-아/어'의 선택 조건 등 세 가지 경우를 고찰하여 다음과 같은 결론을 내렸다.

---

31) 여기서는 ≪小倉進平博士著作集(Ⅰ)≫(京都大 國文學會 刊行)에 수록된 것을 번역하였다.

32) 1929년에 간행된 책의 저자 서문에는 '大正 13년(1924) 9월'에 썼다는 기록이 나온다. 한편 "安田敏郎(1999), ≪言語の構築-小倉進平と植民地朝鮮≫, 三元社"에서는 박사학위논문이 1924년에 탈고되었다고 표현한 바 있다. 이 역시 서문에 나온 기록을 참고로 한 주장임에 틀림없다.

33) 여기에 대해서는 1장에 수록된 고노 로쿠로(河野六郎)의 글에 달아 놓은 '[역자주]'에서 이미 설명한 바 있다.

(1) 한국어 모음조화는 세 부류의 모음들이 조화를 이루는 현상이다.
- 强母音(또는 陽母音) : 아, 야, 오, 요, ᄋᆞ
- 弱母音(또는 陰母音) : 어, 여, 우, 유, 으
- 中性母音 : 이, 으

(2) 강모음은 강모음끼리 조화를 이루고 약모음은 약모음끼리 조화를 이룬다. 또한 중성모음은 강모음이나 약모음 모두와 조화를 이룬다.

小倉進平은 한국어의 모음조화에 대해 최초로 체계적인 접근을 시도하였다.[34] 따라서 연구사적으로 매우 중요한 의미를 지닌다. 그는 문헌 예는 물론이고 현대국어의 여러 자료들을 관찰하였기 때문에 많은 부분에서 타당한 결론을 내렸으나 결정적인 실수를 한 가지 범하였다. 그것은 15세기에 나온 문헌과 16세기 이후에 나온 문헌을 구분하지 않은 것이다. 그가 다룬 문헌들은 수적으로 15세기에 나온 것이 그 이후에 나온 것보다 더 많았지만 동일시하면 안 되는 문헌들을 한꺼번에 다룸으로써 부적절한 결론을 냈다.

대표적인 것이 '으'를 약모음으로도 설정하고 중성모음으로도 설정한 것이다. '으'는 기원적으로 'ᄋᆞ'로부터 변화한 것도 있고 원래부터 '으'였던 것도 있는데 小倉進平은 'ᄋᆞ > 으'의 변화가 일어나지 않은 시기와 일어난 시기의 문헌을 구분하지 않았을 뿐만 아니라 'ᄋᆞ > 으'라는 변화를 인식하지 못함으로써 '으'를 두 부류에 소속시키는 결론을 도출한 것이다. 이것은 이후에 이숭녕의 논의를 거치면서 수정・보완되었다.[35] 이 외에도 현대적 관점에서 볼 때 불완전한 점이 없지 않은데 여기에 대해서는 이 책의 1부에 수록된 "小倉進平의 국어 음운론 연구"를 참고하기 바란다.

---

34) 小倉進平은 그 이전에도 "마에마 교사쿠(前間恭作)의 ≪韓語通≫(1909)과 ≪龍歌古語箋≫(1924)" 등에서 한국어에 모음조화가 존재한다는 사실을 지적했다고 언급했다. 그렇지만 小倉進平과 같이 정밀하고 체계적으로 이 문제를 접근하지는 못했다. 자세한 것은 이 책의 5부에 수록한 "한국어와 일본어의 음운"을 참고할 수 있다.

35) 여기에 대해서는 "이숭녕(1946), 모음조화 수정론, ≪한글≫ 96, 한글학회"와 "이숭녕(1949). 모음조화연구, ≪진단학보≫ 16, 진단학회"를 참고할 수 있다.

4장 된시옷

된시옷이란 '꿈(夢), 따(地), 뼈(骨), 쌀(米), 짤(織)' 등의 단어에 있는 어두의 'ㅅ'을 의미한다.[1] '된'이란 '되-'라는 형용사의 관형형으로 '짙다(濃)', '굳다(硬)'의 뜻이고, '시옷'은 'ㅅ'이라는 문자의 명칭이다.[2] 이들 단어를 발음할 때 어두에서 느껴지는 일종의 당겨서 누르는 것 같은 음에 대하여 부여한 명칭이다. 된시옷의 음성학적 음가에 대해서는 별도의 상론이 필요하지만 결국 자음의 폐쇄 또는 협착을 비교적으로 길게 지속한 후 급하면서도 부드럽게 기식을 내보내는 음[3]으로 일본어의 촉음과 비슷한 점

---

1) [역자주] 이 당시 조선총독부에서 제정한 표기법에서는 된소리를 ㅅ-계 합용병서로 표기하게끔 되어 있었다.

2) 1527년(嘉靖 6)에 간행한 최세진(崔世珍)의 ≪訓蒙字會≫에서 'ㅅ'을 '時衣'('時'는 音으로 읽고 '衣'는 訓으로 읽는다)이라고 부른 것을 시작으로 이후에 이 문자를 '시옷'이라고 하고 있다.

3) [역자주] 된소리나 유기음을 발음할 때 폐쇄 지속 시간이 더 길다는 것은 이미 잘 알려진 바이다. '급하면서도 부드럽다'는 것은 아마도 된소리의 경우 후반부에 많은 기류를 동반하지 않아 성대지속시간(VOT)이 유기음이나 평음에 비해 짧은데 이것을 가리키는 듯하다. 된소리를 발음할 때 성문의 크기는 유기음이나 평음에 비해 매우 작기 때문에 동반되는 기류의 양도 적을 수밖에 없다. 小倉進平은 된시옷에 대한 음성학적 고찰도 한 바 있는데 이 책의 3부에 수록된 "한국어의 된시옷"을 참고할 수 있다.

이 있다.[4)]

가나자와 쇼자부로(金澤庄三郎) 박사는 일찍이 일본어와 한국어의 비교에 있어 이 된시옷의 연구를 응용하여 학계에 새로운 학설을 세운 적이 있다. 일본어 '시토미(シトミ, 蔀)'[5)]는 한국어 '씀(stŭm, 苫)'[6)]과 관련이 있고, 일본어 '쌀(米)'의 일종인 '보살(菩薩)'[7)]은 한국어의 고어에서는 'ᄡᆞᆯ(psar)'[8)]로 되어 있으며 일본어 '시토기(シトギ, 粢餠)'는 한국어 'ᄯᅥᆨ(stök, 餠)'에 해당한다고 보아서 한국어와 일본어 사이의 관계를 된시옷 현상으로 해석하려 했다. 이런 연구가 비교 연구에서 매우 중요한 가치가 있음은 물론이며 필자는 늘 박사의 탁견에 감탄했는데 여기서는 관찰 방면을 조금 달리하여 한일 양국어의 비교 문제를 떠나 한국어 자체에서 된시옷의 발달 및 변천에 대하여 소견을 말하고자 한다. 여기에 인용하는 예시들은 앞의 모음조화 편에서 언급한 각종 문헌 외에 다음과 같은 여러 시기의 문헌에서도 참고하였다.[9)]

문 헌	저 자	간행 연도	약 호
四聲通解	최세진(崔世珍)	正德 12년(1517)	四聲
訓蒙字會	최세진(崔世珍)	嘉靖 6년(1527)	訓蒙
千字文		萬曆 29년(1601)	千字
朴通事諺解		康熙 16년(1677)	朴解

4) [역자주] 이것은 현대국어 된시옷의 음가에 대한 설명이다.
5) 가나자와 쇼자부로(金澤庄三郎) 박사는 '도마(トマ)(苫)'라는 단어도 '시토미'와 관련이 있다고 했다.
6) [역자주] '씀'은 '뜸'을 가리킨다. 짚, 띠, 부들 따위로 거적처럼 엮어 만든 물건으로 비, 바람, 볕 등을 막는 데 쓰는 물건이다. 이 단어는 문헌의 표기 예가 없다. 그러나 일본어 '시토미'에 대응하므로 이전에 'ㅅ(s)'으로 시작하는 어두자음군을 가진 단어의 목록에 추가될 수 있다.
7) [역자주] 뒤에 나오겠지만 일본의 일부 지역에서는 쌀의 한 종류를 '보살(菩薩)'이라고 한다.
8) '쌀(米)'의 의미이며 후세에 '쌀'이 된다.
9) [역자주] 모음조화 편이란 박사논문의 뒤에 실린 세 편의 논문 중 첫 번째, 즉 이 책의 2부에 수록된 "모음조화"를 가리킨다.

문 헌	저 자	간행 연도	약 호
註解千字文		嘉慶 9년(1804)	註千
和漢三才圖會[10]	데라시마 료안(寺島良安)	正德 2년(1712)	
朝鮮物語[11]	아메노모리 호슈(雨森芳洲)	正德年間 (1711~1715)	
朝鮮物語[12]	기무라 리에몬(木村理右衛門)	寬延 3년(1750)	

된시옷은 오늘날에는 그 명칭이 가리키듯이 'ㅅ'으로 표기하지만 이전 형태에서도 늘 'ㅅ'으로 쓰지는 않았다. 현재 'ㅅ'으로 표기하여 나타내는 것이라도 오래된 문헌에서는 다른 문자로 표기된 경우가 있다. 따라서 된시옷을 항상 's' 음가로 처리하면 때로는 큰 착오에 빠져들 수 있다. 그러므로 여기서는 근원으로 거슬러 올라가 된시옷의 변천을 밝히고자 한다.

(I) ㅅㄱ, ㅅㄷ, ㅅㅂ, ㅆ

다음 단어들의 'ㅅ'은 원래부터 'ㅅ'이었다.[13] 단 여기서는 출전을 일일

10) [역자주] 이 책은 오사카의 의사였던 데라시마 료안(寺島良安)이 쓴 백과사전이다. 명나라의 왕기(王圻)가 쓴 ≪三才圖會≫를 본 따서 천문, 인륜 등에 속한 단어를 3부 105부류로 나누어 각각에 대해 그림, 한명(漢名), 화명(和名)을 들어 해설하였다. ≪倭漢三才圖會≫라고도 한다.

11) [역자주] 이 책은 한국의 역사, 지리, 언어, 산물 등을 소개하여 한국을 이해하는 데 길잡이 역할을 하기 위해 엮은 것이다. 이 책에 실린 한국어 단어에 대한 연구도 많이 이루어진 편이다. 이 책의 저자는 중국어와 한국어에 능통하여 대마도에 근무하며 조선 사절단을 응접하기도 하였다.

12) [역자주] 이 책은 모두 5권으로 구성되어 있다. 이 중 1, 2권은 조선의 유래, 일본과의 교섭, 임진왜란 등에 대한 내용이고 3, 4권은 다케우치 도우에몬(竹內藤右衛門)이 1644년 돌풍을 만나 몽고로 표류한 후 중국과 조선을 경유하여 일본에 돌아오기까지의 기록이다. 5권에는 조선의 지리, 관직 언어 등이 소개되어 있다.

13) [역자주] 이 때의 'ㅅ'은 원래 's' 음가를 가졌다는 의미이다.

이 언급하지는 않는다.

(1) ㅺ. ᄭᅴ(謀), ᄭᅮᆷ(夢), ᄭᅯᇰ(雉), ᄭᅮᆯ(蜜), ᄭᅩ리(尾), ᄭᅥ린다(憚), ᄭᅥ딘다(滅), ᄭᅮ민다(裝)

(2) ㅼ. ᄯᅡ(地),[14] ᄯᅴ(帶)[15]

(3) ㅽ. ᄲᅧ(骨), ᄲᅩᇰ(桑), ᄲᅡᆨ(顋), ᄲᅮᆫ, ᄲᅡ힌다(拔), ᄲᆞᆯ리(早)

(4) ㅆ. 쓰나(書), 싸혼다(戰)

(Ⅱ) ㅳ

다음 단어의 어두에 있는 'ㅂ'은 후세에 'ㅅ'으로 변화되었다.

(1) ᄠᅱ 모(茅, 訓蒙), ᄠᅱ와ᄀᆞᆯ조차난ᄃᆡ(俗稱茅蕩蘆蕩, 訓蒙), ᄡᅳ린ᄠᅱᄅᆞᆯ(苞茅, 杜詩)

(2) ᄠᆞᆯ기 ᄆᆡ(苺, 訓蒙)

(3) 情은ᄠᅳ디라(訓民), ᄠᅳᆮ(龍飛), ᄠᅳ디(龍飛), ᄠᅳ디(月印), ᄠᅳᆮ(圓覺), ᄠᅳᆮ(妙法), ᄠᅳ든(蒙山), ᄠᅳᆮ(杜詩), ᄠᅳᆮ 졍(情, 訓蒙), ᄠᅳᆮ 지(志, 訓蒙), ᄠᅳᆮ 의(意, 訓蒙), ᄠᅳᆮ(情, 志, 意, 千字), ᄠᅳᆺ(氣, 捷解), 兄弟의ᄠᅳᆺ(兄弟之意, 朴解)

(4) ᄠᅳᆯ 디(遲, 訓蒙), ᄠᅳᆯ 뎡(庭, 訓蒙), ᄠᅳᆯ(千字), 블근ᄠᅳᆯ(彤庭, 杜詩)

---

14) ≪和漢三才圖會≫의 한국어 중에 '地'를 '스타구(すたぐ)'라고 하여 '스(す)'로 표기해 놓은 것은 이 'ㅅ'을 나타낸 것이다. [역자주] '地'를 '스타구'라고 했을 때 '구'가 매우 흥미롭다. '구'는 종성 'ㄱ'을 나타낸 것이라고 볼 수밖에 없는데 '地'를 뜻하는 'ᄯᅡ'는 ㅎ-말음 체언이었다. ㅎ-말음 체언의 'ㅎ'이 'ㄱ'으로 남아 있는 경우는 아직도 '독(<돓, 石), 웃(<웋, 上)'과 같은 방언형에서 찾을 수 있는데 'ᄯᅡ'도 그와 비슷한 모습을 한 때 보였던 것이 아닌가 한다.

15) ≪朝鮮物語≫(雨森 및 木村)에서 '帶'를 '스테(すて)'라고 하여 '스(す)'로 써 놓은 것은 이 'ㅅ'을 표기한 것이다.

(5) ᄠᅦ 패(澥, 訓蒙), ᄠᅦ 벌(筏, 訓蒙)

(6) ᄠᅥᆯ기 총(叢, 訓蒙), ᄠᅥᆯ기 포(苞, 訓蒙)

(7) ᄠᅳ들 염(擱, 訓蒙), 俗稱擱毛털ᄠᅳᆮ다又귀모ᄠᅳᆮ다(訓蒙)

(8) ᄧᅵᆯ 증(烝, 訓蒙), ᄧᅵᆯ 증(千字), ᄯᅡ히ᄧᅵᄂᆞᆫ ᄃᆞᆺ(地烝, 杜詩), ᄧᅵᆫ고기예(烝魚, 杜詩)

(9) 혓긋ᄒᆞ로불워창굼글ᄠᅮᆯ고(舌尖兒潤開了窓孔, 朴解), 이노ᄑᆞᆫ곳의ᄒᆞᆰ을ᄠᅮᆯ고(這高處鑽些土, 朴解)

(10) 아ᅀᅵᄧᅵᆯ 분(餴, 訓蒙)

(11) ᄠᅳᆮ드를 령(零, 訓蒙), 白間앤畵蟲이ᄠᅳᆮ드르니라(白間剝畵蟲, 杜詩)

(12) ᄠᅴ울 유(餾, 訓蒙)

(13) 달ᄠᅳᆯ 읍潤也(浥, 訓蒙)

(14) ᄣᅵ 구(垢, 訓蒙), ᄣᅵ 갈(圿, 訓蒙), 幻ᄣᅵ(幻垢, 圓覺), ᄣᅵ(垢, 千字), 膩垢ᄣᅵ(杜詩), 허믈와ᄣᅵᆺ(瑕垢, 杜詩)

(15) 누늘힘ᄡᅥᄠᅥ봄과(瞠眉努目, 蒙山), 平常히눈을ᄠᅥ(平常開眼, 蒙山)

(16) ᄠᅥᆯ 두(抖, 訓蒙), ᄠᅥᆯ 수(擻, 訓蒙), ᄠᅥᆯ 신(振, 千字), 幻法을ᄠᅥ르샤미라(拂幻法也, 圓覺), 情神ᄋᆞᆯᄠᅥ러펴(抖擻情神, 蒙山), 煩惱ᄅᆞᆯᄠᅥ러ᄇᆞ리실ᄊᆡ(月印)

(17) ᄂᆞᆯ근구스른ᄠᅥ러디고(月印), 生死애ᄠᅥ러디ᄂᆞ니(惰落, 圓覺), ᄠᅥ러딜 됴(彫, 千字), ᄠᅥ러뎌셔(零落, 杜詩), 남기ᄠᅥ러디고(木落, 杜詩), 담우희ᄒᆞᆫ덩이ᄒᆞᆰ이ᄠᅥ러뎌ᄂᆞ려와(墻上一塊土吊下來禮拜, 朴解)

(18) ᄠᅥᆯ텨가노라(拂, 杜詩), 이놈이내ᄒᆞᆫ냥은을ᄠᅥ르텨시니(這廝落了我一兩銀, 朴解), 져기ᄠᅥᄅᆞ텨(落下些箇, 朴解)

(19) 몸이ᄠᅥᆯ려당티몯ᄒᆞ니(身顫的當不的, 朴解)

(20) ᄃᆞ리예ᄠᅥ딜ᄆᆞᄅᆞᆯ(橋外隕馬, 龍飛), 노ᄑᆞᆫ뫼히ᄠᅥ디놋다(高岡裂, 杜詩), ᄠᅥ디디아녀(劣らいんで, 捷解)

(21) 輪廻ᄂᆞᆫ술윗ᄠᅵ횟돌씨니(月印), 輪은술위ᄠᅵ니(月印)

(22) 茶椀가지며잔잡은이ᄠᆞᆯ와(拿茶梡把盞的跟着, 朴解), 先生이변ᄒᆞ여老虎ㅣ되여ᄠᆞ로거늘(先生變做老虎赶, 朴解)

(23) 䕭麻ᄠᅮᆨ삼(四聲)

(24) ᄠᅳᆷ(やいと炙，捷解)

위에 있는 어두의 'ㅂ'은 오늘날 보통 'ㅅ'으로 변화하여 표기되지만 숙어 등에 쓰이면 원음(ㅂ)이 나타나는 경우가 있다.[16] 다음과 같은 것이 그 예이다.

(ㄱ) 'ᄯᅱᆫ다(躍)'라는 단어는 예전에 'ᄠᅱᆫ다'였다.

현번ᄠᅱ운ᄃᆞᆯ(雖百騰奮，龍飛)，아홉큰劫을 건내ᄠᅱ여(月印)，菩提ᄅᆞᆯ건네ᄠᅱ여(超菩提，妙法)，ᄠᅱ놀 됴(跳，訓蒙)，ᄠᅱ놀 텩(趯，訓蒙)，ᄠᅱᆯ 약(躍，千字)，ᄠᅱᆯ 툐(超，千字)，우리그저에셔ᄠᅱ어드러가쟈(咱只這裏跳入去，朴解)，하나ᄒᆞᆫᄠᅱ노ᄂᆞᆫ거시여(一箇跳，朴解)

오늘날 '날ᄯᅱᆫ다'라고 하는 것 이외에 '낣ᄯᅱᆫ다'라고도 하는데 '낣'의 'ㅂ'은 뒤에 오는 'ᄠᅱᆫ다'의 고형이 가지던 'ㅂ'이 앞으로 옮겨간 것에 불과하다.[17]

(ㄴ) 'ᄯᅢ(時)'라는 단어는 예전에 아래와 같이 'ᄣᅢ'였다.

ᄇᆡ갈ᄣᅢ예(船もどる時，捷解)，업ᄉᆞᆫᄣᅢ예(無い時に，捷解)，갈ᄣᅢ에(去時節，朴解)，뎨셔울셔起身ᄒᆞᆯᄣᅢ에臨ᄒᆞ여(他京裏臨起身時節，朴解)

현재 '이ᄯᅢ(此時)，저ᄯᅢ(彼時)，어느ᄯᅢ(何時)'를 각각 '입ᄯᅢ，접ᄯᅢ，어늡ᄯᅢ'라고도 하는데 이 때의 'ㅂ'도 'ᄣᅢ'의 'ㅂ'이 앞 음절로 이동한 것이다.

16) [역자주] 여기서 말하는 숙어란 단순히 둘 이상의 단어가 결합된 말을 가리킨다.
17) [역자주] 중세국어 시기에도 '거ᅀᅳᆲ즈-~거슬ᄡᅳ-'와 같이 중간의 'ㅂ'이 이동하는 현상이 있었다. 초성이나 종성 자리에 자음이 둘 이상 올 수 있는 경우에는 중간에 위치한 자음이 양음절적(bisyllabic)인 성격을 가지면서 선행 음절의 종성과 후행 음절의 초성 사이에서 유동적으로 옮겨 다닐 수 있다.

≪杜詩諺解≫에 나오는 '蒼崖ㅣ 우릚제(蒼崖吼時)'의 '우릚제'와 같은 것도 '우를빼'가 잘못 전해진 것이다.18)

(ㄷ) '쓴다(浮), 쎈다(浮)'라는 단어는 예전에 다음과 같이 되어 있다.

ᄠᅳᆫ想(浮想, 圓覺), ᄠᅳᆫᄃᆞ리(浮梁, 杜詩), 三蜀애ᄠᅧᆺ고(浮三蜀, 杜詩), 노ᄑᆞᆫ 집ᄆᆞᆯ리ᄠᅧᆺ고(浮高棟, 杜詩), 仙槎ᄅᆞᆯᄠᅴ고(泛仙槎, 杜詩), ᄠᅳᆯ 부(浮, 千字), ᄇᆡᄅᆞᆯᄠᅴ워(船を浮べ, 捷解)

이 단어와 어근을 같이 하는 '써난다'라는 단어도 ≪捷解新語≫에는 '뻐나서'와 같이 표기되어 있다. 오늘날 '부릇쓴다(睜)'를 '부릅쓴다'라고 하는 것은 이전의 '브르쁜다'를 그대로 보존한 것이라고 할 수 있다.

눈을브르ᄠᅳ고(睜着眼, 朴解), 나귀눈브르ᄠᅳᄃᆺᄒᆞ고(睜着驢眼, 朴解)

또 오늘날 '빗써선다(退立)'를 '법써선다'라고 할 때 '법'의 말음 'ㅂ'도 '쁜다'라는 단어의 'ㅂ'이 앞으로 이동한 것에 불과하다. 이 외에 '냅쓴다(突進), (손목을)드립써잡ᄂᆞᆫ다(握), 지릅쓴다(目瞋), 거듭쓴다(上見), 칩써본다(見上), 나립써본다(伏目見)' 등에서의 'ㅂ'도 모두 '쁜다'의 'ㅂ'이 옮겨간 것이다.

---

18) [역자주] 이 설명은 쉽게 수긍하기는 어렵다. '時'를 의미하는 말에는 '빼' 외에 '적'도 있다. '우릚제'의 '제'는 '적'에 처격 조사가 결합된 말일 가능성이 높다. 이런 환경에서 자음과 모음이 탈락하면서 '적~제'와 같은 교체를 보이게 된 것이다. 이런 교체 양상은 '새박~새배, 뎌긔~뎨, 여긔~예' 등에서도 찾아볼 수 있다.

(Ⅲ) ㅄ

다음 단어의 어두에 있는 'ㅂ'은 후대에 'ㅅ'으로 변화하였다.

(1) ᄡᅮᆨ 번(蘩, 訓蒙), ᄡᅮᆨ 애(艾, 訓蒙), 蔞蒿믈ᄡᅮᆨ(四聲), 蓬蒿다북ᄡᅮᆨ(四聲), 茼蒿믈ᄡᅮᆨ(朴解)
(2) ᄡᅳᆯ게 담(膽, 訓蒙)
(3) ᄡᅮᆺ돌 례(礪, 訓蒙), ᄡᅳᆯ돌 지(砥, 訓蒙), ᄡᅳᆯ돌 형(硎, 訓蒙)
(4) ᄡᅡᆼ불쥘 구(鬮, 訓蒙)
(5) ᄡᅵᆼ길 쥰(皴, 訓蒙), ᄡᅵᆼ길 추(皺, 訓蒙)
(6) 地膚藥草댓ᄡᆞ리(四聲)
(7) 荊楚又木名今俗呼荊條ᄡᆞ리(四聲)
(8) ᄡᆞᆫ거슬ᄯᅩ그르며(解苞, 杜詩), 里正이머리ᄡᆞᆯ거ᄉᆞᆯ주더니(里正與裹頭, 杜詩), 潼關ㅅ길헤城을ᄡᆞ놋다(築城潼關途, 杜詩), 담ᄡᆞ이리라(築墻, 朴解)

위에 있는 어두의 'ㅂ'은 지금 일반적으로 'ㅅ'으로 표기되어 있으나 숙어 중에 그 원음이 나타나는 경우가 있다. 다음이 그 예이다.

(ㄱ) '쌀(米)'이라는 단어는 예전에 'ᄡᆞᆯ'이었다.

그後에제ᄡᆞᆯ란(月印), ᄡᆞᆯ 미(米, 訓蒙), ᄡᆞᆯ플 강(糨, 訓蒙), ᄡᆞᆯ플 됴(糶, 訓蒙), ᄡᆞᆯ살 뎍(糴, 訓蒙), ᄡᆞ눈 션(霰, 米雪의 뜻, 訓蒙), 今俗語淘米ᄡᆞᆯ이다(四聲), 今俗語沙米ᄡᆞᆯ이다(四聲), 漿糨ᄡᆞᆯ플(四聲), 今俗呼粳米깅이ᄡᆞᆯ(四聲), ᄡᆞᆯ시른ᄇᆡ(米船, 杜詩), 니건힌ᄡᆞ리(去年米, 杜詩)

송나라 손목(孫穆)의 저서 ≪鷄林類事≫의 조선에 관한 기사 중에는 다음과 같이 되어 있다.

白米曰漢菩薩,[19] 粟曰田菩薩

고려 시대에는 쌀을 '菩薩'이라고 한 것이 분명하다. 이 '菩薩'이라는 말은 오늘날의 한국어에는 존재하지 않는데 '米'를 뜻하는 한국어 고어 'ᄡᆞᆯ'을 표기한 것이다.[20] 한국에서는 없어진 'ᄡᆞᆯ'이란 단어의 표기 '菩薩'은 ≪鷄林類事≫에 흔적이 남아 있을 뿐만 아니라 예전에 일본에도 전해져 어떤 지방에서는 '米'의 의미로 널리 사용되었던 듯하다.[21] 이것은 다음에서 알 수 있다.

"흔히 채곡(菜穀)을 '菩薩'이라고 한다. 도오도우미(遠江)의 덴류가와(天龍川)[22] 위쪽 지역에서는 한결같이 이렇게 부른다.(俗に菜穀を菩薩といへり，遠江天龍川の上にては專ら稱す)", 谷川士清, ≪倭訓栞≫

"도오도우미 방언에서 '米'를 '菩薩'이라고 부르는 것은 어느 천황의 칙허일까? 더욱 확실치 않다.(遠江方言米を菩薩と號するは何の帝の勅許にや. 更におぼつかなし)", 源信充, ≪柳莽随筆≫

데라시마 료안(寺島良安)이 지은 ≪和漢三才圖會≫의 한국어 항목에서 '米'를 '비사루(ピサル)'라 하였고 아메노모리 호슈(雨森芳洲)의 ≪朝鮮物語≫에서 이를 '히사리(ヒサリ)'라 한 것 등은 모두 'ᄡᆞᆯ'이라는 말을

---

19) '漢'은 음이 '한'이며 후세 '白'의 의미를 가진 '한, 힌, 흰' 등의 어휘에 해당한다.

20) [역자주] ≪鷄林類事≫의 '菩薩'을 어떻게 해독할 것인지는 이견이 있다. 일반적으로는 'ᄇᆞᄉᆞᆯ'과 같이 두 음절을 가진 단어로 해독한다. 이후 모음의 탈락을 거쳐 어두자음군이 생성되었다는 것이 대체적인 시각이다. 그러나 '菩薩'은 'ᄡᆞᆯ'을 나타내며 두 음절의 한자로 표기된 것은 'ᄡᆞᆯ'의 'ㅂ'이 외파되어 중국인들에게는 마치 하나의 음절처럼 들렸기 때문이라는 주장도 있다.

21) [역자주] 'ᄡᆞᆯ'과 '菩薩'에 대해서는 小倉進平이 1943년에 발표한 "稻と菩薩, ≪民族學研究≫ 1-7호"에서 자세히 다룬 바 있다.

22) [역자주] 도오도우미(遠江)는 일본 시즈오카(靜岡)에 위치한 지역이며 덴류가와(天龍川)는 그 곳에 있는 강이다.

표시한 것이다. 멀리 외국의 자료에서 예를 구할 필요 없이 오늘날의 한국인들조차 이 'ᄡᆞᆯ'이라는 단어를 쓰고 있다는 사실은 알지 못하는 사람이 있을지도 모른다. '찹ᄊᆞᆯ, 멥ᄊᆞᆯ' 등의 단어에서 그것을 볼 수 있다. 즉 '찹'의 '차'는 '차지다(粘氣)'의 의미이고 '멥'의 '메'는 '메지다(粘氣無)'의 의미임에 틀림없으며 '찹ᄊᆞᆯ, 멥ᄊᆞᆯ'의 'ㅂ'은 원래 그 뒤에 오는 'ᄡᆞᆯ(米)'의 두음이 앞으로 옮겨간 것이다. ≪訓蒙字會≫에 "ᄎᆞᄡᆞᆯ 나(糯), 뫼ᄡᆞᆯ 경(粳)"이라고 되어 있고, ≪杜詩諺解≫에 "도로혀거플바ᄉᆞᆫ조ᄡᆞᆯ ᄡᆡᆫ이오(還脫粟)"이라고 되어 있는 것은 그 변천의 역사를 가장 명백히 말해 준다. 그 외에 '힙ᄊᆞᆯ, 입ᄊᆞᆯ' 등도 같은 예일 것이다. 즉 '힙'의 '히'는 '歲' 또는 '新, 白'의 의미고, '입'의 '이'는 아직 불명하나 어떤 학설에서는 '李'의 한자음 '리'에서 왔다고 전해지고 있다.[23] 결국 말음에 있는 'ㅂ'은 원래 그 다음에 오는 '米'의 의미인 'ᄡᆞᆯ'의 두음이 앞으로 이동한 것에 불과하다.

(ㄴ) '씨(種子)'라는 단어는 예전에 'ᄡᅵ'였다.

됴ᄒᆞᆫᄡᅵ심거든(月印), 愛ᄅᆞᆯ흘려ᄡᅵᄃᆞ오며(圓覺), ᄡᅵᄅᆞᆯ밍ᄀᆞᄅᆞ샤(爲種, 妙法), ᄡᅵ 힉(核, 訓蒙), ᄡᅵ 당(瓤, 訓蒙), ᄡᅵ 홀(榾, 訓蒙), ᄡᅵ두플 우(櫌, 訓蒙), ᄂᆞ믈ᄡᅵ(採子, 朴解), 仁ᄡᅵ(註千)

오늘날 '베(稻)'의 씨앗을 '볍씨'이라고 하는데 '볍'의 말음인 'ㅂ'도 'ᄡᅵ'의 'ㅂ'이 위로 옮겨간 것이다.

(ㄷ) '쏜다(射)'라는 단어는 예전에 'ᄡᅩᆫ다'였다.

ᄡᅩᆯ 사(射, 訓蒙), 목ᄡᅩᆯ 험(蘞, 訓蒙), 벌ᄡᅩᆯ 셕(螫, 訓蒙), 그려시ᄡᅩ노라(射雁,

23) 개성 부근에서는 고려 왕씨의 이름을 채택하여 '米'를 '왕미(王米)'라고 하는 것에 대해 이조(李朝)에서 특별히 이와 구별하기 위해 '이미(李米)'를 사용하게 되었다고 하는 전설이 있다.

杜詩), ᄡᆞᆯ 사(射, 千字), 우리教場에활ᄡᅩ라가자(教場裏射箭去來, 朴解)

오늘날 '냅쏜다'라고 하는데 '냅'의 말음 'ㅂ'도 'ᄡᆞᆯ'의 'ㅂ'이 앞으로 이동한 것이다.

(ㄹ) '쓴다(用)'라는 단어는 예전에 다음과 같이 'ᄡᅳᆫ다'였다.

用ᄋᆞᆫᄡᆞᆯ씨라(訓民), 於ᄂᆞᆫ아모그에ᄒᆞ논겨체ᄡᅳᄂᆞᆫ字ㅣ라(訓民), 다시ᄡᅳ샤(迺復用之, 龍飛), 므스게ᄡᅳ시리(月印), 힘ᄡᅳ샤(勵, 圓覺), 힘ᄡᅳ디아니ᄒᆞᄂᆞ리(不務, 妙法), ᄆᆞᅀᆞᄆᆞᆯᄡᅮ미(用心, 蒙山), 힘ᄡᅥ(杜詩), ᄡᅳᆫ싸햇(所用, 杜詩), 스스로ᄭᅬᄡᅥ(自謀, 杜詩), 내글로ᄡᅥ(以我, 杜詩), 힘ᄡᆞᆯ 무(務, 訓蒙), ᄡᅥ 이(以, 千字), ᄡᅥ 용(用, 千字), 힘ᄡᆞᆯ 무(務, 千字), 힘ᄡᆞᆯ 면(勉, 千字), 진실로날을애ᄡᅴ오ᄂᆞ니라(眞箇氣殺我, 朴解), 죵은뇌연의거ᄉᆞᆯᄡᅳᄂᆞ니(奴婢使使長的, 朴解), ᄡᅳ고(使ひまるして, 捷解), 밧비ᄡᆞᆯ듸도이셔(急ぎのようにもあつて, 捷解)

지금 '못쓸놈'을 '몹쓸놈'이라고 하는데 '몹'의 말음 'ㅂ' 역시 'ᄡᅳᆫ다'의 'ㅂ'이 위에 이행한 것이다. '몹씨' 등 부사형에 있는 'ㅂ'도 이런 종류일 것이다.

(ㅁ) '쓰다(苦)'라는 단어는 예전에 'ᄡᅳ다'였다.

ᄡᆞᆯ 고(苦, 訓蒙), ᄃᆞ거셔ᄡᅳᆫ거셔(甘苦, 杜詩), ᄡᅳᆫ외야지(苦李, 杜詩), 프른잣니피ᄡᅥ도오히려머그며(翠栢苦猶食, 杜詩)

오늘날 '씁슬에ᄒᆞ다, 씁슬ᄒᆞ다, 씁슬음ᄒᆞ다, 쌉살ᄒᆞ다'라고 하는데 이들 어휘의 '씁' 또는 '쌉'의 말음에 있는 'ㅂ'도 다음에 오는 'ᄡᅳ다'의 'ㅂ'이 앞 음절로 옮겨간 것이다.

(ㅂ) 'ᄡᅳ다(掃)'[24]라는 단어는 예전에 다음과 같이 'ᄡᅳᆫ다'였다.

쇠뷔라ᄒᆞ야ᄡᅳ디몯ᄒᆞ리며(不得作鐵掃箒用, 蒙山), 드트를다ᄡᅳ러ᄇᆞ료리라期約ᄒᆞᄂᆞ니(氛埃期必掃, 杜詩), ᄆᆞᆯ근시냇고ᄇᆡᄅᆞᆯᄡᅳᆯ로리라(掃淸溪曲, 杜詩), 蜂蟻를ᄡᅳ러ᄇᆞ리시니라(掃蜂蟻, 杜詩), ᄡᅳᆯ 블(拂, 訓蒙), ᄡᅳᆯ 식(拭, 訓蒙), 거두ᄡᅳᆯ 보(撈, 訓蒙), 거두ᄡᅳᆯ 로(擄, 訓蒙), 닛븨가져다가ᄡᅳᆯ기ᄅᆞᆯ간졍히ᄒᆞ고(將苕箒來掃的乾淨着, 朴解)

오늘날 '휩쓴다'라고 하지만 이는 ≪訓蒙字會≫에 나오는 "후러ᄡᅳᆯ 람(攬), 후리ᄡᅳᆯ 루(摟)"라는 단어가 잘못 전해진 것이며 말음 'ㅂ'은 원래 'ᄡᅳᆫ다'의 'ㅂ'이 앞으로 옮겨간 것이다.

정약용(丁若鏞)의 저서 ≪雅言覺非≫[25]에서 "掃寫苦用其訓同쓸"이라고 하여 '寫'(훈 쓸-)와 '掃, 苦, 用'(훈 ᄡᅳᆯ)이 같은 철자라고 한 것을 보면 그 당시 이미 'ᄡᅳ'는 '쓰'와 동일하게 발음했다는 것을 알 수 있다.[26]

(Ⅳ) ㅶ

다음 어휘의 어두에 있는 'ㅂ'은 후세에 많은 것이 'ㅅ'으로 변화하였다.

(1) 뵈ᄧᅡᆼ이 부(芣, 訓蒙), 뵈ᄧᅡᆼ이 이(苢, 訓蒙)

24) [역자주] '쓰다'는 어미의 두음 'ㄷ' 앞에서 '쓸-'의 어간 말음 'ㄹ'이 탈락한 형태이다. 小倉進平이 편찬에 관여했던 총독부 간행 ≪朝鮮語辭典≫(1920년)에서도 ㄹ-말음 어간은 '다' 앞에서 'ㄹ'이 탈락한 형태를 기본 표제항으로 삼고 있다.

25) 가경(嘉慶) 24년(1819)에 간행.

26) [역자주] '掃'는 어간이 'ㄹ'로 끝나고 '寫, 苦, 用'은 어간이 모음으로 끝나는데도 모두 그 훈이 '쓸'로 같다고 한 것은 천자문류에 제시된 용언 어간의 훈이 어미 '-을'과 결합된 것이기 때문이라고 할 수 있다.

(2) ᄠᅳ즐 ᄉᆞ(撕, 訓蒙)
(3) 더본氣韻이初禪天에ᄢᅵ아(月印), 熏은ᄢᅬᆯ씨니(妙法), 하ᄂᆞᆯ해ᄢᅵ여(薰天, 杜詩), 블ᄢᅬᆯ 고(熇, 訓蒙), 블ᄢᅬᆯ 핍(煏, 訓蒙), 블ᄢᅬᆯ 빈(焙, 訓蒙), 더ᄃᆡ우를ᄀᆞ장ᄢᅬ기를잇긋ᄒᆞ고(那頭盔好㷻到了時, 朴解)
(4) 節義예거슬ᄠᅳᆫ사ᄅᆞ미가논배ᄒᆞᆫ가지로다(逆節同所歸, 杜詩), 主將이거슬ᄠᅳ며順호믈아라(主將曉順逆, 杜詩)
(5) ᄧᅡᆯ 직(織, 訓蒙), ᄡᅵᄂᆞᆯ을合線ᄒᆞ여ᄧᅡ시니(緯合線結織, 朴解), 뵈ᄧᅡᆼ이싸홈ᄇᆞ티고(鬪促織兒, 杜詩), 네大紅빗체금ᄉᆞ로ᄧᅡ(你的大紅織金胸背帖裏對換着, 朴解)
(6) 마초ᄧᅡᆯ 증(證, 訓蒙)
(7) ᄣᅩᄎᆞᆯ 간(趕, 訓蒙), 衣冠ᄒᆞᆫ사ᄅᆞᆷ ㅣ ᄣᅩᄎᆞᄆᆞᆯ다시볼가ᄒᆞ노라(重見衣冠走, 杜詩), 즘ᄉᆡᆼ을ᄣᅩ초뢰(逐獸, 杜詩), ᄣᅩᄎᆞᆯ 튝(逐, 千字), ᄑᆞ리채가져다가ᄠᅩᆺ고(將蠅拂子來都赶了, 朴解), 이리ᄣᅩ차믈리티고(這般赶退了, 朴解)
(8) 다震動ᄒᆞ야ᄢᅵ여디거늘(皆震裂, 圓覺)
(9) ᄢᅵᆼ건담에ᄢᅵᆼ건니블에(乞皮皺氈乞皮皺被, 朴解)

위에 있는 어두의 'ㅂ'은 오늘날 보통 'ㅅ'으로 변화하여 표기되어 있지만 어떤 숙어에서는 그 원음이 부활하는 경우가 있다. 다음은 그 예이다.

(ㄱ) '짜다(鹹)'라는 단어는 예전에 아래와 같이 'ᄧᆞ다'였다.

鹹은ᄧᆞᆯ씨라(月印), ᄧᆞᆫ바다히(鹹海, 月印), ᄧᆞᆯ 함(鹹, 訓蒙), ᄧᆞᆯ 석(潟, 訓蒙), ᄧᆞᆯ 함(鹹, 千字), ᄧᆞᆯ 함(鹹, 註千)

오늘날 '짭짤ᄒᆞ다', '찝질ᄒᆞ다'라고 하는데 이들 '짭', '찝'에 있는 'ㅂ'도 원래 'ᄧᆞ'라는 단어의 두음 'ㅂ'이 앞으로 옮겨간 것이다.

(ㄴ) '짝, 쪽(匹, 片)'이라는 어휘는 예전에 'ᄧᆞᆨ, ᄧᅩᆨ'이었다.

제여곰ᄧᆞᆨᄒᆞ얏도다(自儔匹, 杜詩), 내大夫의ᄧᆞ기아니라(吾非大夫特, 杜詩), ᄧᅩᆨ 판(瓣, 訓蒙), ᄧᅩᆨ 련(片, 訓蒙), 대ᄧᅩᆨ 멸(篾, 訓蒙), ᄧᆞᆨ ᄃᆡ(對, 訓蒙), 외ᄧᆞᆨ 고(孤, 訓蒙), 여듧ᄧᅩᆨ에비취짓ᄉᆞᆯ고(八瓣兒鋪翠, 朴解)

오늘날 '싸립짝(萩戶)'이라고 하는 '립'의 'ㅂ'도 원래 'ᄧᆞᆨ'이라는 단어의 어두 'ㅂ'이 앞으로 이동한 것이다.

(V) ㅷ

다음 단어의 어두에 있는 'ㅂ'은 탈락한다.

ᄩᆞᆯ 탄(彈, 訓蒙), 거믄고ᄩᆞ믈ᄆᆞᆺ도다(罷琴彈, 杜詩), ᄩᆞᄂᆞ니들이樂器을動ᄒᆞ고(彈的們動樂, 朴解), 一曲流水高山을ᄩᆞ며(彈一曲流水高山, 朴解)

(VI) ㅲ

다음 단어의 어두에 있는 'ㅂ'은 후세에 모두 'ㅅ'으로 변화하였다.

(ㄱ) '어저께(昨日), 그저께(一昨日), 저즘께(先頃)' 등의 '께'는 '時'의 의미이고, 이를 소급하면 된시옷으로 사용된 'ㅅ'은 'ㅂ'에서 변화한 것이다.

千萬軍士ㅣ 뎌ᄢᅴ敗散호ᄆᆞᆯ엇뎨ᄲᆞᆯ리ᄒᆞ요(百萬師往者散何卒, 杜詩), 어느ᄢᅴ ᄭᅵ려뇨(幾時醒, 杜詩), 어ᄂᆡᄢᅴ(いつごろ, 捷解), 그ᄢᅴᄂᆞᆫ(其の頃わ, 捷解)

예컨대 위의 'ᄞᅴ'는 모두 '時'의 의미다. 그리고 'ᄞᅴ'이라는 말은 더 소급하면 'ᄢᅴ'이라는 말이 된다.[27]

(ㄴ) 'ᄭᅱᆫ다(貸)'의 된시옷은 'ㅂ'에서 변화한 것이다. 그 증거로 다음과 같은 예가 있다.

다ᄆᆞᆺ西ㅅ녁히서르ᄞᅮ이디아니호ᄆᆞᆯᄀᆞᄅᆞ치고(共指西日不相貸, 貸ᄂᆞᆫ假也ㅣ니, 杜詩)

그리고 'ᄞᅮ인다'이라는 말은 더 소급하면 'ᄢᅵ인다'가 된다. 후술할 'ㅴ' 항목을 참고하라.

이상은 모두 어두에 두 개의 자음이 와서 그 중 첫째 자음이 소위 된시옷으로 변화한 것을 가리킨다. 예전에는 어두에 세 개의 자음이 와서 이후 그 중 세 번째 음만 원형을 유지하고 나머지는 소위 하나의 된시옷으로 변한 것도 적지 않다. 다음에 그 예를 든다.

(VII) ㅴ

다음 단어의 어두에 있는 ㅴ은 후세 'ㅺ'으로 변화하였다.

(1) 不進饍이현ᄢᅵ신ᄃᆞᆯ알리(絕饍知幾時, 龍飛), 그엣宮殿과諸天괘ᄒᆞᆫᄢᅴ냇다가절로ᄒᆞᆫᄢᅴ업ᄂᆞ니라(月印), 그ᄢᅴ(其時, 月印), 그ᄢᅴ(其時, 圓覺), 이ᄂᆞᆫ곧ᄒᆞᆫᄢᅴ난愛니(圓覺), 空과假왜ᄒᆞᆫᄢᅴᆯ식(空假同時), ᄒᆞᆫᄢᅴ(一時, 妙法), 그ᄢᅴ(爾時, 妙法), 自然히나든ᄢᅴ니르러는(自然現時, 蒙山), 二六時ᄂᆞᆫ열둘ᄢᅵ라(蒙山), 滋味ᄀᆞ장업슨ᄢᅴ(百無滋味時, 蒙山),

27) 뒤에 나올 '(VII) ㅴ' 항목을 참조하라.

定ᄋᆞᆯ起ᄒᆞᆫᄢᅴ도ᄯᅩ(起定時亦, 蒙山), 이러ᄒᆞᆫᄢᅴ(如是時, 蒙山), 灩澦예正히사ᄂᆞᆫᄢᅵ로라(端居灩澦時, 杜詩), 뎌즈음ᄢᅴ(向來, 杜詩), ᄯᅩᄒᆞᆫᄢᅵ로소니(又一時, 杜詩), 어느ᄢᅴ(幾時, 杜詩), 녯ᄢᅵᆺ님금(古時君臣, 杜詩), ᄢᅵ 시(時, 訓蒙)

위와 같은 'ᄢᅴ'와 'ᄢᅵ'는 '時'의 의미인데 이것이 줄어들어 'ᄞᅴ'가 되고[28] 이것이 다시 '함ᄭᅴ, 어저ᄭᅦ, 그저ᄭᅦ, 저즘ᄭᅦ' 등의 'ᄭᅴ, ᄭᅦ'로 바뀌었다.[29]

또한 'ᄭᅱᆫ다(貸)'라는 단어는 예전에 'ᄢᅱ일 ᄃᆡ(貸, 訓蒙)'와 같이 표기하였으나 후대에 줄어들어 'ᄞᅱᆫ다'[30]가 되고 이것이 다시 'ᄭᅱᆫ다'로 변화한 것이다.

다음은 모두 'ᄭ' 표기로 바뀌는 'ᄢ'의 예이다.

(2) ᄒᆞᆫ사래ᄢᅦ니(一箭俱徹, 龍飛), ᄒᆡ예ᄢᅦ니이다(貫于日, 龍飛), 발자ᄎᆡᆯ바다남ᄀᆡᄢᅦ여(月印), 그菩薩ᄋᆞᆯ자바남ᄀᆡ모ᄆᆞᆯᄢᅦᄉᆞᄫᅡ(月印), 갈기예구스리ᄢᅦ엿거든(月印), ᄉᆞᆫ리예구스리ᄢᅦ오(月印), 두사리ᄢᅦ엣도다(雙貫箭, 杜詩), ᄢᅵ울감(嵌, 俗稱窟嵌, 訓蒙)

(3) 大瞿曇이슬허ᄣᅳ리여棺애녀ᅀᆞᆸ고(月印), 婇女ㅣ하ᄂᆞᆳ기ᄇᆞ로太子ᄅᆞᆯᄣᅳ려안ᄉᆞᄫᅡ(月印), 十虛를ᄣᅳ리샤미(囊括十虛, 妙法), 니은뫼히西南ᄋᆞ로ᄣᅳ리엿고(連山拘西南, 杜詩), 노ᄑᆞᆫ뫼히ᄀᆞ을홀ᄣᅳ려퍼러ᄒᆞ얏도다(高山擁縣青, 杜詩), 官軍이盜賊의城壕를ᄣᅳ렛도다(官軍擁賊壕, 杜詩), ᄣᅳ릴 위(衛, 訓蒙)

(4) 四攝中엣ᄒᆞ나히니ᄠᅳ디나ᄆᆞᆫ세흘ᄣᅳ리시니(四攝中之一也意該餘三, 圓覺), 因이果海ᄅᆞᆯᄣᅳ리고(因該果海, 圓覺)

---

28) 'ᄞ' 항목 참조.

29) [역자주] 여기에 따르면 'ᄢ, ᄣ'은 먼저 중간의 'ㅅ'이 없어지고 그 후 'ᄞ, ᄠ'이 'ᄭ, ᄯ'으로 바뀌는 셈이 된다.

30) 'ᄞ' 항목 참고.

(5) 그저긔ᄯᅡᆺ마시ᄢᅮᆯᄀᆞ티ᄃᆞᆯ오(地味蜜の如く甘い, 月印)

(6) 塵勞애ᄢᅥ디고(泊於塵勞, 妙法), 큰劫에ᄢᅥ디여도(淪浩劫, 妙法), 迷惑ᄒᆞ야ᄢᅥ디여(迷淪, 妙法), 空애ᄢᅥ디며寂애걸면(沈空滯寂, 蒙山), 邠郊ᄂᆞᆫᄯᅡ아래ᄢᅥ딧고(邠郊入地底, 杜詩), 洛陽이녜盜賊의게ᄢᅥ디니(洛陽昔陷沒, 杜詩), ᄢᅥ딜 함(陷, 訓蒙), ᄢᅥ딜 멸(滅, 訓蒙)

(7) ᄇᆞᄅᆞᆷ부러ᄢᅳ거늘(吹燈滅, 杜詩), ᄢᅳᆯ 멸(滅, 千字)

(8) 俗呼紫蘇又들ᄢᅢ(訓蒙), 苣蕂胡麻ᄎᆞᆷᄢᅢ(四聲), 蘇子荏也今俗呼蘇子듧ᄢᅢ(四聲)

(9) ᄢᅳᆯ 착(鑿, 訓蒙)

(10) ᄢᅵᆯ 협(挾, 千字), 사ᄅᆞᆯᄢᅵ셔(挾矢, 杜詩)

(11) 首陽山ᄢᅵ메ᄠᅥ러디옛도다(零落首陽阿, 杜詩)

(Ⅷ) ㅳ

다음 단어의 어두에 있는 'ㅳ'은 후대에 'ㅼ'으로 바뀌었다.

(1) ᄩᅳ리 포(疱, 訓蒙)

(2) 가ᄉᆡ남기ᄠᅵᆯ여도ᄎᆞ마ᄃᆞᆫ뇨니(隱忍枳棘刺, 杜詩), 놀애기니樽ᄋᆞᆯ터ᄩᅳ료라(歌長擊樽破, 杜詩), ᄠᅵ를 뎨(觝, 訓蒙), ᄠᅵ를 쵹(觸, 訓蒙)

(3) 蒼崖ㅣ우ᇜ제ᄩᅧ려디놋다(蒼崖吼時裂, 杜詩)

이처럼 한국어의 된시옷 현상을 역사적으로 고찰할 때 예전에는 둘 이상의 자음으로 된 자음군이 어두에 올 수 있었음을 알 수 있다. 즉, 'ᄯᅡ(地)', 'ᄯᅴ(帶)'가 일본의 기록에서 '스타(すた)', '스테(すて)'로 나타나고 또 '米'라는 단어가 중국 문헌에는 '菩薩', 일본 문헌에는 '비사리(ぴさり)'로 나오며, 한국어에서도 '멥ᄊᆞᆯ(粳米), 찹ᄊᆞᆯ(糯米)'이라는 단어로 나타나고 있는 예

등으로 볼 때 분명한 것이다. 그런데 근대에 들어서 이 어두의 규칙이 흐트러지기 시작하여 이들 자음군은 하나의 자음으로 바뀌게 되었다. 헝가리어에서는 'Franz, Stuhl'와 같은 외래어가 들어오면 각각 'Ferenz, Asztal'로 바꾸고 핀란드어에서는 'Strand, Stall'이라는 외래어가 들어오면 각각 'Ranta, Istállo'라고 말하는 것처럼 어두에 둘 이상의 자음을 가진 외래어는 자음군 앞에 모음을 붙이거나 자음군 중간에 모음을 삽입하는 방법을 통해 각각 자국어로 받아들였다.[31]

한국어 된시옷의 변천 역시 오래 전 시대는 물론 근세에 들어서 어두에 자음군이 오는 것을 꺼리는 현상이 야기했다는 점에서 헝가리어나 핀란드어와 결과가 같다. 이들 여러 언어의 두음법칙(Anlautgesetz)에 대한 역사적 연구는 별도로 논의할 필요가 있으나 현재 한국어 두음법칙의 하나로서 '어두에 두 개 이상의 자음군이 오는 것을 꺼린다'는 것은 우랄 알타이 어족의 규칙을 공통으로 지닌 것이라고 할 수 있다.[32]

---

31) [역자주] 小倉進平은 한국어가 우랄 알타이 어족에 속한다고 보았으므로 우랄 어족에 속하는 헝가리어, 핀란드어를 거론하며 어두자음군이 사라지는 것을 이 어족의 공통적인 특징 때문이라고 설명하려 한다.

32) [역자주] 小倉進平의 두음법칙에 대한 설명은 이 책의 5부에 수록한 "한국어와 일본어의 음운"과 "한국어의 계통-음운-"을 참고할 수 있다.

'된시옷'에 대한 해설

이 글은 小倉進平의 박사논문 뒤에 첨부된 세 편의 논문 중 두 번째이다.[33] 첫 번째 논문인 '모음조화'와 마찬가지로 공식 출판은 1929년에 되었지만 1924년에 이미 논문으로 제출되었다. 된시옷이란 원래는 ㅅ-계 합용병서의 첫머리에 쓰인 'ㅅ'을 말한다. 그렇지만 논의에 따라서는 ㅅ-계 합용병서가 나타나는 된소리를 뜻하기도 한다. 이 글에서도 된시옷은 두 가지 의미로 사용된다. 가령 첫 문장에서는 된시옷이 '쑴'과 같은 단어의 'ㅅ'을 나타낸다고 했으면서도 논문의 중간 중간에서 된소리를 지칭하는 용법으로 된시옷을 사용하기도 한 것이다.

된소리 표기에 쓰인 ㅅ-계 합용병서는 훈민정음 창제 당시부터 한글맞춤법 통일안이 제정되기 전까지 수백 년에 걸쳐 사용되었다. 20세기 또는 근대국어 시기에 표기된 ㅅ-계 합용병서의 음가는 된소리라고 할 수 있지만 그 이전 시기 즉 중세국어 시기의 문헌에 나오는 ㅅ-계 합용병서의 음가는 자음군으로 보는 견해와 된소리로 보는 견해가 양립하고 있다. 만약 자음군으로 본다면 그 음가는 당연히 's+C(자음)'일 것이다. 'ㅅ'은 's'의 음가를 지니므로 'ㅺ, ㅼ, ㅽ'이 각각 'sk, st, sp'를 나타내는 셈이 된다. 반면 된소리로 본다면 'ㅅ'은 하나의 독립된 음소를 나타내지는 않고 다만 후행 자음이 경음임을 표시할 뿐이다.

국어 음운사 연구자들 사이에는 초성에 표기된 ㅅ-계 합용병서를 된소리로 해석하는 견해가 더 우세하다. 그러나 된시옷이 'ㅅ'의 음가를 가졌으리라고 생각되는 구체적인 예들이 존재한다. 가령 중세국어의 '쑴, 썩'이 현재 방언에서 '시꿈, 시더구' 등으로 남아 있는 경우가 있는데 합용병서로 쓰인 'ㅅ'이 제 음가를 그대로 가진 듯이 보이는 것이다. 이 외에도 초성의 ㅅ-계 합용병서가 자음군이었을 가능성을 말해 주는 몇몇 증거들이 있다.[34]

---

33) 여기서는 ≪小倉進平博士著作集(Ⅰ)≫(京都大 國文學會 刊行)에 수록된 것을 번역하였다.

이 글에서 小倉進平은 된시옷의 역사적 발달 과정을 다루었는데 그 내용은 다음과 같이 요약할 수 있다.

(1) 된시옷은 그 이전 시기에는 's'의 음가를 가졌으나 이후에 변화를 거쳐 현재는 된소리 표기의 일부로 쓰인다.
(2) 된시옷은 그 기원에 따라 원래부터 'ㅅ(s)'이었던 것, 'ㅂ(p)'이었던 것, 'ㅄ(ps)'이었던 것으로 나눌 수 있다.
(3) 된시옷으로의 변화 과정은 'ㅅ > 된시옷', 'ㅂ > ㅅ > 된시옷', 'ㅄ > ㅂ > ㅅ > 된시옷'의 세 가지이다.

이상의 결론에서 알 수 있듯이 小倉進平은 초성에 쓰인 합용병서는 ㅅ-계 합용병서를 포함한 모두가 표기된 자음의 수만큼 발음되는 자음군을 나타낸다는 견해를 선보였다. 그렇지만 대부분의 내용은 된시옷이 이전 시기에 어떻게 표기되었으며 이것이 현재 어떻게 남아 있는지를 보여 주는 데 할애하였을 뿐 구체적인 변화 과정에 대한 논의는 매우 소략하다. 또한 모든 ㅅ-계 합용병서가 이전 시기에 자음군을 나타냈다고 보기도 어려워 결론을 있는 그대로 받아들이기는 어렵다. 그러나 논의 과정에서 제시된 여러 가지 자료나 ㅂ-계 합용병서에 대한 해석 등은 큰 의미를 부여할 수 있다. 이후 국내의 어두자음군 논의에서 중시되던 내용 중 이 글에서 언급된 것이 적지 않기 때문이다.

---

34) 여기에 대해서는 "박창원(1991), 국어 자음군 연구, 서울대 박사학위논문"을 참고할 수 있다.

5장 한국어 어중(語中)에 나타나는 '[b]'

한국어 방언을 보면 음절의 중간에 있는 '[w]' 혹은 '[a], [e], [u], [o]'가 각각 자음 '[b]'로 나타나는 경우가 있다. 예를 들어 서울 지방에서 '누에[nu-e](蠶), 말음[mar-ŭm](菱仁), 새오[sɛ-o](蝦), 여위다[jɔ-ui-da](瘦), 더워[tɔ-wɔ-](暑)'라고 하는 것을 다른 방언에서는 '누베[nu-be], 말밤[mal-bam], 새비[sɛ-bi], 여비다[jɔ-bi-da], 더버[tɔ-bɔ-]'라고 발음한다.[1] 이들 '[w]'[2]와 '[b]'의 대립은 어떤 이유로 발생한 것인지 또 그 원음(原音)이 무엇인지 등의 문제를 방언으로부터 연구하는 것은 언어학상 매우 중요하면서도 흥미로운 것이다. 필자는 이 문제를 연구하기 위해 먼저 다음의 여러 단어에 대해 방언 분포를 설명하고자 한다. 예가 비교적 많아서 다소 복잡한 느낌이 들 수도 있으나 이는 결론의 정확성을 기대하기 때문이다.

---

1) [역자주] 小倉進平은 로마자만 제시하고 그 로마자가 나타내는 한글 표기는 생략했다. 따라서 여기에 제시된 한글 표기는 모두 역자들이 한 것임을 밝혀 둔다. 小倉進平은 이미 1934년에 한글의 로마자 표기 방법에 대한 논문을 쓴 바 있으며 여기에 따라 한글을 로마자로 전사했기 때문에 역자들이 추가한 한글 표기 역시 임의적인 것이 결코 아님을 밝혀 둔다. 로마자 표기에 대한 논문은 이 책의 5부에 "한글의 로마자 표기법"이라는 제목으로 번역되어 있다.

2) '[a], [e], [u], [o]' 등의 모음도 마찬가지다.

1. 귀야[kui-ja](糊刷毛)
2. 놀:[no:l](霞・夕焼)
3. 누에[nu-e](蠶)
4. 누의[nu-ŭi](姉妹)
5. 눈두에[nun tu-e](瞼)
6. 달래[tal-lɛ](髢)
7. 대루리[tɛ-rur-i](火熨斗)
8. 또아리[ˀto-a-ri](頭上敷物)
9. 마름[mar-ŭm](菱仁)
10. 벙어리[pɔŋ-ɔ-ri](啞者)
11. 부리[pu-ri](嘴)
12. 새오[sɛ-o](蝦)
13. 아옥[a-ok](葵)
14. 우웡[u-wɔŋ](牛蒡)
15. 입살[ip-sal](脣)
16. 확[hoak](石臼)
17. 곱:다[ko:p-ta](美)[3]
18. 굽다[kup-ta](炙)
19. 덥다[tɔp-ta](暑)
20. 맵다[mɛp-ta](辛)
21. 부럽다[pu-rɔp-ta](羨)
22. 여위다[jɔ-ui-da](瘦)
23. 자오롭다[ʧa-o-rop-ta](眠)

(Ⅰ) 귀야[kui-ja](糊刷毛)[4]

'糊刷毛'[5]를 의미하는 단어에는 '(1) 푸모시[pʰu-mo-si], (2) 풀삐[pʰul-ˀpi], (3) 풀싸지[pʰul-ˀsa-ʤi], (4) 풀솔[pʰul-sol], (5) 비얄[pi-jal], (6) 귀야[kui-ja]'의 여섯 계열이 존재하는 듯하다. 여기서 문제가 되는 것은 '(6) 귀야[kui-ja]'인데 참고로 우선 (1)~(5)에 속하는 단어의 분포를 설명하기로 한다.

(1) 푸모시[pʰu-mo-si][6]　　강원 평해 지방에서만 들을 수 있었다.

---

3) '곱:다[ko:p-ta]' 이하 항목은 동사와 형용사에 속한다.
4) [역자주] 현대어로 '귀얄'이다. 옛 문헌에는 '귀야'로만 나온다. 풀이나 옻을 칠할 때 쓰는 솔이다.
5) '자료편(≪朝鮮語方言の研究≫ 상권)' 227쪽 참조. [역자주] 이하에서도 '자료편'이라고 한 것은 모두 ≪朝鮮語方言の研究≫의 상권을 가리킨다.

(2) 풀삐[p^hul-ˀpi][7]	전남 · 경남 대부분, 전북 · 경북 · 충남 · 강원 · 함남의 일부, 함북의 극히 일부
(3) 풀싸지[p^hul-ˀsa-ʤi][8]	경기 · 황해 · 함남 · 평북의 일부
풀싸자[p^hul-ˀsa-ʤ]	황해의 극히 일부
(4) 풀솔[p^hul-sol][9]	경북 · 충북 · 경기의 일부
풀살[p^hul-sal]	황해의 극히 일부
(5) 비얄[pi-jal]	제주도

(6) '귀야[kui-ja]' 계통의 단어인데 중간에 '[b]'가 들어가는지 아닌지에 따라 크게 두 가지가 구별된다.

ㄱ 중간에 '[b]'가 들어가는 것

귀발[kui-bal]	함남 · 함북의 일부
기발[ki-bal]	경남의 극히 일부
풀께발[p^hul-ˀke-bal]	함북의 극히 일부
풀꼬발[p^hul-ˀko-bal]	함북의 극히 일부
풀꾸발[p^hul-ˀku-bal]	경북의 극히 일부
풀뀌발[p^hul-ˀkui-bal]	함남의 극히 일부
풀끼발[p^hul-ˀki-bal]	경남 · 경북 · 함북의 극히 일부
푸끼발[p^hu-ˀki-bal]	함남의 극히 일부

6) '푸[p^hu]'는 '풀[p^hul]'이 변한 것이다. [역자주] 예전에는 합성어를 이룰 때 'ㄹ'로 끝나는 선행 명사가 사이시옷에 의해 'ㄹ'의 탈락을 경험하는 일이 빈번했다. '뭇결(믈+ㅅ+결), 밧바당(발+ㅅ+바당)' 등이 그러하다. 더 자세한 논의는 "구본관(2000), 'ㄹ' 말음 어기 합성 명사의 형태론, ≪형태론≫ 2-1, 박이정"을 참고할 수 있다.

7) '풀[p^hul]'은 '糊', '비[pi]'는 '箒'의 의미이다.

8) '싸지[ˀsa-ʤi], 싸자[ˀsa-ʤa]'는 '刷子'의 한자음이 변한 것인 듯하다.

9) '솔[sol]'은 '刷毛'의 의미이고, '살[sal]'은 '솔[sol]'이 변한 것인 듯하다.

ㄴ 중간에 '[b]'가 들어가지 않는 것

괘알[kwɛ-al]	전북의 일부
괠:[kwɛ:l]	황해의 극히 일부
괴알[kø-al]	전북의 일부
괴왈[kø-wal]	전북의 극히 일부
궤알[kwe-al]	경기의 극히 일부
귀알[kui-al]	전남・전북의 일부, 경남・평남・평북의 극히 일부
귀열[kui-jɔl]	황해의 대부분, 경기・함남의 일부
풀귀알[pʰul kui-al]	충남의 극히 일부
풀기알[pʰul ki-al]	충북 일부, 경남・경북의 극히 일부
풀기아리[pʰul ki-a-ri]	경북의 일부

요컨대 중간에 '[b]'가 들어가는 지역은 주로 함경남북도임을 알 수 있다. 예전 문헌의 '귀야[kui-ia](糊刷, 譯語類解)', '귀야[kui-ia](糊箒, 譯語類解補)'나 ≪韓佛字典≫[10]의 '귀알[kui-ar]' 등은 '[b]'를 포함하지 않은 어형을 표기한 것이다.

(Ⅱ) 놀:[no:l](霞・夕燒)[11]

'霞・夕燒'[12]를 뜻하는 단어에는 '(1) 북새[puk-sɛ], (2) 우내[u-nɛ], (3)

10) [역자주] 1880년 일본의 요코하마(橫濱)에서 나온 사전으로 원래 제목은 ≪한불ᄌᆞ뎐(Dictionnaire Coréen-Français)≫이다. 파리 외방 선교회 조선교구 선교사들에 의해 편찬되었다.

11) [역자주] '노을'을 뜻한다. '노을'의 어휘사 대해서는 "이병근(2003), '노을'의 어휘사, ≪관악어문연구≫ 25, 서울대 국문과"를 참고할 수 있다.

12) '자료편' 8쪽 참조.

해지기[hɛ-ʤi-gi], (4) 놀:[no:l]'의 네 계통이 존재하는 것 같다. 여기서 문제가 되는 것은 '(4) 놀:[no:l]'인데 참고로 우선 (1)~(3)의 분포상태를 나타내기로 한다.

(1)	북새[puk-sɛ][13]	전남 · 전북의 대부분, 경남의 일부
	북살[puk-sal]	경남의 일부
	북새[pul-sɛ]	경남 · 경북의 일부
	뿔새[ˀpul-sɛ]	강원의 일부
	불거지[pul-gɔ-ʤi]	황해의 일부
(2)	우내[u-nɛ]	경북의 일부
(3)	해지기[hɛ-ʤi-gi]	제주도

(4) '놀:[no:l]' 계통의 단어인데 이것은 '[b]'가 들어가는지 아닌지에 따라 두 가지가 구별된다.

ㄱ 중간에 '[b]'가 들어가는 것

나부리[na-bu-ri]	경북 · 강원의 극히 일부
나불[na-bul]	강원의 극히 일부
노불[no-bul]	함남의 극히 일부
누부리[nu-bu-ri]	함남 · 함북의 일부
느부리[nŭ-bu-ri]	함남 · 함북의 일부

ㄴ 중간에 '[b]'가 들어가지지 않는 것

나오랭이[na-o-rɛŋ-i]	경북의 일부
나오리[na-o-ri]	경북 · 함남의 일부

13) '북[puk], 불[pul], 뿔[ˀpul]'의 어원은 '붉[pulk](赤)'일 것이다. [역자주] '북'과 '불'의 차이는 '붉'에 자음군 단순화가 적용되었을 때 어떤 자음이 남느냐에 달려 있다.

놀:[no:l]	경남·경북·충북·경기·강원·황해·함남의 일부, 함북·평남의 극히 일부
노오리[no-o-ri]	평북의 대부분, 충북의 극히 일부
노:리[no:-ri]	함남의 극히 일부
농오리[noŋ-o-ri]	충북의 극히 일부
누:리[nu:ri]	강원 동해안 대부분, 함남의 극히 일부
누구리[nu-gu-ri]	함남의 일부

요컨대 '[b]'가 들어가는 것은 함북 전부, 함남의 함흥 이북 지역 및 강원 동해안 일부 지역이고 그 외의 지방은 전부 '[b]'가 소실되었다. 예전 문헌에 '노을[no-ŭr](霞, 訓蒙字會)', '아ᄎᆞᆷ노을[a-čɐm no-ŭr](早霞, 譯語類解)', '져녁노을[čjɔ-niɔk no-ŭr](晩霞, 譯語類解)', '노을[no-ŭr](火雲, 譯語類解補)', '노올[no-or](霞, 漢淸文鑑)', '노올지다[no-or či-ta](霞彩, 漢淸文鑑)', '노을[no-ŭr](霞, 萬曆版 類合)', '노을[no-ŭr]~놀[nor](韓佛字典)' 등으로 되어 있는 것은 모두 '[b]'를 포함하지 않은 어형을 표기한 것이다.

(Ⅲ) 누에[nu-e](蠶)[14]

중간에 '[b]'가 들어가는지 아닌지에 따라 크게 두 가지가 구분된다.

㉠ 중간에 '[b]'가 들어가는 것

누베[nu-be]	함남·함북의 전부, 경북의 동부
누비[nu-bi]	함남의 극히 일부
뉘비[nui-bi]	경남의 극히 일부

14) '자료편' 324쪽 참조.

니비[ni-bi]	경남의 일부, 경북의 극히 일부

ㄴ 중간에 '[b]'가 들어가지 않는 것

누에[nu-e]	전남・경북・충남・충북・경기・강원・황해・함남・평남・평북의 일부
누애[nu-ɛ]	경북의 극히 일부
누여[nu-jɔ]	충남의 극히 일부
누왜[nu-wɛ]	강원의 극히 일부
누웨[nu-we]	황해의 일부
누이[nu-i]	황해의 일부
눼[nwē]	전남・전북・강원・황해의 일부
뉘[nwi]	전남・경북・충북 일부, 전북의 극히 일부
뉘에[nui-e]	전남・전북의 일부
뉘여[nui-jɔ]	전북의 일부
늬[nüi]	경남의 일부
니:[ni:]	경남의 일부, 경북의 극히 일부
니의[ni-üi]	경남의 극히 일부
눙애[nuŋ-ɛ]	강원의 일부, 경북・충북의 극히 일부
눙에[nuŋ-e]	강원・함남・평북의 일부, 경북・충북의 극히 일부

요컨대 중간에 '[b]'가 들어가는 지역은 함북의 전부, 함남의 대부분,[15) 경남・경북의 일부이고 그 외의 지역에서는 전부 '[b]'가 나타나지 않는다. 옛 문헌의 '濯龍中에 누에 치이시고[濯龍中e nu-e čʰi-i-si-ko](內訓)', '누에[nu-ɔi](蠶, 訓蒙字會)', '누에[nu-ɔi](杜詩諺解)', '누에씨[nu-ɔi psi](蠶種, 譯語類解)', '누에 치다[nu-ɔi čʰi-ta](養蠶, 譯語類解)', '누에 주거

15) 덕원 이남에는 '[b]'가 들어가지 않는다.

ᄆᆞᄅᆞ니[16][nu-ɔi ču-kɔ-mɐ-rɐ-ni](白殭蠶, 東醫寶鑑)', '누에ᄯᅩᆼ[nu-ɔi stoŋ](蠶沙, 經驗方)', '누예ᄂᆞᆫ[nu-iɔi-nɐn](蠶은, 古本 交隣須知)' 등은 '[b]'를 포함하지 않은 어형을 표기한 것이다.

(Ⅳ) 누의[nu-ŭi](姉妹)[17]

'누의님[nu-ŭi-nim]', '누의 동생[nu-ŭi toŋ-sɛŋ]' 등의 단어로도 사용되지만 여기서는 '누의[nu-ŭi]'를 떼어서 고찰한다. '누의[nu-ŭi]'는 중간에 '[b]'가 들어가는지 아닌지에 따라 크게 두 가지가 구별된다.

㉠ 중간에 '[b]'가 들어가는 것

누비[nu-bi]	함남 · 함북의 대부분, 경남의 극히 일부
누부[nu-bu]	경남 · 경북의 일부
누배[nu-bɛ]	함북의 극히 일부
뉘비[nui-bi]	함남의 극히 일부

㉡ 중간에 '[b]'가 들어가지 않는 것

누의[nu-ŭi]	충남의 일부
누이[nu-i]	전남 · 충북 · 경기 · 강원 · 황해 · 함남 · 함북의 일부, 전북 · 충남 · 평남의 극히 일부
누우[nu-u]	경남 · 함남의 일부
누야[nu-ja]	경남의 일부
뉘[nui]	충북 · 평북의 일부, 충남의 극히 일부
누[nu]	전남 · 전북 · 경남 · 경북 · 강원의 일부, 평

16) [역자주] 누에가 죽어서 마른 것을 뜻한다.
17) '자료편' 62쪽 참조. [역자주] 현재의 표기법으로는 '누이'다.

	북의 극히 일부
눙우[nuŋ-u]	경남의 극히 일부

요컨대 중간에 '[b]'가 들어가는 지역은 함북의 일부, 함남의 일부,[18] 경남・경북의 일부이고 그 외의 지역에서는 전부 '[b]'가 나타나지 않는다. 옛 문헌에서 '누의님내 더브러[nu-ŭi-nim nai tɔ-pŭ-rɔ](月印千江之曲)', '妹눈 누의라[妹nɐn nu-ŭi-ra](月印千江之曲)', '그 누의 병커든[kŭ nu-ŭi 病kʰɔ-tŭn](內訓)', '누의[nu-ŭi](杜詩諺解)', '누의들[nu-ŭi-tŭr](姉妹, 譯語類解)', '뭇누의[mɐs nu-ŭi](姐姐, 譯語類解)', '아ᄋ누의[a-ɐ nu-ŭi](妹子, 譯語類解)'라고 한 것은 모두 '[b]'를 포함하지 않는 어형을 표기한 것일 터이다.

단 여기서 특이한 것은 ≪華夷譯語≫에서 '누이(妹)'를 '餒必'라고 하여 '必[pi]'를 사용한 것이다. 이 문헌에 쓰인 '必'을 검토하면 그 중에는 '紙[ʧo-hŭi](조희)'를 '着必'로 표기하는 등 '必'을 '[hŭi]'에 대응시킨 경우도 없지는 않지만 그 외의 경우에는 '雨[pi](비)'가 '必', '父[a-bi](아비)'가 '阿必', '伯父[kʰŭn a-bi](큰아비)'가 '揹阿必', '段[bi-dan](비단)'이 '必膽', '黃[nu-run pit](누룬 빋)'이 '努論必', '白[hɛn-pit](핸 빋)'이 '害必' 등 모두 '必'을 '[pi], [bi]' 음에 쓰고 있다. 그래서 '餒必(妹)'는 '누비[nu-bi]'라는 방언 발음을 표기한 것이라고 할 수 있을 것이다.

(V) 눈두에[nun tu-e](瞼)[19]

'瞼'[20]을 의미하는 단어에는 '(1) 눈껍[nun-ˀkɔp], (2) 눈두덕[nun tu-

18) 영홍 이남에는 '[b]'가 들어가지 않는다.
19) [역자주] '눈꺼풀'을 뜻하는 단어이다.
20) '자료편' 86쪽 참조.

dɔk], (3) 눈딱지[nun ˀtak-ʧi], (4) 눈띵이[nun ˀtŭiŋ-i], (5) 눈뚝게[nun ˀtuk-ke], (6) 눈두버리[nun tu-bɔ-ri]'의 여섯 계통이 존재하는 것 같다. 여기서 문제가 되는 것은 '(6) 눈두버리[nun tu-bɔ-ri]'인데 참고로 우선 (1)~(5)의 분포 상태를 제시하기로 한다.

(1)	
눈껍[nun-ˀkɔp][21]	전북의 일부, 전남의 극히 일부
눈껍닥[nun ˀkɔp-tak]	전북의 일부, 전남의 극히 일부
눈껍덕[nun ˀkɔp-tɔk]	전북의 일부, 전남의 극히 일부
눈껍질[nun ˀkɔp-ʧil]	전남・전북의 일부
눈껍줄[nun ˀkɔp-ʧul]	강원의 극히 일부
눈꺼풀[nun ˀkɔ-pʰul]	강원의 일부, 전남・경기의 극히 일부
눈꺼푸리[nun ˀkɔ-pʰu-ri]	함남의 극히 일부
(2)	
눈두덕[nun tu-dɔk][22]	전남・경남・강원・황해의 극히 일부
눈두던[nun tu-dɔn]	황해의 극히 일부
눈두덩[nun tu-dɔŋ]	충북・경기・황해・평남・평북의 일부
눈둑[nun tuk]	함남・함북의 일부
(3) 눈딱지[nun ˀtak-ʧi][23]	함남의 일부
(4)	
눈띵이[nun-ˀtŭiŋ-i]	경북의 일부
눈등[nun-dŭŋ]	경북의 극히 일부

21) '껍[ˀkɔp]'은 '外皮'의 의미일 것이다. [역자주] '껍질, 꺼풀'의 '껍'이나 '껖'도 비슷한 의미이다. 문헌 자료에는 '거피'가 나온다. '거피'로부터 '겊'을 분석할 수 있다면 '껍'은 '겊'에 어두 경음화와 음절말 평파열음화가 적용되어 나온 형태가 된다. 여기에 대해서는 "이병근(1976), 파생어형성과 i역행동화규칙들, ≪진단학보≫ 42, 진단학회"를 참고할 수 있다.

22) '두덕[tu-dɔk]'은 '언덕(丘)', '높아짐(高まり)'의 의미다.

23) '딱지[ˀtak-ʧi]'는 '瘡蓋(부스럼 딱지)' 또는 '甲殼(곡식 껍질)' 등의 의미다.

눈탱이[nun-tʰɛŋ-i] 충남의 극히 일부
눈테[nun-tʰe] 강원의 일부
눈텡이[nun-tʰeŋ-i] 강원의 일부
눈틩이[nun-tʰɯiŋ-i] 경남・충북 대부분, 경북・충남의 일부
(5) 눈뚝게[nun ˀtuk-ke[24]] 제주도

(6) '눈두버리[nun tu-bɔ-ri]' 계통의 단어인데 이들은 중간에 '[b]'가 들어가는지 아닌지에 따라 두 가지가 구별된다.

ㄱ 중간에 '[b]'가 들어가는 것
눈두버리[nun tu-bɔ-ri] 경북・강원의 일부
눈두버이[nun tu-bɔ-i] 경북의 극히 일부
눈두벙[nun tu-bɔŋ] 전남・함남의 일부
눈두베[nun tu-be] 함북의 대부분
눈두부리[nun tu-bu-ri] 경북의 일부

ㄴ 중간에 '[b]'가 존재하지 않는 예는 불행하게도 방언 중에 발견할 수 없었지만 '눉두ᄫᅦ[nun-s-tu-we][25](蒙山和尙法語)', '눈두웨[nun tu-we][26]

24) 제주도 방언에서 '뚜껑(蓋)'의 의미다.
25) [역자주] '[nun-s-tu-we]'는 '눉두웨'가 아닌 '눉두ᄫᅦ'를 로마자로 표기한 것이다. ≪蒙山和尙法語≫에는 '눉두웨'가 나타나지 않는다. 小倉進平은 'ᄫ'을 문자 기호로는 'w'로 전사하고 있다. 실제로 小倉進平은 이전부터 'ᄫ'의 음가를 '[w]'로 보고 있었다. 잘 알려진 바와 같이 어중의 '[b]' 문제는 중세국어의 'ᄫ'과 직접적인 관련이 있으며 그 음가는 '[β]'와 같은 유성양순마찰음으로 볼 때 가장 타당한 결론을 도출할 수 있다. 그렇지만 小倉進平은 'ᄫ'의 음가를 '[w]'로 해석하여 '[β]'과는 다른 음으로 보았기 때문에 어중의 '[b]'를 'ᄫ'과는 무관하게 다루고 있을 뿐만 아니라 'ᄫ'으로 표기된 문헌 예 역시 모두 어중의 '[b]'가 안 나타난 것으로 간주하였다. 만약 'ᄫ'을 '[β]'으로 보았더라면 'ᄫ'은 '[b]'가 나타나는 형태 쪽에 분류했을 가능성이 높다.
26) [역자주] 여기서의 'tu-we'는 '두웨'이지 '두ᄫᅦ'가 아니다. ≪痘瘡集要≫에도 '두웨'로 되어 있을 뿐만 아니라 이 시기에는 이미 'ᄫ'이 소실되었기 때문에

(痘瘡集要)', '눉두에[nun-s-tu-ɔi](瞼, 訓蒙字會)', '눉두에[nun-s-tu-ɔi](眼胞, 四聲譯語)', '눈두에[nun tu-ɔi](韓佛字典)' 등이 있는 것을 보면 중부 지방에서 오래 전부터 사용되었음을 알 수 있다.

'눈두버리[nun tu-bɔ-ri]' 계열의 '두버리[tu-bɔ-ri]'[27] 또는 '두에[tu-e]'[28]는 '둡흘[tup-hŭl]' 이나 '두플[tu-pʰŭl](蓋, 覆)'[29]이라는 동사가 변화한 형태이기 때문에 여기서는 순서상 '덮개(蓋)'라는 단어의 방언 분포 양상도 살피기로 한다. '덮개(蓋)'는 '(1) 뚜겅[ˀtu-gɔŋ], (2) 두배[tu-bɛ]'의 두 가지 계통으로 분류할 수 있다. 여기서 문제가 되는 형태는 '(2) 두배[tu-bɛ]'인데 참고로 우선 (1)부터 설명한다.

(1)	뚜겅[ˀtu-gɔŋ][30]	전남 · 전북의 일부, 경남의 극히 일부
	뚜껑[ˀtu-ˀkɔŋ]	전북의 일부
	뚝겅[ˀtu-kɔŋ]	황해의 대부분, 전북 · 경기의 일부, 전남의 극히 일부
	뚝게[ˀtuㅏ-ke]	제주도

(2) '두배[tu-bɛ]' 계통의 단어인데 이는 중간에 '[b]'가 들어가는지 아닌지에 따라 두 가지가 구별된다.

나타날 수 없다. 小倉進平은 이 논문에서 'w'를 두 가지 용법으로 사용하고 있다. 'ㅸ'을 'w'로 나타내기도 하지만 현대어 또는 'ㅸ'이 사라진 시기에는 원순성 반모음을 나타낼 때도 'w'를 사용한다. 따라서 'w'가 무엇을 나타내는지 주의해서 보아야만 한다.

27) '두벙[tu-bɔŋ], 두부리[tu-bu-ri]' 등도 마찬가지.

28) '두웨[tu-we]' 등도 마찬가지.

29) [역자주] '둡흘, 두플'은 동사에 관형형 어미 '-을'이 결합된 것이므로 동사의 어간만 따로 떼어 낸다면 '둪-' 또는 '둪-'이 될 것이다.

30) '둡게[tup-ke]'의 변화형일 것이다. 또한 솥뚜껑을 '소득게[so-dŭk-ke], 소둔깨[so-dun-ˀkɛ], 소당[so-daŋ]' 등으로 말하는 지역이 있다.

ㄱ 중간에 '[b]'가 들어가는 것

두배[tu-bɛ]	함남의 극히 일부
두벙[tu-bɔŋ]	함남의 일부
드베[tü-be]	함남의 극히 일부
드븽이[tü-büiŋ-i]	함남의 일부

ㄴ 중간에 '[b]'가 존재하지 않는 형태는 '두에[tu-e]'로서 각지에서 사용되며 오래 전부터 '두에[tu-ɔi](痘瘡集要)', '두에[tu-ɔi](蓋, 百聯抄解)' 등으로 존재하고 있었다.

이상 '瞼'과 '蓋'를 의미하는 단어 중 '[b]'를 포함한 단어의 분포 상태를 보면 그 범위가 반드시 일치하는 것은 아니다. 즉, '눈두버리[nun tu-bɔ-ri](瞼)'의 '두버[tu-bɔ]'나 '두배[tu-bɛ](蓋)'는 모두 원래 동일한 어원에 속하기 때문에 그 분포도 합치해야 하겠지만 실제로는 그렇지 않은 것이다. '눈두버리[nun tu-bɔ-ri]' 계열은 함북의 대부분, 함남 남부에서 사용되는 것 외에 전남・경북・강원의 일부에도 미치고 있지만 '두배[tu-bɛ]' 계열은 함남의 남부 지역에서만 쓰인다. '瞼'과 '蓋' 두 단어에서 공통으로 '[b]'가 나타나는 것은 함남의 남부 지방뿐이다. 요컨대 이 단어의 음운 분포 상태는 일종의 특이성을 가진다고 말할 수 있을 듯하다.

(Ⅵ) 달래[tal-lɛ](髢)31)

'髢'32)를 뜻하는 단어는 어중에 '[b]'가 들어가는지 아닌지에 따라 두 가지가 나뉜다.

---

31) [역자주] 여자들이 머리숱이 많아 보이기 위해 붙여 넣었던 머리를 가리킨다.
32) '자료편' 144쪽 참조.

ㄱ 중간에 '[b]'가 들어가는 것

다뱅이[ta-bɛŋ-i]	경남의 극히 일부
달비[tal-bi]	경남·경북·강원·함남·함북의 대부분, 전남·충남·충북·황해·평북의 일부

ㄴ 중간에 '[b]'가 들어가지 않는 것

ᄃᆞᆯ위[tɔl-ui]	제주도
다루[ta-ru]	전북·충남의 일부, 전남·평북의 극히 일부
다래[ta-rɛ]	황해 대부분, 경기·평남·평북의 일부
다리[ta-ri]	전남·전북·경북·충남·충북·강원·평북의 일부
다리꼽지[ta-ri ˀkop-ʧi]	경기의 극히 일부
달래[tal-lɛ]	경기의 극히 일부

요컨대 중간에 '[b]'가 들어가는 지역은 경남·경북·강원·함남·함북의 대부분이고 그 여세는 전남·충남·충북·황해·평북[33]의 일부에까지 다다르고 있다. 옛 문헌에서 'ᄃᆞᆯ외[tɐr-oi](髲·髢, 訓蒙字會)', 'ᄃᆞᆯ외 빗기다[tɐr-oi pis-ki-ta](梳頭髮, 譯語類解)', 'ᄃᆞ릐[tɐ-rɐi](假髮, 譯語類解補)', 'ᄃᆞᆯᄂᆡ[34][tɐr-nɐi](ネゾエ, 古本 交隣須知)', '달이[tar-i](韓佛字典)' 등이라고 한 것은 모두 중부 방언을 표기한 것이다.

33) 함남에 근접한 자성(慈城)과 후창(厚昌).

34) [역자주] 'ᄃᆞᆯᄂᆡ'는 'ᄃᆞᆯ릐'와 같다. 근대국어 시기에는 어중의 'ㄹㄹ'을 'ㄹㄴ'으로 표기하는 경우가 매우 많았다. 이러한 경향은 18세기에 정점을 이루며 20세기 초기까지도 이어진다. 자세한 것은 "이진호(1997), 'ㄹㄹ~ㄹㄴ' 표기의 공존에 대한 음운론적 해석, ≪관악어문연구≫ 22, 서울대 국문과"를 참고할 수 있다.

(Ⅶ) 대룰이[tɛ-rur-i](火熨斗)[35]

'火熨斗'[36]를 의미하는 단어에는 '(1) 다리미[ta-ri-mi], (2) 다래비[ta-rɛ-bi]'의 두 계통이 존재하는 것 같다. 여기서 문제가 되는 것은 '(2) 다래비[ta-rɛ-bi]'인데 참고로 (1)도 설명하기로 한다.

(1) 다리미[ta-ri-mi][37]	충북의 대부분, 충남・함남의 일부, 전북・황해・함북의 극히 일부
대루미[tɛ-ru-mi]	황해의 극히 일부
대리미[tɛ-ri-mi]	황해의 대부분, 전남・전북・충남・경기・함남의 일부, 강원의 극히 일부

(2) '다래비[ta-rɛ-bi]' 계통의 단어인데 중간에 '[b]'가 들어가는지 아닌지에 따라 두 가지가 구별된다.

㉠ 중간에 '[b]'가 들어가는 것

다래비[ta-rɛ-bi]	경남・경북의 일부
다리비[ta-ri-bi]	경남・경북의 일부, 전북의 극히 일부
달비[tal-bi]	경북의 일부
대래비[tɛ-rɛ-bi]	경북・강원의 일부
대루비[tɛ-ru-bi]	전남의 극히 일부
대리비[tɛ-ri-bi]	전남・전북・경남・경북・강원의 일부

㉡ 중간에 '[b]'가 들어가지 않는 것

35) [역자주] 다리미를 뜻한다.
36) '자료편' 232쪽 참조.
37) '다리미[ta-ri-mi]'의 '미[mi]'는 '비[pi]'가 변화한 것으로 생각되는데 'ㅁ[m]'은 아마도 동사의 명사형일 것이다.

다레이[ta-re-i]	함북의 극히 일부
다로리[ta-ro-ri]	함남・함북의 극히 일부
다루왜[ta-ru-wɛ]	제주도의 일부
다리울[ta-ri-ul]	함남의 일부
다리웨[ta-ri-we]	제주도의 일부
대련[tɛ-rjɔn]	함북의 일부
내려니[tɛ-rjɔ-ni]	함북의 극히 일부
대루[tɛ-ru]	전남・황해의 일부
대루리[tɛ-ru-ri]	경기・황해의 극히 일부
대리워니[tɛ-ri-wɔ-ni]	함북의 극히 일부

요컨대 중간에 '[b]'가 들어가는 지역은 경남・경북 지방, 강원 동해안이 주이고 전남・전북에 다소 영향을 미치고 있다고 말할 수 있다. 그 외의 지방에서는 '[b]'가 나타나지 않는다. 옛 문헌에서 '多里甫里(尉斗, 鄕藥救急方)'[38]와 같이 '甫'를 사용한 것은 '[b]'를 표기한 것이며 '다리우리[ta-ri-u-ri](熨, 訓蒙字會)', '다리오긔[ta-ri-o-kɐi](熨斗, 火斗, 運斗, 譯語類解)' 등은 '[b]'를 포함하지 않는 어형을 표기한 것이다.

(Ⅷ) 또아리[ˀto-a-ri](寠藪)[39]

'寠藪'[40]를 의미하는 단어는 그 중간에 '[b]'가 들어가는지 아닌지에 따

38) [역자주] "남풍현(1981), ≪차자표기법연구≫, 단국대출판부"에서는 '多里甫里'를 '다리브리'로 해독한 후 '다리(熨)+블(火)+이(접미사)'로 형태 분석한 바 있다. '다리브리'로 해독한 것은 15세기 자료 '다리우리'를 고려한 결과이다. '우'로 변하기 위해서는 '甫'를 '보'로 해독해서는 안 되기 때문이다.

39) 물건을 머리에 일 때 머리 위에 두는 둥근 깔개.

40) '자료편' 233쪽 참조.

라 두 가지가 구별된다.

㉠ 중간에 '[b]'가 들어가는 것

따바리[ˀta-ba-ri]	함북의 대부분, 경남 · 함남의 일부, 전북 · 강원의 극히 일부
따방지[ˀta-baŋ-ʤi]	경남의 극히 일부
따방구[ˀta-baŋ-gu]	경남의 일부
따배[ˀta-bɛ]	강원의 극히 일부
따배이[ˀta-bɛ-i]	경남의 극히 일부
따뱅이[ˀta-bɛŋ-i]	경남 · 경북 · 충북의 일부, 강원의 극히 일부
따빙이[ˀta-biŋ-i]	강원의 극히 일부
또바리[ˀto-ba-ri]	전남 · 전북 · 강원의 일부, 충북의 극히 일부
또뱅이[ˀto-bɛŋ-i]	충북의 극히 일부

㉡ 중간에 '[b]'가 들어가지 않는 것

또가리[ˀto-ga-ri]	전남의 대부분, 전북의 일부
또개미[ˀto-gɛ-mi]	전남 · 전북의 일부
또아리[ˀto-a-ri]	황해의 일부
똬리[ˀtoa-ri]	경기의 일부
똥아리[ˀtoŋ-a-ri]	충남의 일부, 충북의 극히 일부
뚜아리[ˀtu-a-ri]	경기 · 황해의 일부, 충북의 극히 일부
뛔기[ˀtue-gi]	황해의 일부

요컨대 중간에 '[b]'가 들어가는 지역은 경남 · 경북 · 함남 · 함북의 전부, 강원의 동해안을 주로 하여 그 영향이 전남 · 전북 · 충북까지 어느 정도 미치는 것을 알 수 있다. 그 외의 지방에는 '[b]'가 나타나지 않는다.

(Ⅸ) 말음[mar-ŭm](菱仁)[41]

'菱仁'[42]을 의미하는 단어는 그 중간에 '[b]'가 들어가는지 아닌지에 따라 두 가지가 구별된다.

ㄱ 중간에 '[b]'가 들어가는 것

말밤[mal-bam]	경북의 대부분, 경남・강원의 일부, 충북의 극히 일부
말방수[mal-baŋ-su]	경북의 극히 일부
말배[mal-bɛ]	함남의 일부
말뱅이[mal-bɛŋ-i]	함북의 대부분, 함남의 일부
몰밤[mol-bam][43]	전남・전북・경남의 일부
몰밥[mol-bap][44]	전남의 극히 일부
물밤[mul-bam][45]	전북의 극히 일부

ㄴ 중간에 '[b]'가 들어가지 않는 것

---

41) [역자주] '말음'은 현재 표기로는 '마름'이다. '말(藻)'의 열매이며 약재로 많이 쓰인다. '마름'의 어휘사에 대해서는 "이병근(1998), '마름'의 어휘사, ≪방언학과 국어학≫, 태학사"를 참고할 수 있다.

42) '자료편' 189쪽 참조.

43) '몰밤[mol-bam], 모람[mo-ram]'의 '몰[mol-], 모-ㄹ[mo-r-]'은 '말[mar]'이 변화한 것이다. 이 지역에서는 어원적으로 '[ɐ](・)'로 표기되는 것이 '오[o]'로 나타나는 것이 일반적이지만 '菱實'은 본래 'ᄆᆞᆯ[mɐr]'이 아니고 '말[mar]'이기 때문에 이 경우의 '[mol-], [mor-]'은 '말[mar]'에서 우연히 바뀐 것으로 보아야 할 것이다. [역자주] '菱實'이 기원적으로 'ᄆᆞᆯ'이 아니고 '말'이라고 한 것은 小倉進平의 실수인 듯하다. 중세국어 시기에도 'ᄆᆞᆯ(藻)'이 등장한다. 그런데 'ᄆᆞᆯ'이 '밥'과 결합할 때에는 '말왐'과 같이 'ᄆᆞᆯ'이 '말'로 나타난다. 각주 41)에 제시한 이병근(1998)에서는 중세국어 시기에 이미 'ᄋᆞ'가 '아'로 바뀌는 예들이 존재했음을 지적하면서 '말왐'의 '말'은 'ᄆᆞᆯ'로부터 변화한 것이라고 해석하였다.

44) '밥[-bap]'은 '飯'에 대한 연상으로 만들어진 단어인 듯하다.

45) '물[mul]'은 '水'에 대한 연상에 의해 만들어진 단어일 것이다.

마람[ma-ram]	전북의 일부, 전남・충북・평북의 극히 일부
마래미[ma-rɛ-mi]	함남・평북의 극히 일부
마룸[ma-rum]	충남의 극히 일부
마름[ma-rŭm]	황해의 대부분, 충남・경기・평남・평북의 일부부, 전남・경남・충북・함남의 극히 일부
모람[mo-ram][46]	전남・전북의 일부
말개미[mal-gɛ-mi]	평북의 일부
ᄆᆞᆯ밍이[mɖ-möŋ-i]	제주도의 극히 일부(城山)

요컨대 중간에 '[b]'가 들어가는 지역은 경남・경북・함남・함북의 대부분과 강원 동해안을 주로 하고 전남・충북에 다소 영향을 미치고 있다고 하겠다. 그 외의 지방에는 '[b]'가 나타나지 않는다. 옛 문헌에서 '鄕名末栗(芰實, 月令鄕集)'의 '栗(밤)'은 '[b]'를 표기한 것이고 '金疾鏁ᄂᆞᆫ 말ᄫᅡ미라[金疾鏁nɐn mar-wa-mi-ra](月印釋譜)',[47] 'ᄆᆞᆯ왐[mar-oam](芰菱, 四聲通解)', '말왐[mar-oam], 말암[mar-am](杜詩諺解)', '말음[mar-ŭm](東醫寶鑑)', '마람 ᄭᅥᆨ다[ma-ram skɐ-ta](剝菱角, 譯語類解)', '마람[ma-ram](菱角, 水栗, 譯語類解)', '말왐[mar-oam](蘋, 萬曆版 類合)' 등은 '[b]'를 포함하지 않은 어형을 표기한 것이다.

(X) 벙어리[pɔŋ-ɔ-ri](啞者)

'啞者'[48]를 의미하는 단어에는 '(1) 모르기[mo-rŭ-gi], (2) 벙어리[pɔŋ-ɔ

46) 각주 43)를 참조.
47) [역자주] 여기서도 'ᄫ'을 '[b]'가 포함되지 않은 형태로 분류하고 있다. 'ᄫ'의 음가를 '[w]'로 보았기 때문이다.
48) '자료편' 107쪽 참조.

-ri]'의 두 계통이 존재하는 듯하다. 여기서 문제가 되는 것은 '벙어리[pɔŋ-ɔ-ri]'이다.

(1) 모르기[mo-rŭ-gi][49] 제주도의 일부

(2) '벙어리[pɔŋ-ɔ-ri]' 계통의 단어인데 이는 중간에 '[b]'가 들어가는지 아닌지에 따라 두 가지가 구별된다.

㉠ 중간에 '[b]'가 들어가는 것

버버리[pɔ-bɔ-ri]	전남・전북・경북・황해・함남・함북・평북의 대부분, 경남・충북・강원・평남의 일부
버벌치[pɔ-bɔl-ʧʰi]	황해의 일부
버부리[pɔ-bu-ri]	경남의 일부
법딍이[pɔp-tŭiŋ-i]	경남의 극히 일부

㉡ 중간에 '[b]'가 들어가지 않는 것

벙어리[pɔŋ-ɔ-ri]	충남・경기의 대부분, 전북・충북・강원・황해의 일부
벙치[pɔŋ-ʧʰi]	강원의 일부
벌치[pɔl-ʧʰi]	황해의 극히 일부

요컨대 중간에 '[b]'가 들어가는 지역은 전남・전북・경남・경북・황해・함남・함북・평북의 대부분을 중심으로 하고 강원・충북에 다소 영향을 미치며 다른 단어의 경우보다는 분포 범위가 넓다. 옛 문헌의 '버워리[pɔ-uɔ-ri](月印釋譜)', '버워리[pɔ-uɔ-ri](瘖, 瘂, 訓蒙字會)', '벙어리

49) 말소리를 알아들을 수 없다는 의미인 듯하다. [역자주] '모르기'를 '모르-(不知)'와 관련시키고 있다.

[pɔŋ-ɔ-ri](啞子, 譯語類解)', '반 벙어리[pan pɔŋ-ɔ-ri](嘴僵子, 譯語類解補)', '벙어리[pɔŋ-ɔ-ri](瘂, 古本 交隣須知)', '벙어리[pɔŋ-ɔ-ri](韓佛字典)' 등은 중부 방언을 표기한 것일 듯하다.

(XI) 부:리[pu:-ri](嘴)

'嘴'[50]를 뜻하는 단어에는 '(1) 주댕이[ʧu-dɛŋ-i], (2) 부:리[pu:-ri]'의 두 계통이 존재하는 것 같다. 여기서 문제가 되는 것은 '부:리[pu:-ri]'이다.

(1) 주댕이[ʧu-dɛŋ-i]	충남의 극히 일부
주더리[ʧu-dɔ-ri]	함남의 극히 일부
주데이[ʧu-de-i]	황해의 대부분
주뎅이[ʧu-deŋ-i]	강원의 일부
주둥이[ʧu-duŋ-i]	평북의 대부분, 경남·황해·함남·평남의 일부
주둥이[ʧu-duiŋ-i]	경기의 대부분, 황해의 극히 일부
주둥이[ʧu-dŭŋ-i]	충남의 일부
주둥이[ʧu-dŭiŋ-i]	경남·경북·충북의 대부분, 충남·강원·함남의 일부

(2) '부:리[pu:-ri]' 계통의 단어인데, 이는 중간에 '[b]'가 들어가는지 아닌지에 따라 두 가지가 구별된다.

ㄱ 중간에 '[b]'가 들어가는 것

부버리[pu-bɔ-ri]	함남의 일부

50) '자료편' 278쪽 참조.

부부리[pu-bu-ri]　　　　함남・함북의 대부분, 강원의 극히 일부

ㄴ 중간에 '[b]'가 들어가지 않는 것
부:리[pu:-ri]　　　　강원의 일부

요컨대 중간에 '[b]'가 들어가는 지역은 함남・함북에 국한되고 그 여파가 강원의 동해안에 어느 정도 미치고 있다. 그 외의 지방에서는 '[b]'가 나타나지 않는다. 옛 문헌에서는 '부리[pu-ri](喙, 訓蒙字會)', '새 부리[sai pu-ri](嘴, 訓蒙字會)', '부리[pu-ri], 부으리[pu-ŭ-ri](杜詩諺解)', '부리 기온놈[pu-ri ki-on-nom](歪嘴子, 譯語類解)', '부리[pu-ri](痘瘡集要)' 등과 같이 '[b]'가 나타나지 않는다.

(XII) 새오[sɛ-o](蝦)[51]

'蝦'[52]를 의미하는 단어는 '(1) 징개미[ʧiŋ-gɛ-mi], (2) 새오[sɛ-o]'의 두 계통이 존재하는 듯하다. 여기서 문제가 되는 것은 '새오[sɛ-o]'이다.

(1) 징개미[ʧiŋ-gɛ-mi]　　전북의 일부
　 찡기미[ʔʧiŋ-gi-mi]　　경남의 일부
　 징게미[ʧiŋ-ge-mi]　　충북의 극히 일부

(2) '새오[sɛ-o]' 계통의 단어인데 이는 중간에 '[b]'가 들어가는지 아닌지에 따라 두 가지가 구별된다.

51) [역자주] 오늘날 '새우'에 해당한다.
52) '자료편' 305쪽 참조.

ㄱ 중간에 '[b]'가 들어가는 것

새뱅이[sɛ-bɛŋ-i]	충남・충북의 일부
새부랭이[sɛ-bu-rɛŋ-i]	충북의 극히 일부
새붕개[sɛ-buŋ-gɛ]	전북의 일부
새비[sɛ-bi]	전남・경남・함남・경북의 대부분, 전북・경북・강원의 일부
쌔비[ˀsɛ-bi]	경남・경북의 일부
새파우[sɛ-pʰa-u]	경북의 극히 일부
쇄비[swɛ-bi]	경북의 일부
쐐비[ˀswɛ-bi]	경북의 일부
쉐비[swe-bi]	경남의 극히 일부

ㄴ 중간에 '[b]'가 들어가지 않는 것

사위[sa-ui]	제주도의 일부
새[sɛ]	경남의 일부
쌔[ˀsɛ]	경남의 극히 일부
새오[sɛ-o]	충남의 일부
새우[sɛ-u]	충남・충북・경기・황해・평북의 대부분, 전남・전북・강원의 일부, 함남의 극히 일부
새우지[sɛ-u-ʤi]	평북의 극히 일부
새웅개[sɛ-uŋ-gɛ]	전북・충남의 일부
새위[sɛ-ui]	제주도의 일부
생오[sɛŋ-o]	강원의 일부
생우[sɛŋ-u]	평남의 일부
생우지[sɛŋ-u-ʤi]	평남・평북의 일부
생이[sɛŋ-i]	경기의 일부, 강원의 극히 일부
쇄[swɛ]	경북의 일부

요컨대 중간에 '[b]'가 들어가는 지역은 전남・경남・함남・함북의 대부분, 강원의 동해안 등이 주가 되고 전북・경북의 일부에서도 사용되며 그 외의 지방에서는 '[b]'가 나타나지 않다. 옛 문헌에서 '西必格以[53](蝦蟹, 華夷譯語)'의 '西必'은 '새비[sɛ-bi]'를 표기한 것이겠지만[54] 그 외에는 '새요[sai-io](鰕, 訓蒙字會)', '새요[sai-io](蝦兒, 四聲通解)', '새오[sai-o](蝦兒, 譯語類解)', '새오 ᄶᅥᆫ것[sai-o ˀkɐn-kɔs](蝦米, 譯語類解)', '새요[sai-io](鰕, 東醫寶鑑)', 'ᄉᆡ오[sɐi-o](鰕, 濟衆新編)', '사이[sa-i](蝦, 萬曆版 類合)' 등 모두 '[b]'가 나타나지 않는다.[55]

(XIII) 아옥[a-ok](葵)

'葵'[56]를 의미하는 단어는 그 중간에 '[b]'가 들어가는지 아닌지에 따라 두 가지가 구별된다.

ㄱ 중간에 '[b]'가 들어가는 것

아북[a-buk]	함남・함북의 전체, 경남・경북의 일부

ㄴ 중간에 '[b]'가 들어가지 않는 것

아옥[a-ok]	충남・충북・경기의 대부분, 전남・전북・경남・경북・강원・황해의 일부
아욱[a-uk]	충북・강원・황해・평북의 일부

53) '格以'는 '蟹'의 '거이[kɔ-i]'를 표기한 것.

54) '누이[nu-i](姉妹)' 항목 참조.

55) [역자주] 잘 알려져 있다시피 ≪訓民正音≫의 용자례 부분에는 '사ᄫᅵ'가 나온다. 小倉進平이 이 논문을 쓴 시기는 아직 해례본이 발견되기 이전이므로 '사ᄫᅵ'를 알 수는 없었을 것이다.

56) '자료편' 209쪽 참조.

아구[a-gu][57]　　　　　　경남의 극히 일부

요컨대 중간에 '[b]'가 들어가는 것은 함남·함북이 주요 지역이고 일부 영향을 경남·경북 지방에 미치고 있는 것을 알 수 있다. 옛 문헌 중 '常食阿夫實也(葵子, 鄕藥救急方)'라고 되어 있는 '阿夫'[58]는 '[b]'를 표기한 것이겠지만 그 외에는 '鄕名阿郁(冬葵子, 月令鄕集)', '아옥[a-ok](葵, 訓蒙字會)', '아옥[a-ok](杜詩諺解)', '아옥[a-ok](葵菜, 經驗方)', '아혹[a-hok](葵菜, 譯語類解)' 등 '[b]'를 포함하지 않은 어형을 표기하고 있다.

(XIV) 우웡[u-wɔŋ](牛蒡)

'牛蒡'[59]을 의미하는 단어는 그 중간에 '[b]'가 들어가는지 아닌지에 따라 두 가지가 구별된다.

㉠ 중간에 '[b]'가 들어가는 것
우방지[u-baŋ-ʤi]　　　　　　제주도
우벙[u-bɔŋ]　　　　　　경남·경북의 대부분, 전남·강원의 일부,

57) [역자주] 이후의 방언 조사에 따르면 '아구'는 경남의 동남부인 마산, 창원, 김해, 양산 등지에서 나타난다. 인근 지역에서는 '아북'이 많이 쓰이므로 둘을 비교하면 'ㅂ'과 'ㄱ'이 대응함을 알 수 있다. 이것은 전형적인 PK-교체로 볼 수 있다. 그런 점에서 '아구'는 어중의 '[b]'가 존재하는 쪽으로 분류하는 것이 더 타당하지 않을까 한다. 만약 어중의 '[b]'가 없었다면 PK-교체도 나타날 수 없었을 것이다.
58) [역자주] '阿夫'는 '아부'로 해독된다. '아욱'과 비교하면 두 번째 음절에 종성이 없다는 특징이 있다. 그런데 '아욱'의 방언형 중 '아구'에도 역시 종성 'ㄱ'이 나타나지 않는다. 'ㄱ'의 정체가 무엇인지는 명확하지 않으나 기원적으로 어간의 일부가 아니었을 가능성이 있다.
59) '자료편' 210쪽 참조.

	전북・함남의 극히 일부
우봉[u-boŋ]	함북의 대부분, 함남의 일부, 전남・경남・경북의 극히 일부
우붕[u-buŋ]	경남의 일부, 경북의 극히 일부

ㄴ 중간에 '[b]'가 들어가지 않는 것

우왕[u-waŋ]	강원의 극히 일부
우웡[u-wɔŋ]	전남・전북・경기・황해・함남의 일부, 충남・충북의 극히 일부
우항[u-haŋ][60]	강원의 극히 일부
웡[wɔŋ]	전남・전북・충남・충북・황해・함남의 일부, 강원의 극히 일부

요컨대 중간에 '[b]'가 들어가는 것은 경남・경북・함북의 대부분, 함남의 북부[61]이고 전남・강원의 일부 지역에 나타나고 있다. 옛 문헌 중 '우방은[u-baŋ-ŭn](牛蒡은, 古本 交隣須知)'은 영남 방언을 표기한 것이며 다른 문헌의 '우왕[u-oaŋ](蒡, 訓蒙字會)', '오왕[o-oaŋ](牛蒡菜, 四聲通解)', '우웡[u-uɔŋ](牛蒡菜, 譯語類解)', '우웡씨[u-uɔŋ-psi](惡實, 東醫寶鑑)', '우웡씨[u-uɔŋ-psi](鼠粘子, 濟衆新編)' 등은 모두 '[b]'를 포함하지 않은 어형을 표기하고 있다.

---

60) [역자주] '우항'의 'ㅎ'은 기원적으로 'ㅂ'이나 'ㄱ'에서 변화했을 가능성을 배제할 수 없다. 'ㅂ'에서 변화한 것이라면 중간에 '[b]'가 존재하는 쪽으로 분류해야 할지 모른다.

61) 영흥 이북.

(XV) 입살[ip-sal](脣)[62]

‘脣’[63]을 의미하는 단어에는 ‘(1) 임녁[im-njɔk], (2) 입바위[ip-pa-ui], (3) 입슌[ip-ʃun], (4) 입전[ip-ʧɔn], (5) 입줄기[ip-ʧul-gi], (6) 입살[ip-sal]’의 여러 계통이 존재하는 것 같다. 여기서 문제가 되는 것은 ‘(6) 입살[ip-sal]’인데 우선 (1)~(5)에 속하는 단어의 분포 상태를 설명하기로 한다.

(1) 임녁[im-njɔk][64]	함남・함북의 극히 일부
(2) 입바위[ip-pa-ui][65]	제주도
(3) 입슌[ip-ʃun]	함북의 극히 일부
(4) 입전[ip-ʧɔn]	함남・함북의 극히 일부
입저니[ip-ʧɔ-ni]	함북의 극히 일부
입천[ip-ʧʰɔn][66]	함남의 일부분
(5) 입줄기[ip-ʧul-gi][67]	함북의 극히 일부

(6) ‘입살[ip-sal]’ 계통의 단어인데 이는 중간에 ‘[b]’가 들어가는지 아닌지에 따라 두 가지가 구별된다.

---

62) [역자주] ‘입술’을 의미한다.

63) ‘자료편’ 89쪽 참조.

64) ‘임[im](<입[ip])’은 ‘입(口)’의 의미이다. ‘녁[njɔk]’은 ‘邊’을 의미하는 함경도 방언이며(‘水邊’을 ‘물녁[mul-njɔk]’이라고 한다), 오래 전 ≪北塞紀略≫ 등에서도 ‘域’을 대응시키고 있다. [역자주] ‘녁’은 현대어 ‘녘’에 해당할 듯하다. 중세국어 시기에는 ‘녁’이었다. ≪北塞紀略≫은 홍양호(1724~1802)가 지은 저술로 함경도 방언 중 일부가 수록되어 있다.

65) ‘바위[pa-ui]’는 ‘巖’의 의미이다.

66) ‘천[ʧʰɔn]’은 ‘崖’를 의미하는 것일지도 모른다. ≪東國輿地勝覽≫ 권6에 있는 “신라말로는 水崖路를 遷이라고 많이 부른다(新羅方言多以水崖路稱遷)”의 ‘遷’이 이것이다.

67) 뒤에서 말할 ‘입술기[ip-sul-gi]’가 변화한 것인 듯하다.

ㄱ 중간에 '[b]'가 들어가는 것

입서벌[ip-sɔ-bɔl]	충북의 일부
입서버리[ip-sɔ-bɔ-ri]	경북의 일부, 경남의 극히 일부
입서불[ip-sɔ-bul]	경북의 일부, 충북의 극히 일부
입서부리[ip-sɔ-bu-ri]	경북의 극히 일부
입수버리[ip-su-bɔ-ri]	경북의 극히 일부
입수불[ip-su-bul]	경북・강원의 일부
입수부리[ip-su-bu-ri]	경남・경북의 일부

ㄴ 중간에 '[b]'가 들어가지 않는 것[68]

입살[ip-sal]	강원의 일부
입설[ip-sɔl]	전북・충남 대부분, 전남・충북의 일부
입서리[ip-sɔ-ri]	전남・경남의 일부
입솔[ip-sol]	전남・전북・충북의 일부
입소리[ip-so-ri]	전남・전북・경남의 일부
입소구리[ip-so-gu-ri][69]	경남의 극히 일부

68) 이 항목 중 한 쪽은 '입살[ip-sal], 입설[ip-sɔl], 입솔[ip-sol]', 다른 한 쪽은 '입숙[ip-suk], 입술기[ip-sul-gi]'라는 어형이 존재하는 것으로 보아 원형은 '입숡[ip-sulk]'과 같이 어말(語末)이 '-ㄺ[-lk]'의 두 자음으로 끝났을 것이다. 실제로 ≪譯語類解補≫에서는 '嘴唇, 입시욹[ip-si-urk]', '繭唇, 입시욹 블읏다[ip-si-urk pur-ŭs-ta]'와 같은 예를 볼 수 있는 것이다. [역자주] '입시욹'과 같은 형태가 근대국어 시기의 문헌에 나타나는 것은 사실이지만 그렇다고 해서 원래부터 이 단어가 'ㄺ'이라는 어간말 자음군을 가졌었다고 단정하기는 어렵다. 근대국어 시기에는 이전에 'ㄹ'이나 'ㄱ'으로 끝나던 '입시울, 눈시울, 시울, 가닥(絲)'이 '입시욹, 눈시욹, 시욹, 가닭'과 같이 나타나는 일이 종종 있었다. 즉 원래는 하나의 자음으로 끝났는데 여기에 하나의 자음이 더 추가되는 변화가 일부 존재했던 것이다. '입숡'도 그런 변화의 결과로 보인다. 원래부터 'ㄺ'으로 끝났다기보다는 'ㄹ'로 끝나다가 근대국어 시기에 들어와 'ㄺ'으로 바뀌었을 가능성이 더 크다.

69) [역자주] 이 형태는 '입수부리'와 PK-교체에 의한 관계를 맺을 가능성이 크므로 '[b]'가 나타나는 어형 쪽으로 분류하는 것이 더 타당할 듯하다. '입소구리'가 존재하는 지역을 봐도 그러하다. 아래에 제시할 '입수구리'도 마찬가지이다.

입수[ip-su]	황해의 극히 일부
입수월[ip-su-wɔl]	강원의 극히 일부
입숙[ip-suk]	황해의 대부분, 함남의 일부, 강원의 극히 일부
입술[ip-sul]	경기・평북 대부분, 경북・강원・함남・평북의 일부, 충북・황해의 극히 일부
입술기[ip-sul-gi]	함북의 대부분, 강원・함남의 일부
입수구리[ip-su-gu-ri]	남의 일부, 경북의 극히 일부

요컨대 중간에 '[b]'가 들어가는 지역은 경남・경북의 대부분이고 충북・강원의 일부에도 영향을 미치고 있다. 옛 문헌에서는 '입시욹[ip-si-urk](譯語類解補)', '입시웘 비치[ip-si-ur-s pi-čʰi](月印釋譜)', '脣은 입시우리라[脣ŭn ip-si-u-ri-ra](訓民正音)', '입시울[ip-si-ur](脣, 訓蒙字會)', '입시울[ip-si-ur](杜詩諺解, 痘瘡集要)' 등 모두 '[b]'를 포함하지 않은 어형을 표기하고 있다.

(XVI) 확[hoak](石臼)70)

'石臼'71)를 의미하는 단어는 그 중간에 '[b]'가 들어가는지 아닌지에 따라 두 가지가 구별된다.

ㄱ 중간에 '[b]'가 들어가는 것

호박[ho-bak]72)	경남・경북의 대부분, 강원・함남・함북의 일부분

70) [역자주] 돌절구를 의미한다.
71) '자료편' 181쪽 참조.
72) '南瓜'도 '호:박[ho:-bak]'이지만 '石臼'은 '오[o]' 모음이 짧다.

호배기[ho-bɛ-gi]	함남 · 함북의 일부, 경남의 극히 일부

ㄴ 중간에 '[b]'가 들어가지 않는 것

확[hoak]	전남 · 황해 · 평북의 대부분, 전북 · 강원 · 함남 · 평남의 일부, 충남 · 충북 · 경기의 극히 일부
확독[hoak-tok][73]	전남 · 전북의 일부
학독[hak-tok]	충남의 극히 일부
학도기[hak-to-gi]	충남의 극히 일부
혹[hok]	제주도

요컨대 중간에 '[b]'가 들어가는 지역은 경남 · 경북 · 함북의 대부분과 함남 정평 이북, 강원 동해안의 일부이고 그 외의 지역에는 '[b]'가 나타나지 않는다. 옛 문헌에는 '호왁[ho-oak](臼, 訓蒙字會)', '호왁[ho-oak](杜詩諺解)', '호왁[ho-oak](臼, 萬曆版 類合)', '방핫확[paŋ-has-hoak](碓臼, 譯語類解)', '방하 확[paŋ-ha hoak](碓窩, 譯語類解補)' 등 '[b]'를 포함하지 않은 어형이 표기되어 있다.

---

73) '독[tok]'은 '石'의 의미다. [역자주] 이전 시기에 'ㅎ'으로 끝나던 체언 중에는 일부 방언에서 'ㅎ'이 'ㄱ'으로 남아 있는 경우가 있다. '독(石, <돓)' 이외에 '웅(上, <웋)'과 같은 예가 더 있다. 이 외에 小倉進平은 박사학위논문의 3편 2장에 실린 논문(된시옷)에서 ≪和漢三才圖會≫의 한국어 중에 '地'를 '스타구(すたぐ)'라고 한 것이 있다는 지적을 한 바 있다. '地'를 뜻하는 'ᄯᅡ' 역시 ㅎ-말음 체언인데 '스타구'의 '구'는 마치 말음 'ㅎ'이 'ㄱ'으로 반영된 것처럼 보인다.

(XVII) 곱다[kop-ta](美)[74]

'곱다[kop-ta]'[75]는 연결형에서 '고바[ko-ba-], 고와[ko-wa-]', 관형형에서 '고분[ko-bun-], 고운[ko-un-]'의 두 가지가 있다.[76] 여기서는 연결형만을 제시한다.

ㄱ 중간에 '[b]'가 들어가는 것

고바[ko-ba]	경남 대부분, 전남 · 경북 · 강원의 일부

ㄴ 중간에 '[b]'가 들어가지 않는 것

고아[ko-a][77]	전남 · 전북의 일부
고와[ko-wa]	충남 · 충북 · 강원의 대부분, 경북 · 경기의 일부

요컨대 중간에 '[b]'가 들어가는 지역은 경남의 대부분, 경북의 일부, 강원 동해안의 일부인 것을 알 수 있다.[78] 옛 문헌에서는 '누네 고ᄫᆞᆫ[79]걸 보

74) [역자주] 이 논문의 앞부분에 제시한 단어 목록에는 '곱:다'와 같이 어간 모음이 장음으로 표기되어 있는데 여기에는 단음으로 표기되어 있다. 이후에 나올 '덥다(暑)'의 장단도 목록과는 차이가 난다.

75) '자료편' 357쪽 참조.

76) [역자주] 小倉進平은 일본어 문법에 맞추어 '연용형(連用形), 연체형(連體形)'이라는 용어를 사용하였다. 여기서는 이것을 연결형과 관형형으로 번역하였다. 연결형은 어미 '-아/어'가 결합된 형태이고 관형형은 '-은'이 결합된 형태이다.

77) [역자주] '고아'는 '고와'에서 어중의 'w'가 탈락함으로써 나온 형태이다. 이러한 어중의 w-탈락은 오래 전부터 존재했다. 뒤에 나오는 '구어(＜구워)'도 같은 변화를 거친 것이다. 이 문제에 대해서는 "김 현(1999), 모음간 w 탈락과 w 삽입의 역사적 고찰, ≪애산학보≫ 23, 애산학회"를 참고할 수 있다.

78) 함남, 함북, 황해, 평남북의 조사는 확실치 않다. 다만 아래에서 말할 '굽다[kup-ta], 맵다[mɛp-ta]'와 그 외의 예에서 큰 흐름을 추측할 수 있다.

79) [역자주] 앞에서도 언급했듯이 'w'는 'ㅸ'에 대응한다. 이것을 'ko-wɐn'에서 더욱 확실히 알 수 있다. 중세국어 시기에는 'wɐ'라는 이중모음이 존재할 수 없

고져ᄒᆞ면[nu-nɔi ko-wɐn-kɔt po-ko-čiɔ-hɐ-miɔn](月印釋譜)', '太子ㅣ 性고ᄫᆡ샤[太子-i 性-ko-wɐ-sia](月印釋譜)', '고ᄋᆞᆫ 사ᄅᆞᄆᆞᆯ[ko-ɐn sa-rɐ-mɐr](內訓)', '고을[ko-ŭr](艷, 姸, 訓蒙字會)', '고온 사ᄅᆞᄆᆞᆯ[ko-on sa-rɐ-mɐr](杜詩諺解)', '이 거시 고아[i kɔ-si ko-a](杜詩諺解)' 등 모두 '[b]'를 포함하지 않은 어형을 표기하고 있다.80)

(XVIII) 굽다[kup-ta](炙)

'굽다[kup-ta]'81)는 연결형에서 '구버[ku-bɔ-], 구워[ku-wɔ-]', 관형형에서 '구분[ku-bun-], 구운[ku-un-]'의 두 가지가 있다. 여기서는 연결형만 제시한다.

ㄱ 중간에 '[b]'가 들어가는 것

구버[ku-bɔ]	경남・함북 대부분, 경북・함남의 일부
꾸버[ˀk-bɔ]	경남・경북・강원의 일부

ㄴ 중간에 '[b]'가 들어가지 않는 것

구어[ku-ɔ]	전남・경기・강원・황해의 대부분, 전북・함남의 일부
꾸어[ˀku-ɔ]	전북・경남의 이부, 전남의 극히 일부
구워[ku-wɔ]	충남・충북・평북의 대부분, 경북・강원・함남

었다. 따라서 'ko-wɐn'은 '고ᄫᆞᆫ' 이외의 다른 것이 될 수 없다.

80) [역자주] 小倉進平은 어중의 '[b]'가 문헌에 나타난 예가 없다고 했지만 중세 국어 시기의 문헌에 '곱-'의 어간말 자음이 'ㅸ'으로 표기된 예는 매우 많다. 이 'ㅸ'이 어중의 '[b]'와 관련이 있음은 자명하지만 小倉進平은 'ㅸ'을 '[w]'로 보았기에 '고ᄫᆞᆫ, 고보미'와 같은 예를 '[b]'가 나타나지 않은 예로 간주했다.

81) '자료편' 381쪽 참조.

· 평남의 일부, 전남 · 경남의 극히 일부

요컨대 중간에 '[b]'가 들어가는 지역은 경남 · 함북의 대부분과 경북 · 함남의 일부, 강원 동해안의 일부인 것을 알 수 있다. 옛 문헌 중 '잘 구버라[čar ku-bɔ-ra](古本 交隣須知)' 등은 남부 방언의 '[b]'를 표기한 것이겠지만 그 외에는 '生蛤구어[生蛤-ku-ɔ](內訓)', '구을[ku-ǔr](燔, 炙, 炮, 爊, 訓蒙字會)', '구운 그르시[ku-un kǔ-rǔ-si](瓷甖, 杜詩諺解)', '구은 甘草[ku-ǔn 甘草](辟瘟方)' 등 모두 '[b]'를 포함하지 않은 어형을 표기하고 있다.82)

(XIX) 덥:다[tɔ:p-ta](暑)

'덥:다[tɔ:p-ta]'83)는 연결형에서 '더버[tɔ-bɔ-], 더워[tɔ-wɔ-]', 관형형에서 '더분[tɔ-bun-], 더운[tɔ-un-]'의 두 가지가 있다. 여기서는 연결형만 제시한다.

㉠ 중간에 '[b]'가 들어가는 것

더바[tɔ-ba]	경북의 일부, 경남 · 강원의 극히 일부
더버[tɔ-bɔ]	경남 · 경북의 대부분, 전남의 일부, 강원의 극히 일부

㉡ 중간에 '[b]'가 들어가지 않는 것

더와[tɔ-wa]	전남 · 강원의 일부, 경남 · 경북의 극히 일부

82) [역자주] '굽-' 역시 어간말 자음이 'ㅸ'으로 남아 있는 예가 없지는 않다. 小倉進平이 설령 그 예를 보았다고 하더라도 역시 어중의 '[b]'와 관련 짓지는 않았을 것이다.

83) '자료편' 358쪽 참조.

더워[tɔ-wɔ]	전남 · 전북 · 충남 · 충북 · 경기 · 강원 · 평남 · 평북의 대부분, 경북의 극히 일부

요컨대 중간에 '[b]'가 들어가는 지역은 경남 · 경북의 대부분, 강원 동해안의 일부, 전남의 극히 일부라고 말할 수 있다.[84] 옛 문헌 중 ≪華夷譯語≫에서는 '熱酒'를 '得賁數本'이라고 했다.[85] 같은 책에서 '賁'[86]의 용법을 보면, '江心'을 '把剌戞噴得'이라고 한 것은 '바룰 가온딕[pa-rɐr ka-on-tɐi]'[87]이어서 '噴'은 '온[on]'이라고 읽어야 될 것으로 생각된다.

그러나 '青山'를 '噴磨[pʰŭ-rŭn moi](프른 뫼)',[88] '青李'를 '噴外亞吉[pʰŭ-rŭn o-ia-či](프른 오야지)', '青馬'를 '噴墨仁[pʰŭ-rŭn mɐr](프른 물)', '青'을 '噴必[pʰŭ-rŭn pis](프른 빗)'[89]이라고 하는 등 많은 경우에 '賁'은 모두 'ㅍ[pʰ]'으로 읽히기 때문에 '得賁'은 '더분[tɔ-bun-]'이라고 읽어야 할지도 모른다. 그 외의 문헌에서는 '더븐 煩惱롤[tɔ-wun 煩惱 rɐr](月印釋譜)',[90] '더운 옷[tɔ-un os](暖衣, 內訓)', '더울[tɔ-ur](暄, 暖,

84) 함경남북도의 조사는 충분하지 않다.

85) [역자주] '得賁數本'은 런던대 소장본에 나온 표기이다. 서울대 소장본에는 '得賁數本' 대신 ''得本數本'이라고 되어 있다. '賁'과 '本'은 그 음이 비슷하므로 큰 차이는 없다고 하겠다.

86) [역자주] 실제로는 '賁'이 아니라 '噴'의 용법만을 살피고 있다. 그렇지만 두 한자는 음이 같으므로 큰 문제는 없다.

87) [역자주] 중세국어 문헌에는 '가ᄫᆞ딕'가 여러 번 나온다. 小倉進平은 '戞噴得'을 '가온딕'라고 해독했지만 이것은 분명 '가ᄫᆞ딕'를 나타내는 것임에 틀림없다. 앞에서 여러 번 지적했듯이 小倉進平은 'ㅸ'을 유성양순마찰음 '[β]'로 보지 않고 반모음 'w'로 보았다.

88) [역자주] 小倉進平과는 달리 '噴磨'를 '픈 뫼'로 해독하는 경우도 있다. '픈'은 관형사형 '프른'이 축약된 형태라고 본다. 뒤에 나오는 '噴外亞吉, 噴墨仁, 賁必'의 '噴, 賁'도 마찬가지이다. 여기에 대해서는 "강신항(1995), ≪증보 조선관역어연구≫, 성균관대 출판부"를 참고할 수 있다.

89) [역자주] 小倉進平은 '賁'이라고 했지만 ≪華夷譯語≫의 원문에는 '噴'으로 나와 있다.

90) [역자주] 'tɔ-wun'의 'wu'는 이중모음을 나타내지 않는다. 문헌에는 '더ᄫᅳᆫ'으로 되어 있다.

燠, 炎, 訓蒙字會)', '더운 구루미[tɔ-un ku-ru-mi](瘴雲, 杜詩諺解)' 등 모두 '[b]'를 포함하지 않은 어형을 표기하고 있다.[91]

(XX) 맵다[mɛp-ta](辛)

'맵다[mɛp-ta]'[92]는 연결형에서 '매바[mɛ-ba-], 매와[mɛ-wa-]', 관형형에서 '매분[mɛ-bun-], 매운[mɛ-un-]'의 두 가지가 있다. 여기서는 연결형만 제시한다.

㉠ 중간에 '[b]'가 들어가는 것

매바[mɛ-ba]	경남・함북의 전체, 경북・함남의 일부, 전남・강원의 극히 일부
매버[mɛ-bɔ]	전남・경북의 일부, 강원의 극히 일부

㉡ 중간에 '[b]'가 들어가지 않는 것

매와[mɛ-wa]	충남・충북・경기・황해의 대부분, 전남・전북・경북・강원・함남의 일부
매워[mɛ-wɔ]	강원・평북의 대부분, 전남・전북・평남의 일부

요컨대 중간에 '[b]'가 들어가는 지역은 경남・함북의 전부, 경남・함남[93]의 일부, 강원 동해안의 일부, 전남 남해안의 일부이라고 할 수 있다.

91) [역자주] '덥-'의 어간 말음이 'ㅸ'으로 실현되는 예는 많지만 小倉進平은 역시 'ㅸ'을 'w'로 간주했기 때문에 문헌의 예가 모두 '[b]'를 포함하지 않는다고 했다.

92) '자료편' 358쪽 참조.

93) 함남의 영흥 이남은 '[b]'를 포함하지 않는다.

옛 문헌에서는 'ᄆᆡ올[mɐi-or](辛, 訓蒙字會)', 'ᄆᆡ올[mɐi-or](辛, 萬曆版類合)' 등 모두 '[b]'를 포함하지 않는 어형을 표기하고 있다.[94)]

(XXI) 부럽다[pu-rɔp-ta](羨)

'부럽다[pu-rɔp-ta]'[95)]는 연결형에서 '불버[pul-bɔ-], 부러워[pu-rɔ-wɔ-]', 관형형에서 '불분[pul-bun-], 부러운[pu-rɔ-un]'의 두 가지가 있다.[96)] 여기서는 연결형만 제시한다.

ㄱ 중간에 '[b]'가 들어가는 것

불버[pul-bɔ]	경남・경북・함남・함북의 대부분, 전남・전북・충북・강원의 일부
불버워[pul-bɔ-wɔ]	전남・전북의 극히 일부

ㄴ 중간에 '[b]'가 들어가지 않는 것

부러워[pu-rɔ-wɔ]	충남・경기・황해・평북의 대부분, 전남・전북・충북・강원・평남의 일부
불거[pul-gɔ][97)]	전남・전북의 일부, 충북의 극히 일부
불거워[pul-gɔwɔ]	전남・전북의 일부

---

94) [역자주] 'ᄆᆡᆸ-'의 어간말 자음도 'ㅸ'으로 실현되는 문헌 예가 매우 많다.

95) '자료편' 359쪽 참조.

96) 종결형은 지역에 따라 '불법다[pul-bɔp-ta], 불봅다[pul-bop-ta], 불부다[pul-bu-da], 붑다[pup-ta], 불다[pul-ta]' 등이라고도 하므로 원형은 '붋다[pulp-ta]'와 같은 것이었을 듯하다. [역자주] 실제로 '붋-'이 어간의 기본형인 지역이 지금도 다수 존재한다.

97) [역자주] '불거'는 다른 방언형 '불버'와 비교할 때 PK-교체에 속한다. 따라서 '불거'는 어중의 '[b]'가 들어간 쪽으로 분류하는 것이 타당할지 모른다. 아래에 나오는 '불거워'도 마찬가지다.

불러워[pul-lɔwɔ]　　　　제주도

요컨대 중간에 '[b]'가 들어가는 지역은 경남 · 경북 · 함남 · 함북의 대부분, 전남 · 전북 · 강원의 절반이라고 말할 수 있을 것이다. 옛 문헌에서는 '블[pŭr](羨, 萬曆版 類合)', '부러 말고[pu-rɔ mar-ko](부러워 말고, 古本 交隣須知)' 등 '[b]'를 포함하지 않은 어형을 표기하고 있다.

(XXII) 여위다[jɔ-ui-da](瘦)

'瘦'[98]를 의미하는 단어에는 '(1) 마르다[ma-rŭ-da], (2) 파리하다[pʰa-ri ha-da], (3) 주리다[ʧu-ri-da], (4) 여위다[jɔ-ui-da]'의 네 계통이 존재하는 것 같다. 여기서 문제가 되는 것은 '(4) 여위다[jɔ-ui-da]'인데, 참고로 먼저 (1)에서 (3)에 속하는 단어의 분포 상태를 제시한다.

(1)	마르다[ma-rŭ-da]	경북의 일부
	말라다[mal-la-da]	경기의 극히 일부
	말르다[mal-lŭ-da]	전북 · 충남의 일부, 충북의 극히 일부
	마리다[ma-ri-da]	강원의 극히 일부
	모르다[mo-rŭ-da][99]	전북의 일부
	몰르다[mol-lŭ-da]	전남 · 전북의 일부
	모리다[mo-ri-da]	전남의 일부
(2)	파리하다[pʰa-ri ha-da]	전북 · 충남의 일부

98) '자료편' 373쪽 참조.

99) '모르다[mo-rŭ-da], 몰르다[mol-lŭ-da], 모리다[mo-ri-da]'에서의 '모[mo]'는 기원적으로 'ᄆᆞ[mɐ]'로 표기된 것이다. 'ㆍ[ɐ]'는 이 지역에서 '오[o]'로 변화한다.

	패라다[p^hɛ-ra-da]	평북의 대부분, 강원・평남의 일부
	패래다[p^hɛ-rɛ-da]	강원의 일부, 강원・평남의 일부
	페라다[p^he-ra-da]	강원의 극히 일부
	페리다[p^he-ri-da]	강원의 극히 일부
	페룹다[p^he-rup-ta]	강원의 일부
(3)	주리다[ʧu-ri-da]	제주도

(4) '여위다[jɔ-ui-da]' 계통의 단어인데 이는 중간에 '[b]'가 들어가는지 아닌지에 따라 두 가지가 구별된다.[100]

ㄱ 중간에 '[b]'가 들어가는 것

애비다[ɛ-bi-da]	경남・경북의 일부
야부다[ja-bu-da]	전남의 극히 일부
얘비다[jɛ-bi-da]	경남・경북의 일부
에비다[e-b-da]	강원의 극히 일부
여비다[jɔ-bi-da]	함북 전체, 함남의 일부
예비다[je-bi-da]	함남・경북의 일부, 경남의 극히 일부

ㄴ 중간에 '[b]'가 들어가지 않는 것

야우다[ja-u-da]	전남・전북의 일부, 충남의 극히 일부
야의다[ja-ŭi-da]	충남의 극히 일부
여위다[jɔ-ui-da]	경기・황해의 대부분, 강원의 일부
외다[ø-da]	충북의 일부
웨다[we-da]	충북의 일부

---

100) [역자주] '瘦'를 의미하는 단어에는 '여위다' 외에 '야위다'도 있는데 여기서는 이 두 가지를 구분하지 않고 있다. 가령 아래에 나오는 '애비다, 야부다, 얘비다, 야우다' 등은 '야위다' 계열이고 '에비다, 여비다, 여의다' 등은 '여위다' 계열이다.

요컨대 중간에 '[b]'가 들어가는 지역은 경남・경북・함남・함북의 대부분, 전남・강원의 극히 일부인 것을 알 수 있다. 옛 문헌 중 ≪華夷譯語≫에 '瘦'를 '耶必大'[101]라고 한 것은 '[b]'음을 표기한 것이겠고, 그 외의 문헌에서는 '술히 지도 여위도 아니ᄒᆞ니라[sɐr-hi či-to iɔ-ui-to a-ni-hɐ-ni-ra](月印釋譜)', '여윌[iɔ-uir](癄, 瘦, 瘠, 訓蒙字會)', '여윈 아ᄃᆞᄅᆞᆫ[iɔ-uin-a-tɐ-rɐn](瘦男, 杜詩諺解)', '여윈 사ᄅᆞᆷ[iɔ-uin sa-rɐm](瘦子, 譯語類解)' 등 모두 '[b]'를 포함하지 않은 어형을 표기하고 있다.

(XXIII) 자오롭다[ʧa-o-rop-ta](眠)[102]

'眠'[103]은 '(1) 자미 오다[ʧam-i o-da], (2) 졸리다[ʧol-li-da], (3) 자오롭다[ʧa-o-rop-ta]'의 세 계통이 존재한다고 생각된다. 여기서 문제가 되는 것은 '(3) 자오롭다[ʧa-o-rop-ta]'인데 참고로 (1), (2)에 대해서도 언급하기로 한다.

(1) '자미 오다[ʧam-i o-da]'

'잠이 온다'는 의미이며 특정한 방언에서 쓰이는 표현이라고 할 수는 없다.

(2) '졸리다[ʧol-li-da]'

'ᄌᆞ올리다[čɐ-or-ri-da]'의 '축약형'일 것이다. 'ᄌᆞ올[čɐ-or]'은 ≪杜詩諺解≫에서 '블 고지 半만 ᄌᆞ오라 더디여 가ᄂᆞᆺ다[pŭr ko-či 半man čɐ-o-ra,

101) [역자주] '야비다' 또는 '여비다'를 표기한 것이라고 할 수 있다. ≪華夷譯語≫에서 '耶'는 '야'와 '여'를 모두 나타낼 수 있었으므로 '야비다'와 '여비다' 중 어느 쪽인지 단정하기는 어렵다.

102) [역자주] 현재 표준어로는 '졸리다'이다.

103) '자료편' 354쪽 참조.

tɔ-ti-iɔ-ka-nos-ta](燈火半委眠)', '져기 ᄌᆞ오라셔[čiɔ-ki čɐ-o-ra-siɔ](小睡)', '몰애예셔 ᄌᆞ올며[mor-ai-iɔi-siɔ čɐ-or-miɔ](眠沙)', 'ᄌᆞ오디 아니ᄒᆞ야셔[čɐ-o-ti-ani-hɐ-ia-siɔ](不眠)'이고 ≪萬曆版 類合≫에서는 'ᄌᆞ올[čɐ-or](眠)'이다. 그리고 '조우다[čo-u-ta](打盹, 譯語類解)', '오히려 시러곰 조오더니다[o-hi-riɔ si-rɔ-kom čo-o-tɔ-ni-ta](猶得眠, 杜詩諺解)' 등의 '조우[čo-u-], 조오[čo-o-]'는 'ᄌᆞ올'이 변화한 것이고,104) '조오롬[čo-o-rom](眠, 訓蒙字會, 杜詩諺解)', '조을음[čo-ŭr-ŭm](睡頭, 譯語類解)', '조ᄋᆞ롬이 겨오니[čo-ŭ-rɐm-i kiɔ-o-ni](古本 交隣須知)' 등은 그 명사형이다. 또 '자올리다[ʧa-ol-li-da]' 혹은 '졸리다[ʧol-li-da]'의 '리[-li-]'는 동사의 상을 변화시킬 때 사용하는 '이[i]'가 바뀐 것이며 '자올리다[ʧa-ol-li-da], 졸리다[ʧol-li-da]'는 '眠'이라는 의미로 변화한 것이다.105) 이 어형(졸리다)은 방언적 색채를 지닌 것이 아니고 한반도 각지에서 일반적으로 사용되고 있는데 충남, 충북, 경기, 강원, 황해, 평남, 평북 지방에서 많이 사용되는 것 같다.

졸렵다[ʧol-ljɔp-ta]	경기・강원의 일부

(3) '자오롭다[ʧa-o-rop-ta]'106) 계통의 단어인데 이는 중간에 '[b]'가 들어가는지 아닌지에 따라 두 가지가 구별된다.

---

104) [역자주] '조우, 조오'에서 'ᄌᆞ올'의 'ㆍ'가 'ㅗ'로 바뀐 것은 어간형의 변화이지만 어간말의 'ㄹ'이 나타나지 않는 것은 변화가 아니고 'ㄷ' 앞에서 'ㄹ'이 탈락한 결과에 지나지 않는다. 다른 환경에서는 'ㄹ'이 그대로 나타난다.

105) [역자주] '졸리다'의 '리'가 동사의 상을 변화시킨다고 했는데 이 때의 '상'을 Aspect라는 문법 범주로 본다면 이해하기가 매우 어렵다. 국어에서 '이'나 '리'가 동사의 상을 변화시키는 일은 없기 때문이다. 오히려 '리'는 피사동 접미사와 그 형태가 비슷하다. 어쨌든 小倉進平은 원래 '졸리다'가 '졸다'에 접미사가 붙은 형태로 '잠이 온다'는 의미를 지니지 않았는데 이후에 그 의미가 바뀌었다고 보는 듯하다.

106) 어원은 앞에 나온 'ᄌᆞ올[čɐ-or]'에 '-ㅂ다[-p-ta]'가 붙은 것이라고 생각한다.

ㄱ 중간에 '[b]'가 들어가는 것

자부랍다[ʧa-bu-rap-ta]	함북 전체, 경북의 일부, 함남의 극히 일부
자부럽다[ʧa-bu-rɔp-ta]	경남・강원의 일부, 경북의 극히 일부
자부롭다[ʧa-bu-rop-ta]	함남의 대부분
자부롬이 오다[ʧa-bu-rom-i o-da]	경남의 극히 일부
자부럼이 오다[ʧa-bu-rɔm-i o-da]	경남의 일부
조부럽다[ʧo-bu-rɔp-ta]	강원의 극히 일부
조브랍다[ʧo-bŭ-rap-ta]	충북의 극히 일부
조블리다[ʧo-bŭl-li-da]	충북의 극히 일부

ㄴ 중간에 '[b]'가 들어가지 않는 것

자우럽다[ʧa-u-rɔp-ta]	강원의 일부
자고잡다[ʧa-go-ʤap-ta]	전남의 극히 일부
조랍다[ʧo-rap-ta]	제주도, 강원의 일부
조럽다[ʧo-rɔp-ta]	충북의 극히 일부
조렵다[ʧo-rjɔp-ta]	강원의 극히 일부
조루다[ʧo-ru-da]	전북의 극히 일부

요컨대 중간에 '[b]'가 들어가는 지역은 경남・경북・함남・함북의 대부분, 강원 동해안의 일부, 충북 단양의 일부인 것을 알 수 있다. 필자는 아직 옛 문헌에서 '자오롭다[ʧa-o-rop-ta]' 계통의 단어를 발견하지 못했다.

(XXIV) 결론

이상에서 서술한 23개의 단어가 한국어의 어중에 나타난 '[b]' 현상의 전부를 제시한 것이라고는 말하기 힘들지만 그 분포 상태가 거의 일치하는 것을 볼 때 단순한 우연의 일치가 아님을 인정하기에는 충분하다. 즉, '[b]'가 나타나는 지역은 주로 경남・경북・함남・함북의 대부분과 강원 동해안이고 그 영향이 전라남북도・충청북도의 일부까지 미치고 있음을 알 수 있는 것이다. 그렇다면 '[b]'를 포함하는 형태와 포함하지 않는 형태 중 어느 쪽이 원형에 가까운 것이며 이러한 현상이 생기게 된 원인은 어디에 존재하는 것인지 등의 언어지리학적인 문제가 제기되어야 한다. 앞에서 말한 23개의 단어로 결론을 이끌어 내기에는 아직 충분치 않은 부분이 있다고 느끼지만 현재 필자로서는 '[b]'를 포함하는 형태가 고형(古形)에 속한다고 보는 것이 온당하다고 생각한다. 다음에 그 이유를 설명하기로 한다.

(1) 한국어 어원의 측면

'눈두에[nun tu-e](瞼)'나 '두에[tu-e](蓋)'에서의 '두에[tu-e]'는 '둡흘[tup-hůl]' 또는 '두플[tu-pʰůl](蓋, 覆)'이라는 동사의 명사형이며 단어 중간에 반드시 '[b]'가 존재한 것이어야 된다. 따라서 방언 중에 존재하는 '눈두버리[nun tu-bɔ-ri], 눈두버이[nun tu-bɔ-i], 눈두벙[nun tu-bɔŋ], 눈두부리[nun tu-bu-ri](瞼)', '두배[tu-bɛ], 두벙[tu-bɔŋ], 드벙이[tů-bůiŋ-i](蓋)'의 '[b]'는 오히려 원형을 보존하는 것이며 '눈두웨[nun tu-we], 눈두에[nun tu-e], 두에[tu-e]' 등에 존재하는 '[we], [e]'는 '[b]'가 폐쇄적 현상[107]에 의해 '[w]'로 변화하거나 다시 단순한 모음으로 변화한 것이라고

---

107) [역자주] 폐쇄적 현상이 무엇을 지칭하는지는 분명하지 않다. 다만 조음점과 조음체 사이의 간격이 더 폐쇄된다는 의미는 아닌 듯하다. 'b'보다는 'w'의 간격이 더 크므로 'b>w'를 폐쇄적 현상으로 보기는 어렵기 때문이다. 한편 이후의 국어 음운론에서 ㅂ-불규칙 어간의 교체를 폐구 조음(close articulation)에 의한 것으로 설명한 적이 있는데 小倉進平이 말한 폐쇄적 현상과 변화의 방향은 반대이지만 유사한 측면도 있는 것 같아 흥미롭다. 국어의 폐구 조음 원칙은 "김진우(1971), 소위 변격용언의 비변격성에 관하여, ≪한국언어문학≫ 8・9, 한국언어문학회"를 참고할 수 있다.

보아야 할 것이다.

'마름[ma-rŭm](菱仁)'은 '마람[ma-ram], 말왐[mar-wam]' 등으로도 표기되지만 ≪採取月令≫에 '芰實, 鄕名末栗'이라고 되어 있다. '암[am], 왐[wam]'에 '栗(밤)'을 대응시키고 있는 것이다. '마름[ma-rŭm](芰, 菱, 菱角, 金疾鑗, 蘋, 萍 등)'의 어원을 주의해서 고찰하면 예전에 '말밤(mar-wam), 말왐(mar-oam),[108] 말암(mar-am), 말음(mar-ŭm)' 등이라고 표기되어 첫 음절은 모두 'ᄆᆞᆯ(mɐr)'이 아닌 '말(mar)'이다. '말(mar)'과 유사한 음을 가진 단어에는 'ᄆᆞᆯ(mɐr)'이 있는데 'ᄆᆞᆯ'은 '藻, 海藻'[109]를 의미하는 단어다. 그러나 ≪杜詩諺解≫에 '말와ᄆᆞᆯ 薦ᄒᆞ요ᄆᆞᆫ[mar-oa-mɐr 薦-hɐ-io-mɐn](薦藻)', '칙칙ᄒᆞᆫ ᄆᆞᆯ와매[čʰɐik-čʰɐik-hɐn mar-oa-mai](密藻)', ≪詩經諺解物名≫에 '藻, ᄠᅳᄂᆞᆫ 말암[藻 ptŭ-nɐn mar-am]' 등이라고 되어 있는 것을 보면 'ᄆᆞᆯ(mɐr)'과 '말왐(mar-oam)'은 모두 부초(浮草)이다. 그러므로 예전부터 혼동되었던 것 같다.[110] 결국 '말(왐)[mar-(wam)]'의 어원은 'ᄆᆞᆯ(왐)[mɐr-(oam)]'이었을지도 모른다.[111]

다음으로 '마람[ma-ram], 마름[ma-rŭm], 말왐[mal-wam]' 등의 '-암[-am], -음[-ŭm], -왐[-wam]'에 있어서는 앞에서 말한 바와 같이 ≪採取

108) [역자주] 앞에서도 여러 번 지적했듯이 小倉進平은 문헌예를 로마자로 전사할 때 극소수의 예를 제외하면 'ㅸ'는 'w'로 표시하고 원순성 반모음은 'o' 또는 'u'로 표시했다. 이 차이가 잘 반영된 것이 여기에 제시된 '말밤(mar-wam) : 말왐(mar-oam)'이다.

109) ≪鄕藥救急方≫에는 '水藻俗云勿'이라고 되어 있다. [역자주] ≪鄕藥救急方≫에 쓰인 '勿'은 'ᄆᆞᆯ'을 표기하는 데 쓰이므로 '水藻俗云勿'의 '勿'도 'ᄆᆞᆯ'을 나타낸다고 할 수 있다.

110) [역자주] 'ᄆᆞᆯ'과 '말'이 혼동되었다는 의미이다. 앞에서도 언급했듯이 'ᄆᆞᆯ'이 이미 중세국어 시기에 '말'로 변화했다고 보는 견해가 있다. 자세한 것은 각주 43)을 참고할 수 있다.

111) [역자주] 결론에 따르면 '말음'의 '말'도 기원적으로는 'ᄆᆞᆯ'이었을 가능성을 열어 두고 있다. 그러나 본문에서 '말음'을 설명할 때에는 그 기원이 '말'이며 이것이 방언에서 '몰'로 나타나는 것은 우연한 변화라고 하여 결론과는 차이를 보인다.

月令≫에 ‘末栗’이 있다. ‘菱仁’이 밤의 열매와 형태가 비슷한 점을 고려하면 ‘밤[pam](栗)’이 어원이며[112] 본래는 ‘[p]’를 보존하는 것이고, ‘-암[-am], -음[-ŭm], -왐[-wam]’ 등은 ‘밤’이 변화한 형태라고 생각된다. 즉, ‘마름[ma-rŭm]’의 어원은 ‘수초(水藻)에 열리는 밤(栗)’의 의미가 아니었을까 하는 것이다.

‘부:리[pu:-ri](嘴)’의 ‘부:[pu:]’에 있는 모음은 장음으로 발음된다. ≪訓蒙字會≫에서 ‘喙’를 ‘부리(pu-ri)’라고 하여 ‘부[pu]’ 왼쪽에 두 개의 점을 붙인 것은 ‘pu’를 장모음으로 발음해야 함을 나타낸 것이다.[113] 또 ≪杜詩諺解≫에서 ‘부으리 무듸듯ᄒᆞ니[pu-ŭ-ri mu-tŭir-tɐs-hɐ-ni](觜欲禿), 부으리와 바톱괘[pu-ŭ-ri-oa pa-tʰop-koai](觜距)’라고 하여 ‘觜’를 ‘부으리[pu-ŭ-ri]’라고 표기하고 있는데, ‘ŭ’는 아마도 ‘[w]’나 ‘[u]’와 같은 음을 나타낸 것이며 그 이전 형태로서 ‘[b]’와 같은 음이 존재했음을 말해 주는 듯하다.

‘우웡[u-wɔŋ](牛蒡)’은 ≪採取月令≫에 ‘惡質, 鄕名苦牛蒡子’로 되어 있는 것처럼 ‘牛蒡’의 한자음 ‘우방[u-baŋ]’에서 나온 단어일 것이다. ‘웡[wɔŋ]’는 ‘우웡’이 다시 축약된 형태이다. 이를 통해 한국어의 어중에 있는 ‘[b]’는 분명 ‘[w]’로 변화하는 경향이 있다는 사실을 인정할 수 있을 듯하다.

‘확[hoak](石臼)’은 ≪訓蒙字會≫에서 ‘호왁臼[ho-oak]’, ≪杜詩諺解≫에서 ‘방하고와 호왁과 ᄀᆞᆺ도다[paŋ-ha-ko-oa ho-oak-koa kɐs-to-ta](如杵臼)’, ≪萬曆版 類合≫에서 ‘호왁臼[ho-oak]’이라고 되어 있다. ‘ho-oak’은 ‘호박[ho-bak]’과 ‘확[hoak]’의 중간 단계에 놓인 형태이며 어원적으로

---

112) ≪譯語類解≫에서는 ‘水栗’을 ‘마람[ma-ram]’이라고 하고 있다.

113) [역자주] 왼쪽에 찍은 두 점은 당연히 성조를 나타내는 방점(傍點)이다. 두 점은 상성(上聲)을 나타내며 상성은 두 모라(mora)로 이루어져 있으므로 장모음을 나타낸다고 할 수도 있다. 그런데 小倉進平은 방점을 성조가 아닌 음장을 나타내는 표기 기호로 보았다. 자세한 것은 이 책의 2부에 번역된 “한국어의 후두파열음”을 참고할 수 있다.

'[b]'를 가지고 있었다고 해석하는 것이 온당할 듯하다.

'곱다[kop-ta](美)', '덥다[tɔ:p-ta](暑)', '맵다[mɛp-ta](辛)' 등의 형용사 어간과 '굽다[kup-ta]', '밟다[palp-ta]'와 같은 동사 어간에 있는 '[p]'는 활용할 때 '[b]'로 나타나는 것이 '[w]'로 나타나는 것보다 더 자연스러움을 쉽게 알 수 있다.114)

이상 한국어의 어원상으로 볼 때 '[b]'가 '[w]'나 모음보다 시기적으로 앞선다는 사실을 서술했다. 하지만 그것이 항상 참이라고 할 수 없는 경우도 있다. 즉 '[w]'나 모음 '[u]' 등이 원형이고 '[b]'가 변화한 형태인 듯한 경우도 존재한다고 생각한다. 예컨대 '脣'을 의미하는 방언형이 한 쪽은 '입살[ip-sal], 입설[ip-sɔl], 입솔[ip-sol]'이고 다른 한 쪽은 '입숙[ip-suk], 입술기[ip-sul-gi]'인 것을 보면 그 원형은 '*입숡(ip-surk)'과 같이 '-rk[-lk]'의 두 자음으로 끝났던 듯하다.115) 그것은 앞에서 말한 바와 같이 '입시울[ip-si-urk](嘴唇)', '입시울 불읏다[ip-si-urk pur-ŭs-ta](繭唇)'의 예에서도 분명하다.116) 그런데 어떤 방언에서는 '입서벌[ip-sɔ-bɔl], 입서불[ip-sɔ-bul], 입수버리[ip-su-bɔ-ri], 입수불[ip-su-bul]'과 같이 '[b]'가 삽입되고 있다. 필자는 이들 '[b]'가 어원적으로 원래 존재한 것이 아니라 '시울(si-urk)' 등의 '[w], [u]'가 폐쇄음 '[b]'로 변화한 것이라고 생각한다. 요컨대 한국어에서 '[w], [u]'로부터 '[b]'로 변화한 것이 있기는 하지만 그것은 많지 않고 대부분은 '[b]'로부터 '[w], [u]'로 변화한 것으로 본다.

여기서 또 주의해야 할 점은 앞에서 말한 바와 같이 ≪華夷譯語≫에 있는 '餒必(妹)', '西必(蝦)', '得貢數本(熱酒)', '耶必大(瘦)'를 각각 '누비[nu-bi], 새비[sɛ-bi], 더분 술[tɔ-bun sul], 야비다[ja-bi-da]'로 해독해야 한

114) [역자주] 아마도 어간말의 'ㅂ'이 그대로 발음되는 것이 더 자연스럽다고 함으로써 이전 시기에도 '[b]'로 실현되었을 것이라는 주장을 하려고 하는 듯하다. 그러나 '[b]'로 발음되는 것이 더 자연스러운 이유는 설명하지 않았다.

115) [역자주] 여기에 대해서는 각주 68)을 참고할 수 있다.

116) '시울(si-urk)'은 ≪譯語類解≫에 '술윗통 시울에 바근 쇠[sur-uis-tʰoŋ si-urk-ɔi pa-kŭn-soi](車釧)'라고 했듯이 본래는 물건의 주변을 의미하는 단어이다.

다고 보지만 이들의 '[b]'에 관해서는 (1) 한국어에서 아직 '[b]>[w]'의 변화가 이루어지지 않은 시기의 음을 그대로 전사한 것이라고 보든지 (2) 후대의 방언에 존재하는 '[b]'를 그대로 표기한 것이라고 보는 두 가지 해석이 모두 가능하다는 사실이다. ≪華夷譯語≫에 수록된 한국 어휘가 어느 지방의 단어를 표기한 것인지는 그 어휘들만으로 알 수 없다.[117] 그러나 이 책과 그지 멀지 않은 시기에 편찬된 문헌의 한글 표기에 '누의(nu-ŭi)(妹, 月印釋譜)', '더븐 煩惱[tɔ-wun 煩惱](月印釋譜)', '슬히 지도 여위도 아니ᄒᆞ니라[sɐr-hi či-to iɔ-ui-to ani-hɐ-ni-ra](月印釋譜)' 등으로 되어 있는 것을 볼 때 ≪華夷譯語≫에 나타난 '[b]'는 아마도 당시 어느 지방의 방언을 표기한 것으로 추측된다.

(2) 외국어 단어와의 비교 측면

만주어에서는 '蝦'를 'sampa'라고 한다.[118] 한국어 방언 '새뱅이[sɛ-bɛŋ-i], 새붕개[sɛ-puŋ-gɛ], 새비[sɛ-bi], 쌔비[ˀsɛ-bi]' 등은 아마 여기에 해당하는 것이며 원형의 '[b]'를 보존하고 있는 듯하다. 즉 한국어 '蝦'의 원형은 '[b]'를 포함했었는데 후대 중앙 방언에서 이것이 소실되었다고 보는 것이다.

만주어로 '아옥[a-ok](薺菜, 葵菜)'을 'abuha'라고 한다.[119] 한국어 방언 '아북[a-buk]'은 여기에 대응하는 것이므로 일본어 'あふひ[ahuhi]'도 이와 관련이 있는 단어일 것이다. 한국어 '葵'의 원형은 '[b]'를 포함한 것이었으나 후대 중앙 방언에서 이것이 소실되기에 이르렀다고 생각한다.

(3) 외국어 음운 현상과의 비교 측면

일본어에서는 'かは[ka-ha](河)'를 'kawa', 'かほ[ka-ho](顔)'을 'kawo'

---

117) 방언적인 특징이 뚜렷하게 나타나지 않기 때문이다.

118) ≪同文類解≫에서는 한글로 '삼파(sam-pʰa)'라고 표기했다.

119) ≪三史語解≫에서는 '阿布哈', ≪同文類解≫에서는 한글로 '아부하(a-bu-ha)'.

라고 발음하듯이 'は行 音'이 'わ行 音'으로 변화할 때가 있는데[120] 이 경우에는 '[w]'의 이전 형태가 '[b]'가 아니므로 비교의 대상이 될 수 없다. 그런데 한국어와 음운 조직상 매우 유사한 부분이 있는 만주어나 몽고어에서는 어중의 '[b]'가 '[w], [u]'로 쉽게 변화한다. 예컨대 Schmidt의 ≪몽고어문법≫[121]에서는 "몽고어에서 '[b]'와 다른 음과의 차이점은 '[b]'가 두 모음 사이에 있는 경우에 극히 약하고 그 대부분이 [w]와 같이 발음된다는 점이다. 가령 'eber(뿔)'은 'ewer'와 같이 발음된다.(§11)"라고 하였다. Ramstedt는 몽고 우르가[122] 방언의 음운 연구[123]에서 몽고어의 '[b]'가 두 모음 사이 또는 'r' 뒤에 올 경우 마찰음 'w'로 변화하는 경향이 두드러진다고 말했다. 또한 Adam의 ≪퉁구스어문법≫[124]에서도 퉁구스어의 어중에 있는 '[b]'는 '[v]'로 부드럽게 발음한다는 사실을 언급하였다. 필자는 한국어 어중의 '[b]'와 '[w]'의 관계도 위와 동일한 것이며 원래의 음은 '[b]'이고 여기서 '[w]'가 발달해 왔다고 생각하고자 한다.

이상에서 장황하게 서술한 바와 같이 필자는 한국어 방언에 나타나는

---

120) [역자주] 'は行 音'이란 'h'로 시작하는 'ha, hi, hy, he, ho'를 가리키지만 여기서는 'h'를 뜻하며 'わ行 音'이란 원래 'w'로 시작하는 'wa, wo'를 가리키지만 여기서는 'w'를 나타낸다.

121) [역자주] Schmidt는 Issac Jacob Schmidt(1779~1847)이다. ≪몽골어문법≫은 1831년 상트페테르부르크(St. Petersburg)에서 간행된 ≪Grammatik der mongolischen Sprache≫를 가리킨다. N. Poppe는 1960년대에 이 책을 평가하면서 그리 권할 만한 것은 되지 않지만 간행 당시에는 굉장한 업적이었다고 말한 바 있다.

122) [역자주] '우르가'는 몽고의 현 수도인 울란바토르를 가리킨다.

123) [역자주] 이 연구가 무엇인지 본문에는 나타나 있지 않다. G. J. Ramstedt가 1903년에 쓴 "Das Schriftmongolische und die Urgamundart phonetisch verglichen(몽고 문어와 우르가 방언의 음운 비교), ≪Journal de la société Finno-Ougrienne≫ 21-2"를 말하는 듯하다.

124) [역자주] 이 연구물도 정확히 무엇인지 본문에는 없다. L. Adam이 1883년부터 이듬해에 걸쳐 쓴 논문인 "Grammaire de la langue Toungouse, ≪Revue de Linguistique et de Philogie Comparée≫ 7"을 가리키는 것이 아닌가 한다.

'[b]'와 '[w](혹은 모음)'의 대립은 이미 적어도 500년 이전부터 존재했으며 더 이전으로 거슬러 올라가면 아마도 '[b]'에 소급할 것이라고 본다. '[b]'가 주로 경남, 경북, 함남, 함북 및 강원 동해안 등과 같이 변방에서 사용되고 있는 것은 고음(古音)이 문화의 중심에서 멀리 떨어진 지역에 보존되어 있음을 말해 주는 것이다. 음운뿐만 아니라 단어, 어법에 있어서도 서울을 중심으로는 급격한 변화를 겪고 있음에도 불구하고 경상, 함경도 지방에서는 고형 그대로 유지되어 있는 경우를 매우 많이 발견할 수 있다.

'한국어 어중에 나타나는 '[b]''에 대한 해설

이 논문은 1939년 ≪青丘學叢≫ 30호에 처음 실렸으며 원래 제목은 "朝鮮語の語の中間に現はれる[b]"이다. 1944년에 간행된 ≪朝鮮語方言の研究≫ 하권에는 제목이 "音節の中間にあらはれる[b]"로 바뀌어 다시 수록되었다.[125] 현대국어에는 같은 단어인데도 방언에 따라 어중에 'ㅂ'이 나타나기도 하고 'ㅂ' 대신 'w'나 모음이 나타나기도 하는 경우가 많다. 여기에 대한 음운사적 고찰을 시도하는 것이 이 논문의 목적이라고 할 수 있다.

이 논문에서는 23개의 단어에 대해 각각의 방언형과 그 분포를 매우 꼼꼼하게 살핀 후 한국어와 계통적 관련을 맺는다고 본 다른 언어와의 대조를 통해 다음과 같은 결론을 내린다.

> 방언에 나타나는 '[b]'와 '[w](혹은 모음)'의 대립형들은 예전으로 거슬러 올라가면 모두 '[b]'로 소급된다. 이후 중부 방언에서 '[b]'가 '[w]'로 바뀌거나 또는 그 후의 다른 변화를 거침으로써 현재와 같은 형태상의 대립이 나타나게 되었다.

많은 분량에 비해 논의 내용은 비교적 단순하다고 할 수 있다. 본문의 대부분은 대립되는 방언형의 제시에 치중했으며 결론 부분에서 계통론적인 사실을 일부 추가하여 위와 같은 결론을 얻었다. 이러한 결론을 얻는 과정에서 小倉進平이 취한 태도는 현재 일반화된 연구 결과와 비교할 때 중대한 문제점을 드러낸다.

무엇보다도 小倉進平은 이 문제를 해결하면서 유성양순마찰음인 'ㅸ(β)'의 존재를 별로 중시하지 않았다. 'ㅸ'으로부터 'ㅂ'이 변화했든 'ㅂ'으로부터 'ㅸ'이 변화했든 'ㅸ'은 어중의 '[b]' 문제에서 매우 중요한 역할을 한

---

125) 여기서는 ≪朝鮮語方言の研究≫에 수록된 것을 번역하였다.

다. 즉 'ㅂ', 'ㅸ(β)', 'w'이라는 세 음 사이의 관계를 올바르게 파악할 때 변화 과정을 정확히 설명해 낼 수 있는 것이다. 그렇지만 小倉進平은 'ㅸ'의 음가를 단순히 '[w]'로 설정함으로써 변화 구도를 지나치게 단순화시켰고 중요한 연결 고리 하나를 잃어버렸다.[126] 이러한 태도는 'ㅸ'의 해석을 어떻게 해야 할 것인지에 있어서도 문제를 일으키지만 다른 유성마찰음과의 관련성을 전혀 파악하지 못하게 만들었다는 약점을 지닌다. 중세국어 시기에는 'ㅸ(β), ㅿ(z), ㅇ(ɣ)'라는 세 계열의 유성마찰음이 존재했는데 'ㅸ'을 'w'로 봄으로써 다른 유성마찰음 계열과는 무관하게 논의를 진행할 수밖에 없는 것이다.[127]

그럼에도 불구하고 이 논문은 小倉進平의 국어 연구 방법론이 얼마나 실증적인지를 잘 말해 준다. 많은 단어의 방언형들을 꼼꼼하게 조사하여 그 분포까지 살피고 있으며, 이전 문헌으로부터 풍부한 자료를 인용하고 있다. 또한 계통론적인 비교까지도 시도하고 있는 것이다. 현재 일반화된 국어사 연구 방법론이 이 한 편의 논문에 고스란히 들어있다고 해도 과언이 아닐 것이다. 이 논문의 가치는 바로 여기에 있다고 하겠다.

---

126) 'ㅸ'의 음가를 'w'로 보는 태도는 이미 1923년에 출간한 ≪國語及朝鮮語發音概說≫에서 나타난다. 이 책은 "일본어와 한국어의 발음 개설"이라는 제목으로 3부에 번역되어 있으므로 참고할 수 있다.

127) 小倉進平의 유성 마찰음 계열에 대한 인식은 이 책의 1부에 실린 "小倉進平의 국어 음운론 연구"를 참고할 수 있다. 한편 일제 시대의 유성 마찰음 계열에 대한 연구는 대부분 문제점을 안고 있다. 여기에 대해서는 "이진호(2008), 일제 시대의 국어 음운론 연구에 대하여, ≪한국어학≫ 40, 한국어학회"에서 다룬 바 있다.

6장 한국어 어중(語中)에 나타나는 '[k]·[g]'

한국어 고금(古今)의 변천을 통해 보든지 현대 방언의 분포상으로 보든지 한 단어 또는 복합어의 중간에 존재하는 '[g]'가 한 편으로 탈락한 형태로 나타나는 일이 있는 것은 늘 필자가 생각해 오던 바이다. 우선 여러 경우의 실례를 들고 다음에 그 성질에 관해 의견을 피력하고자 한다.

(Ⅰ) 고어에 나타나는 '[k]'

의미가 동일하면서 한 편으로는 '[k]·[g]'가 존재하는 형태가, 다른 한 편으로는 '[k]·[g]'가 존재하지 않는 형태가 사용되었다. 이 용법의 구별은 옛 문헌에 소급하면 할수록 더 정확하지만 현대에는 상당한 변화를 겪고 있다. 아래에서 우선 옛 문헌의 예를 들기로 하는데 (가)는 'k'[1]를 포함한 예, (나)는 'k'를 포함하지 않는 예이다.[2]

---

1) 현대 발음으로는 '[k]' 또는 '[g]'가 된다.
2) [역자주] 각각의 예에서 ㉠은 해당 형태소가 모음 뒤에 결합된 경우이고 ㉡은 자음 뒤에 결합된 경우이다. 1(가)나 8(나)와 같이 ㉠ 또는 ㉡만 있는 것은 그

1. -거나 : -어나

(가) -거나[-kɔ-na]

㉠ 보거나 듣거나[po-kɔ-na tůt-kɔ-na](仁粹王后陀羅尼經諺解), 나아가거나 믈러오거나[na-a-k-kɔ-na můr-rɔ-o-kɔ-na](進退, 杜詩諺解) 등

(나) -어나[-ɔ-na]

㉠ 有爲어나 無爲어나[有爲-ɔ-na 無爲-ɔ-na](月印釋譜), 凡이어나 聖이어나[凡-i-ɔ-na 聖-i-ɔ-na](月印釋譜), ᄒᆞᆫ 사ᄅᆞ미어나 여러 사ᄅᆞ미어나[hɐn sa-rɐ-mi-ɔ-na iɔ-rɔ sa-rɐ-mi-ɔ-na](月印釋譜) 등

2. -거뇨 : -어뇨

(가) -거뇨[-kɔ-nio]

㉠ 소사나거뇨[so-sa-na-kɔ-nio](湧出, 月印釋譜), 陽臺예셔 자거뇨[陽臺-iɔi-siɔ ča-kɔ-nio](杜詩諺解) 등

㉡ 光明이 잇거뇨[光明-i is-kɔ-nio](月印釋譜), 새롭거뇨[sai-rɐp-kɔ-nio](新, 杜詩諺解) 등

(나) -어뇨[-ɔ-nio]

㉠ ᄠᅳ든 엇뎨어뇨[ptů-tůn ɔs-tiɔi-ɔ-nio](何意, 蒙山和尙法語), ᄂᆞᄆᆡ 죵이어뇨[nɐ-mɐi čioŋ-i-ɔ-nio](他人奴隷, 蒙山和尙法語) 등

3. -거늘 : -어늘[3)]

(가) -거늘[-kɔ-nůr]

㉠ 긋디아니ᄒᆞ거늘[kůs-ti-a-ni-hɐ-kɔ-nůr](不息, 辟瘟方), ᄠᅳᆮ 다ᄅᆞ거늘[ptůt ta-rɐ-kɔnůr](意異, 龍飛御天歌), 니ᄅᆞ거늘 드로니[ni-rɐ-kɔ-nůr tů-ro-ni(聞道, 杜詩諺解) 등

형태소가 모음 또는 자음 뒤에서 나타나는 예만 제시했기 때문이다.

3) 마에마 교사쿠(前間恭作)도 '-거늘(-kɔ-nůr)'과 '-어늘(-ɔ-nůr)'이 동의어(同義語)였다고 보고 다음과 같이 설명하였다. "'어늘(ɔ-nůr)'과 '거늘(kɔ-nůr)'의

㉡ 衆賊이 좇거늘[衆賊-i čočʰ-kɔ-nŭr](衆賊薄之, 龍飛御天歌), 져기 어둡거늘[čiɔ-ki ɔ-tup-kɔ-nɐr](稍曛墨, 杜詩諺解) 등

(나) -어늘[-ɔ-nŭr]

㉠ ᄒᆞᆫ가지 아니어늘[hɐn-ka-či a-ni-ɔ-nŭr](不同, 月印釋譜) 등

㉡ ᄒᆡ 기울어늘[hɐi ki-ur-ɔ-nŭr](日斜, 杜詩諺解), 遠近업시 ᄂᆞᆯ어ᄂᆞᆯ[遠近-ɔp-si nɐr-ɔ-nɐr](遠近無飛, 杜詩諺解) 등

4. -거니와 : -어니와

(가) -거니와[-kɔ-ni-oa]

㉠ 讀誦ᄋᆞᆯ 어려ᄫᅵ[4] 너기거니와[讀誦-ɐr ɔ-riɔ-wi nɔ-ki-kɔni-oa](難於讀誦, 月印釋譜), ᄒᆞᆫ말 ᄡᆞᆯ을 밧고거니와[hɐn-mar ssɐr-ŭr pas-ko-kɔ-ni-oa](糶一斗米, 老乞大諺解) 등

㉡ 잇ᄉᆞᆸ거니와[is-sɐp-kɔ-ni-oa](交隣須知), 이ᄀᆞᆮ거니와[i-kɐt-kɔ-ni-oa]

두 조동사는 예전에 많이 사용되었지만 지금은 거의 폐어(廢語)가 되어서 단지 아어(雅語)라고 부르는 것인데, '거늘(kɔ-nŭr, 어떤 경우에는 '거날[kɔ-nar]'이라고도 한다)'만큼은 원래 의미로 문장 등에 드물게 사용되며 '어늘(ɔ-nŭr), 거늘(kɔ-nŭr)'을 사용한 곳에 모두 쓴다. 이 단어의 어원은 반과거(半過去)를 나타내는 조사(助詞) '거(kɔ), 어(ɔ)'에 조동사 'ㄴ(n)'과 조사(弖爾波) '을(ŭr)'을 덧붙인 것이며 '했다면(しぬれば)'의 의미로 사용한다.(≪龍歌故語箋≫의 19쪽)" 또한 중간에 경어인 '시(si)'를 삽입한 '거시늘(kɔ-si-nŭr), 어시늘(ɔ-si-nŭr)'의 두 단어가 동의어인 것에 관해서도 "'거늘(kɔ-nŭr), 어늘(ɔ-nŭr)'에 존경의 조사 '시(si)'를 붙여서 '거시늘(kɔ-si-nŭr), 어시늘(ɔ-si-nŭr)'이라고 하는 것은 이하 문장 8장 전해(箋解)의 뒤에 서술한다.(≪龍歌故語箋≫ 21쪽)"라고 했다. [역자주] 마에마 교사쿠는 '조동사(助動詞), 조사(助辭), 조사(弖爾波)'를 구별하여 사용하고 있다. 대체로 '조동사(助動詞)'는 현재의 어말 어미, '조사(助辭)'는 선어말 어미, '조사(弖爾波)'는 곡용 어미로서의 조사에 대응하는 듯하지만 분명치는 않다. 19세기 말의 일본 문법에서는 체언에 붙는 것을 助詞(또는 助辭), 용언에 붙는 것을 助動詞(또는 助動辭)로 보는 경우가 많았다. 여기에 대해서는 "김민수(1978), 초기국어문법과 일본양학, ≪인문논집≫ 23, 고려대"를 참고할 수 있다.

4) [역자주] 小倉進平은 'ᄫᅵ'를 'wi'로 전사하였다. 비단 여기서만 그런 것이 아니고 'ㅸ'은 모두 'w'로 전사하였다. 여기에는 중요한 의미가 있는데 자세한 내용은 2부에 번역된 "한국어 어중에 나타나는 '[b]'"를 참고할 수 있다.

(月印釋譜) 등

(나) -어니와[-ɔ-ni-oa]

㉠ 시혹 보리어니와[si-hok po-ri-ɔ-ni-oa](或看, 杜詩諺解), 다 업게 홀법이어니와[ta ɔp-kɔi hɐr-pɔp-i-ɔ-ni-oa](皆僻法, 辟瘟方) 등

5. -거다 : -어다

(가) -거다[-kɔ-ta]

㉠ 粥도 가져오거다[粥-to ka-čiɔ-o-kɔ-ta](粥也掌來了, 老乞大諺解), 네 지거다[nɔi či-kɔ-ta](儞輸了, 老乞大諺解), 다 사거다[ta sa-kɔ-ta](都買了, 老乞大諺解) 등

㉡ 門外예 잇거다[門外-iɔi is-kɔ-ta](居門外, 蒙山和尙法語), 다 먹어뭇거다[ta mɔk-ɔ-mɐt-kɔ-ta](都喫完了, 老乞大諺解) 등

(나) -어다[-ɔ-ta]

㉠ 宜知之어다[宜知之-ɔ-ta](蒙山和尙法語) 등

㉡ 밥도 먹어다[pap-to mɔk-ɔ-ta](飯也喫了, 老乞大諺解) 등

6. -거든 : -어든

(가) -거든[-kɔ-tùn]

㉠ 衰ᄒᆞ거든[衰-hɐ-kɔ-tùn](杜詩諺解), ᄒᆡ 디거든[hɐi ti-kɔ-tùn](日樂, 杜詩諺解) 등

㉡ 또 병 어더 잇거든[sto piɔŋ ɔ-tɔ is-kɔ-tùn](若有得疾者, 辟瘟方), 곧 죽거든[kot čuk-kɔ-tùn](便身亡, 仁粹王后陀羅尼經諺解), 업거든[ɔp-kɔ-tùn](無, 交隣須知) 등

(나) -어든[-ɔ-tùn]

㉠ 바미어든[pa-mi-ɔ-tùn](暮, 內訓), 음식 먹ᄂᆞᆫ 아ᄒᆡ어든[ùm-sik mɔk-nɐn a-hɐi-ɔ-tùn](兒能飮食則, 痘瘡集要), 거믄 ᄡᆞ리 ᄃᆞ외어든[kɔ-mùn psɐ-ri tɐ-oi-ɔ-tùn](成黑米, 杜詩諺解) 등

㉡ 병이 들어든[piɔŋ-i tùr-ɔ-tùn](病羅, 辟瘟方), 큰 지비 기울어든

[kʰŭn- či-pi ki-ur-ɔ-tŭn](大廈傾, 杜詩諺解) 등

7. -거시든 : -어시든

(가) -거시든[-kɔ-si-tŭn][5)]

㉠ 님금이 祭ᄒᆞ거시든[nim-kŭm-i 祭-hɐ-kɔ-si-tŭn](君祭, 月印釋譜), 얻고져ᄒᆞ거시든[ɔt-ko-čiɔ-hɐ-kɔ-si-tŭn](得, 月印釋譜), 東ᄋᆡ 니거시든[東-ɐi ni-kɔ-si-tŭn](東行, 龍飛御天歌) 등

(나) -어시든[-ɔ-si-tŭn]

㉠ 님금이 나ᄆᆞᆫ거슬 주어시든[nim-kŭm-i na-mɐn-kɔ-sŭr ču-ɔ-si-tŭn](君賜餘, 內訓) 등

8. -건 : -언

(가) -건[-kɔn]

㉠ 디나건 劫 일훔[ti-na-kɔn 劫 ir-hum](過去劫名, 月印釋譜) 등

(나) -언[-ɔn]

㉡ 죽다가 살언 百姓이[čuk-ta-ka sar-ɔn 百姓-i](其蘇藜民, 龍飛御天歌) 등

9. -건댄 : -언댄

(가) -건댄[-kɔn-tain]

㉠ 子細히 니ᄅᆞ건댄[子細-hi ni-ra-kɔn-tain](子細言, 月印釋譜), 가ᅀᅧᆲ건댄[ka-čɐrp-kɔn-tain](譬, 月印釋譜), 보건댄[po-kɔn-tain](見, 蒙山和尙法語) 등

㉡ ᄉᆡᇰ각건댄[sɐiŋ-kak-kɔn-tain](想是, 譯語類解補) 등

(나) -언댄[-ɔn-tain]

㉠ 혜언댄[hiɔi-ɔn-tain](計, 月印釋譜) 등

---

5) '시[si]'는 높임을 나타낸다.

10. -건뎡 : -언뎡

(가) -건뎡[-kɔn-tiɔŋ]

㉠ 녜 聖人냇 보라믈 보미 맛당컨뎡(＜맛당ᄒᆞ건뎡)[niɔis 聖人-nais po-ra-mɐr po-mi mas-taŋ-kʰɔn-tiɔŋ(＜mas-taŋ-hɐ-kɔn-tiɔŋ)](宜觀先聖標格, 蒙山和尙法語) 등

(나) -언뎡[-ɔn-tiɔŋ]

㉠ 내 출하리 니블ᄲᅮ니언뎡[nai čʰɐr-ha-ri ni-pur-spu-ni-ɔn-tiɔŋ](吾寧坐之, 內訓), 本來로 軒冕홀ᄠᅳ디 업슬ᄲᅮ니언뎡[本來-ro 軒冕-hor-ptů-ti ɔp-sůr-spu-ni-ɔn-tiɔŋ](本無軒冕意, 杜詩諺解), 그러홀지연졍[ků-rɔ-hɐr-či-iɔn-čiɔŋ](交隣須知) 등

11. -건마른 : -언마른

(가) -건마른[-kɔn-ma-rɐn]

㉠ 重히 너기건마른[重-hi nɔ-ki-kɔn-ma-rɐn](內訓), 업스니라ᄒᆞ건마른[ɔp-sů-ni-ra-hɐ-kɔn-ma-rɐn](月印釋譜) 등

㉡ ᄇᆡ 업건마른[pɐi ɔp-kɔn-ma-rɐn](雖無舟矣, 龍飛御天歌), 法華와 ᄀᆞᆮ건마른[法華-oa kɐt-kɔn-ma-rɐn](法華同, 月印釋譜) 등

(나) -언마른[-ɔn-ma-rɐn]

㉠ 惡道애 ᄢᅥ러디리언마른[惡道-ai ptɔ-rɔ-ti-ri-ɔn-ma-rɐn](應墮惡道, 金剛經諺解), 나날 簪笏ᄒᆞ리언마는[na-nar 簪笏-hɐ-ri-ɔn-ma-nůn](日簪笏, 杜詩諺解), 알언마른[ar-ɔn-ma-rɐn](知, 杜詩諺解) 등

12. -게 : -에

(가) -게[-kɔi](부사형)

㉠ 갓가ᄫᅵ 가게ᄒᆞ며[kas-ka-wi ka-kɔi-hɐ-miɔ](近行, 月印釋譜), 자히 ᄎᆞ게ᄒᆞ야[ča-hi čʰɐ-kɔi-hɐ-ia](尺盈, 杜詩諺解), 모딘 병이 크게 니러나[mo-tin piɔŋ-i kʰů-kɔi ni-rɔ-na](癘疫大作, 辟瘟

方), 燭을 ᄉᆞ라 뎌르게ᄒᆞ고[燭-ɐr sɐ-ra tiɔ-rŭ-kɔi-hɐ-ko](燒燭短, 杜詩諺解) 등

㉡ 衆生이 즐겨 듣게ᄒᆞ시며[衆生-i čŭr-kiɔ tŭt-kɔi-hɐ-si-miɔ](衆生喜聞, 月印釋譜), 利益게ᄒᆞ리니[利益-kɔi-hɐ-ri-ni](月印釋譜) 등

(나) -에[-ɔi]

㉠ 正見을 내에ᄒᆞ야도[正見-ŭr nai-ɔi-hɐ-ia-to](正見出, 月印釋譜), 餓鬼等을 여희에ᄒᆞ야[餓鬼等-ŭr iɔ-hŭi-ɔi-hɐ-ia](餓鬼等離, 月印釋譜), 긴거시 ᄃᆞ외에ᄒᆞ야[kin-kɔ-si tɐ-oi-ɔi-hɐ-ia](長, 蒙山和尙法語) 등

㉡ 수ᄫᅵ 알에ᄒᆞ야[su-wi ar-ɔi-hɐ-ia](曉易, 月印釋譜), 시혹 닐굽버네 니를에ᄒᆞ면[si-hok nir-kup-pɔ-nɔi ni-rŭr-ɔi-hɐ-miɔn](或七回至, 月印釋譜), 아라들에코져ᄒᆞ시니[a-ra-tŭr-ɔi-kʰo-čiɔ-hɐ-si-ni](月印釋譜) 등

13. -고 : -오

(가) -고[-ko]

㉠ ᄒᆞ고[hɐ-ko](爲), 가고[ka-ko](行) 등의 용법이 많음

㉡ 淸靜티몯고[淸靜-tʰi-mot-ko](不淸靜, 金剛經諺解), 하ᄂᆞᆯ해 ᄀᆞ득고[ha-nɐr-hai kɐ-tɐk-ko](漫天, 杜詩諺解) 등

(나) -오[-o]

㉠ 머리를 셰오 눈시우를 뮈우디아니ᄒᆞ야[mɔ-ri-rɐr siɔi-o nun-si-u-rɐr mui-u-ti-a-ni-hɐ-ia](頭腦卓堅 眼皮不動, 蒙山和尙法語), ᄇᆡ를 ᄆᆡ오 모미 萬里예 왯노니[pɐi-rɐr mɐi-o mo-mi 萬里-iɔi oais-no-ni](繫舟身萬里, 杜詩諺解) 등

㉡ 솑가라기 ᄀᆞᄂᆞᆯ오 기르시며[sons-ka-ra-ki kɐ-nɐr-o ki-rŭ-si-miɔ](指細長, 月印釋譜), 혜 길오 너브샤[hiɔi kir-o nɔ-pŭ-sia](舌長

廣, 月印釋譜), 性이 모딜오 無道홀씨(性-i mo-tir-o 無道-hɐr-ssɐi](性獰惡無道, 月印釋譜), ᄆᆞ리 울오 ᄇᆞᄅᆞ미 부놋다[mɐ-ri ur-o pɐ-rɐ-mi pu-nos-ta](馬鳴風蕭蕭, 杜詩諺解), 솔와 대ᄂᆞᆫ 멀오 도로 푸르도다[sor-oa tai-nɐn mɔr-o to-ro pʰu-rŭ-to-ta](松竹遠還青, 杜詩諺解) 등

14. -고져홀 : -오져홀

(가) -고져홀[-ko-čiɔ-hɐr]

㉠ ᄃᆞᆯ기 기세 오ᄅᆞ고져ᄒᆞ놋다[tɐr-ki ki-sɔi o-ra-ko-čiɔ-hɐ-nos-ta](欲鷄栖, 杜詩諺解), 누니 오고져커늘[nu-ni o-ko-čiɔ-kʰɔ-nŭr](欲雪, 杜詩諺解) 등

㉡ 一日一夜애 먹고져ᄒᆞ야[一日一夜-ai mɔk-ko-čiɔ-hɐ-ia](一日一夜食, 月印釋譜) 등

(나) -오져홀[-o-čiɔ-hɐr]

㉠ 惡道ᄅᆞᆯ 여희오져 願ᄒᆞᄂᆞ니[惡道-rɐr iɔ-hŭi-o-čiɔ 願-hɐ-nɐ-ni](惡道避願, 月印釋譜), 내 ᄆᆡ오져ᄒᆞ노라[nai mɐi-o-čiɔ-hɐ-no-ra](欲自鋤, 杜詩諺解) 등

㉡ 門關을 열오져ᄒᆞ놋다[門關-ŭr iɔr-o-čiɔ-hɐ-nos-ta](欲開關, 杜詩諺解) 등

15. -곡 : -옥

(가) -곡[-kok]

㉠ 善커든 通콕 惡커든…[善(-kʰɔ-tŭn 通-kʰok 惡-kʰɔ-tŭn…](善通惡…, 月印釋譜), 그를 스곡 子細히 議論호미 됴토다[kŭ-rŭr sŭ-kok 子細-hi 議論-ho-mi tio-tʰo-ta](題詩好細論, 杜詩諺解) 등

㉡ 불휘 ᄃᆞᆯ엿ᄂᆞᆫ 남ᄀᆞᆯ 더위잡곡 살 드ᄂᆞᆫ 돌해 오ᄅᆞᄂᆞ려가도다[pur-hui tɐr-iɔs-nɐn nam-kŭr tɔ-ui-čap-kok sar tŭ-nɐn tor-hai o-rɐ-nɐriɔ-ka-to-ta](攀援懸根木 登頓入矢石, 杜詩諺解) 등

(나) -옥[-ok]

㉡ 모딕 아로믈 求티말옥 오직 話頭를 擧ᄒᆞ야보리라[mo-tɐi a-ro-mɐr 求-tʰi-mar-ok o-čik 話頭-rɐr 擧-hɐ-ia-po-ri-ra](不要求解會 但提話頭看, 蒙山和尙法語), 사름 져근딕란 삼가디말옥 범 한딕는 眞實로 디나갈배니라[sa-rɐm čiɔ-kŭn-tɐi-ran sam-ka-ti-mar-ok pɔm han-tɐi-nɐn 眞實-ro ti-na-kar-pai-ni-ra](少人愼莫投 多虎信所過, 杜詩諺解) 등

16. -곤 : -온

(가) -곤[-kon]

㉠ ᄒᆞ마 디나믈 得ᄒᆞ얀 오히려 住호미 맛탕티아니곤 ᄒᆞ물며…[hɐ-ma ti-na-mɐr 得-hɐ-ian o-hi-riɔ 住-ho-mi mas-tʰaŋ-tʰi-a-ni-hɐ-kon hɐ-mɐr-miɔ…](旣得過已 尙不應住 何況…, 金剛經諺解), 하늘히 오히려 能히 生으로 나랄 命티 몯ᄒᆞ곤 ᄒᆞ믈며[ha-nɐr-hi o-hi-riɔ 能-hi 生-ŭ-ro na-rar 命-tʰi-mot-hɐ-kon hɐ-mɐr-miɔ](天猶不能命我以生 況…, 金剛經諺解) 등

㉡ 블러오라 ᄒᆞ야 밥 주어도 오히려 이 곧곤 슬프다[pŭr-rɔ-o-ra hɐ-ia pap ču-ɔ-to o-hi-riɔ i kɐt-kon sŭr-pʰŭ-ta…[呼來與食 尙如斯 嗟哉, 南明集諺解) 등

(나) -온[-on]

㉠ 듣글 업다ᄒᆞ닐 衣鉢傳호믈 許티 몯ᄒᆞ리온 그르메 놀이린…[tŭt-kŭr ɔp-ta-hɐ-nir 衣鉢傳-ho-mɐr 許-tʰi-mot-hɐ-ri-on kŭ-rŭ-mɔi nor-i-rin…](無塵未許傳衣鉢 弄影…, 南明集諺解), 厥子ㅣ 乃不肯堂이온 矧肯構아[厥子-i 乃不肯堂-i-on 矧肯構-a](杜詩諺解) 등

17. -곧 : -옫

(가) -곧[-kot]

㉠ 위곳 병 들면[ui-kos piɔŋ tůr-miɔn](胃病則, 痘瘡集要), 비곧 오면[pi-kot o-miɔn](雨降, 隣語大方), 믈화곧 죠흐면[můr-hoa-kot čio-hů-miɔn](細物, 交隣須知), 그룰 마다곳 너기시면[ků-rɐr ma-ta-kos nɔ-ki-si-miɔn](捷解新語) 등

㉡ ᄒᆞ다가 아논 ᄆᆞᅀᆞᆷ곳 내면[hɐ-ta-ka a-non mɐ-żɐm-kos nai-miɔn](若生知覺心, 蒙山和尙法語), 威神곳 아니면[威神-kos a-ni-miɔn](月印釋譜), 열곳 업스면[iɔr-kos ɔp-sů-miɔn](無熱則, 痘瘡集要) 등

(나) -옫[-ot]

㉠ 難ᄋᆞᆯ 救티옫 아니ᄒᆞ면[難-ɐr 救-tʰi-ot a-ni-hɐ-miɔn](月印釋譜), ᄒᆞ다가 話頭옷 니즈면[hɐ-ta-ka 話頭-os ni-čů-miɔn](若忘却話頭, 蒙山和尙法語), 吉ᄒᆞᆫ 사ᄅᆞ미 ᄃᆞ외옫ᄒᆞ녀[吉-hɐn sa-rɐ-mi tɐ-oi-ot-hɐ-niɔ](欲爲吉人乎, 內訓) 등

㉡ ᄒᆞᆫ갓 ᄒᆞᆫ院앳ᄀᆞᄂᆞᆯ옷 머므릇도다[hɐn-kas hɐn院-ais-kɐ-nɐr-os mɔ-mů-rɔs-to-ta](空留一院陰, 杜詩諺解) 등

18. -곰 : -옴

(가) -곰[-kom]

㉠ 이리곰 火災호ᄆᆞᆯ 여듧번 ᄒᆞ면[i-ri-kom 火災-ho-mɐr iɔ-tůrp-pɔn hɐ-miɔn](月印釋譜), 아히로 ᄒᆞ여곰 눈이 머ᄂᆞ니라[a-hɐi-ro hɐ-iɔ-kom nun-i mɔ-nɐ-ni-ra](令兒目盲, 痘瘡集要), 再三 다시곰[再三 ta-si-kom](譯語類解補) 등

㉡ 銀돈 ᄒᆞᆫ낟곰 받ᄌᆞᄫᆞ니라[銀-ton hɐn-nat-kom pat-čɐ-wɐ-ni-ra](銀貨奉, 月印釋譜), 四方애 닐굽 거름곰 거르시니[四方-ai nir-kup kɔ-rů-rům-kom kɔ-rů-si-ni](四方七步, 月印釋譜), 五色삿기를 五百곰 나ᄒᆞ며[五色-sas-ki-rɐr 五百-kom na-hɐ-miɔ](五色仔五百生, 月印釋譜), 두번곰 절호니[tu-pɔn-kom čɔr-ho-ni](再拜, 杜詩諺解), 各各 ᄒᆞᆫ잔곰 머근 후에[各各 hɐn-čan-kom mɔ-ků n-hu-ɔi](凡病者各飮一甌後, 辟瘟方) 등

(나) -옴[-om]

㉠ 버거 두가지옴 가진 葡萄ㅣ 나니[pɔ-kɔ tu-ka-či-om ka-čin 葡萄-i na-ni](次二枝葡萄出, 月印釋譜), 人間앳쉰히를 ᄒᆞᄅᆞ옴 혜여[人間-ais-suin-hɐi-rɐr hɐ-rɐ-kom hiɔi-iɔ](人間五十年一日算, 月印釋譜), ᄒᆞᆫᄂᆞᆯ 모로매 오ᄃᆡ 一百디위옴 ᄒᆞ라[hɐ-rɐs-nar mo-ro-mai o-tɐi 一百-ti-ui-om hɐ-ra](一日須來一百迴, 杜詩諺解) 등

19. -과 : -와

(가) -과[-koa]

㉡ 理玉과 돌콰[理玉-koa tor-kʰoa](理玉石, 內訓), 남진과 겨집괘[nam-čin-koa kiɔ-čip-koai](男女, 內訓), 몸과 ᄆᆞᅀᆞᆷ괘[mom-koa mɐ-żɐm-koai](身心, 蒙山和尙法語), 별과[6] ᄃᆞᄅᆞᆫ[piɔr-koa tɐ-rɐn](星月, 杜詩諺解) 등

(나) -와[-oa]

㉠ 님금과 臣下왜[nim-kŭm-koa 臣下-oai](君臣, 內訓), 늘그니와 져므니와[nŭr-kŭ-ni-oa čiɔ-mŭ-ni-oa](老小, 辟瘟方), ᄂᆡ와 드틀왜[nɐi-oa tŭ-tʰŭr-oai](烟塵, 杜詩諺解), 아ᄒᆡ와 죵과를[a-hɐi-oa čioŋ-koa-rɐr](兒僕, 杜詩諺解) 등

㉡ 果實와 믈와 좌시고[果實-oa mŭr-oa čoa-si-ko](果實水召, 月印釋譜), 얼굴와 소ᄅᆡ왜 ᄀᆞᄐᆞ니[ɔr-kur-oa so-rɐi-oai kɐt-nɐ-ni](形音肖之, 內訓), ᄭᅮᆯ와 밀와예[skur-oa mir-oa-iɔi](蜜蠟, 辟瘟方) 등

---

6) [역자주] 小倉進平은 ≪杜詩諺解≫ 초간본과 중간본을 구분하지 않고 있다. 둘 사이에 차이가 없으면 상관이 없지만 그렇지 않은 경우에는 문제가 생길 수 있다. 여기의 '별과'가 거기에 해당한다. '별과'는 중간본에 나온는 형태이고 초간본에는 '별와'로 되어 있다. 小倉進平에게서는 간행 시기에 차이가 나는 문헌을 특별히 구분하지 않는 태도가 드러난다. 그의 모음조화 이론이 이후에 비판 받게 된 가장 큰 이유도 시기가 다른 문헌들을 함께 다룬 데에 있다.

20. -과뎌 : -와뎌

(가) -과뎌[-koa-tiɔ]

㉠ 보미 더뒤 가과뎌 願ᄒᆞ노라[po-mi tɔ-tui ka-koa-tiɔ 願-hɐ-no-ra](願春遲, 杜詩諺解), 사ᄅᆞ믄 戈鋋을 그치시과뎌 ᄉᆞ랑ᄒᆞᄂᆞᆺ다[sa-rɐ-mɐn 戈鋋-ŭr kŭ-čʰi-si-koa-tiɔ sɐ-raŋ-hɐ-nos-ta](人憶止戈鋋, 杜詩諺解) 등

㉡ 큰 利益을 얻과뎌ᄒᆞ노ᅌᅵ다[kŭn 利益-ŭr ɔt-koa-tiɔ-hɐ-no-ŋi-ta](月印釋譜) 등

(나) -와뎌[-oa-tiɔ]

㉠ 公輔ᄃᆞ외와뎌 바라오ᄆᆞᆫ[公輔-tɐ-oi-oa-tiɔ pa-ra-o-mɐn](公望, 杜詩諺解) 등

21. -과라 : -와라

(가) -과라[-koa-ra]

㉠ 늘그닐 보과라[nŭr-kŭ-nir po-koa-ra](翁見, 杜詩諺解) 등

㉡ 나오와 머굴 잇부믈 다 닛과라[na-o-oa mɔ-kur is-pu-mŭr ta nis-koa-ra](頓忘所進勞, 杜詩諺解), 卯時로 브터 쟝ᄎᆞ 酉時예 밋과라[卯時-ro pŭ-tʰɔ čiaŋ-čʰɐ 酉時-iɔi mis-koa-ra](自卯時及酉, 杜詩諺解), 便安호ᄆᆞᆯ 得과뎌 ᄒᆞ더니[便安-ho-mɐr 得-koa-tiɔ hɐ-tɔ-ni](月印釋譜) 등

(나) -와라[-oa-ra]

㉡ 이제 第五橋를 알와라[i-čɔi 第五橋-rŭr ar-oa-ra](今知第五橋, 杜詩諺解), 이제 비로서 알와라[i-čɔi pi-ro-sɔ ar-oa-ra](今始知, 杜詩諺解) 등

22. -과ᅌᅵ다 : -와ᅌᅵ다

(가) -과ᅌᅵ다[-koa-ŋi-ta]

㉡ 다 ᄒᆞ마 得과ᅌᅵ다[ta hɐ-ma 得-koa-ŋi-ta](皆旣得, 月印釋譜),

그지 업슨 보비롤 아니 求ᄒᆞ야셔 언즙과이다[kŭ-či ɔp-sŭn po-pɐi-rɐr ani 求-hɐ-ia-siɔ ɔt-čɐp-koa-ŋi-ta](月印釋譜) 등

(나) -와이다[-oa-ŋi-ta]

㉡ 내 ᄒᆞ마 알와이다[nai hɐ-ma ar-oa-ŋi-ta](吾已知, 內訓) 등

23. -관ᄃᆡ : -완ᄃᆡ

(가) -관ᄃᆡ[-koan-tɐi]

㉠ 엇던 行願을 지ᅀᅳ시관ᄃᆡ 이 相ᄋᆞᆯ 得ᄒᆞ시니잇고[ɔs-tɔn 行願-ŭr či-żŭ-si-koan-tɐi i 相-ɐr 得-hɐ-si-ni-ŋis-ko](月印釋譜), 엇던 神靈ㅅ德 이시관ᄃᆡ 내 시르믈 누기시ᄂᆞᆫ고[ɔs-tɔn 神靈-s-德 i-si-koan-tɐi nai si-rŭ-mŭr nu-ki-si-nɐn-ko](如何神靈德 我憂解給, 月印釋譜) 등

(나) -완ᄃᆡ[-oan-tɐi]

㉠ 하논배 므스이리완ᄃᆡ 샹녜 區區ᄒᆞᄂᆞ니오[ha-non-pai mŭ-sŭ-i-ri-oan-tɐi siaŋ-niɔi 區區-hɐ-nɐ-ni-o](所訴何事常區區, 杜詩諺解) 등

이상에서 대략 다음과 같은 사실을 도출할 수 있다.

첫째, (가) 즉, '[k]・[g]'를 포함하는 것은 ㉠ 모음으로 끝나는 단어의 뒤에도 붙고[7] ㉡ 자음으로 끝나는 단어 뒤에도 붙는다.[8]

둘째, (나) 즉, '[k]・[g]'를 포함하지 않는 것은 ㉠ 모음으로 끝나는 단어에 뒤에 붙는 것이 가장 많지만[9] ㉡ 자음으로 끝나는 단어 뒤에 붙는 것도 적지 않다. 게다가 그 자음의 대다수는 'ㄹ[-r]'의 경우에 한정되어 있다.[10][11] 물론 'ㄹ(-r)'로 끝나는 단어 중에도 '열곧 업스면(iɔr-kot ɔp-sŭ

---

7) 1. 보거나(po-kɔ-na), 2. 나거뇨(na-kɔ-nio) 등.

8) 2. 잇거뇨(is-kɔ-nio), 3. 어둡거늘(ɔ-tup-kɔ-nɐr) 등.

9) 1. 有爲어나(有爲-ɔ-na), 2. 엇뎨어뇨(ɔs-tiɔi-ɔ-nio) 등.

10) 3. 기울어늘(ki-ur-ɔ-nŭr), 6. 들어든(tŭr-ɔ-tŭn) 등.

-miɔn)', '별과 들은(piɔr-koa tɐr-ŭn)' 등과 같이 '온(-ot), -와(-oa)'가 아닌 '-곧(-kot), -과(-koa)'로 표기되는 경우가 존재하지만 그것은 오히려 후대 문헌에 나타난 변화이고 올바른 것은 역시 '온(-ot), 와(-oa)'였다고 인정할 수 있는 이유가 충분하다.[12] 자음 중 'ㄹ(r)'이 특히 'k'를 동반하지 않는 조사 즉 모음으로 시작하는 조사를 요구하는 것은 요컨대 'ㄹ(발음은 [l])'이 유음(流音)에 속하여 모음과 가까운 성질을 가지고 있기 때문인 듯하다.

(Ⅱ) 방언에 나타나는 '[k]・[g]'

오늘날 방언의 분포 상태를 보면 동일한 단어이면서 한 쪽은 음절 중간에 '[k]・[g]'가 나타나고 다른 한 쪽은 그것이 나타나지 않는 경우가 있다. 여기서 약간의 예와 분포를 제시한다.[13] (가)는 '[k]・[g]'를 포함한 예, (나)는 그것을 포함하지 않은 예이다.

1. 개암(榛實)[14]

(가)	개굼[kɛ-gum]	함남의 남부, 전남・전북・충남・충북・강원의 일부
	깨굼[ˀkɛ-gum]	전남의 대부분, 전북・경남・경북・충북・강원의 일부

---

11) 드물게 5-(나) 항목인 '밥도 먹어다(pap-to mɔk-ɔ-ta)'와 같이 '-ㄱ(-k)'으로 끝나는 단어 뒤에 붙는 경우도 있다.

12) 근대 및 현대의 어법에서는 '-ㄹ(-r)'뿐만이 아니라 어떤 자음으로 끝나든지 모든 단어가 'k'로 시작하는 조사를 취하게 되었다.

13) [역자주] 앞에서 살핀 문헌예와는 달리 방언형들은 대부분 어휘 형태소이고 문법 형태소가 일부 있다는 차이가 있다.

14) 자료편(≪朝鮮語方言の研究≫ 상) 185쪽 참고. [역자주] 이하의 '자료편' 역시 ≪朝鮮語方言の研究≫ 상권을 가리킨다.

	캐굼[kʰɛ-gum]	전북의 극히 일부
	개감[kɛ-gam]	충남의 극히 일부
	깨곰[ˀkɛ-gom]	경북의 대부분, 경남의 일부
	개구미[kɛ-gu-mi]	함남의 극히 일부
(나)	깸:[ˀkɛ:m]	경북・함남・함북의 극히 일부
	갬:[kɛ:m]	황해의 극히 일부
	개암[kɛ-am]	황해의 극히 일부
	가얌[ka-jam]	경기의 극히 일부
	개미[kɛ-mi]	황해의 대부분, 함남의 일부
	깨미[ˀkɛ-mi]	함남의 극히 일부, 함북의 일부
	개아말[kɛ-a-mal]	함남의 일부
	개말[kɛ-mal]	함남의 극히 일부
	깨말[ˀkɛ-mal]	함남・함북의 극히 일부
	갬다리[kɛm-da-ri]	황해의 극히 일부
	깨동[ˀkɛ-doŋ]	경남・경북의 극히 일부

2. 내(煙)[15]

(가)	내굴[nɛ-gul]	함남・함북의 일부
	내구리[nɛ-gu-ri]	함남・함북・평북의 일부, 황해의 극히 일부
	냉갈[nɛŋ-gal]	전남의 대부분, 전북의 극히 일부
	냉기[nɛŋ-gi]	전남・경북의 극히 일부
	냉과리[nɛŋ-gwa-ri]	평북의 일부
(나)	내[nɛ]	황해의 대부분, 전남・전북・경남・충남・충북・경기・평남・평북의 일부

3. 냅다(煙)[16]

(가)	내구다[nɛ-gu-da]	함남・함북의 대부분

15) 자료편 505쪽 참고.
16) 자료편 350쪽 참고.

내굽다[nɛ-gup-ta]	황해의 극히 일부
내구랍다[nɛ-gu-rap-ta]	함남의 일부
내구롭다[nɛ-gu-rop-ta]	함남의 일부
(나) 냅다[nɛp-ta]	전남・충남・충북・경기 등의 일부
내웁다[nɛ-up-ta]	전남・전북의 일부

4. 도라지(桔梗)[17]

(가) 돌갇[tol-gat]	전남의 일부
돌가지[tol-ga-ʤi]	전남・전북・경남・경북・강원의 일부
돌개[tol-gɛ]	경남・경북의 일부
(나) 도랃[to-rat]	전남의 극히 일부
도라지[to-ra-ʤi]	충남・충북・경기의 대부분, 전남・전북・경남・경북・강원의 일부
도래[to-rɛ]	경남・경북의 일부

5. 머루(山葡萄)[18]

(가) 몰구[mol-gu]	평북의 대부분, 전남・경남・경기・황해・함남・함북・평남의 일부, 강원의 해안 지방
멀귀[mɔl-gui]	함남・함북의 일부, 황해의 극히 일부
멀기[mɔl-gi]	함남・함북의 일부
멜구[mel-gu]	전남・전북의 일부
멸구[mjɔl-gu]	전남의 일부
(나) 머루[mɔ-ru]	충남・충북의 대부분, 전남・전북・경북・경기의 일부
머래[mɔ-rɛ]	경남・황해의 일부
모래[mo-rɛ]	경남의 일부

17) 자료편 335쪽 참고.
18) 자료편 188쪽 참고.

머레[mɔ-re]	황해의 일부
머뤼[mɔ-rui]	제주도의 일부
머리[mɔ-ri]	경남・경북의 일부
멀리[mɔl-li]	제주도의 일부

6. 모래(砂)[19]

(가)	몰개[mol-gɛ]	함남・함북의 대부분, 경남・경북・강원・경기・황해・평북의 일부
	몰개미[mol-gɛ-ni]	경북의 일부
(나)	모래[mo-rɛ]	충남・황해의 대부분, 전남・전북・경남・경북・충북・경기・강원・함남・함북・평남・평북의 일부

7. 벌레(蟲)[20]

(가)	벌거지[pɔl-gɔ-ʤi]	전남・전북・경남・경북・강원・함남・함북・평남・평북의 대부분, 충남・충북・경기・황해의 일부
	벌가지[pɔl-ga-ʤi]	전남의 일부
	벌기[pɔl-gi]	경남・경북・함남의 일부
	벌갱[pɔl-gɛŋ]	경북의 일부
	벌갱이[pɔl-gɛŋ-i]	경남・경북의 일부
	벌곧지[pɔl-got-ʧi]	함남의 일부
(나)	벌레[pɔl-le]	황해의 대부분, 충남・경기의 일부
	버랭이[pɔ-rɛŋ-i]	제주도
	버러지[pɔ-rɔ-ʤi]	전남・전북・충남・충북・경기・강원의 일부

19) 자료편 219쪽 참고.
20) 자료편 14쪽 참고.

벌러지[pɔl-lɔ-ʤi]	충남의 극히 일부
버럭지[pɔ-rɔk-ʤi]	황해의 일부, 전북 · 충남의 극히 일부
버레기[pɔ-re-gi]	전북의 극히 일부

8. 쓸개(膽)[21]

(가) 쓸개[ˀsu̇l-gɛ]	전남 · 경남 · 경북 · 충남 · 경기의 일부
씰개[ˀsil-gɛ]	전북 · 경남 · 경북의 대부분, 충남 · 황해의 일부
씨개[ˀsi-gɛ]	경북의 일부
(나) 씨래[ˀsi-rɛ]	경북 · 충북의 일부

9. 수레(車)[22]

(가) 술기[sul-gi]	함남 · 함북의 대부분
(나) 수래[su-rɛ]	전국의 많은 지역

10. 시렁(架)[23]

(가) 실겅[sil-gɔŋ]	경남 · 경북 · 함남 · 함북의 대부분, 전남 · 전북 · 충남 · 충북 · 강원 · 평남 · 평북의 일부
실강[sil-gaŋ]	경북의 일부
슬겅[su̇l-gɔŋ]	평북의 일부
실겅[sil-gɔŋ]	경남의 일부
실공[sil-goŋ]	함남의 일부
실광[sil-gwaŋ]	경북 · 충북 · 강원의 일부
실궝[sil-gwɔŋ]	경북 · 충북 · 강원의 일부
(나) 시렁[si-rɔŋ]	황해의 대부분, 전남 · 전북 · 경북 · 충남 · 경

21) 자료편 101쪽 참고.
22) 자료편 264쪽 참고.
23) 자료편 128쪽 참고.

기 · 강원의 일부
실령[sil-lɔŋ] 경기의 일부

11. 어금니(牙)[24]

(가) 어금니[ɔ-gŭm-ni] 경북 · 경기 · 강원 · 황해 · 함남 · 함북 · 평남 · 평북의 대부분, 경남 · 충북의 일부
아금니[a-gŭm-ni] 전남 · 전북 · 충남의 대부분, 경남 · 충북의 일부
(나) 엄니[ɔm-ni] 경남의 일부, 제주도

12. 여우(狐)[25]

(가) 약갱이[jak-kɛŋ-i] 경북 · 충북의 일부
약광이[jak-kwaŋ-i] 경북의 극히 일부
여쾌이[jɔ-kʰwɛ-i] 황해의 일부
역갱이[jɔk-kɛŋ-i] 강원의 대부분
역광이[jɔk-kwaŋ-i] 경북의 극히 일부
역기[jɔk-ki] 함남 · 함북의 일부
영끼[jɔŋ-ˀki] 함남의 극히 일부
옉기[jek-ki] 경북 · 함남 · 함북의 일부
옝끼[jeŋ-ˀki] 함남의 극히 일부
(나) 여호[jɔ-ho] 충남 · 경북의 일부
여후[jɔ-hu] 충남의 극히 일부
여히[jɔ-hi] 경북의 일부, 제주도
영호[jɔŋ-ho] 함남 · 평북의 일부
여우[jɔ-u] 충남 · 충북 · 경기 · 강원 · 황해 · 함남 · 평

24) 자료편 94쪽 참고.
25) 자료편 299쪽 참고.

	남 · 평북의 일부
여위[jɔ-ui]	경기 · 황해의 일부
영[jɔŋ]	함남의 일부
영우[jɔŋ-u]	강원 · 함남 · 평남 · 평북의 일부
영이[jɔŋ-i]	함남의 일부
옝이[jeŋ-i]	평남 · 평북의 일부
잉:[i:ŋ]	함남의 극히 일부
야수[ja-su]	경북 · 강원의 극히 일부
야시[ja-si]	경남 · 경북의 일부
여수[jɔ-su]	충남 · 충북의 대부분, 전남 · 전북 · 경남의 일부
여시[jɔ-si]	전남 대부분, 전북 · 경남 · 경북의 일부
애수[jɛ-su]	경남 · 경북의 일부
예수[je-su]	경북의 일부

13. **가루(粉)**[26)]

(가) 갈기[kal-gi] 　　함남 · 함북의 대부분, 강원의 극히 일부

(나) 가루[ka-ru], 가리[kari], 갈루[kal-lu], 갈리[kal-li] 등
　　그 이외의 지역. 지역에 따라 어느 한 형태가 사용됨.

14. **노루(獐)**[27)]

(가) 놀가지[nol-ga-ʤi]	함남 · 함북의 대부분, 경기 · 황해 · 평북의 일부
놀개지[nol-gɛ-ʤi]	함남의 일부
놀기[nol-gi]	함남의 대부분

26) 자료편 162쪽 참고.

27) 자료편 289쪽 참고.

놀갱이[nol-gɛŋ-i]　강원의 동해안

(나) 노루[no-ru]　충남・충북・황해의 대부분, 전북・경남・경북・경기・강원・평남・평북의 일부

노리[no-ri]　전남・경남・경북의 대부분, 전북・강원의 일부

15. 메추라기(鶉)[28]

(가) 메추래기[me-ʧʰu-rɛ-gi]　충북의 일부

모추래기[mo-ʧʰu-rɛ-gi]　충남・충북의 일부

모치래기[mo-ʧʰi-rɛ-gi]　경북・충남・충북의 극히 일부

뫼추래기[mø-ʧʰu-rɛ-gi]　충남・충북・경기의 극히 일부

(나) 메초리[me-ʧʰo-ri]　전남・전북의 극히 일부

모추리[mo-ʧʰu-ri]　경북의 극히 일부

매초리[mɛ-ʧʰo-ri]　전남・전북・경남・경북의 대부분

매추리[mɛ-ʧʰu-ri]　전남・경남・경북・충남의 극히 일부

미추리[mi-ʧʰu-ri]　경북의 극히 일부

16. 도마(俎)[29]

(가) 도매기[to-mɛ-gi]　평북의 대부분, 황해・함남의 일부

돔배기[tom-bɛ-gi]　강원・황해・평남・평북의 극히 일부

칼 토메기[kʰl tʰo-mɛ-gi]　황해의 극히 일부

(나) 도마[to-ma]　전남・충남・경기의 극히 일부

도매[to-mɛ]　전남・전북・경남・경북・충북・충남의 대부분, 충남・강원의 일부

28) 자료편 276쪽 참고.

29) 자료편 234쪽 참고.

17. 숯(炭)[30]

(가) 숙구[suk-ku] 함남의 극히 일부

숙기[suk-ki] 함남·함북의 대부분

숙겅[suk-kɔŋ] 경남·경북의 일부

(나) 숟[sut] 그 이외의 많은 지역

18. 팥(小豆)[31]

(가) 팩기[p^{h}ɛk-ki], 팩키[p^{h}ɛk-k^{h}i], 팯치[p^{h}ɛt-ʧ^{h}i]

함남·함북의 대부분

폳치[p^{h}ot-ʧ^{h}i] 함북의 일부

(나) 팓[p^{h}at], 폳[p^{h}ot] 그 외의 많은 지역

19. 달리다(走)[32]

(가) 달긴다[tal-gin-da] 경남·경북의 일부

달군다[tal-gun-da] 강원 해안의 일부 지역

(나) 달린다[tal-lin-da] 그 이외의 지역

20. 떨구다(振落)[33]

(가) 떨군다[ˀtɔl-gun-da] 경남·경기·강원·황해의 일부

(나) 떨린다[tɔl-lin-da] 그 이외의 지역

21. 돌리다(迴)[34]

(가) 돌긴다[tol-gin-da] 강원 해안의 일부 지역

---

30) 자료편 509쪽 참고.
31) 자료편 213쪽 참고.
32) 자료편 367쪽 참고.
33) 자료편 367쪽 참고.
34) 자료편 367쪽 참고.

(나) 돌린다[tol-lin-da] 그 이외의 지역

22. 살리다(生)[35)]

(가) 살긴다[sal-gin-da] 경남 · 경북의 일부, 강원 해안의 일부
살군다[sal-gun-da] 충북 · 황해의 극히 일부
살굳다[sal-gut-ta] 경북의 일부
(나) 살린다[sal-lin-da] 그 이외의 지역

이상 22개의 단어는 지역에 따라 '[k] · [g]'를 포함하기도 하고 포함하지 않기도 하는데 그 분포는 단어에 따라 달라서 반드시 일치하는 것은 아니다. 즉 어떤 단어에 대해 '[k] · [g]'가 'A'의 범위에서 사용된다고 하더라도 다른 단어에 대해서는 '[k] · [g]'가 'A'의 범위 밖에 있기도 하고 'A'의 일부에 국한되어 있기도 한 것이다. 그러므로 '[k] · [g]'의 존재 여부를 기준으로 이 단어들의 지리적 분포를 명시하는 것은 불가능하지만 극히 개괄적으로 관찰할 때, '[k] · [g]'가 가장 뚜렷하게 나타나는 곳은 함남 · 함북 지방이고 전남 · 전북 · 경남 · 경북 · 평남 · 평북이 그 다음이다.[36)] '[k] · [g]'의 출현이 희박한 곳은 충남 · 충북 · 경기 · 강원 · 황해라고 할 수 있을 것이다.

이상 여러 단어들이 조선 초기 이후의 각종 문헌에 나타난 형태를 보면 다음과 같다.

---

35) 자료편 372쪽 참고.
36) [역자주] '[k] · [g]'의 유무에 따른 방언 분포가 단어마다 매우 다른 것은 단어에 따른 변화 과정이 다르기도 하지만 小倉進平이 선택한 단어 중에 이질적인 것들이 많이 포함되어 있기 때문이다. 해설에서도 설명하겠지만 '[k] · [g]'의 유무는 음운사적인 이유, 형태론적인 이유 등 서로 상이한 원인 때문에 생겨날 수 있다. 그런데 小倉進平은 이것을 구분하지 않고 단순히 '[k] · [g]'의 유무에서 차이를 보이는 단어들을 모두 열거하였다. 그러므로 이 단어들의 방언 분포가 더욱 복잡하리라는 것은 쉽게 예측할 수 있다.

1. 개암(榛實) : 가얌[ka-iam], 개얌[kai-iam], 개암[kai-am], 개옴[kai-om]
2. 내(煙) : ᄂᆡ[nɐi], ᄂᆡᆼ과리[nɐiŋ-koa-ri]
3. 냅다(煙) : ᄂᆡᆸ다[nɐip-ta]
4. 도라지(桔梗) : 도랃[to-rat], 돌랃[tor-rat]
5. 머루(山葡萄) : 멀위[mɔr-ui], 멀외[mɔr-oi], 멀ᄋᆡ[mɔr-ɐi]
6. 모래(砂) : 모래[mo-rai]
7. 벌레(蟲) : 벌레[pɔr-rɔi], 벌에[pɔr-ɔi], 버레[pɔ-rɔi]
8. 쓸개(膽) : ᄡᅳᆯᄀᆡ[psŭr-kɐi], ᄡᅳᆯ개[psŭr-kai], 쓸개[ssŭr-kai]
9. 수레(車) : 술위[sur-ui], 술외[sur-oi], 술의[sur-ŭi]
10. 시렁(架) : 실에[sir-ɔi], 실레[sir-rɔi]
11. 어금니(牙) : 어금니[ɔ-gŭm-ni], 엄[ɔm], 엄니[ɔm-ni]
12. 여우(狐) : 여ᅀᅳ[jɔ-żŭ], 여ᅀᆞ[jɔ-żɐ], 여외[iɔ-oi], 여의[iɔ-ŭi]
13. 가루(粉) : ᄀᆞᄅᆞ[kɐ-rɐ], ᄀᆞ르[kɐ-rŭ]
14. 노루(獐) : 노ᄅᆞ[no-rɐ], 노로[no-ro]
15. 메추라기(鶉) : 모ᄎᆞ라기[mo-č^{h}ɐ-ra-ki], 뫼ᄎᆞ라기[moi-č^{h}ɐ-ra-gi], 뫼ᄎᆞ아기[moi-c^{h}ɐ-a-ki], 뫼초리[moi-č^{h}o-ri], 뫼초라기[moi-č^{h}o-ra-ki], 뫼주아기[moi-ču-a-ki]
16. 도마(俎) : 도마[to-ma]
17. 숯(炭) : 숫[sus]
18. 팥(小豆) : ᄑᆞᆺ[p^{h}ɐs]
19. 달리다(走) : 달리다(tar-ri-ta]
20. 떨구다(落) : ᄯᅥᆯ리다[stɔr-ri-ta]
21. 돌리다(迴) : 돌리다[tor-ri-ta]
22. 살리다(生) : 살리다[sar-ri-ta]

두세 경우37)를 제외한 나머지는 모두 '[k]'를 결여하고 있다. 그리고 이

37) 2. ᄂᆡᆼ과리[nɐiŋ-koa-ri], 8. ᄡᅳᆯᄀᆡ[psŭr-kɐi], 15. 모ᄎᆞ라기[mo-č^{h}ɐ-ra-ki].

들 문헌에 나오는 단어는 경기도, 충청남북도 지방을 중심으로 한 소위 표준어를 기초로 표기된 것이 분명하기 때문에 한반도 중앙부에서는 '[k]·[g]'가 꽤 오랜 시기부터 소실되었다고 추정할 수 있다.

(Ⅲ) '[k]·[g]'의 본질

이상과 같이 옛 문헌이나 방언 분포에서 원래 동일 어근에 속하는 단어가 왜 한 편으로는 '[k]·[g]'를 가지고 나타남에 비해 다른 한 편으로는 이것이 결여되어 나타나는지는 매우 흥미로운 사실이다. 이것에 관해서 마에마 교사쿠(前間恭作)는 "'거늘(kɔ-nŭr)'이 이 조동사의 원래 형태이며 '어늘(ɔ-nŭr)'은 음편(音便)[38]으로 'k'가 생략된 것이다"[39]라고 말하였지만 이것은 너무 간단한 언급이고 이 중요한 문제를 해결하는 데 있어서는 무엇인가 아쉬운 느낌이 든다. 그런데 이 현상들 중 명사 중간에 나타나는 '[k]·[g]'에 대하여 Ramstedt는 대략 다음과 같은 흥미로운 설명을 시도하고 있다.[40]

---

38) [역자주] '음편(音便)'이란 매우 모호한 개념이다. 말 그대로 편리에 따라 일어났음을 의미하는데 그 원인에 대한 설명 없이 음운 변화가 일어난 경우라면 어디든 가져다 쓸 수 있는 용어가 바로 음편(音便)이다. 음편은 일본에서는 꽤 오래 전부터 사용되었다. 한국어 연구 초창기에는 '음편(音便)'을 남용하여 수긍할 수 없는 주장을 하는 경우가 많았다. 이후 이것을 체계적으로 극복하는 과정이 뒤따랐다. 이처럼 한국어 음운론 연구의 중요 성과 중에는 이전에 '음편(音便)'이라고 주장되어 온 것들을 올바르게 고친 작업도 빼놓을 수 없다.

39) ≪龍歌古語箋≫ 19쪽.

40) "Ramstedt, G. J.(1928), Remarks on the Korean language, ≪Mémories de la Société Finno-ougrienne≫. LⅧ(58)"의 445쪽과 "Ramstedt, G. J.(1939), A Korean Grammar, ≪Mémories de la Société Finno-ougrienne≫ LXXXⅡ(82)"의 44절, 89절 참고. [역자주] 아래에 제시된 내용은 주로 Ramstedt(1928)의 445쪽에 나오는 내용을 小倉進平이 일본어로 의역(意譯)한 것이다. 다만 Ramstedt(1939)에서 'sure'라는 예를 하나 더 가져왔고 모음의 발음 기호 중 일부를 바꾼 정도의 차이만 있다. 여기서는 小倉進平의 일본어 번역을 존중해서 이것을 국어로 옮기되 발음 기호는 'Ramstedt'의 것으로 되돌려

"'nɑmu(樹)'라는 단어의 처격형(locative)은 오늘날 'nɑmge(＞nɑŋge)'라고 하는데 이 단어의 원형은 '*nămăɤ'이고 그 말음 'ɤ('g'의 마찰음)'가 점차 모음으로 변화하여 'nămă[ɤ]＞nɑmō, nămū'가 되었을 것이다.[41] 그 증거로 'k'를 포함한 'nɑmɑksin(木履)'이라는 단어('sin'은 '신발'의 의미)가 오늘날에도 존재하고 있다. 말음 'ɤ'을 가졌던 단어에는 다른 예들도 있다.[42] 예컨대 'mū, muu(大根)'의 한정형(definte form, 일반적으로 주격이라고 불리는 것)으로 'musuɤ-i',[43] 'kɑru(粉)'의 한정형으로 'kɑlgi', 'čɑru(柄)'의 한정형으로 čɑlgi, 'ɑsu(弟妹)'의 한정형으로 'ɑ̈kki', 'kumu(穴)'의 한정형으로 'kuŋgi, kumgi', 'sure(車)'의 한정형으로 'sulgi'가 있는 것이다.[44] 'këru(船)'와 같은 단어는 골디어(Goldi)의 'gela, gella(큰 배)'에 대응하는 듯하다.[45]"

이상 마에마 교사쿠(前間恭作)와 Ramstedt가 '[k]·[g]'을 가진 형태를 원형이라고 본 설명은 확실히 일리가 있다고 생각한다. 한국어와 동일한 계

놓았다.

41) [역자주] '나무(木)'의 예전 형태는 국어학계에서도 Ramstedt와 비슷하게 '나목'으로 재구하는 경우가 많다. 그러나 '나목'으로부터 '나무'로의 변화에 대한 Ramstedt의 설명은 현재 국어학계에서 일반화된 것과 상당히 다르다.

42) [역자주] Ramstedt는 "'ɤ'을 가졌던 단어"라고 표현했는데 小倉進平은 이것을 "'ɤ'이 소실된 단어"라고 고쳤다. Ramstedt의 원래 표현을 쓰는 것이 옳을 듯하다. 곧이어 예로 제시한 단어들은 모두 주격형에서 'g, k'가 나타나는데 'g, k'는 모두 'ɤ'에서 변화한 것이다. 따라서 "'ɤ'이 소실된 단어"라고 하는 것보다는 'ɤ'을 가졌던 단어라고 하는 것이 내용상 더 타당하다.

43) [역자주] 'mū, muu'의 한정형이 'musuɤ-i'라고 한 것은 小倉進平의 실수이다. Ramstedt는 'mukki'를 들었으며 'musuɤ-i'는 'mukki'로 변화하기 이전의 형태로 제시했을 뿐이다.

44) '무슨(何)'이라는 단어는 오래 전에 세 가지 형태로 나타나고 있다 : (1) 접두사로 '므스[mů-sů], 므슷[mů-sůt]', (2) 명사나 접두사로 '므슴[mů-sům]', (3) 명사로 '므슥[mů-sůg]'. Ramstedt의 학설에 따르면 이 단어의 원형은 '*můsůmɤ'과 같은 것이었다고 할 수 있다.

45) [역자주] 'këru'는 '거루'를 뜻한다. 이 단어는 현재 단독으로는 잘 안 쓰이고 '거룻배'라는 합성어로 사용된다. 한편 골디어는 만주어 계통에 속하며 아무르(Amur) 강 하류에서 사용되는 언어이다.

통이라고 생각되는 알타이어에도 모음의 중간에 있는 '[g]'가 가끔 탈락하는 현상이 있을 뿐만 아니라[46] '膽'을 의미하는 한국 방언에 '쓸개[ˀsil-gɛ]'와 '시래[ˀsi-rɛ]'의 두 가지 형태가 있는데 이 단어는 옛 문헌에서 모두 '쁠개(psŭr-kai)' 등으로 나타나며 만주어에서 'sil-hi'로 나타나는 것으로 보아 그 원형도 'k'를 포함하고 있으리라고 상상할 수 있기 때문이다. 그러나 '[k]·[g]'의 유무에 따른 대립 현상을 모두 이 이론으로 해결해야 할지에 대해서는 더 연구가 되어야 한다. 필자는 여기서 옛 문헌에 나타난 현상과 오늘날의 방언에 나타난 현상에 대하여 그 성질을 음미하고자 한다.

우선 고어(古語)의 조사(助詞) 용법에는 대략 다음과 같은 규칙이 있는 것 같다.[47]

① 어간이 'ㄱ, ㄷ, ㅂ, ㅅ, ㅁ, ㄴ, ㅇ' 등의 자음으로 끝나는 경우 오늘날의 용법과 같이 조사가 'ㄱ'으로 시작하는 것이 많다.

1. -거니와[-kɔ-ni-oa] : 잇습거니와[is-sɐp-kɔ-ni-oa](有), 묻거니다[mut-kɔ-ni-oa](問) 등
2. -거든[-kɔ-tŭn] : 잇거든[-is-kɔ-tŭn](有), 죽거든[čuk-kɔ-tŭn](死), 업거든[ɔp-kɔ-tŭn](無) 등
3. -건마른[-kɔn-ma-rɐn] : 업건마른[ɔp-kɔn-ma-rɐn](無), ᄀᆞᆮ건마른[kɐt-kɔn-ma-rɐn](等) 등
4. -게[kɔi] : 업게[ɔp-kɔi](無), 듣게[tŭt-kɔi](聞), 믿게[mit-kɔi](及) 등

46) 타르타르어의 'kigiz(毛氈)'는 키르키즈어의 'kīz'이다. 몽고어에서는 'agola(山)'가 'ōla'로 바뀌었다. [역자주] 원문에는 "Tar. kogiz=Kirg. kīz(毛氈), Mong. agola＞ōla(山)"라고만 되어 있다. 'Mong'이 몽고어를 가리키는 것은 분명하지만 'Tar, Kirg'가 무슨 언어를 나타낸 것인지는 밝혀져 있지 않다. 'Tar'와 'Kirg'을 타르타르어와 키르키즈어로 본 것은 역자의 추측이다.

47) 앞에 제시했던 23개의 예를 참조.

5. -곡[kok] : 더위잡곡[tɔ-ui-čap-kok](攀) 등
6. -과[-koa] : 옥과[ok-koa](玉), ᄆᆞᅀᆞᆷ과[mɐ-żɐm-koa](心), 룡과 [rioŋ-koa](龍) 등
7. -과라[-koa-ra] : 득과라[tŭk-koa-ra](得), 닛과라[nis-koa-ra](忘) 등

② 어간이 'ㄹ'로 끝나는 경우에는 오늘날 조사가 'ㄱ'으로 시작하지만 예전에는 모음으로 시작했다.[48]

1. -어든[-ɔ-tŭn] : 들어든[tŭr-ɔ-tŭn](入), 기울어든[ki-ur-ɔ-tŭn](傾) 등
2. -언마른[-ɔn-ma-rɐn] : 알언마른[ar-ɔn-ma-rɐn](知) 등
3. -에[ɔi] : 알에[ar-ɔi](知), ᄀᆞᄂᆞᆯ에[kɐ-nɐr-ɔi](細) 등
4. -오[-o] : 묻디말오[mut-ti-mar-o](問), 울오[ur-o](泣), ᄀᆞᄂᆞᆯ오 [kɐ-nɐr-o](細) 등
5. -옥[-ok] : 가디말옥[ka-ti-mar-ok](行) 등
6. -옫[-ot] : ᄀᆞᄂᆞᆯ옫[kɐ-nɐr-ot](蔭), 말옫[mar-ot](語) 등
7. -와[-oa] : 얼굴와[ɔr-kur-oa](形), 과실와[koa-sir-oa](果實), 물와 [mur-oa](水) 등
8. -와라[-oa-ra] : 알와라[ar-oa-ra](知) 등

③ 어간이 모음으로 끝나는 경우에는 오늘날의 용법으로는 조사가 모음으로 시작되는데 예전에는 'ㄱ'으로도 시작하고 모음으로도 시작되었다.

1. -거니와 : -어니와
㉠ -거니와[-kɔ-ni-oa] : 너기거니와[nɔ-ki-kɔ-ni-oa](思) 등
㉡ -어니와[-ɔ-ni-oa] : 보리어니와[po-ri-ɔ-ni-oa](見)[49] 등

---

48) 小倉進平은 중세국어 시기에 존재한 'ㄹ' 뒤의 ㄱ-약화/탈락이나 후음 'ㅇ'의 존재 등에 대해 명확한 인식을 갖고 있지 않았으므로 이런 설명을 하고 있다.
49) [역자주] '보-'가 모음으로 끝나는 것은 맞지만 그 뒤에 '-어니와'가 붙은 것은

2. -거든 : -어든

㉠ -거든[-kɔ-tŭn] : ᄒᆞ거든[hɐ-kɔ-tŭn](爲), 마시거든[ma-si-kɔ-tŭn](味) 등

㉡ -어든[-ɔ-tŭn] : 밤이어든[pam-i-ɔ-tŭn](夜), 다외어든[ta-oi-ɔ-tŭn](成) 등

3. -거시든 : -어시든

㉠ -거시든[-kɔ-si-tŭn] : ᄒᆞ거시든[hɐ-kɔ-si-tŭn](爲), 니르거시든[ni-rŭ-kɔ-si-tŭn](言) 등

㉡ -어시든[-ɔ-si-tŭn] : 주어시든[ču-ɔ-si-tŭn](與) 등

4. -건마ᄅᆞᆫ : -언마ᄅᆞᆫ

㉠ -건마ᄅᆞᆫ[-kɔn-ma-rɐn] : 너기건마ᄅᆞᆫ[nɔ-ki-kɔn-ma-rɐn](思), ᄒᆞ건마ᄅᆞᆫ[hɐ-kɔn-ma-rɐn](爲) 등

㉡ -언마ᄅᆞᆫ[-ɔn-ma-rɐn] : ᄒᆞ리언마ᄅᆞᆫ[hɐ-ri-ɔn-ma-rɐn](爲) 등

5. -게 : -에

㉠ -게[-kɔi] : ᄒᆞ게[hɐ-kɔi](爲), 가게[ka-kɔi](行) 등

㉡ -에[-ɔi] : 여위에[iɔ-ui-ɔi](瘦) 등

6. -고 : -오

㉠ -고[-ko] : ᄒᆞ고[hɐ-ko](爲), 보고[po-ko](見) 등

㉡ -오[-o] : ᄒᆡ오[hɐi-o](白), 셰오[siɔi-o](立), ᄆᆡ오[mɐi-o](繫) 등

그 앞에 오는 '-리-' 때문이지, '보-'가 모음으로 끝나기 때문이 아니다. 아래의 4에서 'ᄒᆞ-' 뒤에 '-건마ᄅᆞᆫ'과 '-언마ᄅᆞᆫ'이 모두 오는 것도 역시 '-리-'의 존재 여부와 관련이 된다. 해설에서도 언급하겠지만 이 논문에서 드러나는 小倉進平의 자료 해석은 그리 정확하지 못하다.

7. -고져 : -오져

㉠ -고져[-ko-čiɔ] : 버리고져[pɔ-ri-ko-čiɔ](棄), 오르고져[o-rŭ-ko-čiɔ](上) 등

㉡ -오져[-o-čiɔ] : ᄃᆞ외오져[tɐ-oi-o-čiɔ](成), 혜오져[hiɔi-o-čiɔ](數) 등

8. -곧 : -옫

㉠ -곧[-kot] : 위곧[ui-kot](胃) 등

㉡ -옫[-ot] : ᄇᆡ옫[pɐi-ot](腹) 등

이상 여러 현상을 통해 볼 때 특히 필자의 주의를 끄는 점은 우선 ②, ③에서 조사의 첫 음절에 있는 모음이 '오[o], 어[ɔ]' 등 후설 모음에 속한다는 사실,[50] 다음으로 ③에서 조사가 그 앞에 모음으로 끝나는 어간과 결합한다는 동일한 조건 하에 있으면서도 두음에 'ㄱ'을 가지기도 하고 가지지 않기도 하는, 즉 'ㄱ'으로 시작하든 '오[o], 어[ɔ]'로 시작하든 아무런 상관이 없는 현상이 존재한다는 사실이다. 이러한 점을 볼 때 필자는 이들 조사의 첫머리에 나타나는 'ㄱ'은 Ramstedt가 말하듯이 마찰적 후음이었으며 그것이 ①과 같이 'ㄱ, ㄷ, ㅂ, ㅅ, ㅁ, ㄴ, ㅇ' 등 자음으로 끝나는 단어 밑에 올 경우에는 파열음 'ㄱ(k)'으로 변화하고 ②와 같이 유음 'ㄹ[l]' 다음에 올 경우에는 후설모음 '오[o], 어[ɔ]'로 변화하며 ③과 같이 모음 뒤에 올 때에는 'ㄱ(k)' 또는 '오[o], 어[ɔ]'로 시작된다고 생각한다.[51] 즉 매우 임의적인 발달을 이룬 것으로 해석할 수 있는 것이다.

다음으로 현대 방언형에 나타나는 '[k]·[g]'에 대하여 살피기로 한다.

1 모음 연쇄(hiatus)에 '[g]'가 들어간 경우

'개암(榛實)'의 원래 형태는 '가얌(ka-iam), 개얌(kai-iam), 개암(kai-am),

50) 예외로서 '에[(ɔi, e])'도 있다.

51) [역자주] ①이나 ②에 대해서는 구체적인 변화를 거론했지만 ③에 대해서는 왜 'ㄱ'이 나타나기도 하고 나타나지 않기도 하는지에 대한 설명이 빠져 있다.

개옴(kai-om)'이었는데 그 음절 사이의 모음 연쇄에 '[g]'가 삽입되어 '개굼[kɛ-gum], 깨굼[ˀkɛ-gum], 캐굼[kʰɛ-gum], 개감[kɛ-gam], 깨곰[ˀkɛ-gom], 개구미[kɛ-gu-mi]'와 같은 방언형이 나타났다고 생각한다. 또 '뇝다(nɐip-ta)'도 처음에는 '내웁다[nɛ-up-ta]'로 발음되다가 이후에 '[g]'가 첨가되어 방언형 '내굽다[nɛ-gup-ta], 내구랍다[nɛ-gu-rap-ta], 내구다[nɛ-gu-da]'가 생겨났으며 '엄(ɔm, 牙)'도 원래는 '어(ɔ)'가 장모음이었다가[52] '어음[ɔŭm]'으로 변화하였고 다시 모음 사이에 '[g]'가 삽입되어 방언형 '어금(니)[ɔ-gŭm-(ni)], 아금(니)[a-gŭm-(ni)]' 등이 나왔다고 본다.[53]

2 'ㄹ'과 모음 사이에 '[g]'가 들어간 경우

방언에서는 '돌앋[tor-at](桔梗)'을 '돌갇[tol-gat], 돌가지[tol-ga-dʒi], 돌개[tol-gɛ]',[54] '머뤼[mɔ-rui], 멀외[mɔr-oi](山葡萄)'를 '멀구[mɔl-gu], 멀귀[mɔl-gui], 멀기[mɔl-gi], 멸구[mjɔl-gu]', '몰애[mor-ai](砂)'를 '몰개[mol-gɛ], 몰개미[mol-gɛ-mi]', '벌어지[pɔr-ɔ-či], 벌에[pɔr-ɔi], 벌레[pɔr-rɔi](蟲)'을 '벌거지[pɔl-gɔ-dʒi], 벌가지[pɔl-ga-dʒi], 벌기[pɔl-gi], 벌갱[pɔl-gɛŋ], 벌갱이[pɔl-gɛŋ-i], 벌걱지[pɔl-gɔk-ʧi]', '술위[sur-ui], 술외[sur-oi](車)'를 '술기[sul-gi]', '실에[sir-ɔi], 실레[sir-rɔi](架)'를 '실공[sil-goŋ], 실강[sil-gaŋ], 슬공[sŭl-goŋ], 실겅[sil-gɔn], 실공[sil-goŋ], 실광[sil-gwaŋ], 실궝[sil-gwɔŋ]', 'ᄀᆞᄅᆞ[kɐ-rɐ], ᄀᆞ루[kɐ-ru](粉)'를 '갈기[kal-gi]', '노ᄅᆞ[no-rɐ](獐)'를 '놀가지[nol-ga-dʒi], 놀개지[nol-gɛ-dʒi], 놀기[nol-gi], 놀갱이[nol-gɛŋ-i]'라고 한다. 이 현상들 가운데 공통점이라고 인정되는 사실은 'ㄹ[l]'과 후행 모음 사이에 '[g]'가 삽입되는 것이다. 공명음(Sonorlaut)

---

52) 고문헌에는 '어(ɔ)'에 장음 기호가 붙어 있다. [역자주] 장음 기호란 방점을 말한다. '엄'은 상성이었으므로 방점이 두 개 찍혀 있었다.

53) [역자주] '어음'은 문헌에 나타나지 않는다. 모음 연쇄에 'ㄱ'이 첨가된다는 주장을 유지하기 위해 고안한 형태로 보인다.

54) 한국어의 'ㄹ'은 다른 음과 결합하는 조건에 따라 '[r]'이 되기도 하고 '[l]'이 되기도 한다.

인 '[l]'은 원래 모음과 유사한 음이므로 '[l]'과 모음의 결합은 마치 모음 연쇄와 같은 관계이기 때문에 앞(1)의 경우와 마찬가지로 '[g]'를 첨가하는 변화에 이르렀다고 생각한다. 고어(古語)에서는 '들어든[tǔr-ɔ-tǔn]', '알언마른[ar-ɔn-ma-rɐn]', '알에[ar-ɔi]', '울오[ur-o]', '말옥[mar-ok]', 'ᄀᆞᄂᆞᆯ옫[kɐ-nɐr-ot]', '얼굴와[ɔr-kur-oa]', '알와라[ar-oa-ra]'[55] 등 'ㄹ'로 끝나는 단어 뒤에는 '-어든[-ɔ-tǔn], 언마른[-ɔn-ma-rɐn], -에[-ɔi], -오[-o]'와 같이 모음으로 시작하는 조사를 사용하는 것이 원칙이었지만, 후대에 와서 '들거든[tǔl-gɔ-tǔn], 알건마는[al-kɔn-ma-nǔn], 알게[al-ge], 울고[ul-go]'와 같이 'ㄱ([k]·[g])'으로 시작하는 조사를 사용하게 된 것은 아마 위와 같은 경로를 따라온 듯하다.[56]

3 어미에 있는 '-기[-ki], [-gi]'

방언에서 '여우[iɔ-u](狐)'를 '옉기[jek-ki], 영끼[jɔŋ-ˀki], 약갱이[jak-kɛŋ-i]', '뫼쵸리[moi-čʰio-ri](鶉)'를 '메추래기[me-ʧʰu-rɛ-gi], 모추래기[mo-ʧʰu-rɛ-gi]', '도마[to-ma], 도매[to-mai](俎)'를 '도매기[to-mɛ-gi], 돔베기[tom-be-gi]', '숫[sus](炭)'을 '숙구[suk-ku], 숙기[suk-ki]', 'ᄑᆞᆺ[pʰɐs](小豆)'을 '팩기[pʰɛk-ki], 팩키[pʰɛk-kʰi]'라고 하고[57] 그 외에 '무[mu](<무수[mu-żu], 大根)'를 '묵기[muk-ki]', '북[puk](太鼓)'을 '북기[puk-ki]'라고 하듯이 어미에 '-기([-ki], [-gi]), -구[-ku]' 등이 존재하는 것이 있는데 이들은 어원적으로 있던 것이 아니고 후세에 첨가되었을 것이다.[58]

---

55) 모든 예는 앞에 제시되었다.
56) [역자주] '위와 같은 경로'란 즉 모음 연쇄 사이에 'ㄱ'이 첨가되는 변화를 뜻한다. 이러한 설명이 설득력이 떨어짐은 말할 것도 없다. '들어늘, 알언마른'은 'ㄹ' 뒤에서 'ㄱ'이 약화/탈락한 것이고 '들거든, 알건마른'은 ㄱ-약화/탈락이 소멸한 후 예전의 활용형이 복원된 것에 불과하다.
57) 이상의 예는 앞에서 나왔다.
58) [역자주] 잘 알려져 있듯이 여기에 나타나는 'ㄱ'은 어미의 일부가 아니라 어간의 일부일 가능성이 훨씬 더 크다.

④ 접미사에 있는 '-기-[-gi-], -구-[-gu-]'59)

각종 동사를 자동사에서 타동사, 타동사에서 자동사, 타동사에서 피동사, 타동사에서 사동사로 만드는 문법적 수단으로 모음 '이[i]'60)와 그 음편형(音便形)61)이 사용되는데, 이 '이[i]'는 원래 'to be'를 의미하는 동사에서 나온 것이라고 생각한다.62) 그리고 어간이 'ㄹ[l]'로 끝나는 동사도 이 원칙에서 벗어나지 않고 일반적으로는 '올으다[or-ŭ-da]-올리다[ol-li-da](上)', '팔다[pʰal-da]-팔리다[pʰal-li-da](賣)', '눌으다[nur-ŭ-da]-눌리다[nul-li-da](壓)', '물으다[mur-ŭ-da](取戾)-물리다[mul-li-da](代償)' 등과 같이 '이[i]'의 음편형인 '-리-[-li-]'와 결합한다.

그런데 오늘날 방언에서는 가끔 '달군다[tal-gun-da](走), 떨군다[ˀtɔl-gun-da](落), 돌긴다[tol-gin-da](廻), 살긴다[sal-gin-da](生), 살군다[sal-gun-da](生)'63) 등과 같이 '-기-[-gi-], -구-[-gu-]'를 사용하는 경우가 있다. 물론 현재 표준어로 사용되는 단어 중에도 '욷다[ut-ta]-욷기다[ut-ki-da](笑)', '맏다[mat-ta](擔當)-맏기다[mat-ki-da](任)', '쫃다[ˀʧot-ta]-쫃기다[ˀʧot-ki-da](逐)', '남따[nam-ˀta]-남기다[nam-gi-da](殘)', '숨따[sum-ˀta]-숨기다[sum-gi-da](隱)', '넘따[nɔm-ˀta]-넘기다[nɔm-gi-da](越)', '옮다[olm-ˀta]-옴기다[om-gi-da](移)' 등과 같이 '-기-([-ki-], [-gi-])를 사용하는 경우가 있는데, 어간이 'ㄹ[l]'로 끝나는 단어는 거의 '-리-[-li]'와 결합한다. 이처럼 방언에서 'ㄹ[l]' 뒤에 '-기-[-gi-], -구-[-gu-]'가 나타나는 것은 앞

59) [역자주] 원문에는 ④의 제목이 없고 곧바로 본문이 나오지만 앞부분과 통일된 방식을 취하기 위해 역자가 제목을 부여하였다.

60) 예 : '죽다[ʧuk-ta](死)→주기다[ʧu-gi-da](殺)', '보다[po-da]→보이다[po-i-da](見)', '파다[pʰa-da]→[pʰa-i-da](掘)', '먹다[mɔk-ta]→머기다[mɔ-gi-da](食)'.

61) 예 : '굽다[kup-ta]]→굽히다[kup-hi-da](曲)', '막다[mak-ta]→막히다[mak-hi-da](塞)', '붇다[put-ta]→붇치다[put-ʧʰi-da](附)' 등 어간의 말음에 따라서 '-히-[-hi-], -치-[-ʧʰi-]'로 나타난다. [역자주] '붇다-붇히다'는 '붙다-붙이다'를 잘못 분석한 것으로 보인다. 그 결과 파생 접사도 '-치-[-ʧʰi-]'라는 잘못된 형태가 제시되었다.

62) [역자주] 'to be'를 의미하는 동사란 아마도 계사 '-이-'를 가리키는 듯하다.

63) 이 예들은 모두 앞에서 제시하였다.

서 말한 바와 같이 'ㄹ[l]'과 모음 '이[i]'의 결합이 '[g]'의 삽입을 용이하게 한 것이 아닐까 한다. 고어에서든 오늘날 표준어에서든 'ㅁ[m]'으로 끝나는 어간에 모음 '이[i]'가 연결될 때 중간에 '[g]'가 삽입되는 것도[64] 'ㅁ[m]'이 'ㄹ[l]'과 마찬가지로 공명음이라서 모음에 가깝고, 따라서 그 사이에 '[g]'가 삽입되는 것을 쉽게 하지 않았을까 한다.

이상 한국어의 음절 중간에 나타나는 '[k]·[g]'의 여러 현상을 고찰할 때 고어의 조사(助詞)에서는 '[g]'가 원래 마찰적 후음으로 존재한 것이며, 현대 방언에서는 '[g]'가 2차적으로 새롭게 발생했다고 보는 것이 온당하며 반드시 일방적인 경로만을 밟았다고 속단할 수는 없다고 생각한다.[65]

64) 예는 앞에서 든 '남따[nam-ˀta]-남기다[nam-gi-da]', '숨따[sum-ˀta]-숨기다[sum-gi-da]' 등.

65) [역자주] 경우에 따라 원래부터 있었던 '[k]·[g]'도 있고 없었다가 새로 첨가된 '[k]·[g]'도 있으므로 일방적 경로를 밟지 않았다는 결론을 내리고 있다.

'한국어 어중에 나타나는 '[k]·[g]''에 대한 해설

이 글은 1941년 '≪言語硏究≫ 7·8'에 실렸으며 원래 제목은 "朝鮮語の音節の中間にあらはれる[k]·[g]"이다. 1944년에 간행된 ≪朝鮮語方言の硏究≫ 하권에는 "音節の中間にあらはれる[k]·[g]"로 바뀌어 수록되었다.66) 비록 원래 제목에는 '어중(語中)' 대신 '음절'이라는 표현이 들어있지만 그 의미를 보면 '음절'보다 '어중'이 더 적절할 뿐만 아니라 이와 관련된 또 다른 논문의 제목과 보조를 맞추기 위해 '어중'이라는 용어를 사용하였다.67)

이 논문은 단어의 중간에 'ㄱ'이 나타나는 형태와 나타나지 않는 형태를 대상으로 한 음운사적 연구이다. 가령 중세국어 시기의 문법 형태소 중에는 '-고~-오, -거늘~-어늘, -과~-와'와 같이 동일한 형태소임에도 불구하고 'ㄱ'의 유무에 따라 차이가 나는 것이 있다. 또한 현대국어의 형태소 중에도 '개암 : 개감, 머루 : 멀구' 등과 같이 'ㄱ'의 유무에 따라 구별되는 방언형들이 있다. 이 논문은 이러한 자료들을 대상으로 'ㄱ'의 유무를 해명하고자 한 논의이다. 이 논문의 결론은 다음과 같다.

(1) 이전 시기의 문법 형태소에서 보이는 'ㄱ'의 유무는 'ɣ(유성연구개마찰음)'과 관련된다. 이런 문법 형태소의 두음 'ㄱ'은 기원적으로 'ɣ'이며 이것이 'ㄹ'을 제외한 자음으로 끝나는 어간 뒤에서는 'ㄱ(k)'으로 변화하고 'ㄹ'로 끝나는 어간 아래에서는 탈락하였으며 모음으로 끝나는 어간 뒤에서는 두 가지 모습이 다 나타나게 되었다.68)

(2) '개암 : 개감'과 같은 현대국어 방언형에서 'ㄱ'의 유무에 차이가 나

66) 여기서는 ≪朝鮮語方言の硏究≫에 나온 것을 번역하였다.

67) 또 다른 논문이란 이 책의 2부에 수록한 "한국어 어중에 나타나는 '[b]'"를 가리킨다.

68) 본문에서도 지적했지만 모음으로 끝나는 어간 뒤에 ㄱ-유지형과 ㄱ-탈락형이 모두 나타나는 이유에 대해서는 아무런 언급을 하지 않았다.

는 것은 모음 연쇄에 'ㄱ'이 삽입되는 변화 때문에 생겨났다.

이상의 결론을 보면 小倉進平은 탈락설과 첨가설을 모두 인정하고 있다. 즉 예전의 문법 형태소에서 보이는 'ㄱ'의 유무는 원래 존재하던 자음(ɣ)이 탈락함으로써 나타났고 현대 방언형에서 나타나는 'ㄱ'의 유무는 없던 자음 'ㄱ'이 첨가되면서 나타난 것이다. 이처럼 어중 'ㄱ'의 변화는 일관된 방식으로 할 수 없기 때문에 小倉進平도 일방향적 변화가 일어났다고 볼 수 없음을 강조하였다.

그렇지만 본론을 읽어 보면 알 수 있듯이 小倉進平의 설명은 그대로 수긍하기에는 납득할 수 없는 점이 많다. 그 이유는 무엇보다도 'ㄱ'의 유무를 보이는 자료들의 이질적인 면을 간과한 데 있다. 'ㄱ'의 유무가 생기게 된 원인은 매우 다양하다. 가령 문법 형태소만 하더라도 '-과~-와'의 교체 환경, '-고~-오'의 교체 환경, '-거X~-어X'계 어미의 교체 환경이 모두 다르다. '-과~-와'와 '-고~-오'의 교체에는 선행 형태소의 말음이 영향을 미치지만 구체적인 내용에서는 차이가 난다. 또한 '-거X~-어X'계 어미의 교체에는 선행 형태소의 말음 이외에 선행 어간의 문법 범주, 즉 타동사와 자동사 여부가 영향을 미치는 것으로 알려져 있다. 그뿐만 아니라 '여우, 가루, 노루'의 방언형에 나타나는 'ㄱ'은 비자동적 교체를 보이는 어간의 변화와 관련이 되며 '메추라기, 도마'의 방언형에 나타나는 'ㄱ'은 접미사와 관계가 있다. 이처럼 小倉進平이 언급한 'ㄱ'의 유무는 그 원인이 단어에 따라 매우 상이한데도 불구하고 小倉進平은 그런 구분을 하지 않았다. 그 결과 변화의 원인에 대한 설명도 매우 복잡하며 불합리하게 이루어졌다.

음운사적인 측면에 국한하여 본다면 어중에서 'ㄱ'의 유무에 차이를 보이는 경우는 모두 유성마찰음 'ㅇ(ɣ)'과 관련을 맺는다고 할 수 있다. 小倉進平은 Ramstedt의 'ɣ' 학설을 일부 원용하지만 그 본질을 제대로 파악하지는 못했다. 국어의 유성마찰음에는 'ㅇ(ɣ)'만 있는 것이 아니고 'ㅸ, ㅿ'도 있다. 흥미로운 사실은 小倉進平이 'ㅸ'과 'ㅿ'에 대해서도 별도의 글을 남겼다는 점이다.[69] 그러나 이들 사이의 공통점을 파악하지는 못했다. 그뿐만 아니라 'ㅿ'을 제외하면 유성마찰음의 존재를 그리 심각하게 고려하지 않았다. 특히 'ㅸ'은 유성마찰음으로 해석하지 않았다.[70] 그리하여 국어의 유성마찰음과 관련된 논의를 모두 마쳤음에도 불구하고 정작 그와 관련된 타당한 결론의 도출에는 실패했다.

69) 'ㅸ'은 이 책의 2부에 실린 "한국어 어중에 나타나는 '[b]'"를 참고할 수 있고 'ㅿ'은 이 책의 4부에 실린 "음운 각론"을 참고할 수 있다.

70) 小倉進平은 'ㅸ'이 반모음 '[w]'의 음가를 나타낸다고 보았기 때문에 'ㅸ'이 유성양순마찰음에 속한다고 생각할 수가 없었다.

7장
한국어의 후두파열음[1)]

1. 한국어 후두파열음의 본질

현대 한국어의 초성(initial consonant) 중에서 'k, t, p, s, ʧ'는 경우에 따라 마치 'kk, tt, pp, …'와 같이 같은 음을 두 개 겹쳐서 발음하는 것과 같은 현상이 나타나기도 한다. 이러한 현상을 한국어에서는 보통 된시옷이라고 부르고 있다.[2)] 된시옷의 성질에 관해 여러 해 전 필자는 그 발음이 우선 자음이 발음되는 후반부에 기식이 충분히 축적되는 것을 필요조건으로 하며 다음으로 자음과 후행하는 모음 사이에 유성음적인 전이음(glide[3)])이 들어간다고 설명했는데 충분하지 못한 감이 있다.[4)] 그 후 필자는 음성학적 설명을

1) 이 논문은 故 小倉進平 박사가 1943년에 ≪긴다이치 교스케(金田一京助) 박사 회갑기념논문집≫에 기고한 것이지만 이 논문집이 사정으로 인해 간행되지 않다가 이번에 고희 기념 논문집으로 새로이 편찬되었다. 그런데 小倉進平 박사의 논문은 수록하지 않았기 때문에 긴다이치 박사의 허락을 받아 본지에 수록하기로 했다. (편집자)

2) [역자주] 된시옷은 된소리를 가리키기도 하고 된소리를 표기하는 데 사용했던 ㅅ-계 합용병서의 첫 자음 'ㅅ'을 가리키기도 한다. 小倉進平은 여러 편의 논문에서 된시옷을 두 가지 용법으로 모두 사용하고 있다.

3) [역자주] 'glide'는 활음으로 많이 번역하지만 여기서는 전이음으로 번역하였다. 그 이유는 이 때의 'glide'가 독립된 음소로서의 자격을 지니지 않기 때문이다. 일반적으로 활음이라고 하는 것은 'y, w'와 같이 음소로서의 자격을 갖추므로 이 논문에서 小倉進平이 'glide'라고 부른 것과는 차이가 난다.

덧붙여 'k-'의 된시옷은 'ʔk-', 't-'의 된시옷은 'ʔt-', 'p-'의 된시옷은 'ʔp-',[5] 즉 된시옷 'k-'는 설근부(舌根部)에서 'k'의 파열과 후두 파열(glottal explosion)이 동시에 이루어지는 것, 된시옷 't-'는 설두부(舌頭部)에서 't'의 파열과 후두 파열이 동시에 이루어지는 것, 된시옷 'p-'는 순부(脣部)에서 'p'의 파열과 후두 파열이 동시에 이루어지는 것[6]이라고 보았다.[7] 이후에도 이 현상에 관해서는 국내외 학자의 여러 학설이 등장했다. 예컨대 정인섭(鄭寅燮)이 쓴 "한국어의 국제음성기호 표기"[8]에서는 'ㄲ'을 '[g̊´]', 'ㄸ'을 '[d̊´]', 'ㅃ'을 '[b̊´]', 'ㅉ'을 '[ɟ̊´]', 'ㅆ'을 '[s´]'로 표기하고 그 성질에 대해 다음과 같이 말했다.

> "'ㄲ[g̊´], ㄸ[d̊´], ㅃ[b̊´], ㅉ[ɟ̊´]'은 무기음이며 무성음이다. 그렇지만 유성음으로 바뀌는 경우는 없다.[9] 이 자음들은 내파음(implosive) 또는 중복파열음(double plosive)으로 구강을 폐쇄시키면서 아울러 성문을 막아 구강 내의 밀폐된 공기를 압박하여 발음한다. kymograph나 oscillograph를 이용한 다음 실험을 통해 이 소리들과 평음, 유기음의 차이를 알 수 있다."

즉 후두부(喉頭部)가 폐쇄됨과 동시에 각각 자음 폐쇄부(閉鎖部)의 후방에 있는 기식이 압박을 받음을 말하는 것이다. 또 오바타 주이치(小幡重一)와 도요시마 다케히코(豊島武彦)의 "朝鮮語母音及び子音の性質"[10]에서

---

4) "朝鮮語の Toin-siot", ≪岡倉先生記念論文集≫, 1928년 12월. [역자주] 이 논문은 이 책의 3부에 "한국어의 된시옷"이라는 제목으로 수록되었다.

5) 's-', 'ʧ-'도 여기에 준한다.

6) 's-'과 'ʧ-'의 된시옷도 이에 준한다.

7) "諺文のロ-マ字表記法", ≪小田先生頌壽記念朝鮮論集≫, 1934년 11월. [역자주] 이 논문은 이 책의 5부에 "한글의 로마자 표기법"이라는 제목으로 수록되었다.

8) Jung, Insub(1935), The international phonetic transcription of Korean speech sounds.

9) [역자주] 'ㅂ, ㄷ, ㄱ'과 같은 평파열음은 무기음이면서 무성음이라도 유성음 사이에서는 유성음으로 바뀌는 현상과 대비시키기 위한 것이다.

는 이 된시옷을 '복자음(複子音)'이라고 부르고 "이들 복자음을 발음할 때에는 특히 날카로운 날숨(呼氣)이 이용되며, 아래에서 설명하겠지만 그 음색 역시 특수하다."라고 하면서 다음 표를 제시하였다. 이것은 물리학적 실험에 기반한 연구일 뿐 이 음의 음성학적 성질을 설명한 것이라고는 할 수 없다.

음성	진동수	지속 시간(milli-sec.)
ㅃ	1900	10
ㄸ	1800	10
ㄲ	1000	15~45
ㅉ	3700	30~60
ㅆ	2700	90

서구 학자의 연구 중 주목할 만한 것으로는 두어 가지가 있다. 하나는 Haguenauer의 "Système de transcription de l'alphabet Coréen"이다.[11] 이 논문은 이전에 발표되었던 여섯 종류의 저서, 즉 ① 프랑스 선교사가 편찬한 ≪Dictionnaire Coréen-Français≫, ② J. S. Gale의 ≪韓英辭典≫, ③ H. G. Underwood의 ≪Introduction to the Korean spoken language≫, ④ A. Eckardt의 ≪Koreanische Konversations-grammatik≫, ⑤ 小倉進平의 ≪國語及朝鮮語 發音概說≫,[12] ⑥ B. Karlgren의 ≪Études sur phonologie chinoise≫에 나타난 로마자 표기법을 제시하고 이것을 참고로 하여 독자적인 학설을 세우고 있는데 특히 된시옷에 관해서는 다음과 같이 말하고 있다.

"유사 중복음(quasi-géminées)의 수는 다섯이다. 'ㅺ, ㅼ, ㅽ, ㅆ, ㅾ'이

10) ≪日本數學物理學會誌≫ 제6권 제4호, 1933. 1932년 11월 19일 정기 강연에서 발표.
11) ≪Journal asiatique≫ 1~3월호, 1933.
12) 이 책은 1923년 간행되었는데 이후 오늘날에 이르기까지 새롭게 쓴 부분이 많다. [역자주] 이 책은 3부에 전문이 번역되어 있으므로 참고할 수 있다.

그것인데 이들은 각각 'k(ㄱ), t(ㄷ), p(ㅂ), s(ㅅ), č(ㅈ)'과 관계를 맺는다. 'ㅺ, ㅼ, ㅽ, ㅆ, ㅾ'은 된소리로서 '된시옷'이라 불린다. 'ㅅ'을 이용한 표기는 현대적인 것이다. 왜냐하면 예전 문헌에서는 차이를 보이기 때문이다. 즉 최소한 'ㅄ, ㅶ'의 경우에는 'ㅅ' 대신 'ㅂ'이 선행하는 것이다(小倉進平의 전게서, 45쪽과 50쪽). 'ㅺ, ㅼ, ㅽ'은 'ㄱ, ㄷ, ㅂ'보다 파열의 지속시간이 더 길고 더 강하게 발음된다. 'ㅆ'은 'ㅅ'보다 훨씬 더 강하고 길다. 'ㅾ'은 된소리이자 파찰음이다. 필자는 된소리에 대해 'kk, tt, pp, ss, tč'와 같은 전사법을 제안하는 바이다.

다음으로 G. M. McCune & E. O. Reischauer의 "The romanization of the Korean language, based upon its phonetic structure"가 있다.[13] 이 논문은 小倉進平, 정인섭, Haguenauer, Eckardt, 프랑스 선교사, Gale 등의 표기법을 참고로 새로운 표기법을 제정하려고 한 것인데 그 중 된시옷을 강한 파열음(Forced plosives)이라고 부르고 그 성질에 대해 우선 다음과 같이 언급했다.

"강한 파열음(forced plosive)은 발음 방식이나 표기 기호에 있어 음성학자들 사이에 논란이 많은 주제이다. Haguenauer는 이 자음들을 유사 중복음(quasi-géminées)이라고 했고 정인섭은 내파음(implosive) 또는 중복 파열음(double plosive)이라고 했다. 小倉進平은 이 자음들을 음성 전사할 때 파열음 앞에 후두파열음 기호(ʔ)를 덧붙였다."

각주에서는 다음과 같이 설명했다.

"음성학자들 사이에서 유일하게 의견의 일치를 본 것은 이 자음들이 무기음이라는 사실이다. 그러나 대부분의 음성학자들은 이 자음들이 무성음이며

13) ≪Transactions of the Korean branch of the Royal Asiatic Society≫ Vol. 29, 1939.

성문과 관련된 어떤 특징을 가지고 있다는 점에도 동의하고 있다."

또한 본문의 뒤를 이어 다음 내용을 덧붙였다.

"한 가지 가능한 설명은 먼저 성문이 잠깐 폐쇄되었다가 자음의 파열과 동시에 개방된다고 보는 것이다. 이 자음들은 특히 울림소리(resonant)이기 때문에 서양인들은 유성 파열음과 혼동하는 경우가 많다. 여기서는 이 자음들을 강한 파열음(forced plosive)이라고 했는데 이것은 이 자음들을 나타내는 데 사용하는 한국어 단어 '된소리'와 보조를 맞추기 위해서이다."

"강한 파열음(forced plosive)은 어두나 비어두의 초성 위치에만 나타날 수 있다. 두 위치에서 강한 파열음의 음가가 동일한지에 대해서는 논의가 이루어진 적이 있다. 小倉進平은 두 위치의 음을 구분하였다. 그러나 이 자음들이 어두에 올 때는 유성음이고 비어두 초성에 올 때는 무성음이라는 그의 결론은 논란의 여지가 있다.[14] 또한 비록 파열의 강도가 비어두 초성보다는 어두에서 더 약한 것이 사실이지만 이것을 로마자 표기에 구별하여 나타낼 필요까지는 없다."

이 논문에서는 'p(ㅂ), k(ㄱ), t(ㄷ)'의 된시옷을 각각 'pp, kk, tt'로, 'ch(ㅈ)'의 된시옷을 'tch'로 표기한다고 했다. 된시옷의 본질에 대해서는 상세히 논의할 여지가 또 있겠지만 자음의 발음과 동시에 후두파열음을 동반한다는 점에 있어서는 여러 학설이 거의 일치하는 바가 있다고 하겠다.[15]

한국어 어두의 된시옷은 비교적 근세에 발달한 것으로 보인다.[16] 오늘날

---

14) [역자주] 실제로 小倉進平은 "諺文のローマ字表記法"이라는 논문에서 어두의 된소리는 'ˀb, ˀd, ˀg' 등으로 표기하고 어중의 된소리는 'ˀp, ˀt, ˀk'로 표시했다. 그렇지만 이러한 구별 이유를 설명하지는 않고 다만 어두에서는 청각상 유성음으로 들린다고만 했다.

15) [역자주] 그렇지만 외솔 최현배는 ≪우리말본≫에서 된소리를 후두파열음으로 볼 수 없는 이유를 세 가지 들며 후두파열음설에 반대하고 있다.

된시옷으로 발음되는 단어의 예전 한글 표기를 관찰하면 'k'의 된시옷 '[ˀk]'는 'sk(ㅅㄱ)'로, 't'의 된시옷 '[ˀt]'는 'pt(ㅂㄷ), st(ㅅㄷ)'로, 'p'의 된시옷 '[ˀp]'는 'sp(ㅅㅂ)'로, 's'의 된시옷 '[ˀs]'는 'ps(ㅂㅅ), ss(ㅆ)'로, 'ʧ'의 된시옷 '[ˀʧ-]'는 'pč-(ㅂㅈ), sč(ㅅㅈ)'로 표기되었다. 이것만 가지고 일률적으로 '[ˀk]'는 기원적으로 '[sk]', '[ˀt]'는 기원적으로 '[pt], [st]', '[ˀp-]'는 기원적으로 '[sp]', '[ˀs]'는 기원적으로 '[ps], [ss]', '[ˀʧ-]'는 기원적으로 '[pč], [sč]'에서 변화한 것이라고 단정할 수는 없지만 이 중에는 분명히 그 어원을 말해 주고 있는 것도 있다. 예를 들어 '꽈리[ˀkoa-ri](酸漿)'는 '쏴리(skoa-ri)',[17] '띄[ˀtùi](帶)'는 '싀(stùi)',[18] '뿔[ˀpul](角)'은 '쁠(spur)',[19] '쌀[ˀsal](米)'은 '빨(psal)'이었듯 어두음이 예전에는 두 개의 자음으로 발음되었다고 생각되는 증거가 분명히 존재한다. 그렇다면 어원적으로 'sk, st, sp, ps, pč'이었던 것이 후대에 각각 '[ˀk], [ˀt], [ˀp], [ˀʧ]'으로 변하게 된 원인이 무엇인지가 문제인데 이것은 본고와 직접적인 관계도 없고 설명도 매우 지엽적인 것이 될 우려가 있기 때문에 여기서는 다루지 않는다.[20]

이상은 현대 한국어에 나타나는 된시옷의 음성학적 관찰과 그 연구사를 약술한 것이다. 이후에는 한글의 용법으로부터 조선 초기 한자음과 고유어에 후두파열음이 존재했었다는 사실을 서술하고자 한다.

---

16) [역자주] 어두의 된소리 중 상당수가 어두자음군으로부터 변화한 결과임을 말하는 것이다.

17) ≪採取月令≫에서 '酸漿, 鄕名叱利阿里'라고 한 것은 여기에 해당한다. 다만 '利'는 '科'를 잘못 쓴 것으로 보인다.

18) ≪鷄林類事≫에서 '女子勒帛曰實帶', 기무라 리에몬(木村理右衛門)이 지은 ≪朝鮮物語≫에서 '帶'를 '스테(帶, ヲすて)'라고 했다.

19) ≪三國史記≫에서 '角干'을 '舒發翰', 또는 '舒弗邯'으로 표기했는데 '舒發', '舒弗'은 '角(spur)'에 해당하는 단어이다.

20) [역자주] 소위 말하는 어두자음군의 변화 과정에 대해 小倉進平은 그 어디서도 구체적인 설명을 하지 않았다. 그의 박사논문 3편 2장에 수록된 "된시옷"(이 번역서의 2부에 "된시옷"이라는 제목으로 수록)이 이 문제를 약간 다루었으나 역시 변화의 결과만을 간략히 제시한 데 지나지 않는다.

2. 중국 근대음 표기에 쓰인 'ㆆ'

'ㆆ'은 후대에 폐지된 글자 중 하나로 예전에는 한자음이나 고유어를 표기하는 데 상당히 많이 쓰였다. 우선 한자음 표기부터 관찰하기로 한다. 한국의 한자음에 대해서는 매우 단순하게 생각하는데 실제로는 꽤 복잡하다. 일본 한자음을 예전에 일본으로 전해져 일본어화 된 음[21]과 후대에 전래되어 외국어로 취급된 음[22]의 두 가지로 나눌 수 있듯이 한국 한자음도 예전에 전래되어 한국어화 된 음과 후대에 외국어로서 취급된 살아 있는 중국어의 음이 있다. 한국어화 된 한자음이란 오늘날 한국인들이 일상 대화 등에서 사용하는 한자음이고, 외국어로서의 한자음이란 예전부터 한국의 통역관 등이 중국어 학습에서 실용적으로 쓴 것으로 보이는 한자음을 의미한다. 'ㆆ'이 한자음 표기에 사용된 것은 주로[23] 후자의 경우이다.

한국에서 중국어를 외국어로 연구하거나 학습한 것은 지극히 오래된 듯하다. 그러나 국가가 이와 관련된 연구 기관을 설치한 것은 고려 말엽의 通文館, 조선 초기의 司譯院이 그 시작이며 1446년(세종 28)에 한글이 창제되면서 연구가 활기를 띄게 되었다. 한글이 고유어를 표기하기 위해 창제되었다는 사실은 의심의 여지가 없지만 다른 한 편으로 당시의 중국 한자음을 연구하는 데 쓰였다는 점도 분명하다. 한글을 잘 활용한 어학서에는 ≪東國正韻≫, ≪四聲通攷≫, ≪四聲通解≫, ≪華東正音≫과 같은 자서류(字書類), ≪老乞大諺解≫, ≪朴通事諺解≫ 또는 그러한 계통의 독본류(讀本類)가 있다.

한국인이 중국 근대음 연구에 있어서 'ㆆ'을 어떤 경우에 사용했는지를

---

21) 漢音과 吳音 등.
22) 唐音 또는 근대 중국음. [역자주] 漢音, 吳音, 唐音 등 일본어에 존재하는 다양한 한자음에 대해서는 이 책의 5부에 수록된 "일본 한자음과 한국 한자음"을 참고할 수 있다.
23) 한국어 한자음의 표기에 사용된 경우도 약간 존재하기는 한다.

설명하기 위해서는 편의상 초성과 종성으로 구분하는 것이 타당하다.

2.1. 한자음의 초성에 쓰인 'ㆆ'

우선 'ㆆ'은 한자음의 초성으로서 影母에 사용되었다.[24] 한글의 용법을 설명한 ≪訓民正音≫에서는 "ㆆ은 목소리니 挹의 첫소리와 같다(ㆆ喉音如挹字初發聲)"라고 해서 'ㆆ'은 '挹'의 초성에 해당한다고 했는데 '挹'도 초성이 影母에 속하는 한자이다. ≪四聲通解≫의 권두에 있는 <廣韻三十六字母之圖>, <韻會三十五字母之圖>, <洪武韻三十一字母之圖>에서도 影母, 么母[25]에 대해 'ㆆ'을 사용하고 있다. 후대에 발음의 변화로 인해 'ㆆ'은 점차 'ㅇ(喩母)'[26]으로 바뀌었으나 그래도 예전의 중국음이든[27] 한국음이든[28] 모두 'ㆆ'을 사용했다. 또한 ≪四聲通解≫ 중 <韻會三十五字母之圖>에서 影母 이외에 么母를 두고 그 둘에 대해 'ㆆ'을 대응시킨 것에 대해 다음과 같은 주석을 달았다.

> "魚母는 疑母와 같고 孃母는 泥母와 같으며 么母는 影母와 같고 敷母는 非母와 같아서 둘로 나눌 필요가 없다. ≪古今韻會擧要≫에서 이들을 구분한 것은 몽고 시대의 운서[29]에서 魚母와 疑母가 소리는 같지만 몽고 글자에서 차이가 있기 때문이다. 孃母와 泥母, 么母와 影母, 敷母와 非母 역시 마찬가지이다. 다만 泥母와 孃母는 차이가 현저하여 다르다고 하고서 명확히 나눌 뿐 같다고 보지 않았는데 그 이유를 알기 어렵다(漁卽疑音 孃

24) [역자주] 影母는 중국 36자모 중 喉音의 全淸에 속한다.
25) [역자주] 么母는 <韻會三十五字母之圖>에서 喉音의 次淸次音에 속하는 음을 가리킨다.
26) [역자주] 喩母는 중국 36자모 중 喉音의 不淸不濁에 속한다.
27) 예를 들어 ≪四聲通解≫, ≪老乞大諺解≫ 등.
28) 예를 들어 ≪月印釋譜≫나 그 외 세조 시대의 불경 언해 등.
29) [역자주] '蒙韻' 또는 '蒙古韻'은 ≪蒙古韻略≫이라는 구체적 운서로 번역하기도 하고 '몽고 시대의 운서'로 일반화시켜 번역하기도 한다. 여기서는 후자를 따른다. 이후도 마찬가지이다.

卽泥音 么卽影音 敷卽非音 不宜分二 而韻會分之者 蓋因蒙韻內魚疑二母音雖同而蒙字卽異也 泥孃么影非敷六母亦同 但以泥孃二母別著論辨 決然分之而不以爲同 則未可知也)”

즉 ≪古今韻會擧要≫에서 么母와 影母를 구별한 것은 몽고 시대의 운서를 기초로 한 것인데 표준음으로서는 么母와 影母의 음가가 동일하기 때문에 ≪廣韻≫이나 ≪洪武正韻≫ 등에 의거해 么母와 影母를 모두 ‘ㆆ’으로 표기했다는 것이다.

그래서 한국의 실학자 유희는 ≪諺文志≫에서 초성 25母를 정하여 반치음인 日母의 ‘ㅿ’은 齒音(商)의 정위(正位)에 포함시키고 日母의 위치에는 喉音인 影母 ‘ㆆ’을 포함시켜 半商[30]을 變宮으로 고침으로써 종래의 자모 배당을 약간 변경하였다.[31] 그가 日母를 齒音에 편입시킨 것은 어떤 이유가 있겠지만 “影母는 소리가 매우 얕아서 喉音의 正位[32]는 될 수 없다(影母太淺不爲正喉)”라고 해서 影母를 후음에서 떼어 내어 ‘魚, 泥, 明, 日, 喩, 來’ 등 여러 母와 함께 ‘不濁’의 한 종류로 분류한 것에 관해서는 자세한 설명을 들 수 없어 매우 유감이다.

그렇다면 중국음 影母의 음가는 어떤 것이었을까? 이 문제를 논의하는 것은 이 글의 목적이 아니지만 문맥의 흐름상 간단히 언급하고자 한다. 우선 일본 학자로서는 오오타 젠사이(太田全齊)가 ≪漢吳音圖說≫에서 “韻喩의 1等, 2等, 3等은 ‘阿(ア) 행’과 ‘王(ワ) 행’의 격(格)이고, 4等은 ‘耶(ヤ) 행’의 定位이다.”라고 하여 소위 ‘耶行 定位’ 학설을 주장하였지만 논지가 아직 철저하지는 않다. 메이지 이후에 이르러서는 오오야 도오루(大矢

30) [역자주] 半齒音에 대응한다.

31) [역자주] 원래 ‘ㅿ’은 半齒音으로서 五音(아설순치후)에는 속하지 않는다. 그러나 유희는 ‘ㅿ’을 五音 중의 하나인 齒音으로 분류하고 대신 원래의 ‘ㅿ’ 자리를 喉音인 ‘ㆆ’으로 채워 넣었다. 여기서는 이러한 변개를 설명하고 있다. 유희의 ≪諺文志≫를 보면 쉽게 이해할 수 있다.

32) [역자주] ‘正位’란 五音에 속하는 음을 가리킨다.

透) 박사가 影母에 대해 설본(舌本)과 연구개 사이에서 생기는 'u'와 유사한 마찰음이라고 했고,[33] 오오시마 마사타케(大島正健) 박사는 "현대 중국음에서 影母에 속하는 漢字의 음을 알아보면 '亞'는 'á', '依'는 'ī', '阿'는 'ó'와 같이 모두 모음의 성질을 지닌다. (중략) 反切을 참고로 하면 '亞'가 '衣嫁切', '依'가 '於希切', '阿'가 '烏何切'로 되어 있어 자음이 발음되는 것처럼 생각되지만 그런 증거를 찾을 수 없다. 그러므로 影母는 모음적인 것으로서 반절의 音字와 같이 필요한 경우에는 빈 자리(空位)가 되며 'ㅇ'으로 이를 보충한다. 다만 合轉에서는 'w'를 나타내는 것이 일반적이다.[34]"라고 해서 合轉의 경우에는 'w'가 된다고 했는데 일반적으로는 影母의 성질이 분명하지 않다.

한국의 학자 중에는 유희가 ≪諺文志≫에서 影母를 '影母太淺不爲正喉'라고 하여 '不濁'의 한 종류로 간주한 것은 앞에서 말하는 대로인데 그 내용이 분명하지 않다. 최근 주시경은 후음으로 'ㆆ, ㅎ, ㅇ'의 세 가지를 들고 'ㆆ'은 'ㅎ'보다도 약간 청경(淸輕)한 음이라고 논했을 뿐[35] 역시 근본적인 성질은 명확히 나타내지 않았다.

서구 학자들의 연구를 보면 먼저 Volpicelli[36]는 중국어 자모(字母) 중에는 아라비아 문법가들이 말하는 소위 'hamzah'로 시작하는 것이 있다면서 影母를 여기에 대응시켜 '*'라는 부호를 달았다. Schaank[37]는 후음 자모 중 曉母를 'h'', 匣母를 'h', 影母는 'Arabic hamzah', 喻母는 'open

---

33) ≪周代古韻考≫(1914)의 314쪽.

34) ≪韻鏡新解≫(1926)의 8쪽.

35) ≪國語文典音學≫(1908년)의 21쪽. [역자주] 원문에는 "ㆆ字의 音은 ㅎ와 相同ᄒᆞᆫ 性質로 ㅎ보다 조곰 더 淸輕ᄒᆞᆫ ᄲᅮᆫ인 故로…"로 되어 있다. 한편 같은 책의 24쪽에서는 "ㆆ字는 ㅎ보다 淸ᄒᆞ고 軟ᄒᆞᆫ 音인ᄃᆡ…"라는 설명도 나온다.

36) Volpicell, Z.(1896), ≪Chinese phonology-an attempt to discover the sounds of ancient language and to recover the lost rhymes of China-≫.

37) Schaank, H.(1897~98), Ancient Chinese phonetics, ≪T'oung pao≫ Vol. 8~9, 361쪽.

choanae hamzah'의 기호를 부여하고[38] "h는 인도에서는 유성음(sonant)으로 생각되었기 때문에 중국에서는 匣母를 마련하였다."라고 한 뒤 "인도의 음성학자는 'hamzah'를 'h'의 무성음(surd)이라고 생각했다. 즉 'h'는 울림(sound)이 있지만 'hamzah'는 울림이 없는 것으로 본 것이다.[39] 근대의 방언과 비교하면 影母는 匣母에 가깝다기보다는 'Arabic hamzah'[40]로 보는 것이 나은 듯하다."라고 하는 취지의 언급을 했다. Karlgren[41]은 影母와 喻母를 초성이 없는 음(une absence totale d'initiale orale)이며 아랍어의 후설음 'ḳ'가 속한 후음이었을 것이라고 했다. 또한 Kalgren은 Maspero가 "중국인이 影母를 유성음 喻母에 대한 무성음으로 생각했다."라고 말하는 것에 대해서 影母가 분명한 유기성(aspirate)를 동반하지는 않지만 'k'를 발음할 때의 파열은 동반하며 喻母는 파열이 눈에 띄지 않을 정도로 부드러운 느낌을 준다고 한 뒤 실례를 들어서 影母는 독일어 'Ecke'의 어두에 나타나는 후두파열음이고 喻母는 영어 'air'에 나타나는 파열을 동반하지 않는 후두음이라고 논의하였다.

이 외에 필자는 서양인으로서 한국에 체류하며 스스로 터득한 한국어 지식을 바탕으로 이 방면의 연구에 족적을 남긴 두 학자를 잊을 수 없다. 그들은 James Scott와 H. B. Hulbert인데 Scott[42]는 影母에 대해 두음에 약한 비음(faint nasal) 'n'이 포함되었다고 했고 Hulbert[43]는 影母에 대해 어두의 첫 모음을 발음할 때 후두부(喉頭部)의 파열을 동반하는 음이라고 논하였다. Hulbert가 Karlgren보다 앞서 후두파열음 학설을 주장했다는 사실은

---

38) [역자주] 중국 36字母에서 曉母는 후음의 次淸, 匣母는 후음의 全濁, 影母는 후음의 全淸, 喻母는 후음의 不淸不濁이다.

39) [역자주] 'sound'는 '울림'이 아니지만 여기서는 문맥상 유성음과 무성음의 대립을 이야기하고 있기 때문에 '울림'으로 번역하였다.

40) 보통은 초성이 없다(vulgo no initial).

41) Karlgren, B.(1915), ≪Études sur la phonologie chinoise≫, 339쪽.

42) Scott, J.(1983), ≪A Corean manual≫(2nd. ed).

43) Hulbert, H. B.(1903), The Hun-min chong-eum, ≪The Korea Review≫ Vol. 2. No. 4~5.

주목해야 할 것이다.

이상 影母에 관한 여러 학자들의 학설을 분류하면 대략 다음과 같다.

① 影母는 후음에 속하며 설본(舌本)과 연구개 사이에서 발음되는 'ウ(u)'와 유사한 음이라는 주장 : 大矢透
② 影母는 아랍어의 'hamzah'에 해당한다는 주장 : Schaank
③ 影母는 후음[44]으로 후두 파열을 동반한다는 주장 : Hulbert, Karlgren
④ 影母는 약한 비음(faint nasal) 'n'이었다는 주장 : Scott

이상의 여러 학설 중 ②와 ③은 같은 내용이라고 생각되므로 결국은 크게 세 가지로 나뉜다고 하겠다. 필자는 어느 학설이 맞는지를 비판할 만큼 충분한 연구를 하지는 못했지만 Hulbert, Karlgren의 후두파열음 학설이 가장 구체적이고 믿을 만하다고 판단한다. 조선 초기 한국에 수입된 중국 근대음 중 影母가 포함된 말(語)은 후두파열음으로 발음되었으며 이것을 학습한 일부 한국인에게도 이 음이 보존되어 있었다고 추측해도 무방할 듯하다.

2.2. 한자음 종성에 쓰인 'ㆆ'

다음으로 'ㆆ'은 한자음의 종성에서 입성음(入聲音)을 나타내는 데 쓰였다. 여기서 주의해야 할 점은 한자음의 모든 입성이 'ㆆ'으로 표기된 것은 아니며 'ㆆ' 이외에 'ㅸ'으로도 표기되었다는 사실이다. 그렇다면 'ㆆ'과 'ㅸ'의 용법은 어떻게 구별되었는가? 먼저 ≪四聲通攷≫ 범례의 한 구절에는 다음 내용이 나온다.

44) 趙元任에 의하면 현대 吳 방언에서 모음으로 시작하는 어휘 중 ≪切韻≫에서 影母에 속하는 것은 대개 어두에 후두파열음을 동반하며 羅常培와 周辨明에 따르면 閩 방언에서도 모음으로 시작하면서 ≪切韻≫의 影母에 속하는 어휘는 모음 앞에 무성 후두파열음을 동반한다고 한다.(高畑彦次郎(1936), 支那語の語頭に於ける無聲喉頭破裂音の歷史的考察, ≪音聲學協會會報≫ 41.)

"入聲인 여러 운의 終聲은 지금 중국의 南方音에서는 너무 분명하게 발음되는 것이 흠이고 北方音에서는 느리게 되었다. 몽고 시대의 운서 역시 북방음을 기본으로 한 것이다. (중략) ≪洪武正韻≫을 지을 때 같은 것은 합치고 다른 것은 나누었으나 입성운의 牙音, 舌音, 脣音 종성은 모두 구별함으로써 섞지 않았다. 지금 'ㄱ, ㄷ, ㅂ'을 종성으로 삼아 그대로 발음하면 남방음처럼 되기 쉬우므로 가볍게 사용하되 종성에서 너무 분명하게 하지 않는 것이 옳다. 또한 지금 俗音에서는 終聲을 쓰지 않아도 平聲, 上聲, 去聲의 느림과 똑같이 되지 않으므로 俗音에서 모든 입성운의 종성은 喉音의 全淸인 'ㆆ'을 쓰고 藥韻은 脣輕音의 全淸인 'ㅸ'을 써서 구별하였다(入聲諸韻終聲今南音 傷於太白 北音流於弛緩 蒙古韻亦因北音 (中略) 本韻之作併同析異 而入聲諸韻牙舌脣終聲皆別耳不雜 今以ㄱㄷㅂ爲終聲 然直呼ㄱㄷㅂ則又似所謂南音 但微用而終之不至太白可也 且今俗音雖不用終聲而不至如平上去之緩弛 故俗音終聲於諸韻用喉音全淸ㆆ 藥韻用脣輕全淸ㅸ以別之)"

또한 ≪四聲通解≫ 범례에서는 다음과 같이 언급하고 있다.

"入聲音 'ㄹ, ㄱ, ㅂ'의 세 음은 漢語의 俗語와 ≪古今韻會擧要≫, 몽고 시대의 운서에서는 모두 사용되지 않고 오직 남쪽 지방의 음에서만 많이 쓰이고 있다. 대개 韻學이 양자강 남쪽에서 발달하여 또한 종성으로 입성을 쓰고 있어 소리 나는 바에 따라 몇 부류를 나누었으니 이것이 입성을 몇 부류로 나눈 까닭이다. 옛 운서에서도 모두 예전 방법에 따라 같은 입성운 안에 넣었을 뿐이지만 지금 세속에서는 '穀'과 '骨', '質'과 '職'을 각각 동일하게 발음하니 'ㄹ'과 'ㄱ'의 차이가 사라졌다. 따라서 지금 ≪四聲通解≫를 편찬함에 있어 역시 종성을 덧붙이지 않았다. ≪四聲通攷≫에서는 입성에 대해 모두 影母 즉 'ㆆ'을 표시하되 '藥韻'은 '效韻'과 비슷하기 때문에 몽고 시대의 운서에서는 'ㅱ'으로 표시하고 ≪四聲通攷≫에서는 'ㅸ'으로 표시하였는데 ≪四聲通解≫에서도 ≪四聲通攷≫를 좇아서 'ㅸ'으로 표시한다(入聲ㄹㄱㅂ三音 漢俗及韻會蒙韻皆不用之 唯南音之呼多有用者 盖韻學起於江左 而入聲亦用終聲 故從其所呼類聚爲門 此入聲之所以

分從各類也 古韻亦皆沿襲舊法 各收同韻而已 然今俗所呼穀與骨 質與職同音而ㄹㄱ之辨也 故今撰通解亦不加終聲 通攷於諸韻入聲則皆加影母爲字 唯藥韻則其呼似乎效韻之音 故蒙韻加ㅱ爲字 通攷加ㅸ爲字 今亦從通攷加ㅸ爲字)"

그 외에 ≪重刊老乞大諺解≫, ≪朴通事諺解≫ 등의 입성 표기를 보면 한자(漢字)마다 그 아래에 두 가지 한글 표기가 있다. 이 중 왼쪽에 있는 것은 ≪四聲通攷≫에서 정한 원칙에 따른 것이고 오른쪽에 있는 것은 이를 통속화한 간이(簡易) 철자라고도 할 수 있다.[45] 이러한 간이 철자법의 채택에 대해서는 ≪飜譯老乞大朴通事凡例≫의 한 구절인 <ㅱㅸ爲終聲>의 항목에 나온다.

"몽고 시대의 운서에서는 '蕭韻, 爻韻, 尤韻' 등 平聲, 上聲, 去聲의 각 韻과 藥韻의 종성을 모두 'ㅱ'으로 삼았기 때문에 ≪四聲通攷≫에서도 이를 좇아서 '蕭韻, 爻韻, 尤韻' 등 平聲, 上聲, 去聲의 각 韻은 그 종성을 'ㅱ'으로 했으며 다만 藥韻은 'ㅸ'을 종성으로 삼았다. 세속에서는 藥韻을 蕭韻, 爻韻과 같은 韻으로 발음하므로 몽고 시대의 운서에서 이 운들의 종성을 모두 'ㅱ'으로 한 것은 잘못이 아닌데 ≪四聲通攷≫에서 'ㅸ'으로 藥韻의 종성을 표시한 이유는 매우 이해하기 어렵다(蒙古韻內蕭爻尤等平上去三聲各韻及藥韻皆用ㅱ爲終聲 故通考亦從蒙韻 於蕭爻尤等平上去三聲各韻以ㅱ爲終聲 而唯藥韻則以ㅸ爲終聲 俗呼藥韻諸字槩與蕭爻同韻 則蒙韻制字亦不差謬 而通考以ㅸ爲終聲者 殊不可曉也 云云)"

즉 'ㅸ'의 용법이 올바르지 않다고 한 후 ≪飜譯老乞大≫와 ≪飜譯朴通事≫[46]에서 'ㅱ'과 'ㅸ'을 대신해서 'ㅗ, ㅜ, ㅛ'를 사용하게 된 이유를

45) [역자주] 보통은 왼쪽과 오른쪽에 있는 것을 정음(正音)과 속음(俗音)으로 구분한다.

46) [역자주] 원문에는 '飜譯'으로만 되어 있다. 여기서의 번역은 ≪飜譯老乞大≫와 ≪飜譯朴通事≫에 해당하는 듯하므로 두 문헌을 직접 본문에 밝혔다.

말하고 있는 것이다.[47]

'ㆆ'과 'ㅸ'을 구별하는 것의 타당성은 당시에도 논의가 있었겠는데 입성인 藥韻에는 어떤 특수성이 존재했음에 틀림없다. 따라서 여기서는 간략히 藥韻 입성에 사용된 한글 'ㅸ'의 성질에 대해서 한 마디 덧붙이고자 한다.

'ㅸ'은 훈민정음 28자 중에 포함되어 있지 않지만 28자모 표 다음에 "종성은 초성을 다시 사용한다. 'ㅇ'을 순음 아래 이어 쓰면 순경음이 된다. 초성을 합용하면 병서하며 종성도 마찬가지이다(終聲復用初聲, ㅇ連書脣音之下則爲脣輕音, 初聲合用則竝書, 終聲同)"라고 주석을 달고 있다. 이 'ㅇ連書脣音之下則爲脣輕音'이라는 문장은 脣音인 'ㅂ, ㅁ' 등의 아래에 'ㅇ'을 붙여 'ㅸ, ㅱ' 등의 형태를 만들면 순경음(脣輕音)을 나타내는 문자가 된다는 사실을 의미한다. 사실 ≪四聲通攷≫ 이후에 'ㅸ'은 순경음인 非母에 쓰이고 'ㅱ'은 순경음인 微母에 표기되었다. 원래 ≪廣韻≫이나 ≪古今韻會擧要≫에서는 순경음에 非母와 敷母 두 종류가 있었는데 ≪洪武正韻≫에서는 敷母를 폐지하였다. 한국에서도 예전부터 ≪洪武正韻≫에 따라 敷母를 채택하지 않았다. ≪四聲通攷≫에서는 다음과 같이 되어 있다.

> "脣輕音 중 非母와 敷母는 ≪洪武正韻≫과 몽고 시대의 운서에서는 뒤섞여서 하나로 하였고 중국의 현실음도 구별이 없기 때문에 敷母는 非母로 되돌린다(輕脣聲非敷二母之字本韻及蒙古韻混而一之 且中國時音亦無別 今以敷歸非)"

≪四聲通解≫에서도 다음과 같이 敷母를 非母에 합치고 있다.

> "중국 현실음에서 知母는 照母와 합치고 徹母는 穿母와 합치며 澄母는 牀母와, 孃母는 泥母와, 敷母는 非母와 합쳐서 사용하지 않으므로 역시 버

47) 두 가지 한글 표기 중 오른쪽에 있는 것.

린다(時用漢音以知併於照 徹併於穿 澄併於牀 孃併於泥 敷併於非 而不用 故亦去之)"

≪訓民正音圖解≫[48]에서 자모(字母)를 알리는 노래의 한 구절에서 "노래하길 知母와 照母, 非母와 敷母는 서로 같다(歌曰知照非敷彼此同)"라고 한 것도 위와 같은 의미를 말한 것이다. 다만 ≪廣韻≫이나 ≪古今韻會擧要≫의 자모(字母) 중 敷母를 한글로 표기할 필요가 있는 경우에는 非母와 마찬가지로 'ㅸ'을 사용했다.

그렇다면 非母의 음가는 어떤 것이었을까? 이에 대한 국내외 여러 학자들의 논의를 대략 살피기로 한다.

먼저 일본에서는 샤쿠모노(釋文雄)의 ≪磨光韻鏡≫[49]에서 "幇母, 滂母, 竝母, 明母는 입술에 닿는 것이 많아서 '重'이라고 한다. 非母, 敷母, 奉母, 微母는 입술에 닿는 것이 적어서 輕이라고 한다."라고 했다. 오오야 도우루(大矢透) 박사[50]는 순경음이 후한(後漢) 시대부터 발달했다고 말한 후 "순경음은 순중(脣重), 즉 두 입술을 긴장해서 폐쇄시킨 것을 느슨하게 발음했다고 대략 알려진다."라고 하여 非母에 'f'를 대응시키고 가나(假名)로는 'ファ' 행이라고 했다. 또 오오시마 마사타케(大島正健) 박사[51]는 "순음에 경중(輕重)의 구별이 있어 무겁게 두 입술을 다물고 나서 발음하는 음을 순중음(脣重音)이라고 하고 가볍게 두 입술을 합친 후 그 사이에서 발음하는 음을 순경음(脣輕音)이라고 한다."라고 하여 非母에 대해 'f'를 사용했는데 실제 음은 양순마찰음이라고 서술하고 있다.

한국의 문헌에는 ≪飜譯老乞大朴通事凡例≫에서 非母, 奉母, 微母에 관해서 아래와 같이 말하여 非母를 양순마찰음으로 해석하고 있다.

---

48) [역자주] 신경준이 1750년에 지은 운학 관련 연구서로 흔히 ≪訓民正音韻解≫라고 한다. 여기에 인용된 부분은 '初聲解'의 辨似 첫머리에 나온다.

49) ≪磨光韻鏡≫ 후편 중 <脣音輕重>의 항목. [역자주] 1774년에 간행되었다.

50) ≪周代古韻考≫(1914)의 13장.

51) ≪韻鏡新釋≫(1926) 전편(前編).

"입술을 합쳐서 소리를 내면 'ㅂ'[52]이 되니 곧 脣重音이며 'ㅂ'을 낼 때 입술을 합치려다가 합치지 않고 공기를 내뿜어 발음하면 'ㅸ'이 되니 곧 脣輕音이다. 글자를 만들 때 'ㅂ' 아래에 동그라미를 더한 것은 즉 입술을 비게 하여 내는 소리라는 의미이다(合脣作聲爲ㅂ 而曰重脣音 爲ㅂ之時 將合勿合 吹氣出聲爲ㅸ 而曰輕脣音 制字加空圈於ㅸ下者 卽虛脣出聲之義也 云云)"

서양인으로서는 Schaank[53]이나 Karlgren[54]도 非母를 순치음(labio-dental)이라고 하고 원래는 양순음(bilabial)에서 발달했다고 논의하였다.

이상의 여러 학설은 순경음인 非母가 근대음에서 순치음 'f'로 발음되는 경우도 있으나 고음(古音)은 양순음 'p'였다고 본다는 점에서 일치한다. 그렇다면 한국에서 非母에 대응시키는 'ㅸ'은 어떤 음이었는가? 물론 고음(古音)인 '[p]'였을 리는 없으며 그렇다고 해서 또 'f'와 같은 순치음일 리도 없다. 결론적으로 'ㅸ'은 양순마찰음인 'w'였을 것으로 추측된다. 다음에 그 이유를 간단히 설명하기로 한다.[55]

첫째, ≪三國史記≫의 지명 표기 중 '富林縣本伐音村'은 원래 '伐'이었던 것이 후대에 이르러 '富'로 고쳐졌다는 것을 의미하며 또한 ≪三國遺事≫에 나오는 '村名佛地或作發智村 俚云弗等乙村'은 '佛'이 '發'로도 표기되었다는 것을 의미한다. 이러한 순음 글자들의 소속을 검토해 보면 '伐'은 竝母(b), '富'는 非母(f)에 속하며 '佛'은 竝母(b), '發'은 非母(f)에 속하여 문자를 바꿔 표기하는 방식이 매우 느슨하다(loose)는 것을 발견하게

52) [역자주] 小倉進平의 논문에는 'ㅸ'으로 되어 있으나 漢文 原文에는 'ㅂ'으로 되어 있으며 의미상으로도 'ㅂ'이 옳다. 이 외에도 이 번역문에서 'ㅂ'으로 표기한 것은 모두 원문에 'ㅸ'으로 잘못 표기되어 있다.

53) Schaank, H.(1897), ≪Ancient Chinese phonetics≫.

54) Karlgren, B.(1915), ≪Études sur la ponologie chinoise≫, 544~558쪽.

55) [역자주] 小倉進平이 'ㅸ'의 음가를 'w'로 본 것은 1923년에 간행된 ≪國語及朝鮮語 發音概說≫로 소급된다. 그러나 'ㅸ'이 'w'인 증거를 구체적으로 제시한 것은 이 논문이 유일하다.

된다.[56] 이것은 예전에 한국인의 발음에서 정확한 'f' 음이 존재하지 않았음을 증명한다고 할 수 있다.

둘째, 평안북도 심마니들의 은어에 '곰(熊)'을 '[nɔ-pʰe], [nɔ-pʰɛŋ-i]' 등이라고 하고 '숟가락(匙)'를 '[sal-pʰu], [sal-pʰi], [sil-pʰi]' 등이라고 하는데 이것은 각각 만주어 'lefu',[57] 'saifi'를 차용한 것이다. 또한 예전에 중국어 단어 '琺瑯(fa-lang)'은 한국어로 'pʰa-ran'으로 나타나고 오늘날 영어 'foot-ball' 등의 'f'도 'pʰ'로 표기한다. 이것은 모두 한국인이 'f'의 발음에 능숙하지 않았음을 말해 준다.

셋째, 예전에 'ㅸ'이 가장 일반적으로 나타내던 음은 'w'이다. 후세에 '글왈[kŭl-wal](文, 書, 籍 등의 의미)', '서울[sɔ-wul](京)' 등으로 불리는 명사의 'w' 부분은 'ㅸ'으로 표기했으며 '더운[tɔ-un](暑), 치운[ʧʰi-un](寒)' 등 형용사의 관형형에 있는 'u'나 겸양의 의미를 나타내는 조동사[58]의 활용형 중 'w'에 해당하는 부분에도 빈번하게 'ㅸ'을 사용했다.

이상으로 'ㅸ'은 'w'를 나타내는 데 사용된 것이 분명하며 중국 한자음 중 藥韻의 입성에 사용된 'ㅸ'도 'w(또는 'u')'를 나타냈던 것이라고 추측할 수 있다.[59]

요컨대 'ㆆ'에 의해 표기된 입성은 후두의 폐쇄(glottal stop)를 동반하는 것이고 'ㅸ'에 의해 표기된 입성은 'w, u'와 같은 음이었을 것이다. 또한 藥韻의 입성이 'ㆆ'으로 표기되는 다른 운(韻)의 입성과 성격을 달리 했다는 점은 다음 사실로도 추측할 수 있다.

---

56) [역자주] 竝母와 非母가 엄격히 구별되지 않는 것을 느슨하다고 표현하고 있다.
57) 女眞語로는 勒伏.
58) [역자주] '-ᄉᆞᆸ, ᄌᆞᆸ, ᅀᆞᆸ-'을 가리킨다.
59) [역자주] 지금 제시한 세 가지 사실 중 첫 번째와 두 번째는 엄밀히 말하면 'ㅸ'이 'w'를 나타냈다는 증거라기보다는 'ㅸ'이 'f'를 나타냈다고 볼 수 없는 증거에 속한다. 예전이든 지금이든 한국인들이 'f'를 발음할 수 없으므로 'ㅸ'은 적어도 'f'는 될 수 없다는 것이다. 세 번째 사실만이 'ㅸ'의 음가가 'w'였다는 증거일 뿐이다. 그런 점에서 'ㅸ'이 'w'라는 小倉進平의 주장은 그의 생각과는 달리 그리 명확한 증거에 기반한다고 볼 수는 없다.

첫째, ≪飜譯老乞大朴通事凡例≫에서는 입성음과 관계가 있는 여러 운의 모음에 대해 다음과 같이 언급했다.

> "'ㅱ'은 원래 'ㅜ, ㅗ'가 아니며 'ㅸ'은 'ㅗ, ㅛ'가 아니다. 그러나 蕭韻, 爻韻의 종성에 쓴 'ㅱ'은 'ㅗ'와 같고 尤韻의 종성에 쓴 'ㅱ'은 'ㅜ'와 같으며 藥韻의 종성에 쓴 'ㅸ'은 'ㅗ/ㅛ'와 같다(ㅱ本非ㅜㅗ ㅸ本非ㅗㅛ之聲 而蕭爻韻之ㅱ呼如ㅜ 尤韻之ㅱ呼如ㅜ 藥韻之ㅸ如ㅗㅛ 云云)"[60]

즉 藥韻의 입성이 '屋, 陌' 등 다른 입성음과는 성격이 다르며 모음 'ㅗ(o)', 'ㅛ(jo)'와 유사하다고 말하는 것이다. 실제로 ≪重刊老乞大≫, ≪朴通事新譯諺解≫ 등에서 입성음에 속하는 한자들의 표기를 보면 屋韻은 'i, iu', 陌韻은 'i' 등을 사용함에 비해 藥韻은 'ɔ, o, jo'를 사용하고 있다.

둘째, 오오시마 마사타케(大島正健) 박사[61]는 江陽의 입성 즉 覺韻, 鐸韻, 藥韻에 포함된 모음은 북경관화(北京官話)와 남경관화(南京)에서 뚜렷한 특징이 있는데 북경음에서는 이들 여러 韻의 모음이 'ao, ê, ua, iao' 등 여러 가지로 나타나지만 남경음에서는 모두 질서 있게 'óh'로 나타난다고 말하고 있다. ≪西儒耳目資≫[62]에서도 많은 '-k' 입성음에 대해서는 'ĕ, ie, ŏ, oĕ, uĕ'를 사용함에 비해 藥韻의 입성음에 대해서만큼은 'ŏ, uŏ, iŏ'를 사용하고 있다.

이상은 조선 초기에 이루어진 중국음 입성에 대한 한글 표기 변천의 개요를 서술한 것이다. 그렇다면 이 문헌들에 사용된 중국음은 중국의 어느 지방

---

60) [역자주] ≪飜譯老乞大≫와 ≪飜譯朴通事≫에서는 ≪四聲通攷≫에서 'ㅱ'이나 'ㅸ'을 종성으로 표기한 한자들에 대해 그 음을 한글로 전사할 때 'ㅗ, ㅛ, ㅜ'로 바꾸었음을 지적한 내용이다. 가령 '쯯(愁)'은 '추'로, '着(쨯)'은 '쟢'로 표기하는 것이다.

61) ≪韻鏡と唐韻 廣韻≫(1926)의 68~72쪽.

62) [역자주] Niklaas Trigault(1577~1628)가 1626년 저술한 책이다.

음이었을까? 이에 대해 ≪四聲通攷≫ 범례의 첫머리에는 다음과 같이 그 지명을 명시하지는 않았다.

"운도와 운서 등의 여러 서적과 함께 현재 중국인들이 사용하는 음으로써 한자음을 정하며 또한 운도나 운서의 음과 부합하지 않는 것은 글자마다 반절 아래에 현재 널리 쓰이는 중국 현실음으로써 속음을 표시했다(以圖韻諸書及今中國人所用, 定其字音, 又以中國時音廣用, 而不合圖韻者, 逐字書俗音於反切之下)"

≪飜譯老乞大朴通事凡例≫ 중에도 다음 내용이 있다.

"무릇 漢字에는 正音과 俗音이 있다. 따라서 ≪四聲通攷≫에서는 우선 위에 正音을 달고 아래에 俗音을 달았다. (중략) 대개 천지가 사람을 냄에 있어 스스로 聲音이 있지만 사는 곳이 같지 않아서 사람마다 다르게 익혀 그 音에 차이가 나니 하나의 音만 있는 경우는 드물다. 따라서 ≪切韻指南≫에서 이르기를 吳音과 楚音은 너무 輕浮하고 燕音과 薊音은 너무 重濁하며 秦音과 隴音의 去聲은 入城이 되고 梁音과 益音의 平聲은 去聲과 비슷하며 江東과 河北의 取韻은 더욱 멀다고 했다. 만약 어떤 것이 正音인지를 알고자 하면 모든 지역의 사람들이 다 통하여 이해할 수 있는 것이 곧 正音이라고 할 수 있다. 지금 ≪四聲通攷≫를 보면 대개 正音을 근본으로 하고 俗音은 있거나 없는 경우가 많으니 배우는 자들은 구애 받지 않아도 된다(凡字有正音 而又有俗音者 故通考先著正音於上 次著俗音於下 (中略) 大抵天地生人 自有聲音五方殊 習人人不同 鮮有能一之者 故切韻指南云 吳楚傷於輕浮 燕薊失於重濁 秦隴去聲爲入 梁益平聲似去 江東河北取韻尤遠 欲知何者爲正聲 五方之人皆能通解者斯爲正音也 今按本國通考槩以正音爲本 以俗音之或著或否者 盖多有之 學者毋爲拘泥焉)"

이것은 ≪四聲通攷≫에 수록된 중국 한자음(漢音)이 주로 세상 모든 지역(天下五方)에 통하는 표준어, 즉 정음(正音)에 의거한 것임을 말하고 있는 데 불과하다. 근세 중국어의 입성음에 대해서는 좀 더 치밀하게 관찰을 할 필요가 있을 것으로 보인다.

예전의 중국어에 입성음 '-k', '-t', '-p'가 존재했다는 사실에 있어서는 아무런 이견이 없지만 오늘날의 방언에서는 여러 가지 형태로 나타나고 있다. 지금 구할 수 있는 몇몇 문헌에 비추어 일부 방언의 발음을 살펴보면 다음과 같다.

1 남경음(南京音)

Eitel[63]은 남경 방언에서 입성은 몇몇 단어에만 존재한다고 했고 Kühnert[64]는 남경음에서 오성(五聲)을 설정하고 그 중 입성을 "소리가 빠른 폐쇄를 거쳐 급작스럽게 단절되어 나타나지 않는다"라고 설명한 후 명령문 'halt(멈춰!)'에서 들리는 음이라고 했다.

그 외에 劉復의 ≪漢語字聲實驗錄≫[65]에서는 강소성(江蘇省)의 江陰音 입성을 "소리가 갑자기 默音으로 바뀐다"라고 하고 'tėh(得)', 'mėh(墨)', 'cah(甲)' 등과 같이 'h'로 이것을 나타냈다. Karlgren[66]은 越 방언 중 예컨대 남경음의 입성에 폐쇄적인 후음(occlusive laryngale), 즉 후두파열음이 나타나는 경우가 있음을 논의했다. 또한 오오시마 마사타케(大島正健) 박사[67]는 江陽의 입성음에 대해 북경관화와 남경관화를 비교해서 "북경관화와 남경관화의 표기법을 살펴보면 북경음은 覺韻, 鐸韻, 藥韻이 모두 모음에 변화가 있지만 남경음은 모두 질서 정연하며 일정하게 'óh'로 나

63) Eitel, E. J.(1877), ≪A Chinese Dictionary in the Cantonese dialect≫, Introduction 25쪽.
64) Kühnert, Fr.(1898), ≪Syllabar des Nanking dialect≫.
65) Fu-Liu(1925), ≪Étude expérimentale sur les tons du Chinois≫, §155.
66) Kargren, B.(1915), ≪Études sur la phonologie chinoise≫, 293~294쪽.
67) ≪韻鏡と唐韻 廣韻≫(1926), 68~72쪽.

타난다. 'h'는 단지 입성의 기세(氣勢)를 나타내는 부호에 불과하여 운미가 있다(有尾韻)기보다는 오히려 운미가 없다(無尾韻)는 것을 가리킨다. 그렇다면 그 음이 漢魏의 입성으로 되돌아간 것처럼 볼 수 있을 것이다."라고 서술했다.

[2] 광동음(廣東音)

Eitel[68]은 광동 방언의 입성을 종래 상입성(上入聲, upper entering tone)과 하입성(下入聲, lower entering tone)의 두 개로 나눈 것에 대해 그 중간의 중입성(中入聲, medial entering tone)을 더 설정했는데, Karlgren도 그것을 인정했으며[69] 같은 방언의 '-p, -t, -k' 입성의 성질에 대해서도 자세히 논의를 시도했다.[70] 또 劉復[71]은 광동 방언의 입성 '-p, -t, -k'가 파열을 동반하지 않은 음이라서 귀에는 안 들리며, 이 때 기식이 각 조음 위치에서 급격히 절단(couper)되는데 그것이 비강으로 빠져 나가지 않고 그대로 입성적인 성질을 유지하는 음이라고 말했다.

[3] 산두음(汕頭音)

Ashmore[72]는 현재 산두 방언에 팔성(八聲)이 있다고 하고 입성음으로는 '-k, -t, -p'의 세 가지가 엄연히 존재하고 있다고 했다 : (예) 'kak̊-nang (each person)'(이상 -k), 'múe-jit̊(every day)'(이상 -t), 'táp̊(to answer)'(이상 -p).

---

68) Eitel, E. J.(1877), ≪A Chinese Dictionary in the Cantonese dialect≫, Introduction 25쪽.

69) Karlgren, B.(1923), ≪Analytic Dictionary of Chinese and Sino-Japanese≫, 8쪽.

70) Karlgren, B.(1915), ≪Études sur la phonologie chinoise≫, 260~262쪽.

71) Fu-Liu(1925), ≪Études expérimentale sur les tons du Chinois≫, §124.

72) Ashmore, W.(1884), ≪Primary lessons in Swatow grammar≫.

4 복주음(福州音)

Baldwin[73]은 복주 방언의 악센트를 팔성(八聲)으로 나누고 그 중 입성은 상입성(entering or abrupt tone)과 하입성(lower entering or abrupt tone)을 구별하였다. 그 발음은 가령 '-k'에 대해 "음절말에서는 매우 약화된(suppressed) '[k]'이며 '[h]'와 마찬가지로 발음 기관을 갑작스럽게 폐쇄시킨다."라고 하였다. 특히 上入聲은 "…그러나 강한 stress를 동반하면서 갑작스럽게 끝난다"라고 한 데 비해 下入聲은 "갑작스럽게 끝나지만 上入聲에 비해서는 stress를 덜 동반한다"라고 설명하였다.

또한 Baldwin은 예전에 복주에 체류한 미국 선교사 M. C. White의 견해도 참고해서 복주 방언 상입성의 발음에 대해서는 "마치 말음 'h'를 발음하기 위해 갑자기 소리를 닫는 것처럼 급작스럽게 끝난다"라고 하고 상입성과 하입성의 기호로 '-k'와 '-h'의 두 종류를 사용했다.[74] 그 외에 Eitel[75]은 복건 방언에서 입성 '-p, -t, -k'는 완전히 소실되어 객가(客家) 방언에서조차도 거의 소실되어 가고 있다고 논의했다.

5 북경음(北京音)

Eitel[76]이나 Karlgren[77] 등은 모두 북경과 북방 방언에서의 입성이 완전히 소실해서 다른 성조(tone)로 변했다고 서술하였다.

이상에서 서술한 중국 각 지역의 입성음을 종류에 따라 분류하면 대체로 다음의 네 가지로 볼 수 있다.

---

73) Baldwin, C. C.(1871), ≪Manual of the Foochaw dialect≫.

74) '-p, -t, -k' 모두에 해당.

75) Eitel, E. J.(1877), ≪A Chinese Dictionary in the Cantonese dialect≫, Introduction 25쪽.

76) Eitel, E. J.(1877), ≪A Chinese Dictionary in the Cantonese dialect≫, Introduction 25쪽.

77) Karlgren, B.(1915), ≪Études sur la phonologie chinoise≫, 583쪽.

① Karlgren이 Sw. Am. Hakk. Ann. Cor. 등 여러 방언에 존재하고 있다고 하는 소위 미파(implosive)의 음이나 劉復이 광동음에 대해서 파열을 동반하지 않는 음이라고 한 것 등이 여기에 속한다. 이런 종류의 음을 일단 미파(implosive)된 음이라고 부르기로 한다.

② Baldwin이 복주의 음에 대해 소리가 'h'를 발음하는 그 위치에서 갑자기 폐쇄시킨다고 한 것[78]이나 Karlgren이 남경음 등에 대해서 후두파열음(glottal stop)으로 인정하는 것,[79] 또는 劉復이 江陰音에 대해서 기식이 갑자기 소실되어 묵음(黙音, muet)이 된다고 한 것[80] 등이 여기에 속한다.[81] 이런 종류의 음을 일단 후두파열음(glottal stop)이라고 부르기로 한다.

③ Karlgren이 安南語(베트남어) 등에 존재한다고 한 것으로 'ap'의 'p'가 폐쇄되는 순간 기식이 인두의 폐쇄를 파열시켜 비강으로 나오는 것. 소위 후두음(Faucallaut)이다.

④ 북경음이나 그 밖의 북방음에 존재하며 '-p, -t, -k'가 완전히 소실된 것.

요컨대 한국에서 중국 근세음의 입성을 한글로 표기하는 데 'ㆆ'과 'ㅸ'의 두 가지 방법이 있었는데 그 중 'ㆆ'은 '-k, -t, -p' 모두에 널리 사용되었고 'ㅸ'은 '-k' 입성 중 일부인 藥韻에 대해서만 사용되었다. 이런 상황으로부터 볼 때 입성음의 대부분은 'ㆆ'에 의해 표기되었음을 알 수 있다. 그리고 'ㆆ'은 후음에 속하는 문자이기 때문에 앞에서 분류한 네 가지 중 두 번째에 가장 가깝다고 하겠다. 따라서 당시의 한국인이 표기하려고 했던 중국어의 입성음은 남경 지방의 음과 거의 일치한다고 결론 지을 수 있다.

---

78) '-k' 또는 '-h'로 표시한다.
79) '・'으로 표시한다.
80) '-h'로 표시한다.
81) "高畑彦次郎(1936), 支那語の語頭に於ける無聲喉頭破裂音の歷史的考察, ≪音聲學協會會報≫ 41" 참조

≪四聲通攷≫의 근거가 된 책이 명나라 때 왕명에 의해 편찬된 ≪洪武正韻≫이었던 사실, 신숙주가 가끔씩 요동에 파견되어 체류하면서 명나라의 한림학사 황찬(黃瓚)에게 자주 음운에 대해 질문했다는 사실도 이 문제의 해결에 있어 적지 않은 광명을 던져 준다.

다음으로 한국 한자음의 입성에 대한 이전 시대의 한글 표기를 보면 중국 한자음 표기와 마찬가지로 'ㆆ'을 사용하는데 그 용법에는 차이가 있다. 즉 중국 한자음에서는 앞에서 말한 바와 같이 藥韻 이외의 '-k, -t, -p' 입성에 대해서 'ㆆ'을 사용하는 데 비해 한국 한자음에서는 質韻, 勿韻, 曷韻, 轄韻, 屑韻 등에 속하는 한자, 즉 한국 한자음이 'ㄹ(l)'로 끝나는 경우 사정이 허락하면 'ㄹ'의 오른쪽에 'ㆆ'을 덧붙이는 것이다.[82] 이러한 표기 방식은 우선 중국어의 입성음에 항상 'ㆆ'을 붙이려고 하는 중국 운서의 일반적인 규정에 의해 사용되었으며 다음으로 'l'을 되도록 짧게 발음하게 하는 기호로 사용되었다고 생각한다. 입성 'l' 뒤에 'ㆆ'을 덧붙이는 것은 중국 한자음의 입성 표기법에도 합치하여 극히 모양새가 좋을 뿐만 아니라 다른 한편으로 'l'을 종성으로 하는 음절을 짧게 발음하려는 노력은 그 자체로 후두부의 폐쇄를 동반하는 결과를 낳게 하기 때문이다. 일본어의 발음에서도 모음으로 끝나는 음절을 급히 멈추게 하려는 경우에 후두 폐쇄 현상이 나타난다. 실제로 필자가 개인적으로 발음하는 '草(くさ)'라는 단어는 'kụsaˀ'이며 'a' 뒤에 가벼운 후두 폐쇄가 동반한다는 사실을 이전에 Jones[83]가 카이모그래프의 곡선으로 기록해 주었다.

요컨대 한국인이 중국어를 학습하는 경우에는 초성이든 종성이든 후두 파열 또는 폐쇄를 연습할 필요성을 느꼈고 한국 한자음의 경우에도 어느 정도 이러한 음을 발음했다고 추측된다.

---

82) 예는 '一(힖), 殺(삻)'. [역자주] 소위 이영보래(以影補來)를 가리키고 있다.
83) [역자주] Jones가 누구를 지칭하는지는 알 수 없다.

3. 고유어 표기에 쓰인 'ㆆ'

'ㆆ'이 고유어의 두음으로서 쓰인 예는 거의 없다. ≪四聲通解≫ 중에 유일한 예를 발견할 수 있는데 그것도 표기법이 확실하지 않다. 이 문자가 두음 이외의 환경에 쓰인 예로는 다음과 같은 것이 있다.

첫째, 동사 관형형 '-l' 뒤에는 예전에 'ㆆ'이 덧붙었다. 예를 들어 '갏 길히(kar-kir-hi, 龍歌), '날 거슳 도ᄌᆨ(nar kɔ-sụr to-čɐk, 龍歌), '빅홇 사ᄅᆞᆷ(pɐi-hor sa-rɐm, 蒙山法語), '지부로 도라오싫 졔(ci-pu-ro to-ra-o-sir čɔi, 龍歌) 등에서 'kar(갈)', 'kɔ-sụr(거슬)', 'pɐi-hor(배홀)', 'to-ra-o-sir(돌아오실)'의 마지막 'r' 뒤에 'ㆆ'이 오른쪽에 덧붙어 있다. 이것을 현대 한국어로 발음할 때는 '[kal ʔkil-i], [na:l kɔ-sụl ʔto-ʤɔk], [pɛ-hol ʔsa:-ram], [ʧi-bụ-ro to-ra-o-sil ʔʧe]' 등 '-l' 뒤에 오는 명사의 두음이 '[ʔkil-i], [ʔto-ʤɔk], [ʔsa:-ram], [ʔʧe]'와 같이 모두 후두파열음으로 발음된다. 따라서 이 'ㆆ'의 사용은 관형형 '-l'에 뒤따르는 'k, t, p, s, ʧ' 등이 예전에 후두파열음으로 발음되었음을 증명하는 것이라고 본다. 또한 '孝道홇 아ᄃᆞᆯ(孝道-hɐr a-dɐr, 龍歌)'에서 'hɐr[hal]'의 'r' 뒤에도 'ㆆ'이 붙어 있는 것으로부터 'a-dɐr[a-dụl]'과 같이 모음으로 시작하는 단어 역시 '[ʔɐ-dụl]'처럼 후두파열음으로 발음되었다고 판단한다.

둘째, 두 단어가 대등한 관계로 연결되거나 또는 두 단어 중 앞에 오는 것이 뒤에 오는 것에 대해 소유격의 관계에 놓이는 경우 앞 단어의 마지막에 'ㆆ'을 붙일 때가 있다. 여기에는 다시 두 가지 경우가 있다.

우선 'ㆆ'을 첫 단어의 마지막에 붙이는 경우이다. 예컨대 '하ᄂᆞᇙ ᄠᅳᆮ(ha-nɐr ptụt, 龍歌)'이라고 할 때 'ㆆ'을 '하ᄂᆞᆯ(ha-nɐr)'의 'r' 오른쪽에 붙여 '하ᄂᆞᆯ(ha-nɐr)'의 철자 중 일부로 취급한다. 다음으로 'ㆆ'을 첫 단어와 두 번째 단어의 중간에 독립시켜 두는 경우이다. 예를 들어 '快ㆆ字(訓民正音), '先考ㆆᄠᅳᆮ(先考 ptụt, 龍歌)' 등이라고 할 때 'ㆆ'을 '快'와 '字'의 중간 및 '先考'와 'ᄠᅳᆮ(pụtt)'의 중간에 독립시켜 삽입한다.

이러한 구의 현대 한국어 발음을 살펴보면, '[ha-nal ʔtùt], [kʰwɛ(快) ʔʧa], [sɔn-go(先考) ʔtùt]'과 같이 두 번째 단어의 두음이 후두파열음으로 발음된다. 이 사실로부터 추론해 봐도 예전에 'ㆆ'은 후두파열음으로 발음되었음을 가리킨다고 할 수 있다.

'한국어의 후두파열음'에 대한 해설

1953년 ≪言語研究≫ 22・23집에 실린 글로 원 제목은 "朝鮮語の喉頭破裂音"이다.[84] 논문 첫머리의 편집자 주석에도 나오듯이 원래는 1943년 긴다이치 교스케(金田一京助) 박사의 회갑 기념 논문집에 실릴 예정이었는데 사정에 의해 이 논문집이 간행되지 못함으로써 부득이하게 그의 사후에 간행되었다.

한국어 후두파열음의 문제는 小倉進平이 이전부터 관심을 가졌다. 후두파열음은 경음의 본질과 관련되는데 小倉進平은 이미 1928년 "朝鮮語の toin-siot"이라는 논문에서 이 문제를 다루었던 것이다. 이전의 논문에서는 된소리의 특징으로 발음의 후반부에 기식이 충분히 축적되어야 하며 후행 모음 사이에 유성의 전이음이 온다고 보았었다. 그런데 뒤에 발표한 이 논문에서는 된소리의 특징을 평음에 후두파열음이 덧붙는 것으로 수정하였다. 예전과는 결론이 약간 달라졌다. 이러한 견해는 한국어 음운론 연구에도 수용되어 경음 표기를 'k$^{?}$, p$^{?}$, t$^{?}$' 등과 같이 하는 경우가 많다.

이 논문에서는 현대국어 경음의 음성적 특징에 대해서는 소략하게 논의하고 후두파열음의 역사에 대해 대부분의 분량을 할애하였다. 특히 'ㆆ'의 용법에 주의를 기울여 중국 한자음과 한국 한자음의 초성, 종성 표기는 물론이고 고유어 표기에 쓰인 'ㆆ'을 통해 이것이 후두파열음과 직접적인 관련이 있음을 주장하였다.

---

84) 여기서는 ≪小倉進平博士著作集(Ⅲ)≫(京都大 國文學會 刊行)에 수록된 것을 번역하였다.

3부

현대국어 음운론

8장
한국어의 자음동화

1. 머리말[1)]

동화(Assimilation)란 어떤 음이 인접한 다른 음의 영향을 받아서 그와 같거나 비슷한 음으로 변화하는 것을 말한다. 예컨대 'ad-canere'의 'c'가 앞에 오는 'd'에 영향을 주어 영어의 'accent'가 되었고 'in-luminere'의 'l'이 앞에 있는 'n'에 영향을 끼쳐 영어의 'illuminate'가 된 것과 같은 현상을 가리킨다.[2)]

동화는 영향을 미치는 방향에 따라 순행동화(progressive), 역행동화(regressive), 상호동화(reciprocal)의 세 가지로 분류할 수 있다. 순행동화는 선행음이 후행음에 영향을 미치는 것이며 우랄・알타이 어족의 특징이라고 불리는 모음조화(vocal harmony)가 가장 대표적인 예이다. 역행동화란 후행음이 선행음에 영향을 미치는 것으로 인도・게르만 어족의 모음동화 중 많은 것이 여기에 속하며 특히 독일어의 Umlaut가 가장 두드러진 예이다. 상호동화란 인접한 두 음이 서로 영향을 주는 현상으로 세계 각국의 언어에

---

1) [역자주] 원래는 장차 표시가 없지만 독자의 이해를 위해 장차 표시를 하였다.
2) [역자주] 'ad-canere'는 라틴어이며 'ad'와 'canere'가 결합된 말이다. 'ad'는 '함께'를 의미하고 'canere'는 '노래하다'는 의미이다. 'in-luminere' 역시 영어와 계통론적 관계를 가지던 다른 언어의 이전 형태이지만 구체적으로 어떤 언어인지는 알 수 없다. 라틴어로는 'il-luminare'가 있다.

많고 일본어의 'au'가 'ō', 'ai'가 'e'로 되는 것도 그 예이다.3)

또한 동화는 방향과 상관 없이 그 영향이 미치는 정도에 따라 전부동화(全部, total)와 일부동화(一部, partial)의 두 가지로 분류할 수 있다. 전부동화란 한 음이 인접한 음과 완전히 같은 음으로 바뀌는 것을 가리키며 앞에서 말한 'ad-canere'가 'accent'로 변화하거나 'in-luminere'가 'illuminate'로 변화하는 것이 그 예이다. 일부동화란 한 음이 다른 음으로 변화하지만 인접한 음과 똑같은 음이 되지는 않고 변화 전 음의 모습을 보존하는 것을 말한다. 예컨대 'ab-na'라는 단어에서 양순음 '[b]'는 비음 '[n]'의 영향을 받아 비음이 되지만 그렇다고 해서 '[n]'과 완전히 동일하게 되는 것이 아니고 단지 양순 비음 '[m]'으로 바뀌어 'am-na'가 되는 것이다.

이상과 같은 음운 현상은 여러 언어에 나타나는 것이겠지만 가장 깊은 흥미를 끄는 것은 한국어이다. 한국어의 동화 작용은 모음과 자음 양쪽에 걸쳐 활발하게 일어나지만 모음에 대해서는 별도로 다루기로 하고 여기서는 오로지 자음동화의 특징에 대해서 설명을 하여 비교 연구자들이 참고할 수 있도록 하고자 한다.4)

한국어의 자음동화에는 순행과 역행, 전부와 일부 모두가 포함되어 있다.5) 여기서는 각각의 경우에 대해 예를 들어 설명하기로 한다.

---

3) [역자주] 이 논문에서는 일본어의 구체적인 예를 제시하지 않았지만 1923년에 간행한 ≪國語及朝鮮語 發音概說≫에서는 'sau＞sō(然), kau＞kō(校), dai＞de:～dæ:(大根의 大)'와 같은 예를 덧붙였다. ≪國語及朝鮮語 發音概說≫은 이 책의 3부에 "일본어와 한국어의 발음 개설"이라는 제목으로 실려 있다.

4) [역자주] 비교 연구자란 여러 언어를 비교·고찰하는 연구자를 의미하는 듯하다.

5) [역자주] 동화의 여러 유형 중 '상호동화'가 빠져 있다. 小倉進平은 한국어의 상호동화가 모음 사이에서만 일어날 뿐 자음들 사이에서는 일어나지 않는다고 보았다. 그래서 자음동화만을 다루는 이 논문에서는 상호동화가 제외되었다. 그렇지만 자음동화와 모음동화 모두를 다루는 ≪國語及朝鮮語 發音概說≫에서는 상호동화의 예로 모음동화가 제시되었다. 이후 최현배는 '감[kam]＋기[ki]'가 '[kaŋgi]'로 발음되는 것을 위치동화와 유성음화가 모두 일어난 상호동화로 보아 자음 사이의 상호동화를 최초로 인정했다. 또한 주왕산은 '百里'가 '[뱅니]'로 발음되는 것을 상호동화에 추가했다. '百里'와 같은 예는 小倉進平도

2. 순행동화

2.1. 전부동화

선행 단어가 'r(ㄹ)'로 끝나고 후행 단어가 'n(ㄴ)'으로 시작할 때에 일어나는 현상이며 이 때에는 두 음이 변하여 'l-l(ㄹㄹ)'이 된다.[6]

(1) r+n > l-l[7]

- ir-nyɔn(일년, 一年) > il-lyɔn
- sor-nip(솔닙, 松葉) > sol-lip
- kuɔr-nɐi(궐닉, 闕內) > kuɔl-lɐi

이 논문에서 다루었지만 상호동화로 보지는 않았다. 가장 다양한 상호동화를 인정한 것은 이희승의 논의이다. 이러한 논의들에 대해서는 "최현배(1937), ≪우리말본≫, 연희전문학교 출판부", "주왕산(1948), ≪말의 소리≫, 동양사", "이희승(1955), ≪국어학개설≫, 민중서관"을 참고할 수 있으며 이 시기의 자음동화 연구에 대한 연구사는 "이진호(1999), 생성음운론 이전의 자음동화 연구에 대하여, ≪울산어문논집≫ 13·14, 울산대 국문과"를 참고할 수 있다.

6) [역자주] 순행적 유음화를 뜻한다. 1950년대 이전에는 일부 음운 현상을 제외하면 명칭을 따로 부여하지 않았으며 여기서도 마찬가지이다. 순행적 유음화는 'ㄹ'과 'ㄴ'이 결합할 때 후행하는 'ㄴ'만 'ㄹ'로 바뀐다고 보지만 小倉進平은 선행음과 후행음이 모두 바뀐다고 했다. 이런 차이는 음운 현상의 결과를 음운의 차원에서 볼 것인지 음성의 차원에서 볼 것인지에 따른 것이다. 'ㄴ'만 'ㄹ'로 바뀐다는 것은 음운의 차원에서 볼 때이다. 반면 小倉進平은 음성의 차원에서 이 현상을 바라보고 있다. 즉 선행하는 'ㄹ'이 음성적으로 '[ɾ]'이고 후행하는 'ㄴ'은 '[n]'이며 이 둘이 결합해서 '[ll]'로 실현되므로 '[ɾ]'과 '[n]' 모두 '[l]'로 바뀌었다고 본 것이다.

7) [역자주] 일반적으로 '>'는 통시적 변화에 사용하지만 小倉進平은 단순히 변화가 일어났음을 표시하는 데 사용한 듯하다. 한편 小倉進平은 모든 자료를 로마자로 표시했는데 이 중에는 현재에 비추어 어색한 것도 있다. 가령 'ㅓ'를 'ö'로 표시한 것이나 '·'를 'ă'로 표시한 것이 그것이다. 여기서는 편의상 小倉進平의 다른 논문에서 일반적으로 쓰고 있는 표기로 바꾸어 표시하기로 한다.

2.2. 일부동화

'm(ㅁ)' 또는 'ng(ㅇ)' 뒤에 오는 'r(ㄹ)'이 'n(ㄴ)'으로 변하는 것은 과연 'r(ㄹ)'이 'm(ㅁ)' 또는 'ng(ㅇ)' 때문에 비음화가 일어난 일부동화로 간주할 수 있을까?[8] 가령 다음과 같은 자료이다.

(2) m＋r ＞ m-n
- sam-ra(삼라, 森羅) ＞ sam-na
- pɔm-ram(범람, 氾濫) ＞ pɔm-nam
- (n)yɔm-ryɔ(염려, 念慮) ＞ (n)yɔm-nyɔ
- kŭm-ryɔng(금령, 禁令) ＞ kŭm-nyɔng

(3) ng＋r ＞ ng-n
- mang-ra(망라, 網羅) ＞ mang-na
- hɐing-rak(힝락, 行樂) ＞ hɐing-nak
- tong-ri(동리, 洞里) ＞ tong-ni
- p^hung-ryu(풍류, 風流) ＞ p^hung-nyu

위의 현상이 선행하는 비음에 의한 동화 현상인지를 결정하기에 앞서 'r(ㄹ)'로 시작하는 단어의 성질을 밝혀 둘 필요가 있다. 원래 'r(ㄹ)'로 시작하는 한자(漢字)는 다른 단어와 결합하지 않고 단독으로 발음되는 경우 'n(ㄴ)'으로 변하는 것과 모음 또는 'ㅑ, ㅕ, ㅛ, ㅠ' 등으로 바뀌는 두 가지가 있다. 즉 아래와 같은 것이다.

(4)

ㄱ. nang(狼), no(老), nu(婁), nŭng(陵)[9]

---

8) [역자주] 小倉進平은 적어도 이 논문에서는 선행하는 비음에 의한 일부동화로 볼 수 없다는 입장을 취한다. 그러나 ≪國語及朝鮮語 發音概說≫(1923)에서는 입장을 바꾸어 비음에 의한 동화로 처리하였다.

ㄴ. yang(兩), yɔng(嶺), yong(龍), i(理)[10]

그런데 이들 한자가 'm(ㅁ)' 또는 'ng(ㅇ)'을 말음으로 가진 한자와 결합할 때 다음과 같이 발음되는 것이다.[11]

(5)
ㄱ. na(羅) : sam-na(森羅), nam(濫) : pɔm-nam(氾濫)
ㄴ. yɔ(慮) : (n)yɔm-nyɔ(念慮), yɔng(令) : kŭm-nyɔng(禁令)

(6)
ㄱ. na(羅) : mang-na(網羅), nak(樂) : hɐing-nak(行樂)
ㄴ. i(里) : tong-ni(洞里), yu(流) : p^hung-nyu(風流)

(5ㄱ, 6ㄱ)에서 '羅', '濫', '樂' 등의 발음은 단독으로 쓰일 때나 다른 한자 뒤에 쓰일 때 전혀 차이가 없지만 (5ㄴ, 6ㄴ)에서는 '慮', '令', '里', '流' 등이 단독으로 쓰일 때와 다른 한자 뒤에 쓰일 때 발음이 다르다.[12]

---

9) 이것은 'r(ㄹ)'이 'n(ㄴ)'으로 바뀐 예로 'r(ㄹ)' 다음에 'ㅏ, ㅗ, ㅜ, ㅡ' 등의 음이 연결될 때에 나타난다.

10) 이것은 'r(ㄹ)'이 모음 또는 'ㅑ, ㅕ, ㅛ, ㅠ' 등으로 바뀐 예로 'r(ㄹ)' 다음에 'ㅑ, ㅕ, ㅛ, ㅠ' 등의 음이 연결될 때 나타난다.

11) [역자주] 원문은 오해를 불러일으킬 수 있는 방식으로 되어 있기 때문에 논의의 편의를 위해 (5), (6)의 자료 제시 방법을 약간 바꾸었다. ' : '를 기준으로 왼쪽에 있는 것은 단독으로 쓰일 때의 음을 나타내고 오른쪽에 있는 것은 다른 한자 뒤에 올 때의 음을 나타낸다.

12) [역자주] '羅, 濫, 樂'은 단독으로 쓰이든 다른 한자 뒤에 놓이든 모두 '나, 남, 낙'이지만 '慮, 令, 里, 流'은 단독으로 쓰일 때 '여, 영, 이, 유'이고 다른 한자 뒤에 놓이면 '녀, 녕, 니, 뉴'로 차이가 남을 지적한 것이다. 그런데 다른 한자 뒤에 오더라도 '思慮, 快樂'과 같이 선행하는 한자가 모음으로 끝나는 경우에는 후행하는 한자의 초성 'ㄹ'이 그대로 드러나고 자음으로 끝나는 한자 뒤에 놓일 때만 초성이 'ㄴ'으로 나타난다. 따라서 엄밀하게 말하면 '다른 한자 뒤에 쓰일 때'를 '자음으로 끝나는 다른 한자 뒤에 쓰일 때'로 해야 옳다. 小倉進平

만약 (5ㄱ, 6ㄱ)에 있는 '羅', '濫', '樂'의 두음이 비음 'n(ㄴ)'으로 변하는 것이 그 앞에 있는 비음 'm(ㅁ)' 또는 'ng(ㅇ)'의 영향이라고 한다면 뒤에서 논의할 's(ㅅ)+r(ㄹ)>n-n(ㄴㄴ), k(ㄱ)+r(ㄹ)>ng-n(ㅇㄴ), p(ㅂ)+r(ㄹ)>m-n(ㅁㄴ)'의 경우에는 'r(ㄹ)'이 그대로 발음되어야 할 것이다. 그런데 실제로는 그와 달리 'r(ㄹ)'이 'n(ㄴ)'으로 변한다. 즉 'r(ㄹ)'이 우선 자신의 힘으로 'n(ㄴ)'이 되고 다시 역으로 그 앞에 있는 자음에 영향을 미치고 있는 것이다.[13)]

여기서 추론해 가면 (5ㄱ, 6ㄱ)에서 '羅', '濫', '樂' 등의 초성이 'n(ㄴ)'으로 나타나는 것 역시 완전히 자력에 의한 것일 뿐 선행하는 비음 'm(ㅁ)', 'ng(ㅇ)'에 의해 동화되는 것이 아님을 알 수 있다.[14)] 또한 (5ㄴ, 6ㄴ)에서 '慮', '念', '里', '流'의 초성이 단독으로 쓰일 때는 'ㅕ, ㅣ, ㅠ'이고 다른 한자 뒤에 올 때는 '녀, 니, 뉴'이기 때문에 일견 앞에 오는 비음 'm(ㅁ), ng(ㅇ)'에 의해 동화를 받은 것처럼 생각되지만 (5ㄱ, 6ㄱ)과 같은 이유로 해서 순행동화라고 볼 수 없다. 요컨대 '森羅'가 '[sam-na]', '網羅'가 '[mang-na]', '念慮'가 '[(n)yɔn-nyɔ]', '洞里'가 '[tong-ni]'로 변하는 현상은 모두 순행동화로 인정할 수 없다고 단언하는 바이다.[15)]

은 이 부분을 간과한 듯하다. 그리하여 아래의 각주 13)에서 지적하는 문제점을 지니게 되었다.

13) [역자주] 'r(ㄹ)'이 자신의 힘으로 'n(ㄴ)'이 된다고 했지만 각주 12)에서 지적했듯이 앞에 오는 한자가 모음으로 끝나면 'r(ㄹ)'은 그대로 유지된다. 이것을 보면 'r(ㄹ)'이 'n(ㄴ)'으로 바뀌는 것은 스스로의 힘에 의한 것이 아니고 선행하는 자음 때문임을 알 수 있다.

14) [역자주] 이러한 설명에 따르면 '독립'과 같은 구조를 가진 한자어가 '동닙'으로 발음되는 것은 먼저 '독립'에서 'ㄹ'이 자생적으로 'ㄴ'으로 바뀌어 '독닙'이 된 후 다시 후행하는 'ㄴ'에 의해 'ㄱ'이 'ㅇ'으로 바뀌어 '동닙'이 되는 단계를 거쳤다고 할 수 있다.

15) [역자주] 그러나 ≪國語及朝鮮語 發音概說≫(1923)에서는 '森羅', '洞里' 등이 '[sam-na], [tong-ni]'로 발음되는 것을 비음 뒤에서의 동화 때문이라고 입장을 바꾸었다. 이에 따라 '독립'류 한자어가 '동닙'으로 발음되는 것도 우선 '독립'의 'ㄱ'이 'ㄹ'의 유성성에 닮아 유성음인 'ㅇ'으로 바뀐 후 'ㅇ' 뒤에서 비음성 동화를 입어 'ㄴ'으로 바뀐다고 설명하였다. 즉 '독립→동립→동닙'이

3. 역행동화

3.1. 전부동화

(7) n+r > l-l

· san-rim(산림, 山林) > sal-lim

· ʃʰɔn-ri(천리, 千里) > ʃʰɔl-li

· ɔn-ron(언론, 言論) > ɔl-lon

· kün-rɐi(근릭, 近來) > kül-lɐi

· sin-ra(신라, 新羅) > sil-la

(8) s(ㅅ)[16]+자음

ㄱ. s+k > k-k[17]

· kas-kkün(갓끈, 笠紐) > kak-kkün

· kos-kam(곶감, 乾柿) > kok-kam

ㄴ. s+n > n-n

· mas-nan-da(맛난다, 會) > man-nan-da

되는 것이다. 이처럼 입장이 정반대로 바뀐 원인이 무엇인지는 알 수 없다.

16) 's'는 한글 'ㅅ'에 대응시켰다. 오늘날 'ㅅ'으로 표기되는 음은 그 기원으로 소급해 보면 여러 가지 성질을 가지고 있었던 것으로 생각된다. 그러므로 여기서 'ㅅ'을 's'로 표기하는 것이 온당하지 않지만 편의상 이렇게 쓴 것이다. [역자주] 'ㅅ'이 기원상 여러 성질을 가졌다는 것은 원래 'ㅅ'이 아닌데 후대에 'ㅅ'으로 바뀌었음을 뜻하는 듯하다. 小倉進平은 된소리 표기에 쓰이는 '된시옷'의 'ㅅ'이 기원적으로는 'ㅅ'이 아닌 다른 자음으로 소급하는 경우가 있음을 별도의 논문으로 다룬 바 있다. 즉 어두자음군의 기원과 관련된 문제를 살핀 것인데 이 사실을 가리키는 것으로 보인다. 여기에 대해서는 이 책의 2부에 실린 "된시옷"을 참고할 수 있다.

17) [역자주] (8ㄱ~ㅇ)을 보면 's(ㅅ)'은 일부 환경을 제외하면 대부분 뒤에 어떤 자음이 오든지 그 자음과 완전히 같아진다고 파악한 듯하다. 이러한 입장을 유지하려면 위치동화가 필수적으로 일어나야 한다고 보아야 한다. 그러나 小倉進平 스스로도 후술할 3.2.에서 위치동화가 항상 일어나는 것은 아니라는 언급을 하고 있어 이 부분에 대한 처리는 그리 합리적이라고 보기 어렵다.

・pis-nan-da(빗난다, 輝) > pin-nan-da

ㄷ. s+t > t-t

・mas-tang(맛당, 宜) > mat-tang

・pis-tu-ro(빗두로, 橫) > pit-tu-ro

ㄹ. s+r > n-n[18)]

・tas-ryang(닷량, 五兩) > tan-nyang

・myɔs-ri(몃리, 幾里) > myɔn-ni

ㅁ. s+m > m-m

・yɔs-mar(엿말, 六斗) > yɔm-mar

・kas-mo(갓모, 笠) > kam-mo

ㅂ. s+p > p-p

・mas-po-da(맛보다, 賞) > map-po-da

・kas-pang(갓방, 笠房) > kap-pang

ㅅ. s+s > s-s[19)]

・pis-sol(빗솔, 梳刷) > pis-sol

・kos-suyɔm(곳수염, 花鬚) > kos-suyɔm

ㅇ. s+ʧ > t-ʧ

・kas-ʧyɔn(갓젼, 笠廛) > kat-ʧyɔn

・mis-ʧyɔn(밋젼, 本錢) > mit-ʧyɔn

---

18) 'r(ㄹ)'로 시작하는 단어는 단독으로 쓰일 때 초성이 'ㄴ'으로 변하는 것과 모음 또는 'ㅑ, ㅕ, ㅛ, ㅠ' 등으로 변하는 것 두 가지가 있음은 이미 앞에서 말한 대로이다. 단독형일 때 'ㄴ'으로 실현되는 'r(ㄹ)'은 's+r' 연쇄에서 'n(ㄴ)'으로 바뀌는 데서 멈추고, 단독형일 때 모음 또는 'ㅑ, ㅕ, ㅛ, ㅠ'로 바뀌는 'r(ㄹ)'은 's+r' 연쇄에서 다른 음의 영향을 받는 것 없이 자신의 힘으로 'n(ㄴ)'으로 변한 뒤에 더 나아가 역으로 선행하는 's'를 전부동화 시키고 있다. 이 현상은 아주 주목해야 할 가치가 있다고 생각한다.

19) [역자주] (8ㅅ)과 (8ㅇ)은 아무런 변화가 없거나 전부동화가 아님에도 불구하고 자료에 포함시켰다.

3.2. 일부동화

(9) k+n > ng+n

・kŭk-nam(극남, 極南) > kŭng-nam

・kuk-nɐi(국늬, 國內) > kung-nɐi

(10) k+r > ng+n

・ʧak-ran(작란, 作亂) > ʧang-nan

・(r)yuk-ro(육로, 陸路) > (r)yung-no

・sɔk-ryang(석량, 三兩) > sɔng-nyang

・paik-ri(백리, 百里) > paing-ni

이상의 여러 예를 보면 '亂', '路' 등과 같이 독립해서 쓰이든 다른 한자 뒤에 쓰이든 항상 초성이 'n(ㄴ)'이 되는 경우도 있고, '兩', '里' 등과 같이 독립해서 쓰이면 모음 또는 'ㅑ, ㅕ, ㅛ, ㅠ, ㅣ', 다른 한자 뒤에 쓰이면 초성이 'n(ㄴ)'으로 변하는 두 종류가 있다. 결국 (10)은 'r(ㄹ)'이 먼저 'n(ㄴ)'으로 변하고 그 'n(ㄴ)'이 'k(ㄱ)'에 작용하여 'ng(ㅇ)'으로 변화시켰다고 볼 수밖에 없다.

(11) k+m > ng-m

・hak-mun(학문, 學問) > hang-mun

・puk-mun(북문, 北門) > pung-mun

・pɐik-mi(빅미, 白米) > pɐing-mi

(12) n+k > ng-g

・$ʧ^h$in-ku(친구, 親舊) > $ʧ^h$ing-gu

・koan-kɔi(관계, 關係) > koang-gɔi

'koan-ga(관가, 官家)', 'mun-gyɔn(문견, 聞見)', 'pan-gong-ir(반공일, 半空日)'이나 그 외에 이런 종류의 일반적인 예는 모두 'n(ㄴ)'을 온전히 보존하고 있는데 (12)와 같은 단어에서는 'n(ㄴ)'이 뒤에 오는 'k(ㄱ)'에 동화되어 'ng(ㅇ)'으로 변하는 경우가 있다.

(13) n＋p ＞ m-b
- sin-par(신발, 鞋) ＞ sim-bar
- an-pang(안방, 內房) ＞ am-bang

'sɔn-bi(선비, 學者)', 'ʧɔn-bo(전보, 電報)'나 그 외에 같은 종류의 일반적인 예는 모두 'n(ㄴ)'을 완전하게 보전하지만 (13)과 같은 단어에서는 'n(ㄴ)'이 뒤에 오는 'p(ㅂ)'에 동화되어 'm(ㅁ)'으로 변하는 경우가 있다.

(14) m＋k ＞ ng-g
- kam-kŭi(감긔, 風邪) ＞ kang-gŭi
- ɔm-kŭm(엄금, 嚴禁) ＞ ɔng-gŭm
- ʧam-kan(잠간, 暫間) ＞ ʧang-kan

'nam-gŭk(남극, 南極)', 'kam-ga(감가, 減價)', 'sam-gak(삼각, 三角)'이나 그 외에 같은 종류의 예는 일반적으로 모두 'm(ㅁ)'을 분명히 보존하고 있는데 (14)와 같은 예에서는 'm(ㅁ)'이 다음에 오는 'k(ㄱ)'에 동화되어 'ng(ㅇ)'으로 변한다.

요컨대 (12), (13), (14)의 세 가지 동화는 단순히 예외로서 생기는 것이므로 이것을 원칙이라고 할 수는 없다.[20] 또한 이 현상들은 비교적 근세의 발달에 의한 것으로 생각된다. 일본어에서 'ん(비음)'이 그 다음에 오는 자

20) [역자주] 이 동화들은 모두 자음의 조음 위치와 관련된다. 小倉進平은 예외적인 것이라고 했지만 주시경 이래로 국내 학자들은 같은 현상을 수의적인 것이라고 분석해 왔다.

음과 같은 위치의 비음으로 변화하는 현상도 이와 매우 비슷하다.

(15) p+n > m-n
· kap-nyɔn(갑년, 甲年) > kam-nyɔn
· sip-nyɔn(십년, 十年) > sim-nyɔn
· ŭp-nɐi(읍닉, 邑內) > ŭm-nɐi

(16) p+r > m-n
· ap-rok(압록, 鴨綠) > am-nok
· sip-ri(십리, 十里) > sim-ni
· pɔp-ryur(법률, 法律) > pɔm-nyur

이상의 여러 예를 보면 '綠', '路' 등과 같이 독립해서 쓰이든 다른 한자 뒤에 쓰이든 항상 초성이 'n(ㄴ)'이 되는 경우도 있고 '里', '律' 등과 같이 독립해서 쓰이면 모음 또는 'ㅑ, ㅕ, ㅛ, ㅠ, ㅣ', 다른 한자 뒤에 쓰이면 초성이 'n(ㄴ)'으로 변하는 두 가지 종류가 있다. 그러나 결국 (16)은 'r(ㄹ)'이 먼저 'n(ㄴ)'으로 변하고 그 'n(ㄴ)'이 다시 'p(ㅂ)'에 영향을 미쳐 'm(ㅁ)'으로 변화시킨 것이다.

(17) p+m > m-m
· sip-man(십만, 十萬) > sim-man
· ahop-mar(아홉말, 九斗) > ahom-mar

(17)은 전부동화로도 볼 수 있다.[21)]

21) [역자주] 小倉進平이 이것을 전부동화로도 볼 수 있다고 한 것은 '[p]'가 후행하는 '[m]'과 완전히 같아졌기 때문이다. 그러나 이러한 태도는 그리 타당하다고 볼 수 없다. 전부동화와 일부동화를 단순히 동화주와 피동화주가 같아졌는지의 여부로만 판단하면 '믿+는 → [민는]'의 비음동화는 전부동화가 되고 '먹

4. 맺음말

이상으로 서술해 온 것을 종합하면 역행동화가 적용되는 경우는 여러 가지가 있지만 순행동화가 적용되는 경우는 단 하나에 그침을 알 수 있다. 이러한 결과를 통해 한국어의 자음동화는 대체로 역행동화라고 단언해도 큰 지장이 없다고 본다. 이 현상의 역사적인 변천 또는 다른 언어와의 비교 등에 대해서는 훗날의 연구를 기다려 공개할 생각이다.

편의를 위해 지금까지 서술해 온 자음동화 현상과 함께 자음동화에 포함되지 않았던 자음의 결합을 표로 제시하고 마치고자 한다.[22]

	k	n[23]	t	r	m	p	s(ㅅ)	ng	ʧ
k	k-k	n-g		r-g	m-g	p-k	k-k	ng-g	
n	ng-k	n-n		l-l	m-n	m-n	n-n	ng-n	
t[24]	k-t (k-ʧ)	n-d (n-ʤ)		r-d (r-ʤ)	m-d (m-ʤ)	p-t (p-ʧ)	t-t (t-ʧ)	ng-d (ng-ʤ)	
r	ng-n	l-l		l-l	m-n	m-n	n-n	ng-n	
m	ng-m	n-m		r-m	m-m	m-m	m-m	ng-m	
p	k-p	n-b		r-b	m-b	p-p	p-p	ng-b	
s	k-s	n-s		l-s	m-s	p-s	s-s	ng-s	
ng									
ʧ	k-ʧ	n-ʤ		r-ʤ	m-ʤ	p-ʧ	t-ʧ	ng-ʤ	

+는 → [멍는]'의 비음동화는 일부동화가 되어 하나의 비음동화가 환경에 따라 전부동화도 되고 일부동화도 되는 이상한 결론에 다다르는 것이다. 비음동화는 본질적으로 자음의 조음 위치는 그대로 두고 조음 방식만 바꾸는 동화이므로 그 결과에 상관 없이 무조건 일부동화로 분류할 수밖에 없다. 다른 동화 역시 단순히 동화주와 피동화주의 형태만 비교하여 전부동화 여부를 판단해서는 안 될 것이다.

22) [역자주] 가로축이 선행 자음이고 세로축이 후행 자음이다.

23) 예외적으로 'n-g'가 'ng-g', 'n-b'가 'm-b', 'm-g'가 'ng-g'로 되는 경우가 있다는 것은 앞에서 말한 대로다.

24) 't, d(ㄷ)'가 'ʧ, ʤ(ㅈ)'로 바뀌는 것은 후행 모음이 'ㅑ, ㅕ, ㅛ, ㅠ, ㅣ'인 경우이다.

'한국어의 자음동화'에 대한 해설

이 논문은 "朝鮮語の子音同化"라는 제목으로 1915년 ≪藝文≫ 6~8집에 발표되었다. 小倉進平이 한국어 음운론에 대해 쓴 논문으로는 가장 앞선 논문이다.[25] 제목에서 알 수 있듯이 한국어의 자음동화를 다루고 있다. 자음동화를 방향에 따라 순행동화, 역행동화, 상호동화로 나누고 정도에 따라 전부동화와 일부동화로 나누었다. 이러한 분류 방법은 小倉進平 개인이 독창적으로 만들었다고 볼 수는 없고 서구의 언어학에서 쓰이던 것을 수용하여 국어에 적용했다고 할 수 있다.

여기서 다룬 내용은 1923년에 간행한 ≪國語及朝鮮語 發音概說≫ 3편 3.5.(음의 동화)의 기반이 된다. 그렇지만 차이가 일부 드러난다. 본문에서도 드러나지만 '삼라(森羅)'가 '삼나'로 발음되는 것에 대한 설명 방식은 이 논문의 설명과 ≪國語及朝鮮語 發音概說≫에서의 설명이 정반대로 되어 있다. 또한 위치동화 역시 이 논문에서는 어느 정도 다루고 있지만 1923년의 책에서는 전혀 언급하지 않았다.

이 논문의 내용은 이후 국내 학자들의 논의에 직간접적으로 영향을 미쳤다고 할 수 있다. 외솔 최현배가 국어의 자음동화를 설명한 부분에서는 小倉進平의 영향이 곳곳에 보인다. 또한 심악 이숭녕이 1930년대 초반에 쓴 "生きた朝鮮語の研究"도 기본적으로는 小倉進平의 동화 분류를 이어 받았다고 할 수 있다. 물론 이러한 영향이 이 논문에서 비롯된 것이 아니라 ≪國語及朝鮮語 發音概說≫에서 비롯된 것일 수도 있다. 그렇지만 ≪國語及朝鮮語 發音概說≫에 나오는 동화에 대한 설명이 이 논문을 기반으로 했다는 점에서 그 의의를 충분히 이해하게 된다.

---

25) 이 논문은 ≪小倉進平博士著作集≫(京都大 國文學會 刊行)에 수록되지 않았다. 그래서인지 몰라도 종래에 이 논문에 대한 언급은 거의 없었다.

9장
일본어와 한국어의 발음 개설

서문

일본어나 한국어를 공부하려는 사람들로서는 두 언어의 발음 전반을 알고 싶은 희망이 꽤 오래 전부터 있었던 듯하다. 그러나 오늘날까지 이 방면에 있어 대략적인 내용을 제시한 저작물이 전혀 나오지 않았다. 이것은 학술적으로나 실용적으로 매우 유감스러운 일이다. 그래서 분에 넘치는 줄 알면서도 이 분야에 대한 최초의 시도로 이 책을 내기에 이르렀다. 여기서의 설명은 음성학의 원리에 기초를 두며 일본어와 한국어의 음운론적 특징을 논의하고 공통점과 차이점을 구분할 뿐만 아니라 발음의 교정에 대한 견해도 덧붙였다. 이 책이 두 언어의 음운을 학술적으로 연구하는 사람들이나 실제 교육에 임하는 사람들에게 다소라도 참고가 된다면 매우 다행이라고 생각한다.

▩ 목 차

1편. 발음 기관

발음 기관은 인간이 소리를 내는 데 필요한 기관(器官)을 말한다. 음성학에서 발음 기관이라고 하면 보통 후두와 조성부(調聲部)를 가리킨다. 이 외에 발음하는 데 가장 중요한 요소인 공기를 저장하는 폐와 폐에서 나오는 공기가 나오는 기관(氣管, trachea) 등도 넓은 의미에서의 발음 기관이라고 할 수 있지만 실제로 발음과 직접적인 관계를 맺는 것은 후두와 조성부이다.

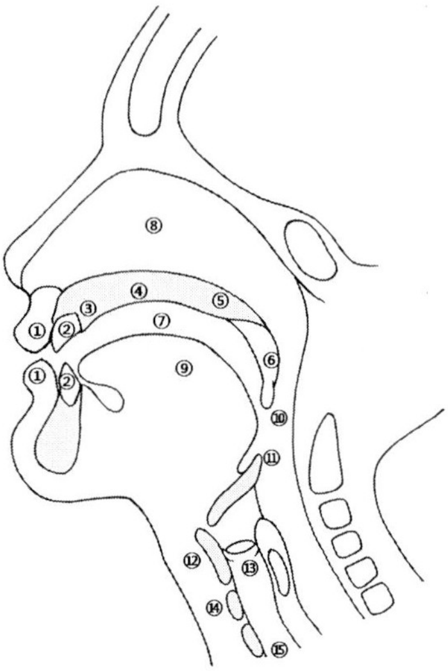

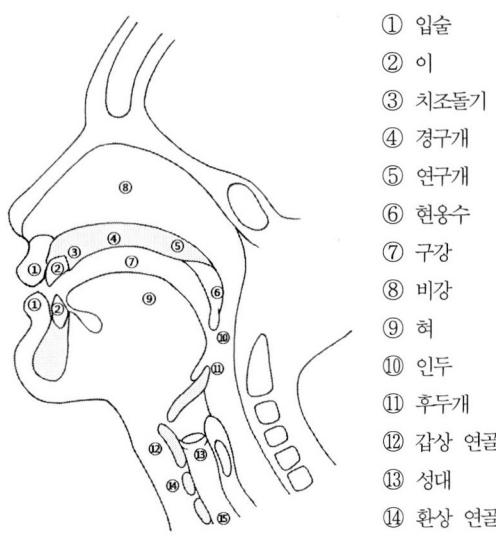

① 입술
② 이
③ 치조돌기
④ 경구개
⑤ 연구개
⑥ 현옹수
⑦ 구강
⑧ 비강
⑨ 혀
⑩ 인두
⑪ 후두개
⑫ 갑상 연골
⑬ 성대
⑭ 환상 연골

1.1. 후두(喉頭)

후두(喉頭, larynx)는 기관(氣管)의 위쪽에 위치하며 폐에서 나온 공기가 첫 번째 변화를 겪는 곳이다. 후두의 구조를 보면 우선 가장 아래쪽에 환상 연골(環狀軟骨, ring cartilage)이 있다. 환상 연골은 후두의 토대가 되는 것으로 동그란 고리 모양을 이루며 평평한 부분은 뒤쪽을 향하고 있다. 환상 연골의 위쪽에 갑상 연골(甲狀軟骨, shield cartilage)이 있다. 이 연골은 방패 모양 즉 V자와 유사한 모양이며 한 쪽은 예각을 이루고 다른 한 쪽은 열려 있다. 예각이 되는 부분이 앞쪽을 향하고 있기 때문에 손으로 쉽게 갑상연골을 찾을 수 있다. 이 연골은 여자보다 남자가 더 발달되어 있다. 환상연골의 윗부분에는 두 개의 연골이 마주하고 있다. 이것을 피열 연골(披裂軟骨, adjusting cartilage)이라고 한다.

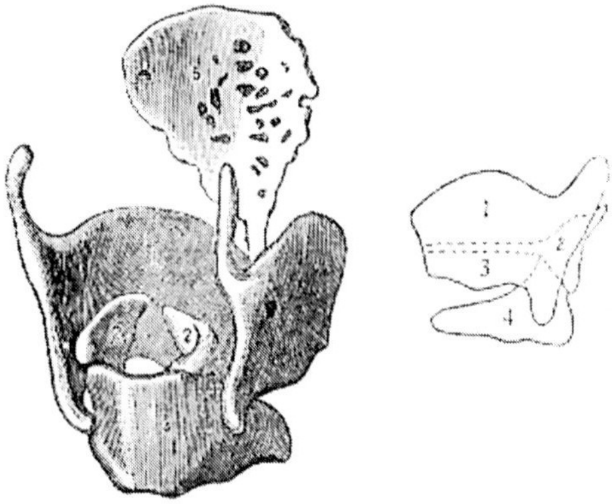

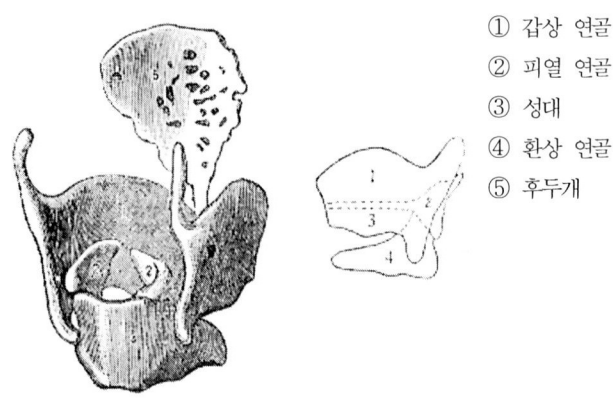

① 갑상 연골
② 피열 연골
③ 성대
④ 환상 연골
⑤ 후두개

피열 연골에서 갑상 연골 안쪽으로 두 개의 인대가 나와 있다. 이것을 성대(聲帶, vocal cords)라고 한다. 성대는 피열 연골의 움직임에 따라 긴축(緊縮)되기도 하고 신장(伸張)되기도 한다. 이러한 긴축이나 신장에 따라 두 개의 성대 사이에 생기는 틈을 성문(聲門, glottis)이라고 한다. 성문은 더 세분하여 근성문(筋聲門, voice glottis)과 연골 성문(軟骨聲門, whispering glottis)의 둘로 나눌 수 있다. 근성문은 양쪽의 성대 근육으로 이루어진 부분, 즉 일반적으로 '성문'이라고 부르는 것이고 연골 성문은 피열 연골 사이의 틈을 말한다. 또한 자세히 관찰하면 성대의 바로 위에 'Morgani 공간(succulus of Morgani)'이라고 하는 오목한 부분이 있으며 그 윗부분은 좁혀져서 의성대(擬聲帶, false vocal cords)를 형성하는데 그 좁혀진 곳을 의성대라고 부른다. 의성대는 실제 발음에는 아무런 관련을 맺지 않고 다만 성대에 대비되는 위치를 고려해 그 이름을 붙인 데 불과하다.[1)] 후두의 가장 윗부분에는 후두개(喉頭蓋, epi-glottis)가 있다. 후두개는 기관(氣管)을 통과한 기류를 흐르게 하거나 막는 역할을 하지만 다른 한 편으로는 음식물이 기도(氣道)에 들어가는 것을 방지하는 작용도 한다.

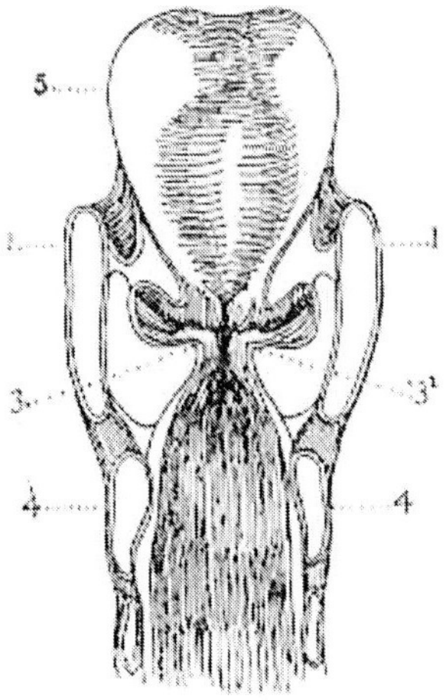

① 갑상 연골
② 피열 연골
③ 성대
④ 환상 연골
⑤ 후두개

1.2. 조성부(調聲部)

조성부(調聲部)는 후두의 위쪽에 있으며 후두부에서 만들어진 음성에 어떤 변화를 주는 부분을 지칭하는 것으로 크게 인두(咽頭, pharynx), 구강(口腔, oral cavity), 비강(鼻腔, nasal cavity)의 세 가지가 구별된다. 인두는 후두의 위에 있는 공간으로 뒤쪽은 인두벽을 이루고 앞쪽은 열려 있어 비강과 구강 모두와 통해 있다. 구강은 인두의 앞에 위치하며 조성부 중 가장 중요한 역할을 하는 부분이다. 구강의 앞부분부터 보면 입구에는 위, 아래로 입술이 있고 그 뒤에 이(teeth)가 있다. 다음으로 위턱을 보면 이(齒) 바로 뒤

1) [역자주] 의성대는 가성대(假聲帶)라고 많이 부르며 성대는 가성대와 대비시켜 진성대(眞聲帶)라고 부르는 경우가 있다.

에 치조돌기(齒槽突起, alveolar)[2]가 있고 그 뒤에 경구개(硬口蓋, hard palate), 그 다음에 연구개(軟口蓋, soft palate)가 있다. 연구개는 어느 정도 움직일 수 있는 부분이며 그 끝부분을 현옹수(懸壅垂, uvula)[3]라고 부른다. 현옹수는 소위 '목젖'이라고 하는 부분으로 발음상 중요한 역할을 한다. 아래턱은 상하(上下) 운동을 하는 기관으로 이(齒)의 뒤쪽에 혀(tongue)가 있고 그 뒤쪽 끝은 후두개에 접해 있다. 비강은 인두의 위쪽 상단에 있다. 비강의 뒤쪽은 인두와 통해 있고 앞쪽은 콧구멍을 통해 외부로 열려 있다.

2편. 음운 각론(音韻 各論)

말(言)이라는 것은 여러 가지 음들의 결합에 의해 성립된다. 음들의 결합은 단순히 음과 음이 서로 대립하며 연결된 상태가 아니고 그 사이에서 저절로 일종의 융합 작용이 발생하여 극히 미세한 변화를 하는 것이 보통이다.[4] 인간의 말은 단순히 개별 음들의 결합체로만 볼 수는 없다. 여러 음들이 결합한 바탕에 일종의 미묘한 작용이 더해지고 여기서부터 변화가 비롯되는 유기적인 언어가 성립하는 것이다. 그러므로 엄밀한 의미에서는 음성을 분석하는 것이 불가능하다.[5] 그러나 분석 없이는 음의 성질을 밝히고 응용할 방법을 강구할 수 없다. 마치 해부학이 인체를 분석・해부하여 체내 여러 기관들의 위치와 작용 등을 밝혀야만 의학이 이를 바탕으로 질병을 고칠

2) [역자주] 지금은 치조(齒槽) 또는 치경(齒莖)이라는 용어가 더 일반화되어 있다.

3) [역자주] 우리말로는 목젖, 한자어로는 구개수(口蓋垂)가 더 일반화되어 있다. 그러나 일제 시대에는 현옹수라는 용어도 매우 많이 사용되었다.

4) [역자주] 한 음에서 다른 음으로 바뀔 때 일종의 전이(transition) 단계가 미묘하게 존재함을 지적한 것이다.

5) [역자주] 무지개를 이루는 색깔들이 불연속적으로 분단되지 않고 연속적인 것과 마찬가지로 음 연쇄도 개별 음들이 정확한 경계를 가지고 명확하게 분리되지는 않음을 의미한다.

수 있는 것과 같은 이치이다. 2편에서는 이상과 같은 취지에서 음성을 분석하여 언어의 기초인 개별 음들의 성질을 밝히고자 한다.

2.1. 후두의 작용

인간의 호흡은 보통 폐, 기관(氣管), 후두, 인두, 비강에서 공기가 방해받지 않고 흐름으로써 이루어진다. 그러나 말을 할 때는 공기의 흐름이 두 입술 사이, 아래 입술과 윗니 사이, 윗니와 혀끝(舌端) 사이, 경구개와 혓바닥(舌面) 사이, 연구개와 혀뿌리(舌根) 사이 등에서 폐쇄되거나 좁혀져서 여러 음들이 생기는 것과 마찬가지로, 후두부에서의 성대 상태에 따라서도 변화가 일어날 수 있다. 여기서는 그러한 주된 현상을 다룬다.

2.1.1. 유성음과 무성음

호흡을 할 때는 성대가 이완되어 성문이 열리고 기류는 자유롭게 그 사이를 지나간다. 그런데 일단 성문이 긴장하여 날숨(呼氣)의 흐름을 방해하면 여기에서 성대가 진동하여 일종의 고른음(樂音)[6]이 만들어진다. 성대가 진동하는 현상을 음성학쪽으로 보면 '울음(聲, voice)'[7]이라고 하며 이 '울음'에 의해 생기는 음을 '유성음(voice sound)'이라고 한다. 반면 기류가 성대에서 아무런 방해도 받지 않아서 진동을 일으키지 않을 정도의 음을 '무성음(voiceless sound)'이라고 한다. 'a, e, i, o, u'와 같은 모음이나 'g, d, b, ng(ㅇ), n(ㄴ), m(ㅁ)'과 같은 자음은 성대의 진동을 동반하는 것으로 유성음에 속하고 'k(ㄱ), t(ㄷ), p(ㅂ)'와 같은 자음은 성대의 진동을 동반하지 않은 것으로 무성음에 속한다.

---

6) [역자주] 고른음은 '樂音'을 번역한 것으로 진동이 규칙적이고 일정한 높낮이가 있는 소리를 뜻한다. 예전의 문법 교과서 중에는 '악음'이라는 용어를 그대로 사용하기도 했다. '악음'의 반대는 '조음(噪音)'이다.

7) [역자주] '울음'이란 외솔 최현배의 용어로 순우리말이다. 여기서는 되도록 원저자가 사용한 용어 또는 학계에 일반화된 용어를 사용하되 경우에 따라서는 고유어도 쓰기로 한다.

성대의 진동은 다음과 같은 실험을 통해 외부에서도 알 수 있다.

① 후두부, 즉 후두의 돌출부에 손가락을 대면 진동을 느낀다.
② 두 귀를 손으로 막으면 머리에 진동을 느낀다.
③ 손을 머리 위에 대면 손에 진동을 느낀다.

모든 모음은 항상 유성음이다. 그러나 자음 중에는 원래 유성음이지만 무성음으로 바뀌는 경우가 존재한다. 예컨대 'l, r, m' 등과 같은 자음은 본질적으로 성대의 진동을 반드시 동반하는 유성음이지만 경우에 따라서 그 '울음(聲)'만을 제외한 자음으로 변하는 것이 있다. 이러한 경우의 무성음은 음성학적으로 그 문자 아래에 작은 원 기호를 붙여 'l̥, r̥, m̥'과 같이 표기한다.[8]

2.1.2. 속삭임

앞에서 말한 바와 같이 유성음은 성대의 진동에 따라서 생기지만 성문을 현저히 접근시키거나 또는 성문을 폐쇄하고 연골 성문만으로 기류를 방출하면 '속삭임(whisper)'이라고 하는 음이 발생한다. 일상적인 용법에서는 속삭임이 말의 누설을 막기 위해 작은 목소리로 발음하는 것을 의미하지만 음성학에서의 속삭임은 특별한 의미를 지니고 있다.

속삭임은 어떤 경우든지 연골 성문으로 기류를 통과시켜야 한다는 필요조건을 요구하는데 성대의 긴장 정도에 따라 여러 종류가 구별된다. 즉 성문을 좁히는 것으로 그치면 그다지 강하지 않은 약한 속삭임을 느끼지만, 성문이 완전히 폐쇄되면 기류가 강한 압력을 가지고 연골 성문을 통과하기 때문에 매우 강한 속삭임이 되는 것이다. 또한 성대의 진동으로 생기는 유성음이 구강 내 발음 기관의 변화에 따라 'a, i, u, e, o' 등의 모음을 형성하는 것과 마찬가지로 연골 성문을 통과한 '울음' 없는 날숨도 'a, i, u, e, o' 등의

8) '̥'은 성문이 열린 모양을 상징한 것이다.

발음 위치를 유지하는 일종의 무성음으로서 발음될 수 있다. 이처럼 속삭임으로 하는 말은 무성(無聲)의 말이라고 부를 수 있다.

2.1.3. 성대의 다른 작용

성대의 개폐(開閉)가 무성음과 유성음의 구별을 만드는 요인이 된다는 것은 앞에서 말한 바 있지만 성대는 또 다른 작용을 일으키는 경우가 있다. 즉 성문을 여는 완급의 정도에 따라 다음에 오는 모음에 어떤 변화를 주는 것이다. 여기서 그 주된 것을 논의하고자 한다.

첫째, 성문이 밀폐되었다가 파열되면서 기류가 갑자기 외부로 나옴과 동시에 '울음(聲)'이 이어지는 경우가 있다. 독일어의 어두에 있는 모음을 발음하는 경우, 영어 'have'의 'h'를 울리지 않고 'ave'와 같이 발음하는 경우, 일본어에서 'エ(e)'라고 강하게 대답하는 경우 등에서 보이며 음성학적으로는 모음 앞에 'ˀ'를 붙여 표기한다.[9] 가령 독일어 'ein'을 '[ˀain]'이라고 발음하는 것을 들 수 있다. 이 파열 현상을 생리학적으로만 관찰하면 소위 기침과 같은 종류가 된다. 가끔 이것을 'spiritus lenis'와 혼동할 때가 있다. 그러나 'ˀ'는 성문이 파열된 직후 모음이 이어지는 것이므로, 모음의 발음과 동시에 극히 약한 기식(氣息)이 동반되는 'spiritus lenis'와는 약간 다르다.

둘째, 'ˀ'는 성문이 갑자기 열리면서 모음이 이어지는 경우인데 이 외에 열린 성문에서 기식이 아무 장애를 받지 않고 방출되고 난 후에 모음이 이어지는 경우도 있다. 이 때의 기식은 원래 어떤 음이라고 부를 수는 없는 것이며 오로지 후행하는 모음이 발음 준비를 끝냈을 때 처음 나타나는 일종의 'h'와 같은 음이다. 그래서 이것을 무성 모음(無聲母音)이라고 할 수도 있다. 예를 들어 영어의 'honest, honour' 등에서 'h', 프랑스어에 많은 묵음 'h' 등은 모두 폐쇄나 마찰을 일으키지 않고 후행하는 모음이 이루는 입의 모양에 따라 그 형태가 결정되는 것이다. 일본어의 역사에서 'ha-hi(灰)'가 'ha-i', 'ka-ho(顔)'가 'ka-o'로 변할 무렵의 'h'가 아마 이런 음가였을 것으

9) [역자주] 'ˀ'는 일반적으로 성문의 파열을 가리킨다.

로 보인다.

그런데 이 때 성대가 약간 긴장해서 기식이 강해지면 일종의 마찰음이 생긴다. 이것이 곧 일본어 'ハ(ha), ヒ(hi), ヘ(he), ホ(ho)'의 두음이나 한국어의 'ㅎ'에 해당한다. 이런 음을 앞서 'spiritus lenis'와 대비해서 'spiritus asper'라고 한다.

2.2. 구강음(口腔音)

사람이 발음하는 음성 중 구강에서 나오는 것을 구강음이라고 한다. 설명의 편의상 구강음은 크게 모음과 자음의 두 가지로 구별한다.

2.2.1. 모음

일본에서 모음(母音)이라는 명칭은 원래 부음(父音) 또는 자음(子音)이라는 명칭에 대비시킨 것이다. 즉 'ア(a), イ(i), ウ(u), エ(e), オ(o)' 등의 음은 그것만으로도 독립된 음으로 사용되지만 그 외에 'カ(k-a), シ(sh-i), ツ(ʦ-u), ネ(n-e), ホ(h-o)' 등과 같이 다른 음과 결합하여 다른 소리를 만들 수 있는 작용, 즉 다른 음과 결합하여 제3의 소리를 산출한다는 의미로 명명된 것이다. 그러나 모자(母子)라는 명칭은 원래 인륜 관계에 의거해서 지어진 이름일 뿐 결코 음 그 자체의 성질을 말하는 것이라고는 할 수 없다.[10] 또 모음을 뜻하는 영어 단어 'vowel'은 라틴어 'Vox'에서 나온 것으로 원래 소리 즉 유성음을 의미하지만 유성음이 항상 모음에 한정되는 것은 아니기 때문에 'vowel'도 그리 타당한 명칭이라고는 할 수 없다.

그렇다면 모음의 본질은 무엇일까? 모음은 대체로 다음과 같은 조건을 구비해야 한다.

---

10) [역자주] 음의 종류를 지칭하는 자음(子音), 모음(母音), 부음(父音) 등이 모두 인륜과 관련된 것임을 지적한 것이다. 이 용어들의 쓰임에 대해서는 2.2.2.에서 좀 더 자세히 설명한다.

① 유성음이어야 한다. 모음은 성대의 진동을 동반하는 고른음(樂音)이다. 만약 성대의 진동을 동반하지 않은 경우에는 앞에서 말한 단순한 '[h]'가 된다.

② 공명음(Sonorlaut, 朗音)이어야 한다. 성대의 진동을 동반하는 유성의 기식은 입 밖에 나오기 전에 입술, 이, 입천장, 혀 등 여러 기관에서 완전히 폐쇄되거나 현저히 협착될 때가 있다. 그러나 모음은 이러한 폐쇄 또는 협착과 같은 상애를 겪으면 안 된다. 항상 구강을 통과하면서 방해를 많이 받지 않는 낭랑한 소리이어야 한다.

③ 구강음이어야 한다. 모음은 유성의 공명음이어야 할 뿐만 아니라 구강에서 울린다는 조건을 필요로 한다. 물론 모음 중에 비모음(鼻母音)이라고 해서 비강에서 울리는 것도 있지만[11] 종래에는 비모음을 이례적(異例的)인 것이라고 보았다.

요컨대 모음은 성대의 진동을 통해 나온 고른음(樂音)이 구강 내에서 두드러진 장애를 받지 않고 공명음으로 들리는 소리를 말하는 것이다.

모음의 수는 일본어의 경우 'ア(a), イ(i), ウ(u), エ(e), オ(o)'의 5개이고 한국어의 경우 '아, 어, 오, 우, 으, 이, ᄋᆞ'의 7개이다.[12] 그 외에도 언어에 따라 모음의 수는 차이가 있다. 두 입술의 긴장 정도와 둥글기의 정도, 혀끝(舌端)을 치조돌기에 접근시키는 정도, 혓바닥(舌面)을 입천장에 접근시키는 정도 등에서 무한한 종류가 있는 것처럼 이들의 작용에 의해 생기는 모음 또한 무수한 종류가 존재할 수 있음은 분명하다. 언어에 따라 모음의 수에 차이가 있는 것은 전적으로 이러한 이유를 바탕으로 한다. 각종 모음의 성질을 한눈에 보여 주기 위에 음성학자들은 발음 기관을 바탕으로 여러 도식을 만들었다.

일본에서는 도쿠가와 시대의 국학 발흥기 때 실담학자,[13] 운경학자[14] 등

11) 비모음 항목(2.2.1.6.)을 참조.
12) '야, 여, 요, 유' 등도 있지만 이것은 순수한 단모음이 아니라 이중모음에 속한다.
13) [역자주] 실담학(悉曇學)이란 범어 즉 산스크리트어에 대한 학문이다.

이 이러한 모음 도식을 제작한 것이 적지 않다. 그 중에서 가장 명료하게 설명하여 제시한 것은 국학의 시조(始祖)라고 할 수 있는 모토오리 노리나가(本居宣長)의 도식이다. 그는 ≪漢字三音考≫[15] 중의 '皇國字音의 格'이라는 항목에서 다음과 같이 말하고 있다.

"(생략) 위에 제시한 여러 글자의 운(韻)에서 'イ(i)'와 'ウ(u)'는 운의 개합(開合)[16]이다. 경중(輕重)과 개합(開合)에 따른 순서는 이미 자음의 가나(假字) 표기에서 그림을 그려 자세히 설명했듯이 'イ(i), エ(e), ア(a), オ(o), ウ(u)'로 한다. 'イ'는 '개(開)'의 시작이고 'ウ'는 '合'의 끝이라서 서로 정반대이지만 오히려 매우 가까우며 특히 친밀하게 통하는 이치가 있다. 아래에서 그 도식에 대해 설명한다.[17]

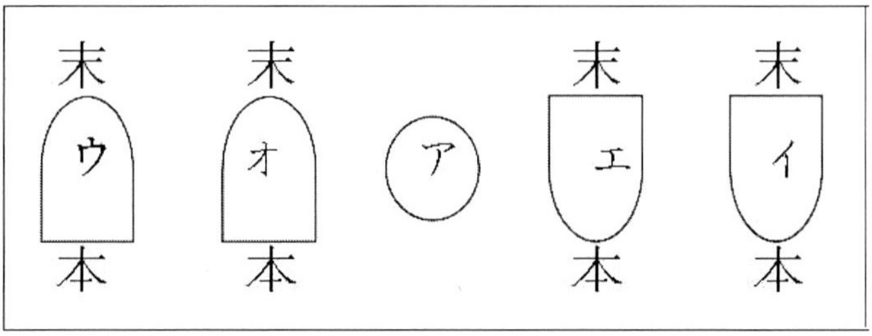

오음(五音)의 형상은 이 그림과 같다.[18] 'イ'는 '개(開)' 부류의 시작이고 그 형세는 미약(細小)하며 처음에는 좁혀졌다가 끝에 열리는 모음이다. 'エ'는 'イ'와 비슷하지만 형세가 약간 더 크며 또 끝으로 갈수록 열리는 모음이

14) [역자주] 운경학(韻鏡學)이란 운학 즉 소리에 대한 학문이다.
15) [역자주] 1784년에 간행된 한자음 관련 연구서이다.
16) [역자주] 개합(開合)이란 성운학에서 운모(韻母)를 구분하는 기준 중 하나로 원순모음 또는 원순성 활음 'w'가 첨가된 운모는 '합(合)'에 해당하고 그렇지 않은 운모는 '개(開)'에 해당한다.
17) [역자주] 아래 그림에서 '本'은 첫부분을, '末'은 끝부분을 나타낸다.
18) [역자주] 오음(五音)이란 'イ(i), エ(e), ア(a), オ(o), ウ(u)'를 가리킨다.

다. ‘ア’는 중간에 있는 모음이기 때문에 원이 크며 처음과 끝이 없다.[19] ‘オ’는 ‘개(開)’ 부류에서 ‘합(合)’ 부류로 가는 모음이고 끝에 좁혀지며 ‘ウ’와 비슷하되 형세가 약간 크다. ‘ウ’는 ‘합(合)’ 부류의 마지막으로 그 형세는 미약(細小)하며 끝이 점점 좁혀지는 모음이다. 이상 오음(五音)의 형상은 스스로 소리를 내 봐야 알 수 있다. ‘カ(ka), サ(sa), タ(ta), ナ(na), ハ(ha), マ(ma), ヤ(ya), ラ(ra), ワ(wa)’의 9행(行)에 속하는 오음(五音)도 개합(開合)의 순서는 ‘イ, エ, ア, オ, ウ’에 준한다.[20] 그리고 ‘イ, エ, ア, オ, ウ’는 개(開)에서 시작하여 합(合)으로 끝나는 순서로 배열한 것이며 반대로 ‘ウ, オ, ア, エ, イ’로 배열하면 ‘ウ, オ, ア’는 차차 열리고, ‘ア, エ, イ’는 차차 좁혀져 합(合)으로 돌아가는 기세이다.

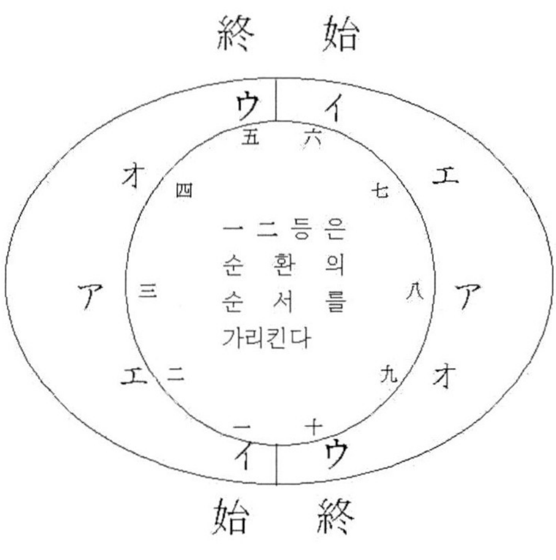

이 그림처럼 모음들은 계속 순환하며 끝에서 다시 처음으로 돌아간다. 성음(聲音)이 자연이므로 율(律)도 또한 같은 것이다. ‘イ’와 ‘ウ’는 서로 개합

19) 그래서 실담학자(悉曇家)들이 ‘ア’는 개음(開音), 나머지 ‘イ, エ, オ, ウ’는 모두 합음(合音)이라고 할 때가 있다.

20) [역자주] ‘カ(ka), サ(sa), タ(ta), ナ(na), ハ(ha), マ(ma), ヤ(ya), ラ(ra), ワ(wa)’의 ‘9행(行)’이란 五音 앞에 ‘k, s, t, n, h, m, y, r, w’가 선행하는 경우를 뜻한다.

(開合)으로 나뉘며 게다가 인접한 모음이기 때문에 여러 글자의 운은 두 부류로 나뉜다. 'イ'가 음편(音便)[21]의 결과 'エ'로 바뀌고 'ウ'가 'オ'로 바뀌는 경우가 많은 것은 비슷한 음들끼리 가까워졌기 때문이라는 사실을 이상의 두 그림으로써 이해할 수 있을 것이다.[22]"

위의 그림에서 모음의 순서를 'イ, エ, ア, オ, ウ'로 하고 악각(顎角)[23]의 측면에서 'イ, ウ'를 최소, 'ア'를 최대, 'エ, オ'를 그 중간이라고 본 점과 'イ, エ, ア, オ, ウ'의 양 끝인 'イ'와 'ウ'가 비록 거리가 멀리 떨어져 있지만 서로 공유하는 유사한 성질이 있어서 원형의 순환을 이룬다고 본 점은 오늘날 음성학의 원리에서 봐도 참으로 훌륭한 탁견이라고 해야 할 것이다.

서양 음성학자들의 도식으로는 Winteler의 원형도(圓形圖), Techmer의 사각도(四角圖), Trautmann의 십자도(十字圖), Bell의 시화법(視話法)을 응용한 단형도(短形圖) 등을 주로 들 수 있지만 현재 가장 일반화된 것은 다음에 말할 삼각도(三角圖)이다. 모음 삼각도(vocal pyramid)[24]는 영국의 Bell로부터 시작하여 독일의 Viëtor에 의해 수정・완성된 것이다.[25]

---

21) [역자주] 음편(音便)이란 일본 학자들이 음 변화를 설명할 때 흔히 드는 것으로 일제 시대의 국내 학자들에게도 영향을 미쳤다. 말 그대로 음의 편리상 변한다는 것인데 어떤 변화든지 설명할 수 있는 만병통치라서 오히려 음 변화에 대한 과학적 접근을 어렵게 만들었다. 음편은 일본에서 매우 오래 전부터 쓰여 왔다.

22) [역자주] 'イ'와 'エ'는 '개(開)' 부류에 속하므로 비슷하고 'オ'와 'ウ'는 '합(合)' 부류에 속하므로 역시 비슷함을 말한 것이다.

23) 위턱과 아래턱이 벌어지는 각도.

24) 이 그림은 구강을 코 근육(鼻筋)에 따라 세로로 자른 모양이며 구강의 앞부분이 그림의 왼쪽에 해당한다.

25) [역자주] 小倉進平은 이 책에서 Viëtor의 영향을 매우 많이 받았다. Wilhelm Viëtor는 국내에서는 잘 알려지지 않았지만 19세기 후반 언어 교육의 개혁을 이끌었으며 이 방면으로 여러 권의 저서를 남긴 매우 유명한 학자였다. 그는 1884년 독일어로 된 ≪Elemente der Phonetik≫이라는 책을 냈으며 1897년에는 이것을 요약하여 ≪Kleine Phonetik≫이라는 책을 간행했다. 이 책을 Walter Rippmann이 1899년 번역하여 ≪Elements of Phonetics-English, French & German≫라는 제목으로 간행했다. Rippmann의 책은 Viëtor의 책을 단순히 번역한 것이 아니고 1장 조음 기관 부분을 번역자가 새로 덧붙였다.

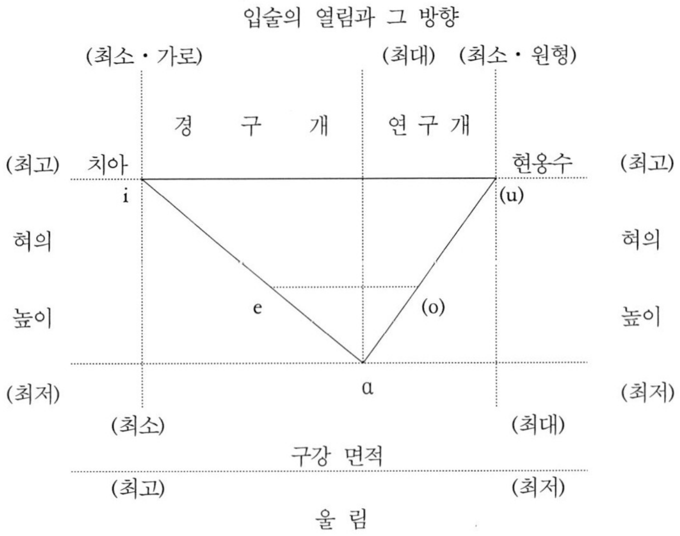

먼저 모음 삼각도의 구조부터 설명하면 삼각형은 이등변이 아니고 'a'는 'i'와 'u'의 중간보다 약간 오른쪽으로 치우쳐 있다.26) 'i'는 치조돌기에 접촉하여 생기는 모음이며 혀의 위치는 가장 높다. 또한 입술이 열리는 정도는 가장 작으며 입술이 옆으로 당겨져서 구강의 면적이 가장 좁기 때문에 울림이 제일 크다. 'u'는 혀뿌리(舌根)와 연구개의 접촉에 의해 만들어지는 모음으로 혀의 위치가 가장 높다. 그리고 입술이 가장 적게 벌어지며 동그스름하여 구강의 면적이 제일 크기 때문에 울림은 가장 낫다. 'a'는 혀의 위치가 가장 낮고 입을 제일 많이 벌리는 모음이며 'e'는 'i'와 'a'의 중간, 'o'는 'u'와 'a'와의 중간에 있는 모음을 가리킨다.

Rippmann의 번역서를 小倉進平의 책과 비교하면 구성이 거의 일치한다는 점을 알 수 있다. 그 외에 구체적인 내용에서도 적지 않은 영향을 받았다. Viëtor의 책은 외솔 최현배에게도 큰 영향을 끼친다. 더 자세한 것은 "이진호(2008), 일제 시대의 국어 음운론 연구, ≪한국어학≫ 40, 한국어학회"를 참고할 수 있다.

26) [역자주] 그렇기 때문에 'i'와 'a'를 잇는 선의 길이가 'u'와 'a'를 잇는 선의 길이보다 길다.

앞에서 제시한 삼각도 안의 'i, e, a, o, u'는 단지 대표적인 기본 모음 5개를 제시한 데 불과하고 그 모음들 사이에는 실로 무수한 모음들이 존재하고 있다. 그러나 어떤 언어든지 그 모든 모음을 표기할 수 있는 문자는 없으며 실제적으로 그럴 필요를 느끼지도 못한다. 다만 음성학적으로 이 음들을 논의하는 데 있어 오늘날 통용되는 표음 문자만으로는 충분치 않기 때문에 다른 기호를 더 채택하는 경우가 있다. 이런 기호를 음성 기호(phonetic alphabet)라고 한다. 음성 기호에는 Brücke, Bell 등과 같이 음의 성질을 기호 위에 바로 표시하는 것,[27] Soames, Storm, Sievers 등과 같이 종래 통용되는 문자의 일부에 어떤 변화를 더한 것 등 여러 종류가 있지만 현재 가장 일반적으로 사용되는 것은 Paul Passy가 편집 주간으로 있는 '국제음성학회(Association Phonétique Internationale)'의 기관지 ≪Le Maitre Phonétique≫가 채택한 것이다. 여기서는 ≪Le Maitre Phonétique≫의 음성 기호를 사용하여 기본 모음을 표시한 후 모음 삼각도에 배열하여 그 성질을 밝힘과 동시에 일본어와 한국어 모음의 특징을 설명하고자 한다. 다음 그림에서 '(u), (o), (ɔ)' 등의 괄호는 입술을 둥글게 하는 모음임을 의미한다.

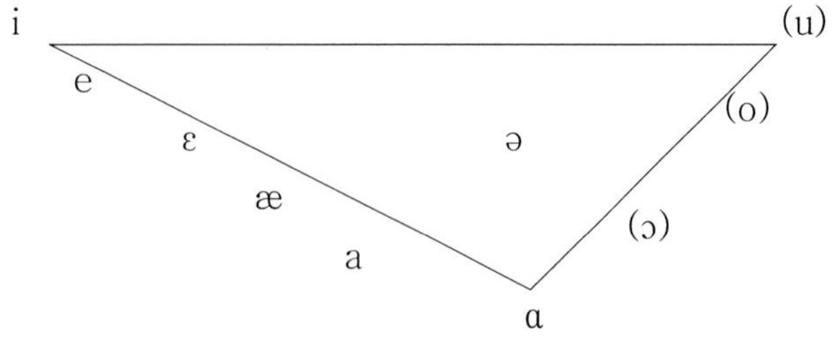

27) 시화(視話) 문자와 같은 경우이다. [역자주] 시화 문자란 Alexander Melville Bell이 창안한 것으로 청각 장애인들이 말을 배우는 데 도움을 주기 위해 고안한 시각 문자이다. Bell이 1867년에 쓴 ≪Visible Speech≫에서 제안되었다. Bell의 책은 일본에서 엔도 류키치(遠藤隆吉)에 의해 1906년 ≪視話音字 發音學≫이라는 책으로 번안되었는데 이 책의 음성학 이론이 김두봉에게 영향을 준 것으로 알려져 있다. 자세한 것은 "古賀 聰(2001), 김두봉의 '소리갈'과 일본 음성학, ≪형태론≫ 3-2, 박이정"을 참고할 수 있다.

2.2.1.1. u

'u'는 가장 뒤쪽에서 발음되는 모음으로 혀뿌리(舌根)는 현저히 올라가서 거의 연구개에 닿는다. 혀의 앞부분은 뒤쪽 아래로 당겨져 구강의 앞부분에 큰 공간이 생기며 입술은 앞으로 나와 원형을 형성하고 윗니와 아랫니 사이는 보통 열려 있다. 'u'의 높낮이(pitch)는 모음 중에서 가장 약하다.[28]

'u'를 자세히 관찰하면 합구(合口)와 개구(開口)의 두 가지가 있다.[29] 음성학적으로 구별할 때에는 合口를 'U'로, 開口를 'u'로 표시한다. 合口의 'U'는 혀뿌리(舌根)가 매우 높아지고 입술을 앞으로 내밀거나 동그랗게 만드는 정도도 매우 두드러지지만 開口의 'u'는 혀뿌리가 그다지 높아지지도 않으며 입술의 작용 역시 훨씬 이완된다.

일본어의 'ウ'는 開口와 合口 중 어느 쪽에 속할까? 많은 경우에는 開口인 'u'라고 해도 상관이 없다. 그런데 일본의 오십음도(五十音圖)[30]에는 'ア'행(行)에 'ウ'가 존재하는 것 이외에 'ワ'행(行)에도 'ウ'가 포함되어 있다.[31] 'ワ'행의 'ウ'가 어떤 음가를 가지고 있는지에 대해서는 예전부터

28) [역자주] pitch가 약하다는 것이 무엇을 뜻하는지 명확하지는 않다. pitch는 진동수(frequency)와 관련된 개념인데 실험음성학적 결과에 따르면 'u'는 중요 formant가 모음 중에서 가장 낮은 축에 속한다. 즉 진동수가 매우 낮은 것이다. 이것을 가리켜 pitch가 약하다고 한 것인지는 확실치 않다.

29) [역자주] 합구(合口)와 개구(開口)는 일반적으로 앞에서 살핀 개합(開合)에 대응한다. 따라서 원순성과 밀접한 관련을 맺는다. 그렇지만 小倉進平은 이 글에서 합구(合口)와 개구(開口)를 단순히 원순성에 국한하여 사용하지는 않고 입의 벌어짐 즉 개구도와 관련해서도 사용하고 있다. 그 경우에는 합구(合口)보다 개구(開口)가 개구도가 더 큰 쪽을 가리킨다. 따라서 문맥에 따라 합구(合口)와 개구(開口)의 의미를 파악할 필요가 있다. 한편 'u'는 원순모음이므로 '합구(合口)'에 해당하나 小倉進平은 '합구(合口)'와 '개구(開口)'의 두 가지를 나누고 있다. 이 문제에 대해서는 小倉進平이 1912년에 쓴 "母音の開合殊に'ウ'に就いて(≪國學院雜誌≫ 18-3)"을 참고할 수 있다.

30) [역자주] 오십음도란 일본어의 음절을 일정한 순서에 따라 한꺼번에 제시해 놓은 표를 뜻한다. 다섯 개의 모음(a, i, u, e, o)과 10개의 초성(ø, k, s, t, n, h, p, m, y, r, w)이 합쳐지기 때문에 오십(五十)이 된다.

31) [역자주] 'ア'행(行)이란 초성이 없는 음절을 뜻하고 'ワ'행(行)이란 'w'로 시작하는 음절을 뜻한다. 따라서 'ア'행(行)의 'ウ'는 'u'이지만 'ワ'행(行)의 'ウ'

여러 가지 학설이 있다. 어떤 사람은 이것이 'ワ'행에 속하므로 'wu'이어야 한다고 보았고 어떤 사람은 이것이 단지 오십음도의 빈칸을 채운 데 불과하며 어떤 특별한 음이 아니고 실제로는 'ア'행의 'ウ'와 동일하다고 보기도 했다.

오십음도가 언어학적으로 중요한 가치를 지닌다는 점은 당연히 인정하지만 많은 사람들이 이것을 지나치게 중시하여 어쩌면 형식에만 사로잡힘으로써 오히려 정확한 결론을 이끌어 내지 못할까 염려되는 바가 있다. 여기서는 오십음도라는 범주를 떠나 자유로운 입장에서 'wu'의 존재 여부를 고찰하는 것이 지극히 당연하다고 믿는다. 또한 내친 김에 'wu'의 존재 여부에 대한 일본 음운학자들의 학설을 소개하고 논지가 모아지는 부분을 밝혀 보기로 한다.

다만 여기서 한 마디 덧붙일 것이 있다. 사람들이 발음하는 'ウ'는 開口의 'u'이지만 입술을 더 둥글게 하고 앞으로 내밀면 合口의 'U'가 된다. 그런데 合口의 'U'를 극단적으로 협착시키면 결국에는 공명음(朗音)의 성질을 잃어버리고 입술에서 마찰이 생겨 자음 'w'가 된다.[32] 여기서 논의하는 'ア'행이 아닌 'ウ'는 'w'와 'u'의 결합인 'wu'에 속하므로 오히려 자음의 'w' 항목에서 서술해야 할지 모른다. 그러나 일본에서는 'ウ'의 범주에 들어가는 각종 'u'를 모두 'ウ'로 표기하기 때문에 편의상 모음 항목에서 서술하기로 한다.

일본의 음운학자 중에는 'ア'행의 'ウ(u)'와 'ワ'행의 'ウ(wu)'를 구별하기 위해 한자의 용법을 구분한 이도 있다. 시키다 도시하루(敷田年治)는 'ア'행의 'ウ'에 대해서는 '烏, 紆'를 쓰고 'ワ'행의 'ウ'에 대해서는 '宇,

---

는 'wu'가 된다. 그렇지만 후술하듯이 여기에 대해서는 이견이 존재한다. 小倉進平은 오십음도와 상관 없이 일본어에 'wu'가 존재할 수 있는지를 논의한다.

32) [역자주] 현대 음운론에서는 'w'가 자음이나 모음과 구별되는 반모음이며 공명음이라고 보지만 이 당시에는 자음 중에서도 마찰음으로 보았다. 따라서 'w'는 공명음(朗音)이라고 하기 어렵다. 小倉進平의 자음 분류는 2.2.2.1.을 참고할 수 있다.

羽'를 사용하였다. 그러나 옛 문헌의 실제 예들을 보면 이러한 엄격한 규약은 전혀 지켜지지 않았다. 여기서는 다른 측면을 관찰하여 일본어에 'wu'가 소수나마 존재한다는 것을 인정하고자 한다. 다음은 그 이유 중 일부이다.

시라이 히로카게(白井寬蔭)의 ≪音韻假字用格≫[33]에서는 ≪韻鏡≫[34]의 '二十五轉'과 '二十六轉'에 나오는 'ウ'는 'ワ'행의 'ウ(wu)'이고 '十二轉'은 'ア'행의 'ウ(u)'라고 논의하고 있다. 실제로 예를 보아도 '襖(アウ)', '蕉(セウ)', '照(セウ)', '蕭(セウ)'[35] 등의 'ウ'가 'ワ'행 음으로 변하여 '襖子(アヲシ)', '芭蕉(バセヲ)' 등과 같이 되는 것을 통해 알 수 있다. 이 현상으로부터 'ウ'가 'ヲ(wo)'로 바뀌기 전에 'wu'의 단계를 거쳤으리라 추측이 된다.

≪南留別志≫[36]에도 다음과 같은 내용이 있으며 '蕭, 宵' 등 '二十五轉'에 속한 한자의 'ウ'는 보통의 'ウ'가 아님을 인정하고 있다.

> "'芭蕉'를 'はせを(hasewo)'라고 표기하고 '紀長谷雄'를 '發昭'라고 표기하는 것을 보면 蕭韻, 宵韻에 속하는 글자들은 예전에는 'う(u)'[37]를 사용하지 않았던 것으로 보인다. 東韻, 陽韻, 庚韻 등은 비음(鼻音)이 들어가기 때문에 'う'를 써야 한다. 肴韻, 豪韻과 尤韻은 물론 'う'로 표기한다."

이 외에 예전에는 'うつつ', 'うそ', 'うけら'의 'う'를 'をつつ', 'をそ', 'をけら'와 같이 'ワ'행 음(を)으로 바꾸어 발음한 현상으로 보아 이 때의 'ウ'는 'ワ'행 음의 'ウ'이라고 논하고 있는 학자가 많다. 최근에 오오

---

33) [역자주] 이 책의 정확한 명칭은 ≪音韻假字用例≫이며 1860년 간행되었다.

34) [역자주] 隋唐代의 한자음을 도식화한 것으로 중국 음운사 연구에서 중요한 가치를 지닌다.

35) [역자주] '襖', '蕉', '照', '蕭'는 ≪韻鏡≫의 '二十五轉' 또는 '二十六轉'에 속한다.

36) [역자주] 오규 소라이(荻生徂徠, 1666~1728)가 짓고 가와치 야와스케(河內屋和助)가 1762년 편찬한 책이다.

37) [역자주] 'う'는 'ア'행의 'ウ(u)'이다.

야 도우루(大矢透)가 일본어의 옛 'ワ'행 음은 오늘날과 같은 'w'로 시작하는 것이 아니라 'v'로 시작했다고 논의한 것에는 주의를 기울여야 한다.[38)]

한국어의 '우'는 合口의 '(U)'이며 일본어의 'ウ'와는 많이 다르다. 한국어에는 '우'와 유사한 모음이라고 생각되는 것에 '으'가 있다. 일본 문자로는 보통 '우'와 '으' 모두 'ウ'로 표기한다. 발음상 두 모음의 차이를 구별하는 것은 매우 어려운데 두 모음은 원래 다른 음에 속한다. '으'에 대해 서양인들은 많은 경우 'eu'로 표시하지만 이 표기는 결코 정확한 것이 못 된다. 이 모음을 발음할 때 혀뿌리(舌根)가 올라가서 연구개에 접근한다는 점은 'u'와 같지만 혓바닥(舌面)과 혀끝(舌端)은 막연하게 힘 없이 아래쪽으로 내려와 소위 중성모음(中性母音, neutral vowel 또는 mixed vowel)[39)]의 성질을 나타내며 입의 양 끝은 'i'와 같이 좌우로 현저하게 당겨지는 특징이 있다.

【'ウ'와 '으', '우'의 발음 연습】

한국어에는 'ウ' 모음이 없고 일본어에는 '우, 으' 모음이 없다는 사실은 앞에서 말한 바 있다. 그러나 예전부터 한국에서는 일본어 'ウ'를 나타낼 때 '우' 또는 '于, 宇, 右, 牛, 尤' 등 '우' 모음을 가진 한자를 사용했고 일본에서는 한국어 '우, 으'를 표기할 때 'ウ'를 사용한 것은 둘 사이에 있는 약간의 유사점을 바탕으로 한 결과이다. 요약하면 한국어의 '우'는 일본어의 'ウ'보다 훨씬 입술을 앞쪽으로 내밀면서 둥글게 발음해야 하고 '으'는 일본어의 'ウ'보다 혀의 위치를 편하게 하고 입술 양 쪽을 강하게

---

38) ≪音圖及手習詞歌考≫. [역자주] ≪音圖及手習詞歌考≫는 오오야 도우루(大矢透)가 1918년 간행한 저서로 당시까지 전래되던 오십음도와 수습사가(手習詞歌)를 모아 창제 시기와 작자 등을 다루고 있다.

39) [역자주] 중성모음(中性母音, neutral vowel)은 두 가지 의미로 쓰인다. schwa처럼 모호하고 불분명한 음질의 모음을 뜻하기도 하고 모음조화에서 중립적으로 행동하는 모음을 뜻하기도 한다. 여기서의 중성모음은 문맥상 앞의 의미로 쓰인 듯하다.

좌우로 당기면서 발음해야 하는 것이다.

2.2.1.2. o

'o'는 'u'와 'a'의 중간에 위치하는 모음이다. 이 모음을 자세히 관찰하면 合口와 開口 그리고 中間의 세 가지로 분류할 수 있다. 음성학적으로 이것을 구별하기 위해 합구음에는 '[o]', 개구음에는 '[ɔ]', 중간음에는 '[ɗ]'라는 음성 기호를 사용한다.

일본어의 'オ'[40]는 아마도 세 부류 중 중간음인 '[ɗ]'에 속한다고 할 것이다. Chamberlain은 이전에 일본어의 기본모음이 'a, i, u' 세 개이며 'o'와 'e'는 후대의 발달과 관계되었다고 했으나 반드시 그렇게 단정할 수만은 없다.

한국어에는 'o' 부류에 속하는 모음에 '오'와 '어'의 두 가지가 있다. '오'는 음성학상 合口인 '[o]'에 속하고 '어'는 開口인 '[ɔ]'에 속해야 한다. 종래의 영문 표기에서 '오'에 대해서는 많은 학자들이 'o'로 일치를 보였다. 그러나 '어'에 대해서는 ≪朝鮮語典≫(프랑스 선교사 편)[41]과 Scott[42] 등이 'e'[43]를 사용하고 그 외의 학자는 'ü' 또는 'ö'를 사용하고 있는데 오늘날 일본 학계에서는 보통 'ö'를 사용한다.[44] 그러나 어떤 문자라 하더라도

40) 후세에는 'ヲ'도 마찬가지.

41) [역자주] '파리 외방(外邦) 선교회 조선교구 선교사(Les Missionnaires de Corée de la Société des Missions Étrangeres de Paris)'가 1881년에 편찬한 ≪Grammaire Coréenne≫를 가리킨다. 여기서는 대문자 'E'를 사용하여 '어'를 표기하였다. 자세한 것은 이 책의 5부에 번역하여 실은 "한국어 모음의 발음 기호"를 참고할 수 있다.

42) [역자주] James Scott의 책은 ≪Corean manual or phrase book≫(1887)을 뜻하는지 ≪English-Corean Dictionary≫(1891)을 뜻하는지 분명치 않다. 그렇지만 두 책에서 모두 '어'를 'e'로 표기했다.

43) 중성모음(Neutral)의 의미로 썼다.

44) [역자주] 이후에 한국어 모음의 표기 방법에 대해서 小倉進平은 별도의 논문을 발표한다. 자세한 내용은 이 책의 5부에 실린 "한국어 모음의 발음 기호"와 "한글의 로마자 표기법"을 참고할 수 있다.

'어'의 성질을 제대로 설명할 수 있는 것은 찾기 어렵다.

엄격하게 논의하면 開口인 '어'는 지역에 따라 두 가지가 있으며 같은 서울 지역에서도 두 가지 음가가 존재하고 있다.

(1) 어서 오너라, 어머니. 여러 가지.
(2) 엇지 하얏소, 거즛말, 엇엇다.

가령 (1)에서 '어, 서, 머, 러' 등의 '어'는 분명히 開口의 '(ɔ)'이지만 (2)에서 '어, 거' 등의 '어'는 (1)과 달리 '으'와 유사한 음이 된다. ≪朝鮮語典≫(프랑스 선교사 편)이나 Scott가 채택한 'e'는 이런 의미에서 적절하다고 볼 수 있을지 모르나 '어'의 두 가지 다른 음가를 표기하기 위한 대표 문자로서는 너무나 부족한 느낌이 든다.

지금까지 조사한 범위에서 지역적 분포 상태에 따른 '어'의 성질을 관찰하면 경기, 강원, 충청남북도 지방에서는 (1), (2)의 두 가지 음가가 모두 존재하며,[45] 경상남북도와 전라남도 지방에서는 (1)은 없고 모두 (2)와 같은 음가만 나타난다. 서울 지방에 사는 일본인이 한국인 교사 발음에 따라 '어서, 어머니' 등을 받아쓸 경우에는 '오소, 오모니'로 잘못 쓰기 쉽고, 경상도나 전라도 지방의 일본인이 그 곳의 한국인 발음에 따라 '어서, 어머니'를 받아쓰면 '으스, 으므니'라고 잘못 쓰기 쉬운데 이는 전적으로 지역에 따른 '어'의 음가 차이를 바탕으로 한 것이다. '으'의 특성에 대해서는 앞선 'u' 항목을 참조할 수 있다. 언어에 따라서는 'o'를 발음할 때의 입술 둥글기에 'e'를 발음할 때의 혀의 위치를 더해 하나의 모음으로 발음하기도 한다. 독일어에 존재하는 '[ö]'와 같은 모음이 그 예이다.

【'オ'와 '오, 어'의 발음 연습】

'オ'와 '오' 사이에는 다른 점이 많이 존재하는 것은 아니지만 '오'는

45) 경기도 이북은 알 수 없다.

'オ'보다 더 입술을 앞으로 내밀며 둥글게 해서 발음할 필요가 있다. 또 '어'는 일본어에는 없는 모음이므로 처음 발음할 때에는 꽤 어려움을 느끼지만 'オ'보다 더 입을 벌려서 'ア'에 가까운 'オ'로 연습하면 된다. 다만 이 모음들은 서로 유사한 점이 있기 때문에 예전부터 한국에서 일본어의 'オ'를 표기하는 경우에는 '오' 또는 '五, 吳, 烏' 등의 문자를 사용하고 일본에서 한국어의 '오, 어'를 표기하는 경우에는 'オ'를 사용하였다.

2.2.1.3. a

'a'는 모음 삼각도에서 'u'와 'a'를 잇는 선과 'i'와 'a'를 잇는 선이 만나는 지점에 위치한다. 혓바닥(舌面)의 중간 부분을 약간 높여서 구강의 앞 공간을 다른 모음보다 넓힘으로써 내는 모음이다. 그러나 이 때 혀의 앞부분을 더 위쪽에 올리면 다른 종류의 'a'가 생긴다. 앞에서 설명한 'a'는 낮고 어두운 음으로 開口의 'ɔ'와 유사하고 뒤에서 설명한 'a'는 높고 뚜렷하며 'æ' 또는 'ɛ'와 유사하다. 앞의 것을 순수(pure)한 또는 중성(neutral)의 'a'라고 한다면 뒤의 것은 명료(clear)한 'a'라고 할 수 있다. 만약 그 둘을 학문상 구별해서 표기할 필요가 있다면 순수한 'a'는 '*a*', 명료한 'a'는 'a'를 사용한다.

일본어의 'ア'는 순수한 'a'에 속한다. 한국어의 '아'는 일본어와 마찬가지로 순수한 'a'에 속한다. 예전부터 한국에서 일본어의 'ア'를 표시할 때 '아' 또는 '阿, 我, 呀' 등의 문자를 썼고 일본에서 한국어의 '아'를 표시할 때 'ア'를 사용한 것은 당연한 것이다.

한국어에는 '아'와 유사한 모음으로 'ᄋᆞ'가 있다. 'ᄋᆞ'는 오늘날 많은 지방에서는 '아'와 동일하게 발음되지만 예전에 그 둘을 구별했다는 사실은 ≪訓民正音≫에 "ㅏ如覃字中聲", "ㆍ如呑字中聲"이라고 쓰여 있는 것을 봐도 분명하다. 그러나 'ᄋᆞ'의 원음(原音)이 어떤 것이었는지에 대해서는 이전부터 여러 학설이 있어 왔다. 어떤 이는 'ᄋᆞ'를 'ㅡ, ㅣ' 두 음의 합음(合音)이라고 하고[46] 어떤 사람은 단순히 'ㅏ'의 음량이 작은 것이라고 논의했지만 모두 무조건 신뢰할 수만은 없다. 필자는 ‘ㆍ’의 원음을 ‘아’ 또는 ‘오’의 중성음(中性音)이라고 생각하는데 이 책에서는 복잡해질 우려가 있어 그 이유를 전부 생략하기로 한다.[47)]

역사적으로 볼 때 ‘ㆍ’로 표기된 ‘ᄆᆞᆯ(馬)’, ‘ᄑᆞᆺ(小豆)’, ‘ᄑᆞᆯ-(賣)’, ‘ᄆᆞᆺ(兄)’에서의 ‘ㆍ’는 서울 지방 등에서는 분명히 ‘말, 팟, 팔-, 맛’과 같이 ‘ㅏ’로 발음되지만 전남의 거의 모든 지역, 그 외에 여러 도의 해안이나 산간 지방에서는 ‘몰, 폿, 폴-, 못’과 같이 ‘ㅗ’로 발음한다. 또한 일본 도쿠가와 시대의 학자 데라시마 료안(寺島良庵)의 저서 ≪倭漢三才圖會≫[48)]의 한국어 항목에서 ‘하ᄂᆞᆯ(天)’을 ‘波乃留(はのる, hanoru)’, ‘아ᄃᆞᆯ(子)’를 ‘阿止留(あどる, adoru)’, ‘ᄆᆞᆯ(馬)’을 ‘毛留(もる, moru)’, ‘ᄃᆞᆰ(鷄)’를 ‘止留木(とるき, toruki)’, ‘쟝ᄉᆞ(商人)’를 ‘知也久曾(ちやぐそ, ʧyaguso)’, ‘인ᄉᆞᆷ(人蔘)’을 ‘伊牟曾牟(いむそむ, imusomu)’라고 하여 ‘ㆍ’를 ‘オ(o)’ 계열의 문자로 표기하고 있는 것은 모두 ‘ㆍ’의 원음이 ‘ㅏ’, ‘ㅗ’와 유사한 것임을 암묵적으로 말해 주는 듯하다. 제주도 방언의 ‘ㆍ’ 음가도 ‘ㆍ’의 원

46) [역자주] 아마도 주시경을 가리키는 듯하다. ‘ㆍ’의 음가에 대한 다양한 해석은 “이숭녕(1949), ≪조선어음운론연구 제일집 ‘ㆍ’음고≫, 을유문화사”에 잘 정리되어 있다.

47) [역자주] 후술하고 있지만 小倉進平은 ‘ㆍ’로 표기된 단어 중 일부가 방언에 따라 ‘아’ 또는 ‘오’로 나타나는 것을 특히 중시하여 ‘ㆍ’가 ‘아’와 ‘오’의 중간음이라고 주장한 듯하다. 그러나 ‘ㆍ’가 ‘오’로 나타난다고 제시한 예들은 모두 ‘ㆍ’가 양순음 뒤에 존재하는 것들이다. 즉 이 때의 ‘ㆍ’가 ‘오’로 나타나는 것은 선행 자음의 영향 때문인 것이다. 따라서 이런 예들만으로 ‘ㆍ’가 ‘아’와 ‘오’의 중간음이라고 주장하는 것은 매우 불완전하다고 할 수밖에 없다. 그런 점을 감안하면 이숭녕의 ≪조선어음운론연구 제일집 ‘ㆍ’음고≫에서 ‘ㆍ’의 음가가 ‘아’와 ‘오’의 중간음이라고 주장한 것은 비록 결론이 小倉進平과 동일할지 몰라도 그 근거는 小倉進平과 비교할 수 없을 정도로 다양하고 체계적이다. 이숭녕의 기본 인식은 이미 1930년대부터 나타난다. 자세한 것은 “이진호(2004), 심악 이숭녕 선생의 학문 세계-음운론 분야를 중심으로-, ≪어문연구≫ 121, 한국어문교육연구회”를 참고할 수 있다.

48) [역자주] 18세기 초 오사카의 의사였던 데라시마 료안(寺島良安)이 쓴 백과사전으로 ≪和漢三才圖會≫라고도 한다.

음을 연구하는 데 밝은 빛을 던져 준다.

2.2.1.4. e

'e'가 'i'와 'a'의 중간음인 것은 'o'가 'u'와 'a'의 중간음인 것과 동일한 관계이다. 그러나 'i'와 'a'를 잇는 선은 구개(口蓋)와 많은 관련을 맺으며 'u'와 'a'를 잇는 선에 비해 길이가 더 길다는 특징이 있다.[49] 'o'의 종류와 비교해서 'e'의 종류가 더 많은 것도 모두 이러한 이유를 바탕으로 한다. 'e'를 발음할 때 입을 여는 정도와 악각(顎角)은 'a'보다 작으며 'i'에 가까워질수록 더 작아진다. 이 모음을 더 자세히 관찰하면 合口의 'e', 開口의 'ɛ', 中間의 'ė'라는 세 가지로 분류할 수 있다. 또한 'e'를 발음할 때 악각을 크게 하면 명료한 'a'[50]에 가까운 일종의 'æ'가 나온다.

일본어의 'エ(e)'는 일반적으로는 中間의 'ė'다. 예전에 한국에서 일본어 'エ'를 전사할 때 대부분 '에' 또는 '예(藝)'로 표기하고 '애' 계통은 사용하지 않은 것을 보아도 그것을 알 수 있다. 그러나 일본의 방언 중에는 '愛(ai)'를 'エ-(e:)', '貝(kai)'를 'ケ-(ke:)'라고 하여 이중모음이 다른 장모음으로 바뀔 때 지방에 따라 입이 가장 크게 열리는 'æ'로 나타나는 경우가 있다.[51]

한국어에는 이 부류에 속하는 모음에 '에'와 '애(ᄋᆡ)'가 있다. '에'는 合口의 'e'에 속하고 '애(ᄋᆡ)'는 일본어와 같이 악각(顎角)이 큰 'æ'에 속한다. 그 외에 '예'를 '에'와 동일시하는 사람도 있지만 그것은 잘못이며 '예'와 '에'는 음가에서 큰 차이가 있다. '예'에 관해서는 마찰음 'j'의 항목(2.2.2.2.1.3.)을 참조하라.

오늘날 한국의 남부 방언에서는 '병(瓶)'을 '벵', '경(京)'을 '겡', '별(星)'을 '벨'이라고 하듯이 '여'를 '에'로 발음하는 습관이 강하게 나타난다. ≪倭

49) [역자주] 앞에 제시된 모음 삼각도를 참고하기 바란다.
50) [역자주] 명료한 'a'에 대해서는 2.2.1.3.에서 설명하였으므로 참고할 수 있다.
51) 상호동화 항목(3.5.3.1.3.) 참조.

漢三才圖會≫에서 '형(兄)'을 '閉岐(ぺぎ, [hegi])', '무명(木綿)'을 '牟女具(む゚めぐ, [mumegu])', '열(十)'을 '惠留(ゑ゚る, [yeru])', '별(星)'을 '倍留(ぺ゚る, [peru])'라고 하여 '여'가 '에'로 바뀐 단어가 많은 것도 한국어의 역사적 연구에서는 흥미로운 자료라고 하겠다.

【'エ'와 '에', '애(ᄋᆡ)'의 발음 연습】

각 모음의 성질에 대해서는 앞에서 말한 대로이다. 일본인에게 한국어의 '에'를 연습시킬 때는 'エ'보다 약간 입을 작게 하고 '애(ᄋᆡ)'를 연습시킬 때는 되도록 악각(顎角)을 크게 하여 'エ'를 발음하듯이 한다. 또한 한국인이 일본어의 'エ'를 정확히 발음하려면 '에'보다 약간 악각(顎角)을 크게 할 필요가 있다.

2.2.1.5. i

'e'와 'o'가 서로 대립하듯이 'i'는 'u'와 대립하는 모음이다. 이 모음을 발음할 때는 혀 중앙부의 양 가장자리가 경구개에 많이 접근하며 입을 좌우로 약간 당긴다. 이 때 혀와 경구개의 간격을 더욱 좁히면 合口의 'i'가 생기며 마찰음 'j'로 변하기 쉽고 그 간격을 조금 넓히면 開口의 'I'가 된다. 일본어의 'イ(i)'와 한국어의 '이'는 모두 開口의 'I'이다.

2.2.1.6. 비모음(鼻母音)

모음은 본질적으로 유성의 공명음이며 구강음일 수밖에 없음은 이미 모음 항목(2.2.1.)에서 설명한 바 있다. 그런데 비음을 동반하는 다른 종류의 모음이 있다. 즉 성대의 진동을 거친 소리가 인두(咽頭)에 이름과 동시에 두 길로 나뉘어 하나는 구강을 향해 흘러서 모음을 이루고 다른 하나는 비강을 향해 나가는 것이다.[52] 듣기에 익숙하지 않으면 모음이 발음된 후에 비음이

---

52) [역자주] 공기가 구강과 비강으로 동시에 흐르면서 나오는 모음이 비모음(鼻母音)이라는 설명이다.

흘러나오는 것처럼 들리지만 실제로는 모음 그 자체가 비음을 동반하고 있다. 이런 모음을 일반적으로는 비모음(nasalized vowel)이라고 한다. 이 모음은 영어나 독일어, 그 외의 여러 언어에서 가끔 나타나는데 프랑스어에 가장 널리 존재하고 있다. 비모음은 일반적인 구강 모음과 구별하기 위해 'ã, ẽ, õ' 등과 같은 모음 글자 위에 '~'를 더한다. 가령 프랑스어 'grand, temps'를 'grã, tã'로 전사하는 것이 그 예이다.

이 비모음이 예전부터 일본어에 있었는지에 대해서는 오늘날까지 논의된 적이 없다. 또한 현대 일본어의 방언 중에 비모음이 존재하는지에 대한 연구도 발표된 것을 보지 못했다. 필자는 이전에 한 학술지[53]에서 센다이(仙臺) 방언의 음운 조직을 언급하며 이 비모음의 존재를 소개한 적이 있다. 자세한 내용은 여기서 거론하지 않지만 비모음의 증거가 될 만한 한두 개의 예를 들어 간단한 설명을 덧붙이고자 한다. 센다이 방언에서는 다음과 같은 현상이 있다.

e-da(板). 'e'는 구강모음. 본래 'i-ta'인데 여기서 이렇게 발음
ẽ-da(枝). 'ẽ'는 비모음. 본래 'e-ta'인데 여기서 이렇게 발음

ma-da(又). 'a'는 구강모음. 본래 'ma-ta'인데 여기서 이렇게 발음
mã-da(未). 'ã'는 비모음. 본래 'ma-da'인데 여기서 이렇게 발음

두 개씩 짝 지워진 유사어에서 '板'의 'e'는 구강모음으로 '枝'의 'e'는 비모음으로 발음되며, '又'의 'a'는 구강모음으로 '未'의 'a'는 비모음으로 발음됨으로써 둘 사이에 분명한 구별이 있음을 인정할 수 있다. 사람들은 종종 동북 지방 사람들의 발음이 코맹맹이 소리라고 말하는데 그 이유는 단순히 기류가 끊어지지 않고 비강을 통해 흘러나오기 때문일 뿐이다. 그렇지만

53) [역자주] 1910년 ≪國學院雜誌≫ 16-3에 발표한 "仙台方言音韻組織"을 말한다.

어떠한 상태에서 비음성을 동반하거나 동반하지 않는지에 대한 정확한 관찰은 아직 분명하게 제시된 바 없는 듯하다. 필자는 이 비모음의 존재야말로 센다이 지방 또는 동북 지방에서 일반적으로 비음화가 일어난 본래의 원인이라고 믿으며 이와 함께 발음에 끊임없이 비음성이 나타난다고 하는 막연한 학설은 배척하고자 한다.

2.2.2. 자음

오늘날 일본에서 사용하는 자음(子音)이라는 명칭은 모음(母音)과 대비시킨 것이다. 오십음도의 'カ(ka)'행 이하 'ワ(wa)'행에 이르는 여러 합성음(合成音)[54]에서 모음을 제외한 'k, s, t, n, h, m, r' 등을 자음이라고 한다. 가나(假名) 문자로 이 관계를 표시하기 위해 오래 전부터 아래와 같은 도식을 만들었다.[55]

	[ア(a)]	[イ(i)]	[ウ(u)]	[エ(e)]	[オ(o)]
<ク(k)>	カ	キ	ク	ケ	コ
<ス(s)>	サ	シ	ス	セ	ソ

[ ] : 모음, < > : 자음

그러나 자음을 나타내는 글자가 합성음인 여러 문자와 동일한 데다가[56] 그 음가도 합성음과 동일할지 모른다는 의문을 불러일으키기 쉬우므로 정확한 기호라고 할 수는 없다. 그뿐만 아니라 음의 성질을 살펴도 '자식(子)'이라는 의미를 지니지 않는다. 어떤 이들은 이런 종류의 음(子音)이 모음(母

54) 'ka, ki, …, sa, shi, …, ta, chi, tsu, …, na, ni, …, ha, fu, …' 등. [역자주] 자음과 모음이 합쳐진 개음절을 여기서는 합성음이라고 부르고 있다.

55) [역자주] 이 표는 자음과 모음이 결합해서 나오는 음절을 표시하고 있다. 표의 가로는 모음을 나타내고 세로는 자음을 나타낸다. 따라서 'ア(a)'와 'ク(k)'가 결합하면 'カ(ka)'가 되는 것이다.

56) [역자주] 자음을 나타내는 'ク(k), ス(s)'가 합성음 'ku, su'를 나타내는 글자 'ク, ス'와 같다는 의미이다.

音)과 결합하여 'カ, キ, ク, ケ, コ, サ, シ, ス, セ, ソ, …' 등과 같은 합성음을 만들기 때문에 오히려 부음(父音)이라고 부르고 그 합성음인 'カ, キ, ク, ケ, コ, サ, シ, ス, セ, ソ' 등을 자음(子音)이라고 불러야 한다는 논의를 하기도 한다.57) 이것은 일단 타당한 논의이지만 부음(父音)이라는 용어는 일반적으로 사용되지 않을 뿐만 아니라 합성음을 자음(子音)이라고 하면 오늘날 학문적으로 널리 통용되듯이 'k, s, t' 등을 자음이라고 하는 것과 저촉되기 때문에 바람직하지 않다. 비록 자음(子音)이라는 명칭이 합리적이지 않은 것은 분명하지만 종래의 일반적인 용법을 따라서 자음(子音)을 그대로 사용하는 것이 적당하다.

영어의 'consonant'는 라틴어의 'consonantes'에서 유래했으며 'con(함께)'과 'sona(소리)'의 합성어로, 다른 소리 즉 모음(母音)과 결합해야만 비로소 명백하게 그 음을 청취할 수 있는 소리라는 의미를 지닌다.58) 그러나 자음 중에는 모음을 동반하지 않고서도 분명하게 들리는 음이 있으므로 이 또한 합리적인 명칭이라고 할 수는 없다.59) 다만 종래의 관용을 준수하여 오늘날 학술적으로는 'consonant'를 널리 사용하고 있다.

그렇다면 자음이라는 것은 어떤 성질의 음을 가리키는가? 모음이 구강 등에서 비교적 큰 울림을 만들어 강한 느낌을 준다고 한다면 그에 비해 자음은 기류가 후두, 구강, 비강 등에서 막히거나 좁혀져 결과적으로 약한 느낌을 준다. 자음은 기류가 받는 장애의 정도에 따라 파장음(破障音)과 마찰음(摩擦音)의 두 가지로 분류할 수 있다.

---

57) [역자주] '모음(母音)'과 대립되는 음은 '母'의 반대가 되어야 하므로 '父'를 써야 하고 '父母'가 자식(子)을 낳으므로 '父音'와 '母音'이 합쳐진 합성음은 '자음(子音)'이 되어야 한다는 논리이다. 일반적인 자음을 '부음(父音)'으로 하고 음절을 '자음(子音)'으로 하여 한국어를 설명한 논의로는 "高橋亨(1909), ≪韓語文典≫, 博文館"을 들 수 있다.

58) [역자주] 그런 점에서 주시경의 '닿소리'라는 명칭은 자음의 원래 의미와 정확히 부합한다.

59) [역자주] 모음을 동반하지 않고도 명확히 들리는 자음이 무엇인지 제시되지는 않았지만 마찰음에 속하는 자음들을 가리킨다고 생각된다.

2.2.2.1. 자음의 종류

자음의 수는 언어에 따라서 다르다. 일본어에서는 일반적으로 'カ'행의 'k', 'サ'행의 's', 'タ'행의 't', 'ナ'행의 'n', 'ハ'행의 'h', 'マ'행의 'm', 'ヤ'행의 'y', 'ラ'행의 'r', 'ワ'행의 'w' 등 9개로 한정된 것처럼 생각하는데 'サ'행의 'シ'는 'sh', 'タ'행의 'チ'는 'ch', 'ツ'는 'ʦ', 'ハ'행의 'フ'는 'f'이며 그 외에 문자가 없지만 실제로 존재하는 여러 자음이 있기 때문에 실제 자음 수는 생각보다 많은 수에 달한다.[60] 한글은 소위 표음 문자(phonogram)에 속하며 서양의 문자와 그 성질을 같이 한다. 한국어 자음의 수는 오늘날 'ㄱ, ㄴ, ㄷ, ㄹ, ㅁ, ㅂ, ㅅ, ㅇ, ㅈ, ㅊ, ㅋ, ㅌ, ㅍ, ㅎ'의 14개인데 예전에는 이 외에도 많은 자음이 사용되었다.[61]

여기서는 자음의 종류를 분류하여 중요한 것을 도표로 제시한 후 그 각각에 대해서 차차 설명해 가기로 한다.

<table>
<tr><th colspan="3"></th><th>兩脣</th><th>脣齒</th><th>舌端</th><th>舌面</th><th>舌根</th><th>懸壅垂</th><th>喉頭</th></tr>
<tr><td rowspan="3">狹窄音</td><td colspan="2">摩擦音</td><td>ʋ F
ɥ ɥ̊
w ʍ</td><td>v f</td><td>z s ʒ ʃ
ð θ</td><td>ç</td><td>g x</td><td></td><td>h</td></tr>
<tr><td rowspan="2">流音</td><td>振動音</td><td></td><td></td><td>r r̥</td><td></td><td></td><td>ʀ ʀ̥</td><td></td></tr>
<tr><td>側 音</td><td></td><td></td><td>l l̥</td><td></td><td></td><td></td><td></td></tr>
<tr><td rowspan="2">閉鎖音</td><td colspan="2">鼻 音</td><td>m m̥</td><td></td><td>n n̥</td><td>ɲ ɲ̥</td><td>ŋ ŋ̊</td><td></td><td></td></tr>
<tr><td colspan="2">破障音</td><td>b p</td><td></td><td>d t</td><td colspan="2">g k</td><td></td><td>ʔ</td></tr>
</table>

2.2.2.2. 협착음

자음 중에는 기류가 양순, 순치, 설단, 설면, 설근, 후두 등에서 협착되어

60) [역자주] 小倉進平은 음성과 음운을 명확히 구분하는 단계에는 이르지 못했다. 따라서 여기에 제시된 자음도 음운에만 국한된 것이 아님을 염두에 둘 필요가 있다.

61) [역자주] 여기서는 한국어의 자음이 14개라고 했지만 뒤에서 구체적으로 설명한 부분을 참고하면 19개의 자음을 인정했음을 알 수 있다.

나오는 것이 있다. 이것을 협착음(narrowing)이라고 하며 음이 길게 지속된다는 점에서 지속음(continuant)이라고도 한다. 협착음은 크게 마찰음과 유음으로 나눌 수 있다.

2.2.2.2.1. 마찰음

소리를 낼 때 발음 기관의 일부가 협착되어서 무성 또는 유성의 기류가 그 자리에서 마찰을 일으키는 경우가 있다. 그렇게 만들어진 음을 마찰음(fricative sound)이라고 한다. 마찰음은 협착이 일어나는 위치에 따라 여러 종류가 생긴다. 아래에서는 그 중 중요한 것을 서술하기로 한다.

2.2.2.2.1.1. h

기류가 성문에서 협착되어 무성의 마찰음이 생기는 경우가 있다. 이것을 후두마찰음(back or velar continuants)이라고 한다. 일본어 'ハ행' 음의 'h', 한국어의 'ㅎ'은 여기에 속한다. 또한 일본어의 'h'나 한국어의 'ㅎ'과 같이 성문이 열려 마찰을 일으키는 데까지는 이르지 않고 다만 후행하는 모음의 발음 준비를 하고 끝났을 때 나오는 다른 종류의 'h'가 있다. 이것을 무성 모음으로 간주해야 한다는 사실은 '성대의 다른 작용(2.1.3.)' 단원에서 서술한 바 있다.

2.2.2.2.1.2. ɣ,[62] x

혀뿌리(舌根)를 연구개까지 올리고 'u'보다도 더 좁은 협착을 만듦으로써 생기는 음이며 후구개(後口蓋) 마찰음에 속하고 'ɣ'는 유성음, 'x'는 무성음을 나타낸다. 일본어에는 없는 소리인데 독일어 'tage[ta:ɣ̊e], tag[ta:x̊]'의 'ɣ, x'가 여기에 속한다.

62) [역자주] 원문에는 'ɣ' 대신 'g'로 표기되어 있다. 그러나 'g'는 유성파열음을 위한 기호로 사용하기 위해 여기서는 'g'을 'ɣ'로 바꾸었다.

2.2.2.2.1.3. j, ç

혓바닥(舌面)을 전구개(前口蓋)까지 올리고 'i'보다도 더 좁은 협착을 만듦으로써 생기는 음으로 전구개 마찰음에 속하고 'j'는 유성음, 'ç'는 무성음을 가리킨다. 이 음들은 유럽의 여러 언어에 많이 존재한다.

1 j

일본어에서는 'ヤ'행 음 중 'ヤ(ya), ユ(yu), ヨ(yo)'의 자음 'y'가 'j'에 해당한다. 원래 일본 학자는 'ヤ'행의 성립에 대해서 아래와 같이 'イ(i)'에 'ア'행 음이 더 수반되는 것으로 보았다.

ヤ(ya)=イァ, イ(yi)=イィ, ユ(yu)=イゥ, エ(ye)=イェ, ヨ(yo)=イォ

이것은 꽤 타당한 학설이다. 왜냐하면 모음 'i'와 'ヤ'행의 자음 'j'는 발음 위치가 완전히 같으며 단지 그 협착의 정도에 따라 모음이 되거나 자음이 되기 때문이다. 일본 학자들이 예전부터 'ア'행, 'ヤ'행, 'ワ'행의 세 부류 음들을 'アヤワ후음(喉音)'이라고 지칭하여 서로 관계가 있다고 본 것은 이 때문이다. 서양 학자들이 'j'와 'w' 등을 반모음(semi-vowel)이라는 명칭으로 부르는 것도 우연의 일치라고 해야 한다.

오십음도의 'ヤ'행에 속하는 다섯 음[63] 중 'ヤ(ya), ユ(yu), ヨ(yo)'는 오늘날에도 존재하고 있지만 'イ(yi), エ(ye)'는 예전에 존재했는지 아닌지에 대해 오래 전부터 일본에서 논의가 있어 왔다. 많은 음운학자들은 한자음이나 일본의 고유어에서 'イ(yi)'와 'エ(ye)'가 존재했다고 논의하고 있다는 점에서 일치를 보인다. 여기서 대략적인 내용을 설명하기로 한다.

일본 음운학자의 저서 중 ≪字音假字用格≫,[64] ≪音聲論≫,[65] ≪字

63) [역자주] 다섯 음이란 'ya, yi, yu, ye, yo'를 가리킨다.

64) 모토오리 노리나가(本居宣長) 저술. [역자주] 1775년에 간행되었으며 한자의 漢音과 吳音의 가나(假名) 표기에 대해서 연구한 책이다.

音假字用例≫,[66] ≪音韻啓蒙≫[67] 등에서는 모두 ‘ア’행의 ‘イ(i)’와 ‘ヤ’행의 ‘イ(yi)’ 사이에 확연한 구별이 존재하지 않으면 안 된다고 설명하고 있는데 영국인 Satow[68]도 다음과 같이 설명했다.

> “어원적으로 생각할 때 ‘yi’가 언젠가 존재했던 것은 분명하다. 예컨대 ‘イル(shoot)’라고 하는 동사의 어근은 ‘弓(ゆみ[yumi]), 矢(や[ya])’의 어근과 동일하다. ‘夢(ゆめ)’의 고형인 ‘イメ’는 ‘ime’로 발음되기 전에 ‘yime’였음에 틀림없다. ‘kuyuru(悔)’의 어근은 ‘kuyi’이고 ‘oyuru(老)’의 어근은 ‘oyi’였다. 또한 오늘날에도 한자로 된 합성어의 비어두에서 ‘yi’가 들릴 때가 있다. 예컨대 ‘kuwan-in(官員)’, ‘kon-in(婚姻)’은 ‘kuwan-yin’, ‘kon-yin’이라고 발음된다.”

그리고 앞에서 말한 도쿠가와 시대 이후의 여러 학자들은 ‘イ(yi)’에 대해서 ‘伊, 以, 異, 猗, 夷’ 등의 한자를 사용하여 ‘ア’행과 ‘ヤ’행의 ‘イ’를 구별하고 있지만 옛 문헌의 실제 용법에서는 이처럼 엄격하게 하지는 않았다.[69] 요컨대 문헌 이전 시기에서는 한 때 ‘yi’가 존재하고 있었을지 모르지만 문헌 시대에는 이미 그 음이 ‘i’로 변했다고 보아야 할 것이다.

또한 ‘エ’에 관해서는 일본 음운학자의 저서 중 앞에서 제시한 ≪字音假

---

65) 사이토 히데마로(齋藤秀麿) 저술. [역자주] 1822년에 간행되었으며 오십음의 발음법을 기술하였다.

66) 시라이 히로카게(白井寬陰) 저술. [역자주] 1860년에 간행되었으며 모토오리 노리나가(本居宣長)의 ≪字音假字用格≫에 나온 학설을 논박하였다.

67) 시키다 도시하루(敷田年治) 저술. [역자주] 1874년에 간행되었으며 일본어 음운에 대한 연구서이다.

68) [역자주] Ernest Mason Satow(1843~1929)는 언어학자이자 외교관으로서 꽤 알려져 있었으며 일본 관련 문헌을 많이 수집하여 일본에서는 매우 유명하다. 그는 생전에 여러 권의 책을 남겼는데 여기에 인용된 부분은 어느 책에 나오는 것인지 알 수 없다.

69) [역자주] ‘ヤ’행의 ‘イ’에는 ‘伊, 以, 異, 猗, 夷’를 쓰고 ‘ア’행의 ‘イ’에는 다른 한자를 썼다는 의미인데 ‘ア’행의 ‘イ’에 쓰인 한자는 나오지 않아서 알 수가 없다.

字用格≫에서 ≪音韻啓蒙≫에 이르는 여러 문헌에서 모두 'ア'행의 'エ(e)'와 'ヤ'행의 'エ(ye)' 사이에 분명한 구별이 존재했음을 말하며 활용어 'え(う, 得)'[70] 등의 'エ'는 'ア'행, 'こ江(こゆ, 越)'[71] 등의 'エ'는 'ヤ'행에 속한다고 논의하고 있다.

게다가 이 방면의 대표 저서인 ≪古言衣延辨≫[72]에서는 다음과 같이 延喜, 天暦[73] 이전에는 'ア'행의 'エ', 'ヤ'행의 'エ'에 구별이 있었다는 것을 논하였다.

> "요즘 'ヤ'행과 'ア'행의 '衣'를 구별하는 사람은 없다. 후지타니 미츠에(富士谷御杖)[74]에게 물어봤는데 생각하는 바가 없다고 했다. 오래 된 옛 문헌을 조심스럽게 살펴보면 ≪古事記≫,[75] ≪日本書紀≫[76]를 비롯해 대략 延喜, 天暦 무렵보다 오래된 책들에는 모두 'ア'행과 'ヤ'행의 구별이 있고 (중략) 최근에는 저명한 가모노 마부치(加茂眞淵), 모토오리 노리나가(本居宣長), 후지타니 나리아키라(富士谷成章)[77] 등조차도 구별을 하지 않았다. 옛 문헌을 읽어 나가면 그 중에 약간 틀린 부분도 보인다. (중략) ≪和名抄≫[78]는 옛말을 많이 모아서 증거로 삼을 만한데 '衣'와 '延'이 많이 섞

70) [역자주] '得'을 뜻하는 동사의 기본형이 'う'이고 활용형이 'え'라는 의미이다.
71) [역자주] '越'을 뜻하는 동사의 기본형이 'こゆ'이고 활용형이 'こ江'라는 의미이다. 'こ江'의 '江'은 'ye'로 발음되었다고 보고 있다.
72) 다이라노 데루자네(平榮寬) 저술. [역자주] 1829년에 간행되었으며 ≪新撰字鏡≫ 이전의 문헌에서 ア행의 'エ(e)'와 ヤ행의 'エ(ye)'가 각각 가나(假名)가 다른 이유를 설명하였다.
73) [역자주] '延喜, 天暦'은 일본의 연호로 '延喜'는 901~922년, '天暦'은 947~957년을 가리킨다.
74) [역자주] 후지타니 미츠에(富士谷御杖, 1768~1824)는 에도 시대 중기에서 후기에 걸쳐 활동한 국학자이다.
75) [역자주] 오노 야스마로(太安麻呂)가 712년 완성한 책으로 일본의 신화나 전설을 담고 있다.
76) [역자주] 720년에 완성된 일본의 역사서이다.
77) [역자주] 가모노 마부치(加茂眞淵, 1697~1769), 모토오리 노리나가(本居宣長, 1730~1801), 후지타니 나리아키라(富士谷成章, 1738~1779)는 모두 18세기 무렵에 활약한 국학자들이다.

여 있는 것은 그 전과 매우 다르다. ≪新撰字鏡≫은 寬平[79] 무렵에 만들었다고 알려져 있는데 'え'와 '江'의 구별이 엄격하다. ≪古言梯≫[80]에서 '江'이라는 글자가 그 음이 아닌 것을 꺼려서 모두 'え'로 바꿔 쓴 것은 아마도 잘못일 것이다."

또 Satow는 다음과 같이 말했다.

"'エ'에 대해서는 여러 가지 학설이 있는데 'yu'로 끝나는 많은 동사[81]는 'miye', 'oboye'이어야 한다. (중략) 그러나 예전 학자 중 가모노 마부치(加茂眞淵), 모토오리 노리나가(本居宣長), 스즈키 오토지로(鈴木晉次郎) 등은 이것을 단모음(simple vowel series)이라고 하여 'アイウエオ(ヲ)'의 행에 두었다. (중략) 'エ'의 가나(假名)는 '江'에서 생겨났고 이에 대한 일본어 발음은 'エ'였기 때문에 이것이 'エ'의 표음 기호로서 사용된 것이다. ≪和名抄≫에 '江의 일본어는 衣이다'라고 되어 있다. 그러므로 ≪和名抄≫ 편찬 당시에는 '江'와 '衣'가 가나(假名)로 완전히 동일하게 발음되었다. 이것을 보면 ≪和名抄≫ 편찬 당시에는 오십음이 이미 47음으로 되었고 'ye' 혹은 'e'가 제외된 것이 아닐까 의심된다."

Satow는 ≪和名抄≫가 편찬된 무렵부터 구별이 혼란되기 시작했음을 논하고 있다. 실제로 天曆(947~957) 이후에 생겼다고 추측되는 ＜大爲爾(たゐに)歌＞[82]나 ＜いろは歌＞는 하나의 'エ'만 가지고 있어서 47字임에 반해 天曆 이전의 작품으로 생각되는 ＜あめつちの歌＞는 48자로 되어 있다. 그것은 ＜あめつちの歌＞ 중의 말단에 'さるおふせよ、えのえをな

78) [역자주] 931~938년에 걸쳐 편찬된 사전이다.

79) [역자주] 889~897년.

80) 가토리 나히코(楫取魚彦, 1723-1782) 저술. [역자주] 1765년에 간행되었으며 假名 표기법에 관한 책이다.

81) '見ゆ', '覺ゆ', 'もゆる' 등.

82) [역자주] 가나(假名) 문자를 한 번씩 사용해서 만든 노래이다. 뒤에 나오는 ＜いろは歌＞, ＜あめつちの歌＞ 등도 마찬가지이다.

れゐて'라고 해서 두 개의 'え'가 존재하고 있기 때문이다. 이 노래에 두 개의 'え'가 있는 것에 대해 단지 음조를 가다듬기 위해서 편의상 그렇게 한 결과라고 말하는 사람도 있다. 그렇지만 ≪古言衣延辨≫에서는 이것을 해석해서 'えのえ'는 '榎の枝'의 의미이며 '榎'는 'ア'행의 'エ(e)'이고 '枝'는 'ヤ'행의 'エ(ye)'라고 논의하고 있다. ≪古事記≫, ≪日本書紀≫, ≪萬葉集≫[83]에서도 '枝'에 대해 'ヤ'행의 '延'을 사용한 예가 많다. 그 외에 앞의 여러 문헌 중 'ヤ'행 下二段 활용어[84]인 'え', '寢らえぬかも'나 '惡まえ'[85]에서와 같이 가능 또는 수동의 조동사 'え'에 대해 'ヤ'행의 '延, 要'를 사용하는 경우가 많은 사실 등은 天曆 이전에 'ア'행과 'ヤ'행의 'エ'가 구별되었음을 말해 준다고 볼 수 있다. 오늘날 일본어 중에는 'ye'를 보존하는 방언도 있다.

현재 한국에는 'j'를 나타내는 글자가 없지만 예전에 사용된 문자 중 'ㅿ'이 'j' 또는 'z'에 해당한다고 생각된다.[86] 이것에 관해서는 흥미로운 고증 자료를 가지고 있지만 논의가 너무 산만해질 수 있으므로 생략한다. 현재 사용되는 한국어 중에서는 '예'가 'je'를 나타낸다.

2 ç

'ç'는 발음 위치의 유사성 때문에 'sh' 즉 'ʃ'로 변할 때가 있다. 일본어의 'ハ'행 음 중 'ヒ(hi)'에 포함된 자음은 지방에 따라서 'h'가 아니라 'ç'로 발음되기도 한다. 'ヒト(hito, 人)'를 'シト[shito]', 'ヒ(hi, 火)'를 'シ[shi]'라고 발음하는 것은 이러한 관계를 바탕으로 한다.

---

83) [역자주] 일본에서 가장 오래된 가집(歌集)으로 7세기 초부터 8세기 중엽까지의 작품이 가장 많이 수록되어 있다.

84) '見え, 見ゆ', '聞え, 聞ゆ' 등이 여기에 속한다. [역자주] 下二段活用(しもにだんかつよう)이라는 것은 일본어 문어 문법에서의 동사 활용의 하나다.

85) 후세에 '寢られ'와 '惡まれ'로 변한다.

86) [역자주] 小倉進平은 이후에 이 견해를 수정하여 'ㅿ'의 음가는 '[z]'라고 보았다.

한국어의 'ㅎ'이 후두음 'h'에 해당함은 앞에서 말한 바 있다. '햐, 혀, 효, 휴, 히' 등에서의 'ㅎ'은 때로 'ç'로 발음되기도 한다. 이러한 사실은 '향교(鄕校)'를 '샹교',[87] '형(兄)'을 '셩', '효ᄌᆞ(孝子)'를 '쇼ᄌᆞ', '흉년(凶年)'을 '슝년', '힘(力)'을 '심'이라고 하는 등 'h'가 'sh' 또는 's'로 변화하는 현상에 의해서도 알 수 있다.

2.2.2.2.1.4. ʒ, ʃ

혓바닥(舌面)과 전구개(前口蓋) 앞부분의 협착으로 생기는 마찰음이며 'ʒ'는 유성음, 'ʃ'는 무성음의 기호이다. 일본어 'ジ'에 포함된 자음, 영어의 'vision'의 's', 'azure'의 'z'와 같은 것은 'ʒ'에 속하고 일본어 'シ'에 들어 있는 자음, 영어의 'sh' 등은 'ʃ'에 속한다.

1 ʒ

일본어에서는 'シ(shi)'의 유성음(濁音)인 'ジ'가 'ʒi'에 해당한다. 영어에서 'joy, june' 등과 같이 'j'로 표기하는 음은 'd'와 'ʒ'의 합음(合音), 즉 'ʤ'로 일본어에서 굳이 이 음을 찾는다면 'チ, ツ'의 유성음(濁音)인 'ヂ, ヅ'가 있지만 'ヂ, ヅ'는 오늘날 고치(高知)현과 그 외의 일부 지방에만 존재하고 대부분은 'ジ(ʒi)', 'ズ(zu)'와 동일하게 변해 버렸다.

일본어의 오십음 중 'ダ'행의 자음이 예전에는 모두 'd'라서 'da, di, du, de, do'로 발음되다가 후대에 'ヂ, ヅ' 두 음이 'ʤi(또는 ʒi)'와 'zu'로 바뀌었다고 간주한다면 이것은 곧 자음의 조음 위치에 변화가 생겼음을 뜻한다. 즉 'd'가 원래의 조음 위치보다 좀 더 뒤에서 발음되는 것이다. 다시 말하자면 'd'를 발음하기 위해 이루어진 혀끝(舌端)과 치조돌기 사이의 폐쇄가 약간 후방으로 이동하여 혓바닥(舌面)과 전구개(前口蓋)의 앞부분 사이에 협착을 형성하게 된다. 'ti'가 'chi'가 되고 'si'가 'shi'가 된 것도 모두 구개 부위로 조음 위치를 옮긴 것이다. 이 현상을 음성학적으로는 구개음화

87) 실제 발음은 '상'이다. 이하 '셔, 쇼, 슈'의 경우도 모두 이에 준하다.

(palatalization)라고 한다. 지역에 따라서는 'ze-ni(錢)'을 'ʒe-ni'라고 발음하듯이 'z'에서 'ʒ'로 구개음화가 일어나기도 한다.

한국어에서는 'ʒ'가 'd'와 결합해서 존재할 뿐 단독으로는 존재하지 않는다. 일반적으로 고유어에는 유성음이 존재하지 않는다고 언급하고 있다. 그러나 그것은 단지 유성음을 표기하는 문자가 없는 것이고 실제로는 유성음이 많이 존재한다. 가령 '간다'의 'ㄱ'과 '본다'의 'ㅂ'은 모두 무성음(淸音)이지만 '령감(令監)'의 'ㄱ', '나븨(蝶)'의 'ㅂ'이 이음소리(連聲)의 편의상 유성음으로 바뀐 것이다. 그렇다면 이런 측면에서 한국어에 'ʒ'와 유사한 유성음이 존재하고 있는지 조금 정밀하게 고찰할 필요가 있다.

한국어에는 유성음 'ʒ'의 무성음 대립짝으로 가정할 수 있는 자음에 'ㅈ'과 'ㅅ' 두 개가 있다. 'ㅈ'은 앞서 말한 이음소리(連聲)의 편의상 어두 이외에서는 항상 유성음이 될 수 있다. 그러나 'ㅅ'은 어떤 경우에서도 결코 유성음이 되는 경우가 없다. 한국인에게는 'ㅅ(s)'의 유성음이 불가능하다. 일본인들이 'ジ(ʒi)'라고 듣는 음을 한국인들은 실제로 'チ'의 유성음인 'ʤi'로 발음하는 것이다. '자, 저, 조, 주, 즈' 등의 'ㅈ'이 유성음이 되는 경우도 모두 'ʤ'이다. 도쿠가와 시대에 한국인이 일본어의 'ザ'행 음을 전사하는 데 '佐(좌)', '自(자)',[88] '之(지)',[89] '諸(졔)'[90]와 같이 'ㅈ'으로 시작하는 한자(漢字)를 사용한 것만 봐도 이러한 사실을 알 수 있을 것이다. 오늘날 한국인이 일본어의 'ザ'행 음을 'ヂャ'행 음[91]으로 발음하는 경우가 많은 것도 그 주된 원인은 여기에 있다. 또한 단어의 중간에 있는 '디'는 평안 방언에서 분명히 'di'로 발음되지만 서울과 그 외의 지방에서는 구개음화가 일어나 일본 고치현의 'ヂ'와 같이 'ʤi'로 발음된다.

---

88) 이상 'za'.
89) 이상 'ʒi'.
90) 이상 'ze'.
91) [역자주] 'ヂャ'행 음이란 'ʤy'로 시작하는 음절을 말한다.

2 ʃ

'ʃ'는 일본어에서 'シ(shi)'의 자음 'sh'에 해당하는 음이다. 오십음도 중 'サ'행의 자음이 이전에 모두 's'이고 'sa, si, su, se, so'로 발음되다가 후대에 'シ'만이 'ʃi(shi)'로 변했다고 본다면 이것 역시 구개음화 현상이라고 보아야 할 것이다. 지방에 따라서는 'sen-sei(先生)'을 'ʃen-ʃei'라고 하듯이 'セ(se)'를 구개음화 시키기도 한다.

앞의 'ʒ' 항목에서 합음 'ʤ'가 존재하는 것을 언급했는데 'ʤ'의 무성음인 'ʧ'도 존재한다. 영어에서는 보통 'ch'로 표기되는 자음, 일본어에서는 'チ(chi)'의 자음이 거기에 해당한다. 오십음도 중 'タ'행의 자음이 모두 예전에 't'였고 'ta, ti, tu, te, to'로 발음되다가 이후에 'ti'만이 'chi'로 변했다고 간주한다면 이것 또한 구개음화의 예이다.[92]

한국에서 처음 한글을 배우는 사람은 '아, 야, 어, 여 … 가, 갸, 거, 겨 … ' 등의 순서에 따라 표기된 글자를 연속해서 외운다. 'ㅅ' 행은 '사, 샤, 서, 셔, 소, 쇼, 수, 슈, 스, 시, ᄾ'라고 한다. 그 중 '샤, 셔, 쇼, 슈'에 대해 어떤 지방에서는 '사, 서, 소, 수'와 동일하게 발음하지만 많은 지방에서는 분명히 'ʃ'로 발음하여 '사, 서, 소, 수'와 구별한다. 즉 한글 표기 글자들을 연속해서 읽을 때에는 분명히 'ʃ'가 존재하는 것이다. 그런데 이 글자가 단어의 일부로 쓰이면 거의 모든 지방에서 's'로 변화한다. 예컨대 '샤진(寫眞)'은 '사진', '션싱(先生)'은 '선싱'과 같이 발음된다.[93] '시'는 순수한 'si'이며 일본어처럼 'ʃi'로 구개음화 되는 경우가 흔하지 않다.

'다, 댜, 더, 뎌, 도, 됴, 두, 듀, 드, 디, ᄃᆞ'[94]라고 연속해서 읽는 경우의 '댜, 뎌, 됴, 듀, 디'와 같은 음을 평양 지방에서는 원음 그대로 't'로 발음하지만 그 외의 다른 여러 지방에서는 'ʧ'와 같이 구개음화 시켜 '자, 저, 조,

---

92) 파장음(破障音) 'd, t' 항목(2.2.2.3.2.) 참고.

93) [역자주] 중세국어 시기에 치음에 속하던 'ㅈ, ㅊ, ㅉ, ㅅ, ㅆ' 뒤에 y-계 상향 이중모음이 오던 음운 연쇄는 이후에 'y'가 탈락하는 변화를 겪게 된다. 여기서는 이 현상을 지적하고 있다.

94) 격음도 이에 준한다.

주, 지'와 동일하게 발음한다. 단어의 일부로 쓰이는 경우에도 마찬가지이다. 예를 들어 '뎐당(典當)'을 '전당', '디방(地方)'을 '지방'이라고 발음한다.

다만 평양 지방의 '댜, 뎌, 됴, 듀'가 모든 경우에 그 원음대로 존재한다고 하는 것은 성급하게 판단한 오해이므로 주의해야 한다. 평양 지방의 실제 발음법을 자세히 관찰하면 '點(뎜), 鐵(텰), 天(텬), 停(뎡)' 등을 한 글자씩 분리해서 말하는 경우에는 일반적으로 말하듯이 원음 그대로 보존되지만 일단 다른 글자들과 결합하여 '點心, 鐵道, 天地, 停車場' 등이 되면 원음이 바뀌어서 '덤심, 털도, 턴디, 덩거당' 등으로 변화한다.[95] 단 평양 지방의 't'가 다른 지방과는 달리 구개음화가 되지 않는다는 점은 주목할 만한 현상이다. 또 한국어에는 'ʧ'의 유성음인 'ʤ'가 존재하지 않는 듯이 생각하기도 하지만 '자조, 가진다'에서 '조, 지'의 초성은 분명 유성음으로 발음된다.

한국어에는 'ㅈ'의 왼쪽에 'ㅅ'을 붙인 다른 종류의 'ʧ'가 있다.[96] 이 때의 'ㅅ'을 한국에서는 '된시옷'이라고 칭하고 있다.[97] '된'이라는 것은 '받친다(支)'는 의미로 'ㅈ'을 발음하는 데 있어서 'ʧ'가 아래로부터 받쳐진 듯한 느낌이 있음을 의미한다. 이런 음을 '지음(支音)' 또는 '농음(濃音)'이라

95) [역자주] 평안도 방언에서는 기원적으로 '자음+y'로 시작하는 음절이 변화를 겪어 자음 뒤에 'y'가 오는 경우가 매우 한정된다. 즉 자음 뒤에서 'y'가 단순히 탈락하든지 또는 'y'와 후행모음이 다른 단모음으로 바뀌는 변화가 일어나 '자음+y' 연쇄 중 대부분을 없애 버린 것이다. 小倉進平은 'y'가 없어지는 변화를 제시하고 있다. 심악 이숭녕의 글 중에서도 이런 변화를 보여 주는 것이 있어 아래에 소개하기로 한다.

> 1933년 3월 어느 날 새벽 나는 평양역에 내렸다. 날씨도 춥고 해서 여관에 들어가야 하겠는데, 길에 나다니는 사람이 도무지 보이질 않는다. 아마도 아직껏 꿈속에들 있는 것이려니 했지만, 누구라도 좋으니, 만나서 여관을 묻고 싶었다. 한참 길을 걷다가, 드디어 한 노인을 만나서 여관을 물었다. "여관이 어디 있을까요?" "너관(旅館)요? 너관은 데켄(저편)이요." "눌리(栗里)요? 눌리는 털교(鐵橋)를 건너야디" - 이숭녕 저, ≪인문계 고등학교 문법≫(을유문화사) 중에서 -

96) [역자주] 된소리인 'ㅉ'을 가리킨다.
97) [역자주] 된시옷이라는 명칭은 ㅅ-계 합용병서의 첫자음 'ㅅ'을 지칭하는 용법도 지니고 된소리 자체를 가리키는 용법도 지닌다. 여기서는 'ㅅ'만을 가리킨다.

고 부르는 것은 이러한 이치를 바탕으로 한 것이다.98) 이 음의 발음 상태를 정밀하게 관찰하면 'ʧ'의 폐쇄 상태는 평음인 'ʧ'와 같지만 파열하기 전에 평음인 'ʧ'나 또는 'ʤ'보다 폐쇄 정도가 훨씬 강하며 농후하게 축적된 기류가 느리면서도 부드럽게 폐쇄를 파열시켜 나오는 무성음임을 알 수 있다.

참고로 '자'와 '짜'를 비교하면 '자'는 'ʧ'가 힘차게 파열된 후에 모음 'ㅏ'가 이어지고 '짜'는 세력이 약해진 'ʧ'가 파열한 후에 모음 'ㅏ'가 이어진다.99) 그래서 '짜'의 'ʧ'는 '자'의 'ʧ'보다 다음에 오는 모음에 동화되기가 좀 더 쉽다. 'ㅆ'이 가끔 유성음 'ʤ'로 들리는 경우가 있는 것은 이런 이치를 바탕으로 한다.100) 일본이나 서양의 한국어학자는 'ㅆ'에 대해 'j, tj, ttj, chch, tch' 등의 표기법을 쓰고 있다.101)

오늘날 '된시옷'으로 표기되는 단어 중에는 '쏘인다(曝)', '씩는다(切)' 등과 같이 원래부터 'ㅅ'으로 시작하는 것도 있지만 원래는 다른 문자로 시작하며 발음도 오늘날과 다른 것이 있었던 듯하다. 가령 '짜다(鹹)'가 예전에 'ᄧᅡ다'로 표기된 것을 들 수 있다.102)

---

98) [역자주] 국내 학자들의 논의에서는 'ㄲ, ㄸ, ㅃ, ㅆ, ㅉ'에 대해 '된시옷, 된소리, 경음' 등의 용어가 많이 사용되었다. '농음'이라는 용어를 적극적으로 사용한 것은 "이희승(1955), ≪국어학개설≫, 민중서관"에서 찾아볼 수 있다. 그 책에서는 경음화 현상에 대해서도 '농음화'라는 명칭을 붙였다.

99) [역자주] 자음 뒤에 오는 모음의 성대 진동 시간에 차이가 있음을 말하고 있다. 소위 'Voice Onset Time'에 있어 평음과 경음에 차이가 남을 지적한 것이다. 뒤에서 다른 경음을 설명할 때도 동일한 내용이 나온다.

100) [역자주] 小倉進平은 이 책의 3부에 수록된 "한국어의 된시옷(朝鮮語のtoin-siot)"이라는 논문에서 한국어 된소리의 특성을 두 가지로 보았다. 하나는 발음의 후반부에 기식이 충분히 축적된다는 것이고 다른 하나는 후행 모음으로 넘어갈 때 모음과 비슷한 유성의 전이음이 놓인다는 것이다. 이 중 두 번째 특징 때문에 된소리가 유성음과 비슷하게 들린다는 설명을 한 바 있다. 그러나 이 책의 2부에 수록된 또 다른 논문 "한국어의 후두파열음(朝鮮語の喉頭破裂音)"에서는 된소리를 후두 파열을 동반하는 음이라고 봄으로써 견해를 조금 수정하였다.

101) [역자주] 여기에 대해서는 이 책의 5부에 수록된 "한글의 로마자 표기법"을 참고할 수 있다.

102) [역자주] 소위 어두자음군에 대한 언급을 한 것이다. 여기에 대해서는 이 책의

현대 한국어에서는 'ㅈ'이 단어의 말음(終聲)으로 쓰이지 않지만 오래 전에는 '곶(花)', '곶(串)' 등과 같이 분명히 'ㅈ'을 가진 단어가 있었다.103) 이 단어들의 말음은 모두 후대에 'ㅅ'으로 바뀌었다.104)

'ㅈ'과 다른 종류의 음에 소위 격음(激音)이라고 부르는 'ㅊ'이 있다. 'ㅊ'은 'ㅈ'이 발음된 직후 'h'를 동반하는 'ʧʰ'105)로 'ㅋ, ㅌ, ㅍ' 등의 경우와 마찬가지로 음성학에서는 격음 또는 유기음(aspirate)이라고 한다. 'ㅊ'은 오늘날의 한국어에서는 단어의 말음(終聲)으로 사용되지 않지만 오래 전에는 '좇느다(追)', '빛(光)' 등과 같이 분명히 'ㅊ'이 존재한 예를 볼 수 있다. 이들은 모두 후세에 'ㅅ'으로 바뀌 쓰이게 되었다.

【'ʒ'와 'ʃ'의 발음 연습】

일본어의 'シ'와 한국어 '시' 사이에 차이점이 있다는 것은 이미 앞에서 말한 대로이다. 즉 일본어의 'シ'는 'ʃi'이고 한국어의 '시'는 'si'이기 때문에 한국인이 정확히 일본어의 'シ'를 발음하려면 '시'를 약간 구개음화시켜 후방에서 발음해야 하고 일본인이 한국어의 '시'를 올바르게 발음하려면 'シ'의 경우보다 혀끝(舌端)을 좀 더 사용할 필요가 있다. 그러나 'ʃ'와 's'는 매우 유사한 음이기 때문에 섞어 쓴다고 하더라도 청자의 귀에는 그다지 이상하게 들리지 않는다. 실제로도 아무 불편함이 생기지 않는 것이다.

2부에 수록된 "된시옷"을 참고할 수 있다.

103) [역자주] 이러한 설명이 형태소의 기본형을 고려한 것인지 음절말에서의 실현 양상을 고려한 것인지 명확하지 않다. 그 어떤 경우든 정확한 설명이라고 할 수는 없다. 아래의 ㅊ-말음 어간에 대한 설명도 마찬가지이다.

104) [역자주] 체언 어간말 설단 자음류의 마찰음화를 가리키는 것인지 단순한 표기 양상만을 가리키는 것인지 확실치 않다. 그렇지만 아래에 나오는 ㅊ-말음 어간에 대한 설명을 고려하면 'ㅊ'을 종성에서 'ㅅ'으로 표기하는 표기법에 바탕을 둔 설명일 가능성이 크다. 표기와 발음을 혼동한 부정확한 설명이다.

105) [역자주] 원문에는 'kʰ'로 되어 있는데 'ㅊ'에 대한 설명이므로 'ʧʰ'의 잘못으로 보인다.

일본어의 'シャ(ʃa), シュ(ʃu), ショ(ʃo)'를 한국인이 'サ(sa), ス(su), ソ(so)'로 잘못 발음하는 이유 중 하나는 한국어에 'シャ, シュ, ショ'가 존재하지 않기 때문이다. 이것을 교정할 때에는 '사, 수, 소'의 'ㅅ'에 힘을 주고 구개음화 하여 발음시킬 필요가 있다.

일본어의 'ジ'는 'シ(ʃi)'의 유성음으로 'ʒi'에 해당한다. 'ヂ'의 원래 음인 'ʤi'는 오늘날 방언으로서[106] 존재하지 않는 것은 아니지만 많은 지방에서는 'ジ'와 같은 음으로 발음된다. 그래서 표준어로서는 'ヂ'를 인정하지 않고 모두 'ジ'로 표기하도록 하며 ≪國定小學讀本≫ 등에서도 모두 'ジ'으로 표기하고 있다. 그런데 한 편으로 한국어를 보면 '시'의 유성음은 전혀 존재하지 않고 우리가 'ジ'로 듣는 것은 실제로 '지'의 유성음인 'ʤ'이다. 어떤 경우든지 한국인이 'ジ(ʒi)'라는 가나(假名)를 보고 발음하면 아무리 해도 'ʤi'로 발음할 수밖에 없는 것이다. 일본에서는 일부러 'ヂ(ʤi)'를 폐지하고 'ʒi'로 통일하려고 노력하고 있는데 한국의 일본어 교육에서는 오히려 'ʤi'를 발음시키고 있다. 이것을 교정하는 것은 매우 어렵다고 느낀다. 이후 이 문제를 어떻게 처리해야 할지는 중요한 연구 주제가 될 것이다.

일본어의 'ジャ(ʒa), ジュ(ʒu), ジョ(ʒo)'를 한국인들이 'ザ(za), ズ(zu), ゾ(zo)' 또는 'シャ(ʃa), シュ(ʃu), ショ(ʃo)'로 잘못 발음할 때가 있다. 이것을 교정할 때에는 둘의 근본적인 차이점을 제시해 주는 것도 필요하지만 특히 'シャ, シュ, ショ'와 같이 무성음으로 잘못 발음하는 데 대해서는 일본어의 유성음과 어느 정도 유사점을 가지는 '쌰, 쓔, 쑈', 즉 된소리로 연습시키는 것도 하나의 방법이다.

2.2.2.2.1.5. z, s

혀끝(舌頭)과 치조돌기의 협착으로 생기는 마찰음으로 치음적 마찰음(teeth or dental continuants)의 부류이다. 'z'는 유성음, 's'는 무성음 기호

---

106) 일본 고치현 지방.

이다. 일본어 'ザ(za), ズ(zu), ゼ(ze), ゾ(zo)'에 들어있는 자음은 'z'에 속하고 'サ(sa), ス(su), セ(se), ソ(so)'에 포함된 자음과 한국어의 'ㅅ'은 's'에 속한다.

1 z

일본어에서는 'ザ, ズ, ゼ, ゾ'에 있는 자음이 'z'에 해당한다. 다만 'ジ'는 구개음화 되어서 'ʒi'가 되었음은 앞에서 말한 바 있다. 'ゼ'도 지방에 따라서 'ʒe'로 변한 경우가 있는 것 역시 이미 언급했다.

한국어에는 'ʒ'가 존재하지 않듯이 'z'도 존재하지 않는다. 그래서 이전 시기에 한국인이 일본어의 유성음을 표기하고자 할 때에는 '사, 스, 세, 소' 등과 같이 무성음의 글자를 쓰든지 또는 앞 항목에서 말한 것처럼 '佐, 自, 之, 諸' 등 'ㅈ'을 이용하든지 아니면 'ᅀᅡ, ᅀᅵ, ᅀᅮ, ᅀᅦ(ᅀᅧ), ᅀᅩ'와 같이 'ㅿ'을 사용했다. 'ㅿ'은 오늘날 사용되지 않는 글자인데 여러 종류의 기록에서 추론할 때 'j' 또는 'z' 음을 나타낸다. 예전에 한국인이 이 문자를 이용해서 일본어의 'ザ'행 음을 전사한 것은 이론적으로 봐도 참으로 좋은 방안이다.

2 s

's'는 일본어에서 'サ, ス, セ, ソ'에 포함된 자음에 해당한다. 다만 'シ'의 자음 's'는 구개음화 되어서 'ʃ'가 된다는 사실은 앞에서 말한 대로이다. 'セ'도 지방에 따라 'ʃe'로 변할 때가 있다.

's' 앞에 't'가 결합하면 일본어 'ツ(ʦu)'의 'ʦ'가 된다. 'ʦu'는 'tu'가 구개음화 된 것이라고 볼 수 있다.[107] 또 's'의 마찰을 어느 동안 지속한 후 모음으로 이동하면 이 's'의 협착이 약간 긴 시간에 걸치는 음이 생긴다. 예컨대 '熱心(nes-sin)'이라는 단어의 경우 'nes-'의 's'에서 우선 협착이 일어

107) 파장음(破障音) 'd, t' 항목(2.2.2.3.2.) 참고. [역자주] 엄밀하게 말하면 파열음이 파찰음으로 바뀐 현상이다. 이것이 구개음화에 속하는지는 이견이 있을 수 있다. 또한 이 문제는 한국어의 구개음화와도 무관하지 않다.

나고 혀의 위치는 그대로 유지된 채로 기류가 후행하는 'sin'의 's'로 옮겨가며 여기서 일반적인 's'보다 약 2배, 경우에 따라서는 그 이상에 해당하는 길이의 's'가 발생한다.

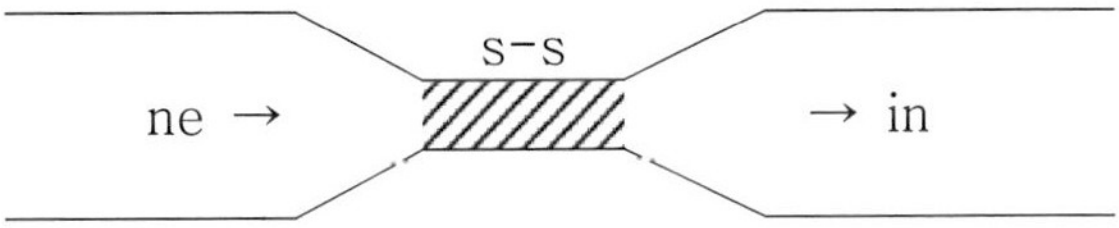

이 현상을 일본어에서는 촉음(促音)이라고 부르며 'ネツシン(熱心)'과 같이 'ツ'로 촉음을 표기한다. 이 때의 'ツ'는 'ʦu'를 실제로 나타내는 것이 아니고 오직 이런 마찰음의 지속을 가리킨다.

한국어에서는 'ㅅ'이 's'를 나타낸다. '잇소, 닷새' 등의 경우에는 일본어와 같은 촉음 현상도 일어난다.[108] 또한 'ʦ'는 한국어에 존재하지 않는다고 하지만 필자가 방언을 직접 조사한 지역 중 황해도의 한 지역에서 '댜, 자, 쟈'를 'ʦ-a', '뎌, 저, 져'를 'ʦ-ö',[109] '됴, 조, 죠'를 'ʦ-o'[110]라고 발음하는 것을 발견한 바 있다.[111]

---

108) [역자주] '잇소, 닷새'와 같이 어중에 나타나는 'ㅅ + ㅅ' 또는 '듣-, 짖-, 낳-, 좇- + -소' 등과 같이 'ㄷ, ㅌ, ㅈ, ㅊ, ㅎ'으로 끝나는 어간 뒤에 'ㅅ'으로 시작하는 어미가 결합할 때의 발음이 무엇인지는 이견이 존재한다. 小倉進平은 's'가 길게 발음되는 것이라고 보았으며 "이희승(1955), ≪국어학개설≫, 민중서관"과 "허 웅(1965), ≪개고 신판 국어음운학≫, 정음사"에서는 'ㅅㅅ'으로 발음된다고 해서 小倉進平과 비슷한 태도를 보였다. 반면 현재는 단순히 'ㅆ'이라는 하나의 자음으로 발음된다는 견해가 주류를 이루고 있다. 小倉進平 등과 같이 'ㅅ + ㅅ'이 표기 그대로 두 개의 'ㅅ'으로 발음된다고 보면 음절말에 'ㅅ'이 올 수 있는지의 문제, 후행 음절의 초성에서 분명히 들리는 경음의 처리 문제 등이 복잡성을 야기할 수 있다.

109) [역자주] 'ö'는 小倉進平이 한국어 모음 'ㅓ'를 나타낼 때 쓰던 기호이다.

110) 격음도 여기에 준한다.

111) [역자주] 잘 알려진 바와 같이 평안도 방언이나 황해도 일부 방언에서는 'ㅈ, ㅊ, ㅉ'이 경구개음이 아닌 치음 또는 치조음으로서의 음가를 지니며 따라서 'ㅈ'은 'ʦ'로 발음된다. 小倉進平은 아직 이 시기에는 평안도나 황해도 방언

또 한국어에는 'ㅅ'의 왼쪽에 'ㅅ'을 덧붙인 다른 종류의 's'가 있다.[112] 이런 종류의 'ㅅ'을 일반적으로 '된시옷'이라고 부르고 있는데 일반적인 's'에 비해 협착의 정도가 훨씬 강하고, 농후하게 축적된 기류가 서서히 그러면서도 부드럽게 협착 지점을 통과함으로써 생기는 음이다. 이 현상은 'ㅺ, ㅼ, ㅽ, ㅾ'에서도 생긴다.[113] 일본이나 서양의 한국어학자는 'ㅆ'에 대해 's, ʦ, ss' 등으로 표기하고 있다.

오늘날 '된시옷'으로 표기되는 단어 중에는 '싸홈(爭)', '싼다(包)' 등과 같이 원래부터 'ㅅ'으로 시작하는 것도 있지만[114] 원래는 다른 문자로 시작되고 발음도 오늘날과 차이 나는 것이 있었던 듯하다. 예를 들어 오늘날의 '쌀(米)'이나 '써(以)'는 오래 전에는 '빨, 뻐'로 표기했던 것이다.

【'z'와 's'의 발음 연습】

'ザ, ズ, ゼ, ゾ'에 포함된 자음 'z'는 한국어에 존재하지 않는다. 따라서 앞에서도 말했듯이 'ㅿ'을 다시 부활시켜 표기하거나 또는 'ㅈ'으로 표기하는 방안을 제안했다. '자, 지, 주, 제, 조'를 가지고 'ザ'행 음을 표기하는 것은 물론 부당하지만 예전부터 가장 일반적으로 채택한 방법이다. 현대의 한국인도 'ザ, ジ, ズ, ゼ, ゾ'를 각각 'チャ(자)', 'ヂ(지)', 'ヂュ(주)', 'ヂェ(제)', 'ヂョ(조)'로 발음한다. 이러한 잘못된 발음을 교정하려면 일본어의 'ザ'행 음은 혀끝소리(舌端音)이고 한국어의 '자'행 음은 'z'보다도 약간 뒤에서 발음되는 소리라는 것을 생각하면서 'za'와 'ʤa'를 반복 연습하면 된

에 대한 본격적 조사를 실시하지 않았기 때문에 'ʦ'에 대해 소략하게 다루고 있다. 그는 1928년부터 몇 년에 걸쳐 북한 지역의 방언들을 조사하여 그 결과를 논문으로 발표하는데 이 논문들은 이 책의 4부에 실려 있다.

112) [역자주] 'ㅆ'을 가리킨다. 'ㅅ' 왼쪽에 'ㅅ'을 덧붙인 음이라는 설명은 표기법에 근거한 것이다.

113) 앞 항목 'ʒ, ʃ'를 참조.

114) [역자주] '싼다(包)'는 예전에 'ᄡᆞ-'였으므로 'ㅅ'이 아니라 'ㅂ'으로 시작했던 단어이다.

다. 또한 한국인은 'サ(sa), ス(su), ソ(so)'를 'シャ(sha), シュ(shu), ショ(sho)'로 잘못 발음하기 쉽다. 한국어에는 원래 'サ, ス, ソ'의 음(s)이 분명히 존재하기 때문에 이런 오류를 저지를 만한 이유가 없는데도 불구하고 도처에서 이 같은 잘못이 발견된다. 충분히 주의를 기울인다면 's'와 'sh'의 발음을 구별할 수 있다.

2.2.2.2.1.6. ð, θ

윗니의 뒷부분에 혀끝을 접근시켜 그 협착을 통과하면서 발음되는 마찰음으로 'ð'는 유성음, 'θ'는 무성음을 나타낸다. 영어에서 'the'의 'th'는 'ð'에 속하고 'think'의 'th'는 'θ'에 속한다. 이런 음들은 일본어나 한국어에 존재하지 않기 때문에 일체의 설명을 생략한다.

2.2.2.2.1.7. v, f

윗니와 아랫입술 사이의 협착으로 생기는 마찰음이며 순치마찰음(lip-teeth or labiodental continuants)에 속하고 'v'는 유성음, 'f'는 무성음 기호이다. 이 음들은 서양의 여러 언어에서 많이 볼 수 있다.

오늘날 일본어의 'ハ'행 음 중에서 'ハ, ヒ, ヘ, ホ'의 자음은 보통 'h'로 발음되지만 'フ'에 들어있는 자음은 'h'로 발음되지 않는다는 것을 누구나 인정한다. 'フ'는 'f'를 포함한 'fu'로 발음되는 것이 일반적이다. 어떤 지방(특히 노인)에서는 'ハ, ヒ, ヘ, ホ'의 자음마저도 'f'로 발음한다. Noël-Armfield는 그 저서인 ≪General phonetics≫[115]에서 일본어의 'f'에 대해 다음과 같이 설명하고 'f'를 대응시켰다.

115) [역자주] 원래 제목은 'General phonetics for missionaries and students of languages'로 1919년에 간행되었다. 제목에서도 알 수 있듯이 매우 실용적인 성격을 지녔다. 본문은 총 22개 장으로 중요 내용만 매우 간략하게 제시하여 빨리 익힐 수 있게 했다.

"일본어의 'f'는 영어에는 없는 것으로 양순음(bilabial)이다. 우리가 촛불을 끄거나 성냥을 끌 때 듣는 음이다."

현대 일본어의 'ハ'행 음은 이전에 모두 'f'로 시작했던 듯하며 그것은 도쿠가와(德川) 시대 국학자들의 학설이나 그 외의 문헌에 의해 알 수 있다. 특히 아시카가(足利) 시대[116]부터 도쿠가와 시대에 걸쳐 서양인이 로마자를 사용하여 일본어[117]를 표기한 각종 어휘집에서 일본어의 'ハ'행 음을 모두 'f'로 전사하고 있다는 사실은 좋은 참고가 된다. 또한 가까운 한국에서의 예만 해도 도쿠가와 시대에 한국 사신이 쓴 일본 기행문 등에서 일본어의 'ハ'행 음을 '何, 하, 屎, 히, 後, 候, 厚, 후, 헤, 호'와 같은 글자로 표기한 것 이외에 'ハ(ha)'에 대해서는 '火知也麻',[118] 化馬馬仕,[119] 花久女,[120] 華志馬野馬,[121] 오화나시(御話) 등과 같이 '火, 化, 花, 華, 화' 등의 글자를 사용하고 있다. 이들도 분명 'ハ'행 음의 자음이 아직 'h'가 되지 않았음을 말해 준다.[122]

2.2.2.2.1.8. w, ʍ

두 입술을 접근시켜 그 협착을 통과하면서 나오는 마찰음으로 양순마찰음(lip-lip or bilabial continuants)에 속하고 'w'는 유성음, 'ʍ'은 무성음을 나타낸다. 'w'는 일본어 'ワ'행 음의 자음에 해당하며 'ʍ'는 정상적인 일본

116) [역자주] 무로마치(室町) 시대(1336~1573)에 해당함.
117) 특히 규슈(九州) 지방의 단어.
118) '初山'이라는 땅 이름.
119) '濱松'이라는 땅 이름.
120) '箱根'이라는 땅 이름.
121) '八幡山'이라는 산 이름.
122) [역자주] 만약 'ハ'의 자음이 'h'라면 '화' 대신 '하'로 표기했을 것이다. 오늘날 외래어에 포함된 'f'가 'ㅍ' 또는 'ㅎw'로 수용되는 현상(가령 'fighting'을 '파이팅' 또는 '화이팅'으로 모두 발음)을 생각하면 'ハ'가 예전에 한글로 '화'로 전사한 것을 통해 'ハ'의 자음이 'f'였을 가능성이 높다는 小倉進平의 주장은 분명 설득력이 있다.

어에는 없고 영어 'what' 등의 'wh'가 이에 해당한다. 'w'는 모음 'u'와 밀접한 관계를 가진 음이다. 모음 'u'를 발음할 때의 입술 둥글기를 더 작게 하면 결국 마찰이 생겨서 마찰음 'w'가 되며 'w'를 발음할 때의 입술 긴장을 완화시키면 모음 'u'가 된다. 즉, 'w'와 'u'는 입술 긴장 정도의 차이에 따라 생기는 음으로 근본적인 차이가 있지는 않은 것이다.

일본어 오십음도 중의 'ワ'행 음은 'wa, wi, wu, we, wo'로 자음 'w'를 동반한 것이었다고 하는데 오늘날에는 'wa'를 제외하면 모두 'w'를 소실하여 'i, u, e, o'와 같이 발음된다. 이들 중 'wa'는 특별히 내세워 말할 만한 내용이 없고 'wu'는 이미 모음 'u' 항목에서 말한 바 있으므로 여기서는 다시 언급하지 않는다. 'ヰ(wi), ヱ(we), ヲ(wo)'의 세 음은 예전부터 일본어 가나(假名) 표기에서 매우 복잡한 문제가 되던 것으로 'ヤ'행의 'イ(yi), エ(ye)', 'ワ'행의 'ウ(wu)' 등이 비교적 빨리 소실된 것에 비해 후세까지 구별되어 쓰이고 있었다. 다만 도쿠가와(德川) 시대의 국학 발흥 초기에는 오십음도 중 'ア'행의 'オ(o)'가 'ワ(wo)'행으로, 'ワ'행의 'ヲ(wo)'는 'ア(o)'행으로 편입되고 있었지만 그러한 경향이 모토오리 노리나가(本居宣長)에 의해 완전한 오류임이 발견된 이후에는 오랫동안 그의 학설에 따라 'オ'는 'ア'행, 'ヲ'는 'ワ'행에 속해야 한다고 정해졌다. 가나(假名) 표기의 여부를 떠나 오늘날 일본에서는 지방에 따라 'wi, we, wo'가 존재하고 있다.[123)]

'w' 앞에 'g' 또는 'k' 음이 결합하면 'gw', 'kw'가 되어 'グワ(gwa)'와 'クワ(kwa)'를 이룰 수 있다. 'グワ(gwa)'와 'クワ(kwa)'는 예전의 표기법에서는 온전하게 존재하고 있지만 오늘날은 지방에 따라 'グワ'와 'クワ'가 소실되어 'ガ(ga)'와 'カ(ka)'로 발음되는 곳이 훨씬 많아졌다. 즉 아오모리(青森), 아키타(秋田), 니이가타(新潟) 지방, 시코쿠(四國)의 일부, 규슈의

---

123) 음운조사보고서(音韻調査報告書). [역자주] 국어조사위원회가 편찬한 것으로 1905년에 간행되었다. 가나(假名) 표기의 개정과 표준 발음 제정에 참고하기 위해 1903년 조사 항목을 각 지역에 보내어 조사를 의뢰한 후 그 결과를 순서대로 배열한 것이다.

남부 등은 'グワ'와 'クワ'가 존재하고 있지만 그 외의 지방에서는 대부분 'ガ'와 'カ'로 변하고 있다.124)

오늘날 한국어에는 'w'를 표기하는 문자가 없지만 예전에는 'ㅸ'이라는 한글이 'w'를 표기하는 데 사용되었던 듯하다.125) 'ㅸ'은 현재 사용되지 않

---

124) 음운조사보고서 참고

125) [역자주] 'ㅸ'의 음가는 유성양순마찰음 '[β]'이었다고 보는 것이 일반적인데 小倉進平은 다른 견해를 가지고 있었다. 'ㅸ'에 대한 그의 견해는 이후에도 계속 유지된다. 이와 관련하여 흥미로운 주장은 "유응호(1946), 조선어 순경음에 관한 연구, ≪민족문화≫ 2, 민족문화연구소"를 들 수 있다. 유응호는 그의 논문에서 여러 가지 문헌 자료나 역사적 변화를 근거로 'ㅸ'은 양순에서 나는 마찰음이며 유성음이라고 결론 내리고 'ㅸ'의 음가가 '[w]'라고 하였다. 유성의 양순마찰음이라면 오늘날 'β'로 표시되며 대부분의 음운론자들이 'ㅸ'의 원래 음가라고 생각하는 음이다. 그런데도 유응호는 '[β]'가 아닌 '[w]'가 'ㅸ'의 음가라고 보고 있다. 적어도 표면적으로는 小倉進平과 동일한 결론을 내린 것이다. ~~유응호가 'ㅸ'이 유성의 양순마찰음이라는 올바른 판단을 하고서~~도 정작 그 음가를 '[w]'라고 본 것은 독일의 언어학자 Wilhelm Viëtor(1850~1918)의 책을 기준으로 삼아 그 음가를 결정했기 때문이다. Wilhelm Viëtor의 책을 Walter Rippmann이 번역한 ≪Elements of Phonetics-English, French & German≫(1899)에 따르면 양순에서 나는 마찰음에는 유성음이 'w, ʋ, ɥ', 무성음이 'ʍ, F, ɥ̊'이다. 유응호는 유성음 'w, ʋ, ɥ'의 특성을 일일이 고찰하면서 'ㅸ'과 가장 비슷한 것은 '[w]'라고 결론 지었다. 그런데 유응호는 여러 가지 측면에서 小倉進平의 영향을 받았을 가능성을 배제할 수 없다. 첫째 유응호는 1935년 동경제국대학 언어학과를 졸업하였는데 小倉進平은 1933년 동경제국대학 언어학과 주임교수로 부임했으므로 유응호가 小倉進平의 강의를 들었을 가능성이 크다. 이것을 구체적으로 뒷받침하는 논문도 있다. 그가 1936년 ≪정음≫ 17호에 발표한 "음운법칙에 관하야"에 제시된 한국어의 음운 현상 중에는 小倉進平의 예를 그대로 가져온 것이 눈에 띈다. 특히 이 논문에 'ㅸ'의 변화에 대한 언급도 간략히 나온다. 둘째 유응호는 그의 논문에서 小倉進平의 모음조화 이론을 그대로 따르고 있다. 이것은 小倉進平의 영향을 고려하지 않고는 설명할 수 없는 일이다. 셋째 앞에서 설명한 바와 같이 유응호는 Wilhelm Viëtor의 책에 의지해 'ㅸ'의 음가를 이끌어 내었다. 적어도 음성학 이론에서는 小倉進平이 Wilhelm Viëtor의 영향을 많이 받았다. 유응호가 Wilhelm Viëtor를 참고한 것도 어쩌면 小倉進平의 영향 때문일지 모른다. 이처럼 어떤 방식으로든 유응호가 小倉進平의 영향을 받은 것은 분명한 듯하다. 따라서 'ㅸ'의 음가를 '[w]'로 본 유응호의 견해 역시 小倉進平과는 전혀 무관하게 이루어진 것이 아니고 小倉進平의 영향이 어느 정도 반영된 것

는 글자이지만 한자음의 경우 예전부터 36자모(字母) 중 비모(非母)[126]의 글자에 'ㅸ'이 사용되었고 고유어에서는 '더워, 더운(暑)' 등의 'w'로 발음되는 '우'에 사용되었다.[127] 이 문제는 자세한 논의가 필요하지만 논의가 너무 복잡해질 수 있기 때문에 여기서는 생략하기로 한다.[128]

이상과 같이 'w'를 표기하는 데 예전에는 'ㅸ'이라는 글자가 사용되었지만 오늘날에서는 이 글자가 사라졌다. 그러나 일상 언어 속에 나타나는 '와, 왜, 워, 위, 웨' 등의 첫 부분에서 분명히 'w'를 찾을 수 있기 때문에 한국어에는 'w'가 실재한다는 것을 증명할 수 있다. 다만 필자가 현재까지 조사한 여러 지방 중 경상남도와 전라남도의 남해안 지방에는 '王(왕), 瓜(과), 官(관), 院(원), 月(월), 闕(궐), 違(위), 貴(귀)' 등을 올바르게 발음할 수 없어서 '앙, 가, 간, 언, 얼, 걸, 이, 기' 등으로 발음하는 곳이 있다.[129] 이것은 해당 지방에서 'w'를 발음할 수 없음을 가리킨다. 이들 지방에서는 일본어 'ワ'행 음의 발음도 곤란하여 'わたくし(私)', 'わるい(悪)', 'わかる(知)'에서의 'わ(wa)'를 한국어처럼 'ア(a)'로 발음함으로써 'あたくし', 'あかるい', 'あかる'라고 말한다. 이것은 한국어가 일본어에 미친 영향으로서 충분히 주목할 만한 현상이라고 본다.

이라고 할 수 있다. 小倉進平은 말엽에 쓴 논문에서 'ㅸ'의 음가를 'w'로 보아야 하는 이유에 대해 간략히 설명했다. 이 논문은 이 책의 2부에 "한국어의 후두파열음"이라는 제목으로 수록되었다.

126) 비모(非母)는 보통 'f'에 대응되지만 'w'음에도 통한다. [역자주] 非母는 중국 36字母 중 脣輕音의 全淸에 해당한다.

127) [역자주] '더워, 더운'이 예전에 '더버, 더븐'으로 표기되었던 것을 가리킨다.

128) [역자주] 'ㅸ'이 'w'를 나타낸다고 보는 근거가 무엇인지는 매우 중요하지만 小倉進平은 이 책의 그 어디에서도 자세히 언급하지 않았다. 그 대신 그의 사후에 출간된 논문에서 'ㅸ'이 'w'인 근거를 세 가지 측면에서 다룬 바 있다. 이 논문은 이 책의 2부에 "한국어의 후두파열음"이라는 제목으로 실려 있으므로 참고할 수 있다.

129) [역자주] 여기에 대해서는 이 책의 4부에 수록된 "남부 방언의 음운"을 참고할 수 있다.

【'w'의 발음 연습】

한국의 여러 지방 중 '와, 워, 위' 등의 발음이 곤란한 지방에서는 힘을 주어 이 음을 연습함으로써 일본어 'ワ'행 음의 발음이 'ア'행 음으로 변하지 않도록 주의해야 한다. 일본인은 '와(wa)'가 매우 평범한 음이므로 발음상 아무런 곤란을 느끼지 않지만 '워, 위' 등의 음은 일본어에 일반적으로 나타나지 않는 음이기 때문에 이것을 익히는 데 상당한 연습이 필요하다.

2.2.2.2.1.9. ɥ, ɥ̊

혀끝(舌端)과 경구개의 앞부분을 접근시켜 나온 협착 사이로 공기를 내보내되 아울러 입술을 둥그스름하게 해서 내는 마찰음이다. 'ɥ'는 유성음, 'ɥ̊'는 무성음을 나타낸다. 이 음은 모음 'i'와 유사하지만 'i'보다도 혀끝과 경구개의 접근이 더 현저하고 별도로 원순성을 동반한다는 점에서 성질을 달리 한다. 이 음은 일본어나 한국어에는 일반적으로 존재하지 않지만 프랑스어의 'ruine, puis' 등에는 이 음이 나타난다.[130)]

2.2.2.2.1.10. ʋ, F

이 음들은 'w', 'ʍ'와 약간 유사하지만 'w'와 같은 입술의 둥그스름함을 지니지 않으며 따라서 마찰을 적게 동반한다는 점에서 'w'와는 느낌이 다르다. 'ʋ'는 유성음, 'F'는 무성음의 기호이다. 일본어와 한국어에는 없으며 독일어 'Qual, Schwester'에 이 음이 나타난다.[131)]

130) [역자주] 한국어에도 'ɥ'가 나타나는 경우가 있다. 가령 '유, 요, 위'는 'yu, yo, wi' 외에 'ɥu, ɥo, ɥi'로 발음되기도 한다. 한국어의 'ɥ'에 대해서는 "이혁화(2002), 국어 반모음 'ɥ'의 음성학과 음운론, ≪어학연구≫ 38-1, 서울대 언어교육원"을 참고할 수 있다.

131) [역자주] 小倉進平이 크게 의지하고 있는 Wilhelm Viëtor의 책에서는 'Qual'의 발음을 '[kvɑ:l]~[kfɑ:l]~[kʋɑ:l]~[kFɑ:l]'로, 'Schwester'의 발음을 '[ʃvɛstər]~[ʃfɛstər]~[ʃʋɛstər]~[ʃFɛstər]'로 인정하고 있다. 두번째 위치에 오는 자음이 여러 음으로 변이할 수 있으며 그 중에 'ʋ, F'도 포함되어 있다.

2.2.2.2.2. 유음

어떤 소리를 발음할 때 발음 기관 중 일부가 협착되더라도 마찰을 일으키는 데까지는 이르지 않고 마치 발음 기관의 일부로 흘려서 내는 것 같은 상태를 이루는 음을 '유음(流音, liquid sound)'이라고 한다. 유음은 발음 상태에 따라 진동음과 측음(側音)의 두 가지로 나눌 수 있다.

2.2.2.2.2.1. 진동음

기식이 발음 기관 일부에서 협착된 뒤 이완되는 현상을 여러 번 빨리 반복함으로써 일종의 떨림이 생긴다. 이러한 떨림으로 생기는 음을 진동음(trilled sound)이라고 한다. 진동음은 떨림이 일어나는 위치에 따라 두 가지 종류로 나눌 수 있다.

1 ʀ, ʀ̥

이것은 현옹수(uvular)를 진동시킴으로써 생기는 음으로 현옹수 'r'이라고 하며 'ʀ'은 유성음, 'ʀ̥'은 무성음의 기호로 사용된다. 이 음을 발음할 때에는 혀뿌리(舌根)를 연구개로 향해 올린다. 이 때 혀의 뒷부분에 현옹수를 진동시킬 만한 충분한 공간을 주지 않으면 음이 즉각 앞에서 말한 'ɣ' 또는 'x'로 변해 버린다. 현옹수 진동음은 일본어나 한국어에는 존재하지 않는 소리이지만 프랑스 대도시의 'r'은 모두 이 음이며 독일 도시 지역의 'r' 역시 마찬가지이다.

2 r, r̥

혀끝(舌端)과 전구개(前口蓋)의 앞부분을 접근시켜 강한 기식을 보낼 때 설단의 진동으로 생기는 음이며 'r'은 유성음, 'r̥'은 무성음을 가리킨다. 이 음은 앞 항목인 현옹수에 의해 생기는 'ʀ'과 크게 다르지만 둘 다 발음 기관의 진동을 필요로 한다는 점에서 매우 유사하다. 프랑스어, 독일어 등의 표준적인 'r' 발음은 이 음인데 영어의 'r'은 프랑스어나 독일어만큼 떨림이 심하지는 않고 오히려 일반적으로는 떨림을 동반하지 않는다. 떨리지 않는 'r'을 표시할 때에는 특별히 'ɹ'이라는 기호를 사용한다. 진동음 'r'은 일반적으로 유성음이 표준이지만 경우에 따라 무성음이 될 때도 있다. 프랑스어 'sucre'의 'r'은 무성음으로 발음되는 한 예이다.

일본어 'ラ'행 음의 자음이 이런 종류에 속하는데 영어의 'r'과 마찬가지로 허끝(舌端)에서 현저한 떨림이 발생하지는 않는다. 일본어에 무성의 'r̥'이 존재하는지에 관해서는 아직 논의된 바가 없지만 센다이(仙臺) 방언에서 'つろ̊い(強)'를 'ʦ-r̥oi', 'くろい(黑)'를 'k-r̥oi', 'ちらす(散)'을 'chi-r̥a-su'라고 할 때의 'ラ'행 음 'r'은 분명히 'r̥'이다.

한국어의 'ㄹ'은 어떤 경우에는 'r'이 되고 어떤 경우에는 'l'이 된다. 우선 어두의 'ㄹ'에 대해 관찰하면 'ㄴ(n)'으로 발음되거나 또는 음이 완전히 소실된다. 즉 다음과 같은 것이다.

㉠ 'ㄹ' 뒤에 'ㅏ, ㅗ, ㅜ, ㅡ'가 올 때에는 'ㄹ'이 'n'으로 바뀐다. (예) 狼(랑) → 낭, 老(로) → 노, 樓(루) → 누, 陵(릉) → 능
㉡ 'ㄹ' 뒤에 'ㅑ, ㅕ, ㅛ, ㅠ, ㅣ'등의 모음이 오면 'ㄹ'이 완전히 소실되어 모음만 남는다. (예) 兩(량) → 양, 嶺(령) → 영, 龍(룡) → 용, 流(류) → 유, 李(리) → 이

다만 '나루(津), 기름(油), 사람(人)' 등과 같이 다른 음 뒤에 올 경우는 원래의 음을 보존하는 경우가 있는데 이 때의 'ㄹ'은 일본어 'ラ'행 음과 같이 현저한 진동을 동반하지 않는 'r'이다.[132]

【'r'의 발음 연습】

한국어에서는 어두에 'ㄹ'이 오기 곤란한 결과 다음과 같이 'ラ'행 음을 'ア'행 또는 'ナ'행 음으로 바꾸어 발음하는 경우가 많다.

132) 이 외에 'ㄹ'이 'l'로 바뀌는 경우가 있다. 측음 항목(2.2.2.2.2.2.)을 참조.

ラツパ[raʦupʰa](喇叭) → ナツパ[naʦupʰa]
リエキ[rieki](利益) → イエキ[ieki]
ルス[rusu](留守) → ヌス[nusu]
レキシ[rekisi](歷史) → エキシ[ekisi]
ロンゴ[roŋgo](論語) → ノンゴ[noŋgo]

이런 습관은 꽤 오래 전부터 존재했던 것으로 보인다. 강우성(康遇聖)이 지은 ≪捷解新語≫(1676)에서도 '留守居(るすい, rusui)'를 'ぬすい(nusui)'로 표기한 것을 발견할 수 있다. 이것으로 한국인이 'ラ'행 음을 발음하지 못한다고 할 수는 없다. 다만 그 구별을 그리 분명하게 인식하지 않기 때문에 일어나는 오류일 뿐이다. 따라서 약간만 주의를 기울이면 즉시 이것을 교정할 수 있다. 예를 들어 어두의 'リ(ri)'를 연습하려면 앞에서 말한 'r'의 발음 원리를 지시하거나 또는 '지리(地理)', '미리(豫)', '미나리(芹)'와 같이 2음절 이하에서 '리'를 분명하게 발음할 수 있는 것을 찾아서 이 때의 '리'를 곧장 어두로 이동시키는 방법 등을 동원하여 연습하면 된다.

2.2.2.2.2.2. 측음

혀의 양 측면으로 기류가 흘러나가서 생기는 음을 측음(側音, lateral sound)이라고 한다. 측음의 대표적인 음은 'l'이다.

[1] l, l̥

혀끝(舌端)을 전구개(前口蓋)의 앞부분에 부착시켜 공기가 혀 양측 옆으로 흐르게 하여[133] 생기는 음이며 'l'은 유성음, 'l̥'은 무성음 기호이다. 여러 언어에서 'l'은 유성음으로 실현되는 것이 기본이지만 영어의 'play, felt', 프랑스어의 'table' 등의 'l'은 무성음으로 발음된다. 유성의 'l'은 공명음과 가깝기 때문에 음절을 구성할 때 비음 등과 마찬가지로 모음 역할을

133) 한 쪽으로만 흐르게 하는 경우도 있다.

할 때가 있다.[134)]

일본어에서는 일반적으로 'l'이 나타나지 않는다. 그러나 정밀하게 관찰하면 방언 가운데 존재할 수도 있다. 필자가 직접 조사한 쓰시마(對馬) 방언에서는 'さじきばら(棧原), しもばら(下原), あります(有), おれが(己), これが' 등을 'sajiki-bal, shimo-bal, al-masu, ol-ga, kol-ga' 등 분명히 'l'로 발음하며 게다가 그 뒤에 있는 모음을 모두 생략한다. 강우성(康遇聖)이 지은 ≪捷解新語≫에는 'すこし不足なるとも(부족하더라도)', '御とうるのとき(지나가실 때)', 'こりがかとやまいでわなし(이것은 꾀병이 아니다)', 'きかしらりても(들려 주어도)'와 같이 'り'와 'れ'를 'る'로 표기한 것이 많다. 강우성은 통사(通事)로서 신사(信使)[135)]와 함께 자주 일본에 가면서 쓰시마도 왕래한 사람이기 때문에 ≪捷解新語≫의 잘못도 쓰시마 방언을 나타낸 것이 아닐까 한다.

한국어의 'ㄹ'이 'r'로 발음되는 경우가 있음은 앞의 'r' 항목에서 말한 바 있다. '일(一)', '말(馬)', '물(水)' 등의 말음에 있는 'ㄹ'은 많은 경우 'l'로 발음된다. 또한 아래와 같이 'l＋n',[136)] 'n＋r'[137)]의 경우에는 모두 'l'의 장음으로 바뀐다.[138)]

(ㄱ)

・일년(il-nyön, 一年) → 일련(il-lyön)

・솔닙(sol-nip, 松葉) → 솔립(sol-lip)

・궐닉(kuöl-nai, 闕內) → 궐릭(kuöl-lai)

---

134) [역자주] 유음이나 비음이 성절성 자음(syllabic consonant)의 역할을 할 때가 있음을 지적한 것이다.

135) [역자주] 통사(通事)와 신사(信使)는 일본과의 통상 업무를 맡았던 관리를 가리킨다.

136) 자음 사이의 동화 항목(3.5.2.) 참조.

137) 자음 사이의 동화 항목(3.5.2.) 참조.

138) [역자주] 'ㄹㄹ' 즉 '[ll]'을 'l'의 장음이라고 표현한 점이 흥미롭다.

(ㄴ)

· 산림(san-rim, 山林) → 살림(sal-lim)
· 언론(ön-ron, 言論) → 얼론(öl-lon)
· 신라(sin-ra, 新羅) → 실라(sil-la)

【'l'의 발음 연습】

한국어에는 'n＋r'의 연쇄가 음편(音便)으로 인해 'll'로 바뀌는 경향이 있어서 일본어의 'n＋r' 즉 '山林(さんりん, san-rin), 鍛錬(たんれん, tan-ren), 奮励(ふんれい, fun-rei)'를 'sal-lin, tal-len, ful-lei'로 발음하는 경우가 있다. 이것들은 'n'과 'r'을 별도로 발음시켜서 잘못 발음하지 않도록 해야 한다.

2.2.2.3. 파장음(破障音)

발음 기관의 일부에서 밀폐된 기식이 그 폐쇄를 급격히 터뜨림으로써 나오는 음을 파장음(破障音)이라고 하며 'k, t, p, g, d, b, ㄱ, ㄷ, ㅂ'과 같은 것이 여기에 속한다. 기식이 폐쇄되었다가 파열되기까지의 순서를 더 자세히 관찰하면 두 단계가 있다. 가령 'p'라는 음을 발음할 경우 첫 번째 단계는 'p'가 파열되기 직전까지 과정으로 그 때에는 기식이 외부로 나가지 않아서 귀에는 들리지 않는 묵음적인 성질을 지닌다. 두 번째 단계는 그 폐쇄가 파열되어 기식이 급격히 외부로 흘러나가 분명한 음으로서 귀에 들리는 과정이다. 이런 종류의 음에 대하여 정지음(implosive sound)139) 또는 폐

139) [역자주] 'implosive'는 두 가지 다른 의미로 사용될 수 있다. 하나는 'plosive'의 반의어로 파열되지 않는다는 의미를 지닌다. 굳이 번역한다면 미파음(未破音)이 적절할 것이다. 이 책에서 이런 의미로 사용하고 있다. 그러나 최근의 음성학에서는 'implosive'의 'im'을 부정이 아닌 기류의 방향을 지칭하는 형태로 해석하여 내파음(內破音)을 가리키는 데 사용하는 것이 일반적이다. 이런 경우 'implosive'는 파열되지 않는 음이 아니라 파열이 안으로 이루어지는 음을 가리킨다. 미파음과 내파음은 그 성격이 완전히 다르므로 구별해서 사용해야만 한다.

쇄음이라고 부르는 것은 첫 번째 단계인 폐쇄를 고려한 것이고 파장음이나 파열음(explosive sound) 또는 충당음(衝撞音, stoss)이라고 부르는 것은 두 번째 단계인 파열을 고려한 것으로 모두 이 음의 전체적인 성질140)을 나타냈다고 볼 수는 없다. 그러나 일반적인 연구 대상으로 삼는 음은 두 번째 경우이므로 여기서도 파장음이라는 명칭을 사용하기로 한다.

파장음이 단어의 마지막에 놓일 때 즉 어말(語末)에 있을 때는 분명히 첫 단계인 폐쇄 과정만으로 끝을 맺는 언어가 많이 있다. 한국어도 그 중의 하나로 '목(頸)', '집(家)'의 말음 'ㄱ(k), ㅂ(p)'은 그 단어만을 독립해서 말할 경우 결코 파열 단계를 동반하지 않는다. 일본어의 음운 조직은 원칙적으로 자음으로 끝나는 것이 없기 때문에 한국어 '목, 집' 등의 종성 발음이 곤란함으로써 자음을 파열시켜 발음하거나 혹은 'チビ(chibi)', 'モク(moku)' 등과 같이 모음을 더 넣어서 발음한다. 원래 폐쇄로 끝나는 음은 한국어에서도 매우 미약한 음이기 때문에 이것을 분명하게 할 필요가 있는 때는 '목이오', '집이라' 등과 같이 '이다'의 의미를 가진 '이오, 이라'를 덧붙이는 경우가 있다.

파장음은 어중에 놓일 경우 폐쇄의 지속 시간에 차이가 있다. 예컨대 'apa'라는 발음에서는 'p'의 폐쇄 시간이 그다지 길지 않은 채 후행하는 'a'로 이동하지만 'appa'와 같은 경우에는 'p'의 폐쇄 시간이 더 길게 유지된 후 후행음인 'a'로 이동하는 것이다.141) 이렇게 폐쇄가 길게 이어지는 구간에서는 소리가 전혀 나오지 않으며 이것을 음성학적으로는 '음의 휴지(pause)'라고 부른다. 일본어의 소위 촉음(促音)은 이 현상을 가리킨다. 즉 '三日(mik-ka)', '吃度(kit-to)', '立派(rip-pa)' 등의 'k-k, t-t, p-p' 등은 이러한 이유로 설명할 수 있다.

---

140) [역자주] 전체적인 성질이란 폐쇄와 파열 단계를 모두 갖추고 있음을 가리킨다.

141) [역자주] 이 내용은 Saussure의 ≪일반언어학강의≫에서 내파, 외파 개념을 설명하는 부분을 연상시킨다.

그러나 파장음의 음 휴지 현상과 촉음 현상은 그 범위에서 명백히 다른 점이 있다. 왜냐하면 촉음 중에는 '燐寸(mat-ʧi), 一升(iʃ-ʃo:), 拾錢(jis-sen)'에서 보듯 파장음이 아닌 마찰음 'ʧ, ʃ, s'가 계속되는 현상도 포함되기 때문이다. 즉 파장음의 음 휴지 현상은 'カ행, タ행('チ, ツ'는 제외), パ행 음'에 한정되는 것임에 비해 촉음은 'カ행, サ행, タ행('チ, ツ'를 포함), パ행'의 여러 행에 걸치므로 촉음의 범위가 훨씬 넓은 것이다.

다만 촉음의 부호로 사용되는 가나(假名) 'ツ'에 대해서는 주의해야 한다. 원래 'ツ'는 's' 항목(2.2.2.2.1.5.)에서도 설명했듯이 't'와 's'의 합음(合音)이고 완전한 음절을 구성할 수 있지만 촉음을 나타내는 경우에는 'k-k, t-t, p-p, t-ʧ, ʃ-ʃ, s-s' 등과 같이 파장음의 휴지 또는 마찰음의 지속을 가리키며 음절을 구성할 수는 없는 다른 음의 기호이다.142) 'タ행'의 촉음에 대해 'ツ'를 사용하는 것은 어느 정도 합리적일지도 모르지만 다른 '행'의 촉음에 대해서 이 문자를 사용하는 것은 매우 불합리하다.143) 다만 종래의 관습 때문에 그대로 사용하는 데 불과하다.

지금부터 대표적인 파장음에 대해 설명하기로 한다.

2.2.2.3.1. g, k

연구개의 뒷부분과 혀뿌리(舌根) 사이의 폐쇄를 파열할 때 생기는 파장음이며 'g'는 유성음, 'k'는 무성음을 가리킨다. 일본어 'カ, ガ'행 음의 자음 및 한국어의 'ㄱ(k)'이 여기에 해당한다. 이 음이 앞에서 살핀 현웅수에서 발음되는 'ɣ, x'와 성격이 많이 다르다는 것은 2.2.2.2.1.2.에서 설명한 내용으로 알 수 있다.

---

142) [역자주] 'ツ'가 정상적으로 사용될 때에는 그 음가가 '[ʦu]'이므로 독립된 음절을 이루지만 촉음을 나타낼 때에는 후행 자음과 동일한 음을 나타내므로 독립된 음절을 이루지 못함을 가리킨다.

143) [역자주] 'ツ'는 원래 음가가 '[ʦu]'이므로 'タ행'의 촉음으로 쓰일 수 있지만 다른 행은 조음 위치가 전혀 다르므로 'ツ'를 가지고 다른 행의 촉음을 사용하는 것이 합리적이지 못함을 말하고 있다.

일본어의 'g, k'에 대해서는 별도로 언급할 만한 것이 없다. 다만 어떤 지방에서는 'g'를 비음인 'ŋ'으로 발음하는 경우가 있는데 이것은 비음 항목에서 언급하기로 한다. 한국어에서는 무성음 'k'를 표기할 때 'ㄱ'을 사용하지만 유성음 'g'를 표기하는 별도의 글자는 가지고 있지 않다. 그래서 어떤 사람은 한국어에 'g'가 존재하지 않는다고 말하기도 하지만 '고기(魚)', '동경(東京)' 등에서 '기'와 '경'의 'ㄱ'은 분명히 유성음이다.

한국인의 머리 속에는 예전부터 유성음(濁音)과 무성음(淸音)의 구별이 분명하지 않았기 때문에 일본어의 유성음을 표기하는 데 상당한 고심을 했다. 'ガ행 음'[144]을 표기하는 것만 봐도 오래 전부터 가장 많이 사용된 표기 방식은 '加, 可, 家, 가, 技, 기, 구, 계, 게, 古, 고' 등과 같이 무성음 글자를 쓰는 것 이외에 같은 글자를 두 개 겹친 'ㄲ, ㄲ, ㄲ, ㄲ, ㄲ' 등을 사용하거나 또는 'ᅌ가, ᅌ기, ᅌ구, ᅌ계, ᅌ고' 등과 같이 왼쪽에 'ㅇ'을 붙인 글자를 이용했다. 이들은 모두 표음 기호에 불과하므로 어떤 것이든 상관이 없지만 왼쪽에 'ㅇ'을 붙이는 것이 비교적 합리적이라고 생각된다. 왜냐하면 'ㅇ' 기호는 한글 'ᅌ'을 응용한 것으로 'ng'라는 음을 나타내며 'ㄱ'를 발음하기 전에 먼저 동일 위치에서 유성음을 만들어 'ㄱ'을 유성음으로 발음하기 위한 준비의 의미가 되기 때문이다. 'ダ행 음'을 표기하는 데 'ㄷ' 앞에 'ㄴ'을 붙이거나 'バ행 음'을 표기할 때 'ㅂ' 앞에 'ㅁ'을 붙이는 것도 같은 이유를 바탕으로 하는 것이다.[145] 한편 왼쪽에 'ㅅ'을 붙여 'ㅺ, ㅺ, ㅺ, ㅺ, ㅺ' 등으로 표기하는 방법 역시 사용되며 현재 가장 일반화되어 있지만 비교적 근세에 만들어졌고 된시옷[146]과 혼동되기 쉬울 뿐만 아니라 이론적으로도 그다지 합리적이지 않기 때문에 수긍하기는 어렵다.

---

144) [역자주] 'ガ행 음'은 유성음 'g'로 시작하는 음절이다.

145) 't, d' 항목(2.2.2.3.2.)과 'p, b' 항목(2.2.2.3.3.) 참조. [역자주] 'ダ행 음'과 'バ행 음'은 각각 'd'와 'b'로 시작하는 음절을 가리킨다.

146) [역자주] 여기서 말하는 된시옷이란 된소리를 가리킨다. 된시옷은 ㅅ-계 합용병서의 첫 자음을 뜻하기도 하고 ㅅ-계 합용병서가 나타내는 된소리를 뜻하기도 한다.

또한 한국어에서는 '고기(魚)', '동경(東京)' 등에서 '기, 경'의 'ㄱ'과 같이 유성음 뒤에 오는 'ㄱ'이 많은 경우 유성음이 되기 때문에 일본어 '東京(とうきやう)'의 'き'나 '菊(きく)'의 'く' 등과 같은 'カ행 음'을 유성음으로 발음하여 'とうぎやう', 'きぐ'로 말하는 습관이 있다. 이 현상은 일본의 동북 지방 방언에서도 현저하다.

한국어의 '기, 겨, 게' 등은 여러 지역에서 거의 '지, 져, 제'로 변화한다. 예컨대 다음과 같다.

길(路)	→ 질,	깁흘(深)	→ 집흘
기와(瓦)	→ 지와,	기동(柱)	→ 지동
깃(領)	→ 짓,	기름(油)	→ 지름
겻(傍)	→ 졋,	겨(糠)	→ 져

이것은 결국 'ㄱ' 뒤에 오는 '이, 여, 에' 등이 전구개(前口蓋)에서 발음되는 모음이기 때문에 후음인 'k'[147]도 거기에 이끌려 전구개음(前口蓋音)인 'ch'로 변한 현상이다. 이 또한 구개음화의 한 예이다. 일본의 동북 지방 방언에도 약간 비슷한 현상이 존재한다. '緊急'을 'チンキフ(chin-ki-hu)'로 발음하는 것이 그 예 중 하나이다.

'ㄱ'과 다른 종류의 음에 소위 격음(激音)이라고 불리는 'ㅋ'이 있다. 이 음은 'k'가 발음된 직후에 'h'를 동반하는 'k^h'이며 음성학적으로는 특별히 유기음(aspirate)이라고 부르고 '[ʻ]'라는 기호로 이를 표기한다. 예컨대 'kʻa'와 같은 것이다.[148]

또한 'ㄱ'의 왼쪽에 'ㅅ'을 붙인 또 다른 'k'가 있다. 이 때의 'ㅅ'을 한국어에서는 된시옷이라고 부르고 있다.[149] 이 음의 발음 상태를 자세히 관

147) [역자주] 이 책에서는 'k'와 같은 연구개음을 후음이라고 부르는 경우가 매우 많다.

148) [역자주] 그렇지만 여기서는 편의상 유기음을 표기할 때 'h'를 덧붙이는 방식을 사용한다.

찰하면 'k'의 폐쇄 상태는 일반적인 'k'와 같지만 그 폐쇄를 파열하기 전에 일반적인 'k'보다 폐쇄의 정도가 훨씬 강하고, 농후하게 축적된 기류가 느리면서도 부드럽게 폐쇄를 파열시킴으로써 생기는 무성음이다. 참고로 '가'와 '까'를 비교해 보면 '가'는 'k'가 힘차게 파열된 후 모음 'a'가 이어지지만 '까'는 기세가 약해진 'k'가 파열된 후에 모음이 이어진다. 그래서 '까'의 'k'는 '가'의 'k'보다 뒤에 오는 모음에 동화되기가 더 쉽다. 'ㅅㄱ'이 가끔 유성음인 'g'로 들리는 경우가 있는 것은 이런 이치를 바탕으로 한다. 일본이나 서양의 한국어학자가 이 음에 대해서 'kk, g, tg' 등의 문자를 사용하고 있는 것은 모두 이러한 성질의 일부분을 포착한 것이다.

【'g, k'의 발음 연습】

한국인에게는 어두에서 'ガ(ga)행 음'의 발음이 매우 곤란하다.[150] 이것을 교정하는 수단으로는 각 사람마다 이론을 인식하게 하는 것이 최선이라고 생각하지만 이론을 이해하더라도 실제로는 발음할 수 없는 경우가 적지 않다. 이러한 경우에는 되도록 성대의 진동을 일으키는 방법을 찾아서 'g'의 발음을 용이하게 할 필요가 있다. 이를 위해서는 유성음과 성질이 어느 정도 비슷한 'ᄭᅡ, ᄭᅵ, ᄭᅮ, ᄭᅦ, ᄭᅩ'와 같은 된시옷이 결합된 음을 가지고 연습하는 것과 함께 '내가(私)', '고기(魚)' 등에서의 '가, 기'가 완전한 유성음인 사실을 이용해서 그 발음 상태를 그대로 지속시켜 'ガラス(ga-ra-su, 硝子)', 'ギン(gin, 銀)' 등의 단어를 발음시키든지 또는 'ㅇ(ng)'이 'g'와 같은 후음에 속하는 유성음인 점을 이용해서 먼저 'ㅇ'을 연속으로 발음한 후 그 상태에서 'ガ, ギ' 등으로 이동하는 방법을 취하는 것이 좋을 듯하다. 다만 마지막 방법에서는 'nga', 'ngi'와 같은 비음이 섞인 'g'가 될 수도 있기 때문에 상당히 주의해야 한다.

한국인에게는 '東京(とうきやう)', '菊(きく)'와 같이 유성음 뒤에 오는

---

149) 'ʃ' 항목(2.2.2.2.1.4.)을 참조.

150) [역자주] 한국어의 어두에는 유성 파열음 'b, d, g'가 오지 못하기 때문이다.

무성음을 유성음으로 바꾸어 'とうぎやう', 'きぐ'로 발음하는 습관이 있다는 사실을 앞에서도 간략히 말한 바 있다. 이것을 교정할 때에는 누구나 곤란함을 느낀다. 이 오류를 교정하는 수단 중 하나로 '東京'의 '京(きやう)'와 '菊'의 'く'를 한국어에 있는 유기음으로 바꾸어 'to-k^{h}io', 'ki-k^{h}u'처럼 발음시키는 것도 묘안이다. 그러나 이것을 너무 남용하면 오히려 자연스러운 음조를 해칠 우려가 있기 때문에 초기 연습으로서는 적당할지 모르겠지만 갈수록 점차 이것을 폐지하도록 해야 한다. 또한 'ki-ku(菊)', 'chi-kara(力)' 등의 'ki', 'chi'에 있는 모음은 실제로는 무성음으로 발음되는데 이런 경우 그 다음에 오는 무성음은 말할 것도 없고 유성음조차도 무성음으로 변화하기 쉽다. 따라서 'ki', 'chi' 등의 모음을 무성음으로 발음시키면 한 편으로는 유성음화의 오류를 방지할 수 있을 뿐만 아니라 다른 한 편으로는 실제 발음에 가까워지는 이득을 가진다.

2.2.2.3.2. d, t

치조돌기와 혀끝(舌端) 사이의 폐쇄를 파열함으로써 생기는 파장음으로 'd'는 유성음, 't'는 무성음 기호이다. 일본어 'ダ행, タ행'의 자음 및 한국어의 'ㄷ'이 여기에 해당한다.

일본어 'チ, ツ'의 원음이 오늘날과 같은 'chi, ʦu'가 아니라 'ti, tu'였는지[151] 또는 'chi, ʦu'와 'ti, tu'가 공존하고 있었는지의 여부는 상당한 연구가 필요한 문제이다. 도쿠가와 시대의 많은 국학자들은 'チ, ツ'가 'chi, ʦu'라고 생각하고 있었는데 메이지 시대에 이르러서 일본학자 및 서양인에 의해 'チ, ツ'의 원음(原音)에 대한 논의가 이루어졌다. 특히 Satow와 Edkins 사이의 논쟁을 주목해야만 한다. Satow는 1879년 "On the transliteration of the Japanese Syllabary"에서, Edkins가 ≪Introduction to the study of the Chinese characters≫[152]에서 일본어 'チ, ツ'의 고음(古音)이 'ti, tu'

151) 즉 'chi, ʦu'는 'ti, tu'의 구개음화로써 생긴 것인지.

152) [역자주] Joseph Edkins(1823~1905)는 영국 출생으로 57년이라는 긴 세월을

라고 주장한 것에 대한 반론을 시도하였다. 그 후 1880년 Edkins는 "On Japanese letters chi and ʦu"에서 Satow의 학설을 논박하고 이에 대한 반증례 8개를 제시했다. 같은 해 Satow는 다시 Edkins의 주장에 대해 "Reply to Dr. Edkins on chi and ʦu"라는 반박문을 발표했다. 그 후 1885년 Edkins는 별도의 논의를 기초로 한 "Contribution to the history of the Japanese transcription of Chinese sound"에서 일본어 'チ, ツ'의 고음은 'ti, tu'라는 사실을 강력히 주장하였다. 그 외에 Chamberlain도 'ti, tu' 고음설(古音說)을 주장했으며 Fr. Mueller도 'チ, ツ'가 치음(齒音)에서 나온 것이라고 논의하였다.

한국어에서는 '다, 댜, 더, 뎌, 도, 됴, 두, 듀, 드, 디, ᄃᆞ'라고 연속해서 발음하는 경우 어떤 지방에서는 't-a, t-ya, t-ö, t-yö, t-o, t-yo, t-u, t-yu, t-eu, t-i, t-a'와 같이 분명히 't'가 발음되지만 어떤 지방에서는 't-a, ch-a, t-ö, ch-ö, t-o, ch-o, t-u, ch-u, t-eu, ch-i, ta'와 같이 '댜, 뎌, 됴, 듀, 디'의 초성이 'ch(ㅈ)'으로 바뀌어 발음된다.[153] 이것 역시 구개음화의 예이다. 연속해서 발음하지 않는 경우 즉 단어나 어구의 중간에 '댜, 뎌, 됴, 듀, 디' 등이 놓이는 경우 평안도 지방에서는 't'를 원음대로 발음하거나 또는 '다, 더, 도, 두, 디'로 발음하며 황해도 지방에서는 'ʦ'로 발음한다는 것은 'ʃ'와 's' 항목에서 말한 바 있다.[154]

한국어는 무성음 't'를 표기하는 글자로 'ㄷ'을 가지고 있지만 유성음 'd'를 표기하는 글자는 따로 가지고 있지 않다. 그러나 '바다(海)', '미더서(信)' 등에서 '다', '더'의 초성은 분명히 유성음이다. 한국인은 일본어의 'タ행음'을 표기할 때 예전부터 아래와 같은 방법을 사용했다.

중국에서 선교 활동을 하며 보냈다. ≪Introduction to the study of the Chinese characters≫는 1876년 영국에서 간행된 저서이다.

153) [역자주] 小倉進平은 'ㅓ'를 'ö', 'ㅡ'를 'eu'로 나타냈다.

154) 'ʒ, ʃ' 항목(2.2.2.2.1.4.)을 참조.

	무성음 겸용[155]	유성음 전용[156]
ダ	多, 다	따, ᄕᅡ
ヂ	之, 止, 지	ᅀᅵ
ヅ	注, 즈, 주	
デ	代, 뎨	뗴
ド	刀, 도	또, ᄕᅩ

‘ᅀᅵ’는 ‘zi’를 표기하지만 일본어에서는 ‘ヂ’도 ‘ジ’와 같은 음이었기 때문에 ‘ㅿ’[157]을 사용한 것이다. 또한 ‘ᄕᅡ, ᄕᅩ’와 같이 초성에 ‘ㄴ(n)’을 덧붙인 것과 ‘溫[온]多臥羅(をだわら, 小田原)’, ‘要申[신]多(よしだ, 吉田)’, ‘訓[훈]之藝多(ふぢえだ, 藤枝)’, ‘사간주기(さかづき, 盃)’, ‘閔[민]注(みづ, 水)’, ‘인뎬(出[い]でん)’, ‘고곤뎨(此處[ここ]で)’, ‘연도(えど, 江戸)’, ‘야군죠우(約條)’, ‘혼도니(程[ほど]に)’, ‘우시만도(うしまど, 牛窓)’, ‘나렌도모(なれども)’ 등과 같이 유성음이어야 할 음의 바로 앞 글자 종성에 ‘ㄴ(n)’을 붙인 것이 있다. 이 표기법은 비교적 이론에 잘 맞는다. 그 이유는 앞서 ‘ガ행 음’에 대해서 ‘ㄱ’ 앞에 ‘ㅇ’을 붙인 것과 같다. 즉, ‘ガ행 음’에서 ‘ㅇ’을 표기한 이유는 ‘g’를 발음하기에 앞서 우선 동일한 발음 위치의 유성음 ‘ㆁ(ng)’을 준비하여 발음을 편하게 하는 것인데 ‘ダ행’의 경우에도 ‘d’와 같은 위치에서 발음되는 유성음 ‘ㄴ(n)’을 미리 발음시켜 그대로 유성음 ‘d’로 이동한다는 타당한 이유를 지니고 있는 것이다. 이 외에 왼쪽에 ‘ㅅ’을 붙여 ‘ᄯᅡ, ᄶᅵ, ᄶᅳ(ᄶᅮ, ᄶᅮ), ᄯᅨ, ᄯᅩ’ 등으로 표기하는 방법도 있는데 이것은 비교적 근세의 것으로 된시옷과 혼동되기 쉽고 또 이론적으로도 그리 합리적이지 않다.

한국어에서는 ‘한다(爲す)’, ‘남도(南道)’ 등의 ‘다, 도’와 같이 유성음 다음에 오는 ‘t(ㄷ)’가 대부분 유성음이 되는 습관이 있어서 일본어 ‘旗(は

155) [역자주] 무성음 표기와 유성음 표기에 모두 사용된다는 의미이다.
156) [역자주] 유성음 표기에만 사용된다는 의미이다.
157) ‘z, s’ 항목(2.2.2.2.1.5.)을 참조.

た)', '鳩(はと)'의 'た', 'と' 등과 같은 'タ행 음'이 유성음으로 바뀌어 'はだ', 'はど'로 발음되는 경향이 있다. 이 현상은 일본 동북 지방 방언에서도 현저하다.

'ㄷ'과 구별되는 종류의 음으로 소위 격음 'ㅌ'이 있다. 이것은 'ㄷ'이 발음된 직후 'h'를 동반되는 't^h'의 음이므로 'ㅋ, ㅍ, ㅊ' 등과 같이 음성학상 유기음(aspirate)이라고 부르고 있다.

또한 'ㄷ'의 왼쪽에 'ㅅ'을 붙인 또 다른 'ㄷ'이 있다. 이러한 'ㅅ'은 'ㄱ, ㄷ, ㅂ, ㅅ, ㅈ' 등 여러 음에 존재하므로 한국어에서는 된시옷이라고 지칭한다. 그 발음을 보면 't'의 폐쇄 상태는 일반적인 't'와 같지만 폐쇄를 파열하기 전에 보통의 't'보다 폐쇄의 정도가 훨씬 강하고, 농후하게 축적된 기류가 느리면서도 부드럽게 폐쇄를 파열함으로써 생기는 무성음이다. 참고로 '다'와 'ᄯᅡ'를 비교해 보면 '다'는 't'가 힘차게 파열한 후에 모음 'a'가 연결되지만 'ᄯᅡ'는 기세가 약해진 't'가 파열한 후에 모음이 연결된다. 그래서 'ᄯᅡ'의 't'는 '다'의 't'보다도 후행하는 모음에 동화되기가 더 쉽다. 'ㅼ'이 종종 유성의 'd'로 들리는 경우가 있는 것은 이러한 이치를 바탕으로 한다. 일본과 서양의 학자들이 이 음에 대해서 'tt, d, td' 등의 문자를 사용하고 있는 것도 이 음이 지닌 성질의 일부분을 관찰한 결과이다. 또한 오늘날 된시옷으로 표기되는 단어 중에는 'ᄯᅡ(地)', 'ᄯᅩ(亦)' 등과 같이 원래부터 'ㅅ(s)'을 가진 것도 있지만 원래는 다른 문자로 표기되어 발음도 오늘날과 다른 것이 존재하고 있었던 듯하다.[158] 예컨대 오늘날의 'ᄯᅳᆺ(意)'은 오래 전에 'ᄠᅳᆮ'이라고 표기되었던 것이다.

현대의 한국어에서는 'ㄷ'이 단어의 말음으로 사용되지 않지만 오래 전에는 '솓(鼎), 몯(不能), 곧(處)' 등과 같이 분명히 'ㄷ'을 가진 단어가 있었다.[159] 이들은 모두 후세에 말음이 'ㅅ'으로 바뀌었다.

---

158) [역자주] 그 당시 ㅅ-계 합용병서로 표기되던 단어 중에 기원적으로 'ㅅ'이 아닌 'ㅂ'으로부터 변화한 것도 있음을 지적한 것이다.

159) [역자주] 현대국어에 ㄷ-말음 체언이 존재하지 않음을 지적한 것이다. 이 중

【'd, t'의 발음 연습】

한국인에게는 어두의 'ダ(da)행 음'을 발음하기가 매우 곤란하다. 이것을 발음시키기 위해 유성음과 어느 정도 유사한 '짜', '또' 등으로 연습하거나, 'g, k' 항목(2.2.2.3.1.)에서 말한 것과 마찬가지로 '바다(海)', '한데(所)', '파도(波濤)' 등의 '다, 데, 도'가 유성음인 것을 이용해서 'ダ, デ, ド'를 연습하고 '가지(枝)'의 '지'가 유성음인 것을 이용해서 'ヂ'[160]를 연습하며 'ヅ'[161]는 'z'를 연습함으로써 교정할 수 있다. 또한 'ガ(ga)'에 대해 'ㄱ' 왼쪽에 'ㅇ'을 붙여 연습하는 것과 동일하게 'ㄷ' 왼쪽에 'ㄴ'을 붙인 'ㄴㄷ'의 느낌으로 연습하는 것도 하나의 방법이다. 다만 이 경우 어쩌면 'nda', 'nde' 등과 같이 비음 'n'을 동반하기 쉬운 경향이 있으므로 특별한 주의를 요한다.

한국인에게 '旗(はた, hata)', '鳩(はと, hato)'와 같이 유성음[162] 다음의 무성음[163]을 유성음화 시켜서 'はだ(hada)', 'はど(hado)'로 발음하는 습관이 있다는 것은 앞에서도 말한 바 있다. 이것을 교정하는 수단 중 하나로 'g, k'의 경우처럼 격음 'ㅌ'를 이용해 'hatʰa', 'hatʰo'와 같이 발음시키는 것도 있지만 다른 폐해가 동반된다는 사실은 'k' 항목(2.2.2.3.1.)에서도 지적했다. 한편 '人(ひと, hi-to)', '下(した, shi-ta)' 등에서 'hi'나 'shi'의 모음이 실제로 무성음으로 발음되면 그 다음에 오는 'to', 'ta' 등의 't'도 자연스럽게 무성음이 되어야 하기 때문에 'hi', 'shi'의 'i'를 무성음으로 발음한다면 유성음화의 오류를 방지할 수 있을 뿐만 아니라 실제 발음에도 가까워지는 결과를 얻는다.

'솓(鼎)'은 중세어에 '솥'이었므로 주의를 요한다.

160) 표준 일본어로는 'ジ'와 같은 음이라고 하고 있다.

161) 표준음으로서는 'ズ'와 같은 음이라고 하고 있다.

162) 'ha'에서의 'a'.

163) 'ta, to'의 't'.

2.2.2.3.3. b, p

두 입술 사이의 폐쇄를 파열할 때 생기는 파장음으로 'b'는 유성음, 'p'는 무성음의 기호이다. 일본어 'パ행 음'의 자음은 'p', 'バ행 음'의 자음은 'b'이며 한국어의 'ㅂ'은 경우에 따라서 'p'도 되고 'b'도 된다.

종래의 일본 국학자들은 'バ행 음'을 'ハ행 음'의 유성음(濁音)이라고 생각했었다. 그러나 'ハ행 음'의 초성은 후두마찰음인 'h'이고 'バ행 음'의 초성은 양순파장음인 'b'이므로 'h'와 'b'는 발음 기관이나 음의 성질에서 서로 아무런 관계가 없다. 'バ행 음'이 'ハ행 음'의 유성음(濁音)이라고 한 것은 오로지 문자 'ハ'가 관여된 결과에 불과하다.[164] 음성학적으로 'b(バ행 음)'의 무성음을 구한다면 그것은 'p(パ행 음)' 이외에는 존재하지 않는다. 그러나 도쿠가와 시대의 학자는 'パ행 음'을 순수하지 않은 음이라고 생각해서 이를 반탁음(半濁音)[165]이라고 칭하고 의붓자식 취급하였다.[166] 그 학설이 잘못이라고 하는 것은 메이지 시대의 학문에 의해 밝혀졌다.

원래 일본 학자들이 'パ행 음'을 촌스럽고 천한 음이라고 생각한 것은 오래된 일이다. 국학의 시조(始祖)인 게이쵸(契沖)[167]는 ≪和字正濫抄≫[168]에서 다음과 같이 말했다.

"'は, ひ, ふ, へ, ほ' 이 5자는 음편(音便)에 의해 무성음(淸音)과 유성음(濁音) 사이의 음이 된다. 소위 '天半, 葛伯, 玄賓, 八臂, 貧富, 匹夫, 輪扁, 雪片, 鴈具本, 七寶' 등이 그러한 예이다.[169] 당음(唐音)을 들어 보

---

164) 'ダ'가 'タ'의 유성음(濁音)이 되는 것과 똑같은 관계이다.

165) [역자주] 탁음이 유성음을 뜻하므로 반탁음은 반유성음이라는 의미이다.

166) [역자주] 따라서 'バ행 음'의 무성음 짝을 'パ행 음'이라고 생각하지 않았던 듯하다.

167) [역자주] 게이쵸(契沖, 1640~1701)는 에도 시대 중기 진언종(眞言宗)의 승려이자 국학자이다.

168) [역자주] 元祿 8년(1695)에 간행된 책이다.

169) 모두 앞에 '雪(セツ)'과 같은 'ツ' 입성 또는 '天(テン)'과 같은 撥音(일본어에서 종성으로 쓰인 비음)에 연결될 때 그런 변화가 생긴다. [역자주] 한국 한

면 음편이 없이 처음부터 그런 소리가 있는데 분명하지는 않다. 고유한 일본어에는 음편도 없다."

또한 국학의 대가인 모토오리 노리나가(本居宣長)는 ≪漢字三音考≫의 음편(音便) 항목에서 다음과 같이 말했다.

"촉급한 소리 다음의 'パ행 음'은 특히 바르지 않기 때문에 어휘집(物語書)이나 지금도 가사집(歌物語) 등에 이 음들을 섞는 경우가 없다. (중략) 이것을 생각하면 '天平, 寛平' 등의 '平', '三品'의 '品' 등 모두 'ン' 아래의 반탁음(半濁音)도 예전에는 지금과 같이 반탁(半濁)으로 읽지 않고 탁하게 읽으며 촉급한 운(韻) 다음에 있는 반탁도 예전에는 '一品'을 'イチホン', '日本'을 'ニホン'과 같이 읽어 모두 선행하는 촉급한 운을 피해서 후행음이 반탁음이 되지 않도록 했다. 그런데 후세에는 음을 읽을 때 이러한 촉급한 운과 'パ행' 음편을 특히 많이 사용하고 오히려 이를 풍아(風雅)하게 생각하는데 이는 이야기를 읽는 것처럼 매우 천박한 것이다."

이후의 국학자는 모두 이 학설을 따랐다. 그런데 메이지 시대에 이르러 서양과 일본 학자들이 'ハ행 음'의 고음(古音)은 'p'이어야 함을 논의하면서 침체된 일본 학계를 활기차게 했다. 이 논의의 시작이 언제부터인지는 분명하지 않지만 예전에 Edkins가 "On Japanese letters chi and ʦu"(1880)라는 논문에서 다음과 같이 일본어의 'ハ행 음'이 예전에 'p'였으며 아울러 'p'와 함께 'b'도 존재했음을 논의한 바 있다.

"중국어의 'h'가 일본어에서 'k'가 되는 일이 있다.[170] 그러므로 내가 생

자음 중 'ㄹ'로 끝나는 것은 일본 한자음에서 대부분 'ツ' 또는 'チ' 입성으로 끝난다. 따라서 앞에 'ツ' 입성이 오는 것은 '葛伯, 八臂, 匹夫, 雪片, 七寶'이고 앞에 撥音이 오는 것은 '天半, 玄賓, 貧富, 輪扁'이다. '鴈具本'은 어디에 속하는지 확실치 않다.

170) '河(중국음 'ha')'를 'カ', '海(중국음 'hai')'를 'カイ'라고 하는 것들이다.

각할 때 한자어가 전래될 당시에서는 일본어에 'h'가 없었다. 근세 일본어의 'h'가 오래 전에는 'p' 또는 'b', 아니면 아마도 'b'만이었을 것이다."

Satow 역시 "Reply to Dr. Edkins on chi and tsu"(1880)에서 Edkins의 견해에 전적으로 찬성했다. 이렇게 해서 점차 세간의 주목을 끈 'ハ행 음'의 고음론(古音論)은 Chamberlain의 "A vocabulary of the most ancient words of the Japanese language"(1888)에서 더 한층 발전된 모습을 보였다. Chamberlain의 견해를 요약하면 다음과 같다.

"'ハ행 음'에 대해서는 'p, f, h'의 세 가지 학설이 있는데 나는 'p-설'에 찬성한다. 물론 'h-설'도 수긍하지 않는 것은 아니지만 'h'는 오히려 'f'의 와음(訛音)이고 'f'는 'p'의 와음(訛音)으로 추정되기 때문이다. '光る(hikaru)'와 같은 기원의 단어에 'ピカピカ(pıkapıka)'라는 난어가 있는 사실, 비음 뒤에 'p'음을 사용하는 사실, 중국으로부터의 차용어에 이중의 'p'를 사용하는데 그 단어는 중국어에서 'p'인 사실, 'ハ행 음'의 유성음(濁音)은 'b'인 사실 등이 여러 가지 증거이다. 또한 3세기 무렵의 일본 여왕 'Himiko'의 'Hi'가 중국 서적에서는 '卑'로 표기되어 있다. Edkins는 이 '卑'를 'fi'도 아니고 'hi'도 아닌 'pi'로 보고 있다. Edkins는 유일한 중국학자이므로 그 논의도 신뢰할 만한 것이다."

이 논의는 이후 우에다 가즈토시(上田萬年)[171]의 "語學創見" 중 'p音考'[172]에서 부연되었다. 그의 견해는 요컨대 (1) 무성음(淸音)과 유성음(濁音)의 음운론적 관계, (2) 'h'가 오래된 음이 아니라는 점, (3) 아이누어에 들어간 일본어, (4) 상고음(上古音)이 숙어적 촉음이나 방언에 존재하는 사

171) [역자주] 우에다 가즈토시(上田萬年, 1867~1937)는 동경제국대학 국어연구실 초대 주임교수이며 小倉進平도 대학을 졸업한 후 한 동안 그의 연구실에서 조수로 근무한 적이 있다.

172) ≪帝國文學≫, 1898년.

실 등 여러 항목으로 나누어 자세히 살폈는데 그 후 여기에 대한 찬반의 논의가 활발해지면서 일시적으로 이 방면의 학계는 전에 없던 활기를 띠었다. 여기서 이러한 여러 견해들을 일일이 소개하는 것은 지면이 허락하지 않는 바, 필자는 오늘날의 'ハ행 음'이 모두 'p'에 소급되어야 하는지는 의심함과 동시에 어느 정도까지는 'p'와 'h' 두 음이 공존할 수 있으리라 믿는다.

한국어는 무성음 'p'를 표기하는 글자로 'ㅂ'을 가지고 있지만 유성음 'b'를 표기할 만한 글자는 따로 가지고 있지 않다. 그러나 '아버지(父)', '량반(兩班)' 등에서의 'ㅂ'은 분명히 유성음이다. 한국인은 일본어의 'バ행 음'을 표기할 때 다음과 같은 방식을 사용했다.

	무성음 겸용	유성음 전용
バ	所(訓), 바	빠, ㅄㅏ
ビ	非, 비	삐, ㅄㅣ
ブ	夫, 부	ㅄㅜ
ベ	베, 벼	ㅄㅔ
ボ	보	뽀, ㅄㅗ

'所'는 유일하게 훈을 차용하였다. 또한 유성음 표기에만 쓰인 '빠, 뽀'와 같이 왼쪽에 'ㅁ(m)'을 붙이는 방식, '수임분(ずいぶん, 随分)', '구삼피(くさび, 楔)', '오보시메솀바(思[おぼ]し召[め]せば)', '오욤바수(及[およ]ばず)', '나람바(ならば)' 등과 같이 유성음이어야 하는 글자 바로 앞에 오는 글자 종성에 'ㅁ'을 붙이는 방식이 있다. 이러한 표기 방식도 비교적 이론에 부합한다. 그것은 앞의 'ガ행 음'에 대해 'ㅇ'을 붙이고 'ダ행 음'에 대해 'ㄴ'을 붙이는 것과 동일한 이유를 바탕으로 하기 때문이다. 즉 'バ행 음'에 'ㅁ'을 붙여 표기하는 것은 'b'를 발음하기에 앞서 우선 'b'와 동일한 위치에서 나오는 유성음 'ㅁ(m)'를 미리 발음시켜서 그 상태대로 유성음 'b'에 옮겨가는 정당한 이유를 지니는 것이다. 그 밖에 왼쪽에 'ㅅ'을 붙여서 '싸, 쎄, 쑤(쓔), 쎄, 쏘' 등으로 표기하는 방식도 있는데 이것은 비교적 근세의

것이며 된시옷과 혼동하기 쉽고 또 이론적으로도 그다지 합리적이지 않다.

또 한국어에서는 '아버지(父)', '마부(馬夫)' 등에서 '버, 부'의 'ㅂ'과 같이 유성음 다음에 오는 'ㅂ'이 대부분 유성음으로 바뀌기 때문에 일본어 'ランプ(rampu)', 'イッペン(ippen)' 등의 'パ행 음'을 유성음으로 변화시켜 'ランブ(rambu)', 'イッベン(ibben)'이라고 발음하는 습관이 있다.

'ㅂ'의 다른 종류 음에 소위 격음인 'ㅍ'이 있다. 'ㅍ'은 'ㅂ'이 발음된 직후에 'h'를 동반하는 'p^h'로 'ㅋ, ㅌ, ㅊ' 등과 함께 음성학적으로는 유기음이라고 부른다.

'ㅂ'의 왼쪽에 'ㅅ'을 붙인 다른 음도 있다. 이러한 'ㅅ'은 'ㄱ, ㄷ, ㅂ, ㅅ, ㅈ' 등 여러 음에 존재하므로 한국어에서는 된시옷이라고 지칭한다. 그 발음에 있어서 'p'의 폐쇄 상태는 일반적인 'p'와 같지만 폐쇄를 파열하기 전에 보통의 'p'보다 폐쇄의 정도가 훨씬 강하고, 농후하게 축적된 기류가 느리면서도 부드럽게 폐쇄를 파열함으로써 생기는 무성음이다. 참고로 '바'와 '쌰'를 비교해 보면 '바'는 'p'가 힘차게 파열한 후에 모음 'a'가 연결되지만 '쌰'는 기세가 약해진 'p'가 파열한 후에 모음이 연결된다. 그래서 '쌰'의 'p'는 '바'의 'p'보다도 후행하는 모음에 동화되기가 더 쉽다. 'ㅆ'이 종종 유성의 'b'로 들리는 경우가 있는 것은 이러한 이치를 바탕으로 한다. 일본과 서양의 학자들이 이 음에 대해서 'pp, b, tb' 등의 문자를 사용하고 있는 것도 이 음이 지닌 성질을 나타내려고 한 결과이다.

오늘날 한국어에서 'ㅍ'은 단어의 종성으로서는 사용되지 않는데 예전에는 '깊은(深)', '높은(高)' 등과 같이 분명히 'ㅍ'을 가진 것도 있다. 이들은 후세에 모두 'ㅂ'으로 바뀌게 되었다.[173)]

173) [역자주] 현대국어에도 'ㅍ'으로 끝나는 단어가 많다는 점에서 이것은 명백한 잘못이다. 'ㅍ'이 음절말에 표기되지 않는다는 사실을 'ㅍ'으로 끝나는 단어가 없다는 사실로 잘못 이해한 결과라고 생각된다.

【'b, p'의 발음 연습】

한국인에게는 어두의 'バ행 음' 발음이 매우 어렵다. 이것을 발음시킬 수단으로는 유성음과 성질이 유사한 음 즉 '빠', '베'와 같은 된시옷을 붙이는 음으로 연습하는 것도 좋고 'g, k' 항목에서 말한 것과 마찬가지로 '제비(燕)', '마부(馬夫)' 등의 '비, 부'가 유성음인 것을 이용해서 '貧乏(びんぼふ), 葡萄(ぶだう)'의 어두 유성음을 연습하는 것도 좋다. 또한 'ガ행' 음에 대해 'ㄱ' 왼쪽에 'ㅇ'을 붙이고 'ダ행'의 음에 대해서 'ㄷ' 왼쪽에 'ㄴ'을 붙여서 연습하는 것과 같이 'ㅂ' 왼쪽에 'ㅁ'을 붙인 'ㅁㅂ'을 의식해서 연습하는 것도 하나의 방법일 것이다. 다만 이 경우 어쩌면 'mbi', 'mbu' 등과 같이 'm'을 동반하기 쉬운 경향이 있기 때문에 특별히 주의를 요한다.

한국인에게는 'ランプ(ram-pu)', 'カッパツ(kap-pa-ʦu)'와 같은 경우의 무성음 'p'를 유성음으로 잘못 발음하는 경우도 있다. 이것을 교정하는 방법으로는 'g, k', 'd, t'의 경우와 마찬가지로 격음 'ㅍ'을 이용해서 'ram-p^hu', 'kap-p^ha-ʦu'와 같이 발음시키는 것이 있지만 오히려 자연스러운 음조를 해치는 결과를 초래할 수 있으므로 매우 주의해야 한다.

2.2.2.4. 비음(鼻音)

비음(nasal stop)은 파장음과 매우 유사한 음이다. 다만 파장음은 기식이 발음 기관의 일부에서 완전히 폐쇄되었다가 급히 밖으로 파열됨으로써 생기는 순간적인 음인 데 비해 비음은 기식이 파장음과 마찬가지로 발음 기관의 일부에서 폐쇄되지만 그 기식이 비강을 향해 유출하는 지속적인 음이다. 'ng, n, m' 등은 파장음 'k, t, p'에 대응하는 비음이다.

일본어의 비음에 어떤 것이 있었는지는 아래에서 순서대로 설명하고자 한다. 도쿠가와 시대 이후의 음운학자는 일반적으로 撥音[174]인 'ン'을 후내(喉內),[175] 설내(舌內),[176] 순내(脣內)[177]의 세 종류로 나누었는데 가나(假

174) [역자주] 앞에서도 잠시 설명했듯이 撥音이란 일본어에서 종성에 쓰인 비음을 가리킨다.

名) 'ン(ん)'이 이 세 가지 음 중에서 어느 것을 대표하는지에 대해서는 여러 논의가 있어 왔다. 이 연혁을 밝히는 것은 일본어 撥音의 변천을 이해하는 데 있어 가장 중요하기 때문에 번거로움을 무릅쓰고 아래에서 대략적인 내용을 설명하기로 한다.

우선 일본 한자음의 撥音에 대해 ≪和字大觀抄≫[178]에서는 'ム, ン' 두 음이 성질상 차이가 있지만 후세 그 구별이 소실되었을 뿐이므로 'ム'에 대해 'ン'을 만든 것이 아니라고 하고 다음과 같이 논하였다.

> "이전에는 'む'가 開이고, 'ん'은 合이다. 후대에는 뒤바뀌어 'ん'이 開가 되고 'む'는 合이 된다. 그러므로 '寒(かん)', '山(さん)', '先(せん)', '鹽(ゑむ)' 등에서 開는 'ん'을 사용하고 合은 'む'를 사용한다. 예전에는 구분해서 쓰는 경우도 있지만 많은 경우에는 혼동해서 사용하였다."

여기에 대해 ≪字音假字用格≫에서는 다음과 같이 논박하여 개합(開合)의 여부에 따라 'ム', 'ン'의 구별이 있어야 할 이유는 없다고 보았다.

> "撥音韻[179]의 假字에 대해 開口音은 'ン'를 쓰고 合口音은 'ム'를 써야 한다고 주장하는 학설은 말도 되지 않는다. 그 구별이 있어야 할 이유가 없다. 韻의 假字에는 'ム, ン'이 통용되어야 한다."

≪漢字三音考≫에서는 다음과 같이 당시 일본어에 있는 이 음들의 성질을 말하였다.

---

175) 'ng'를 가리킴.
176) 'n'을 가리킴.
177) 'm'을 가리킴.
178) [역자주] 분유(文雄)가 1795년 간행한 책이다.
179) [역자주] 撥音韻은 撥音을 가진 韻을 뜻한다. 즉 비음으로 끝나는 운이 撥音韻이다.

"모든 'ン'은 콧소리이기 때문에 개합(開合)에는 관계하지 않는다고 하더라도 開에는 멀고 合에 가깝다. 거기에는 또 서로 다른 세 종류가 있다. 입소리(口聲)를 지니면서 열리는 방향으로 말하면 'イ, ニ, ミ'에 가깝고 그것을 모으는 방향으로 말하면 'ウ, ヌ, ム'에 가까우며 입소리(口聲)를 지니지 않고 오로지 비성(鼻聲)으로만 말하면 바로 'ン'이다."

계속하여 다음과 같이 논의하였다.

"지금 唐音의 'ン'에도 다소간 구별이 있는 것처럼 들린다. 그러므로 옛 소리에도 구별이 있었을 것인데 일본에서 처음 정해졌을 때에도 'ニ, ミ, ヌ, ム' 등으로 나뉜 것인지는 알 수 없다."

또한 ≪地名字音轉用例≫[180]에서 撥音 세 개 중 후내음(喉內音)은 'ウ'운이 'カ행 음'으로 바뀌어 사용된 예에 편입하고 순내음(脣內音)은 'ン'운이 'マ행 음'에 통용된 예에 편입하며 설내음(舌內音)은 'ン'운이 'ナ행 음'에 통용된 예에 편입한 것을 볼 때 모토오리 노리나가(本居宣長)는 대체로 세 개의 撥音을 구분한 것으로 보인다. 그런데 그 후 오오타 젠사이(太田全齊)는 노리나가(宣長)의 견해로부터 한 걸음 더 나아가 ≪漢吳音圖說≫[181]에서 다음 표를 들어 세 撥音의 구별을 명확히 설명하였다.

撥假字三內[182]			入聲三內[183]			五韻三內[184]		
左	中	右	(脣)	(舌)	(喉)	(脣)	(舌)	(喉)
ン			フ	ツ	ク	ハ	サ	ア
ム	ヌ	ウ		チ	キ	マ	タ	カ
(侵覃談監添)	(眞諄臻文欣)	(東冬江陽唐)				ワ	ラ	ヤ
下略	下略	下略					ナ	

180) [역자주] 모토오리 노리나가(本居宣長)가 저술한 책이다.
181) [역자주] 1815년 간행된 한자음 관련 연구서로 흔히 ≪漢吳音圖≫로 불린다.

다음으로 기몬(義門)은 ≪男信≫[185]에서 ≪漢吳音圖說≫의 표를 개정하여 더 보기 쉬우면서도 규칙적인 아래와 같은 표를 작성하였다.

<table>
<tr><td rowspan="5">臻山</td><td>い</td><td rowspan="5">(シ) (チ)
(ツ)</td><td rowspan="2">十七 臻攝(辛囟信悉)</td><td rowspan="2">シン</td><td rowspan="2">シ</td><td>チ(吳)</td></tr>
<tr><td>ち</td><td>ツ(漢)</td></tr>
<tr><td>我義具下吳</td><td rowspan="3">廿二 山攝(哀遠遠越)</td><td>ヲン</td><td>ヲチ</td><td rowspan="3"></td></tr>
<tr><td>なにぬねの</td><td>ヱン</td><td>ヱツ</td></tr>
<tr><td>らりるれろ</td><td></td><td></td></tr>
</table>

<table>
<tr><td rowspan="2">深咸</td><td>まみむめも</td><td rowspan="2">(ム)(フ)</td><td>卅九 咸攝(含頷憾合)</td><td>ゴム
カム</td><td>ゴ
カ</td><td>フ</td></tr>
<tr><td>婆備夫倍煩</td><td>卅八 深攝(金錦禁急)</td><td>コム
カム</td><td>コ
キ</td><td>フ</td></tr>
</table>

기몬(義門)은 ≪韻鏡≫의 제17轉 臻韻과 제22轉 山韻의 여러 글자를 설내(舌內), 제38轉 深韻, 제39轉 咸韻의 여러 글자를 순내(脣內)라고 했다. 이 음도는 이후 확고하게 굳어졌지만 결코 그의 독특한 창안은 아니고 노리나가(宣長) 이래로 젠사이(全齊) 등의 연구를 걸쳐 완성된 것이다. 그 후 ≪音韻假字用例≫[186]에서도 앞에서 말한 여러 대가들의 견해를 집대

182) [역자주] 撥音을 삼내(三內)로 구분하여 제시하였다. 左(ム)는 순내(脣內), 中(ヌ)은 설내(舌內), 右(ウ)는 후내(喉內)를 가리킨다. 아래에 제시된 개별 한자들의 음도 각각 해당 撥音으로 끝난다.

183) [역자주] 入聲字의 종성을 기준 삼아 三內로 구분한 것이다. 좌로부터 순내, 설내, 후내의 순인 것은 같다.

184) [역자주] '五韻三內'는 초성을 기준 삼아 三內로 구분한 것이다. 좌로부터 순내, 설내, 후내의 순인 것은 같다.

185) [역자주] 이 책은 1842년에 간행되었다.

186) 시라이 히로카게(白井寬蔭) 저. [역자주] 1860년에 간행되었다.

성해서 "撥音韻의 假字에는 'ヌ, ニ, ム, ミ'의 네 글자가 있다고 할 수 있다."라고 말한 후 "≪韻鏡≫ 17轉 眞韻에서 24轉 桓韻까지 8개 轉의 撥音韻 假字는 漢音으로는 'ヌ', 吳音으로는 'ニ'이다. 그 이전 入聲韻은 漢音으로 'ツ', 吳音으로 'チ'이다. … 38轉 侵韻에서 41轉 凡韻까지 4개 轉의 撥音韻 假字는 漢音으로 'ム', 吳音으로 'ミ'이다. 그 이전 入聲韻은 漢音으로 'フ', 吳音으로 'ヒ'이다."라고 논하고 있다.

이상 여러 학자들의 학설 전반을 훑어보면 일본에서는 적어도 한자음의 운이 되는 비음에 후내, 설내, 순내 즉, 'ng, n, m'의 구별이 있음을 인정하고 있다.[187] 그렇다면 일본어의 비음은 이 세 종류에 한정되는가 하면 그렇지는 않다. 앞에서와 같이 운(韻)으로서 종성에 쓰일 때는 그 수가 적을지도 모르지만 단어의 중간에 올 경우에는 세 가지 이외에도 많은 비음이 존재할 수 있다. 조음 위치에 여러 가지 종류가 있을 수 있어 비음의 수도 사실상 무한하다고 해야 할 것이다.

실제로 범어 등에서는 'n'만 해도 'ṅ, ñ, ṇ, n'을 분명히 구별하고 있다. 일본어에서도 단어 중간에 있는 비음은 인접 자음의 성질에 따라서 그 자음과 동일한 위치에서 발음된다. 가령 '甲板(かんぱん)', '南部(なんぶ)', '群馬(ぐんま)' 등의 'ン'은 확실히 순내의 'm'이고, '三年(さんねん)', '簡單(かんたん)', '參內(さんだい)'의 'ン'은 바로 설내의 'n'이고, '官軍(くわんぐん)', '勳功(くんこう)'의 'ン'은 명확히 후내의 'ng'이다. 그러나 이들 이외에 '南山(なんざん)', '山陽(さんやう)', '管仲(くわんちゆう)', '蒟蒻(こんにやく)', '天龍(てんりゆう)' 등의 'ン'은 결코 세 가지 중의 어디에도 속하지 않고 각각 그 다음에 오는 'z, j, tch, ñ, r'과 동일한 조음 위치에서 발음되는 것이다. 이것을 보면 오늘날 'ン'에 대해서 단순히 세 가지만 구별하는 것은 학문상 매우 부정확한 것이다. 그러나 무수한 'ン'에 대해 개별적인 부호를 부여한다면 그 번거로움은 이루 말할 수 없기 때문에

187) 한자음을 떠나 'ラム, ケム' 등 조동사의 'ム'에 대해 논한 학설도 적지는 않다.

편의상 두세 가지로 한정하는 것이 오히려 자연스러운 추세이다.

종래의 국학자 중에는 'ン'의 음을 매우 천박하다고 보아 일본어에는 원래 존재하지 않았다고 논의하는 자가 많았다. 모토오리 노리나가(本居宣長)와 같은 사람도 다음과 같이 中古 시기까지는 'ん'이 존재하지 않았음을 논의하였다.

> "일본의 음은 우에다 아키나리(上田秋成)[188]도 말한 것과 같이 단직(單直)하기 때문에 '韻'이라고 하는 것은 없다.[189] 그런데 연성(連聲)에 따라서 자연의 음이 있는 것은 中古 이래 음편(音便) 때문에 흐트러진 와언(訛言)으로서 원래는 올바르지 않다. 무릇 자연의 음에 고금(古今)의 차이가 없다면 지금 'ん' 음이 있으니 옛날에도 'ん' 음이 있었겠지만 'ん'은 부정한 음이기 때문에 예전에는 말에 사용하지 않았다. 자연에 있는 음을 말하자면 촉급한 소리는 'は, ひ, ふ, へ, ほ'의 반탁음(半濁音)[190]이며 현재도 있으므로 예전에도 있었을 것이라고 생각할 수 있다. 그러나 매우 부정(不正)한 음이기 때문에 이 반탁음들은 중고(中古) 시기까지는 말에 거의 사용되지 않았을 것이다. 이것에 준해서 'ん' 음도 생각해야 된다."<呵刈葭>[191]

그러나 후지타니 미츠에(富士谷御杖)는 ≪北邊隨筆≫ 중의 ≪宇治拾遺≫에서 "'う'라고 대답하면서 뒤쪽으로 몸을 눕혔다."에 있는 응답의 'う'는 분명 'ん' 음을 표기한 것이라고 논의했다. 모토오리 노리나가(本居宣長)는 한 편으로 일본어에서 이런 부정한 음이 존재해야 할 이유가 없음을 논하였지만 다른 한 편으로는 한자음을 비롯하여 일본어의 비음에 세 가

188) [역자주] 우에다 아키나리(上田秋成, 1734~1809)는 에도 시대에 활동한 인물이다.

189) 길게 끌어서 말할 때는 예외이다.

190) [역자주] 'は, ひ, ふ, へ, ほ'의 반탁음은 'p'를 가리킨다. 예전 학자들이 이 음을 천박하게 생각했다는 사실은 이미 앞에서 나왔다.

191) [역자주] '아시카리요시(呵刈葭)'는 모토오리 노리나가(本居宣長)가 우에다 아키나리(上田秋成)의 견해를 비판하기 위해 쓴 글이다.

지 구별이 있다는 사실을 명확히 하지 않았기 때문에 모두 정당한 논리를 그르치고 말았다. 특히 세 가지 비음에 대한 논의는 후세 학자들에 의해 논리적으로 완전히 뒤집어지고 말았다. 이에 관해서는 여기서 일일이 설명할 수 있는 여유가 없지만 아래에서 말할 각 항목에서 그 일부를 다루고자 한다.

한국어는 '강(江)', '당(當)', '간(間)', '단(端)', '감(感)', '담(淡)' 등과 같이 한자음에 'ㅇ, ㄴ, ㅁ'의 세 가지 구별이 분명히 존재하고 있을 뿐만 아니라 고유어에도 '뽕(桑)', '만(唯)', '감(柿)' 등과 같이 그 구별이 명확하다. ≪四聲通解≫[192] 범례에는 다음과 같은 내용이 나온다.

> "여러 운에서 종성 ㄴ, ㅁ, ㅇ의 발음은 원래 혼동되지 않아서 '侵, 覃, 鹽'의 종성은 合口(ㅁ)이다. 그런데 중국 속음에서는 모두 'ㄴ'으로 발음하기 때문에 '眞'과 '侵', '刪'과 '覃', '先'과 '鹽'의 종성이 혼동된다(諸韻終聲ㄴㅇㅁ之呼初不相混而直以侵覃鹽合口終聲漢俗皆呼爲ㄴ, 故眞與侵, 刪與覃, 先與鹽之音多相混矣)"

즉 근세 중국어에서 비음의 세 가지 구별이 종성에서 소실된 것을 논의한 것이다. 역관이나 그 밖에 실용적인 중국어를 학습하는 사람은 모두 이 와음(訛音)으로 학습하지만 한국의 한자음은 이러한 근세 중국음의 영향을 받지 않고 여전히 예전의 세 가지 비음을 유지하며 오늘날까지 이어져 왔다.

아래에서 대표적인 비음에 대해 대략적인 설명을 하기로 한다.

2.2.2.4.1. ŋ

발음 위치는 'g, k' 등과 같다. 다만 'g, k'가 기식을 구강 앞쪽으로 파열시키는 데 비해 'ŋ'은 발음 위치를 폐쇄한 채 기식을 비강으로 내보냄으로써 생긴다. 원칙적으로 유성음이다. 보통 영어 등에서는 'ng'로, 일본어에서

---

192) 崔世珍 저술. [역자주] 1517년에 간행되었으며 ≪四聲通攷≫를 수정・보완한 책이다.

는 'ン'으로, 한국어에서는 'ㅇ'으로 표기되며 음성학에서는 'n'의 변형인 'ŋ'[193]을 이 음의 기호로 삼는다.

일본어 '曲る(まがる)', '右(みぎ)', '漕ぐ(こぐ)', '擧げる(あげる)', '籠(かご)'와 조사 'が'[194] 등과 같이 어두음 이외의 'が, ぎ, ぐ, げ, ご'는 많은 지방에서 'ŋ'으로 발음되지만 '學校(がくかう)', '銀(ぎん)', '工合(ぐあひ)', '原因(げんいん)', '御座(ござ)' 등과 같이 어두에 있는 'が, ぎ, ぐ, げ, ご'는 많은 지방에서 'g'로 발음되며 다만 규슈(九州), 시코쿠(四國), 츄고쿠(中國) 지방의 대부분과 니이가타(新潟), 군마(群馬), 아이치(愛知) 등 일부 지방에서 'ŋ'으로 발음된다.[195]

그렇다면 비음 'ŋ'은 원래부터 일본어에 존재하고 있던 음인가? 이전 시기의 한자 용법을 살펴보면 예전에도 이 음이 존재했음을 부인할 수 없다. 예컨대 ≪萬葉集≫에는 다음과 같은 표기가 나온다.

伊香山(い-かご-やま), 鐘禮能雨(しぐ-れ-の-あめ), 融通王(ゆ-つぎ-王)

이것은 '香', '鐘', '通'의 종성 'ng'를 이용하여 '伊香(いかご)', '鐘禮(しぐれ)', '融通(ゆつぎ)'라는 단어를 표기한 것이 아니라 원래 'いかご', 'しぐれ', 'ゆつぎ'라는 일본어 단어에 비음적인 'ŋ'이 존재했기 때문에 '香, '鐘, 通'을 차용한 것이다. 그 외에 ≪倭名抄≫[196] 등에 기록된 지명에는 다음과 같은 것이 있다.

相樂(さがら), 香美(かがみ), 愛宕(あたご), 宕野(たぎの), 餘綾(よろぎ),

193) [역자주] 'ŋ'는 'n'에 'g'의 꼬리 부분을 합쳐서 조합한 기호이다. 연구개비음을 표기하는 영어 표기가 주로 'ng'이므로 이것을 바탕으로 음성 기호를 만들었다.

194) '犬が', '人が' 등의 'が'.

195) 음운조사보고서 참고. [역자주] 음운조사보고서는 2.2.2.2.1.8.에서 설명한 바 있다.

196) [역자주] 10세기 초에 간행된 사전으로 ≪倭名類聚抄≫가 원 제목이다. ≪和名類聚抄≫ 또는 ≪倭名抄≫라고도 한다.

美濃(みなぎ), 當麻(たぎま)

이들은 모두 'さがら', 'かがみ', 'あたご', 'たぎの', 'よろぎ', 'みなぎ', 'たぎま'라는 일본어의 'ŋ'을 표기하기 위해 후내(喉內) 비음으로 끝나는 한자 '相(sang), 香(hyang), 宕(tang), 綾(leung), 濃(nong), 當(tang)' 등을 빌린 것에 불과하다.

한국어의 'ŋ'은 원칙으로 '강, 쏭' 등과 같이 'ㅇ'으로 표기되는데 아래에서 보듯이 'ㄴ(n)', 'ㄹ(r)', 'ㅁ(m)' 앞에 있는 'ㄱ(k)'도 실제로는 'ŋ'으로 발음된다.

國內(국닉) → 궁닉(kung-nai)
百里(빅리) → 빙니(paing-ni)
北門(북문) → 붕문(pung-mun)

한국인은 일본어의 'ŋ'을 표기할 별도의 문자를 가지고 있지 않았기 때문에 다른 표기 기호를 창안하였다. 즉 'ガ, ギ, グ, ゲ, ゴ' 등 비음을 나타내는 문자에는 아무런 부호를 붙이지 않고 그 바로 앞에 종성 'ㅇ'을 가진 한자를 사용하거나 또는 앞에 있는 한글 표기에 'ㅇ'을 덧붙이는 것이다. 예컨대 다음과 같다.[197]

仰・앙	仰可未浦(安神浦[あが-み-うら]), 모우시앙계(申し上げ)
잉	잉계(以下[い-げ]), 야마잉가(病[やま]-いが)
應・雍・웅	吾雄家其(大垣[おお-がき]), 표웅고(兵庫[ひやう-ご])
강	오강계(御蔭[お-かげ])
깅	사깅고로(先頃[さき-ごろ])

197) 하나하나 출처를 밝히지는 않는다.

京・경	가경가와(懸川[かけ-がは])
싱	싱고니지(四五日[しごにち])
勝・승・숭	勝技冶岐(杉煮[すぎ]), 숭기데(過[す]-ぎて)
당	당가이니(互[たが]-いに)
징	징가이(違[ちが]-ひ)
중・증	이증고로(何時頃[い-つ-ごろ])
동	고동고도구(悉[ことごと]-く)
郎・浪・랑	浪古野(名古屋[な-ご-や]), 가랑가와(神奈川[か-な-がは])
닝	나닝고도(何事[なに-ごと])
눙	다리마세눙가(足[た]-りませぬが)
농	모농가(物[もの]-が)
힝	힝고(肥後[に-ご])
亡・망	可亡加里(鎌刈[かま-がり]), 다망고(卵[たまご])
밍	가밍강다(上方[かみ-がた])
멩	아멩가(雨[あめ]-が)
몽	구몽가(雲[くも]-が)
렝	구다비렝가(勞[くたびれ]-が)

【'ŋ'의 발음 연습】

일본어 'ŋ'은 한국인에게는 결코 곤란한 음이 아니다. 다만 '卵(たまご)', '御蔭(おかげ)' 등이라고 하는 경우에 이것을 'たまんご', 'おかんげ'와 같이 음의 중간 휴지를 길게 하는 경우가 있으므로 주의해야 한다. 또한 일본인에게는 '강', '봉' 등의 'ㅇ(ŋ)'을 발음하기가 어려워서 종종 'ㄴ(n)'과 같은 음으로 발음하는 버릇이 있다. 그러나 일본어 '考(かんがへ)', '難儀(なんぎ)' 등에서의 'ん'은 분명한 후내음(喉內音) 'ŋ'이기 때문에 이것을 응용해서 한국어 발음을 연습하면 된다.

2.2.2.4.2. n

발음 위치는 'd, t'와 같되 'd, t'가 기식을 앞쪽으로 파열시킴에 비해 'n'은 혀로 발음 위치를 폐쇄한 채 기식을 비강으로 흘려보내 생기는 음이며 원칙적으로 유성음이다. 서양의 많은 언어에서는 'n'으로, 일본어에서는 'ン'으로, 한국어에서는 'ㄴ'으로 표기하고 음성학적 기호로는 일반적으로 'n'을 사용한다.

일본어의 비음에 세 가지가 있었다는 사실은 이미 앞에서 말한 바 있다. 설내음(舌內音) 'n'이 예전에 분명히 발음되던 음이었다는 점은 다음 네 가지 사실로부터 알 수 있다.

첫째, ≪萬葉集≫에는 '雖見不飽君(みれ-ど-あか-な-くに)', '珍海(ちぬの-うみ)', '爾故余漢(に-こ-や-かに)', '今夕彈(こ-よひ-だに)', '湯鞍干(ゆく-ら-かに)', '遣之萬萬(まけ-の-まに-まに)' 등이 나오는데 원래 '君', '珍', '漢', '彈', '干', '萬'과 같이 설내음(n)으로 끝나는 글자의 운을 일본어 'ナ행 음'에 사용했다. 또한 ≪倭名抄≫에 나오는 지명 '信濃(しな-の)', '引佐(いな-さ)', '乙訓(おと-くに)', '遠敷(をに-ふ)', '讚岐(さぬ-き)', '民太(みの-た)'나 같은 책에 나오는 사물명 '白粉(は-ふに)', '木蘭(もく-らに)', '紫苑(し-をに)'에 있는 '信', '引', '訓', '遠', '讚', '民', '粉', '蘭', '苑' 등 여러 문자도 모두 설내음(n)인데 그 운을 일본어의 'ナ행 음' 표기에 사용하거나 'ナ행 음'으로 그 운을 표기했다.

둘째, 예전에 사물명을 넣어 읊은 와카(和歌)[198]라는 시가가 있는데 와카에서 설내 비음에 관한 자료를 뽑으면 모두 일본어의 'ナ행 음'과 한자의 설내 비음이 대응하고 있다. 자료는 다음과 같다.[199]

---

198) [역자주] 일본의 전통적인 시가 장르로 ≪萬葉集≫에서 처음 이 용어가 쓰였다고 한다.

199) [역자주] 첫 번째 칸의 한자에 대응하는 일본어(두 번째 칸에서 '°'로 표시)를 보면 '苑, 丹, 牽, 蘭'의 종성 'n'이 'に(ni)'에 대응한다.

한자어	와카의 내용	출처
紫苑	ふりはへていざ故郷の花見むと、来しをにほひぞうつろひにける。	古今集
苦丹	散りぬれば後はあくたになる花を、思ひ知らずも惑ふ蝶かな。	古今集
牽牛子	うちつけに来じとや花の色を見む、置く白露のそむるばかりを。	古今集
牽牛子	忘れにし人のさらにも戀しきか、むげに来じとは思うものから。	拾遺集
蘭	秋の野に花てふ花を折りつれば、わびしらにこそ蟲も鳴くなれ。	拾遺集

셋째, ≪類聚名義抄≫,[200] ≪伊呂波字類抄≫[201] 등에 따르면 설내음 'n'은 'ン'으로 표기하고 순내음 'm'은 'ム'로 표기한다.[202]

예	출처
倫禾リン, 便禾ヘン, 建禾コン, 延エン, 親禾シン, 賢禾下ン, 權禾五ン, 溫禾ウン, 怨ヲン 등[203]	類聚名義抄
山(さん), 夜半樂(や-はん-らく), 散飯(さん-はん), 細辛(さい-しん), 近近(きん-きん), 仁君(じん-くん)	伊呂波字類抄

200) 반 노부토모(伴信友)는 이 책이 호리카와(堀河), 도바(鳥羽) 시대(1086~1123) 이후에 나온 것은 아니라고 말했다.

201) 텐요우(天養, 1144) 무렵에 원고를 쓰기 시작하여 지쇼(治承) 시대(1177~1180)에 완성되었다고 한다.

202) [역자주] 여기에는 설내음 표기예만 제시되었다.

203) '禾'는 '和音'의 의미. [역자주] 따라서 '禾'가 쓰인 경우 '禾'는 고려하지 말고 '禾' 앞에 나오는 한자의 음을 '禾' 뒤의 가나(假名)로 표기했다고 이해하면 된다. 즉 '便禾ヘン'은 '便'의 한자음을 'ヘン'으로 표기한 것이다. '便'은 'ㄴ'으로 끝나는데 그 'ㄴ'이 'ン'으로 표기되었다. 순내음 'm'이 'ム'로 표기된 예는 'm'에 대한 항목(2.2.2.4.3.)을 참고할 수 있다.

넷째, 예전부터 '山雲(さん-うん)'을 'さん-ぬん', '因縁(いん-えん)'을 'いん-ねん', '觀音(くわん-おん)'을 'くわん-のん', '親愛(しん-あい)'를 'しん-ない', '安穩(あん-をん)'을 'あん-のん' 등이라고 하는 독음 습관이 있다.[204] 이것은 '山', '因', '觀', '親', '安' 등의 한자가 모두 설내음(n)으로 끝나며 그 종성 'n'이 명료하기 때문에 다음에 오는 모음에까지 영향을 끼쳐 'ナ행 음'으로 변화시킨 것이다. 아시카가(足利) 시대[205]의 일상어 중 '兩人は承り'를 '兩人な承り', '先陣を賜はり'를 '先陣な賜はり'라고 하고 오늘날 규슈(九州) 지방의 방언에서 '郵便は来ぬ'을 '郵便な来ぬ', '本を見る'를 '本の見る'로 발음하여 'ン' 다음에 오는 'ア, ヤ, ワ행 음'이 'ナ행 음'으로 바뀐 것도 같은 예에 속한다.

일본에서는 오래 전부터 중국 성운학의 영향을 받아 "タナラ相通"이라는 말이 있다. 이것은 음성학적으로 'タ행', 'ナ행', 'ラ행' 세 행의 음은 서로 통한다는 의미다. 이 음들은 음성학상 모두 설음에 속하므로 유사점을 가지고 있음은 의심할 바가 없다. 다만 'ダ행 음(t, d)'은 파장음, 'ナ행 음(n)'은 비음, 'ラ행 음(r)'은 진동음이라는 차이만 있다. 오늘날 방언에서 '論語(ろんご)'를 'ドンゴ'라고 하는 것은 상통하는 예 중의 하나이다. 이러한 상통 현상은 예전부터 존재했다. ≪萬葉集≫의 '弊奈里爾家良之(へ-な-り-に-け-ら-し)(隔[へだ]り)', '伊奈太吉爾(いなたきに)(頂[いただき]に)', ≪和名抄≫의 '小名(さな)(乎多[をだ])', '久努(くの)(久度[くど])', '但馬(たぢま)', '丹比(たぢひ)', 그 밖에 'わなわな(わだわだ)' 등은 'タ행'과 'ナ행'이 상통하는 예이다. 또한 ≪萬葉集≫의 'いひしこ奈はも(兒童[こら]はも)', ≪和名抄≫의 '平群(へぐり)', 郡馬(くるま), 播磨(はりま), 駿河(するが) 등은 'ナ행'과 'ラ행'이 상통하는 예이다. 한자음에서 '男'을 'ダン'과 'ナン', '奴'를 'ド'와 'ノ', '女'를 'ヂョ'와

204) [역자주] 이러한 독음 습관의 공통점은 두 번째 음절의 한자가 모음으로 시작하는데도 불구하고 초성에 'n'을 덧붙인다는 점이다.

205) [역자주] 무로마찌(室町) 시대(1338~1573)를 가리킨다.

'ニョ'라고 하는 소위 漢音과 吳音의 구별도 이와 동일한 관계에 있다.[206)]

일본어에는 소위 음편(音便)에 의해 다른 음이 'ン(n)'으로 변하는 것이 적지 않다. '抜きいづ'를 'ぬきんづ',[207)] '揖取(かぢとり)'를 'かんどり',[208)] '就中(なかにつき)'를 'なかんづく', '何[なに]ぞ]'를 'なんぞ', '成りにし'를 'なりんじ',[209)] '歩行人(かちひと)'를 'かちんど', '及びて'를 '及んで',[210)] '榛澤(はりさは)'를 'はんざは', '刈田(かりた)'를 'かんだ', '件(くだり)'를 'くだん', '據(よりどころ)'를 'よんどころ'[211)] 등이라고 하는 것이 그 예이다. 또한 '日野(ひの)'를 'ひんの', '馬道(めだう)'를 'めんだう'로 발음하듯 'n'을 첨가한 예도 있다.

한국어도 'タナラ相通' 현상이 어두에서 특히 현저히 나타난다.[212)] 'ㄹ(r)행' 음 중 '라(羅), 로(老), 루(屢), 릉(陵) 등의 'ㄹ'은 'ㄴ(n)'으로 바뀔 뿐만 아니라 방언에 따라서는 '누에(蠶)'을 '두에', '너(汝)'를 '더', '로인(老人)'을 '도인'이라고 발음하듯 'ㄴ(n)'이 'ㄷ(d)'으로 바뀌는 경우가 적지 않다. 예전에 한국인이 일본어 'ナ행 음'을 표기할 때에는 '那, 奈, 乃(나)', '尼(니)', '누', '女(녜, 녀)', '노' 등과 같이 정확히 'n'으로 표기한 것이 많지만 그 중에는 '羅(羅老未, 鳴海, なるみ)', '良(良可刀, 長門, ながと)', '郞(加郞伽臥, 神奈川, かながわ)', '禮(屎古禮, 彦根, ひこね)', '呂(河古呂, 箱根, はこね)', '老(我伊老時麻, 藍島, あいのしま)' 등과 같이 'r'을 나타내는 문자를 사용하거나 또는 '후뎡가(船[ふね]が)', '뎨당가(價段[ねだん]が)'에서 보듯 't'를 나타내는 문자를 사용한 적도 있다. 그러므로 상통 현상의 전반을 알아야 할 것이다.

---

206) [역자주] 일본어에서의 漢音과 吳音의 문제는 이 책의 5부에 실린 "일본 한자음과 한국 한자음"을 참고할 수 있다.

207) 이상 'ア행'.

208) 이상 'タ행'.

209) 이상 'ナ행'.

210) 이상 'ハ행'.

211) 이상 'ラ행'.

212) [역자주] 이 사실은 Ramstedt도 "A Korean Grammar"에서 언급한 바 있다.

한국어의 연어 중 'ㅅ'으로 끝나는 단어 뒤에 'ㄴ'이나 'ㄹ'로 시작하는 단어가 오는 경우에는 'ㅅ'이 'n'으로 변화한다. 예를 들어 '맛난다(會)'를 '만난다', '빗난다(輝)'를 '빈난다'라고 발음하고 '닷량(五兩)'을 '단냥', '몃리(幾里)'를 '면니'로 발음하는 것이다.

【'n'의 발음 연습】

'n'은 아무런 곤란함을 느끼지 않는 음이다. 다만 한국의 어떤 지방에서는 '누에(蠶)', '너(汝)', '로인(老人)' 등 어두에 있는 'n'을 'd'로 발음하는 특징이 있기 때문에 그것이 일본어 'ナ행 음'의 발음에 영향을 미쳐 '縫物(ぬひもの)', '野山(のやま)' 등을 'dui-mono', 'doyama'와 같이 'd'로 발음할 때가 있다. 매우 주의해야 한다.

2.2.2.4.3. m

발음 위치는 'b, p'와 같되 'b, p'가 기식을 앞으로 파열시킴에 비해 'm'은 양 입술을 폐쇄시킨 채 기식을 비강에 흘려보내 생기는 음이다. 원칙적으로 유성음이다. 서양의 많은 언어에서는 대부분 'm', 일본어에서는 'ム' 또는 'ン', 한국어에서는 'ㅁ'으로 표기되며 음성학적 기호로는 보통 'm'을 사용한다.

일본어의 비음에 세 가지 구별이 있다는 점은 이미 앞에서 지적했다. 현재의 순내음(脣內音) 'm'이 예전에도 분명히 발음되었다는 사실은 다음 네 가지 증거를 통해 알 수 있다.

첫째, ≪萬葉集≫에 '空蟬(うつせみ)'를 '鬱瞻'이라고 표기한 것은 '瞻'의 순내음을 'マ행 음'으로 응용한 것이며 또한 ≪倭名抄≫에 있는 '美含(みくみ)', '玖潭(くたみ)', '印南(いなみ)', '恵曇(ゑとも)' 등과 같은 지명과 '燈心(とうしみ)', '汗衫(かきみ)', '柑子(かむし)' 등의 사물 이름에 있는 '含', '潭', '南', '曇', '心', '衫', '柑' 등 여러 글자도 모두 순내음으로 끝나는데 그 운을 일본어 'マ행 음'에 이용하거나 표기하였다.

둘째, 예전에 사물명을 넣어 읊은 와카(和歌)라는 시가가 있다. 여기에 있는 순내 비음의 예로 아래와 같은 것이 있다. 이것은 일본어의 'マ행 음'과 한자의 순내 비음을 겸한 것이다.

한자어	와카의 내용	출처
古今	紅の色こきむめ(濃き梅)を折る人の、袖には深き香やとまるらむ	山家集

셋째, ≪類聚名義抄≫, ≪伊呂波字類抄≫ 등에 따르면 순내 撥音 'm'은 'ム'로 표기되고 설내 撥音 'n'은 'ン'으로 표기된다.[213)]

예	출처
品ホム, 侵禾シム, 貧禾トム, 鹽禾エム, 紺禾コム, 痰禾タム, 犯禾ホム, 敢禾カム[214)]	類聚名義抄
瘖瘂(をむあ), 禁野(きむや), 錦鞋(きむあ), 指南(しなむ), 貪欲(どむよく)	伊呂波字類抄

위와 같이 두 책 모두 대체적으로 순내음(m)과 설내음(n)을 구별하여 표기하고 있다. 또한 ≪類聚名義抄≫와 ≪伊呂波字類抄≫에 있는 다음 표기는 이미 순내음과 설내음 사이의 구별이 점차 흐트러지기 시작했음을 가리키고 있다.[215)]

213) 'n' 항목(2.2.2.4.2.) 참조. [역자주] 여기에는 순내음 표기에만 제시되어 있다. 설내음을 'ン'으로 표기한 예는 2.2.2.4.2.에 제시되어 있다.

214) [역자주] 앞에서도 지적했듯이 '禾'는 고려하지 말고 '禾' 앞에 나오는 한자의 음을 '禾' 뒤에 가나(假名)로 표기했다고 이해하면 된다. 따라서 '侵禾シム'의 경우 '侵'의 한자음을 'シム'로 표기한 것이 된다. 'm'의 표기에 'ム'가 사용되었다.

215) [역자주] 아래 자료에서는 'n'이 'ム'로, 'm'이 'ン'으로 표기되어 있다. 앞에 제시된 것과는 반대이다.

예	출처
感禾カムカン, 斬セン, 電禾テム, 近禾吾ム	類聚名義抄
寒温(かむうむ), 桂心(けいしん), 金青(こんしやう), 三界(さんかい), 驗德(けん)	伊呂波字類抄

설내 撥音(-n)과 순내 撥音(-m)의 한자가 예전에는 비교적 정확히 구별되어 쓰인 결과 도쿠가와 시대의 음운학자들은 'ナ행' 소속 글자와 'マ행' 소속 글자를 엄격히 다루어 가끔 그 규칙에서 벗어난 것을 접할 때에는 억지로 견강부회식 설명을 더해 그 유형을 맞추려고 했다. 예컨대 '因高(因은 설내 撥音)'를 '오노노 이모코(小野妹子)'[216]의 '이모코(妹子)'에 대응시킨 것에 대해서는 여러 설이 분분하다.[217] 기몬(義門)은 "당나라 사람은 '妹子'라는 글자가 바르지 않다고 비웃을까 두려워 좋은 글자를 선택했는데 맹자의 소위 '爲高必因丘陵(높아지려면 반드시 구릉을 이용해야 한다)'는 뜻을 취했다."라고 했지만 세키 마사미치(關政方)[218]는 "因은 설내이기 때문에 이는 수나라 사람의 실운(失韻)[219]이라고 생각된다."라고 하여 기몬(義門)의 견해를 논박하고 아울러 "≪日本書紀≫에는 원래 당나라에서 '妹子臣'를 '蘇因高'로 불렀다는 내용이 보인다."라고 했다. 그 시시비비를 갑작스레 단정할 수는 없지만 반드시 ≪韻鏡≫ 만능주의를 주장할 필요는 없다고 생각한다.

그 외에도 이런 종류의 문제가 거론된 예로는 다음과 같은 것이 있다.[220]

---

216) [역자주] 일본 아스카 시대의 정치가로 607년 수나라에 사신으로 파견되었다.
217) [역자주] '오노노 이모코(小野妹子)'라는 사신의 이름을 중국에서 '因高'로 표기했다면 '妹(이모)'는 '因', '子(코)'는 '高'는 에 대응한다. 이 때 '因'의 종성 'n'이 'm'을 표기하여 문제가 발생하는 것이다.
218) 'ン'과 'ム'의 구별에 대한 변 (ンとムとの區別の辨). [역자주] 세키 마사미치(關政方, 1786~1861)는 ≪傭字例≫, ≪言葉のかけはし≫ 등의 저서를 남겼다.
219) [역자주] 실운(失韻)이란 운을 제대로 맞추지 못한 잘못을 가리킨다.
220) [역자주] 아래 자료는 'n'으로 끝나는 한자의 말음이 'm'으로 표기되었다는 공

≪傭字例≫附錄(關政方)	寒蝟(かむせみ), 純友(すみとも) 등
≪男信≫(義門)	旻楽(みみらく), 止散(とさま), 文(ふみ), 頓(とみ), 蟬(せみ) 등

그러나 그 중에는 어려움 없이 설명되어 조금도 의심이 가지 않는 것도 있다. 예를 들어 '難波(なには)'[221]에 대해서 '名无波'이라고 표기하고 '寒蝟(かにせみ)'[222]에 대해서 '加無世美'라고 표기하는 것은 매우 모순된 용법인데[223] 기몬(義門)은 ≪男信≫에서 '難, 寒'은 원래 'ナニ, カニ'였지만 후세에 음편(音便)으로 'ナン, カン'이라고 발음되었고 게다가 당시 이를 표기할 만한 글자가 없었기 때문에 이에 가장 가깝다고 생각되던 '无', '無' 등을 사용했다고 논의한 것이 그에 해당한다.

넷째, 오래 전부터 '三位(さんゐ)'를 'さんみ', '浸淫瘡(しんいんさう)'를 'しんみさう', '陰陽師(おんやうし)'를 'おんみやうし'라고 읽는 관습이 있다. 이것은 '三', '浸', '陰' 등의 한자가 모두 순내 비음으로 끝남으로써 韻의 마지막에 오는 'm'이 후행하는 'ア, ヤ, ワ행' 음에 영향을 끼쳐 'マ행 음'으로 변화시킨 결과이다.

그러나 이러한 현상[224]이 후세까지 규칙적으로 올바르게 유지되지만은 않았다. 참고로 히오 게이잔(日尾荊山)의 ≪訓點復古≫(1835년 간행) 중에는 ≪連聲并音便≫이라고 해서 아래와 같은 여러 예를 들고 있다.[225]

통점을 지닌다.

221) 難은 설내음으로 끝난다.

222) 寒은 설내음으로 끝난다.

223) [역자주] 'n'으로 끝나는 한자의 발음이 'm'으로 표기되었다는 점에서 모순된다고 표현했다.

224) [역자주] '이러한 현상'이란 순내 撥音 'm'과 설내 撥音 'n'이 명확히 구별되어 발음되던 현상을 가리키는 듯하다.

225) [역자주] 화살표 왼쪽과 오른쪽을 비교하면 공통적으로 두 번째 음절에 'n'이 첨가되었음을 알 수 있다.

寒鴉(かん-あ)→カンナ，姻娅(いん-あ)→インナ，眞意(しん-い)→シンニ，干羽(かん-う)→カンヌ，殿鄆(でん-いう)→デンニウ，山腰(さん-えう)→サンネウ，群羊(ぐん-やう)→グンニヤウ，丹鉛(たん-えん)→タンネン，分野(ぶん-や)→ブンニヤ，丸藥(ぐわん-やく)→グワンニヤク

이것은 매우 가능성이 있는 사실이라고 생각되지만 동일한 예 중에는 다음과 같이 순내 撥音을 설내 撥音으로 취급하는 경우도 있다.[226]

暗啞(いん-あ)→インナ，三椏(さん-あ)→サンナ，斬蠻(ざん-えい)→ザンネイ，金烏(きん-う)→キンヌ，含飴(がん-い)→ガンニ，甘雨(かん-う)→カンヌ，南往(なん-あう)→ナンナウ，陰陽(いん-やう)→インニヤウ，禁夜(きん-や)→キンニヤ

또한 아래 내용에서는 거의 순내 撥音의 존재를 도외시하는 듯이 느껴진다.

"'三位(さんゐ)'는 'サンニ(sanni)'가 되어야 하지만 'サンミ(sammi)'라고 하고 '陰陽師(おんやうし)'는 'オンニヤウジ(onniyauzi)'가 되어야 하지만 'オンミヤウジ(ommiyauzi)'라고 부르니[227] 유례(類例)가 다르며 비슷하다고 해도 예전의 독법을 알아야 한다."

이를 통해 당시에는 순내(m)와 설내(n)의 구별이 완전히 소멸되어 설내 하나만 남았다는 것을 충분히 알 수 있다.

---

226) [역자주] 화살표 왼쪽에 있는 '暗, 三, 斬, 金' 등의 한자는 모두 순내 撥音(m)을 가지지만 화살표 오른쪽에 첨가된 자음은 설내 撥音(n)이다.

227) [역자주] '三位'와 '陰陽師'의 '三, 陰'은 모두 'm'으로 끝나므로 'サンニ', 'オンニヤウジ'가 잘못된 음이고 'サンミ', 'オンミヤウジ'가 올바른 음이지만 정반대로 설명하고 있다는 점에서 순내 撥音의 존재를 도외시했다고 평가할 수 있다.

다음으로 예전부터 일본어의 어두에 모음을 포함하지 않은 순수한 'm'이 존재하고 있었는지가 문제이다. 즉 '生る'는 'うまる(umaru)'와 'むまる(mumaru)', '埋る'는 'うもる(umoru)'와 'むもる(mumoru)', '諾'은 'うべ(ube)'와 'むべ(mube)', '馬'는 'うま(uma)'와 'むま(muma)', '梅'는 'うめ(ume)'와 'むめ(mume)', '棘'은 'うばら(ubachi)'와 'むばら(mubachi)'와 같이 각각 'う'와 'む' 두 가지 글자로 표기되어 있는데 이들 'う'와 'む'는 폐쇄적(implosive)인 'm'이고 실제로는 '生る(m-maru)', '埋る(m-moru)', '諾(m-be)', '馬(m-ma)', '梅(m-me)', '棘(m-bara)'와 같이 발음된 것이 아닐까 하는 논의이다. 여기에 대해서는 도쿠가와 시대의 학자들 사이에 여러 의견 교환이 있었는데 기몬(義門)은 그 존재론을 주창한 선구자이다.

> "≪萬葉集≫에 '馬', '梅'를 'ムマ(muma)', 'ムメ(mume)'라고 하는 경우가 드물게 섞여 있는 것은 'む'와 'う' 양쪽에 통한다는 것도 아니고 후세의 가나(假名) 철자에 속하는 것도 아니다. 즉 'う'를 'ん'이라고 부르는 구어체를 그대로 표기할 문자가 없기 때문에 '牟' 등으로 표기하는 것이다. ≪和名抄≫에서 '馬'를 'ムマ(muma)' 또는 'ウマ(uma)'로 표기하거나 또 앞에서 거론했듯이 지명에 있는 'ン'의 구어(口語) 발음을 표현하기 위해 '牟', '無'를 많이 표기하는 것 역시 ≪萬葉集≫ 등의 고서(古書)를 따른 것이다."≪男信≫

필자 역시 기몬의 견해가 정당하다고 인정하는 바이다.

오늘날 '行かん', '見ん' 등이라고 하는 장연형(將然形)[228]의 'ん'이 예전에 'む'였다는 사실은 이전부터 도쿠가와 시대 학자들이 논의했다. 예컨대 모토오리 노리나가(本居宣長)의 ≪漢字三音考≫에서는 다음과 같은 정밀함을 보이고 있다.

---

228) [역자주] '장연형(將然形)'은 동사의 활용형 중 하나이다.

"또 'ユカム', 'カヘラム'를 'ユカン', 'カヘラン' 등이라고 하고 'ケム', 'ラム', 'ナム', 'テム' 등도 'ケン', 'ラン', 'ナン', 'テン'이라고 함으로써 같은 종류인 'ン'을 예전에 모두 분명히 'ム'라고 부르고 있었다. 앞에 'コソ'라는 말이 오면 'ン'이 변하여 'メ'가 되었고 이것이 'ム'로 통음된 이유다. 'ン'은 통음이 되지 않았다. 그 외에도 ≪萬葉集≫에서 '稲見(いなみ)川'을 '將行乃河', '三室(みむろ)山'을 '將見圓山'으로 표기했고 '見む', '聞かむ' 등을 'ミモ', 'キカモ'라고 읽었으며 후에 이즈미 시키부(和泉式部)의 詩에서조차 'ミセモキカセモ'라고 읊었다. 이것도 'マミムメモ'가 통음이기 때문이다. 만약 'ン'이라면 'ミ'나 'モ'로 바꿔 쓸 이유가 없다."

≪萬葉集≫에서 '散濫(ちるらむ)', '今還金(いまかへりこむ)', '可久夜歎敢(かくやなげかむ)' 등의 將然形 'ム'에 대해 '濫', '金', '敢'와 같은 순내 撥音을 사용하고 또 아래와 같이 와카(和歌)에서 將然形의 'ム'를 모두 '柑', '膽'과 같은 순내 撥音의 글자로 표기한 것은 이것이 'ム'이었음을 증명한다.

한자어	와카의 내용	출처
花柑子	五月雨(さみだれ)にならぬ限りは郭公(ほととぎす)、何ぞはなかむしのぶばかりに。	拾遺集
龍膽	川かみ今よりうたむ網代(あじろ)には、まづ紅葉を寄らむとすらむ。	拾遺集
龍膽花	我が宿の花ふみしだくとり(鳥)う(打)たむ、の(野)はなければやここにしも来る。	古今集

이상과 같이 將然形의 'ム'가 'ン'으로 변한 것은 이미 헤이안 시대인데 가마쿠라 시대에 이르면 'ン' 이외에 'ウ'로도 표기하게 된다. 즉 'ン'과 'ウ' 두 글자가 나란히 사용되는 것이다. 아래에는 아시카가 시대 이후에 나

온 ≪碧巖錄抄≫, ≪沙石集≫, ≪史記抄≫, ≪狂言記≫ 등에서 'ウ'가 나타나는 몇몇 예를 들기로 한다.

ㄱ. 一拶してくれう者を。生物ならば飛出(とびで)うことじやが。せうやうが御座らぬ。
ㄴ. 聟にとるでござらう。何としたもので折やろう。腹を切つてくれう。
ㄷ. 達磨こそ知らうずれ。皆亡びうず。汝も供につれうずれども。
ㄹ. 此耳は賣らうとて。何をか云らうと云心なり。茶をくりやうといやる。
ㅁ. なにせうぞ。稀ならうぞ。どこに何處があるらうぞ。
ㅂ. けうに離るらうに。其の時おしやらうには。

이들은 종래 'ウ' 음편(音便) 중의 하나이다.

일본어에는 소위 음편(音便)에 의해 다른 음이 'ン(m)'으로 변하는 것이 적지 않다. '山家(やまいへ)'를 'やまんべ'(이상 'ア'행), '樺(かには)'를 'かんば', '掃部(かにもり)'를 'かんもり', '稻庭(いなには)'를 'いなんば'(이상 'ナ'행), '追物(おひもの)'를 'おんもの', '步行人(かちひと)'를 'かちんど', '惟(おもひみ)る'를 'おもんみる', '顔(かほばせ)'를 'かんばせ'(이상 'ハ'행), '簪(かみさし)'를 'かんざし', '巫覡(かみなぎ)'를 'かんなぎ', '懇(ねもころ)'를 'ねんごろ'(이상 'マ'행), '有(あるめり)'를 'あんめり'(이상 'ラ'행) 등이라고 하는 것이 그 예이다.[229] 또 '不者(ずは)'를 'ずんば', '時は'를 '時んば', '眞圓(ままる)'를 'まんまる' 등이라고 하듯이 'm'을 첨가하는 경우도 있다.[230]

229) [역자주] 이중 '簪(かみさし＞かんざし), 巫覡(かみなぎ＞かんなぎ), 懇(ねもころ＞ねんごろ), 有(あるめり＞あんめり)'는 다른 음이 'm'으로 바뀐 것이 아니고 'm'이 다른 음으로 바뀐 경우로서 다른 예들과는 정반대의 변화 방향을 보여 준다.

230) [역자주] 'ば(ba), ぼ(bo)' 앞의 'ん'은 후행하는 양순음을 따라 'm'으로 실현

일본어에는 'バ'행 음과 'マ'행 음이 상통(相通)하는 경우가 적지 않다. '烟(けむり)'를 'けぶり', '戲(たはむる)'를 'たはぶる', '傾(かたむ)く'를 'かたぶく', '蟬(せみ)'를 'せび', '神籬(かもろぎ)'를 'かぼろぎ', '蛇(へみ)'를 'へび', '新嘗(にひなめ)'를 'にひなべ', '皇(すめらき)'를 'すべらぎ' 등이라고 하는 예가 예전부터 매우 많다. 'm'과 'b'는 양순음인 점에서 조음 위치가 같으며 다만 'b'는 입술의 폐쇄를 파열해서 나오고 'm'은 비강을 통해서 기식이 외부로 나가는 정도의 차이에 불과하다. 또한 'ナ'행 음과 'マ'행 음은 모두 비음이고 조음 위치가 서로 가깝기 때문에 예전에 '蜷(にな)'를 'みな', '鳰(にほ)'를 'みほ', '終日(ひねもす)'를 'ひめもす'라고 하는 등 'n'과 'm'이 상통한 예도 있다.

한국어에서는 '무엇(何)', '먼(遠)' 등의 'ㅁ(m)'을 일본어와 같이 'b'로 발음하는 경우가 있다. 이 현상은 특히 전라남도 지방에서 현저한 듯하다. ≪倭漢三才圖會≫의 한국어 항목에서 '물(水)'을 '不留(ぶる)', '먹(墨)'을 '保久(ぼく)'로 표기하여 'マ'행과 'バ'행이 상통하고 있는 것은 당시 한국어의 발음을 그대로 반영했다고 볼 수 있다.

한국어의 연어(連語) 중 'p'로 끝나는 말 뒤에 'n, r, m'으로 시작하는 말이 오면 'p'는 'm'으로 변한다. 예컨대 다음과 같은 것이 있다.

갑년(甲年) → 감년, 읍닉(邑內) → 음닉
압록(鴨綠) → 암녹, 법률(法律) → 범뉼
십만(十萬) → 심만, 아홉말(九斗) → 아홈말

【'm'의 발음 연습】

'm'의 발음도 'n'과 같이 별다른 곤란함을 느끼지는 않지만 한국어에서는 '무엇(何)', '먼(遠)', '머리(頭)' 등에서의 'ㅁ'을 'b'와 같이 발음하는 습관이 있기 때문에 그것이 일본어 'マ'행 음의 발음에도 영향을 미쳐 '昔

되므로 이 예들은 'm'이 첨가되었다고 할 수 있다.

(むかし)'를 'ぶかし'와 같이 발음하는 경우가 있다. 또 한국인에게는 어두에서 'バ'행 음의 발음이 곤란하기 때문에 '貧乏(びんばふ)'를 'ぴんばふ'와 같이 'p'로 발음하고 '無事(ぶじ)'를 'むじ', '葡萄(ぶだう)'를 'むだう'와 같이 'm'으로 잘못 발음할 때가 있다. 다만 '無事(ぶじ)'를 'むじ'이라고 하는 것은 오히려 '無'의 한국 한자음이 '무'라는 점에서 온 잘못이라고 봐야 될 것이다. 이것들은 모두 여기서 말한 'm'과 'b' 두 음의 차이점을 설명함으로써 연습을 시키는 것이 좋다.

3편. 음의 결합

지금까지는 언어를 이루는 소리의 각 성분들을 일일이 분리해서 살폈다. 그것은 마치 해부학자가 인체를 각 부분으로 잘라서 그 성질이나 작용을 따로 생각해 나가는 것과 완전히 동일한 방법이다. 해부학자가 얻어낸 결과를 합쳐 놓은 것이 곧 살아 있는 인간의 모습이라고 할 수 없는 것과 마찬가지로, 즉 모든 구성 성분을 아무리 완벽하고 기술적으로 조합한들 그것이 바로 인간이라고 할 수 없는 것과 마찬가지로, 언어의 성분인 음성을 세밀하게 분석하여 이것을 정교하게 합친다고 해도 그 결과를 언어라고 부를 수는 없다. 인체를 이루는 각 부분이 정교하게 결합되는 것 외에 그것들이 서로 유기적으로 활동해야만 한다는 것이 인간이 되기 위한 필요조건인 것처럼, 언어를 이루는 개별 음들이 결합하는 것에 유기적인 작용이 더해지지 않으면 아직 진정한 언어라고는 할 수 없다. 즉, 언어는 단순히 각 음들이 잡다하게 결합된 단순한 것이 아니라 그 결합으로부터 비로소 존재할 수 있는 요소 또는 어떤 특수한 작용을 구비하는 것이다. 그렇다면 그 특수한 작용이란 무엇인가?[231] 그것은 주로 언어에 존재하는 '길이', '세기', '높이'와 '동화', '부동

231) 음의 결합으로부터 나오는 언어의 의의(意義), 즉 심리적 측면에 관한 것은 음

화(不同化)'이다.[232] 여기서는 이 순서에 따라 각각을 설명하기로 한다.

3.1. 음의 길이

'길이(length or quantity)'란 음이 길거나 짧은 것을 말한다. 일반적으로는 장음(長音)과 단음(短音) 두 가지로 나누는데 필요에 따라 중음(half long)을 설정할 때가 있다.[233] 장음을 나타내는 데에는 문자의 오른쪽에 ' : '을 붙인다. 가령 단음은 'u', 장음은 'u:'라고 표기하는 것이다.

일반적으로 음의 길이는 모음에 대해서 구별한다. 일본어의 장음에 대해서는 이전에 Chamberlain이 다음과 같이 말한 바 있다.

> "근대 일본어에는 단모음 'a, i, u, e, o'와 장모음 'ō, ū'가 있다. 그리고 이 장모음들도 일본어의 고유어에 있어서는 각각 그 원형으로 소급해야 한다. 예컨대 'kōbe(頭)'는 'kaube', 'ōsaka(大阪)'는 'ohosaka', 'sū(吸[す]う)'는 'sufu'가 되는 것이다. 원래부터 장모음인 것은 한자어에서 기원한 것에 국한된다. 그러므로 장모음은 외국어가 전래됨으로써 생겼다고 볼 수 있다."

과연 이것을 믿을 수 있는지 궁금하다. 여기서는 현대 일본어의 장모음과 단모음을 관찰함과 동시에 일본어 장모음의 유무와 변천을 개관하고자 한다.

[1] ア-(a:)

'あたま', 'あなた' 등에서의 'ア(a)'는 단모음에 속하지만 'ああ(嗚呼)',

성학에서 다루지 않는 사항이므로 여기서는 설명을 생략한다.

232) [역자주] 개별 음들에 길이, 세기 등의 운소나 동화, 부동화와 같은 음운 현상이 더해져야 비로소 제대로 된 언어가 된다고 보고 있다.

233) [역자주] 한국어를 대상으로 길이를 세 가지로 나눈 것은 외솔 최현배의 논의에서 찾아볼 수 있다. 외솔은 긴소리, 예사소리, 짧은소리의 세 가지를 구분한 후 최소대립쌍까지도 제시한 바 있다. 가령 '말(言)'은 긴소리, '말(斗)'은 예사소리, '말(馬)'은 짧은소리라고 했다.

'さあ行(い)かう', 'まあよからう' 등에서 'ああ(a:)', 'さあ(sa:)', 'まあ(ma:)'의 'a'는 전국에 걸쳐 거의 모두 장모음이다.234) 감탄의 '嗚呼(ああ)'이라는 말이 예전부터 일본어에 존재했다는 사실은 ≪類聚名義抄≫ 등에 '仟アア', '嗟ア' 등 두 가지 표기법이 있음을 보아도 알 수 있다.

2 イ-(i:)

'いろ(色)', 'かひ(貝)' 등에서의 'i'는 단모음에 속하지만 '黄色(きいろ)', '椎(しひ)', '兄様(にいさん)' 등에서의 'きい', 'しひ', 'にい'는 야마나시(山梨), 시즈오카(静岡), 나가노(長野), 군마(群馬), 지바(千葉), 이바라키(茨城), 후쿠시마(福島), 아키타(秋田), 돗토리(鳥取), 야마구치(山口), 가가와(香川), 고치(高知), 오이타(大分), 가고시마(鹿児島) 지방에서 'ki:', 'ʃi:', 'ni:'와 같이 장모음으로 발음되며 그 외의 지방에서는 습관상 장모음 또는 단모음으로 발음되고 있다.235) 그러나 영어 단어 'see'의 'ee'가 단순한 'i:'가 아니라 마지막에 'y'를 동반하는 'i:j'로 발음되듯이 'ki:', 'ʃi:', 'ni:'의 'i:'도 'i'의 장음이 아니라 마지막에 'y'를 동반하는 것으로 보인다.

≪和名抄≫에 '木の國'을 '紀伊'라고 하여 '伊'를 덧붙인 것은 원래 한 글자로 된 지명을 두 글자로 바꿔 쓰는 관습을 바탕으로 할지도 모르나 실제로는 'ki:'라는 장음으로 발음되었다고 보아야 할 것이다. 또한 '四時(しじ)'를 'しいじ', '詩歌(しか)'를 'しいか', '飲食(いんし)'를 'いんしい'라고 한 것도 실제로는 장음으로 발음된 듯하다.

3 ウ-(u:)

'うさぎ(兎)', 'うみ(海)' 등에서의 'う'는 단모음에 속하는데 '食(く)ふ', '縫(ぬ)ふ', '夕(ゆふべ)' 등에서의 'くふ', 'ぬふ', 'ゆふ'는 전국의 많은 지방에서 'ku:', 'nu:', 'ju:'와 같이 하나의 장모음으로 발음되며 고치

---

234) 음운조사보고서.
235) 음운조사보고서.

(高知), 나가사키(長崎)의 여러 현과 그 외의 일부 지방에서는 'ku-u', 'nu-u', 'ju-u'와 같이 두 개의 단모음으로 발음된다.[236] 그러나 영어 'who'의 마지막에 있는 모음이 단순한 'u:'가 아니고 마지막에 'w'을 동반하는 'u:w'이듯이 'ku:', 'nu:', 'ju:'도 마지막에 'w'를 동반하는 것으로 생각된다.

한자음의 세 비음 가운데 후내음(喉內音), 즉 'ŋ'은 일본식으로 발음되는 경우 오래 전부터 '香(かう)', '雙(さう)', '望(まう)', '崇(すう)', '送(そう)'에서 보듯 'う'로 표기되었다. 다만 이 중에서 '崇(すう)', '空(くう)', '痛(つう)', '風(ふう)'과 같이 'ウ'행 글자 밑에 'う'가 붙은 경우 이외에는 모두 'う'의 장음을 나타내는 것이 아니다. 즉 '空(くう)', '崇(すう)', '痛(つう)' 등의 'う'는 'u:'와 차이가 없지만 '香(かう, ko:)', '雙(さう, so:)' 등의 'う'는 실제로는 'o'의 장음을 가리키는 것이다.[237] ≪和名抄≫에서 지명 '津'을 '都宇'이라고 하여 한자 '宇'를 덧붙인 것도 실제로는 'tsu:'라는 장음으로 발음한 듯하다.

4 エ-(e:)

'襟(えり)', '植(う)ゑる' 등에서의 'え', 'ゑ'는 단모음 'e'에 속하지만 '姪(めひ)', '鰈(かれひ)' 등 한자의 訓에 존재하는 'ei'나 '警察(けいさつ)', '丁寧(ていねい)', '御禮(おれい)' 등 한자음에 존재하는 'ei'는 전국 대부분의 지역에서 장모음 'e:'로 발음한다. 다만 규슈(九州)의 대부분 지역에서는 'ei'와 같이 이중모음으로 발음하며 일부 다른 소수 지역에서는 'ee'와 같이 두 개의 'e'를 연속해서 발음한다.[238]

'形(けい)', '勢(せい)' 등의 가나(假名) 표기는 'kei', 'sei'라고 읽도록 되어 있지만 오늘날 지방에 따라 'e:'나 'ei' 두 가지로 발음된다는 것은 이미 앞에서 말한 대로이다. 둘 중 어떤 것이 원음이며 언제부터 이런 구별이

236) 음운조사보고서.
237) 'オ-' 항목 참조.
238) 음운조사보고서.

생겼는지는 밝혀지지 않았지만 ≪類聚名義抄≫에서 '弟'에 대해 'テイ(tei)', 'テエ(tee)'와 같이 'イ(i)', 'エ(e)' 두 글자를 모두 쓴 것을 보면 'イ'와 'エ'는 완전히 동일하게 쓰였거나 혹은 장모음 'エ'의 존재를 가리키는 것은 아닐까 생각되기도 한다. 모토오리 노리나가(本居宣長)도 '家司(けし)'를 'けいし'라고 쓰는 것에 대해 "원래 ケエ(kee)이었던 것도 ケイ(kei)라고 쓴다(元はケエならんもケイと書くなり)"라고 논의한 바 있는데 상당히 흥미롭다고 생각한다.

5 オ-(o:)

'鬼(おに)', '岡(をか)', '顏(かほ)' 등에서의 'お', 'を', 'ほ'의 실제 발음은 단모음 'o'에 속한다. 또한 '扇(あふぎ)', '多(おほ)い', '峠(たうげ)', '思(おも)ふ' 등 고유어의 'あふ', 'おほ', 'たう', 'もふ'는 어떤 지방에서는 'oo', 'ou'와 같이 발음되지만 간토(關東), 도호쿠(東北), 쥬고쿠(中國)의 대부분, 시코쿠(四國), 규슈(九州)의 일부 및 그 외의 소수 지방에서는 장모음 'o:'로 발음된다. '甲(かふ)', '', '方(ほう)', '角(かく)', '毛髮(もうはつ)', '西洋(せいやう)' 등 한자음의 'かふ', 'はう', 'もう', 'やう'는 전국 대부분 지방에서 장모음 'o:'로 발음된다.[239)]

가나(假名) 'ウ'가 '空(くう)', '崇(すう)', '痛(つう)' 등과 같이 장모음 'u:'에 사용되었던 것은 앞의 'ウ' 항목에서 말한 대로인데 이 외에 장모음 'o:'의 기호로도 사용된다는 점은 주의해야 한다. 예를 들어 'アウ',[240)] 'エウ',[241)] 'オウ'[242)]는 원래 'a-u', 'e-u', 'o-u'였는데 오늘날 많은 지방에서 장모음 'o:'로 발음됨으로써 'ウ'는 완전히 'o:'를 가리키는 기호가 되었다. 이러한 관습은 상당히 오래 전부터 존재하고 있었던 듯하다. ≪類聚名義

---

239) 음운조사보고서.
240) 'カウ, サウ' 등은 이에 준한다.
241) 'ケウ, セウ' 등은 이에 준한다.
242) 'コウ, ソウ' 등은 이에 준한다.

抄≫에서 '拏'를 'ヒコツラフ', 'ヒコツロフ', '納'를 'ナフ', 'ノフ', '方'을 'ハウ', 'ホウ', '恒'을 '我ウ', '後ウ' 등 두 가지로 표기하는 것은 'a-u'가 'o:'로 변했음을 의미한다. 또한 같은 책에서 '越', '超'에 대해서는 'トホシ', '迥', '長'에 대해 'トヲシ' 등 'ホ', 'ヲ'를 사용하면서 다른 한편으로 '迥', '愈'에 대해서는 'トウシ'라고 하여 'ウ'를 사용하는 것도 모두 'ウ'가 'o:'의 장음 부호로 사용되었음을 가리킨다. 그뿐만 아니라 예전에는 한자음 중 '論(ろん)'을 'ろう', '郡家(ぐんけ)'를 'くうけ'로 하는 등 설내 撥音 'ン(n)'이 'ウ'로 바뀐 것이 있으며 '族'을 'そう'라고 하듯 후내의 파장음(k)이 'ウ'로 바뀐 것도 있다.

한국어에도 장단음의 구별이 분명히 존재하고 있다. 표기가 동일하지만 모음의 장단으로 그 뜻이 달라지는 몇 가지 예를 다음에 제시한다.

短母音	長母音
산다(買)	산다(住)
말(馬)	말(語)
나(我)	나(歲)
눈(眼)	눈(雪)

한국에서는 한자음의 사성(四聲)을 나타내기 위해 글자의 왼쪽에 점을 붙였다. 훈민정음이 창제된 당시에 이미 평성(平聲)은 무점(無點), 상성(上聲)은 2점, 거성(去聲)과, 입성(入聲)은 각각 1점으로 규정했으며 후세의 여러 많은 문헌은 이 규정을 따랐다.[243] 다만 ≪四聲通解≫에는 입성의 1점을

243) [역자주] 입성이 1점으로 표시된다는 언급은 적어도 ≪訓民正音≫에는 전혀 나오지 않는다. 다만 <합자해>에서 한자음의 입성은 거성과 비슷하다는 언급만 했을 뿐이다. 小倉進平이 이 책을 쓸 당시에는 아직 ≪訓民正音解例本≫이 발견되지 않았으므로 <合字解>의 내용을 참고할 수도 없었다. 小倉進平이 입성은 1점을 찍는다고 한 것은 ≪四聲通解≫ 범례에 나오는 "…평성은

무점(無點)으로 고친다고 되어 있다.

이 방점(傍點)은 원래 한자음의 사성을 표기하는 데 사용된 것이었는데 고유어에도 사용되기에 이르렀다. ≪訓蒙字會≫ 등에서 한자음의 사성을 설명한 후 '諺解亦同'이라고 말한 것이 곧 그것이다. 그러나 고유어의 사성(四聲)이 과연 한자음의 사성과 같은 가치를 가지고 있는지는 연구해 봐야 할 문제이다. 다만 방점이 장단을 가리킨다는 점은 분명히 말할 수 있다.[244] 옛 문헌에 나오는 다음과 같은 예가 현대국어의 장단과 대체로 일치하는 것을 봐도 알 수 있다.

一點	·ᄒᆞ·니(이유) ·ᄒᆞ·야(爲) ·라(어미) ·열(十) ·와(접속) ·이(주격 조사)
二點	:두(二) :말(語) :네(四) :업(無) :다(皆) :적은(小) :사름(人)

일반적으로 음의 길이는 모음에 대해서만 말하지만 엄밀히 고찰하면 자음에 대해서도 말할 수 있다. 자음인 파장음이나 비음 또는 마찰음은 폐쇄나 협착의 상태를 일정 시간 동안 지속하면 긴 소리라는 느낌을 준다. 예컨대 'ap-pa'라는 음을 발음할 때 선행하는 'p'는 소위 폐쇄음(implosive)이며 아무런 음향적 효과를 주지 않은 채 그대로 후행하는 'p'로 이동하며 어느 정도 지속된 후 마지막에 파장음(explosive)으로 파열하여 모음 'a'로 이동한다. 즉 입술에서 폐쇄된 후 파열할 때까지는 휴지(pause)가 나타나서 일정 시간 동안 계속되는 것이다. 이러한 휴지의 시간을 'p'의 길이로 봐도 좋다. 'ak-ka', 'at-ta', 'at-cha', 'as-sa', 'al-la', 'an-na', 'am-ma' 등도 모두 마찬가지로 방식으로 설명할 수 있다.

일본어의 '三日(みつか)', '行(い)った', '合羽(かつぱ)'와 같은 촉음 현

점이 없고, 상성은 두 점, 거성과 입성은 한 점을 찍었으나…(平聲無點 上聲二點 去聲入聲一點)" 부분을 그대로 가져온 데 지나지 않는다.

244) [역자주] 이러한 견해가 타당하지 않다는 점은 새삼 지적할 필요도 없을 것이다.

상도 궁극적으로는 장자음(長子音)을 나타낸다. 서양의 많은 언어에서는 긴 자음을 표기하기 위해 같은 글자를 두 번 표기하고 일본어 촉음에서는 가나(假名) ‘ッ’를 사용하며 한국어에서는 같은 글자를 겹치거나 또는 처음의 폐쇄음에 대해서 ‘ㅅ’을 사용하는 것이 관습으로 되어 있다.[245] 일본어의 촉음 부호 ‘ッ’가 ‘ʦu’의 음가를 가진 것이 결코 아님은 앞의 ‘s’ 항목(2.2.2.2.1.5.)에서 말한 바 있다.

【장단음의 연습】

한국인이 일본어를 학습하는 데 느끼는 가장 큰 어려움 중 하나는 모음의 장단 구별이다. 한문에 밝은 사람은 어느 정도 이론적으로 이를 깨우치게 할 수 있다. 가령 한국 한자음 중 ‘江(강)’, ‘農(농)’, ‘病(병)’, ‘送(송)’과 같이 ‘ㅇ’으로 끝나는 것은 일본어에서는 거의 ‘ウ’로 끝나므로 장모음으로 발음하면 된다. 그렇지만 일본어에서 ‘ウ’ 장모음으로 발음되는 ‘朝(てう)’, ‘孝(かう)’, ‘苗(べう)’, ‘照(せう)’ 등의 한국 한자음은 ‘ㅇ’으로 끝나지 않으므로 이 방법 역시 항상 일정하게 적용할 수 있는 규칙이라고 할 수는 없다. 결국 각각의 단어에 대해 그 장단을 일일이 인식해 가는 것 이외에는 다른 방법이 없다.

3.2. 음의 세기

세기(stress)는 기식의 강함이며 음성학적으로는 성대의 진동에 의해 생기는 음파의 진폭 크기를 가리킨다. 이것을 악센트라는 단어로 표현한다면 식압(息壓) 악센트 또는 압(壓) 악센트(stress-accent)라고 불러서 악조(樂調) 악센트와 구별할 수 있다.[246] 악센트의 대부분은 기식의 압력에 의해 결정

---

245) [역자주] 한국어의 경우 각자병서 또는 ㅅ-계 합용병서를 가리킨다.

246) 악센트에는 음의 세기에 의한 것과 음의 높이에 의한 것 두 가지가 있다. 음의 높이 항목(3.3.)을 참조하라. [역자주] 악조 악센트란 pitch-accnet에 해당한다.

되기 때문에 일반적으로 악센트 또는 세기라고 하는 것은 식압 악센트로 보아도 큰 문제가 되지 않는다.

세기는 그것이 놓인 위치에 따라 여러 종류의 형식이 나뉜다. (1) 기식이 처음에 강하고 끝에는 약한 경우, (2) 처음에 약하고 끝에 강한 경우, (3) 처음과 끝이 약하고 중간이 강한 경우 등 여러 종류로 분류할 수 있다. (1)은 '낮아짐' 또는 '하강적', (2)는 '높아짐' 또는 '상승적', (3)은 '평형적'이라고 하겠다. 이들을 기호로써 표기하려고 할 때에는 (1)을 '＞', (2)를 '＜', (3)을 '＜＞'로 나타낸다. 세기는 개수(個數)에 따라서도 구별할 수 있다. 한 음절 중 오직 한 군데에만 강세가 있는 경우, 한 음절 중 두 군데에 강세가 있는 경우 또는 두 군데 이상에 강세가 오는 경우 등이 존재한다.

어떤 음을 발음할 때 처음부터 끝까지 같은 세기가 이어지는 경우도 있고 하강적 또는 상승적 세기를 가지는 경우도 있다. 장모음과 같은 것은 어쩌면 이 변화를 받기 쉽다.[247] 여러 개의 음이 결합해서 음절을 이루고 다시 단어를 형성하여 문장을 만드는 경우에도 세기의 변화가 일어난다. 또한 단어를 형성한 경우 그 단어 하나만 떼어 놓고 보면 늘 일정한 악센트가 존재하는데 그 단어가 다른 말과 결합해서 숙어가 되고 더 나아가 문장을 구성하면 그 숙어나 문장 중 가장 의미가 강한 곳에 악센트가 놓임으로써 각 단어의 악센트에 변동을 일으키는 경우조차 있다. 음절에 놓이는 악센트를 음절 악센트(syllabic accent), 단어에 놓이는 악센트를 단어 악센트(word accent), 문장에 놓이는 악센트를 문장 악센트(sentence accent)라고 하며 문장 악센트는 특별히 '강조 악센트(emphatic stress)'라고도 부름으로써 악센트의 종류를 설명하는 데 도움이 되게 하기도 한다.

여기서는 음절을 구성하는 한 요소이며 모음 세기의 상호 관계를 설명할 수 있는 예로서 이중모음에 대해 간략히 언급하기로 한다. 이중모음(diphthong)은 두 개의 단모음이 결합해서 한 음절을 이루되 둘 중 하나가

247) [역자주] 장모음은 길이가 길므로 그 사이에 세기의 변화가 일어나기 더 쉽다는 의미인 듯하다.

음절적 모음(silbischer vokal) 또는 自鳴的 모음(sonantischer vokal)을 이루고 다른 한 편이 비음절적 모음(unsilbischer vokal) 또는 和鳴的 모음(consonantischer vokal)을 이루는 모음을 말한다.[248] 가령 'イ(i)'라는 모음은 단독으로는 명확히 우리 귀에 들리지만 'ア(a)'와 결합하여 'アイ(ai)'라는 한 음절을 구성하면 'i'는 'a'보다도 약하게 들려 마치 'i'가 'a'에 종속된 것과 같은 결과를 일으킨다. 이 경우 'a'는 음절 구성의 주된 역할을 하며 스스로 다른 모음을 통솔한다는 의미에서 음절적 또는 자명적 모음이라고 하고 'i'는 음절 구성의 주된 역할을 하지 않고 다른 모음으로 하여금 그 역할을 하게 한다는 의미로 비음절적 또는 화명적 모음이라고 한다. 'アウ(au)'와 같은 이중모음도 'ai'와 같은 성질을 지니므로 'a'는 자명적 모음, 'u'는 화명적 모음이다.

이중모음은 그것을 이루는 두 모음의 세기 정도에 따라 세 가지 종류로 구별할 수 있다. 'ai', 'au'와 같이 앞에 오는 모음이 뒤에 오는 모음보다 강한 것을 하강적(下降的) 이중모음이라고 하고 'ia', 'ua' 등과 같이 후행 모음이 선행 모음보다 강한 것을 상승적(上昇的) 이중모음이라고 한다. 또한 하강과 상승을 겸한 것을 중간적(中間的) 이중모음이라고 한다. 이중모음이 한층 더 녹아 붙으면 결국 하나의 다른 단모음으로 바뀌는 경우가 있다. '合(あふ, au)'가 'お-(o:)'가 되고 '今日(けふ, ke-u)'이 'きよ-(kyo:)'가 되는 현상이 그 예이다.

일본어의 단어 악센트는 아직 통일되지 않은 것이 많다. '橋(はし)'와 '箸(はし)', '鼻(はな)'와 '花(はな)', '蜘蛛(くも)'와 '雲(くも)', '畑(はた)'와 '旗(はた)' 등은 지방에 따라 악센트를 달리하는 매우 기이한 모습을 보인다. 문장 악센트도 지방에 따라서 차이가 있다.

이중모음 중 '姪(めひ, me-i)', '形(けい, ke-i)', '扇(あふぎ, au-gi)'에서의 'e-i', 'a-u'는 지방에 따라서 이중모음으로 발음되기도 하지만 어떤 지

248) [역자주] '自鳴的, 和鳴的'이라는 용어는 小倉進平의 용어를 그대로 가져온 것이다.

방에서는 'e:', 'o:'와 같이 완전히 융합해서 하나의 장모음으로 발음된다.[249] 특히 '鯛(たひ)', '大(だい)', '甲斐(かひ)' 등 이중모음 'ai'는 도호쿠(東北) 지방에서 'エ-(개음 æ:)'로 변화하는 특징이 있다.

일본에서 예전부터 있었던 이중모음의 변화를 검토하면 '吾家(わがいへ)'가 'わぎへ'(이상 ai＞i), '荒海(あらうみ)'가 'あるみ'(이상 au＞u), '天降(あまおる)'가 'あもる', '服部(はたおりべ)'가 'はとりべ'(이상 ao＞o), '度會(わたりあひ)'가 'あたらひ', '指擧(さしあぐ)'가 'ささぐ'(이상 ia＞a), '國内(くにうち)'가 'くぬち'(이상 iu＞u), '錦織(にしきおり)'가 'にしこり'(이상 io＞o), '呉の藍(くれのある)'가 'くれなゐ', '大殿油(おほとのあぶら)'가 'おほとなぶら'(이상 oa＞a), '豊受(とようけ)'가 'とゆけ'(이상 ou＞u)로 바뀌듯 앞에 있는 모음이 소실되어 뒤에 있는 모음만 남는 경우도 있고, '河面(かはおも)'가 'かはも'(이상 ao＞a),[250] '日置(ひおき)'가 'ひき'(이상 io＞i), '砧(きぬいた)'가 'きぬた'(이상 ui＞u), '餉(かれいひ)'가 'かれひ'(이상 ei＞e), '直入(なほいり)'가 'なほり'(이상 oi＞o)로 바뀌듯 뒤에 있는 모음이 없어지고 앞에 있는 모음만 남는 경우도 있으며, '高市(たかいち)'가 'たけち'(이상 ai＞e)로 바뀌듯 완전히 다른 모음이 되는 경우도 있다. 이와 같이 'ai＞i', 'au＞u', 'ae＞e', 'ao＞o' 등을 보면 일본어에서는 반드시 강한 모음인 'a'가 이보다 약한 모음인 'i, u, e, o' 등을 지배하기만 하는 것은 아님을 알 수 있을 만하다.[251] 이 원인에 대해서는 별도의 연구를 필요로 한다.

한국어는 단어 악센트와 문장 악센트가 지방에 따라서 차이가 있다. 필자가 직접 조사한 바에 따르면 경상남북도, 전라남도 사람들의 악센트, 특히

249) '음의 길이' 단원(3.1.) 참조.

250) [역자주] '河面(かはおも＞かはも)'은 설명과는 달리 'omo'가 'mo'로 바뀌는 예이다.

251) [역자주] 'a'가 포함된 이중모음의 변화에서 'a'가 탈락하기도 하고 유지되기도 하는 것으로 보아 'a'가 항상 다른 모음들을 지배하지만은 않는다고 언급하고 있다.

문장 악센트는 일반적으로 하강(下降), 즉 앞이 높은 경향이 현저하다. 가령 이 지방 사람들의 말에서는 '사람이 만타', '山이 놉다'의 '사', '만', '山', '놉'에 악센트를 두고 끊임없이 강약의 파동(波動)을 반복하는 것이다. 한국어에 그다지 능통한 사람이 아니더라도 이 악센트를 듣고 곧바로 큰 어려움 없이 경상 또는 전라 지방 사람이라는 것을 알 수 있다. ≪東國輿地勝覽≫의 제주도 항목에 "촌민의 언어가 난삽하며 앞이 높고 뒤가 낮다(村民俚語艱澁, 先高後低)"라고 표기되어 있는 것도 명확한 의미는 알 수 없지만 이러한 사실을 말하는 것일지 모른다.

【강약음의 연습】

경상, 전라 지방의 단어 악센트와 문장 악센트가 하강(下降) 즉 앞이 높다는 사실은 이미 앞에서 말한 대로이다. 그런데 그러한 방언적 특징이 일본어에도 영향을 미쳐 다음 문장에서 '花', '鼻', '橋', '箸'는 모두 똑같이 첫 번째 음절에 악센트가 온다.[252]

はな(花)が咲きました。 はな(鼻)があります。
はし(橋)を渡ります。 はし(箸)を持って居ます。

그 결과 매우 묘한 악센트가 생겨서 참으로 듣기 거북하다. 일본어 '花', '鼻', '橋', '箸' 등의 악센트가 지방에 따라 차이가 있을 뿐만 아니라 아직 표준어로 확정된 것이 없는 상태이기 때문에 당분간은 이것을 심각하게 교정하는 데 힘을 기울일 필요도 없고 교정한다고 하더라도 그 효과가 없는 경우가 많음을 알아야 한다.

252) '°'는 악센트가 있음을 가리킨다.

3.3. 음의 높이

음의 높이(pitch)는 음성학적으로 성대의 진동수에 따라 결정이 되며, 진폭에 따라 결정되는 세기와는 그 성격이 많이 다르다. 악센트(accent)라는 단어는 기원적으로 라틴어의 'accentus' 즉 'ad(to)+canere(to sing)'라는 단어에서 출발하며 '대화에 덧붙어 리듬을 주는 것'이라는 의미를 지닌다. 원래는 오로지 여기서 말하는 음의 높이를 가리키는 데에만 사용되었는데 이후에 그 의미가 바뀌어 음의 세기에도 사용되기에 이르렀다. 이 때문에 악센트의 두 가지 용법을 구별하기 위해 음의 세기를 가리키는 경우에는 息壓 악센트 또는 壓 악센트(stress accent)라고 하고 음의 높이를 가리키는 경우에는 樂調 악센트 또는 調 악센트(pitch accent)라고 한다. 조 악센트를 나타내는 기호로 상승은 '／', 하강은 '＼', 상승 후 하강은 '∧', 하강 후 상승은 '∨'를 사용한다.

음의 높이는 성대의 진동수에 기인하는데 개인에 따라 차이가 잇다. 여성이나 어린이의 음은 높이가 높고 남자의 음은 높이가 낮다는 사실은 누구나 인정한다.

음의 높이는 단일한 음이나 단어, 문장에서 모두 존재할 수 있다. 높이의 종류는 다음과 같다.

ㄱ. 평탄음조(平坦音調) : 높이의 변화 없이 평탄하게 발음되는 것.

ㄴ. 상승음조(上昇音調) : 처음은 낮고 뒤가 높게 발음되는 것. 일반적으로 질문 등의 경우에 사용된다.

ㄷ. 하강음조(下降音調) : 처음은 높고 끝이 낮은 것. 승낙 등의 경우에 사용된다.

ㄹ. 저고음조(低高音調) : 처음에는 하강하다가 뒤에 상승하는 것. 일본어에서는 여학생들이 말하는 'さう(そ-お)' 등이 여기에 해당한다.

ㅁ. 고저음조(高低音調) : 처음에는 상승하다가 후에 하강하는 것. 일본어에서는 다른 사람의 승낙을 촉구할 때 쓰는 'ねい' 등이 여기에 해당된다.

중국어의 사성(四聲)은 조 악센트의 대표적인 예이다.

3.4. 음절의 구성

여러 종류의 음들이 모두 동일한 크기의 울림(sonority)을 가지고 있는 것은 아니다. 유성음인지 무성음인지 또는 공명음인지 마찰음인지에 따라 귀에 들리는 울림의 크기에는 차이가 존재한다. 따라서 여러 가지 음들이 결합해서 음절을 이루는 경우 어떤 음이 다른 음에 비해 현저하게 들림으로써 음절의 중심 부분을 형성하게 된다. 앞에서 말한 음의 높이에 의한 악센트, 음의 세기에 의한 악센트와 같이 악센트가 존재하는 부분은 악센트가 존재하지 않는 부분에 비해 더 두드러진 지위를 차지하고 있는 것 등이 그러한 예라고 할 수 있다.

그렇다면 어떠한 음이 음절 구조의 중심 부분을 차지할 수 있는가? 대체로 유성음은 무성음보다도 울림이 크다. 물론 유성음 중에도 울림의 크기에 각각 차이가 있다. 울림 크기는 대체로 모음이 가장 크고, 다음으로 유음과 비음, 그 다음으로 마찰음, 마지막으로 파장음의 순서가 된다.

모음이 가장 큰 울림을 가지는 이유는 유성음인 데다가 가장 큰 반향실(反響室)을 가지며 기류가 구강에서 아무런 장애를 받지 않고 통과하기 때문이다. 그 중에서도 'a'는 울림이 가장 현저하다. 음절 구성에 있어서 모음이 가장 주된 역할을 하는 것은 이러한 이유를 바탕으로 한다. 다음으로 유음은 유성음인 데다가 상당한 넓이의 반향실을 가지고서 구강으로 흘러나오고, 비음은 같은 유성음으로서 입술에서 폐쇄는 되지만 비강이라는 큰 반향실을 가지며 기류가 비강을 아무런 장애 없이 통과한다고 하는 점에서 모음에 약간 못 미치는 성질을 가진다. 유음과 비음 뒤로는 마찰음, 파장음의 순서가 된다. 파장음은 파열 시간이 순간에 지나지 않는다는 점에서 마찰음의 울림 크기에 미치지 않는다는 사실은 여기서 새로이 말할 필요가 없다. 마찰음과 파장음 중에서도 유성음(z, …, g, d, b 등)이 무성음(s, …, k, t, p)에 비해 울림이 크다.

일본의 가나(假名)는 소위 음절 문자(syllabic)에 속하며 하나의 문자가 하나의 음절을 형성하게 된다. 음성학적으로 고찰해 보아도 한 음절을 이루는 'カ', 'タ', 'モ' 등은 모두 두 개 음이 결합해서 이루어지고 있다.[253] 따라서 구성된 음절 중 주된 역할을 하는 음은 항상 모음에 국한되고 있다. 즉 'カミ(紙, ka-mi)'라는 단어나 'ヤナギ(柳, ya-na-gi)'라는 단어의 음절 'ka', 'mi', 'gi'에서 중요한 울림은 언제나 'a', 'i' 등 모음에 존재하는 것이다. 그러나 실제 발음을 관찰하면 음절 문자인 가나(假名)가 그 성격상 반드시 소유해야 할 모음을 소실하여 자음만으로 음절을 구성하는 경우가 있다. 예를 들어 '富士山(ふじさん, Fuji-san)'에서의 '山(さん)'은 가나로 표기하면 두 글자인 'サン'이 되어 2음절로 이루어지는 것처럼 생각되지만 실제 발음은 'san'이므로 분명히 1음절이다. 그런데 연설 등에서 특히 'n'에 강세를 두면 'sa-n'과 같이 'n'을 하나의 독립한 음절로 발음하는 경우가 있다. 이것은 'n'이라는 음이 비음이므로 모음 다음으로 음절을 구성할 수 있는 성질을 가지고 있기 때문이다. 또 '有ります'는 보통 'a-ri-ma-su'의 4음절로 이루어져 있는데 규슈(九州), 쓰시마(對馬島) 지방에는 이 단어를 'a-l-ma-su'[254]와 같이 발음하는 사람들이 있다. 이 경우의 'l'도 하나의 자음으로 한 음절을 구성한다. 이 역시 'l'이라는 유음이 모음 다음으로 음절을 구성할 수 있는 큰 울림을 가지고 있는 데 기인한다.

한국의 한글은 음절 문자인 가나(假名)와 그 성격을 달리하는 음소 문자이다. 그뿐만 아니라 음운 조직에서도 한국어는 일본어의 음절이 원칙으로서 모음으로 끝나야 하는 것과는 달리 한 음절이 모음 외에 하나의 자음이나 두 개의 자음으로도 끝날 수 있다.[255] 그러나 한 음절 내에서 가장 우세한

253) 즉 'カ'는 'ka', 'タ'는 'ta'로 이루어져 있다. 물론 모음 'ア, イ, ウ, エ, オ' 등은 그 자체로 하나의 음절을 이룬다.

254) 'l' 항목(2.2.2.2.2.2.) 참조.

255) '말', '맑' 등이 그 예이다. [역자주] 이것이 오로지 표기에 근거한 것임은 자명하다. 표기상으로는 두 개의 자음으로 끝난다고 하더라도 실제 발음상으로는 두 자음을 모두 종성으로 발음할 수는 없다.

지위에 서는 음은 다른 외국어와 마찬가지로 역시 모음이다. 그리고 유음과 같은 음도 때로는 한 음절의 주된 역할을 하는 경우가 있다. 가령 '흘는다(流, 흐르다)'라는 단어는 'heul-lən-da'와 같이 발음되는데 두 번째 음절 'lən'에서 가장 중요한 지위를 차지하는 것은 모음 'ə'가 아니라 'l'이다.[256]

또한 한국어에서는 'k', 't'와 같은 무성의 파장음이 음절 구성상 거의 아무런 역할을 하지 않음으로써 음절 내에서 무시되는 경향이 나타나기도 한다. '총각(總角, ch^{h}ong-gak)', '다섯(五, ta-söt)'과 같은 단어가 그 예이다. '총각'이라는 단어에서 두 번째 음절을 이루는 'gak'의 'k', '다섯'에서 두 번째 음절을 이루는 'söt'의 't'를 한국인들은 분명히 停止音(implosive)[257]으로 발음함에 비해 일본어의 음절은 'k', 't'와 같은 자음으로 끝날 수 없으므로 일본인들은 보통 이 때의 'k', 't'를 발음할 수 없어서 생략해 버린다. 즉 일본인은 '總角'을 'チョンガ-', '다섯'을 'タソ'와 같이 발음하는 것이다. 이는 'k', 't'가 음절의 구성에서 가장 미미한 역할을 한다는 점을 증명한다. 다만 같은 파장음이지만 'p(ㅂ)'로 끝나는 단어, 가령 '집(家, chip)'과 같은 단어는 일본인이 'チビ'라고 하여 마지막의 'p'를 'ビ'라고 발음하는데 이것은 'p'가 순음(脣音)이고 'k', 't'에 비해 발음되는 위치가 명료하게 인식된 결과라고 보아야 한다. 또 '말(馬, mal)', '길(路, kil)'에서의 'l'과 같은 음은 유음에 속하며 비록 그 울림이 모음만큼 크지는 않지만 't', 'k'와 같이 끊기는 음(斷音)에 비해 훨씬 명료하게 들림으로써 일본인의 발음에서도 'マル', 'キリ'와 같이 분명히 'ル', 'リ'로 나타나게 된다.

3.5. 음의 동화

음절에 포함된 각각의 음은 본래 고유의 음가를 가지고 있는데 일단 그

---

256) [역자주] 이 부분은 이해하기 무척 어렵다. '흐르다'의 발음도 이상하고 두 번째 음절의 중심이 'l'에 놓인다는 것도 수긍할 수 없다.

257) [역자주] 小倉進平은 이 책에서 'implosive'에 대해 폐쇄음 또는 정지음의 두 가지 용어를 사용하고 있다.

음들이 결합해서 음절을 구성하고 나면 다른 음의 영향을 받아 그 음의 성질 중 일부 또는 전부가 소실되는 경우가 있다. 이것을 음의 동화(assimilation)라고 한다. 예를 들어 어떤 음이 다른 음의 영향으로 그 길이가 변할 수도 있고 유성음의 영향으로 무성음이 유성음으로 변하거나 무성음의 영향으로 유성음이 무성음으로 변할 수도 있다. 혹은 모음 'i'의 영향으로 인접한 음이 현저히 구개음으로 바뀌거나 모음 'u'의 영향으로 인접한 음이 후음화 되기도 한다. 여기서는 편의상 이 현상들을 모음과 자음으로 나누어서 설명하기로 한다.

3.5.1. 모음의 동화

영어에서 중성(neutral)의 'r[ə(r)]' 앞에 있는 모음은 'r'의 영향을 받아 완전한 개구음(開口音)이 아니라 약간 닫힌 개구음(開口音) 'o(ɔ)'로 변한다. 예컨대 'far'과 같은 단어는 'fa:ə'가 아니라 'fɔ:ə'로 발음된다. 이것은 'r'의 영향으로 모음이 그에 가깝게 동화된 예이다. 또 역사적으로 두 개의 모음으로 표기된 단어가 실제 발음에서는 하나의 모음으로 변화하는 경우가 있다. 가령 프랑스어의 'Paul'은 두 개의 모음을 포함하고 있지만 실제 발음에서는 'pɔ:l'로 'ɔ:'이라는 하나의 모음으로 발음된다. 이것은 두 모음이 녹아 붙어 새로운 모음이 생긴 것으로 상호간에 동화가 이루어진 결과로 보인다.

엄밀히 말하면 일본어에서도 어떤 모음이 앞뒤에 있는 자음의 영향으로 구개음화 되거나 후음화 되는 경우가 있겠지만 이것은 정밀한 실험을 한 후에나 단언할 수 있기 때문에 여기서는 그 예를 들지 않는다. 앞에서 말한 'Paul'과 같은 변화의 예는 일본어에도 꽤 많이 존재한다. '首(かうべ)[kau-be]'가 'こうべ(kō-be)', '方(はう)[ha-u]'가 'ほう(hō)'로 발음되는 것이 그 예이다. 이 외에도 '高市(ta-ka-i-chi)'를 'たけち(ta-ke-chi)'라고 하여 'ai'가 'e'로 변한 것, 오늘날 도호쿠(東北) 방언에서 '鯛(たひ, tai)', '大根(だいこん, dai-kon)' 등을 'てい(tæ:)', 'でいこん(dæ:-kon)'

이라고 발음하듯 'ai가 'æ:'로 변한 것과 같은 예가 있다. 이 역시 두 모음의 상호동화에 의해 새로운 모음이 생긴 현상이다.

한국어에는 이와는 다른 종류의 모음조화(vocal harmony)가 존재하고 있다.[258] 모음조화라는 것은 우랄・알타이 어족에 속하는 언어에 특별히 존재하는 음운 현상으로 어근이나 어간의 중요 부분에 있는 모음이 뒤에 오는 모음에 영향을 끼쳐 자신과 동일하거나 유사한 모음으로 동화시키는 현상을 의미한다. 가령 주된 부분에 'u'가 있으면 그 다음에 'o', 'a', 'e' 등의 음이 오고 주된 부분에 'ö'가 있으면 그 다음에 'ü', 'e', 'i' 등의 음이 오는 것을 가리킨다.[259] 이러한 음운 현상이 현대의 한국어에도 최소한 존재한다는 사실은 믿어 의심치 않는다. 여기에 대해서는 자세히 언급할 여유가 없지만 이미 이루어진 결론 중 일부를 소개하기로 한다.[260]

첫째, 오래 전에는 조사 '-은/는'의 형태에 'ᄋᆞᆫ', 'ᄂᆞᆫ'과 '은', '는'이 있었고, 조사 '-을/를'의 형태에 'ᄋᆞᆯ', 'ᄅᆞᆯ'과 '을', '를'이 있었듯이 '・'로 표기하는 것과 'ㅡ'로 표기하는 것 두 가지가 존재했다. 이들은 오늘날의 관점에서 보면 수의적으로 사용된 것처럼 생각되지만 옛 문헌의 예를 검색해 보면 그 사이에 구별되는 용법이 있었다. 즉 '・'를 사용하는 경우는 그 앞 음절

258) [역자주] 이것은 한국어 모음조화에 대한 최초의 체계적 논의이다. 그런데 이전에도 한국어의 모음조화에 대해 논의한 적이 있다. 자세한 것은 5부에 수록된 "한국어와 일본어의 음운"의 '모음조화' 항목을 참고하기 바란다.

259) [역자주] 이것은 혀의 전후 위치에 따른 모음조화의 경우에 해당한다. 모음조화는 모음의 어떤 특징에 의해 이루어지는지에 따라 같은 부류로 묶이는 모음들의 종류가 달라진다.

260) [역자주] 모음조화에 대한 小倉進平의 견해는 그의 박사논문 3편 1장에 자세히 나온다. 小倉進平이 여기에 소개한 내용은 집필 중이던 박사논문 내용을 요약한 것으로 보인다. 모두 세 가지 근거를 들어 한국어의 모음조화를 증명하고 있다. 小倉進平의 박사논문에 나오는 모음조화 내용은 이 책의 2부에 번역하여 수록한 "모음조화"에 해당하므로 참고할 수 있다. 한편 일제 시대에는 이미 한국어의 모음조화에 대해 흥미로운 주장들이 많이 나왔다. 자세한 내용은 "이진호(2008), 일제 시대의 국어 음운론 연구, ≪한국어학≫ 40, 한국어학회"에 나온다.

에 '아, 야, 오' 등의 모음이 많이 오고,[261] '一'를 사용하는 경우는 그 앞 음절에 '어, 여, 으, 예' 등의 모음이 많이 오는 것이다.[262]

둘째, 의성어 중에서 '솔솔(바람이 조용히 부르는 모양)', '졸졸(가는 물줄기가 흐르는 모양)'과 같은 단어는 모두 음절에 '오'가 있는데 같은 의미의 단어 중 '술술', '줄줄'도 있다. 즉 첫 음절의 모음 '오'가 '우'로 변하면 두 번째 음절의 모음도 완전히 동화되어 '우'가 되는 것이다. 또한 '소락소락(언행이 쾌활한 모양)'은 두 번째와 네 번째 음절이 '아'인데 같은 의미의 단어인 '수럭수럭'에서는 첫 음절이 '우'로 바뀔 때 두 번째, 네 번째 음절이 일부분의 동화를 입어 '어'로 변한다. '쌈싹쌈싹(놀라운 모양)'이 동일 의미의 단어인 '쑴썩쑴썩'으로 바뀔 때도 '우' 뒤에는 '어'가 온다. 이러한 여러 종류의 예를 종합적으로 고찰하면 다음과 같은 원칙이 나오며 이 원칙이 상당히 규칙적으로 작용하고 있다.

① 첫 음절에 '오' 또는 '우'가 오는 경우 두 번째 음절의 모음은 완전히 이 모음에 동화되어 '오' 또는 '우'로 변하거나
② 첫 음절에 '오'가 있는 경우 두 번째 음절에 '아'가 나타나고 첫 음절에 '우'가 있는 경우는 두 번째 음절에 '어'가 나타난다.

셋째, 활용어의 연결형에 있는 모음은 어간 모음에 따라 여러 가지로 변화한다. 예컨대 다음과 같다.

의미	연결형	모음 조화 양상
벗는다(脫)	벗어	어-어
본다(見)	보아	오-아
준다(與)	주어	우-어

261) 예는 '三(삼)은', '下(하)는', '相(샹)올', '所(소)롤'.
262) 예는 '城(셩)은', '豫(예)는', '法(법)을', '禮(례)를'.

이것을 종합하면 다음과 같은데 여기서도 인접한 모음 사이에 발생하는 변화가 어떤 규칙에 의해 이루어지는 것을 충분히 알 수 있다.

① 어간에 '어'가 있으면 연결형도 '어'로 끝난다.
② 어간에 '오'가 있으면 연결형도 '아'로 끝난다.
③ 어간에 '우'가 있으면 연결형도 '어'로 끝난다.

이상은 한국어에 존재하는 모음조화를 증명하고자 든 몇몇 예인데 이 외에도 여러 가지 경우로부터 종합적으로 고찰하면 대략 다음과 같은 경향을 인정할 수 있다.[263)]

① 첫 음절에 '아'가 있으면 다음 음절은 '아', 'ᄋᆞ', '애'가 된다.
② 첫 음절에 '어'가 있으면 다음 음절은 '어', '으', '에'가 된다.
③ 첫 음절에 '오'가 있으면 다음 음절은 '오', '아', 'ᄋᆞ', '애'가 된다.
④ 첫 음절에 '우'가 있으면 다음 음절은 '우', '어'가 된다.
⑤ 첫 음절에 '으'가 있으면 다음 음절은 '으', '어', '에'가 된다.
⑥ 첫 음절에 '이'가 있으면 다음 음절은 '이', '어', '으', '에', '예'가 된다.

한국어에서 이 현상이 대략 규칙적으로 이루어지는 것을 보아도 일본어와 비교할 때 동화의 성격이 완전히 다름을 충분히 알 수 있다.

한국어에는 두 모음이 나란히 놓이는 경우 다른 언어와 마찬가지로 완전히 다른 음으로 바뀌는 예가 매우 빈번하다. 예를 들어 '犬'를 뜻하는 단어는 원래 '가히'였는데 후에 '가이(kai)'로 변하고 그것이 더 변해서 오늘날은

263) [역자주] 小倉進平은 아직 이 책에서는 모음조화를 이루는 모음들의 부류는 규정하지 않고 다만 모음들 사이의 조화 양상에 대해서만 결론을 짓는 데 그친다. 이후 박사논문에 포함된 논문에서는 모음조화에 참여하는 모음들을 강모음(强母音), 약모음(弱母音), 중성모음(中性母音)의 세 부류로 나누었다.

'개(kæ:)'와 같이 전혀 다른 모음인 'æ'로 바뀌었다. 이것은 일본의 방언에서 '大根(だいこん)'을 'デ-コン'이라고 하는 것과 똑같은 현상이다. '미(每, mai)'를 'mæ:', '게(蟹, köi)'를 'ke:'라고 발음하는 것도 같은 예이다. ≪倭漢三才圖會≫의 한국어 항목에서 '고개(坂)'를 '古加伊(こかい)', '배(船)'를 '波伊(はい)', '개(犬)'를 '加伊(かい)', '매(鷹)'를 '末伊(まい)' 등으로 표기한 것도 예전에는 한국어에서 두 모음을 별도로 발음했음을 가리키지 않을까 한다. 명사와 조사가 연속된 '밍ᄌᆞ이(孟子가)',[264] '저의(자신의)'가 '밍직', '제'로 발음된 것도 이러한 예에 속한다.[265] 또한 '사룸이(人)', '바람이(風)'와 같이 명사 뒤에 조사 '이'가 결합하면 어떤 지방에서는 조사 '이'가 선행 모음에 영향을 끼쳐 '사륌이', '바림이'와 같이 발음되는 경우도 있다. 이것은 다른 종류의 모음동화이다.

3.5.2. 자음의 동화

자음의 동화로는 대략 다음의 세 종류를 설정할 수 있다.

첫째, 모음의 종류에 따라서 자음의 조음 위치에 변화가 초래되는 경우이다. 영어의 'lack', 'lick' 등에서 말음인 'k'는 앞에 있는 모음 'a', 'i'의 영향으로 인해 조음 위치를 조금씩 달리하고 있다. 이것은 모음의 위치가 자음의 위치에 영향을 미친 동화라고 할 수 있다.

둘째, 자음이 다른 자음의 조음 위치를 변화시키는 경우이다. 영어 'can go'에서 'can'의 'n'은 원래 설음(舌音)이지만 다음에 'g'가 오기 때문에 'n'은 후음에 가까워져 마치 'ng'과 같이 발음되며 프랑스어 'Saint Paul'의 'n'도 설음이지만 후행하는 순음 'p'의 영향 때문에 순음 'm'으로 발음되는 것이 그 예이다.

---

264) '이'는 보통 'ㅣ'로 표기한다.

265) [역자주] ≪倭漢三才圖會≫의 예와 '밍직', '제'와 같은 예는 'ㅐ, ㅔ, ㅚ, ㅟ' 등이 중세국어 시기에 이중모음이었다고 하는 주장을 뒷받침하는 예로 이후에 중시된다. 자세한 것은 이 책의 1부에 수록된 "小倉進平의 국어 음운론 연구"를 참고할 수 있다.

셋째, 유성음이 무성음으로 또는 무성음이 유성음으로 변하는 경우이다. 영어의 'sit down'에서 't'와 'd'는 동일한 설음이되 다만 't'는 무성음이고 'd'는 유성음이라는 차이만 있는데 실제 발음에서는 't'가 'd'의 영향을 받아 'd'라는 유성음으로 발음되며 'leaves[vz]'의 's'는 원래 무성음이지만 유성음 'v'의 영향을 받아서 'z'로 발음되듯이 무성음이 유성음으로 변하는 경우가 있다. 또한 'lacked[kt]'의 'd'는 원래 유성음인데 앞에 오는 무성음 'k'의 영향을 받아 무성음 't'로 바뀌고 프랑스어 'absolu'에서 'b'는 유성음인데 다음에 오는 무성음 's'의 영향을 받아 'ps'와 같이 'p'로 바뀌듯 유성음이 무성음으로 변하는 예도 존재한다.

일본어에도 자음동화의 예는 많이 있지만 다음에 몇몇 두드러진 예를 들기로 한다.

[1] 모음이 자음의 조음 위치에 변화를 주는 현상

'si'이라는 음절의 's'는 다음에 오는 모음 'i'에 동화되어 'sh(ʃ)'가 되고 'ti'의 't' 역시 모음 'i'에 동화되어 'ch(ʧ)'로 변하는 것은 소위 자음의 구개음화(palatalization)에 대한 대표적인 예이다. 예전에 아오모리 현(青森縣)에서 선출된 국회의원 구도(工藤) 씨가 '緊急(きんきふ) 動議'를 'チンキフ'라고 발음한다고 해서 '工藤チンキフ'라는 별명을 얻게 되었는데 이것은 도호쿠 지방에서 'ki'의 'k'가 'i'의 영향을 받아 'ch'에 가까운 음으로 바뀐 현상을 가리키며 후음의 구개음화로 볼 수 있다.

[2] 같은 문자라도 발음에 차이가 나는 경우

'サンネン(三年)', 'コンニヤク(蒟蒻)', 'カンガヘ(考)'의 'ン'은 하나의 문자 'ン'으로 표기하며 로마자로 쓰는 경우에도 일반적으로 'n'이라는 문자를 사용한다. 그런데 실제 발음에서는 'サンネン'의 'ン'이 다음에 오는 '年(ねん)'의 두음 'n'에 영향을 받아 설단(舌端) 비음 'n'이 되고 'コンニヤク'의 'ン'은 다음에 오는 'ニヤ'의 두음 'ñ'에 영향을 받아 설상(舌

上) 비음 'ñ'이 되며 'カンガヘ'의 'ン'은 다음에 오는 'ガヘ'의 두음인 'g'에 영향을 받아 후음(喉音)인 'ng'로 변한다. 이와 같이 동일한 문자로 표기된다고 하더라도 실제 발음에서는 인접하는 음의 영향에 따라 여러 가지 변화를 초래하는 경우가 있다.

③ 연탁음(連濁音)

일본어의 음운 조직에서는 원칙적으로 두 개의 자음이 연속될 수 없기 때문에[266] 앞에서 말한 유럽의 여러 언어에 일어나듯 유성 자음이 무성음으로 바뀌거나 무성 자음이 유성음으로 바뀌는 변화는 일어나지 않는다. 그러나 連濁 현상과 같은 것은 유성음화의 대표적인 예이다. 또한 방언 중에 유성음화가 우연히 발생하는 경우가 있다. 예를 들어 도호쿠(東北) 방언에서 '垢(あか, a-ka)', '絲(いと, i-to)'와 같은 단어는 각각 'a-ga', 'i-do'와 같이 발음되어 도호쿠 특유의 소위 '탁한 소리(だみ聲)'를 드러낸다. 그것은 연탁음(連濁音) 등과 마찬가지로 어중에 있는 'k', 't'가 선행하는 모음의 유성성에 동화되어 유성음(濁音)으로 변한 결과이다.

다음으로 한국어에 대해서 고찰하면 다른 종류의 자음동화 현상이 있다. 여기서 주된 현상 몇 가지에 대해 설명하도록 한다.

(1) 구개음화

한국어에는 일본어와 같이 자음의 구개음화 현상이 존재한다. 예컨대 '댜, 뎌, 됴, 듀, 디, 탸, 텨, 툐, 튜, 티'라는 음절은 본래대로 발음하자면 't-ya, t-yö, t-yo, t-yu, t-i, …'와 같이 말해야 하지만 적어도 서울과 그 이남 지방에서는 't'가 다음에 오는 'y' 또는 'i'에 영향을 받아 'ch(ʧ)'로 변함으로써 'ch-a, ch-ö, ch-o, ch-u, ch-i, …'로 발음된다. 다만 '시(si)'이라는 음절은 일본어에서는 'shi'로 구개음화 되지만 한국어에서는 구개음화 되지 않고

266) 'kan-da(神田)', 'son-gai(損害)' 등과 같이 첫째 음절의 말음이 비음으로 끝나는 경우는 별도로 한다. 이것은 '음절의 구성' 항목(3.4.)을 참조.

여전히 'si'로 발음됨으로써 일본어와는 차이를 보인다. 또한 한국의 각 지방에서는 '길(路)'을 '질', '계집(女)'을 '제집'과 같이 말하는데 이 때 'k'가 'ch'로 변하는 것 역시 후행하는 '이'나 '예' 등의 모음에 의해 발생되었다는 사실은 일본 도호쿠(東北) 방언에서 일어나는 현상으로써 설명할 수 있다.

(2) 자음과 자음 사이의 동화[267)]

한국어에서 두 자음이 결합할 때에는 매우 흥미로운 동화를 일으키는 경우가 많다. 다음에 표로써 그 대략적인 것을 설명하기로 한다.[268)]

선행 / 후행	k(ㄱ)	n(ㄴ)	l(ㄹ)	m(ㅁ)	p(ㅂ)	s(ㅅ)[269)]	ng(ㅇ)
k(ㄱ)	k-k	n-g	l-g	m-g	p-k	t-k	ng-g
n(ㄴ)	ng-n	l-l	l-l	m-n	m-n	n-n	ng-n
t(ㄷ)	k-t (k-ch)[270)]	n-d (n-j)	l-t (l-ch)	m-d (m-j)	p-t (p-ch)	t-t (t-ch)	ng-d (ng-j)
r(ㄹ)	ng-n	l-l	l-l	m-n	m-n	n-n	ng-n
m(ㅁ)	ng-m	n-m	l-m	m-m	m-m	n-m	ng-m
p(ㅂ)	k-p	n-b	l-b	m-b	p-p	t-p	ng-b
s(ㅅ)	k-s	n-s	l-s	m-s	p-s	s-s	ng-s
ch(ㅈ)	k-ch	n-j	l-ch	m-j	p-ch	t-ch	ng-j

267) [역자주] 小倉進平은 한국어의 자음동화에 대해 이미 1915년에 "朝鮮語の子音同化"라는 논문을 발표한 적이 있다. 이 논문을 일부 수정・보완하여 여기에 수록하였다. 이 책의 3부에 수록된 "한국어의 자음동화"가 1915년 논문을 번역한 것이므로 참고할 수 있다.

268) 아래 표에서 '선행'이라는 것은 앞 음절의 종성, 후행이라는 것은 뒤 음절의 초성을 가리킨다. 예를 들어 '삼년(三年)'이라는 단어에서 선행은 'ㅁ(m)', 후행은 'ㄴ(n)'이다.

269) [역자주] 선행음의 목록에서 'ㄷ'이 빠지고 'ㅅ'이 들어간 것은 잘못이다. 현재와 마찬가지로 당시에도 'ㅅ'은 음절말에 올 수 없다. 한글맞춤법이 제정되기 이전에는 종성에 흔히 'ㄷ' 대신 'ㅅ'을 쓰는 것이 관습화되었는데 이러한 표기 관습에 얽매여 'ㄷ' 대신 'ㅅ'을 넣은 듯하다.

270) [역자주] 't'가 후행하는 경우에 모두 ( ) 속에 또 다른 발음을 표시한 것은

1 'k(ㄱ)'가 후행

(1) k+k > k-k

(예) 각기(各其) : kak-ki, 독긔(斧) : tok-keui[271]

(2) n+k > n-g

(예) 단골(丹骨) : tan-gol, 선겁다(驚) : sön-göp-ta

※ 단 '손가락(指)'과 같이 '손'과 '가락'의 합성으로 이루어지는 경우 '가락'의 두음 'ㄱ'은 'g'로 변하지 않으며[272] 또한 '친구(親舊)'와 같은 단어에서는 '친'의 종성 'ㄴ(n)'이 'ㅇ(ng)'처럼 발음되기도 한다.

(3) l+k > l-g

(예) 발각(發覺) : pal-gak, 줄기(莖) : chul-gi

※ 단 '갈길(行路)', '돌구멍(巖의 洞窟)'과 같은 예에서는 'ㄹ' 뒤의 'ㄱ'이 'g'가 되지 않는 경우가 많다.

구개음화를 반영한 결과인 듯하다. ( ) 속에 제시된 발음은 모두 't'가 구개음인 'ch' 또는 'j'로 바뀌어 있다.

271) [역자주] 여기서 알 수 있듯이 小倉進平은 비어두 초성에 놓인 장애음의 경음화를 표기에 결코 반영하지 않고 평음과 동일하게 무성음으로 표시한다. 그렇지만 경음화가 일어나지 않는 비어두 초성에 장애음이 놓일 때는 항상 유성음으로 실현되며 小倉進平은 이 때의 장애음은 유성음으로 표시했다. 가령 뒤에 나올 '단골(tan-gol), 발각(pal-gak)' 등이 그 예이다. 따라서 비어두 초성에 장애음이 올 때 경음은 무성음으로 표기되고 평음은 유성음으로 표기되어 결과적으로는 경음과 평음이 구별될 수 있었다. 小倉進平이 경음화를 표기에 반영하지 않고 다만 무성음으로만 표기한 이유가 명확하지는 않지만 한국어의 경음화 현상을 분명하게 인식하지 못했던 것이 아닌가 한다.

272) [역자주] 엄밀하게 말하면 '가락'의 두음 'ㄱ'이 경음으로 바뀐다고 해야 하지만 小倉進平은 단지 유성음으로 바뀌지 않는다고만 하고 있다. 앞에서 지적한 바와 마찬가지로 小倉進平은 경음화 현상을 명확하게 지각하지 못했던 듯하다. 이후에도 유성음으로 바뀌지 않는다고 지적한 예들은 모두 경음화가 적용된 것들이다.

(4) m+k > m-g

(예) 엄금(嚴禁) : öm-geum, 잠긴다(沈) : cham-gin-da

※ 단 '잠깐(暫間)', '감긔(感氣)' 등과 같은 예에서는 'ㄱ' 앞의 'ㅁ'이 'ㅇ(ng)'처럼 발음되는 경우가 있다.

(5) p+k > p-k

(예) 잡기(雜技) : chap-ki, 집가리(堆積藁) : chip-ka-ri

(6) s+k > t-k

(예) 갓끈(笠紐) : kat-kkeun, 곶감(串柿) : kot-kam

(7) ng+k > ng-g

(예) 령감(令監) : (r)yŏng-gam, 싱긴다(生) : saing-gin-da

[2] 'n(ㄴ)'이 후행

(1) k+n > ng-n

(예) 극남(極南) : keung-nam, 국닉(國內) : kung-nai

(2) n+n > l-l

(예) 곤난(困難) : kol-lan, 근년(近年) : keul-lyŏn

※ 'n+n'이 'l-l'로 변하는 것은 특이한 현상이지만 한국어에서는 예전부터 'n'과 'l'(또는 'r')이 서로 통하는 현상이 매우 일반적이었기 때문에 아래 항목인 'l+n'과 동일한 조건이 되었다. 한국어에서는 어중에서 모음에 후행하는 'ㄴ(n)'조차도 'ㄹ(r)'으로 변하는 현상이 있다. '직난(災難)'을 '직란', '직능(才能)'을 '직릉', '기능(技能)'을 '기릉'이라고 발음하는 것이 그 예이다. 이것을 통해 'n', 'l'이 얼마나 용이하게 상통(相通)하는지를 충분히 알 수 있다.[273]

(3) l+n ＞ l-l

(예) 일년(一年) : il-lyön, 솔닙(松葉) : sol-lip

※ 'ㄹ'과 'ㄴ' 모두 설음이며 'ㄴ'이 'ㄹ'에 동화된 것이다.

(4) m+n ＞ m-n

(예) 삼년(三年) : sam-nyön, 남녀(男女) : nam-nyö

(5) p+n ＞ m-n

(예) 갑년(甲年) : kam-nyön, 읍니(邑內) : eum-nai

(6) s+n ＞ n-n

(예) 맛는다(會) : nan-nan-da, 빗난다(輝) : pin-nan-da

(7) ng+n ＞ ng-n

(예) 망념(妄念) : mang-nyöm, 샹놈(常奴) : sang-nom

[3] 't(ㄷ)'가 후행

(1) k+t ＞ k-t, k-ch

(예) 속담(俗談) : sok-tam, 석뎜(三點) : sök-chöm

※ 't(ㄷ)'가 'ch(ㅈ)'로 바뀌는 것은 '댜, 뎌, 됴, 듀, 디'의 경우다. [3]에 속하는 경우는 모두 동일하다.

(2) n+t ＞ n-d, n-j

(예) 잔돈(小錢) : chan-don, 텬디(天地) : ch^{h}ön-ji

---

273) [역자주] 'ㄴ'과 'ㄹ'의 상통은 근대국어 시기의 문헌에도 많이 나타난다. 그러나 'ㄴ'과 'ㄹ'이 자유롭게 상통할 수 있었던 것은 아니다.

(3) l+t > l-t, l-ch

(예) 팔도(八道) : pʰal-to, 텰뎜(鐵店) : chʰöl-chöm

※ 이 외에 '결단코(決斷)', '설당(雪糖)'을 'kyöl-tan-ko', 'söl-tang' 등이라고 하듯이 이 경우의 't'는 많은 경우 유성음 'd'나 'j'로 바뀌지 않는다.

(4) m+t > m-d, m-j

(예) 감독(監督) : kam-dok, 금뎜(金店) : keum-jöm

(5) p+t > p-t, p-ch

(예) 압뒤(前後) : ap-tui, 입뎨(入題) : ip-chöi

(6) s+t > t-t, t-ch

(예) 맛당(宜) : mat-tang, 빗두러(横) : pit-tu-rö

(7) ng+t > ng-d, ng-j

(예) 당돌(唐突) : tang-dol, 셩뎡(成丁) : söng-jöng

4 'r(ㄹ)'이 후행

(1) k+r > ng-n

(예) 빅리(百里) : paing-ni, 석량(三兩) : söng-nyang

(2) n+r > l-l

(예) 산림(山林) : sal-lim, 신라(新羅) : sil-la

(3) l+r > l-l

(예) 발령(發令) : pal-lyöng, 물론(勿論) : mul-lon

(4) m+r > m-n

(예) 숨라(森羅) : sam-na, 념려(念慮) : (n)yöm-nyö

(5) p+r > m-n

(예) 압록(鴨綠) : am-nok, 십리(十里) : sim-ni

(6) s+r > n-n

(예) 몃리(幾里) : myön-ni, 닷량(五兩) : tan-nyang

(7) ng+r > ng-n

(예) 동리(洞里) : tong-ni, 풍류(風流) : p^hung-nyu

5 'm(ㅁ)'이 후행

(1) k+m > ng-m

(예) 학문(學問) : hang-mun, 빅미(白米) : paing-mi

(2) n+m > n-m

(예) 만물(萬物) : man-mul, 큰말(大馬) : k^heun-mal

(3) l+m > l-m

(예) 일만(一萬) : il-man, 울밀(鬱密) : ul-mil

(4) m+m > m-m.

(예) 삼만(三萬) : sam-man, 밤마다(夜每) : pam-mata

(5) p+m > m-m

(예) 십만(十萬) : sim-man, 아홉말(九斗) : ahom-mal

(6) s+m > n-m
(예) 갓모(笠帽) : kan-mo, 엿말(六斗) : yön-mal

(7) ng+m > ng-m
(예) 강물(江水) : kang-mul, 방면(方面) : pang-myön

6 'p(ㅂ)'가 후행
(1) k+p > k-p
(예) 각별(各別) : kak-pyöl, 작반(作伴) : chak-pan

(2) n+p > n-b
(예) 군병(軍兵) : kun-byöng, 신발(靴) : sin-bal

(3) l+p > l-b
(예) 말복(末伏) : mal-bok, 열병(熱病) : yöl-byöng
※ 단 '글방(書堂)', '물방울(水滴)' 등에서는 'ㅂ(p)'이 'b'로 변하지 않는다.

(4) m+p > m-b
(예) 감발(卷脚絆) : kam-bal, 덤불(藪) : töm-bul

(5) p+p > p-p
(예) 십분(十分) : sip-pun, 립방(笠房) : (r)ip-pang

(6) s+p > t-p
(예) 맛본다(嘗) : mat-pon-da, 갓방(笠房) : kat-pang

(7) ng+p > ng-b

(예) 경비(經費) : kyŏng-bi, 망발(妄發) : mang-bal

7 's(ㅅ)'이 후행

(1) k＋s ＞ k-s

(예) 직산(稷山) : chik-san, 낙시(釣針) : nak-si

(2) n＋s ＞ n-s

(예) 운산(雲山) : un-san, 산슐(算術) : san-sul

(3) l＋s ＞ l-s

(예) 글시(文字) : keul-si, 물속(水中) : mul-sok

(4) m＋s ＞ m-s

(예) 암수(雌雄) : am-su, 감ᄉᆞ(監司) : kam-sa

(5) p＋s ＞ p-s

(예) 업시(無) : öp-si, 입셩(入聲) : ip-sŏng

(6) s＋s ＞ s-s

(예) 빗솔(梳刷) : pis-sol, 쏫술(花蘂) : kkos-sul

(7) ng＋s ＞ ng-s

(예) 공손(恭遜) : kong-son, 장ᄉᆞ(商人) : chang-sa

8 'ch(ㅈ)'이 후행

(1) k＋ch ＞ k-ch

(예) 곡졀(曲折) : kok-chöl, 삭젼(雇錢) : sak-chŏn

(2) n+ch > n-j

(예) 만쥬(滿洲) : man-ju, 친졀(親切) : ch^{h}in-jöl

(3) l+ch > l-j

(예) 굴지(屈折) : kul-chi, 술잔(酒杯) : sul-chan

※ 이 외에 '졀제(節制)', '셜즁(雪中)'을 'chöl-chöi', 'söl-chung'이라고 발음하듯이 이 환경의 'ch'는 유성음 'j'가 되지 않을 때가 많다.

(4) m+ch > m-j

(예) 남즈(男子) : nam-cha, 심졍(心情) : sim-jöng

(5) p+ch > p-ch

(예) 갑졀(倍) : kap-chöl, 갑진(甲辰) : kap-chin

(6) s+ch > t-ch

(예) 밋젼(本錢) : mit-chön, 밧자(捧上) : pat-cha

(7) ng+ch > ng-j

(예) 공즁(空中) : kong-jung, 샹죵(相從) : sang-jong

이상의 동화 현상 중 특별히 언급해야 할 내용은 다음 단원인 '동화의 종류'를 참조하라.

3.5.3. 동화의 종류

음의 동화 현상은 동화의 방향과 동화의 정도를 통해 여러 종류로 분류할 수 있다.

3.5.3.1. 동화의 방향에 따른 종류

3.5.3.1.1. 순행동화

선행하는 음이 후행하는 음에 영향을 끼치는 경우를 순행동화(progressive assimilation)라고 한다. 앞에서 말한 'leaves'의 's'가 유성음 'z'가 되고 'locked'의 'd'가 무성음 't'가 되는 것이 순행동화의 예에 속한다. 인도유럽어족 중 영어와 게르만계 언어는 일반적으로 순행동화가 잘 일어나는 경향을 가지고 있다.

일본어에서의 순행동화는 연탁(連濁), 즉 무성음이 유성음으로 변하는 경우에 찾아볼 수 있다. 도호쿠(東北) 방언에서 '絲(いと)'를 'ido', '垢(あか)'를 'aga'라고 발음하는 것도 연탁과 동일한 이유로 설명할 수 있으므로 순행동화라고 할 수 있다.

한국어의 순행동화로는 다음과 같은 현상이 일어난다.

우선 일본 도호쿠(東北) 지방에서 적용되는 유성음화는 한국어에서 가장 일반적인 현상이다.[274] 즉 모음으로 끝나는 단어 뒤에 무성 자음이 오면 그 무성음은 대부분 유성음으로 변하는 것이다. 예를 들어 '개가(犬)'이라는 어절에서 '개'는 유성음인 모음으로 끝나기 때문에 뒤에 오는 '-가(ka)'의 'k'가 유성음화 해서 'g'로 발음되며 '아비(父)'이라는 단어에서는 '아'가 모음이기 때문에 후행하는 '비'의 'ㅂ'이 유성음으로 바뀌어 'b'가 된다.

이상은 모음이 자음을 유성음으로 바꾸는 예이고 유성 자음이 다음에 오는 무성 자음을 유성음으로 바꾸는 경우도 있다. 가령 '봄비(春雨)'이라는 구에서 '봄'이라는 단어의 종성 'm'은 유성음이기 때문에 후행하는 '비'의 'ㅂ(p)'가 유성음화 되어서 'b'로 발음된다.[275] 또한 '긴 것(長物)'이라는

274) [역자주] 한국어의 유성음화는 小倉進平이 처음 공식화했다. 小倉進平은 유성음화를 순행적인 것과 역행적인 것, 자음에 의한 것과 모음에 의한 것으로 구분하였는데 이러한 방식이 외솔이나 그 밖의 여러 학자들에게도 적지 않은 영향을 끼쳤다.

275) [역자주] 지금은 '봄비'에 사잇소리 현상이 일어나 '봄삐'로 발음되는데 小倉進平은 사잇소리 현상이 일어나지 않는다고 본 듯하다.

구에서 '긴'이라는 단어의 종성 'n'은 유성음이기 때문에 뒤에 오는 '것'의 'ㄱ(k)'이 유성음으로 바뀌어 'g'로 발음되는 것도 마찬가지 예이다. 다만 'ㄹ'은 유성음인데도 불구하고 다음에 오는 자음을 유성음화 하지 않는 경우가 가끔 있다. 예컨대 '팔도(八道)', '술잔(酒杯)' 등에서의 'ㄷ(t)', 'ㅈ(ch)'은 원래의 성질을 유지하여 무성음으로 발음된다.[276)]

다음으로 '一年'은 본래 한자음대로 발음하면 '일년', '松葉'은 고유어로 말하면 '솔닙'이므로 앞 단어의 종성은 모두 'ㄹ(l)', 뒤 단어의 두음은 모두 'ㄴ(n)'이다. 그런데 실제로는 '일련(il-lyŏn)', '솔립(sol-lip)'이라고 발음하여 'n'이 모두 선행하는 'l'의 영향을 받아 'l'과 완전히 동일한 음으로 바뀌어 버린다.[277)] 이것 역시 순행동화의 예다.

3.5.3.1.2. 역행동화

후행하는 음이 선행하는 음에 영향을 미치는 경우를 역행동화(regressive assimilation)라고 한다. 앞에서 말한 'Saint Paul'의 'n'이 설음인데도 불구하고 후행하는 'p'에 영향을 받아 순음 'm'으로 변하거나 'absolu'의 'b'가 유성음인데도 불구하고 다음에 오는 무성음 's'에 영향을 받아 무성음 'p'로 변하는 현상, 또한 프랑스어 'monsieur(씨, 귀하)'의 'n'이 뒤에 오는 's'의 영향을 받아 비음적 성질을 완전히 소실하는 경우가 그 예이다. 인도유럽 어족 중 프랑스어와 그 외의 로망스계 언어는 일반적으로 역행동화의 경향을 가지고 있다.

일본어에는 원칙적으로 역행동화가 일어나지 않지만 무성 자음이 앞에 있는 모음을 무성화 하는 현상이 가끔 있다. 가령 '菊(きく, ki-ku)'라는 단어는 모두 음절에 모음이 포함되어 있는데 두 번째 음절의 'k'가 무성음이기

---

276) 자음과 자음 사이의 동화 중 [3]-(3), [8]-(3) 항목 참조. [역자주] 엄밀하게 말하면 경음으로 바뀌는데도 불구하고 무성음을 유지한다고 설명했다. 여기서도 小倉進平이 장애음의 경음화를 제대로 인식하지 못했다는 사실을 확인할 수 있다.

277) 자음과 자음 사이의 동화 중 [2]-(3) 항목 참조.

때문에 그 앞에 있는 'ki'의 모음 'i'가 무성음화 되어 무성모음 'i'로 변한다. '草(くさ, ku-sa)'의 'u'도 후행하는 무성 자음 's'에 동화되어 무성음 'u'로 바뀐다.

한국어의 역행동화에는 다음과 같은 현상이 있다.

첫째, 모음으로 시작하는 단어 앞에 무성 자음으로 끝나는 단어가 오면 무성 자음은 후행 모음의 영향을 받아 유성음으로 변한다. 예컨대 '밥이(飯, pap-i)'이라는 어절에서 '-이'가 유성의 모음이기 때문에 앞에 있는 '밥'의 종성 'ㅂ(p)'이 유성음으로 바뀌어 'pa-bi'와 같이 발음되며 '먹엇다(먹었다, mok-öt-ta)'라는 어절에서는 '-엇-'의 두음이 모음이기 때문에 앞에 있는 '먹-'의 'ㄱ(k)'이 유성음화 해서 'mo-göt-ta'와 같이 발음된다.

둘째, 유성 자음으로 시작하는 단어 앞에 무성 자음으로 끝나는 단어가 오면 그 무성 자음은 후행하는 유성 자음의 영향을 받아 유성음으로 변하는 것이 일반적이다. 예를 들어 '국늬(國內)'라는 단어에서 '內(늬)'의 두음이 유성 비음 'n'이기 때문에 앞에 있는 '國(국)'의 종성 'ㄱ(k)'는 유성음으로 바뀌어 'g'가 됨으로써[278] 결과적으로 'kung-nai'와 같이 발음된다.[279] '학문(學問)'이라는 단어에서 '問(문)'의 두음이 비음이기 때문에 앞에 있는 '학'의 'ㄱ(k)'이 유성음화 해서[280] 'hang-mun'과 같이 발음되는 것[281]도 그 예이다.[282]

셋째, '山林', '新羅'는 한자음대로 말하자면 '산림', '신라'이므로 앞 단

278) 물론 이 경우에는 'k'가 유성음화되는 것 외에 비음 'n'의 영향도 받아 후음적 비음 'ng'으로 변한다.

279) 자음과 자음 사이의 동화 중 [2]-(1) 항목 참조.

280) 이 경우에도 물론 'k'는 비음 'm'의 영향을 받아서 'ng'가 된다.

281) 자음과 자음 사이의 동화 중 [5]-(1) 항목 참조.

282) [역자주] 여기서 알 수 있듯이 小倉進平은 비음동화의 근본 원인을 후행하는 자음의 비음성에서 찾지 않고 유성성에서 찾았다. 비음으로 바뀌는 것은 오히려 부수적인 것으로 본 것이다. 小倉進平은 이 현상의 적용 환경에 비음뿐만 아니라 'ㄹ'까지 포함시켰다. 'ㄹ'은 비음이 아니므로 더 이상 이 현상이 적용되는 원인을 비음과 관련 지을 수 없게 되었다. 그리하여 어쩔 수 없이 후행 자음의 유성성을 가지고 비음동화를 설명하게 된 것이다.

어의 종성은 모두 'ㄴ(n)'이고 뒤 단어의 두음은 모두 'ㄹ(r)'이다. 그런데 실제 발음을 하면 '살림(sal-lim)', '실라(sil-la)'와 같이 되어[283] 'n'은 모두 후행하는 'l'의 영향을 받아서 'l'과 완전히 동일한 음으로 변해 버린다. 이것 또한 역행동화의 예다.

3.5.3.1.3. 상호동화

인접하는 두 음이 서로 영향을 미치는 경우를 상호동화(reciprocal assimilation)라고 한다. 이것은 자음과 자음 사이에도 나타나지만 가장 현저한 경우는 이중모음이다. 예컨대 영어의 'fate'는 'feit'과 같이 발음되는데 이 경우의 'e'는 'i'의 영향으로 일반적인 'e'보다도 혀의 위치를 더 높여서 발음되며 또한 'i'는 'e'의 영향에 의해 일반적인 'i'보다도 혀의 위치가 낮추어져 발음된다. 또한 독일어의 이중모음 'eu'나 'äu'가 '[ɔy]'와 같이 발음되는 것은 매우 대표적인 사실인데 이것은 'u'가 'e'에 영향을 끼쳐 'e'이면서도 다소 입술의 둥그스름함을 지닌 'ɔ'로 바꾸고 반대로 'e'는 'u'에 영향을 끼쳐 'u'를 'y'로 변화시킨 결과이다.

일본어에서도 가끔 상호동화의 예를 찾아볼 수 있다. 간토(關東)와 도호쿠(東北) 지방에서는 '大根(だいこん)'을 'デ-コン'과 같이 말하는데 자세히 관찰하면 두 지역에서 발음의 차이가 약간 있다. 즉 도호쿠 지방에서는 'デ-'의 장음이 입을 크게 벌린 'æ:'인데 간토 지방에서는 입을 약간 좁혀서 'ɛ'로 발음한다. 그렇다면 '大根(だいこん)'의 '大(だい, dai)'가 왜 'dæ:' 또는 'de:'로 변하는가? 그것은 'a'가 'i'에 영향을 주어 'i'에서 약간 입을 벌린 'e'와 유사한 음으로 변화시킴과 동시에 'i'도 'a'에 영향을 주어 'a'에서 약간 좁힌 'æ'와 유사한 음으로 변화시킨 결과 그 중간음으로 발음된 것에 불과하다. 또한 '然(さう, sa-u)', '校(かう, ka-u)' 등의 'au'가 장모음 'o:'로 변하여 'そう', 'こう'와 같이 발음되는 것도 일본어 역사에서 간과하면 안 되는 두드러진 사실인데 이 역시 상호동화라고 할 수 있다. 즉 'u'

283) 자음과 자음 사이의 동화 중 [4]-(2) 항목 참조.

가 'a'에 영향을 끼침과 동시에 'a'도 'u'에 영향을 미친 결과로 보아야 하는 것이다.

한국어에도 이런 종류의 음운 현상이 있다. '개(犬)', '대(竹)' 등의 'ㅐ(a-i)'를 일반적으로 장모음 'æ:'로 발음하는 것은 앞에서 살핀 도호쿠 지방의 방언에서 '大根(だいこん)'을 'デ-コン'이라고 발음하는 현상과 동일한 이유로 설명할 수 있다. '게(蟹)', '제(저의)' 등의 'ㅔ'가 일반적으로 장모음인 'ɛ:'로 발음되는 현상도 'ㅣ(i)'가 'ㅓ(ö)'에 영향을 미쳐 'ㅓ'이면서도 약간 폐구의 'ɛ'로 바꾸고 또한 'ㅓ'가 'ㅣ'에 영향을 주어 'ㅣ'이면서 약간 개구의 'ɛ'로 이끈 결과인 것이다.[284]

3.5.3.2. 동화의 정도에 따른 종류

3.5.3.2.1. 전부동화(완전동화)

앞에서 말한 바와 같이 완전하게 동화 현상이 일어나는 경우를 전부동화(全部同化, total assimilation) 또는 완전동화(完全同化, complete assimilation)라고 한다. 가령 라틴어의 'in-lum-nere(빛나다)'라는 단어의 'n'이 후행하는 'l'의 영향 때문에 'l'로 변하여 영어의 'illuminate'이라는 단어로 된 현상이나 이탈리아어의 'atto'가 'akto'로부터 변화한 것 등이 그 예이다.

일본어에서 '勝ちて(kachi-te)'를 '勝つて(kat-te)'라고 하는 경우는 'ch'가 't'에 완전히 동화된 것이라고 볼 수 있다. '考(かんがへ, kan-gae)'와 같은 것도 실제 발음에서는 'kang-gae'이므로 'n'이 다음에 오는 'ng'에 완전히 동화되었음을 가리킨다.[285]

284) [역자주] 한국어의 상호동화는 小倉進平이 처음 제시했다. 小倉進平은 이중모음 또는 모음 연쇄의 축약만을 상호동화로 보았지만 이후 외솔을 비롯한 여러 학자들의 논의를 거치면서 인접한 두 음이 모두 변하는 현상은 대부분 상호동화에 포함되었다.

285) [역자주] 이 설명은 실수일 가능성이 높다. '考(かんがへ)(kan-gae)'의 두 번째 음절 초성은 'ng'가 아니라 'g'이므로 'n'이 'ng'로 바뀐다고 해도 완전동

한국어에서는 자음과 자음 사이의 동화에서 이 현상을 집중적으로 발견할 수 있다. 예컨대 '일년(一年, il-nyön)'의 'n'이 선행하는 'l'의 영향으로 'il-lyön'이 되고 '솔닙(松葉, sol-nip)'의 'n'이 선행하는 'l'에 영향을 받아 'sol-lip'이 된 것은 순행의 완전동화라고 할 수 있다. '산림(山林, san-rim)'의 'n'이 다음에 오는 'r' 때문에 'sal-lim'이 되고 '신라(新羅, sin-ra)'의 'n'이 다음에 오는 'r' 때문에 'sil-la'가 되는 것은 역행의 완전동화이라고 할 수 있다.

3.5.3.2.2. 일부동화

동화가 불완전하고 일부분에서만 이루어지는 것을 일부동화(一部同化, partial assimilation)라고 한다. 예를 들어 'ab-na'라는 단어가 'am-na'가 되는 경우이다. 즉 이 때는 순음 'b'가 비음 'n'의 영향을 받아 비음이 되었지만 그렇다고 해서 'n'과 완전히 동일하게 바뀌지는 않은 것이다.

한국어에서는 자음과 자음 사이의 동화에서 이 현상을 많이 발견할 수 있다. 예컨대 '삼라(森羅, sam-ra)'의 'ㄹ(r)'이 그 앞에 있는 'ㅁ(m)'의 영향 때문에 비음으로 변한 결과[286] 'sam-na'로 발음되고 '동리(洞里, tong-ri)'의 'ㄹ'이 선행하는 'ㅇ(ng)'의 영향에 의해 비음으로 변함으로써 'tong-ni'라고 발음되는 것은 순행의 일부동화이다. '국내(國內, kuk-nai)'의 'ㄱ(k)'이 후행하는 'ㄴ(n)' 때문에 비음으로 변하여[287] 'kung-nai'라고 발음되거나 '십년(十年, sip-nyön)'의 'ㅂ(p)'이 후행하는 'ㄴ(n)' 때문에 비음으로 변하여 'sim-nyön'이라고 발음되는 것은 역행의 일부동화에 속한다.

화가 일어났다고 볼 수는 없다.

286) 'ㄹ'의 조음 위치를 바꾸지 않고 단순히 비음화 한 점이 완전동화와 다른 점이다.

287) 'ㄱ'의 조음 위치를 바꾸지 않고 단순히 비음화 한 점이 완전동화와 다른 점이다.

'일본어와 한국어의 발음 개설'에 대한 해설

이 책은 1923년 12월 29일 경성 近澤印刷所出版部에서 간행되었다.[288] 원래 제목은 "國語及朝鮮語 發音概說"이다. 머리말에 따르면 한국인이나 일본인이 상대국 언어를 배우는 데 도움이 되게 할 목적으로 편찬했다고 한다. 일본어와 한국어의 음운론적 특징을 비교하면서 발음 교육에 대해서도 언급했다.

小倉進平 스스로는 밝히지 않았지만 이 책은 독일의 언어학자 Wilhelm Viëtor(1850～1918)의 영향을 크게 입었다. Viëtor는 19세기 후반 외국어 교육의 개혁을 이끈 언어학자로 이 방면에 여러 권의 저서를 남겼다. 특히 ≪Elemente der Phonetik≫(1884년)을 요약하여 간행한 ≪Kleine Phonetik≫(1897년)은 Walter Rippmann이 영어로 번역하였는데 이 때 원문에는 없던 조음 기관(The Organ of Speech) 부분을 번역자가 새로 써서 간행한 책이 ≪Elements of Phonetics-English, French & German≫(1899)이다. 小倉進平의 책은 Rippmann의 번역서에 상당 부분을 의지하고 있다. 구체적인 목차는 물론이고 세부적으로도 매우 많은 내용이 Rippmann의 번역서와 비슷하다.

이 책은 지금까지 한국어 음운론 연구에서 크게 주목을 하지는 않았다. 심악 이숭녕은 이 책에 대해 다음과 같이 평가를 하기도 했다.[289] "이 책은 나로선 실패작으로 본다. 실제 일본어 교수에는 참고가 될 것이지만 '일본어 및 조선어'란 한정어가 붙은 만큼 학술서라고 보기 어려우며, 오구라 박사도 이 책만은 내세우지 않은 것은 뒷날 뇌우친 것이 아닌가 한다." 이 평가가 지금까지 한국어학계에서 이 책을 바라보는 시선을 대변한다고 할 수 있을지 모른다.

---

288) 여기서는 ≪小倉進平博士著作集(Ⅲ)≫(京都大 國文學會 刊行)에 수록된 것을 번역하였다.

289) 1976년 박영사에서 간행한 ≪혁신국어학사≫의 214～215쪽 참고

전체적인 부분에서는 심악의 평가가 틀리지 않다. 책의 성격이 매우 애매모호할 뿐만 아니라 체계적인 설명이 이루어지지도 않았다. 특히 각 음들을 개별적으로 살피는 부분에서는 음들의 상호 관련성에 아무런 관심을 두지 않고 있다. 즉 개체적인 설명의 차원 이상으로 나아가지 못했다.[290]

그렇지만 각 부분별로는 주목할 만한 내용도 없지 않다. 이 책에는 한국어의 주요 변이음에 대한 내용이 나오며 모음조화를 최초로 설명하고 있을 뿐만 아니라 자음동화를 비롯한 여러 음운 현상에 대해서도 비교적 자세한 설명이 되어 있다. 이 내용들은 이후 외솔 최현배의 논의에 상당 부분 수용이 되었으며 외솔의 설명은 당대의 여러 학자들은 물론이고 초기 학교 문법에도 그대로 반영이 되었다. 이 외에 '·'의 음가, 'ㅐ, ㅔ, ㅚ, ㅟ' 등이 하향이중모음일 가능성 등 한국어 음운사와 관련된 중요 내용도 포함되어 있다. 그런 점에서 이 책은 지금까지의 철저한 무관심과는 달리 적지 않은 관심과 가치를 받기에 충분하다.

이 책에는 일본어 음운사에 대한 내용도 제법 나온다. 이 부분은 전공자가 아니면 이해하기 쉽지 않은 내용이다. 한국어학 전공자라면 이 부분을 건너 뛰고 읽어도 이해에는 별다른 지장이 없으므로 참고하기 바란다.

---

290) 小倉進平 스스로도 이 책의 내용을 이후에 많이 수정했다는 언급을 다른 글에서 한 바 있다. 이 번역서의 2부에 수록한 "한국어의 후두파열음"이라는 논문에서 小倉進平은 이 책을 소개하면서 이후에 새롭게 다시 쓴 부분이 많다고 말했다.

10장
한국어의 된시옷

I

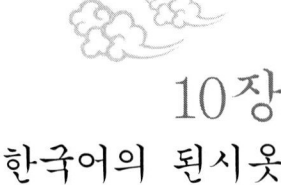

오카쿠라(岡倉) 선생이 이전에 한국에 재임했을 때 한국어 연구에 몰두하고 거기에 관해 유익한 논문을 많이 발표한 것을 아는 사람은 오늘날 많지 않겠지만 선생이 한국어학에 남긴 위대한 업적은 그 방면의 학문에 뜻을 둔 자를 계몽하고 후진을 유익하게 하는 데 있어서 많은 도움이 될 것이다. 이제 선생의 환갑 축하 기념 논문집을 드리게 되는데 현재 선생의 연구와 직접 관계가 없는 한국어에 관한 소논문을 쓰려고 하는 이유는, 한 편으로 과거 선생의 한국어학에 대한 업적을 기리고 다른 한 편으로 선생의 마음을 위로하는 뜻에서 작은 성의를 표하기 위해서이다.

II

한국어 '된시옷'이라는 말은 '된'과 '시옷'으로 이루어진다. '된'이란 '짙다(濃)'의 의미이고 '시옷'이란 한글 'ㅅ'의 명칭으로, 된시옷은 'ㅆ, ㅆ, ㅆ, ㅆ' 등에서 첫머리에 있는 'ㅅ'에 대한 이름이다.[1] 이 때의 'ㅅ'은 'ㅅ' 문자가 본래 가지고 있는 '[s]' 음을 나타내는 것이 아니고 다만 'ㅆ'를

'kka', 'ㅼㅏ'를 'tta', 'ㅆㅣ'를 'ssi'와 같이 발음하는 경우의 두 자음 가운데 첫 번째인 'k, t, s'를 나타내는 것이라고 생각된다. 'kk, tt, ss'는 장자음(長子音)과 같은 느낌을 주며 기식(氣息)이 각 발음 위치에서 짙게 만드는(濃化) 느낌이 들어서 이를 농음(濃音)이라고 한다.

한국어에서는 현대의 된시옷을 'ㅅ(s)'으로 쓰지만 이를 역사적으로 소급하면 반드시 그런 것은 아니고 'ㅅ(s)' 이외에 'ㅂ(p)'으로도 표기하였다. 예컨대 오늘날 '地'는 'ㅼㅏㅇ(stang)', '米'는 'ㅆㅏㄹ(ssal)', '織'은 'ㅉㅏㄴ다(stʃan-ta)'로 표기하고 'ttang, ssal, tʃan-ta'와 같이 발음하는데 이를 어원적으로 거슬러 올라가면 'ㅼㅏㅇ(stang), ㅄㅏㄹ(psal), ㅶㅏㄴ다(ptʃan-ta)'로 반드시 's'음이었던 것만은 아니다. 이들의 변천을 아는 것은 한국어의 어원 해석이나 현대 된시옷 발음의 역사에 있어서 매우 중요한 자료를 제공하지만[2] 이것을 논의하는 것은 다소 다른 길로 빠질 우려가 있기 때문에 여기서는 오로지 현대의 된시옷 발음 현상에 대하여 음운론적 해석을 도모하는 데 그치고자 한다.[3]

Ⅲ

한국어 된시옷의 발음 현상은 오래 전부터 외국인들의 주의를 끌었다. 먼저 그들의 주요 관찰을 소개하기로 한다.

---

1) [역자주] 그렇지만 된소리를 가리킬 때 된시옷이라는 용어를 사용하기도 한다.
2) [역자주] 해설에서 지적하겠지만 된시옷의 역사적 변천사에 대해서는 小倉進平의 박사논문 3편에 수록된 "된시옷"이라는 논문에서 다루었다.
3) [역자주] 된시옷의 발음 현상이란 'ㅺ, ㅼ, ㅽ, ㅆ, ㅾ'에서 된시옷만 따로 분리하여 살피는 개념이 아니다. 실제로는 된시옷이 포함된 ㅅ-계 합용병서 전체 즉 경음의 발음을 의미한다. 이 논문에서 小倉進平은 된소리를 뜻하는 개념으로 된시옷을 사용하는 경우가 많다. 따라서 문맥에 따라 된시옷이 'ㅺ, ㅼ' 등에 포함된 'ㅅ'만을 지칭하는 개념인지 아니면 된소리 전체를 가리키는지 잘 살펴야만 한다.

(1) 파리 선교사들(Les Missionnaires de Corée)[4]이 지은 ≪Grammaire Coréenne≫(1881)의 'ㄱ(k)' 항목에서는 다음과 같이 말하고 있다. "어떤 경우에는 이 문자를 중복한다. 이는 된소리(son dur)를 나타내는 것이므로 거친 톤과 강한 악센트(un ton sec et fortement accentué)로 발음해야 함을 의미한다." 'ㄷ(t), ㅂ(p), ㅈ(ch)' 등의 경우에도 같은 설명을 하고 있다.

(2) Underwood의 ≪An Introduction to the Korean Sporken Language≫(1890)에서는 다음과 같이 설명하고 있다. "'k, p, d, t, ch'의 다섯 자음은 자주 중복된다. 그것을 나타내기 위해서는 동일 문자를 나란히 쓰거나 혹은 중복되는 문자 앞에 'ㅅ'을 덧붙인다. 이처럼 중복된 자음은 더 강하고 날카로운 발음으로 들린다."라고 하고 있다.

(3) James Scott의 ≪English-Corean Dictionary≫(1891)에서는 다음과 같이 언급하고 있다. "평폐쇄음(sharp checks) 'ㄱ(k), ㅂ(p), ㄷ(t), ㅈ(ch)' 이외에 한국어에는 어두나 음절 초에서 강한 강세(emphasis)나 압력(pressure)을 넣어서 발음하는 'ㄱ(k), ㅂ(p), ㄷ(t), ㅈ(ch)'에 해당하는, 중복 폐쇄음(reduplicated sharp checks)이라고 불러야 할 자음들이 있다. 중복이라는 명칭은 언문의 철자법에도 걸맞는다. 예컨대 '근(keun, 斤)'의 'k'는 평폐쇄음이지만 어두의 자음에 강한 기식을 가하면 모음 등은 그다지 영향을 받지 않으면서 '끈(kkeun, 繩)'이라고 하는 중복 폐쇄음을 생성한다. '벼(pye, 稻)'와 '뼈(ppye, 骨)', '달(tăl, 月)'과 '딸(ttăl, 女)', '자다(chata, 眠)'와 '짜다(chchata, 織)'의 관계와 같은 것이다."

이상 여러 설명을 훑어볼 때 된시옷이라는 것은 평음보다는 기식이 강하

4) [역자주] 정확한 명칭은 '파리 외방(外邦) 선교회 조선교구 선교사(Les Missionnaires de Corée de la Société des Missions Étrangeres de Paris)'이다.

고 청각적으로는 중복 자음(double consonant)과 같은 느낌을 준다고 설명하는 데서 대략 일치한다고 하겠다. 필자는 이것이 과연 정확한지 아닌지에 대해 비판을 가하고자 한다.[5]

Ⅳ

우선 된시옷의 발음은 강세(emphasis)가 가해진다거나 기식이 강하다거나 날카로운 음이라거나 하는데 그것이 과연 그 음의 특징이라고 할 수 있을 것일까? 실제로 '빠(pp-a)'[6]의 발음에서는 두 입술이 밀폐되는 후반부에, '따(tta)'의 경우에서는 혀끝(舌端)과 치조의 밀폐 후반부에 평음인 'ㅂ(p), ㄷ(t)'보다 더 많은 기식이 쌓인다. 그러나 축적된 기식이 각각 밀폐 또는 협착을 통과하고 나오는 것만으로는 곧장 된시옷이 되지 않는다. 기식의 축적이라는 것은 굳이 된시옷에만 국한된 현상이 아니다. 유기음(aspirate)의 경우에도 이와 동일한 상태의 축적이 존재한다고 할 수 있다.

다음으로 중복된(reduplicate or double) 음이라는 것은 무엇인가? 이것은 일본어에서 'kappa, atta, makka, massao, katʧu:'라고 하는 경우의 'pp, tt, kk, ss, tʧ'에 해당하는 것으로 소위 장자음(長子音)을 의미한다. 즉 한국어의 된시옷이라는 것은 앞선 'ppa, tta……'에서의 'pp, tt……'와 동일하다고 본 것이다. 과연 된시옷은 일본어의 촉음과 비슷한 점이 있다. 그러나 자음을 길게 눌러 발음한다고 해서 이것이 바로 된시옷이 될 수 있는 것은 아니다. 자음의 발음 위치를 길게 유지하는 것은 결국 앞에서 말한 기식을

5) [역자주] 기존 논의로부터 된시옷의 특징을 두 가지 추출하였다. 하나는 평음보다 더 강하다는 것이고 다른 하나는 중복 자음과 비슷하다는 것이다. 다음 절에서는 이 두 가지를 각각 살피면서 두 가지 조건만으로는 된시옷의 음성적 특징을 충분히 나타낼 수 없다는 점을 지적한다.

6) 된시옷이 붙은 음을 잠시 중복 자음으로 표기한다. 이하 같음.

축적하는 의미로도 해석될 수 있으므로 그것이 된시옷 구성의 한 요소가 될 수 있다고는 말할 수 있지만 아직 이것이 그 전부라고 인정할 수는 없다.

요컨대 된시옷이 붙는 자음의 발음은 장애를 유지하는 부분(支障部)에서 기식이 어느 정도 축적되고 그것이 하나의 장자음인 것 같은 느낌을 주는 것을 필요조건으로 하지만 아직 그것을 이 음의 전체 성질로 간주할 수는 없다. 오히려 필자는 이 음의 특징이 그 자음과 다음에 오는 모음 사이에서 나타나는 전이음(轉移音, glide)에 존재한다고 생각한다.[7)]

V

말할 것도 없이 한국어의 파열음 'p, t, k'에는 (1) 'p, t, k' 그대로인 것, (2) 'p, t, k'가 유기음화된 것, (3) 'p, t, k'의 유성음, (4) 'p, t, k'에 된시옷이 붙는 것 등의 종류가 있다. 여기에 'ㅏ(a)'라는 모음을 붙여서 표기하면 다음과 같다.

	무성 평음	유기음	유성 평음	된시옷이 붙은 음
(p)	pa	pha	ba	ppa
(t)	ta	tha	da	tta
(k)	ka	kha	ga	kka

이들 경우에 있어서 전이음을 자세하게 연구하면 그 사이에 꽤 현저한 차이가 있다는 것을 상상하기 어렵지 않다. 즉, 'pa, pha, ba, ppa'의 경우 앞

7) [역자주] 'glide'는 활음으로 많이 번역하는데 이 때의 활음은 'y, w'와 같은 음소로서의 자격을 가진 소리를 가리킨다. 그러나 小倉進平이 말하는 'glide'는 음소로서의 자격은 갖추지 않고 다만 말 그대로 한 음에서 다른 음으로 옮겨 가는 과정에 나타나는 소리이다. 이것을 감안하여 경음의 특징으로서 지적된 'glide'는 활음으로 번역하지 않고 전이음으로 번역하였다.

에 있는 자음이 'p'인지 'ph'인지 'b'인지 'pp'인지에 따라 'a'로 이행하는 전이음에 여러 차이가 생길 수 있고, 또 된시옷이 붙는 'ppa, tta, kka'에서도 자음이 'pp'인지 'tt'인지 'kk'인지에 따라 'a'에 이행하는 전이음에 여러 가지 상이점이 나타나는 것으로 보인다. 여기서 전체를 직접 실험할 기회는 없지만 한 예로서 'ta, tha, da, tta'의 파형(波形)에 나타난 결과를 도식화하기로 한다. 다만 이것이 필자 개인의 발음에 의한 것임은 양해를 구한다.[8)]

(1) 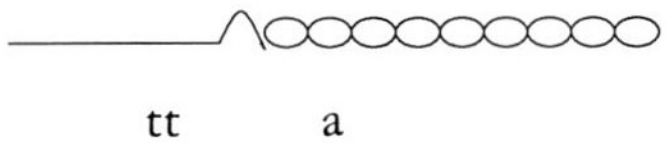

(2) 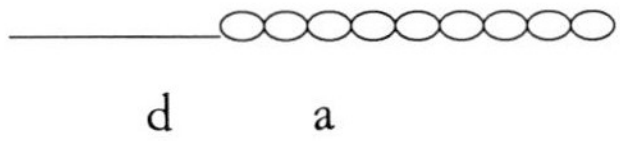

(3) 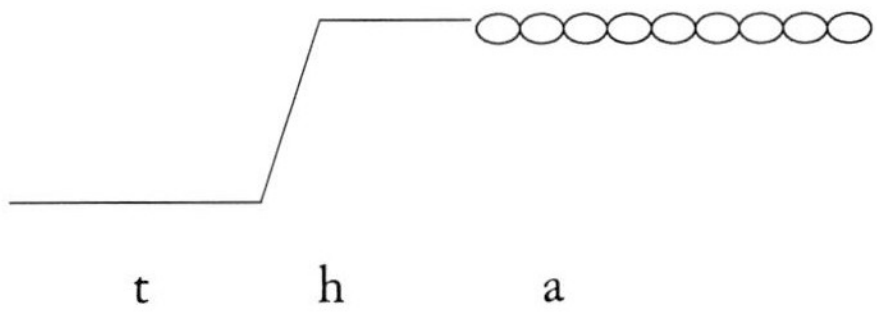

(4) 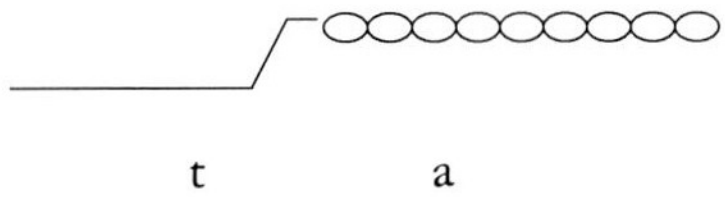

8) [역자주] 원문의 그림이 명확하지 않아 이것을 약간 단순화하여 제시하였다. 제일 앞에 나오는 직선이 자음 부분을 나타내며 뒤에 나오는 타원형의 연쇄가 모음 부분을 나타낸다. 직선과 타원 사이에 나오는 선이 전이음을 가리킨다.

여기에 제시한 파형도를 통해 (1)과 (4)를 비교하면 (4)는 't'와 'a'의 연결 지점에 상승부(上昇部)를 만들고 있지만 (1)에서는 그런 상승 부분이 없다. 전이음에서 차이가 있음을 알기에 충분한 것이다. 이러한 차이는 'ppa'와 'pa' 사이에서도 볼 수 있다. (4)의 경우에는 't' 직후에 극히 경미한 유기성[9])이 동반된다고 한다면 (1)의 경우에는 이와 같은 약한 유기성을 동반하지 않고 'tt'의 파열 후 곧바로 모음이 이어진다고 하겠다. 즉 (4)는 't'로부터 유기성과 비슷한 전이음을 통해서 모음과 연결됨에 비해 (1)은 'tt'로부터 바로 모음에 이어지거나 혹은 모음과 유사한 유성의 전이음을 통해 모음 'a'에 연결된다고 할 수 있다.[10]) 후자의 경우에는 모음이 'tt'의 파열을 준비하여 기다리고 있는 것과 같은 상태에 있기 때문에 'tt'는 후행 모음에 영향을 받아서 유성음으로 들리는 일조차 있다. 어떤 사람은 된시옷을 탁음(濁音)이라고 하고 혹은 청음(淸音)[11])과 탁음의 중간이라고도 하는데 비전문가의 말이기는 하지만 틀렸다고 할 수 없는 사실을 말하고 있다.[12]) 파형에 나타난 부분을 보더라도 (2)와 같이 'da'의 곡선은 (1)과 큰 차이를 볼 수 없을 정도이다. 'ppa'와 'ba'의 곡선을 비교해 보아도 그 사이에 현저한 유사점이 존재한다는 것을 발견할 수 있다.

---

9) 진정한 유기성은 (3)과 같은 선으로 나타나지만 (4)에서는 그리 현저한 것이 아니다.

10) [역자주] (1)에서 자음과 모음 사이에 있는 '⋀'이 유성의 전이음을 나타낸다.

11) [역자주] 청음과 탁음은 각각 무성음과 유성음에 대응하는 용어로 성운학(聲韻學)에서 오래 전부터 사용해 왔다.

12) [역자주] 외솔 최현배는 'ㄲ, ㄸ, ㅃ, ㅉ'과 같은 된소리가 앞부분은 무성음이고 뒷부분은 유성음이지만 이들 자음들의 특징은 뒷부분의 파열에 있기 때문에 이를 고려하여 'ㄲ, ㄸ, ㅃ, ㅉ'을 유성음으로 분류하였다. 다만 'ㅆ, ㆅ'과 같은 마찰음은 된소리라도 무성음으로 보았다.

Ⅵ

된시옷을 동반하는 자음은 상술한 바과 같이 반은 유성음적인 성질을 지닌다고 할 수 있다. 그런데 어떤 서양인은 우리가 무성 평음이라고 생각하는 'ㄱ, ㄷ, ㅂ' 등에 대해 유성음 'g, d, b' 등을 대응시키기도 하는데 이것은 한국어의 로마자 전사에 있어 매우 흥미로운 문제이며 더 나아가서는 된시옷의 본질적 논의에도 귀중한 자료를 준다고 생각하기 때문에 여기에 대해 잠깐 살피기로 한다.[13] 지금까지 로마자로 한국어의 전사를 시도한 서양인은 매우 많으며 다수는 'ㅂ'을 'p', 'ㄷ'을 't', 'ㄱ'을 'k', 'ㅅ'의 경우 두음은 's', 말음은 't', 'ㅈ'은 'ts, ch, ć''를 사용하고 또 유기음 가운데 'ㅍ'은 'p´, ´p, ph, p´h', 'ㅌ'은 't´, ´t, th, t´h', 'ㅋ'은 'k´, ´k, kh, k´h', 'ㅊ'은 'ch´, ´ch, ć´, chh, ts´h' 등을 쓰고 있다. 그런데 그 중에는 다른 방법을 이용하고 있는 사람들도 적지 않다. 여기에 주된 것을 들고자 한다.[14]

	Siebold[15]	Klaproth[16]	Dallet[17]	Ross[18]	Missionnaires[19]	Gale[20]
ㅂ	p	p	p	b*	p	p, b
ㄷ	t	t	t	d*	t	t, d
ㄱ	k	k	k	g*	k	k, g*
ㅈ	ds*	dz*	ts, tj*	ds*, j*	tj*	ch, j*
ㅊ	ts*	ts*	tch*	ts*, ch*	tch*	ch´
ㅍ	ph	p´	ph	p*	hp	p´
ㅌ	th	t´	th	t*	ht	t´
ㅋ	kh	k´	kh	k*	hk	k´

13) [역자주] 한국어의 로마자 전사에 대해서는 이후에 별도의 논문을 발표한다. 이 책의 5부에 수록된 "한글의 로마자 표기법"을 참고할 수 있다.

14) '*'는 일반적이지 않은 사용법을 나타낸다.

15) Fr. Siebold 박사의 ≪Nippon≫(1832-1854).

16) M. Klaproth의 ≪Aperçu de l'origine des diverses écritures de l'ancien

Ross의 경우 'ㅂ, ㄷ, ㄱ, ㅈ'에 대하여 'b, d, g, da~j'와 같은 유성음을, 유기음인 'ㅍ, ㅌ, ㅋ, ㅊ'에 대해서는 유기음이 아닌 'p, t, k, ts~ch'를 사용했고, Siebold, Klaproth는 유기음인 'ㅊ'에 대하여 유기음이 아닌 'ts'를, 'ㅈ'에 대해서는 유성음인 'ds' 또는 'dz'를 사용하고 있는 것이다. 요컨대 한국어의 'ㅂ, ㄷ, ㄱ'에 대해 유성음의 'b, d, g'를 사용하고 유기음인 'ㅍ, ㅌ, ㅋ'에 대해 무성 평음인 'p, t, k'를 사용한 것은 각 저자가 한국어의 발음을 주관적으로 표기한 것이며 한국어의 'ㅂ, ㄷ, ㄱ'이 과연 분명히 무성음인지 아니면 유성음에 가까운 것인지 또한 'ㅍ, ㅌ, ㅋ' 등은 서구어의 유기음과 동일하게 간주해도 되는지 아닌지 등의 문제는 여전히 난해한 것으로 남아 있음을 보여 준다.

원래 같은 문자라도 언어에 따라 실제 음가를 달리하는 일이 있다. 예컨대 영어와 불어에서의 'p'를 비교하면 불어에서는 무기음(無氣音)이고 영어에서는 유기음이라고 한다.[21] 또 劉復가 중국음에 로마자를 대응시킬 때 아래와 같이 말한 것으로 보아 중국인도 분명히 불어와 영어의 'p, t, k' 등에 유기음과 무기음의 차이가 있음을 알고 있었던 것으로 보인다.[22]

중국어에 대응하는 'p'는 불어 'papa'의 'p'와 같고
중국어에 대응하는 'pʰ'는 영어 'part'의 'p'와 같고
중국어에 대응하는 't'는 불어 'tard'의 't'와 같고
중국어에 대응하는 'tʰ'는 영어 'take'의 't'와 같고
중국어에 대응하는 'k'는 불어 'kangaroo'의 'k'와 같고
중국어에 대응하는 'kʰ'는 영어 'keep'의 'k'와 같다.

monde≫(1832).

17) Ch. Dallet의 ≪Histoire de l'église de Corée≫(1874).

18) J. Ross의 ≪Corean Primer≫(1877).

19) Missionnaires의 ≪Grammaire Coréenne≫(1880).

20) J. S. Gale의 ≪Korean-English Dictionary≫(2nd ed. 1911).

21) G. Noël-Armfield의 ≪General Phonetics≫(1915), 113쪽 참조.

22) 劉復의 ≪國語運動略史(Les mouvements de la langue nationale en Chine≫(1925), 24~25쪽 참조.

Ross가 직접 한국인을 통해 한국어를 연구했는지 아닌지의 문제는 별도로 하고, 그가 한국어의 'ㅍ('p'의 유기음)'에 대해 'p'를 사용한 것은 영어의 'p'가 독자적으로 유기음의 성질을 지니고 있는 것에 기인한다고 해석할 수 있지는 않을까? 만약 이러한 의미에서 Ross가 'ㅍ'에 대해 'p'를 대응했다고 한다면 그가 한국어의 'ㅂ'에 대해 'b'를 대응시킨 것도 자연스러운 결과라고 볼 수 있을 것이다. 필자는 한국어의 'p, t, k'를 'b, d, g'와 가까운 것으로 날카롭게 관찰한 Ross 및 그 외의 많은 서양인이 'p, t, k'보다도 더 'b, d, g'에 가까운 성질을 가지고 있다고 생각되는 된시옷에 대해서는 왜 'b, d, g'라는 문자를 차용해서 표기하지 않았는지 의아하게 생각한다. Baird[23]만이 유일하게 된시옷을 동반한 'p, t, k, ch'에 대해 'b, d, g, j'를 사용한 것은 일본의 한국어학자들이 주장한 탁음설과 일치하는 것으로 매우 경청할 만한 논의라고 생각한다.[24] 요컨대 서양인들이 된시옷을 유성음에 가까운 음으로 깨닫지 못한 것은 주로 철자에만 의지하여 그것을 중복 자음이라고 하는 것에만 집착한 결과라고 할 수 있다.

Ⅶ

이상 지금까지 말한 것을 종합하면 한국어의 된시옷은 그 발음에 있어 우선 해당 자음이 발음나는 위치의 후반부에서 기식이 충분히 축적되는 것을 필요조건으로 한다. 그리고 파열(p, t, k) 또는 마찰(s) 작용과 다음에 오는 모음 사이에 나타나는 전이음에 관해서 말한다면 평음인 'pa, ta, ka, sa' 등에서는 자음과 모음 사이에 경미한 유기성 전이음(h-glide)이 들어가지만 된시옷의 경우에서는 그 자음과 모음 사이에 모음과 성질을 같이 하는 유성음

23) W. M. Baird(1895), Romanization of Korean Sounds, ≪The Korean Repository≫ 2권 5호.

24) [역자주] 탁음설이란 된소리를 유성음으로 보는 견해를 가리키는 듯하다.

의 전이음이 들어간다는 특징을 지닌다고 할 수 있을 것이다. Passy는 영어와 불어의 전이음에 관한 설명 중에 다음과 같은 것을 언급하고 있다.[25)]

"'pɑ'와 같은 경우에는 소리가 어디에서 시작하는지를 관찰하는 것이 필요하다. 즉 'pɑ'는 'p[ʰ]ɑ'인지 'p[∩]ɑ'인지를 자세히 관찰할 필요가 있다. 불어에서는 무성파열음과 모음 사이에 나타나는 전이음이 유성음이지만 영어나 독어에서는 무성음이다. 따라서 프랑스인은 tard을 't[∩]a:r'이라고 발음하지만 영국인이나 독일인은 이것을 듣고 'da:r'라고 발음한다."

나아가 불어의 'pa'와 한국어의 된시옷을 가진 'pa'를 비교하면 불어의 'p'는 파열에 이르기까지 반드시 'p'를 길게 지속하여 장자음과 같이 발음할 필요가 없음에 비해 한국어의 된시옷 'p'에서는 'p'가 파열하기 전에 발음 위치의 후반부에 충분한 기식이 축적되어 장자음과 같은 느낌을 주는 것이 필요하다는 점에서 큰 차이가 존재하지만 전이음으로 유성적인 모음을 동반하는 사실에서 유사점이 있다고 생각된다.

된시옷과 유사한 음은 단지 한국어에만 존재하는 것은 아니다. 중국어 '格', '太', '不' 등 여러 음의 어두 'k, t, p', 또 유구어(琉球語) 'wa(豚)'의 두음 'w' 등은 모두 된시옷과 유사한 음이라고 할 수 있을 듯하다. 그러나 각 언어에서 이 발음 현상이 모두 동일한 것인지 아닌지는 아직 연구의 여지가 있을 것이다.

---

25) P. Passy의 ≪The Sounds of the French Langusage≫(1913) 90쪽 참조.

‘한국어의 된시옷’에 대한 해설

이 논문은 1928년에 간행된 ≪岡倉先生記念論文集≫에 실려 있다.[26) 원래 제목은 “朝鮮語の toin-siot”이다. 제목에 쓰인 된시옷은 당시에 두 가지 의미로 사용되었다. 하나는 ㅅ-계 합용병서의 ‘ㅅ’을 뜻하고 다른 하나는 ㅅ-계 합용병서가 나타내던 된소리를 의미한다. 이 글에서의 된시옷은 주로 된소리를 뜻한다. 하지만 간혹 합용병서 표기의 일부인 ‘ㅅ’을 나타내기도 하므로 구별할 필요가 있다.

된시옷에 대한 논문은 이미 박사학위논문의 3편 2장에 ‘된시옷’이라는 이름으로 첨부된 적이 있다.[27) 박사논문에 실린 논문에서는 된시옷이 역사적으로 어떤 변천을 겪었는지 문헌 자료에 입각하여 살폈다. 그렇지만 현대의 된시옷 음가에 대해서는 “자음의 폐쇄 또는 협착을 비교적으로 길게 지속하여 급하면서도 부드럽게 기식을 내보내는 음으로 일본어의 촉음과 비슷한 점이 있다”는 짤막한 언급만 덧붙이고 자세한 논의는 하지 않았다. 된시옷의 현대적 음가 문제를 자세히 다루기 위해 쓴 글이 바로 이 논문이다. 즉 된시옷의 역사적 변화에 이어 그 당시의 음가에 대해서도 자세히 다루어 된시옷에 대한 논의를 마무리 짓고자 하는 의도가 들어 있는 것이다.[28)

이 논문에서는 기존 논의에서 된소리의 특징으로 많이 거론한 두 가지, 즉 음이 더 강하다는 점, 중복 자음과 비슷하다는 점만으로는 된소리의 본질을 제대로 포착했다고 볼 수 없고 오히려 된소리로부터 후행 모음으로 연결되는 과정에서 나타나는 전이음(glide)이 된소리의 가장 중요한 특징임을 실

---

26) 여기서는 ≪小倉進平博士著作集(Ⅲ)≫(京都大 國文學會 刊行)에 수록된 것을 번역하였다.

27) 小倉進平의 박사학위논문은 공식적으로 1929년에 간행되지만 이미 1924년에 쓰여졌으므로 1928년에 나온 논문보다 일찍 완성되었다고 보아야 한다. 자세한 것은 이 책의 2부에 수록된 “모음조화”를 참고할 수 있다.

28) 이후에 小倉進平은 된소리와 관련된 논문을 한 편 더 쓴다. 이 논문은 이 책의 2부에 “한국어의 후두파열음”이라는 제목으로 수록되어 있다.

험 음성학적으로 증명하였다. 그리하여 된소리에 대해 다음과 같은 결론을 내렸다.

(1) 된소리는 발음의 후반부에 기식이 충분히 축적된다.
(2) 된소리와 후행 모음 사이에는 모음과 비슷한 유성의 전이음이 들어 간다.

당시까지의 여러 논의에서 된소리가 강한 음으로 들리거나 중복 자음과 비슷하게 느낀 것은 (1)과 관련된다. 기식이 충분히 축적되다 보면 소리도 강해지고 마치 두 자음이 있는 것처럼 들릴 수 있다. 그러나 된소리를 평음이나 유기음과 비교할 때 두드러진 차이는 오히려 (2)이다. 된소리의 후반부에 존재하는 유성의 전이음 때문에 된소리는 유성음과 비슷하게 인식되는 경우도 발생한다.

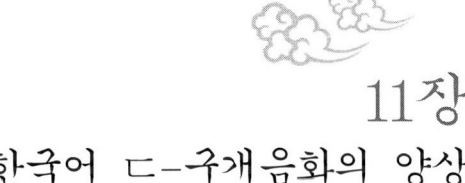

11장
한국어 ㄷ-구개음화의 양상

I

현대 한국어는 'ㅈ'을 '[ʧ]' 또는 '[ʦ]'로 발음하며 어떤 경우에는 't(ㄷ)'을 '[ʧ]' 또는 '[ʦ]'로 발음할 때도 있다. 이러한 현상은 지리적 분포에서 보나 역사적 변천으로 보나 결코 단순한 것이 아니다. 이 글에서는 여기에 대해 간단하게 살피고자 한다. 이 현상과 가장 깊은 관계를 맺는 지역은 경기도 이북의 여러 도, 즉 함경남북도, 평안남북도, 황해도의 다섯 도 방언이기 때문에 논의의 초점도 이들 방언에 두기로 한다.[1)]

II

'ㅈ'과 'ㅊ'[2)]은 서울과 그 이남에서는 대부분 'ʧ'와 'ʧʰ'[3)]라고 할 수 있

1) 함경북도 방언은 1926년 9월에 1차 조사, 1929년 9월에 2차 조사, 함경남도 방언은 1917년 2월에 1차 조사, 1929년 6월에 2차 조사를 했으며 평안남북도 방언은 1928년 10월에 조사했고 황해도 방언은 1913년 11월에 1차 조사, 1929년 2월에 2차 조사를 했다. 조사 결과는 오늘날 보면 불만도 많지만 따로 의지할 만한 문헌도 없기 때문에 대략 올바르다고 보고 논의를 진행한다.

는데 함경남북도, 평안남북도 및 황해도의 북부 방언에서는 거의 '[ʦ], [ʦʰ]'[4]라고 하는 특징이 발견된다. 다만 함경남북도의 경성(鏡城), 성진(城津), 단천(端川), 정평(定平)과 황해도의 연안(延安), 금천(金川) 지방에서 '[ʧ]', '[ʧʰ]'로 발음되는 것은 경기 방언의 영향을 받은 것이라 할 수 있을 듯하다.[5]

	의미	문자 기호[6]	경기 방언	북부 방언
ㅈ(č)	自動車	čɐ-toŋ-č'a(ᄌᆞ동차)	[ʧa-doŋ-ʧʰa]	[ʦa-doŋ-ʦʰa]
	獨	hon-ča(혼자)	[hon-ʤa]	[hon-dza]
	燕	čȯi-pi(제비)	[ʧe:-bi]	[ʦe:-bi]
	與	čun-ta(준다)	[ʧun-da]	[ʦun-da]
ㅊ(č')	茶	č'a(차)	[ʧʰa]	[ʦʰa]
	春川	č'iun-č'iȯn(춘천)	[ʧʰu-ʧʰɔn]	[ʦʰun-ʦʰɔn]
	草木	č'o-mok(초목)	[ʧʰo-moᵏ]	[ʦʰo-moᵏ]

---

2) 'ㅈ'의 유기음.

3) 단어 중간의 유성음에 인접한 경우 등은 '[ʤ]' 및 '[ʤʰ]'. [역자주] '[ʤʰ]'와 같은 유성 유기음이 한국어에 존재하는지는 의문이다.

4) 단어 중간에서는 '[dz], [dzʰ]'가 많음.

5) [역자주] 이하에서 이중모음의 문자 기호는 두 모음 밑에 '‿'를 사용하여 묶어 놓았으나 여기서는 편의상 아무런 기호도 쓰지 않는다. 한 음절 내에 두 개의 모음 기호가 들어있으면 이중모음이라는 사실을 자동적으로 알 수 있기 때문에 이중모음 표시를 하지 않아도 문제가 되지는 않는다.

6) 문자 기호란 표음 기호의 짝으로 한글 각 글자에 한 자씩 대응시킨 기호이다. 별도로 필자가 정한 안이 있다. [역자주] 문자 기호는 문자의 차원에서 한글 하나 하나에 기계적으로 부여된 로마자이고 표음 기호는 발음의 차원에서 부여된 로마자이다. 小倉進平은 이 두 가지를 구분하고 있다. 가령 한글 표기 'ㅐ'의 경우 문자 차원에서는 'ㅏ + ㅣ'이므로 문자 기호로는 'ai'로 나타내지만 발음 차원에서는 하나의 소리이므로 'ɛ'로 나타낸다. 小倉進平이 제안한 문자 기호와 표음 기호는 1934년에 발표한 "諺文のローマ字表記法, ≪小田先生頌壽記念論集≫"에 실려 있으며 이 책의 5부에 "한글의 로마자 표기법"이라는 제목으로 번역되어 있다.

III

'댜(t-ia)', '탸(t^h-ia)', '뎌(t-iȯ)', '텨(t^h-iȯ)', '됴(t-io)', '툐(t^h-io)', '듀(t-iu)', '튜(t^h-iu)', '디(t-i)', '티(t^h-i)'와 같이 'ㄷ(t), ㅌ(t^h)'과 '이(i)'를 포함한 음절이 결합하는 경우 북한 방언에서는 'ㄷ(t), ㅌ(t^h)'이 세 가지 형태로 나타난다. 다음에서 각 경우를 설명하기로 한다.

우선 '댜(t-ia)', '탸(t^h-ia)'는 다음과 같이 분화한다.

(1) '댜[t^{i}a], 탸[t^{hi}a]'[7]와 같이 어원적인 'ㄷ[t],[8] ㅌ[t^h]'을 그대로 보존하고, '[ʧ], [ʧ^h]'으로 구개음화 되거나 '[ʦ], [ʦ^h]'으로 바뀌는 경우가 없다.

의미	문자 기호	표음 기호
教場	kio-tiaŋ(교댱)	[k^{i}o-d^{i}aŋ]
部長	pu-tiaŋ(부댱)	[pu-d^{i}aŋ]

이것은 한국과 만주의 국경인 종성(鐘城)과 경원(慶源) 지방의 발음이다. 단 회령(會寧) 지방에서는 아래 (3)의 '[ʦa]'[9]가 다소 섞여 있다.[10]

(2) '댜(t-ia)', '탸(t^h-ia)'는 분자(分子) 'i'[11]가 완전히 탈락하여 '다[ta],[12] 타[t^ha]'와 같이 직음(直音)[13]이 된다.

---

7) [역자주] '^{i}a'는 '야'의 표음 기호이다. 문자 기호로는 'ia'이지만 표음 기호로는 '^{i}a'이다. 자세한 것은 각주 6)에 제시한 小倉進平의 논문을 참고할 수 있다.

8) 단어의 중간에는 '[d]'가 많음.

9) 단어 중간에서는 '[dza]'.

10) [역자주] 회령에서는 '댜, 탸'가 '[ʦa], [ʦ^{h}a]'로 발음되는 경우도 있다는 의미이다.

11) [역자주] 분자(分子) 'i'란 반모음 'y'를 뜻한다. 小倉進平은 반모음의 표음 기호를 위첨자로 나타냈다.

12) 단어의 중간에서는 '[da]'로 나타나는 것이 많음.

의미	문자 기호	표음 기호
教場	kio-tiaŋ(교댱)	[k^{i}o-daŋ]
面長	miȯn-tiaŋ(면댱)	[m^{i}ɔn-daŋ]
長津	tiaŋ-čin(댱진)	[taŋ-ʤin]
和暢	hoa-t'iaŋ(화턍)	[hwa-t^{h}aŋ]
到着	to-t'iak(도탹)	[to-t^{h}a^k][14]

평안남북도는 모두 이 발음이며 다른 도에서는 결코 나타나지 않는다. 다만 평안북도 중 압록강 상류에 위치한 후창(厚昌)에서는 '[ta], [t^{h}a]' 외에 '[ʦa], [ʦ^{h}a]'도 다소 섞여 있는데 이것은 이 지역의 지세(地勢)와 교통이 평안북도보다 함경남도와 더 밀접한 관계를 지니고 있기 때문이다. 또한 평안남도의 최남단에 있는 중화(中和)[15]에서 '[ta], [t^{h}a]' 외에 드물게 '[ʦa], [ʦ^{h}a]'를 사용하는 것 역시 황해도 방언의 영향을 받은 것이라고 할 수 있다.

(3) '댜(t-ia)', '탸(t^h-ia)'는 '[ʦa],[16] [ʦ^{h}a]' 즉 '자, 차'와 동일한 음이 된다.

의미	문자 기호	표음 기호
教場	kio-tiaŋ(교댱)	[k^{i}o-dzaŋ]
面長	miȯn-tiaŋ(면댱)	[m^{i}ɔn-dzaŋ]
長津	tiaŋ-čin(댱진)	[ʦaŋ-ʤin]
和暢	hoa-t'iaŋ(화턍)	[hwa-ʦ^{h}aŋ]
到着	to-t'iak(도탹)	[to-ʦ^{h}a^k]

13) [역자주] 직음(直音)은 요음(拗音)에 반대되는 개념으로 반모음 'y'가 들어 있지 않은 일반적인 단모음을 나타낸다. 요음(拗音)은 반모음 'y'로 시작하는 이중모음이다. '댜, 탸'가 '다, 타'로 바뀌면 y-계 이중모음이 단모음으로 바뀌므로 직음이 된다고 한 것이다.

14) [역자주] 小倉進平은 종성에 오는 평파열음 중 상당수의 표음 기호를 위첨자로 표시하였다. 자세한 것은 각주 6)에서 언급한 小倉進平의 논문을 참고할 수 있다.

15) 순천(順川)의 일부도 마찬가지.

16) 단어 중간에서는 '[dza]'가 많음.

이는 황해도 전체 및 종성, 경원, 회령 지역을 제외한 함경남북도의 대부분에서 사용되며 평안남북도에서는 쓰이지 않는다. 단 평안남북도 가운데 후창, 중화 등의 지방에서 다소 예외가 있다는 것은 앞에서 말한 대로이다.

Ⅳ

'뎌(t-iȯ)', '텨(tʰ-iȯ)'는 다음과 같이 분화한다.

(4) '뎌[t^{i}ɔ], 텨[tʰ^{i}ɔ]'와 같이 어원적인 'ㄷ[t],[17] ㅌ[tʰ]'을 그대로 보존하고, '[ʧ], [ʧʰ]'으로 구개음화 하거나 또는 '[ʦ], [ʦʰ]'로 바뀌는 경우가 없다.

의미	문자 기호	표음 기호
田畓	tion-tap(뎐답)	[t^{i}ɔn-da^p]
點心	tiȯm-sim(뎜심)	[t^{i}ɔm-sim]
正刻	tiȯŋ-kak(뎡각)	[t^{i}ɔŋ-ga^k]
貞童	tiȯŋ-toŋ(뎡동)	[t^{i}ɔŋ-doŋ]
兄弟	hiȯŋ-tiȯi(형뎨)	[h^{i}ɔŋ-d^{i}e]
鐵道	t'iȯr-to(텰도)	[tʰ^{i}ɔl-to]
天地	t'iȯn-ti(텬디)	[tʰ^{i}ɔn-di]
體操	t'iȯi-čo(톄조)	[tʰ^{i}e-dzo]

이것은 대체로 종성, 경원, 회령 지방의 발음인데, 그 가운데에는 그렇지 않은 경우도 있다. 즉 회령 지방에서는 '철도'를 '[tʰɔl-to]', '천지'를 '[tʰɔn-di]'라고 하고[18] 경원 지방에서는 '점심'을 '[tem-sim]', '천지'를 '[tʰ

17) 단어 중간에서는 '[d]'가 많음.

en-di]'라고 말하는 사람이 드물지만 있다.

(5) '뎌[t^iɔ], 텨[t^{hi}ɔ]'는 'i'의 분자가 완전히 탈락하여 '더[tɔ],[19] 터[t^hɔ]'와 같이 직음이 된다.

의미	문자 기호	표음 기호
田畓	tion-tap(뎐답)	[tɔn-da^p]
點心	tiȯm-sim(뎜심)	[tɔm-sim], [tɔŋ-sim]
正刻	tiȯŋ-kak(뎡각)	[tɔŋ-ga^k]
貞童	tiȯŋ-toŋ(뎡동)	[tɔŋ-doŋ]
兄弟	hiȯŋ-tiȯi(형뎨)	[h^iɔŋ-de]
鐵道	t'iȯr-to(텰도)	[t^hɔl-to]
天地	t'iȯn-ti(텬디)	[t^hɔn-di]
體操	t'iȯi-čo(톄조)	[t^he-dzo]

평안남북도는 모두 이 발음이며 다른 도에서는 보이지 않는다. 중화, 순천 지방도 완전히 '[t], [d]'이다. 단 평안북도의 후창 지방에서는 '점심'을 '[ʦɔm-sim]', '체조'를 '[$ʦ^h$e-dzo]'와 같이 드물게 '[ʦ]'로 발음하는 경우가 있다. 이것은 함경남도 방언의 영향이다.

(6) '뎌[t^iɔ], 텨[t^{hi}ɔ]'는 '[ʦɔ],[20] [$ʦ^h$ɔ]' 즉 '저, 처'와 동일한 음이 된다.

의미	문자 기호	표음 기호
田畓	tion-tap(뎐답)	[ʦɔn-da^p]
點心	tiȯm-sim(뎜심)	[ʦɔm-sim]
正刻	tiȯŋ-kak(뎡각)	[ʦɔŋ-ga^k]

18) 아래의 (5)를 참고
19) 단어 중간에서는 '[dɔ]'가 많음.
20) 단어 중간에서는 '[dzɔ]'가 많음.

의미	문자 기호	표음 기호
貞童	tiȯŋ-toŋ(뎡동)	[ʦɔŋ-doŋ]
兄弟	hiȯŋ-tiȯi(형뎨)	[h^{i}ɔŋ-dze]
鐵道	t'iȯr-to(텰도)	[ʦʰɔl-to]
天地	t'iȯn-ti(텬디)	[ʦʰɔn-di]
體操	t'iȯi-čo(톄조)	[ʦʰe-dzo]

이는 황해도 전역 및 종성, 경원, 회령을 제외한 함경남북도 대부분에서 사용되며 평안남북도에서는 쓰이지 않는다. 단 평안남북도 가운데 후창 지방에서 다소 예외가 있는 것은 앞에서 말한 대로다.

V

'됴(t-io)', '툐(tʰio)'는 다음과 같이 분화한다.

(7) '됴[t^{i}o], 툐[tʰ^{i}o]'와 같이 어원적인 'ㄷ[t],[21] ㅌ[tʰ]'을 그대로 보존하고, '[ʧ], [ʧʰ]'으로 구개음화 하거나 '[ʦ], [ʦʰ]'로 바뀌는 경우가 없다.

의미	문자 기호	표음 기호
朝鮮	tio-siȯn(됴션)	[t^{i}o-sɔn]
鳥銃	tio-č'oŋ(됴총)	[t^{i}o-ʦʰoŋ]
趙	tio(됴)	[t^{i}o]
善	tio-t'a(됴타)	[t^{i}o:-tʰa]

21) 단어 중간에서는 '[d]'가 많음.

이것은 대체로 종성, 경원, 회령 지방의 발음인데 예외가 나타나기 쉽다. 즉, 종성에서는 '조선'을 '[to:-sɔn]',[22] '조(趙)'를 '[ʦo]'라고 하며 회령에서는 '조(趙)'를 '[ʦo]', '좋다'를 '[to:-t^{h}a], [ʦo:-t^{h}a]'라고도 한다. 경원은 대체로 원음 그대로이다.

(8) '됴[t^{i}o], 툐[t^{hi}o]'는 'i'의 분자가 완전히 탈락하여 '도[to],[23] 토[t^{h}o]'와 같이 직음이 된다.

의미	문자 기호	표음 기호
朝鮮	tio-siȯn(됴션)	[to:sɔn]
鳥銃	tio-č'oŋ(됴총)	[to-ʦ^{h}oŋ]
趙	tio(됴)	[to]
善	tio-t'a(됴타)	[to:t^{h}a]

평안남북도는 모두 이 발음이며 종성, 회령 지방에서도 다소 나타난다.[24] 또 평안북도 가운데 후창 지방에서 '조선'을 '[to:-sɔn]' 또는 '[ʦo:-sɔn]', '곡조(曲調)'를 '[ko^{k}-to]', 또는 '[ko^{k}-ʦo]'라고 하여 '[t]'와 '[ʦ]'가 섞여 있는 것은 함경남도 방언의 영향에 의한 것이다. 평안남도 중화 지방에서 '[to:-sɔn]', '[to:-t^{h}a]'보다 '[ʦo:-sɔn]', '[ʦo:-t^{h}a]'가 많은 것은 황해도 방언의 영향 때문이다.

(9) '됴[t^{i}o], 툐[t^{hi}o]'는 '[ʦo],[25] [ʦ^{h}o]' 즉 '조, 초'와 동일한 음이 된다.

---

22) (8) 참조.
23) 단어 중간에서는 '[do]'가 많음.
24) (7) 참조.
25) 단어 중간에서는 '[dzo]'가 많음.

의미	문자 기호	표음 기호
朝鮮	tio-siȯn(됴션)	[ʦo:-sɔn]
鳥銃	tio-č'oŋ(됴춍)	[ʦo-ʦ^{h}oŋ]
趙	tio(됴)	[ʦo]
善	tio-t'a(됴타)	[ʦo:-t^{h}a]

이것은 황해도 전역 및 종성, 경원, 회령 지역을 제외한 함경남북도의 대부분에서 사용된다. 평안남북도에서는 모두 '[to], [t^{h}o]'인데, 후창, 중화 지역에서 '[ʦo], [ʦ^{h}o]'라고 하는 것은 인접한 여러 도의 방언에 영향을 입은 것이다.[26]

Ⅵ

'듀'(tiu), '튜'(t^{h}iu)는 다음과 같이 분화한다.

(10) '듀[t^{i}u], 튜[t^{hi}u]'와 같이 어원적인 'ㄷ[t],[27] ㅌ[t^{h}]'을 보존하고, '[ʧ], [ʧ^{h}]'으로 구개음화 하거나 '[ʦ], [ʦ^{h}]'로 바뀌는 경우가 없다.

의미	문자 기호	표음 기호
國中	kuk-tiuŋ(국듕)	[ku^{k}-t^{i}uŋ]
晝夜	tiu-ia(듀야)	[t^{i}u-^{i}a]
重要	tiuŋ-io(듕요)	[t^{i}uŋ-^{i}o]
貯蓄	tiȯ-t^{h}iuk(뎌튝)	[t^{i}ɔ-t^{hi}u^{k}]

26) (8) 참조.
27) 단어의 중간에서는 '[d]'가 많음.

이는 대체로 종성, 경원, 회령 지방의 발음인데 자칫하면 '[tu],[28] [ʦu][29]'가 되기 쉽다.

(11) '듀[t^iu], 튜[$t^{hi}u$]'는 'i' 분자가 완전히 탈락하여 '두[tu],[30] 투[t^hu]'와 같이 직음이 된다.

의미	문자 기호	표음 기호
國中	kuk-tiuŋ(국듕)	[ku^k-tuŋ]
晝夜	tiu-ia(듀야)	[tu-^{i}a]
重要	tiuŋ-io(듕요)	[tuŋ-^{i}o]
貯蓄	tiȯ-t^hiuk(뎌튝)	[tɔ-t^hu^k], [te-t^hu^k]

평안남북도는 모두 이 발음이다. 단 후창 및 중화 지방에서 '[ʦu], [$ʦ^hu$]'와 같이 발음되는 것 역시 인접한 여러 도의 영향에 따른 것이다.

(12) '듀[t^iu], 튜[$t^{hi}u$]'는 '[ʦu],[31] [$ʦ^hu$]' 즉 '주, 추'와 동일한 음이 된다.

의미	문자 기호	표음 기호
國中	kuk-tiuŋ(국듕)	[ku^k-ʦuŋ]
晝夜	tiu-ia(듀야)	[ʦu-^{i}a]
重要	tiuŋ-io(듕요)	[ʦuŋ-^{i}o]
貯蓄	tiȯ-t^hiuk(뎌튝)	[ʦɔ-$ʦ^hu^k$]

28) (11) 참조
29) (12) 참조
30) 단어 중간에서는 '[du]'가 많음.
31) 단어 중간에서는 '[dzu]'가 많음.

이것은 황해도 전역을 비롯해 종성, 경원, 회령을 제외한 함경남북도 대부분에서 사용된다. 평안남북도는 모두 '[tu], [t^{h}u]'이지만 후창, 중화 지역에서는 '[ʦu], [ʦ^{h}u]'라고도 한다.[32]

Ⅶ

'디(ti)', '티(t^{h}i)'는 다음과 같이 분화한다.

(13) '디[ti],[33] 티[t^{h}i]'와 같이 원음을 보존한다.

의미	문자 기호	표음 기호
天地	tiȯn-ti(텬디)	[t^{h}ɔn-di]
正直	čiȯŋ-tik(졍딕)	[ʦɔŋ-di^k]
杖	tip-haiŋ-i(딥행이)	[ti^p-hɛŋ-i]
過	ti-na-ta(디나다)	[ti-na-da]
一致	ir-t'i(일티)	[il-t^{h}i]
明治	miȯŋ-t'i(명티)	[m^{i}ɔŋ-t^{h}i]

이것은 평안남북도에만 국한된 발음이다. 단 후창과 중화 지방에서는 어떤 경우에 '[ʧi], [ʧ^{h}i]'로 발음된다.[34]

(14) '지[ʧi],[35] 치[ʧ^{h}i]'와 같이 구개음화된다.[36]

32) (11) 참조.
33) 단어의 중간에서는 '[di]'가 많음.
34) (14) 참조.
35) 단어의 중간에서는 '[ʤi]'가 많음.
36) 지방에 따라서는 '[ʦi], [ʦ^{h}i]'와 같이 발음하는 곳도 있는 듯하다.

의미	문자 기호	표음 기호
天地	tiȯn-ti(텬디)	[ʧ^{h}ɔn-ʤi]
正直	čiȯŋ-tik(졍딕)	[ʦɔŋ-ʤi^{k}]
杖	tip-haiŋ-i(딥행이)	[ʧi^{p}-hɛŋ-i]
過	ti-na-ta(디나다)	[ʧi-na-da]
一致	ir-t'i(일티)	[il-ʧ^{h}i]
明治	miȯŋ-t'i(명티)	[m^{i}ɔŋ-ʧ^{h}i]

이것은 함경남북도 및 황해도 일원에 걸친 발음이며 경기 이남 방언과 일치한다. 평안남북도에서는 '[ti], [t^{h}i]'의 원음을 보존하는 것을 특징으로 하지만 함경남도에 인접한 후창과 황해도에 인접한 중화에서는 각각 인접 방언의 영향을 받아서 '[ʧi], [ʧ^{h}i]'가 된다.

Ⅷ

이상 북한의 여러 도에서 '㉠ 댜(tia), 탸(t^{h}ia), ㉡ 뎌(tiȯ), 텨(t^{h}iȯ), ㉢ 됴(tio), 툐(t^{h}io), ㉣ 듀(tiu), 튜(t^{h}iu), ㉤ 디(ti), 티(t^{h}i)'라는 다섯 종류 음의 발음과 분포 상황을 총괄하면 대략 다음과 같은 결과를 얻을 수 있다. ㉠부터 ㉣까지는 아래와 같다.

(1) '[t^{i}a], [t$^{h^{i}}$a] ; [t^{i}ɔ], [t$^{h^{i}}$ɔ]……'[37]와 같이 'i'의 분자를 포함하고 원음을 보존하는 지역 — 종성, 경원, 회령

(2) '[ta], [t^{h}a] ; [tɔ], [t^{h}ɔ]……'[38]와 같이 'i'의 분자가 완전히 탈락하여 직음이 된 지역 — 평안남북도

37) (1), (4), (7), (10) 참조.

38) (2), (5), (8), (11) 참조.

(3) '[ʦa], [ʦ^{h}a] ; [ʦɔ], [ʦ^{h}ɔ]……'[39]와 같이 'i'음을 포함하지 않는 'ʦ'를 두음으로 하는 지역 — 앞의 (1), (2) 이외의 지역, 즉 함경남북도의 대부분과 황해도

㉤은 다음과 같다.

(4) '[ti], [t^{h}i]'[40]와 같이 원음을 보존하는 지역 — 평안남북도 대부분
(5) '[ʧi], [ʧ^{h}i]'[41]와 같이 구개음화 된 지역 — 함경남북도, 황해도

그리고 경기도 이남 땅에서는 '[ʦ], [ʦ^{h}]'가 거의 '[ʧ], [ʧ^{h}]'와 같이 구개음화 되어 나타나기 때문에 'tia, t^{h}ia ; tiȯ, t^{h}iȯ ; tio, t^{h}io ; tiu, t^{h}iu ; ti, t^{h}i'는 한반도 전역에 걸쳐 다음과 같은 네 가지로 발음된다는 것을 알 수 있다.

(1) '[t^{i}a], [t^{hi}a] ; [t^{i}ɔ], [t^{hi}ɔ]' 등과 같이 발음하는 지역 — 종성, 경원, 회령
(2) '[ta], [t^{h}a] ; [tɔ], [t^{h}ɔ]…[ti], [t^{h}i]'와 같이 발음하는 지역 — 평안남북도
(3) '[ʦa], [ʦ^{i}a] ; [ʦɔ], [ʦ^{i}ɔ]' 등과 같이 발음하는 지역 — 함경남북도, 황해도 대부분
(4) '[ʧa], [ʧ^{h}a] ; [ʧɔ], [ʧ^{h}ɔ]…[ʧi], [ʧ^{h}i]'와 같이 발음하는 지역 — 경기도 이남[42]

요컨대 함경도 변경에 있는 사람들은 이런 종류의 음을 비교적으로 충실

39) (3), (6), (9), (12) 참조.
40) (13) 참조.
41) (14) 참조.
42) 단 '[ti], [t^{h}i]'의 경우에 한하여 함경도와 황해도에서도 '[ʧi], [ʧ^{h}i]'가 된다.

히 전승하고 있다고 할 수 있지만 방언적 특징으로서 충분하다고는 생각되지 않는다.43) 또 평안남북도의 사람들은 늘 't'를 발음함으로써 고음(古音)을 충실히 보존하고 있다는 일종의 긍지를 느끼고 있을 듯하지만,44) '댜(tia)'를 '다[ta]', '뎌(tiȯ)'를 '더[tɔ]'로 말하는 것은 그들이 요음(拗音)45)을 발음할 수 있는 능력이 없다고 평가할 수 있다. 그리고 한 편으로 '이[i]' 앞에 있는 '[t], [tʰ]'의 구개음화는 어느 언어에서도 가장 일반적인 현상이기 때문에 이것을 경멸할 이유는 조금도 없으며 그것이 경기도 이남의 땅에서 널리 사용되고 있는 것도 전혀 이상하지 않다. 또한 '[ʦ], [ʦʰ]'는 주로 함경도와 황해도에서 사용되어 그 분포의 범위가 비교적 협소하지만, '[t]'가 '[ʧ]'에 이르는 과도기를 나타내는 것이라 볼 수 있으며 지리적 분포로 보아도 극히 흥미로운 사실이라고 할 수 있다.

Ⅸ

마지막으로 이것을 한국어의 역사적 변화의 측면에서 관찰하면 평안남북도 방언은 비교적 고형을 지니며 어원 해석에 유력한 증거를 주는 것이 적지 않다. 먼저 한자음에 대해서 보면 다음과 같다.

첫째, 앞에서 든 예 중 (1)~(3)의 '場', '長', '暢', '着'은 서울 지방에서는 각각 구개음화 한 '[ʧaŋ], [ʧaŋ], [ʧʰaŋ], [ʧʰaᵏ]'이어서 '[tⁱa-], [tʰ

---

43) [역자주] 함경도 일부 지역에서는 (1)과 같이 원래의 음을 그대로 보존하지만 함경도의 모든 방언이 그런 모습을 보이지는 않음을 지적한 것이다.

44) 그 가운데는 '[ti], [tʰi]'와 같이 분명한 고음을 보존하고 있는 것도 있다. [역자주] 평안도 방언에서 '댜, 뎌' 등은 비록 반모음 'y'가 없어져 완전한 고음을 유지하지는 않지만 예전 시기의 'ㄷ(t)'를 그대로 유지하므로 이와 같은 언급을 할 수 있다.

45) [역자주] 앞서 설명했듯이 요음(拗音)은 반모음 'y'가 선행하는 이중모음을 말한다.

^{i}a-]'의 흔적을 찾을 수 없다. 그러나 평안남북도 방언에서는 변화되었음에도 불구하고 '[taŋ], [taŋ], [tʰaŋ], [tʰa^{k}]'으로 분명히 't' 음을 보존한다. '場', '長', '暢', '着'은 모두 ≪韻鏡≫46)에서 설음(舌音)에 소속된 글자이다.

둘째, 앞에서 든 예 중 (4)~(6)의 '田', '點', '定', '貞', '弟', '鐵', '天', '體'는 서울 지방에서는 각각 구개음화 한 '[ʧɔn], [ʧɔm], [ʧɔŋ], [ʧɔŋ], [ʧe], [ʧʰɔl], [ʧʰɔn], [ʧʰe]'이어서 '[t^{i}ɔ-], [tʰ^{i}ɔ-]'의 흔적을 찾기 힘들다. 그렇지만 평안남북도 방언에서는 변화를 겪고 있기는 하지만 '[tɔn], [tɔm], [tɔŋ], [tɔŋ], [te], [tʰɔl], [tʰɔn], [tʰe]'이며 분명히 [t] 음을 보존한다. 이 글자들은 모두 ≪韻鏡≫에서 설음에 속해 있다. 평안남도에는 '順川', 전라남도에는 '順天'이라는 지명이 있다. 평안남북도 이외 지역의 사람들은 '順川'과 '順天'을 동일한 음47)으로 발음하여 혼동을 일으킬 수 있지만 평안남북도의 사람들은 '順川'을 '[sun-ʦʰɔn]', '順天'을 '[sun-tʰɔn]'이라고 하여 스스로 이것을 분명히 구별하고 있다.48)

셋째, 앞에서 든 예 중 (7)~(9)의 '朝', '鳥', '趙'는 서울 방언에서 모두 구개음화 한 '[ʧo]'이며 '[t^{i}o]'의 흔적을 찾을 수 없지만, 평안남북도 방언에서는 '[to]'이고 분명히 '[t]' 음을 보존한다. 이 글자들은 모두 ≪韻鏡≫에서 설음 소속이다.

넷째, 앞에서 든 예 중 (10)~(12)의 '中', '晝', '重', '蓄'은 서울 지방에서는 각각 구개음화 한 '[ʧuŋ], [ʧu], [ʧuŋ], [ʧʰu^{k}]'으로 발음되어 '[t^{i}u-], [tʰ^{i}u-]'의 흔적을 찾기 힘들지만, 평안남북도 방언에서는 '[tu], [tʰu]'이며 분명히 '[t]' 음을 보존한다. 이 글자들은 모두 ≪韻鏡≫에서 설음에 소속되어 있다.

---

46) [역자주] ≪韻鏡≫은 중국의 운도(韻圖)로 한자를 음에 따라 도표에 배열해 놓은 것이다. 현재 전하는 것은 최소한 12세기 이전에 작성되었으리라 추측하고 있다. 小倉進平은 한자(漢字) 성모(聲母)의 조음 위치를 ≪韻鏡≫에 의거하고 있다.

47) '[sun-ʧʰɔn]' 또는 '[sun-ʦʰɔn]'

48) 이러한 결과는 '川'과 '天'의 예전 한자음이 달랐기 때문에 나타났다. '川'은 예전에 '쳔'이었고 '天'은 '텬'이었다.

다섯째, 앞에서 든 예 중 (13)의 '地', '直', '致', '治'는 서울 지방에서는 각각 구개음화한 '[ʧi], [ʧi^{k}], [ʧ^{h}i], [ʧ^{h}i]'인데 평안남북도 방언에서는 '[ti], [ti^{k}], [t^{h}i], [t^{h}i]'와 같이 분명히 '[t]' 음을 보존한다. 이 글자들은 모두 ≪韻鏡≫에서 설음 소속이다.

다음으로 고유어에 대하여 보아도 대략 같은 사실을 말할 수 있다.[49]

첫째, '저(彼)', '저(笛)', '절(寺)'을 서울 지방에서는 각각 '[ʧɔ], [ʧɔ], [ʧɔl]'이라고 하여 구개음 '[ʧ-]'로 발음하지만 평안남북도 방언에서는 각각 '[tɔ]' 또는 '[te]', '[tɔ]' 또는 '[te]', '[tɔl]' 또는 '[tel]'로 발음한다. 이 단어들의 고형은 각각 '뎌(tiȯ), 뎌(tiȯ), 뎔(tiȯr)'이었다.

둘째, '좋다(善)'를 서울 지방에서는 '[ʧo:-t^{h}a]'라고 하여 구개음 [ʧo-]로 발음하지만 평안남북도 방언에서는 '[to:-t^{h}a]'로 발음하며 분명히 't' 음을 보존한다. 이 단어의 고형은 '됴:타(tio-t^{h}a)'였다.

셋째, '짚(藁)', '지팡이(杖)', '지나다(過)'를 서울 지방에서는 각각 '[ʧi^{p}], [ʧi^{p}-hɛŋ-i], [ʧi-na-da]'라고 하여 구개음 '[ʧ-]'로 발음하지만, 평안남북도 방언에서는 원음과 같이 '[ti^{p}], [ti^{p}-hɛŋ-i], [ti-na-da]'로 발음한다. 서울 지방에서는 '藁(tip)'과 '家(čip)'을 전혀 구별하지 않고 동일하게 '[ʧi^{p}]'이라고 발음하지만, 평안남북도 방언에서는 '藁'를 '[ti^{p}]'이라고 하고 '家'를 '[ʧi^{p}]'이라고 하여 분명히 이를 구별한다.

그렇다면 한국어에서의 'ㄷ(t)' 음의 구개음화[50]가 언제쯤에 발생한 것인지에 대한 문제가 제기될 수도 있다. 그러나 이것의 논증에는 많은 예를 인용해야 하고 독자들의 한국어에 대한 지식도 어느 정도 필요하기 때문에 별도의 기회에 하기로 하고 이쯤에서 이만 끝을 맺기로 한다.

---

49) '댜(tia), 듀(tiu)'의 예는 소수일 뿐만 아니라 정확하지 않기 때문에 잠시 생략한다.

50) '[ʧ]' 또는 '[ʦ]'로의 변화. [역자주] 小倉進平은 'ㄷ'이 '[ʦ]'로 바뀐 것도 구개음화라고 했는데 이것은 매우 판단하기 어렵다. '[ʦ]'는 구개음이 아니고 치음이므로 조음 위치의 관점에서 본다면 'ㄷ'이 '[ʦ]'으로 바뀌는 것은 구개음화라고 말할 수 없다. 여기에는 여러 가지 복잡한 문제들이 숨어 있는데 좀 더 자세한 내용은 해설을 참고하기 바란다.

'한국어 ㄷ-구개음화의 양상'에 대한 해설

이 글은 1937년 ≪音聲の硏究≫ 6호에 발표한 것으로 원래 제목은 "朝鮮語 [タ]・[チャ] 行音中の變相"이다.[51] '[タ]'는 ㄷ-계열의 자음을 가리키고 '[チャ]'는 구개음 'ㅈ(j)'을 가리키는 것으로 이 논문은 한국어의 ㄷ-구개음화 양상을 고찰하고 있다. 원래 제목을 그대로 직역하는 것보다는 'ㄷ-구개음화'라는 표현으로 바꾸는 것이 내용을 훨씬 잘 전달할 수 있을 듯하여 제목을 수정하였다.

이 논문의 내용은 어찌 보면 매우 단순하다. 주로 평안도, 함경도, 황해도와 같은 한반도의 북부 방언을 대상으로 '댜, 뎌, 됴, 듀, 디'가 어떻게 발음되는지를 살피고 있다. 특히 개별 방언의 ㄷ-구개음화 중 상당수는 이전에 별도의 논문에서 보고한 바 있다.[52] 그렇지만 현재 조사에 제약이 심한 북한 지역의 자료를, 그것도 거의 80년 전의 조사 결과를 통합적으로 제시하고 있어 구개음화 논의에서는 적지 않은 가치가 있다고 볼 수 있다. 또한 도(道) 경계에 놓인 방언에 미치는 인접 방언의 영향에 대한 언급도 있어 여러 가지로 의미가 있다. 그런데 지금까지 나온 수많은 구개음화 논의에서 이 논문의 존재는 잘 알려지지 않았다. 이것은 어쩌면 논문의 제목에 구개음화가 직접 드러나지 않았기 때문인지도 모른다.

이 논문의 중심 내용은 다음과 같이 요약할 수 있다.

(1) 'ㅈ, ㅊ'이 중부 이남 방언에서는 '[ʧ], [ʧʰ]'로 발음되지만 북부 방언에서는 대부분 '[ʦ], [ʦʰ]'로 발음된다.

(2) '댜, 뎌, 됴, 듀, 디'는 경기도 이남 방언에서는 모두 구개음화가 되었지만 북부 방언은 사정이 다르다.

---

51) 여기서는 ≪小倉進平博士著作集(Ⅲ)≫(京都大 國文學會 刊行)에 수록된 것을 번역하였다.

52) 이 책의 4부에 수록한 방언 관련 논저들이 여기에 해당한다.

(3) '댜, 뎌, 됴, 듀'는 북부 방언에서 세 가지 형태로 나타난다. '댜'를 대표로 해서 제시하면 '[tya], [ta], [ʦa]'의 세 가지가 지역별로 일관된 분포를 보인다. 즉 '[tya]'는 함경북도 '종성, 경원, 회령'에서, '[ta]'는 평안남북도 대부분에서, '[ʦa]'는 종성, 경원, 회령을 제외한 함경남북도와 황해도에서 모습을 드러낸다.

(4) '디'는 북부 방언에서 '[ti]'와 '[ʧi]'로 나타난다. '[ti]'는 평안남북도의 발음이고 '[ʧi]'는 나머지 지역이다.

이러한 결론은 평안도 방언에 구개음화가 존재하지 않는다는 일반화된 상식과 잘 부합하고 있다. 그러나 한 가지 흥미로운 점도 발견할 수 있다. 황해도나 함경도 대부분의 방언에서는 'ㅈ, ㅊ'이 구개음이 아닌 치음 '[ʦ], [ʦʰ]'임에도 불구하고 'ㄷ, ㅌ'이 'i, j' 앞에서 '[ʦ], [ʦʰ]'로 변화한다는 점이다. '[ʦ], [ʦʰ]'는 파찰음이므로 'ㅈ, ㅊ'과 비슷하지만 결코 구개음은 아니다. 이런 경우 'ㄷ, ㅌ'이 '[ʦ], [ʦʰ]'로 바뀐 현상을 구개음화라고 할 수 있을지가 매우 흥미로운 문제이다. 이 논문의 결론에서 小倉進平은 'ㄷ'이 'ʧ' 또는 'ʦ'로 바뀌는 것을 모두 구개음화라고 하였다.

그러나 구개음이 아닌 자음으로 바뀌는 것을 구개음화라고 부르는 것은 그리 합당하다고 보기 어렵다. 더욱이 국어사 논의에서는 ㄷ-구개음화가 일어나기 위해서 먼저 'ㅈ, ㅊ, ㅉ'의 음가가 치음에서 구개음으로 바뀌어야 한다고 보는 경우가 많은데 '댜, 탸' 등이 'ʦa, ʦʰa'로 바뀌는 변화는 이러한 논의에 걸림돌이 될 수 있다. 결과론적으로만 본다면 'ㄷ'이 'ʦ'으로 바뀌는 것은 파찰음화라고 불러야 할지도 모른다. 문제는 이렇게 되면 다른 지역에서 보이는 일반적인 ㄷ-구개음화와의 연관성을 포착하기 어려워진다는 점이다. 이것은 구개음화의 역사적 전개 양상과 밀접한 관련이 있음에 틀림없다.

4부

방언 음운론

12장
남부 방언의 음운

1. 'ᆞ'

어원상 'ᆞ'로 표기되는 단어, 예컨대 'ᄆᆞᆯ(馬), ᄑᆞᆯ(臂), ᄑᆞᆺ(小豆), ᄑᆞ리(蠅)' 등과 같은 단어는 어떤 지방에서는 '말, 팔, 팟, 파리'와 같은 '아'가 되고 어떤 지방에서는 '몰, 폴, 퐂, 포리'와 같이 '오'가 된다.[1] 이것은 'ᆞ'의 원음이 '아'와 '오'의 중간음인 것을 말해 주며 한국어의 역사상 매우 중요한 가치를 가지지만 여기서는 그 설명을 생략하기로 한다.[2] 단 제주도에

1) [역자주] 'ᆞ'가 방언에 따라 어떻게 바뀌었는지는 이후 小倉進平의 방언 관련 논문에 자주 나온다. 그런데 小倉進平은 'ᆞ'가 '오'로 바뀌는 환경이 양순음 뒤로 국한된다는 사실을 한 번도 지적하지 않았다. 이것은 小倉進平이 'ᆞ'가 '오'로 바뀌는 현상의 발견은 일찍부터 했지만 그 현상의 본질에 대해서는 제대로 파악하지 못했음을 말해 준다.

2) [역자주] 'ᆞ'의 음가에 대해서는 매우 다양한 견해들이 존재해 왔다. 여기에 대해서는 "이숭녕(1949), ≪조선어음운론연구 제일집 '·'음고≫, 을유문화사"를 참고할 수 있다. 'ᆞ'에 대한 小倉進平의 견해는 이숭녕과 비슷하지만 小倉進平이 단순히 'ᆞ'의 음가(音價)를 살피는 데 그쳤다면 이숭녕은 모음들의 대립 관계, 관련 음운 현상, 이후의 변화 등 다방면에서 체계적인 접근을 하여 결론을 도출하였다.

서 'ㆍ'의 발음은 다른 지방과 약간 달라서 '어'와 '오'의 중간음인데 여기서는 편의상 '오'에 속하는 것으로 본다. 현재 'ㆍ'를 '오'로 발음하는 지방을 표시하면 다음과 같다.[3)]

[충청북도] 없음
[충청남도] 없음
[전라북도] 남원, 정읍[4)]
[전라남도] 단어에 따라 '아'와 '오' 둘 다 사용하는 곳도 있지만 대부분은 '오'이다.
[경상북도] 없음
[경상남도] 하동, 남해, 통영, 거제, 마산, 동래, 울산 등 남해안 지방
[강원도 동해안] 없음

이상을 통해 'ㆍ'가 '오'로 바뀐 곳은 전라남도를 중심으로 하여 전라북도의 남부, 경상남도의 남부 지방임을 알 수 있다.

≪和漢三才圖會≫[5)] 등에서 '하ᄂᆞᆯ(天)'을 '波乃留(はのる)', 'ᄆᆞᆯ(馬)'을 '毛留(もる)'라고 하고 있어 한국어의 'ㆍ'에 대해 'オ(오)'가 포함된 음을 사용한 경우가 많은 것을 보면 'ㆍ'가 오래 전부터 가지고 있던 일종의 특징을 충분히 알 수 있으며 이것들은 'ㆍ'의 원음(原音)을 연구하기 위해서도 매우 중요한 자료가 되어야 한다.

---

3) <음운 분포도(1)> 참고. [역자주] 음운 분포도는 이 논문의 맨 뒤에 제시되어 있다.
4) 임실과 김제에서는 '아'와 '오' 둘 다 사용한다.
5) [역자주] 데라시마 료안(寺島良安)이 1712년에 쓴 백과사전으로 ≪倭漢三才圖會≫라고도 한다.

2. '야'

'야'를 포함한 음절 중 '랴'는 어중에서 '라'가 되는 경우가 있다. 예컨대 '닷량(五兩)'을 '닷랑', '측량(測量)'을 '측랑'이라고 하고 '밀양(密陽)'을 '밀앙', '초량(草梁)'을 '초랑'이라고 하는 것이 여기에 속하며 분포 지역은 극히 좁다. 디만 '가량(假量)'을 '가랑'이라고 하는 곳은 여러 노에 꽤 많다.[6]

[경상남도] 밀양,[7] 창녕[8] 등

3. '여'

'여'는 지역에 따라 여러 가지 변화를 일으킨다. 여기서는 한자음과 고유어의 두 항목으로 나누어 설명한다.

[1] 한자음

'病(병), 別(별), 片(편), 京(경)'과 같은 한자는 모두 모음 '여'를 가졌으며 지역에 따라서 '에, 익, 이' 등 각종 음으로 변한다.[9] 그 분포 상태는 다음과 같다.[10]

---

6) <음운 분포도(2)> 참조.

7) '五兩'을 '닷랑', '密陽'을 '밀앙'과 같이 말한다.

8) '故鄕'을 '고항'과 같이 발음한다.

9) [역자주] '익'가 '에'나 '애'와 구별되는 단모음을 나타내는 것인지는 분명치 않다. 다만 小倉進平이 1931년에 발표한 "朝鮮語母音の記號表記法に就いて"에 따르면 'ᅙ'는 '애'와 같이 'ε'로 표기되며 다만 제주도 방언에서는 '애, 에'와 구별되는 'ǒ'로 표기되어 있다. 이 논문은 이 책의 5부에 "한국어 모음의 발음 기호"라는 제목으로 수록되어 있으므로 참고할 수 있다.

[충청북도]

ㄱ. 원음대로 '京畿道(경긔도)', '病院(병원)'이라고 발음하는 지방 : 청주, 충주, 진천[11]

ㄴ. '京畿道(경긔도)'를 '겡긔도', '病院(병원)'을 '벵원'이라고 하듯 '여'가 '에'로 변한 지방 : 영동, 괴산[12]

[충청남도]

ㄱ. 원음대로 발음하는 지방 : 예산, 면천, 서산, 해미, 홍성, 안면도, 광천, 보령, 남포, 홍산, 청양, 조치원[13]

ㄴ. '에'로 발음하는 지방 : 부여, 공주, 강경[14]

[전라북도]

ㄱ. 원음대로 발음하는 지방 : 전주, 임실, 금산[15]

ㄴ. '에'로 발음하는 지방 : 남원, 정읍, 김제, 무주, 군산

[전라남도]

ㄱ. 원음대로 발음하는 지방 : 함평, 영광

ㄴ. '에'로 발음하는 지방 : 광주, 옥과, 곡성, 구례, 순천, 광양, 돌산, 여수, 고흥, 벌교, 보성, 장흥, 해남, 목포, 나주, 장성, 완도[16]

---

10) <음운 분포도(3)> 참조.

11) 단 '經營(경영)'을 '겡영'이라고도 한다.

12) 괴산 지방에서는 '여'와 '에'가 절반씩 사용된다.

13) 단 홍산, 청양 지방에서는 '靑陽(청양)'을 '체양', '輕便鐵道(경편철도)'를 '겝펜첼도', '別(별)로히'를 '벨로히'로 발음하여 '에'로 말할 때가 있다. [역자주] '청양, 경편' 등의 '청, 경'은 후행하는 모음 때문에 움라우트를 일으켜 '쳉, 겡'이 될 수도 있으므로 '여>에'의 예로 그리 적절하지는 않다.

14) 이 지방에서 '江景(강경)'을 '깅겡이'이라고 발음하는 것도 그 예이다. 다만 단어에 따라서 '여'의 원음을 보존하는 것도 적지 않다.

15) 이 지방에서도 '夕陽(셕양)'을 '섹양'이라고 하듯이 '에'로 변한 예가 있다. [역자주] 금산군은 이 당시에는 전북에 속해 있었다.

16) '京畿(경긔)'를 '겡긔', '夕陽(셕양)'을 '섹양', '片紙(편지)'를 '펜지', '聖人(셩

ㄷ. '이'로 발음하는 지방 : '病(병)'은 돌산, 해남, 목포, 완도 방면에서 '빙'으로 변할 때가 있다.

[경상북도]

ㄱ. 원음대로 발음하는 지방 : 문경, 영주, 안동, 청송

ㄴ. '에'로 발음하는 지방 : 김천, 지례

ㄷ. 원음 외에 '에'로도 발음하는 지방[17] : 대구, 상주, 함창, 의성

ㄹ. 원음 외에 'ᅌᅵ' 혹은 '이'로도 발음하는 지방[18] : 홍해, 포항, 경주, 영천, 성주

ㅁ. 원음 외에 '에' 혹은 '이'로도 발음하는 지방[19] : 예천

ㅂ. '에'와 'ᅌᅵ' 두 가지로 발음하는 지방[20] : 영덕

[경상남도]

ㄱ. '에'로 발음하는 지방 : 거제, 통영, 남해, 하동, 마산, 합천, 거창

ㄴ. '이'로 발음하는 지방 : 창녕, 밀양[21]

ㄷ. 원음 외에 'ᅌᅵ'로도 발음하는 지방 : 울산, 동래[22]

인)'을 '생인', '病院(병원)'을 '벵원'이라고 하는 것은 모두 이 지방에서 자주 사용된다. 또 장흥 부근에서도 이와 같이 '에'로 변할 때가 많으나 '經'을 '경', '病'을 '병', '平'을 '평'이라고 하는 것처럼 원음 그대로 발음하는 경우 역시 많다.

17) '壁'을 '벽', '病'을 '병', '別'을 '별'처럼 원음대로 발음하는 것 이외에 이것을 '벡, 벵, 벨'과 같이 발음하는 경우.

18) '壁'을 '벽' 외에 '빅, 빅', '病'을 '병' 외에 '빙, 빙', '別'을 '별' 외에 '빌, 빌'로 발음하는 경우. [역자주] 小倉進平은 'ᅌᅵ'와 '에'를 구분하고 있는데 제주도 방언을 제외한 지역에서 'ᅌᅵ'가 제대로 발음되었는지 의심스럽다.

19) '壁'을 '벽'이라고 하는 것 외에 '벡, 빅'으로, '病'을 '병' 외에 '벵, 빙'으로, '別'을 '별' 외에 '벨, 빌'로 발음하는 경우.

20) '京, 經'을 '겡, 깅', '壁'을 '벡, 빅', '病'을 '벵, 빙', '別'을 '벨, 빌'로 발음하는 경우.

21) 창녕에서는 '京, 經'을 '깅', '壁'을 '빅', '病'을 '빙'이라고 발음하듯이 완전히 '이'로 변화하지만 밀양 지방에서는 '京, 經'을 원음대로 '경'이라고 한다.

22) 두 지방에서 '壁'을 '빅', '病'을 '빙', '片'을 '핀', '夕'을 '식'이라고 하는데

[강원도 동해안]

'에'로 발음하는 지방 : 간성, 양양, 주문진, 강릉, 삼척, 울진, 평해[23)]

이상 한자음에서 '여'의 분포 상황을 고찰하면 다음과 같다.

첫째, '여'의 원음이 존재하는 지방은 충청남북와 경상북도의 대부분, 전라북도의 중부,[24)] 경상남도의 동부,[25)] 전라남도 서부의 일부분[26)] 등이며 대체로 경기도에서 충청남북, 경상북도에 걸쳐 한반도를 횡단하는 것과 같은 형세를 지니고 있다.[27)]

둘째, '여'가 '에'로 발음되는 지방은 전라남도 일원을 중심으로 여기에 경상남도의 서반부(西半部), 전라북도의 대부분[28)] 및 이들 세 도와 인접한 경상북도, 충청남도의 일부[29)]가 더해지고 강원도의 해안도 포함된다. 즉 '에' 계열이 서울의 '여' 계열에 의해 중간이 잘린 것과 같은 형세를 보이는 것이다.

셋째, '여'가 'ᄋᆡ'로 발음되는 지방은 경상남도의 울산, 동래를 중심으로 경상북도의 동남부[30)]에 이르고 있다.

넷째, '여'가 '이'로 발음되는 지방은 경상남도 창녕이 가장 현저하고 경상북도의 중앙부[31)]에 다소 존재하고 있다.

'京, 經'은 '경'이라도 하고, '別'은 '별' 또는 '빌'이라고도 한다.

23) 단 울진 지방에서는 '여'도 함께 쓰인다.

24) 금산, 임실, 남원 지방.

25) 동래, 울산.

26) 영광, 함평.

27) 전남 영광 지방에서 그 주위와 달리 '여' 원음이 사용되고 있는 것은 이상하게 느껴지지만 이것은 영광의 동쪽에 우뚝 솟은 산이 있어서 동쪽과 교통이 불편한 데다가 서해안 쪽에 있는 법성포가 서울 방면과의 유일한 교통로라는 점과 관련이 있을 것이다.

28) 중앙부인 금산, 전주, 임실 지방에서 '여'의 원음이 존재한다는 것은 앞에서 서술한 바 있다.

29) 김천, 지례 및 공주, 부여, 강경 등.

30) 영주, 경주, 포항, 홍해, 영덕.

≪和漢三才圖會≫나 그 외에 도쿠가와(德川) 시대의 문헌에서 '빅셩(百姓)'을 '波久世岐(はくせぎ, hagusegi)',[32] '형(兄)'을 '閉岐(へぎ, hegi)', '경상(慶尙)'을 'けぐしやぐ(kegusiyagu)' 등으로 표기한 것을 보면 한자음 중 '여'로 표기되는 단어가 예전에 '에'로도 변화하는 경향이 있었음을 충분히 알 수 있다.

2 고유어

'며느리(婦), 셔(舌), 벼슬(職), 벼룩(蚤), 별(星), 벼기(枕), 하면(하+면), 하셧소(하+셧소)'와 같은 것은 모두 '여'를 포함한 순수 고유어이다. 이들은 지방에 따라서 '에, 이, 이' 등의 각종 음으로 변하는데 그 분포 상태는 다음과 같다.[33]

[충청북도]

ㄱ. '에'로 발음하는 지방 : 거의 전부

ㄴ. '어'로 발음하는 지방[34] : 산발적이므로 지방을 명시할 수 없다.

[충청남도]

ㄱ. '에'로 발음하는 지방 : 거의 전부[35]

ㄴ. '이'로 발음하는 지방 : '별(星)'이라는 단어는 도 전역에 걸쳐 '빌'과 같이 발음되지만 이 변화는 일반적으로 미약하다.[36] 단 강경 지방에

31) 대구, 상주, 함창, 예천, 의성, 영천, 경주, 포항, 홍해 등.

32) [역자주] '빅셩'의 '셩'이 'segi'로 반영되어 'ㅕ > ㅔ'를 확인할 수 있다.

33) <음운 분포도(4)> 참조.

34) '어렵다(難)'을 '에렵다', '하면'을 '하멘', '새벽'(曉)을 '새벡'이라고 하는 경우.

35) '볏(陽), 며느리(婦), 벼슬(職), 벼루(硯)'과 같은 것은 거의 도 전역에 걸쳐 '벳, 메누리, 베슬, 베루'와 같이 발음되는데 '별(星), 벼기(枕)'와 같은 것은 지방에 따라서 각각 다른 발음을 한다. 이 항목의 ㄴ, ㄷ 항을 참조.

36) [역자주] '별'을 제외한 다른 단어에서는 '여'가 '이'로 바뀌는 변화가 그다지 활발하게 일어나지 않음을 지적한 것이다.

서 '벼기(枕)'를 '비기'[37]와 같이 발음하는 것을 보면 강경 지방에서 '이'로의 변화가 강한 것을 알 수 있다.

ㄷ. '어'로 발음하는 지방 : '벼기(枕)'이라는 단어는 도 전역에 걸쳐 '버기'와 같이 발음되지만,[38] 앞의 'ㄱ('에'로 발음하는 경우)'과 비교하면 변화의 힘은 극히 미약하다. 요컨대 이 도에서는 '여'가 '에'로 변화하는 현상이 특징이라고 해야 한다.

[전라북도]

ㄱ. '에'로 발음하는 지방 : 거의 전부[39]

ㄴ. '이'로 발음하는 지방 : '별(星)'과 '벼기(枕)'는 전라북도의 대부분 지역에서 '빌',[40] 비기[41]로 발음하지만 그 세력은 극히 미약하다.[42]

ㄷ. '어'로 발음하는 지방 : '새벽(曉)'이라는 단어는 전라북도의 대부분 지역[43]에서 '새벅'이라고 발음되는데 이 역시 그 세력이 매우 미약하다.

요컨대 전라북도에서도 '여'가 '에'로 변화하는 현상이 특징이라고 해야 한다.

[전라남도]

ㄱ. 원음대로 발음하는 지방 : 영광, 함평

ㄴ. '에'로 발음하는 지방 : 대부분의 지방[44]

---

37) 충청남도의 다른 지방에서는 '버기' 또는 '베기'가 된다.

38) 부여는 '베기', 강경은 '비기'.

39) 단 '가볍다(輕), 새벽(曉)'과 같은 것은 도 전역에 걸쳐 '개법다, 새벅'과 같이 '어'로 변한다.

40) 임실, 남원은 '벨'.

41) 전주, 임실은 '베기'.

42) [역자주] '여'를 '에로 발음하는 것과 비교할 때 세력이 미약함을 뜻한다.

43) 군산, 전주는 '새벽'.

44) 아래에 제시하는 바와 같이 각 지방에 여러 종류의 변화가 존재하지만 이 현상은 거의 모든 지방에 공존한다.

ㄷ. '이'로 발음하는 지방 : 돌산[45]

ㄹ. 'ᄋᆡ'로 발음하는 지방 : 완도, 목포, 해남[46]

ㅁ. '어'로 발음하는 지방 : '하면', '새벽', '가볍다'라는 단어는 전라남도의 대부분에 걸쳐 '하먼', '새벅(혹은 '새복')', 'ᄀᆡ법다(혹은 'ᄀᆡ겁다')'라고 발음하지만 이것을 전라남도의 특징으로 삼기에는 충분치 않다.

요컨대 이 도에서는 '에' 계열이 가장 중요한 위치를 차지하고 있으나 남부 해안 지방은 돌산을 중심으로 한 '이' 계열, 목포, 해남, 완도에서 사용되는 'ᄋᆡ' 계열이 존재하는 것에도 주의를 기울여야 한다.

[경상북도]

ㄱ. '에'로 발음하는 지방 : 김천, 지례, 청송

ㄴ. '이'로 발음하는 지방 : 성주, 영천, 대구, 상주, 문경, 함창, 안동, 의성[47]

ㄷ. 'ᄋᆡ'로 발음하는 지방 : 예천, 영주, 경주, 포항, 영덕[48]

ㄹ. '어'로 발음하는 지방 : '하면'을 '하먼',[49] '가볍다(輕)'를 'ᄀᆡ겁다, ᄀᆡ법다'라고 하는 지방이 있지만 이 도의 특징이라고 볼 수는 없다.

---

45) 이 지방에서는 '星'을 '빌', '婦'를 '미누리', '舌'을 '시', '職'을 '비실' '硯'을 '비루', '枕'을 '비ᄀᆡ', '蚤'을 '비룩'이라고 하는 등 '여'를 완전히 '이'로 발음한다. 단 '星'을 '빌'이라고 하는 지역은 고흥, 보성, 장흥, 해남, 목포, 완도, 지도에 이른다.

46) 이 지방에서는 거의 규칙적으로 '婦'를 'ᄆᆡ누리', '舌'을 'ᄉᆡ', '職'을 'ᄇᆡ실'. '硯'을 'ᄇᆡ루', '蚤'를 'ᄇᆡ룩'과 같이 발음한다.

47) 단 문경에서는 '혀(舌)'를 '세', 안동에서는 '서', 의성에서는 '새'라고 하는 경우가 있다.

48) 단 예천에서는 '벼슬'(職)을 '비슬'이라고 하고 안동, 의성 지방에서도 '이'로 변한 것이 있다. 앞 항목 참고.

49) 홍해, 포항 등.

요컨대 경상북도에서 '여'의 분포는 중부의 '이' 계열과 동부의 'ᄋᆡ' 계열[50]을 중심으로 서남의 일부에 '에' 계열이 존재한다.

[경상남도]
ㄱ. '에'로 발음하는 지방 : 거제, 통영, 남해, 하동, 마산, 거창, 합천
ㄴ. '이'로 발음하는 지방 : 창녕, 밀양
ㄷ. 'ᄋᆡ'로 발음하는 지방 : 울산, 동래

요컨대 이 도에서는 중부 이서(以西) 지역에서는 '에', 동부에서는 'ᄋᆡ', 중부 중 경상북도에 인접한 지방에서는 '이'로 발음되는 것을 알 수 있다.

[강원도 동해안]
'에'로 발음하는 지방 : 전부[51]

이상으로 고유어에서의 '여'가 나타나는 분포 상황을 고찰하면 다음과 같다.

첫째, '여'의 원음이 존재하는 지방은 거의 없다.[52]

둘째, '여'가 '에'로 발음되는 지방은 대체로 경상북도의 대부분을 제외한 다른 부분에 널리 분포되어 있다.

셋째, '여'가 '이'로 발음되는 지방은 경상북도의 중부 일대에서 경상남도의 일부[53]에 다다르며 또한 전라남도 돌산을 중심지로 해서 목포에 이르는 남해안 더 나아가 전라북도에 다소 존재하고 있다.

넷째, '여'가 'ᄋᆡ'로 발음되는 지방은 동래로부터 영덕에 이르는 해안을 중심으로 하여 경상북도 내부의 예천, 영주에 다소 존재하고 전라남도 목포,

50) 영주, 예천과 같이 중앙부에 고립된 곳도 있긴 하다.
51) 단 평해에서는 '별'(星)을 '빌'이라고 한다.
52) 전라남도 서해안에 일부 존재하는 것뿐이다.
53) 경상북도에 인접한 창녕, 밀양 부근.

해남, 완도 지방에 멀리 떨어져 분포하고 있다.

≪和漢三才圖會≫와 그 외 도쿠가와 시대 문헌에서 '별(星)'을 'ぺる(peru)', '열(十)'을 'ゑる(eru)' 등으로 표기한 것을 보면 순수 고유어 중 '여'로 표기되는 단어는 예전에 '에'로도 발음되는 경향이 존재했음을 알 수 있다.

'여'로부터 변화한 음은 한자음이나 고유어에 상관 없이 같은 지방에서는 동일한 변화를 해야 하지만 앞에서 살핀 결과에 따르면 일치하지 않은 경우가 때때로 존재한다. 그러나 경상북도 및 경상남도 동부를 제외한 다른 지방에서는 대체로 '에'로 변화했다고 할 수 있다.

4. '예'

'예(藝)'와 같은 단어는 모든 지역에서 원음대로 발음되지만 원래부터 '예'를 포함한 '世(셰)',[54] '界(계)' 등은 지역에 따라 '에, ᄋᆡ, 이' 등으로 변화한다. 그 분포 상태는 다음과 같다.[55]

[충청북도] 전부 '에'로 발음된다.[56]

[충청남도] 전부 '에'로 발음된다.

[전라북도] 전부 '에'로 발음된다.

54) [역자주] '世'의 이전 한자음은 ≪東國正韻≫에서 '솅', 그 외의 문헌에서는 '셰'였다. 치음 뒤에서의 'y' 탈락으로 '세'가 되었다.

55) <음운 분포도(5)> 참조.

56) 단 '예(藝)' 및 '옛적(昔)'의 '예'는 원음대로 발음된다.

[전라남도] 전부 ‘에’로 발음된다.

[경상북도]
ㄱ. ‘예’로 발음하는 지방 : 상주, 청송[57]
ㄴ. ‘에’로 발음하는 지방 : 상주, 문경, 함창, 영주, 예천, 지례, 김천[58]
ㄷ. ‘이’로 발음하는 지방 : 대구, 상주, 예천, 안동, 청송, 의성, 홍해, 포항, 영덕, 경주, 영천, 성주[59]
ㄹ. ‘이’로 발음하는 지방 : 대구, 상주 등의 지방에서 ‘世上(셰샹)’을 ‘시상’과 같이 발음하지만 세력이 극히 미약하다.

[경상남도]
ㄱ. ‘에’로 발음하는 지방 : 창녕, 합천, 거창
ㄴ. ‘이’로 발음하는 지방 : 울산, 동래, 밀양[60]
ㄷ. ‘이’로 발음하는 지방 : 밀양[61]
남부 지역은 명확하지 않다.

[강원도 동해안]
ㄱ. ‘에’로 발음하는 지방 : 간성, 양양, 주문진, 강릉, 삼척, 평해
ㄴ. ‘이’로 발음하는 지방 : 울진

이상으로 ‘예’의 분포 상황을 고찰하면 다음과 같다.
첫째, ‘예’ 원음이 존재하는 지방은 매우 드물다.[62]

57) 단 상주에서는 이 외에 ‘에, 이’라고도 하고 청송 일부에서는 ‘이’로도 발음한다.
58) 단 상주에서는 이 외에 ‘예, 이’의 형태도 사용하고 있고 예천에서는 ‘이’라고도 한다.
59) 단 상주에서는 ‘예, 에’라고도 하고 예천에서는 ‘에’라고도 하며 청송에서는 ‘예’라고도 한다.
60) 단 밀양에서는 ‘繼(계)’를 ‘기’, ‘世上(셰샹)’을 ‘시상’과 같이 발음하기도 한다.
61) ‘이’로도 변화하지만 ‘이’ 형태가 다른 지방에 비해 꽤 현저하다.
62) 해미, 청송, 상주.

둘째, '에' 음으로 발음하는 지방은 충청남북도와 전라남북도의 전부, 경상남북도의 서부, 강원도의 대부분[63] 등이다.

셋째, 'ᄋᆡ'로 발음하는 지방은 경상북도의 중부 이동(以東), 경상남도의 동부, 강원도 해안 중 일부[64]이다.

넷째, '이'로 발음하는 지방은 밀양, 대구, 상주인데 이 중 밀양에서 가장 많이 쓰인다. 그러나 전체적으로 보아 그리 중요한 의미를 지니지는 않는다.

5. '요'

'學校(학교)', '敎師(교ᄉᆞ)', '妙香山(묘향산)', '車票(차표)', '孝子(효ᄌᆞ)'와 같은 단어에서 '校', '敎', '妙', '票', '孝' 등은 모두 '요'를 포함한 한자인데 이것이 각 지역에 따라 '외, 오' 등의 음으로 변화한다. 여기서 이 분포 상황을 설명한다.[65]

[충청북도]

ㄱ. 원음대로 발음하는 지방 : 모든 지방에 대체로 원음이 존재한다.

ㄴ. 원음 이외에 '오'로도 발음하는 지방 : 괴산[66]

ㄷ. 원음 이외에 '외'로도 발음하는 지방 : 진천[67]

---

63) 울진은 제외.

64) 울진을 말한다.

65) <음운 분포도(6)> 참조.

66) '學校'를 '학교', '학고', '敎師'를 '교사', '고ᄉᆞ'라고 하는 경우. 단 청주, 충주, 영동 등에서도 '學校'를 '학교', '학고'라고 한다.

67) '學校'를 '학교', '학괴', '敎師'를 '교ᄉᆞ', '괴ᄉᆞ'라고 하는 경우. 단 충주에서도 '學校'를 '학교', '학괴', 영동에서도 '敎師'를 '교ᄉᆞ', '괴ᄉᆞ'라고 한다.

[충청남도]

ㄱ. 원음대로 발음하는 지방 : 모든 지방에 대체로 원음이 존재한다.

ㄴ. 원음 외에 '오'로도 발음하는 지방 : 보령, 강경, 조치원68)

ㄷ. 원음 외에 '외'로도 발음하는 지방 : 홍산69)

[전라북도]

ㄱ. 원음대로 발음하는 지방 : 전주, 임실, 무주, 금산70)

ㄴ. '오'로 발음하는 지방

a. 원음 외에 '오'로 발음하는 지방 : 임실, 무주71)

b. '외' 외에 '오'로도 발음하는 지방 : 정읍, 군산72)

※ 그러나 '오'로 변하는 현상은 (ㄱ), (ㄷ)에 비해 그리 많지 않다.

ㄷ. '외'로 발음하는 지방 : 남원, 정읍, 김제, 군산73)

[전라남도]

ㄱ. 원음대로 발음하는 지방 : 영광, 함평74)

ㄴ. '오'로 발음하는 지방 : 해남, 목포, 완도75)

ㄷ. '외'로 발음하는 지방 : 영광, 함평을 제외한 전부76)

---

68) 보령, 조치원에서는 '學校'를 '학교', '학고', '校長'을 '교장', '고장'이라고 하고 강경에서는 '學校'를 '학교', '학고', '教師'를 '교ᄉᆞ', '고ᄉᆞ'라고 한다. 그 외 홍성, 광천, 홍산, 청양 부근에서는 '學校'를 '학교', '학고'라고 한다.

69) '教師'를 '교ᄉᆞ', '괴ᄉᆞ', '孝子'를 '효ᄌᆞ', '회ᄌᆞ'라고 하는 경우. 그 외 청양, 강경 등에서도 '教師'를 '교ᄉᆞ', '괴ᄉᆞ'라고 한다.

70) 단 임실과 무주에서는 '學校'를 '학고'라고도 한다. 또 임실에서는 '요'를 '외'로 발음하는 경우도 많다. 이 항목의 'ㄷ' 참조.

71) '學校'를 '학교', '학고'라고 하는 경우.

72) '學校'를 '학괴', '학고'라고 하는 경우.

73) '學校'를 '학괴', '教師'를 '괴ᄉᆞ', '孝子'를 '회ᄌᆞ'라고 하는 경우. 단 정읍, 군산에서는 '學校'를 '학고'라고도 한다.

74) 단 두 곳에서 모두 '孝子'를 '회ᄌᆞ'라고 한다.

75) 이 지방에서는 '學校'를 '학고'라고 한다. 단 대부분의 단어는 이 지방에서도 '외'다.

[경상북도]
ㄱ. 원음대로 발음하는 지방 : 영주, 안동, 청송, 의성[77]
ㄴ. '오'로 발음하는 지방 : (ㄱ) 항목에 나온 지역을 제외한 전부
ㄷ. '외'로 발음하는 지방 : 없음

[경상남도]
ㄱ. 원음대로 발음하는 지방 : 없음
ㄴ. '오'로 발음하는 지방 : 전부
ㄷ. '외'로 발음하는 지방 : 없음

[강원도 동해안]
ㄱ. 원음이 존재하는 지방 : 없음
ㄴ. '오'로 발음하는 지방 : 울진, 평해
ㄷ. '외'로 발음하는 지방 : 통천, 고성, 간성, 양양, 주문진, 강릉

이상으로'요'의 분포 상황을 고찰하면 다음과 같다.

첫째, '요'의 원음이 존재하는 지방은 충청남북와 전라북도의 대부분을 중심으로 하며 그 영향이 경상남북도의 일부에 이르러 마치 한반도를 횡단하는 듯한 형세를 보이고 있다.

둘째, '오'로 발음하는 지방은 경상남북 전체, 강원도의 남부[78]를 중심 지역으로 하며 인접한 각 도에 조금씩 영향을 미치고 있다.

셋째, '외'로 발음하는 지방은 전라남도 및 강원도 해안을 중심지로 하며 그 중간은 '요'와 '오' 계열에 의해 단절되어 있다. 또한 전라남도의 형태는 전라북도의 일부[79]에 영향을 미치며 강원도의 형태는 함경남북도 지방의 형

76) 단 해남, 목포, 완도 지방에서는 '學校'를 '학고'라고 할 때가 있다.
77) 단 영주, 청송 지방에서는 '學校'를 '학고', '教師'를 '고스', '車票'를 '챠포'와 같이 발음할 때가 있다.
78) 울진, 평해.

태와 밀접한 관련이 있다.

6. '유'

'規則'의 '規(규)', '休暇(휴가)'의 '休(휴)'와 같은 한자는 모두 '유'를 포함한 것인데 지방에 따라서 '우, 위' 등의 음으로 변한다.[80] 그 분포 상태는 다음과 같다.[81]

[충청북도]
ㄱ. 원음대로 발음하는 지방 : 충주
ㄴ. 원음 외에 '위'로도 발음하는 지방 : 청주, 진천, 영동
ㄷ. 원음 외에 '우'로도 발음하는 지방 : 괴산

[충청남도]
ㄱ. 원음대로 발음하는 지방 : 강경을 제외한 거의 전부[82]
ㄴ. 원음 외에 '우'로도 발음하는 지방 : 강경

---

79) 김제, 정읍, 남원.

80) [역자주] '위'가 어떤 음가를 나타내는지는 분명치 않다. '유'가 방언에 따라 단모음 '위'로 나타나는 일이 잦으므로 '위'는 단모음 '위'와 비슷할 듯하지만 표기상으로는 그 앞에 반모음 'y'가 더 포함되어 있다. 'yü'라는 이중모음은 아직 보고된 적이 없으며 '위'에 대한 별도의 설명도 없어서 '위'의 음가는 정확히 알 수 없다. 다만 小倉進平이 1931년에 발표한 "朝鮮語母音の記號表記法に就いて"라는 논문에서는 '위'를 'ɪuɪ, juɪ'로 표기한 것으로 보아 삼중모음을 나타낸 것으로 보인다. 이 논문은 이 책의 5부에 "한국어 모음의 발음 기호"라는 제목으로 실려 있으므로 참고할 수 있다.

81) <음운 분포도(7)> 참조.

82) 단 보령, 청양 지방에서는 '規則'을 '구측'이라고 한다.

[전라북도]

ㄱ. 원음 외에 '위'로도 발음하는 지방 : 전주, 무주, 금산

ㄴ. '위'로 발음하는 지방 : 임실, 남원, 정읍, 김제, 군산

[전라남도]

ㄱ. 원음대로 발음하는 지방 : 장흥

ㄴ. 원음 외에 '위'로도 발음하는 지방 : 함평

ㄷ. '위'로 발음하는 지방 : 앞의 (ㄱ), (ㄴ)을 제외한 전부

[경상북도]

ㄱ. 원음대로 발음하는 지방 : 문경, 영주, 안동, 청송, 의성

ㄴ. '우'로 발음하는 지방 : 대구, 상주, 함창, 예천, 홍해, 포항, 영덕, 경주, 영천, 성주, 지례, 김천[83)]

[경상남도]

'우'로 발음하는 지방 : 전부

[강원도 동해안]

ㄱ. '우'로 발음하는 지방 : 평해

ㄴ. '위'로 발음하는 지방 : 통천, 장전, 고성, 간성, 양양, 주문진, 삼척, 강릉

이상으로 '유'의 분포 상황을 고찰하면 다음과 같다.

첫째, '유'를 원음대로 발음하는 지방은 충청남북도를 중심으로 남쪽은 전라북도의 북부, 동쪽은 경상북도의 중부에 미쳐 마치 한반도를 횡단하는 듯한 형세를 보인다.

---

83) 단 예천 지방에서는 '規則'을 '귀측'이라고 하고 포항 지방에서는 '休暇'를 원음대로 할 때도 있다.

둘째, '우'로 발음하는 지방은 경상남도의 전부, 경상북도의 중앙부를 제외한 일원, 강원도 해안의 최남단을 포함한다.

셋째, '위'로 발음하는 지방은 전라남북도 전체와 강원도 해안[84]을 중요 지역으로 하며 그 중간은 '유' 계열과 '우' 계열에 의해 단절되어 있다. 또한 전라남북도의 형태는 충청북도에 일부 영향을 미치며 강원도의 형태는 함경남도 안변 부근과 다소 교류를 하고 있다.

7. '외'

'怪異(괴이)', '衰殘(쇠잔)', '回答(회답)', '會計(회계)' 등에서의 '怪', '衰', '回', '會'는 모두 모음 '외'를 포함하고 있지만 이것이 지방에 따라서 'ᄋᆡ, 왜, 이, 위, 웨, 요, 에, 오' 등 여러 음으로 변화한다. 여기서 그 분포 상황을 설명한다.[85]

[충청북도] 대체로 각지에서 원음대로 발음한다.

[충청남도]

ㄱ. 원음대로 발음하는 지방 : 예산, 면천, 서산, 해미, 홍성, 광천, 보령, 청양, 강경, 조치원

ㄴ. 원음 외에 '웨'로도 발음하는 지방 : 홍산, 부여[86]

ㄷ. 원음 외에 '위'로도 발음하는 지방 : 공주[87]

ㄹ. 원음 외에 '웨' 또는 '위'로 발음하는 지방 : 남포[88]

84) 평해는 제외한다.

85) <음운 분포도(8)> 참조.

86) 이 지방에서는 '怪(괴)'를 '궤'로 발음한다.

87) 이 지방에서는 '畏(외)'를 '위'와 같이 발음한다.

88) 이 지방에서는 '怪(괴)', '魁(괴)'를 '궤'로, '外(외)', '畏(외)'를 '위'와 같이

[전라북도]

ㄱ. 원음대로 발음하는 지방 : 전주, 임실, 남원, 군산

ㄴ. 원음 외에 '요'로도 발음하는 지방 : 정읍, 김제, 무주, 금산[89]

[전라남도]

ㄱ. 원음대로 발음하는 지방 : 광주, 옥과, 곡성, 구례, 순천, 광양, 돌산, 여수, 고흥, 벌교, 보성

ㄴ. 원음 외에 '요'로도 발음하는 지방 : 장흥, 해남, 함평, 나주, 장성, 영광

ㄷ. 원음 외에 '웨, 에, 오'로도 발음하는 지방 : 목포[90]

ㄹ. 원음 외에 '웨, 요, 에'로도 발음하는 지방 : 완도[91]

[경상북도]

ㄱ. 원음대로 발음하는 지방 : 경주, 영천, 성주, 지례[92]

ㄴ. '웨'로 발음하는 지방 : 문경, 함창[93]

ㄷ. '왜'로 발음하는 지방 : 영주, 안동, 청송, 의성, 홍해, 포항, 영덕, 김천[94]

ㄹ. '왜', '이', '위'로 발음하는 지방 : 예천[95]

발음한다.

89) 단어에 따라서 차이가 있지만 '怪異(괴이)'를 '교이', '魁首(괴슈)'를 '교슈'와 같이 말한다.

90) '外(외)', '畏(외)'를 '웨', '怪(괴)'를 '게', '回(회)'를 '헤', '魁(괴)'를 '고'와 같이 발음한다.

91) '外(외)'를 '웨', '會(회)'를 '효', '回(회)'를 '헤'와 같이 발음한다.

92) 단 지례 지방에서는 '畏(외)'를 '왜'라고도 한다.

93) 문경 지방에서는 '怪(괴)'를 '기'라고 하고 함창 지방에서는 '回(회)'를 '헤', '魁(괴)'를 '게'라고 하는 경우가 있다.

94) 영주 지방에서는 '魁(괴)'를 '고', 포항 지방에서는 '回(회)'를 '히'라고 하는 경우가 있다.

95) '怪(괴)', '魁(괴)'를 '괘, 기, 귀', '衰(쇠)'를 '쇄, 시, 쉬', '回(회)'를 '홰, 히, 휘'라고 하는 경우이다. 그 외의 지방에서는 '怪(괴)', '魁(괴)'를 '고', '外(외)'

ㅁ. '익'로 발음하는 지방 : 대구[96]

ㅂ. '이'로 발음하는 지방 : 상주[97]

요컨대 경상북도에서 '외'의 변화는 매우 복잡한 것임을 충분히 알 수 있다.

[경상남도]

ㄱ. 원음 외에 '익'로도 발음하는 지방 : 동래[98]

ㄴ. 원음 외에 '웨, 에'로도 발음하는 지방 : 합천[99]

ㄷ. '왜'로 발음하는 지방 : 밀양, 거창

ㄹ. '위'로 발음하는 지방 : 창녕[100]

ㅁ. '익'로 발음하는 지방 : 동래[101]

ㅂ. '에'로 발음하는 지방 : 거제, 통영, 남해, 하동, 마산[102]

[강원도 동해안]

ㄱ. 원음대로 발음하는 지방 : 통천, 고성, 간성, 양양, 주문진, 강릉[103]

를 '익', '回(회)'를 '힉'외 같이 발음하기도 한다.

96) '畏(외)'를 '익', '怪(괴)'를 '긱', '回(회)'를 '힉'라고 하는 경우이다. 이 지방에서는 '怪(괴)', '魁(괴)'를 '고'라고 발음하는 경우도 있다. 또한 함창, 예천, 포항 부근에서도 '익'로 변화한 것이 있다.

97) '畏(외)'를 '이', '怪(괴)'를 '기', '回(회)'를 '히'라고 하는 경우이다. 같은 지방에서 '怪(괴)', '魁(괴)'를 '고', '衰(쇠)'를 '식', '回(회)'를 '힉'로 발음하는 등 '오' 및 '익'로 변화하는 경우도 있다.

98) '外(외)'를 '익', '衰(쇠)'를 '식', '回(회)'를 '힉'와 같이 발음한다.

99) '怪(괴)'를 '궤', '會(회)'를 '훼', '衰(쇠)'를 '세', '回(회)'를 '헤'라고 발음하는 경우이다. 또한 같은 지방에서 '魁(괴)'를 '긱'와 같이 말하기도 한다.

100) '畏(외)'를 '위', '回(회)'를 '휘'라고 하는 경우.

101) '畏(외)'를 '익', '回(회)'를 '힉'라고 하는 경우.

102) '畏(외)'를 '에', '回(회)'를 '헤'라고 하는 경우.

103) 울진 지방에서는 원음 외에 '怪(괴)'를 '고', '魁(괴)'를 '고'와 같이 발음하기도 한다.

ㄴ. '웨'로 발음하는 지방 : 평해

이상으로 '외'의 분포 상황을 고찰하면 매우 복잡해서 계통을 밝히는 것이 어렵다. 이것은 '외'의 발음이 매우 어려운 사실에 기인한다. 여기서 그 분포를 대략 설명하기로 한다.

첫째, 원음대로 발음하는 지방은 충청남북도, 강원도 동해안을 주요 지역으로 해서 다른 도에도 걸쳐 있지만 경상남도는 특히 원음을 소실한 경우가 매우 현저하다.

둘째, '웨'로 발음하는 것은 강원도 해안의 평해가 가장 농후하고 다른 도에도 존재하고 있지만 그 지역들을 묶기가 어렵다.

셋째, '요'로 발음하는 지방은 주로 전라남북도의 서부와 전라북도의 북부이다.

넷째, '왜'로 발음하는 지방은 경상북도의 대부분과 여기에 인접한 경상남도의 북부 지방이다.

다섯째, '오'로 발음하는 지방은 경상북도의 서북부 및 강원도 해안의 남부 지방이다.

여섯째, '에'로 발음하는 지방은 주로 경상남도의 남해안이다.

일곱째, 'ᄋᆡ'로 발음하는 지방은 대구를 중심으로 경상북도의 일부 및 경상남도의 동부이다.

여덟째, '위'로 발음하는 지방은 창녕과 예천이다.

아홉째, '이'로 발음하는 지방은 경상북도의 서북부이다.

8. '위'

'違反(위반)', '歸家(귀가)', '指揮(지휘)', '受取(슈취)' 등의 단어에서 '違', '歸', '揮', '取'는 모두 모음 '위'를 포함하고 있는데 '위'는 지방에

따라 '이'로 변한다. 여기서 그 분포 상황을 다음에 보인다.[104)]

[충청북도]
원음대로 발음하는 지방 : 전부

[충청남도]
원음대로 발음하는 지방 : 전부.

[전라북도]
원음대로 발음하는 지방 : 전부

[전라남도]
원음대로 발음하는 지방 : 전부[105)]

[경상북도]
ㄱ. 원음대로 발음하는 지방 : 영주, 안동, 청송, 의성, 흥해, 포항, 영덕, 영천, 성주, 지례
ㄴ. '이'로 발음하는 지방 : 대구, 상주, 문경, 함창, 김천
ㄷ. '위'와 '이'로 발음하는 지방 : 예천, 경주

[경상남도]
ㄱ. 원음대로 발음하는 지방 : 울산, 창녕
ㄴ. '이'로 발음하는 지방 : 동래, 합천, 거창
ㄷ. '위'와 '이'로 발음하는 지방 : 밀양

---

104) <음운 분포도(9)> 참조.
105) 단 목포, 지도 지방에서는 '違'(위)를 '이'라고도 한다.

[강원도 동해안]
원음이 존재하는 지방 : 전부

이상으로 '위'의 분포 상황을 고찰하면 다음과 같다.

첫째, 원형대로 발음하는 지방은 충청남북도와 전라남북도 및 강원도 해안의 전부, 경상북도의 중부 이동(以東), 경상남도의 동북부이다.

둘째, '이'로 발음하는 지방은 경상남도의 대부분이다.

9. '의'

'記錄(긔록)', '希罕(희한)' 등에서의 '記', '希'는 모두 '의'를 포함한 단어지만 지방에 따라서 '이'와 같이 발음되기도 한다. 다음에 그 분포 상태를 보인다.[106]

[충청북도]
ㄱ. 원음대로 발음하는 지방 : 괴산
ㄴ. '이'로 발음하는 지방 : 충주, 진천, 영동
ㄷ. 원음이나 '이'로 발음하는 지방 : 청주

[충청남도]
ㄱ. 원음대로 발음하는 지방 : 예산, 면천, 해미, 홍성, 광천, 보령, 남포, 부여, 공주, 조치원[107]
ㄴ. '이'로 발음하는 지방 : 청양, 강경
ㄷ. 원음이나 '이'로 발음하는 지방 : 홍산

106) <음운 분포도(10)> 참조.
107) 단 광천, 보령, 남포, 부여, 공주, 조치원에서는 '記(긔)'를 '기'라고도 한다.

[전라북도]
'이'로 발음하는 지방 : 전부

[전라남도]
'이'로 발음하는 지방 : 전부

[경상북도]
'이'로 발음하는 지방 : 전부

[경상남도]
'이'로 발음하는 지방 : 전부

[강원도 동해안]
'이'로 발음하는 지방 : 전부

이상으로'의'의 분포 상황을 고찰하면 충청남북도의 일부에서 원음대로 발음하고 그 외의 지방에서는 모두 '이'로 변화했음을 알 수 있다.

10. '와'

'完全(완젼)', '王(왕)', '曰(왈)', '官吏(관리)', '坐(좌)', '華(화)', '黃海(황히)' 등에서의 '完', '王', '曰', '官', '坐', '華', '黃'은 모두 '와'를 포함한 단어인데 지방에 따라 '아'로 발음될 때가 있다. 여기서 그 분포 상태를 보인다.[108)]

---

108) <음운 분포도(11)> 참조.

[충청북도]

원음대로 발음하는 지방 : 전부[109)]

[충청남도]

원음대로 발음하는 지방 : 전부

[전라북도]

ㄱ. 원음대로 발음하는 지방 : 전주, 임실, 남원, 무주, 금산, 군산

ㄴ. 원음이나 '아'로 발음하는 지방 : 정읍, 김제[110)]

[전라남도]

ㄱ. 원음대로 발음하는 지방 : 광주, 옥과, 순천, 광양, 돌산, 여수, 고흥, 함평, 영광[111)]

ㄴ. '아'로 발음하는 지방 : 벌교

ㄷ. 원음이나 '아'로 발음하는 지방 : 곡성, 구례, 보성, 장흥, 해남, 목포, 나주, 장성, 완도[112)]

[경상북도]

ㄱ. 원음대로 발음하는 지방 : 영주, 안동, 청송, 의성, 포항, 영덕, 경주, 영천, 성주[113)]

ㄴ. '아'로 발음하는 지방 : 상주[114)]

ㄷ. 원음이나 '아'로 발음하는 지방 : 대구, 문경, 함창, 예천, 홍해, 지례,

---

109) 단 영동 부근에서는 '瓜(과)'를 '가', '黃(황)'을 '항'과 같이 발음한다.

110) 이 지방에서는 '官(관)'을 '간', '坐(좌)'를 '자', '黃(황)'을 '항'과 같이 말하기도 한다.

111) 단 옥과, 광양 지방에서는 '官(관)'을 '간'과 같이 말하기도 한다.

112) 같은 글자를 '와, 아' 두 음으로 발음하는 지방도 있지만 글자에 따라 '와' 혹은 '아'로 발음되는 지방도 포함된다.

113) 단 영덕 지방에서는 '坐(좌)'를 '자', '還(환)'을 '한'과 같이 말하기도 한다.

114) 단 '完', '王'은 원음대로 말한다.

김천

[경상남도]

ㄱ. 원음대로 발음하는 지방 : 남해, 창녕, 거창

ㄴ. '아'로 발음하는 지방 : 거제, 통영, 동래

ㄷ. 원음이나 '아'로 발음하는 지방 : 하동, 울산, 밀양, 합천

[강원도 동해안]

ㄱ. 원음대로 발음하는 지방 : 통천, 고성, 간성, 양양

ㄴ. 원음이나 '아'로 발음하는 지방 : 주문진, 강릉, 울진, 평해

이상으로 '와'의 분포 상황을 고찰하면 다음과 같다.

첫째, 원음대로 발음하는 지방은 충청남북도를 주요지로 하고 전라북도의 중부, 경상북도의 중부가 다음으로 많으며 그 외의 지방에서는 불규칙적으로 나타난다.

둘째, '아'로 발음하는 지방은 각지에 분산되어 있지만 대체로 각 도의 해안 지방에 많이 존재하며[115] 경상북도 서부에 모습을 드러내고 있다.

'와'라는 음은 일본어의 'わ(wa)'에 해당한다. 따라서 '와'를 발음하기 어려운 지방에서는 일본어 'わ'의 발음에도 어려움을 느낀다. 그런 지방에서는 'わたくし(watakushi, 私)'를 'あ̊たくし(atakushi)', 'わすれる(wasureru, 忘)'를 'あ̊すれる(asureru)'로 발음하는 경우가 가끔 있다.

115) 충청남도는 제외.

11. '워'

'病院(병원)', '正月(정월)', '一劵(일권)', '大闕(대궐)' 등에서의 '院', '月', '劵', '闕'은 '워' 모음을 포함한 단어이지만 지방에 따라 '어'로 발음된다. 여기서 분포 상태를 다음에 보인다.116)

[충청북도]
원음대로 발음하는 지방 : 전부

[충청남도]
원음대로 발음하는 지방 : 전부

[전라북도]
ㄱ. 원음대로 발음하는 지방 : 전주, 임실, 남원, 무주, 금산, 군산
ㄴ. 원음이나 '어'로 발음하는 지방 : 정읍, 김제

[전라남도]
ㄱ. 원음대로 발음하는 지방 : 광주, 옥과, 구례, 순천, 광양, 돌산, 여수, 고흥, 보성, 장흥, 해남, 함평, 장성, 완도, 영광117)
ㄴ. 원음이나 '어'로 발음하는 지방 : 곡성, 벌교, 목포, 나주

[경상북도]
ㄱ. 원음대로 발음하는 지방 : 대구, 문경, 영주, 안동, 청송, 의성, 홍해, 포항, 영덕, 경주, 영천, 성주118)

---

116) <음운 분포도(12)> 참조.
117) 장성에서는 '病院(병원)'을 '병언', '南原(남원)'을 '남언'과 같이 말하기도 한다.
118) 단 대구에서는 '水原(슈원)'을 '슈언', '病院(병원)'을 '병언'과 같이 말하기도

ㄴ. '어'로 발음하는 지방 : 상주, 함창, 지례, 김천
ㄷ. 원음이나 '어'로 발음하는 지방 : 예천

[경상남도]
ㄱ. 원음대로 발음하는 지방 : 거제, 통영, 남해, 하동, 마산, 울산, 밀양, 창녕, 합천, 거창
ㄴ. '어'로 발음하는 지방 : 동래

[강원도 동해안]
원음이 존재하는 지방 : 전부

이상으로 '워'의 분포 상황을 고찰하면 다음과 같다.[119]

첫째, 원음대로 발음하는 지방은 충청남북도를 주요 지역으로 하여 다른 도에 널리 분포되어 있다.

둘째, '어'로 발음하는 지방은 경상북도 서부에 가장 많고 전라남북도의 일부에 존재하고 있다.

12. '왜'

'倭(왜)'는 지방에 따라 'ᄋᆡ'와 같이 발음된다. 아래에 그 분포 상태를 보인다.[120]

한다.

119) [역자주] '워'는 현재 방언에 따라 '워, 오, 어'의 세 가지로 발음된다. 小倉進平은 '오'로 발음되는 방언형에 대해서는 전혀 언급하지 않았다. 이것이 小倉進平이 방언 조사를 할 당시 '워'가 '오'로 바뀌는 변화가 없었기 때문인지 다른 이유가 있기 때문인지는 알 수 없다.

120) <음운 분포도(13)> 참조.

[충청북도]
원음대로 발음하는 지방 : 전부

[충청남도]
원음대로 발음하는 지방 : 전부

[전라북도]
ㄱ. 원음대로 발음하는 지방 : 전주, 임실, 남원, 무주, 금산, 군산
ㄴ. '이'로 발음하는 지방 : 정읍, 김제

[전라남도]
ㄱ. 원음대로 발음하는 지방 : 광양, 여수, 고흥, 함평
ㄴ. '이'로 발음하는 지방 : 옥과, 곡성, 구례, 돌산, 보성, 목포, 장성, 완도, 영광
ㄷ. '와'로 발음하는 지방 : 광주
ㄹ. 원음과 '이'로 발음하는 지방 : 순천, 벌교, 장흥, 해남

[경상북도]
ㄱ. 원음대로 발음하는 지방 : 대구, 문경, 영주, 안동, 청송, 의성, 흥해, 포항, 영덕, 경주, 영천, 성주
ㄴ. '이'로 발음하는 지방 : 상주, 함창, 지례, 김천
ㄷ. 원음과 '이'로 발음하는 지방 : 예천

[경상남도]
ㄱ. 원음대로 발음하는 지방 : 울산, 밀양, 창녕, 거창
ㄴ. '이'로 발음하는 지방 : 동래, 합천
이 도의 남해안은 불분명하다.

[강원도 동해안]
원음대로 발음하는 지방 : 전부

이상으로 '왜'의 분포 상황을 고찰하면 다음과 같다.

첫째, 원음대로 발음하는 지방은 충청남북도와 전라남도의 전부, 그 외에 다른 도의 대부분이다.

둘째, '이'로 발음하는 지방은 경상북도 서부 및 여기에 인접한 경상남도 일부, 전라북도 서부이다.

13. '웨'

'웨(何故)'는 지방에 따라 '왜, 웨, 와'와 같이 발음된다.[121] 여기서 그 분포 상태를 보인다.[122]

[충청북도]
원음대로 발음하는 지방 : 전부

[충청남도]
원음대로 발음하는 지방 : 전부

[전라북도]
원음대로 발음하는 지방 : 전부

---

121) [역자주] 이 단어의 현재 표기는 '왜'이다.
122) <음운 분포도(14)> 참조.

[전라남도]
원음대로 발음하는 지방 : 전부

[경상북도]
ㄱ. 원음대로 발음하는 지방 : 대구, 상주, 문경, 경주, 영천, 성주, 지례, 김천
ㄴ. '왜'로 발음하는 지방 : 함창, 예천, 청송, 의성
ㄷ. '웨'로 발음하는 지방[123] : 영주, 안동, 영덕
ㄹ. '와'로 발음하는 지방 : 홍해, 포항

[경상남도]
원음대로 발음하는 지방 : 전부

[강원도 동해안]
'왜'로 발음하는 지방 : 전부

이상으로 '웨'의 분포 상태를 고찰하면 충청남북, 전라남북, 경상남도의 각 지방에서는 전부 원음 그대로 발음되고 있지만 경상북도에서는 '왜, 웨, 와' 등의 음이 섞여 있고 강원도에서는 전부 '왜'이다.

14. '기, 겨'

'기' 또는 '겨'가 '지' 또는 '져'로 변하는 경우가 있다. 가령 '길(路)'을

123) [역자주] '웨'는 무척 독특한 표기이다. 小倉進平이 모음자의 표기법을 다룬 다른 논문에도 전혀 나오지 않는다. ≪訓民正音解例本≫의 '中聲解'에 나온 설명을 따르면 양모음은 양모음끼리 결합할 수 있을 뿐이므로 '웨'와 같은 표기는 허용되지 않는다. 그뿐만 아니라 小倉進平은 '웨'를 '왜'나 '웨'와 구분하여 쓰고 있어 무엇을 나타내고자 한 것인지 매우 궁금하다.

'질', '기둥(柱)'을 '지둥', '기름(油)'을 '지름', '키(箕)'를 '치', '겻(傍)'을 '젓', '견딜(耐)'를 '전딜', '계집(女)'을 '졔집' 또는 '지집' 등이라고 하는 것이다. 그러나 이 현상은 남부 방언에서만 한정되지 않고 한반도의 각 도에 걸쳐 널리 존재하고 있어 여기에 분포 상태를 제시하지는 않는다.

15. '히, 혀'

'히' 또는 '혀'가 '시' 또는 '셔'로 변하는 경우가 있다. 예컨대 '힘(力)'을 '심', '혀(舌)'를 '셔, 세, 시, 싀', '흉년(凶年)'을 '슝년'이라고 하는 것이다.[124] 그러나 이 현상도 남부 방언의 독특한 것으로 볼 수 없기 때문에 여기에 분포 상황을 제시하지는 않는다.

16. 'ㅿ'

일반적으로 서울 지방에서 'ㅇ'으로 표기되는 단어가 'ㅅ'으로 발음되는 경우가 있다. 가령 '가을(秋)'을 '가슬, 가실', '겨을(冬)'을 '져슬, 져실', '가에(邊)'를 '가세', '가음(料)'를 '가심', '구유(馬槽)'를 '구시, 구수', '가위(剪刀)'를 '가싀'라고 하는 것이다. 이러한 현상은 거의 모든 도에 걸쳐 나타나며 다만 정도의 차이만 있을 뿐이어서 분포 상태를 계통적으로 표시할 필요까지는 없다.

---

124) [역자주] 소위 ㅎ-구개음화를 말한다. 현재 많은 방언에서는 '혀, 효, 휴' 등에 ㅎ-구개음화가 적용되었을 때 '서, 소, 수'로 나타난다. 小倉進平의 자료 조사에 따르면 '셔, 슈'로 나타나므로 '혀, 효, 휴'가 '서, 소, 수'로 바뀌기에 앞서 '셔, 쇼, 슈'의 단계를 밟았음을 알 수 있다.

그렇다면 'ㅇ'과 'ㅅ'의 대립 원인은 어디에 있는가? 'ㅇ' 또는 'ㅅ'으로 발음되는 단어 중 다수는 예전에 'ㅿ'으로 표기되던 단어이며, 이 'ㅿ'의 음가가 독일어의 'j'와 유사하기 때문에 'ㅇ' 및 'ㅅ'의 두 음으로 분열한 것이라고 생각된다.[125] 명사 이외에도 예전의 'ᄒᆞᅀᆸ고'가 후세에 'ᄒᆞᆸ고'와 'ᄒᆞ옵고'가 되며 'ᄒᆞ야ᅀᅡ'가 후대에 'ᄒᆞ야사'[126]와 'ᄒᆞ야야'의 두 가지로 나뉜 현상 등을 보아도 그것을 알 수 있다. 이러한 결론에 대해서는 많은 증거가 존재하고 있지만 논의가 다른 방향으로 흐를 우려가 있기 때문에 생략한다.

17. 'ㅸ'

서울 방언에서 용언의 활용형 중 'ㅇ'으로 표기되는 것이 남부 방언에서는 'ㅂ'으로 나타나는 경우가 있다. 가령 '더워서, 더운(暑)'을 '더버서, 더분', '고아서, 고운(美)'을 '고바서, 고분', '매워서, 매운(辛)'을 '매버서, 매분', '더러워서, 더러운(穢)'을 '더러버서, 더러분'이라고 하는 것이다. 이들도 앞 항목(ㅿ)과 마찬가지로 정도에서 차이가 있지만 각 도에 걸쳐 널리 사용되고 있기 때문에 이 분포를 계통적으로 제시할 필요는 없다.

'ㅂ'과 'ㅇ'이 대립 현상을 가지게 된 이유는 이런 단어에서의 'ㅂ'이 원래는 'ㅸ'으로 표기되어 있던 것이며 그 'ㅸ'이 'w' 음가를 가지고 있어서

---

125) [역자주] 여기서 알 수 있듯이 小倉進平은 초기에 'ㅿ'의 음가를 반모음 '[y]'로 보았다. 그러나 이후에는 입장을 바꾸어 '[s]'의 유성음인 '[z]'라고 하였다. 이러한 입장 변화의 암시는 1929년에 나온 "平安南北道の方言(이 책의 4부에 '평안남북도 방언의 음운'이라는 제목으로 수록했음)"에서 보인다. 그의 최종 결론은 'ㅿ'이 기원적으로는 '[z]'이며 이것이 어떤 방언에서는 '[s]'로 바뀌고 어떤 방언에서는 '[j]'를 거쳐 탈락했다는 것이다. 여기에 대해서는 이 책의 4부에 실은 "음운 각론"을 참고할 수 있다.

126) 오늘날 경상북도 방언 중에 존재한다.

쉽게 '워, 우' 등의 음으로 변화할 수 있었기 때문이다. 'ㅸ'이 'w'의 음가를 가지고 있었던 것에 관해서는 많은 증거가 있지만 여기서는 생략하기로 한다.[127)]

18. '이-역행동화'

어떤 단어 또는 구의 뒤에 모음 '이'가 오면 그 단어 또는 구에 있는 모음이 후행 모음의 영향을 받아 일종의 동화 작용, 즉 역행동화 현상이 발생할 때가 있다. 가령 '바람이(風)'가 '바램이'로 바뀌고 '사람이(人)'가 '사램이'로 바뀌고 '공일(空日)'이 '굉일'로 바뀌는 것이다.

이 음운 현상의 분포를 보면 충청북도의 대부분과[128)] 경상북도의 상주, 문경, 함창, 영주, 예천, 안동, 청송 지방에서는 거의 이 현상이 존재하지 않으며 강원도 동해안 역시 그다지 현저하지 않다. '이-역행동화' 현상이 존재하는 지방에서도 그 정도에 있어 다소 차이가 있으나 앞에 제시한 지방을 제외하면 일반적으로 이 현상이 나타난다.[129)]

---

127) [역자주] 小倉進平은 초기에 'ㅿ, ㅸ'과 같은 유성마찰음의 음가에 대해 현재 일반화된 관점으로는 타당하지 못한 견해를 가지고 있었다. 즉 'ㅿ'은 반모음 '[y]'를 나타내고 'ㅸ'은 반모음 '[w]'를 나타낸다고 본 것이다. 'ㅸ'이 'w'라는 음을 나타냈다는 견해는 ≪國語及朝鮮語 發音概說≫(1923년)에 이미 나온다. 이후 'ㅿ'에 대해서는 '[z]'를 표시한 것이라고 견해를 수정하였지만 'ㅸ'에 대해서는 '[w]' 음가설을 끝까지 고수하였다. 이러한 음가 설정이 암시하듯이 小倉進平은 유성마찰음 계열에 대한 체계적 접근을 하지 못했다. 유성마찰음에 대한 小倉進平의 접근 태도에 대해서는 이 책의 1부에 실린 "小倉進平의 국어 음운론 연구"를 참고할 수 있다.

128) 단 청주, 영동 지방에는 이 현상이 있다.

129) <음운 분포도(15> 참조.

19. 문(文) 악센트

경상남북도 방언에 문 악센트(Sentence-accent) 즉 어조의 높낮이가 현저한 것은 모두가 쉽게 인정하는 부분이다.[130] 이 악센트에 관한 것은 방언 조사에서 가장 어려움을 느꼈으며 아직까지 충분한 목적을 달성할 수 없었다. 요약하자면 이 지방의 악센트는 각 음설의 첫 부분에 힘을 주고, 즉 앞 부분에 악센트가 있는 어조를 가지고 담화를 계속하는 것이다.[131] 그 분포 상태를 보면 경상남북도의 전체와 강원도 주문진 이남(以南)이 가장 현저한 지방이다. 또한 그 영향이 미치는 곳은 전라남도 일원인데 이 지방에서의 악센트는 경상남북도와 같이 현저하지는 않고 남부 해안에 접하면서 경남 지방과 비교적 교류가 빈번한 고흥, 벌교, 보성, 장성 지방이 경상도 방언과 비슷할 정도로 두드러지는 것을 발견할 수 있다. 충청남북도, 전라북도의 전체, 강원 양양 이북에서는 이 악센트가 보이지 않음으로써 서울 지방과 큰 차이가 없다는 것이 주의할 만한 현상이다.[132]

---

130) [역자주] 小倉進平은 악센트(accent)를 음절 악센트, 단어 악센트, 문장 악센트로 나누었다. 여기서 다루는 것은 문장 악센트에 국한된다. 자세한 것은 이 책의 3부에 수록된 ≪일본어와 한국어의 발음 개설≫의 3.2.를 참고할 수 있다.

131) [역자주] 문장 악센트를 다루면서 음절의 첫 부분에 힘을 둔다는 것은 이해하기 어렵다. 의미상으로는 문장의 앞부분에 힘을 둔다고 이해해야 한다. 이 책의 3부에 수록된 ≪일본어와 한국어의 발음 개설≫에서 小倉進平은 경상남북도나 전라남도 방언에서는 문장이 하강적인 악센트를 지닌다고 설명하면서 '사람이 만타, 산이 놉다'에서 각각 '사, 만, 산, 놉'에 악센트가 놓인다고 하였다.

132) <음운 분포도(16)> 참조

<음운 분포도(1)>

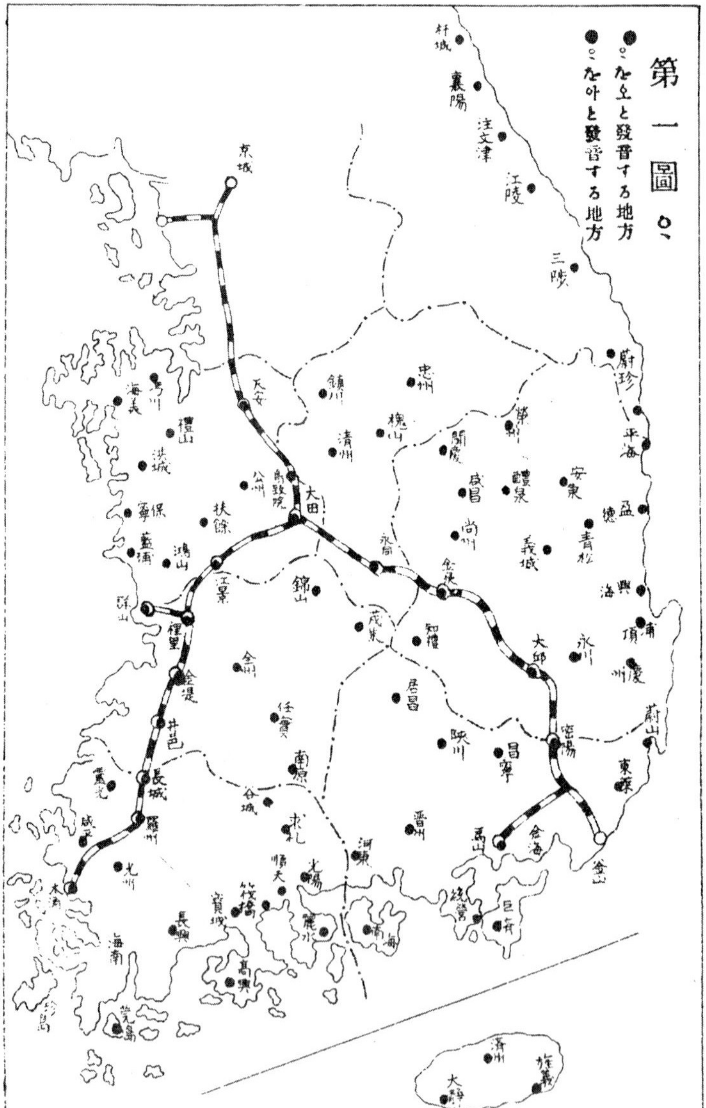
第一圖 ㆍ
ㆍを오と發音する地方
ㆍを아と發音する地方
京城
天安
大田
公州
扶餘
江景
裡里
金堤
井邑
長城
羅州
木浦
光州
錦山
全州
任實
南原
求禮
順天
光陽
麗水
寶城
長興
高興
海南
莞島
忠州
清州
槐山
鎭川
尚州
金泉
大邱
永川
慶州
密陽
蔚山
東萊
釜山
金海
馬山
晉州
河東
南海
統營
巨濟
居昌
陜川
昌寧
安東
義城
青松
盈德
平海
蔚珍
三陟
江陵
注文津
襄陽
杆城
濟州
旌義
大靜

<음운 분포도(2)>

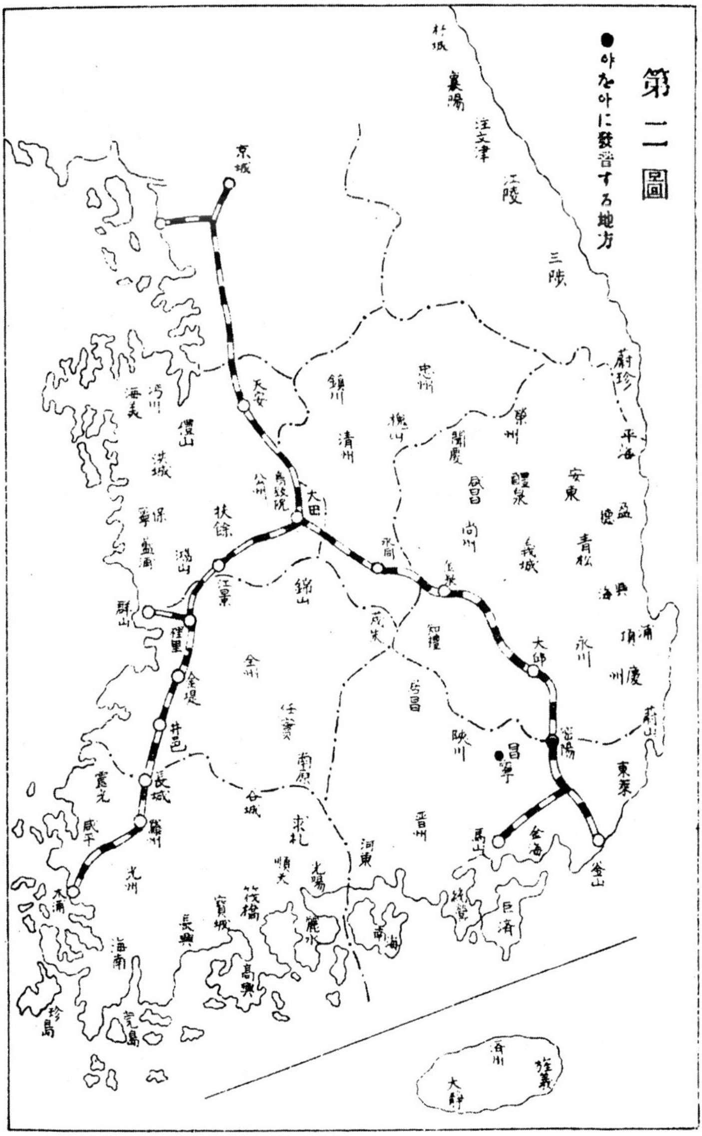
第二圖
●야を아に發音する地方
京城
天安
鳥致院
公州
大田
扶餘
江景
錦山
群山
裡里
金堤
井邑
長城
靈光
咸平
光州
木浦
海南
珍島
全州
任實
南原
求禮
順天
光陽
寶城
長興
高興
麗水
南海
河東
晋州
陝川
昌寧
馬山
金海
釜山
東萊
密陽
大邱
永川
慶州
蔚山
安東
靑松
尙州
醴泉
咸昌
義城
知禮
居昌
忠州
淸州
鎭川
槐山
聞慶
榮州
蔚珍
平海
盈德
江陵
三陟
襄陽
注文津
洪城
保寧
瑞山
巨濟
濟州
旌義
大靜

<음운 분포도(3)>

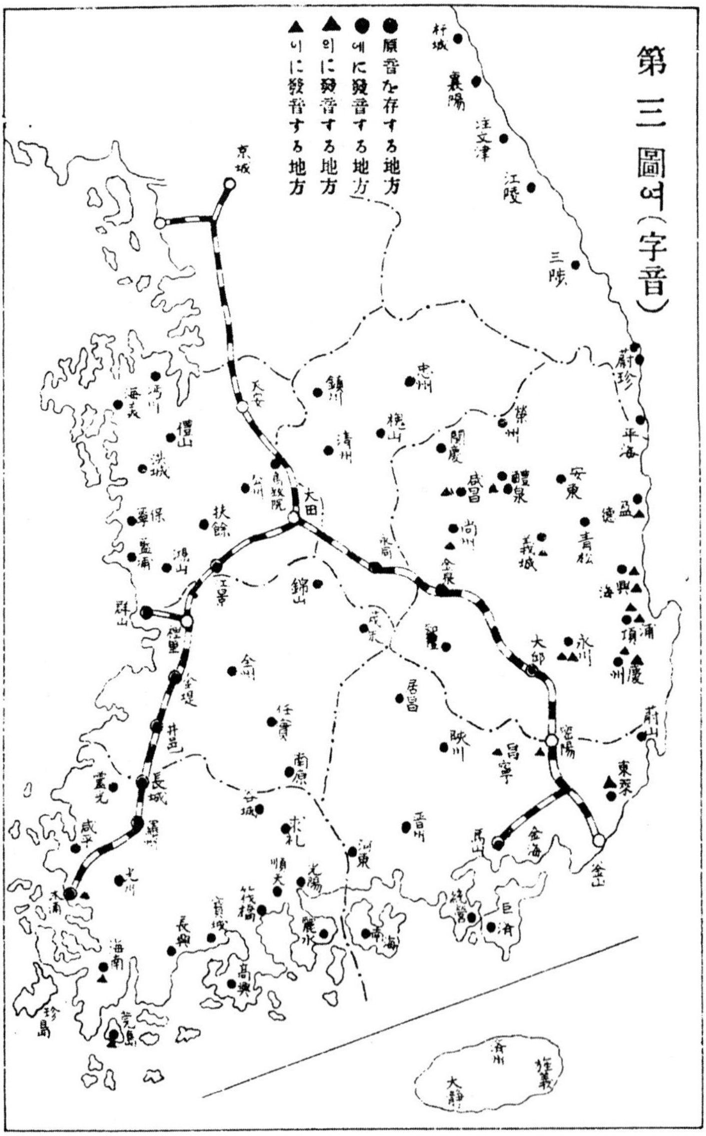
第三圖 여(字音)
●原音を存する地方
●에に發音する地方
▲의に發音する地方
▲이に發音する地方
杆城
襄陽
注文津
江陵
三陟
京城
蔚珍
平海
天安
鎭川
忠州
淸州
大田
安東
靑松
扶餘
錦山
大邱
永川
慶州
蔚山
密陽
東萊
金海
釜山
馬山
居昌
晋州
南原
光陽
麗水
長興
高興
海南
珍島
長城
咸平
木浦
濟州
大靜
旌義

<음운 분포도(4)>

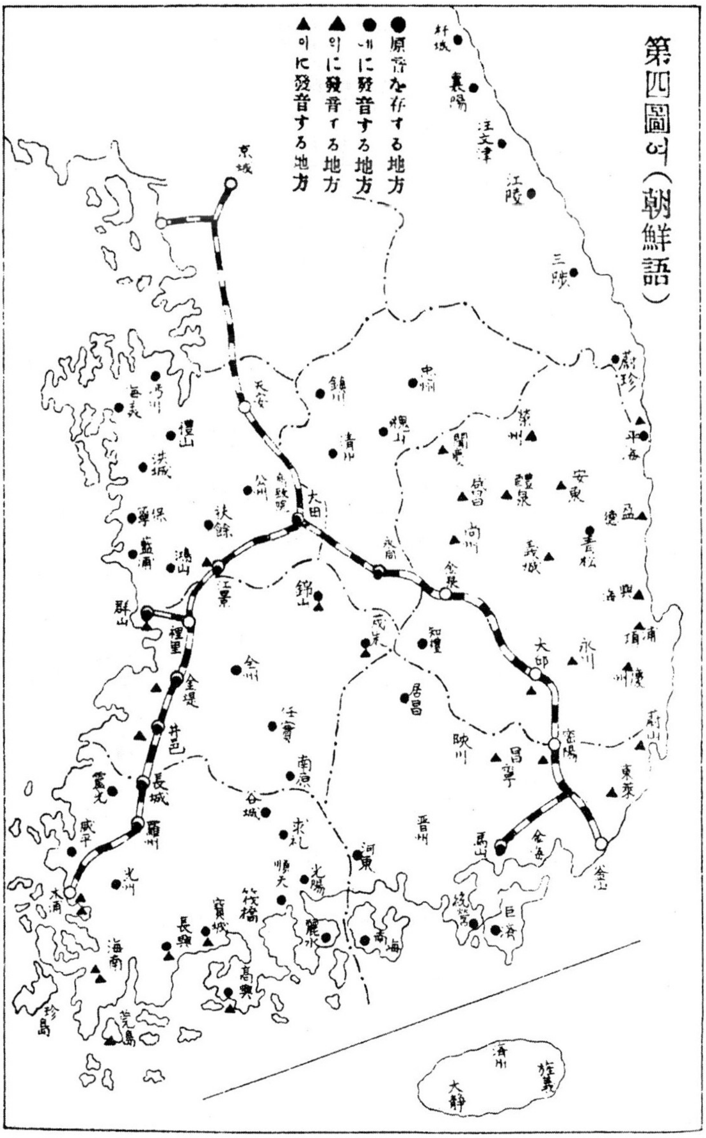
第四圖 어(朝鮮語)
●原音を存する地方
●에に發音する地方
▲의に發音する地方
▲이に發音する地方
京城
襄陽
江陵
三陟
天安
大田
公州
扶餘
江景
群山
裡里
金堤
井邑
長城
全州
任實
南原
錦山
居昌
陝川
晋州
河東
麗水
南海
光陽
順天
木浦
海南
珍島
長興
寶城
高興
清州
尙州
安東
長城
永川
大邱
密陽
東萊
釜山
馬山
金海
巨濟
濟州
大靜
旌義

<음운 분포도(5)>

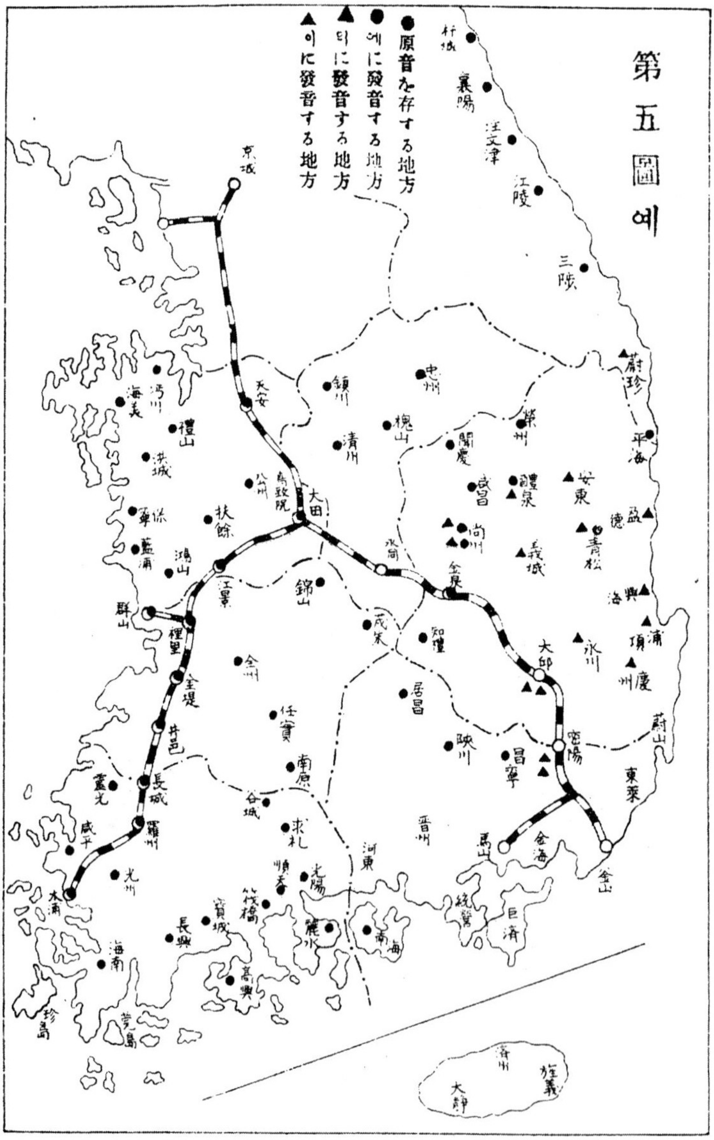
第五圖 예
●原音を存する地方
●에に發音する地方
▲되に發音する地方
▲이に發音する地方
京城
襄陽
江陵
三陟
蔚珍
平海
天安
鎭川
忠州
淸州
槐山
榮州
聞慶
醴泉
安東
盈德
靑松
尙州
義城
海美
禮山
洪城
扶餘
大田
金泉
錦山
群山
裡里
全州
金堤
井邑
知禮
大邱
永川
浦項
慶州
蔚山
密陽
昌寧
陜川
居昌
任實
南原
靈光
長城
羅州
咸平
光州
木浦
谷城
求禮
晋州
河東
光陽
順天
筏橋
寶城
長興
麗水
南海
高興
海南
珍島
統營
巨濟
馬山
金海
東萊
釜山
濟州
旌義
大靜

<음운 분포도(6)>

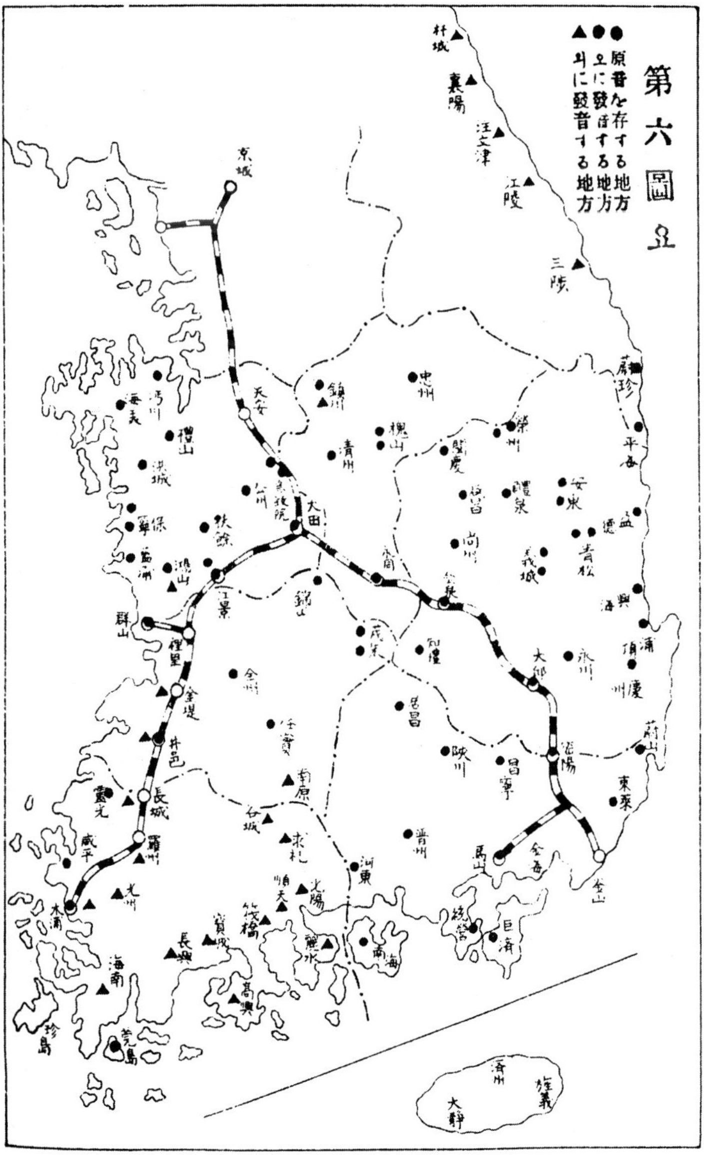
第六圖 요
● 原音を存する地方
● 오に發音する地方
▲ 외に發音する地方
京城
天安
大田
群山
裡里
金堤
井邑
長城
羅州
木浦
珍島
海南
長興
寶城
筏橋
順天
光陽
麗水
南海
河東
晋州
統營
巨濟
馬山
金海
釜山
東萊
蔚山
密陽
大邱
永川
慶州
浦項
興海
平海
蔚珍
三陟
江陵
注文津
襄陽
杆城
忠州
清州
槐山
榮州
醴泉
安東
尙州
義城
青松
全州
任實
南原
求禮
谷城
咸平
靈光
光州
居昌
陜川
昌寧
知禮
江景
扶餘
公州
洪城
禮山
濟州
旌義
大靜

<음운 분포도(7)>

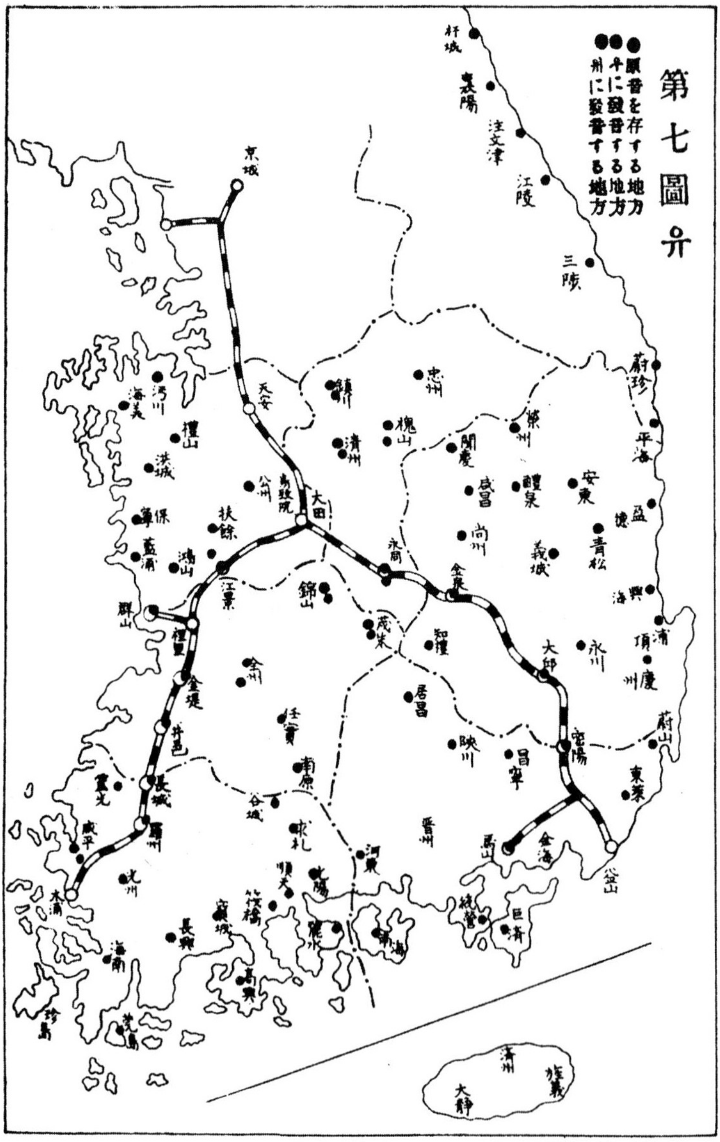
第七圖 유
顎音を存する地方
京城
天安
大田
公州
扶餘
江景
群山
裡里
金堤
井邑
長城
光州
木浦
咸平
珍島
海南
長興
順天
麗水
南海
河東
晋州
南原
全州
錦山
永同
金泉
大邱
密陽
金海
釜山
東萊
蔚山
慶州
永川
浦項
青松
安東
義城
尙州
咸昌
醴泉
聞慶
清州
忠州
平海
蔚珍
三陟
江陵
注文津
杆城
居昌
陜川
昌寧
知禮
巨濟
濟州
大靜
旌義

<음운 분포도(8)>

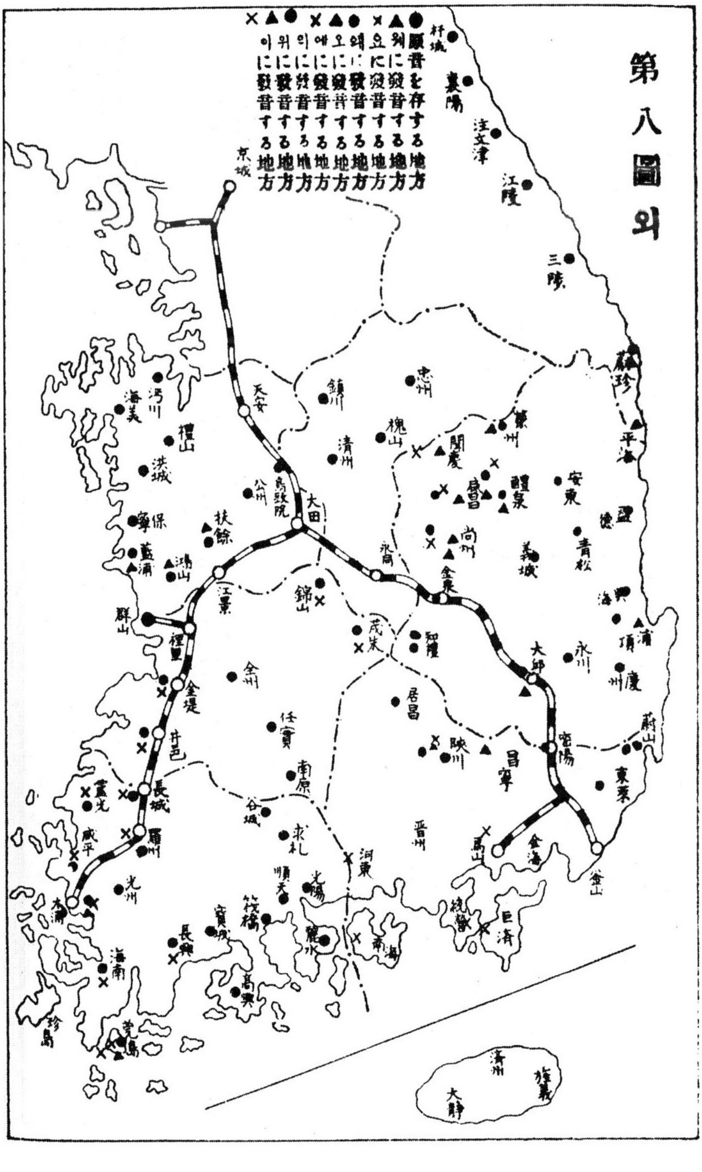
第八圖 외
● 原音を存する地方
▲ 웨に發音する地方
× 요に發音する地方
● 왜に發音する地方
▲ 오に發音する地方
× 에に發音する地方
● 의に發音する地方
▲ 위に發音する地方
× 이に發音する地方
京城
杆城
襄陽
注文津
江陵
三陟
蔚珍
平海
天安
忠州
淸州
大田
公州
扶餘
洪城
群山
裡里
金堤
江景
全州
大邱
金泉
密陽
東萊
釜山
金海
晋州
南原
光州
麗水
南海
巨濟
濟州
大靜

<음운 분포도(9)>

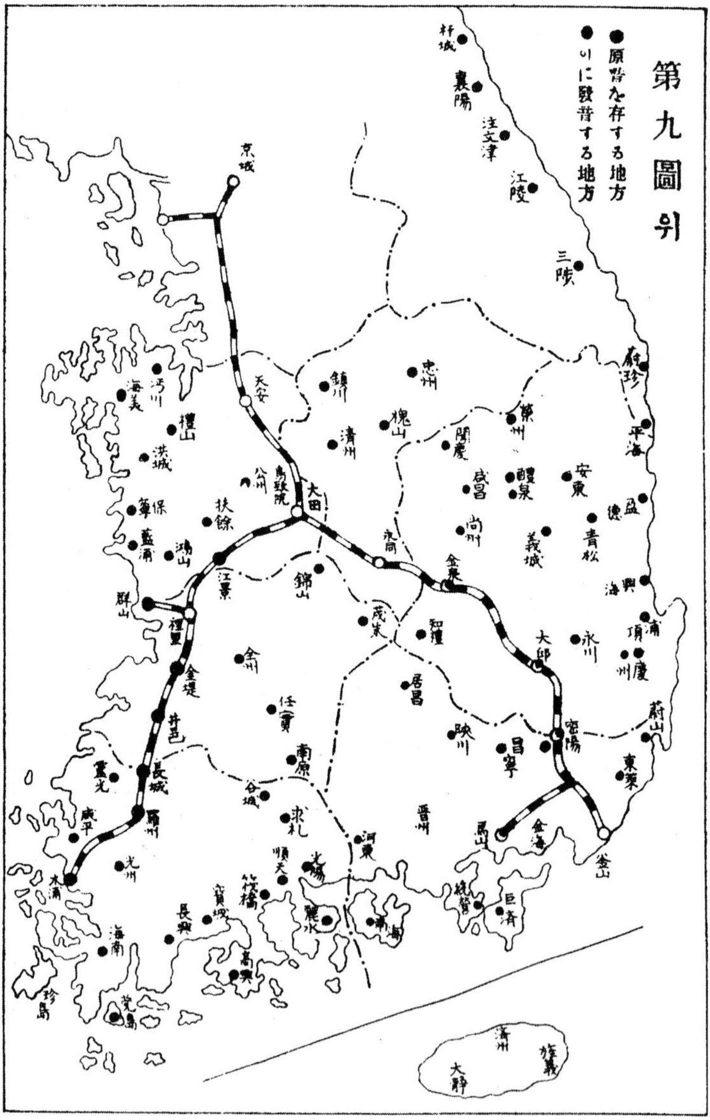
第九圖 위
● 原音を存する地方
● 이に變音する地方
京城
天安
大田
群山
裡里
金堤
井邑
長城
光州
全州
南原
晋州
大邱
密陽
金海
釜山
東萊
蔚山
永川
安東
義城
青松
尚州
金泉
忠州
清州
江陵
三陟
襄陽
平海
居昌
咸平
麗水
巨濟
統營
馬山
靈光
海南
珍島
長興
寶城
高興
濟州
大靜
旌義

<음운 분포도(10)>

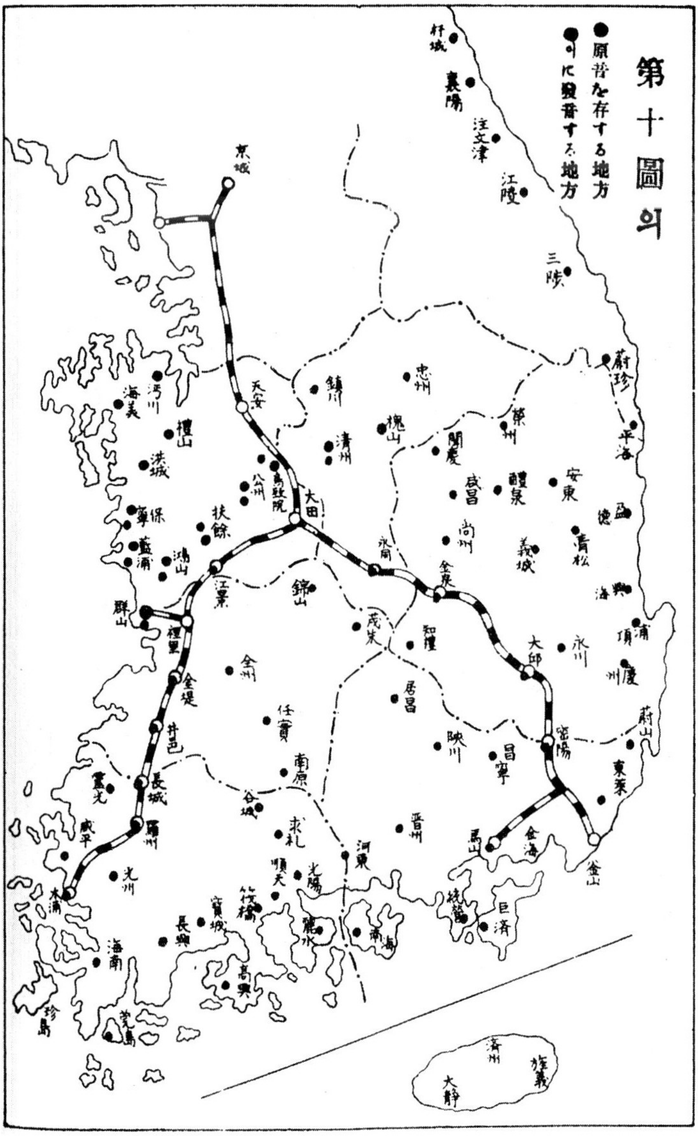
第十圖의
●原音を存する地方
●이に發音する地方
襄陽
江陵
三陟
天安
大田
淸州
忠州
安東
錦山
全州
任實
南原
居昌
大邱
永川
密陽
東萊
釜山
金海
晋州
河東
群山
裡里
金堤
長城
光州
木浦
海南
珍島
長興
高興
巨濟
濟州

<음운 분포도(11)>

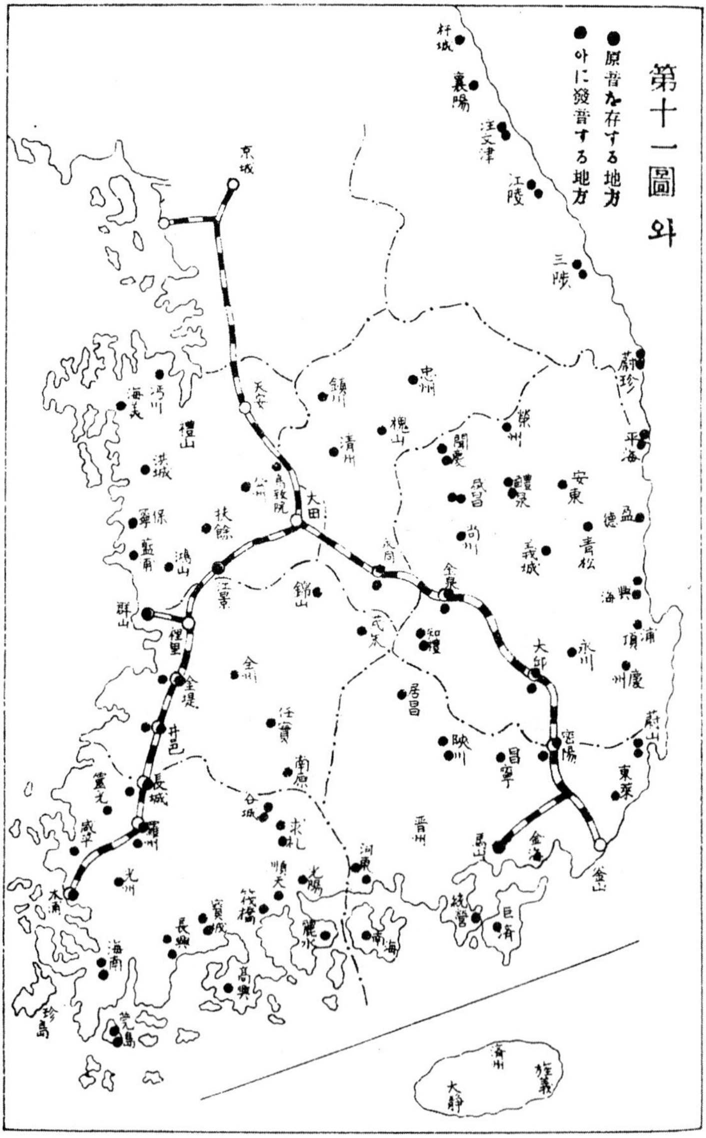
第十一圖 와
● 原音を存する地方
● 아に發音する地方
京城
天安
大田
全州
晋州
大邱
釜山
安東
淸州
忠州
江陵
三陟
群山
木浦
光州
南原
尙州
金海
蔚山
東萊
密陽
濟州
大靜
旌義

<음운 분포도(12)>

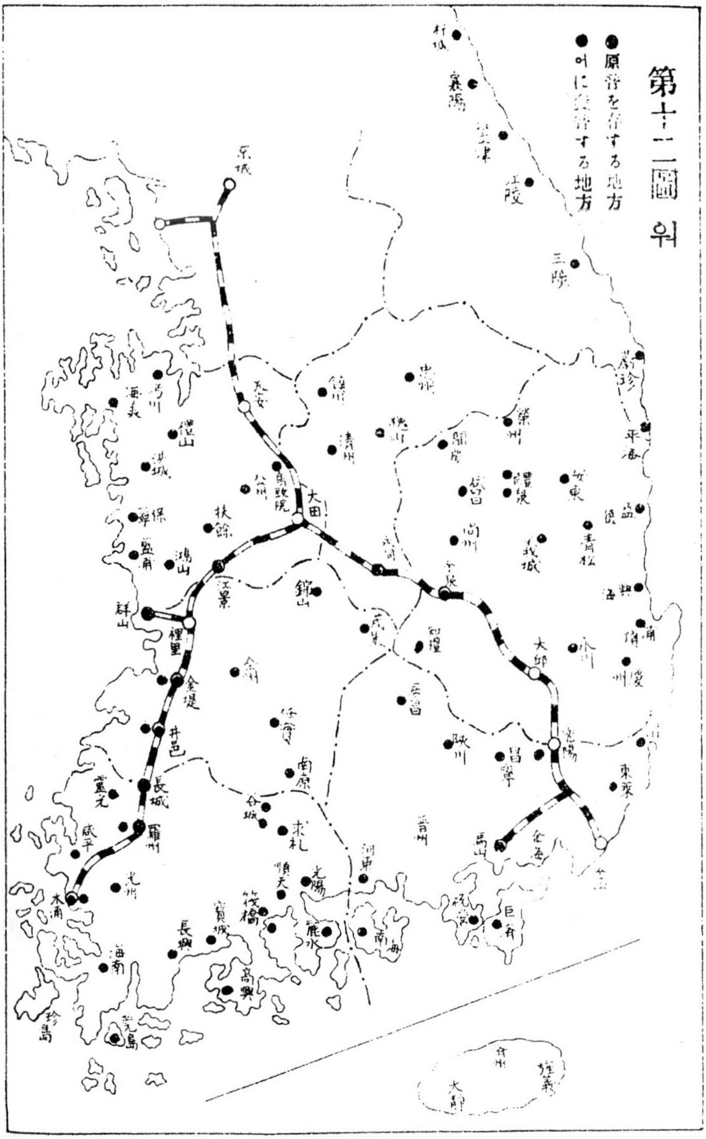

<음운 분포도(13)>

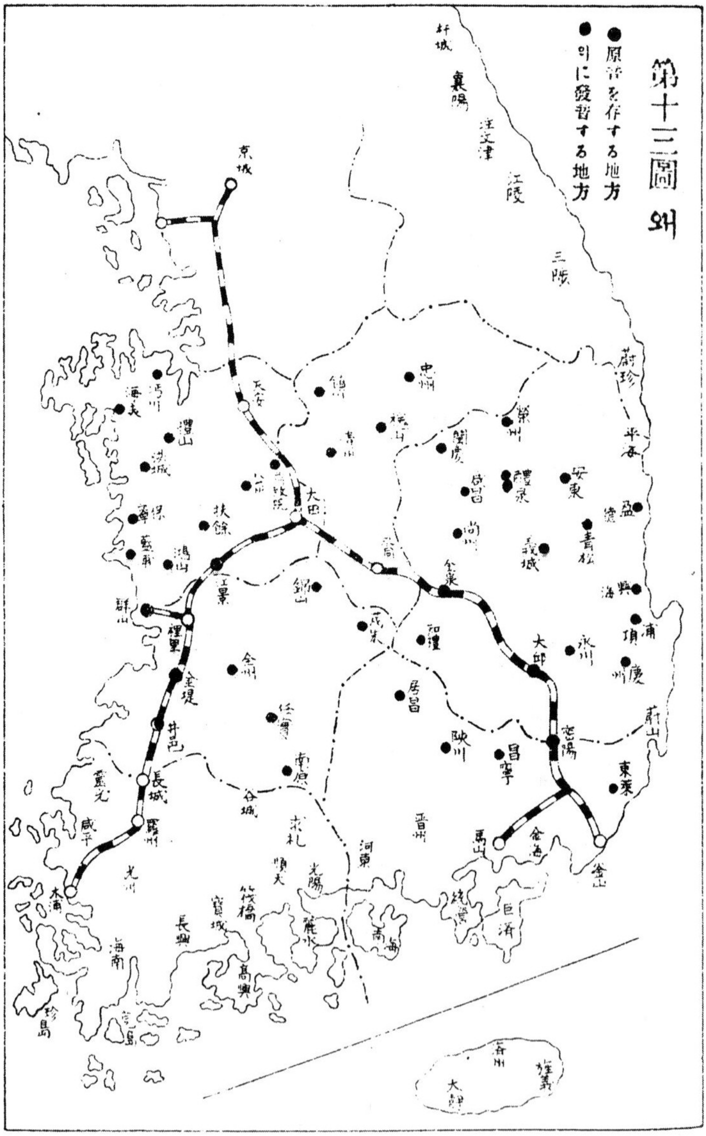
第十三圖 와
● 原音を存する地方
● 의に發音する地方
京城
大田
大邱
釜山
馬山
金海
東萊
安東
青松
永川
晋州
長城
井邑
金堤
江景
木浦
光州
珍島
巨濟
南海
南原
居昌
昌寧
密陽
蔚山
三陟
江陵

<음운 분포도(14)>

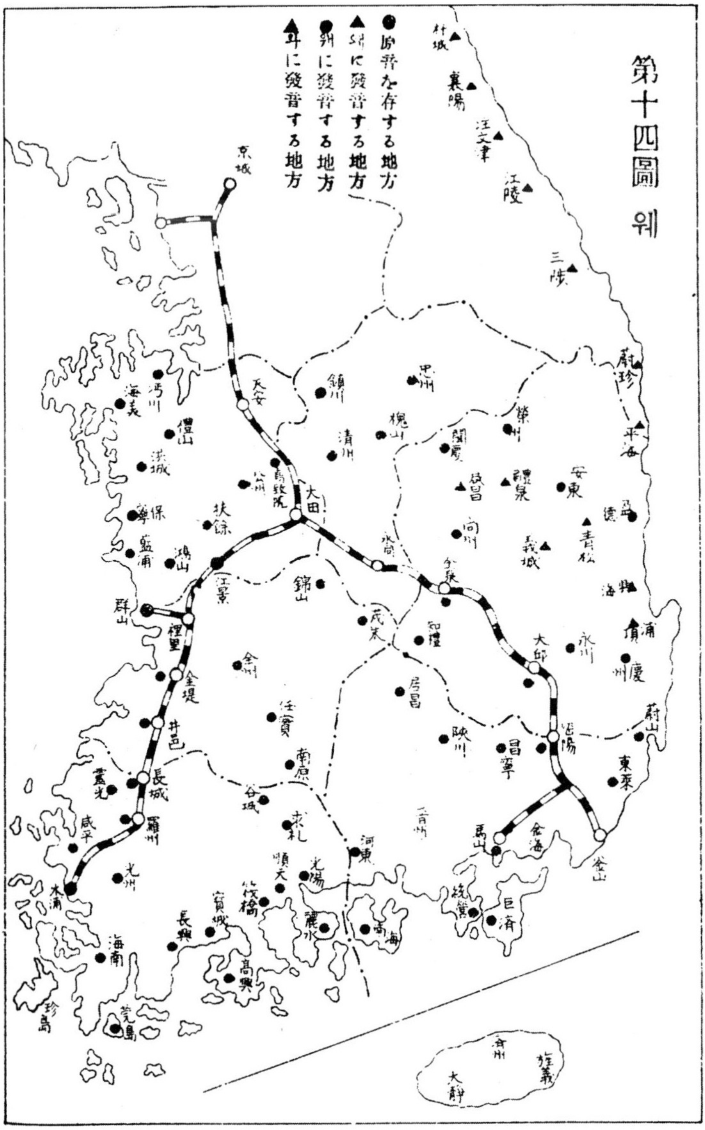

<음운 분포도(15)>

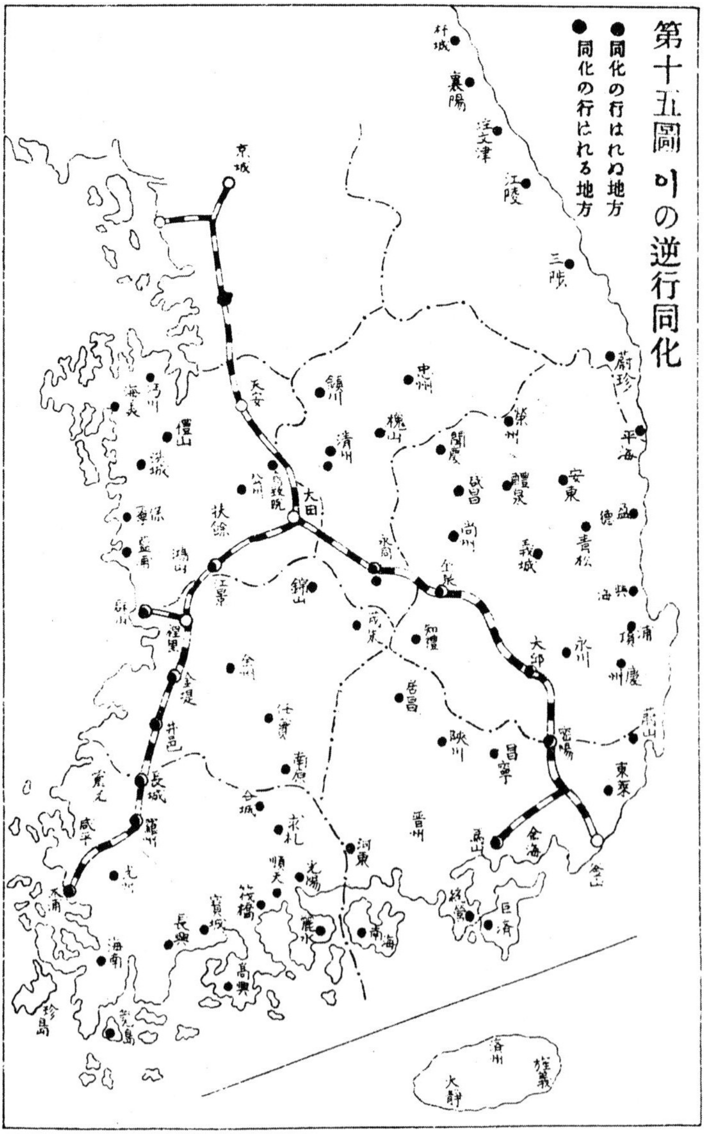
第十五圖 이の逆行同化
●同化の行はれぬ地方
●同化の行はれる地方
杆城
襄陽
注文津
江陵
三陟
蔚珍
平海
京城
天安
鎭川
忠州
淸州
槐山
聞慶
榮州
醴泉
安東
尙州
義城
靑松
大田
扶餘
錦山
知禮
居昌
陜川
昌寧
大邱
永川
密陽
東萊
金海
馬山
全州
金堤
井邑
長城
任實
南原
求禮
河東
晉州
順天
光陽
麗水
南海
統營
巨濟
長興
高興
海南
珍島
濟州
大靜
旌義

<음운 분포도(16)>

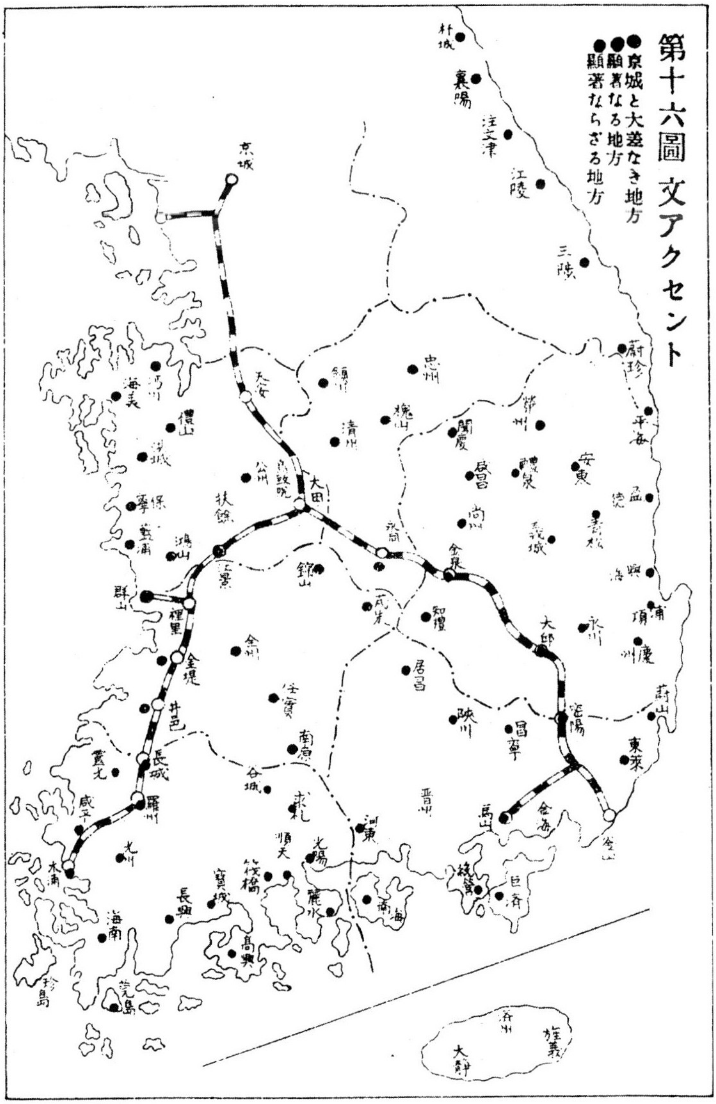
第十六圖 文アクセント
●京城と大差なき地方
●顯著なる地方
●顯著ならざる地方
京城
杆城
襄陽
注文津
江陵
三陟
蔚珍
平海
盈德
興海
浦項
慶州
蔚山
東萊
釜山
金海
馬山
統營
巨濟
忠州
槐山
清州
天安
公州
扶餘
大田
永同
金泉
知禮
居昌
陝川
大邱
密陽
晋州
河東
光陽
麗水
南海
順天
求禮
南原
任實
全州
錦山
裡里
群山
金堤
井邑
長城
靈光
羅州
咸平
木浦
光州
海南
長興
寶城
高興
筏橋
珍島
濟州
大靜
旌義
安東
醴泉
尚州
聞慶
義城
永川
青松
洪城
海美
保寧
舒川
鴻山
江景

'남부 방언의 음운'에 대한 해설

1924년에 간행된 ≪南部朝鮮の方言≫ 중 1편에 해당하는 내용이다.[133] ≪南部朝鮮の方言≫은 이전의 10년 동안 小倉進平이 방언 조사를 한 결과를 담은 책이다. 여기에 실린 각 방언들의 자료는 이미 그 이전에 별도의 글로 보고한 바 있다. 구체적으로는 다음과 같다.

1913. 濟州道方言(1・2・3). ≪朝鮮及び滿洲≫
1915. 慶尙南道方言. ≪朝鮮彙報≫
1916. 慶尙南北道方言. ≪朝鮮彙報≫
1918. 忠淸南道の方言について. ≪朝鮮教育研究會雜誌≫
1919. 全羅南道方言. ≪朝鮮教育研究會雜誌≫
1922. 全羅北道及び忠淸北道方言. ≪朝鮮教育≫
1923. 慶尙北道方言. ≪朝鮮教育≫
1923. 嶺東方言. ≪朝鮮≫

小倉進平은 방언 조사 결과를 보고할 때 주로 음운, 어법, 어휘의 세 부분으로 나누었다. ≪南部朝鮮の方言≫도 마찬가지 구성을 가지고 있다. 이 중 여기서는 1편인 음운 부분을 번역하여 수록하였다. 한편 小倉進平은 1929년과 1930년에 각각 북부 방언에 대한 조사 결과를 글로 발표했다.[134] 이로써 한반도 전체 방언에 대한 조사가 일단락된 것이다. 여기에 수록한 글은 주로 방언 조사 결과를 제시하고 그 분포를 간략히 언급하는 수준이어서 특별히 언급할 만한 내용은 없다. 총 19개의 개별 주제로 나뉘어 있는데 내용에 따라 묶으면 다음과 같다.

133) 여기서는 ≪小倉進平博士著作集(Ⅲ)≫(京都大 國文學會 刊行)에 수록된 것을 번역하였다.
134) 이 두 편의 논문은 이 책의 4부에 번역하여 수록했다.

1항 : 'ᄋᆞ'

2항~13항 : 이중모음의 발음

14항 : ㄱ-구개음화

15항 : ㅎ-구개음화

16항 : 'ㅿ'

17항 : 'ㅸ'

18항 : 이-역행동화

19항 : 문장 악센트

13장 평안남북도 방언의 음운

1. ‘ᄋᆞ’[1]

어원적으로 ‘ᄋᆞ(ɐ)’로 표기되는 단어, 예를 들어 ‘ᄆᆞᆯ(mɐr, 馬)’, ‘ᄑᆞᆯ(pʰɐr, 臂)’, ‘ᄑᆞᆺ(pʰɐs, 小豆), ‘ᄑᆞ리(pʰɐri, 蠅)’ 등의 ‘ᄋᆞ(ɐ)’는 모두 ‘아(a)’로 발음된다.[2]

2. ‘ㅈ, ㅊ’의 음가

‘ㅈ(č)’과 ‘ㅊ(čʰ)’은 서울 지방에서 각각 ‘[ʧ], [ʤ]’와 ‘[ʧʰ]’로 발음되지만 평안도에서는 모두 ‘[ʦ], [dz]’[3]와 ‘[ʦʰ]’[4]로 발음된다. 황해도 일원

---

1) [역자주] 원문에는 하위 항목의 제목이 없으나 독자들의 편의를 위해 제목을 달았다.

2) ‘연구편’의 ‘ᄋᆞ(ɐ)’ 항목 참조. [역자주] 이 논문은 ≪朝鮮語方言の研究≫ 하권에 실려 있다. ≪朝鮮語方言の研究≫의 상권은 ‘자료편’이고 하권은 ‘연구편’이다. 이후의 각주에서 말하는 ‘자료편’이나 ‘연구편’도 모두 마찬가지이다. 한편 ‘연구편’ ‘ᄋᆞ(ɐ)’ 항목은 이 책의 4부에 실린 ‘음운 각론’에 들어 있으므로 참고할 수 있다.

3) ‘ᄌᆞ셰(čɐ-siɔi, 仔細)’를 ‘[ʦa-se]’로, ‘본즉(pon-čŭk, 見)’을 ‘[pon-dzŭk]’으로

과 함경도 일부에서도 이 현상이 현저하다.

3. 'ʃ'의 실현[5)]

'사(sia), 셔(siɔ), 쇼(sio), 슈(siu)'는 서울 지방과 같이 모두 '[sa], [sɔ], [so], [su]'[6)]라고 발음한다. 그러나 의주 지방에서는 '됴셕(tio-siɔk, 朝夕)'의 '셕(siɔk)'을 '[ʃɔk]'으로 '광셩면(koaŋ-siɔŋ-miɔn, 光城面)'의 '셩(siɔŋ)'를 '[ʃɔŋ]'으로, 'ᄒᆞ셧소(hɐ-siɔs-so, 爲)'의 '셧(siɔs)'를 '[ʃɔs]'으로 발음하듯이 '[ʃ]' 음이 어느 정도 존재한다.

4. '디(ti), 티(tʰi)'의 실현

'디(ti)'와 '티(tʰi)'는 서울 지방에서는 '[ʧi], [ʤi]'와 '[ʧʰi]'로 구개음화해서 발음하지만 평안도에서는 대체로 원음을 유지한다. 가령 한자음의 경우 '텬디(tʰiɔn-ti, 天地)', '일티(ir-tʰi, 一致)' 등을 오늘날 '[tʰɔn-di], [il-tʰi]' 등으로 발음하며 고유어에 있어서도 '딥신(tip-sin, 草鞋)', '디나가다(ti-na-kan-ta, 過)', 'ᄯᅥ러딘다(stɔ-rɔ-tin-ta, 落)' 등 예전에 '디(ti)'로 표기

발음.

4) 'ᄎᆞ저(čʰɐ-čɔ, 尋)'를 '[ʦʰa-dzɔ]'로 발음.

5) [역자주] 역사적으로 이전 시기의 '샤, 셔, 쇼, 슈'가 현재 어떻게 실현되는지를 살피는 부분이다. 잘 알려진 바와 같이 중세국어 시기에는 치음에 속하는 ㅅ-계, ㅈ-계 자음 뒤에 'ㅑ, ㅕ, ㅛ, ㅠ'와 같은 y-계 이중모음이 자유롭게 결합했지만 이후에 변화를 거쳐 'y'가 탈락함으로써 '샤, 셔, 쇼, 슈'와 같은 음절은 대부분 사라지고 '사, 서, 소, 수'로 바뀌었다. 이러한 변화가 어떻게 나타나는지를 고찰한다.

6) '샤진(sia-čin, 寫眞)'을 '[sa-ʤin]', '쇼(sio, 牛)'를 '[so]'로 발음.

된 단어는 오늘날 '[ti], [di]'로 발음한다. 이 점에 있어서 평안도 방언은 다른 방언에 비해 고어(古語)의 모습을 지닌다고 할 수 있다. 이처럼 '[ti], [tʰi]'는 평안도 방언의 한 특징으로 봐야 하겠지만 구성, 박천, 평양, 그리고 좀 떨어진 지역 중 후창에서는 '[ti], [tʰi]' 이외에 때로는 '[ʧi], [ʧʰi]'도 나타남으로써 '[ti], [tʰi]'가 점차 '[ʧi], [ʧʰi]'로 변화해 가는 경향을 보인다. 남쪽의 황해도 황주에서는 '[ti], [tʰi]'가 전부 소멸하고 '[ʧi], [ʧʰi]'로 변화했지만 평양과 황주의 중간에 있는 중화 지방에서는 '[ti], [tʰi]'와 '[ʧi], [ʧʰi]'의 두 형태를 함께 사용한다. 또한 현저하지는 않지만 함경북도 회령과 종성 지방에서도 '[ti], [tʰi]'가 보존되어 있다.

5. '댜(tia), 탸(tʰia)'의 실현

'댜(tia)'와 '탸(tʰia)'는 서울 지방에서는 '[ʧa], [ʤa]'와 '[ʧʰa]'로 발음한다. 가령 '교댱(kio-tiaŋ, 校長)'을 '[kjo-ʤaŋ]', '댱막(tiaŋ-mak, 帳幕)'을 '[ʧaŋ-mak]', '구댱(ku-tiaŋ, 球場[寧邊의 지명])'을 '[ku-ʤaŋ]'이라고 말하고 '화턍(hoa-tʰiaŋ, 和暢)'은 '[hoa-ʧʰaŋ]', '도탹(to-tʰiak, 到着)'은 '[to-ʧʰak]'이라고 말한다. 그런데 평안도에서는 이들을 각각 '[kjo-daŋ], [taŋ-mak], [ku-daŋ], [hoa-tʰaŋ], [to-tʰak]'으로 발음한다.7) 단 후창 지방에서는 '長'을 '[ʧaŋ], [ʤaŋ]', '暢'을 '[ʧʰaŋ]'으로 발음하는 경우가 적지 않으며 중화에서는 '敎場'이 대체로 '[kjo-daŋ]'일 뿐 '[kjo-ʤaŋ]'으로 되는 경우가 극히 드물다. 또한 희천군 신풍면에서는 '댱(tiaŋ)'를 '[ʧaŋ]'으로 발음하는 것을 들었다. 이 구개음화의 현상은 모두 중부 방언의 영향을 받은 것이다.

---

7) [역자주] 공통적으로 'ㄷ, ㅌ' 뒤에서 'y'가 탈락한다. 이처럼 평안도 방언에서는 'y' 앞에서 구개음화가 일어나는 대신 'y'가 없어짐으로써 구개음화의 환경을 조성하지 않는다는 특징이 있다.

6. '뎌(tiɔ), 텨(tʰiɔ)'의 실현

'뎌(tiɔ)'는 서울 지방에서 '[ʧɔ], [ʤɔ]', 가령 '뎡거댱(tiɔŋ-kɔ-tiaŋ, 停車場)'을 '[ʧɔŋ-kɔ-ʤaŋ]', '뎜심(tiɔm-sim, 點心)'을 '[ʧɔm-sim]', '뎡쥬(tiɔŋ-čiu, 定州)'를 '[ʧɔŋ-ʤu]', '뎡씨(tiɔŋ-ssi, 鄭氏)'를 '[ʧɔŋ-si]', '마뎐령(ma-tiɔn-riɔŋ, 磨田嶺)'[8]을 '[ma-ʤɔl-ljɔŋ]'으로 발음하고, '텨(tʰiɔ)'는 '[ʧʰɔ]', 가령 '쳥뎡(čʰiɔŋ-tiɔŋ, 淸亭)'을 '[ʧʰɔŋ-ʤɔŋ]',[9] '텬디(tʰiɔn-ti, 天地)'를 '[ʧʰɔn-ʤi]', '텰도(tʰiɔr-to, 鐵道)'를 '[ʧʰɔl-to]', '텹텹(tʰiɔp-tʰiɔp, 疊疊)'을 '[ʧʰɔp-ʧʰɔp]'으로 발음한다. 그런데 평안도에서는 이 단어들을 각각 '[tɔŋ-kɔ-daŋ], [tɔm-sim], [tɔŋ-dzu], [tɔŋ-si], [ma-dɔl-ljɔŋ], [ʧʰɔŋ-dɔŋ], [tʰɔn-di], [tʰɔl-to], [tʰɔp-tʰɔp]'으로 발음한다.[10] '뎔(tiɔr, 寺)'과 같은 단어도 '[tɔl]'로 발음된다. 단 후창 지방에서는 드물게 '點心'을 '[ʧɔm-sim]', '天地'를 '[ʧʰɔn-ʤi]'와 같이 발음하는 경우도 있으며 황주 이남은 모두 '[ʧɔm-sim], [ʧʰɔn-ʤi]'라는 점에 주의해야 한다. 한편 함경북도 회령 지방에서 '뎐(tiɔn, 田)'을 '[tɔn]', '뎡(tiɔŋ, 停)'을 '[tɔŋ]', '텬(tʰiɔn, 天)'을 '[tʰɔn]'으로 발음하는 경우가 있는 것은 평안 방언과의 관계를 시사한다. 또한 '뎌(tiɔ, 笛)', '뎌(tiɔ, 彼)'와 같은 단어는 평안도 각지에서 '[te]'로 발음되어 앞의 경우와는 조금 다른 모습이다. 이 단어들은 후창 지방에서는 '[ʧe](笛), [ʧe](彼)'가 되고 황주 이남에서는

---

8) 강계와 자성의 경계에 있는 산 이름.

9) [역자주] 이 예는 '뎌'가 '저'로 발음되는 예이지 '텨'가 '처'로 발음되는 예는 아니다.

10) [역자주] 여기서 원래부터 'ㅈ'이나 'ㅊ'이었던 자음의 발음에 주목할 필요가 있다. 가령 '뎡쥬(tiɔŋ-čiu, 定州)'의 '쥬(州)'는 평안도에서 '[dzu]'로 실현되지만 '쳥뎡(čʰiɔŋ-tiɔŋ, 淸亭)'의 '쳥(淸)'은 '[ʧʰɔŋ]'으로 실현되어 차이를 보이고 있다. 즉 '[dzu]'에서는 'ㅈ'이 치음으로 발음되지만 '[ʧʰɔŋ]'에서는 'ㅊ'이 구개음으로 발음되는 것이다. 이 지역의 'ㅈ, ㅊ'은 치음인 '[ʦ], [dz], [ʦʰ]'으로 실현되므로 '져, 쳐'도 '[ʦyɔ], [ʦʰyɔ]'로 나타날 것으로 기대되나 그렇지 않을 뿐만 아니라 실현 양상도 일률적이지 않다.

'[ʧɔ]'가 된다.

'뎨(tiɔi)', '톄(tʰiɔi)'를 포함하는 한자음, 예컨대 '형뎨(hiɔŋ-tiɔi, 兄弟)', '뎨일(tiɔi-ir, 第一)', '신톄(sin-tʰiɔi, 身體)'와 같은 것은 '[hjɔŋ-de], [te-il], [sin-tʰe]'와 같이 모음 '[e]'로 변화한다. 이 현상도 함경북도 경원 지방에 약간 남아 있다. 그리고 후창 지방에서는 '[te], [tʰe]' 이외에 '[ʧe], [ʧʰe]'가 사용되며 황주 이남에서는 모두 '[ʧe], [ʧʰe]'이다.

7. '됴(tio), 툐(tʰio)'의 실현

'됴(tio)'와 '툐(tʰio)'는 서울 지방에서는 '[ʧo], [ʤo]'와 '[ʧʰo]'로 발음한다. 가령 '됴션(tio-siɔn, 朝鮮)'을 '[ʧo-sɔn]', '곡됴(kok-tio, 曲調)'를 '[kok-ʧo]', '됴춍(tio-čʰoŋ, 鳥銃)'을 '[ʧo-ʧʰoŋ]', '됴가(tio-ka, 趙家)'를 '[ʧo-ga]', '됴타(tio-tʰa, 善)'를 '[ʧo-tʰa]'로 말한다. 그런데 평안도에서는 이 단어들을 각각 '[to-sɔn], [kok-to], [to-ʧʰoŋ],[11] [to-ga], [to-tʰa]'로 발음한다. 단 후창 지방에서는 '朝鮮'을 '[ʧo-sɔn]', '曲調'를 '[kok-ʧo]', '善'을 '[ʧo-tʰa]'라고 하는 경우가 오히려 더 많다. 중화 지방에서는 '됴양리(tio-iaŋ-ri, 朝陽里)'[12]를 '[to-jaŋ-ni]'와 같이 '[to]'로 말할 때가 있는가 하면 '善'과 같은 경우는 '[to-tʰa], [ʧo-tʰa]'의 두 형태가 공존하고 '朝鮮'과 같은 경우 전부 '[ʧo-sɔn]'으로 발음하는 것과 같이 혼란스러운 상태를 드러낸다. 황주 이남은 모두 '[ʧo], [ʧʰo]'이다. '[to], [tʰo]'로의 변화는 함경북도에서는 나타나지 않는다.

---

11) [역자주] 이 지역에서 'ㅊ'이 '[ʦʰ]'으로 실현되는 것이 일반적임을 고려하면 '춍'의 'ㅊ'이 '[ʧʰ]'으로 나타난 것은 특이하다. 앞에서도 언급했듯이 이러한 혼란이 자주 보인다. 단순한 표기상의 실수일 가능성도 있지만 단정할 수는 없다.

12) 중화군 내의 지명.

8. '듀(tiu), 튜(tʰiu)'의 실현

'듀(tiu)'와 '튜(tʰiu)'는 서울 지방에서 '[ʧu], [ʤu]'와 '[ʧʰu]'로 발음한다. 가령 '듀야(tiu-ia, 晝夜)'를 '[ʧu-ja]', '디듕(ti-tiuŋ, 地中)'을 '[ʧiʤuŋ]', '듕요(tiuŋ-io, 重要)'를 '[ʧuŋ-jo]', '듁산리(tiuk-san-ri, 竹山里)'[13]를 '[ʧuk-sal-li]'로 말하고 '튱신(tʰiuŋ-sin, 忠臣)'을 '[ʧʰuŋ-sin]', '츄죵(tʰiu-čioŋ, 追從)'을 '[ʧʰu-ʤoŋ]', '뎌튝(tiɔ-tʰiuk, 貯蓄)'을 '[ʧɔʧʰuk]'으로 말한다. 그런데 평안도에서는 이 단어들을 각각 '[tu-ja], [ti-duŋ], [tuŋ-jo], [tuk-sal-li], [tʰuŋ-sin], [tʰu-dzoŋ], [te-tʰuk]'으로 발음한다. 다만 후창에서는 '[tu], [tʰu]'라고 하기보다는 오히려 '[ʧu], [ʧʰu]'라고 하는 편이 많고 황주 이남에서는 전부 '[ʧu], [ʧʰu]'가 된다. 여기서 기이하게 느껴지는 점은 평양과 황주 사이에 있는 '듕화(tiuŋ-hoa, 中和)'를 평양 지방의 사람은 '[tuŋ-hoa]'라고 하지만 황주 사람은 '[ʧuŋ-hoa]'라고 하며 중화 지방 사람 스스로는 이를 '[ʧuŋ-hoa]'라고 부르는 것처럼 불과 십여 리 떨어진 지역에서 발음의 차이를 볼 수 있다는 사실이다.

9. '녀(niɔ), 녜(niɔi)'의 실현

'n'을 두음으로 가진 것 중 '녀(niɔ)', '녜(niɔi)'는 서울 지방에서는 '[jɔ], [je]'로 변하지만 평안도에서는 대체로 '[nɔ], [ne]'가 된다. 예컨대 '녕변(niɔŋ-piɔn, 寧邊)'[14]을 '[neŋ-bjɔn]',[15] '념려(niɔm-riɔ, 念慮)'를 '[nɔm-ne]', '십년(sip-niɔn, 十年)'을 '[sim-nɔn]',[16] '남녀(nam-niɔ, 男女)'를

13) 중화군 내의 里 이름.
14) 지명.
15) 또는 '[neŋ-ben]'이라고도 함.
16) 또는 '[sǘm-nɔn]'이라고 함.

'[nam-nɔ],[17] [nam-ne],[18] [nam-njɔ],[19]' '녯젹(niɔis-čiɔk, 昔)'을 '[net-ʧɔk]', '녀기다(niɔ-ki-ta, 考)'를 '[ne-gi-da]', '녀름(niɔ-rŭm, 夏)'을 '[nɔ-rŭm]', '녑헤(niɔp-hɔi, 側)'를 '[nɔp-he]'라고 하는 것이 그에 해당한다. 어두에 'n'을 지닌다는 점에서 고형을 가지고 있다고 할 수 있다. 황주는 모두 서울 계열의 발음이다.

10. '니(ni)'의 실현

'니(ni)'는 어두에 있는 경우 서울 지방에서는 '[i]'로 발음되지만 평안도에서는 분명히 원음을 유지하고 있다. 예컨대 '니(ni, 齒)', '닙사귀(nip-sa-kui, 葉)', '니저버리다(ni-čɔ-pɔ-ri-ta, 忘)', '닉다(nik-ta, 熟)', '니러나다(ni-rɔ-na-ta, 起)'는 서울 발음에서는 '[i], [ip-sa-gui], [i-ʤɔ-bɔ-ri- da], [ik-ta], [i-rɔ-na-da]'인데 평안도에서는 '[ni], [nip-sa-gui], [ni-ʤɔ-bɔ-ri-da], [nik-ta], [ni-rɔ-na-da]'로 발음된다. 황주읍 내에서는 '[ni]' 혹은 '[i]'가 모두 발음되지만 황주군의 북부 천주면에서는 평안남도처럼 '[ni]'로 나타난다.

11. '라(ra), 랴(ria)'의 실현

'라(ra)', '랴(ria)'는 어두에 있는 경우 서울 지방에서는 각각 '[na], [ja]'가 되지만 평안도에서는 모두 '[na]'로 발음된다. 가령 '락동강(rak-toŋ-kaŋ,

17) 정주, 희천, 영변, 평양.
18) 의주, 용암, 선천, 박천, 안주, 숙천, 순천.
19) 중화.

洛東江)', '량반(riaŋ-pan, 兩班)', '량칙동(riaŋ-čʰɐik-toŋ, 良策洞)'[20]은 서울 지방에서는 '[nak-toŋ-gaŋ], [jaŋ-ban], [jaŋ-ʧʰɛk-toŋ]'이라고 하지만 평안도에서는 '[nak-toŋ-gaŋ], [naŋ-ban], [naŋ-ʧʰɛk-toŋ]'이라고 한다. 단 후창에서는 '兩, 良'이 '[naŋ]'보다 '[jaŋ]'으로 발음되는 경우가 많고 황주에서는 완전히 서울 계통으로 발음한다.

단어 중간에서는 '랴(ria)'가 '[ra], [na]'로 발음된다. 예를 들어 '닷량(tas-riaŋ, 五兩)'을 '[tan-naŋ]', '측량(čʰŭk-riaŋ, 測量)'을 '[ʧʰŭŋ-naŋ]', '고량(ko-riaŋ, 膏粱)'을 '[ko-raŋ]'이라고 한다.[21] '五兩'을 '[tan-naŋ]', '測量'을 '[ʧʰŭŋ-naŋ]'이라고 하는 것은 평안도에서는 전혀 드문 것이 아닌데, 경상남도 밀양, 창녕 부근에도 이 현상이 존재한다는 점은 주의를 필요로 한다.

12. '러(rɔ), 려(riɔ)'의 실현

'러(rɔ)', '려(riɔ)'가 어두에 있는 경우에는 서울 지방에서 각각 '[nɔ], [jɔ]'가 되는데 평안도에서는 모두 '[nɔ]'로 발음된다. 예컨대 '령감(riɔŋ-kam, 令監)', '련습(riɔn-sŭp, 練習)', '려힝(riɔ-hɐiŋ, 旅行)', '력사(riɔk-sa, 歷史)', '련몯(riɔn-mot, 蓮池)', '렴호(riɔm-ho, 濂湖)',[22] '려연(riɔ-iɔn, 閭延)'[23]은 서울 발음에서는 '[jɔŋ-gam], [jɔn-sŭp], [jɔ-hɛŋ], [jɔk-sa],

20) 용천군 내의 洞 이름.

21) [역자주] 어중의 '랴'가 '라' 또는 '나'로 발음된다고 했는데 환경에 따라 '라' 또는 '나'가 나타난다. 즉 앞에 'ㄹ'을 제외한 자음이 오면 그 자음 뒤에서 'ㄹ'이 'ㄴ'으로 바뀌어 '나'가 나타나고 앞에 모음이 오면 'ㄹ'이 아무런 영향을 받지 않음으로써 '라'가 나타나는 것이다. 이와 같은 원칙은 'ㄹ'로 시작하는 모든 음절에 적용된다. 다만 뒤에 제시되는 예 중 일부는 예외적인 모습을 보이기도 한다.

22) 정주군 내의 지명.

23) 자성군 내의 지명.

[jɔn-mot], [jɔm-ho], [jɔ-jɔn]'이지만 평안도에서는 '[nɔŋ-gam], [nɔn-sŭp], [nɔ-hɛŋ], [nɔk-sa], [nɔn-mot], [nɔm-ho], [nɔ-jɔn]'이다. '려(riɔ)'를 동반하는 '禮成江'의 '례(riɔi, 禮)'도 '[ne]'로 나타난다. 단 후창 지방에서는 '려(riɔ)'가 '[nɔ]'로 발음되기보다는 '[jɔ]'가 되는 경우가 많고 황주 이남에서는 서울과 완전히 동일한 발음이다. 단어 중간에 있는 '려(riɔ)'는 '[rɔ]'로 실현된다.

13. '로(ro), 료(rio)'의 실현

'로(ro)', '료(rio)'는 어두에 있는 경우 서울 지방에서는 각각 '[no], [jo]'로 발음되지만 평안도에서는 모두 '[no]'로 발음된다. 예컨대 '로국(ro-kuk, 魯國)', '론어(ron-ɔ, 論語)', '룡산(rioŋ-san, 龍山)', '료리(rio-ri, 料理)'는 서울 발음으로는 '[no-guk], [non-ɔ], [joŋ-san], [jo-ri]'인데 평안도 발음에서는 '[no-guk], [non-ɔ], [noŋ-san], [no-ri]'이다. 단 중화지방에서는 '料理'를 '[jo-ri]'이라고 하며 황주 이남은 모두 서울 계열의 발음이다.

14. '루(ru), 류(riu)'의 실현

'루(ru)', '류(riu)'가 어두에 있는 경우에는 서울 지방에서 각각 '[nu], [ju]'로 발음되는데 평안도에서는 모두 '[nu]'로 발음된다. 가령 '륙십(riuk-sip, 六十)', '류리(riu-ri, 琉璃)', '률곡(riur-kok, 栗谷)'[24]은 서울 발음에서 '[juk-sip], [ju-ri], [jul-guk]'이지만 평안도 발음에서는 '[nuk-sip], [nu-ri], [nul-gok]'이다. 다만 후창에서는 '류(riu)'가 '[nu]'보다는 '[ju]'로

24) 용천군 내의 지명.

발음되는 경우가 많고 황주 이남에서는 서울과 같은 발음이다. 단어 중간에 있는 '류(riu)'는 '[ru]'로 발음된다. '뎨륙(tiɔi-riuk, 第六)'을 '[te-ruk]' 또는 '[te-nuk]', '셰류(siɔi-riu, 細流)'를 '[se-ru]', '대류(tai-riu, 大柳)'[25]를 '[tɛ-nu]'라고 하는 것이 그 예이다.[26]

15. '리(ri)'의 실현

'리(ri)'는 어두에 있는 경우 서울 지방에서는 '[i]'가 되는데 평안도에서는 많은 경우 원음대로 발음된다. 예컨대 '리서방(ri-siɔ-paŋ, 李書房)', '림진강(rim-čin-kaŋ, 臨津江)', '린가(rin-ka, 隣家)', '리동(ri-toŋ, 里洞)'은 서울에서 '[i-sɔ-baŋ], [im-ʤin-gaŋ], [in-ga], [i-doŋ]'으로 발음하지만 평안도에서는 '[ri-sɔ-baŋ], [rim-ʤin-gaŋ], [rin-ga], [ri-doŋ]'으로 발음한다.[27] 단 이 경우의 발음을 자세히 관찰하면 '[ni]' 같기도 하고 '[ri]' 같기도 하며 '[di]' 같기도 하다. 아이들에게 받아쓰기를 시키면 '李'를 '[ni]', '隣'를 '[nin]' 등으로 쓰는 경우는 있지만 '[i]'로 표기하는 경우는 거의 없다. 후창 지방도 '[i]'로 변하는 경우가 없다. 황주군의 경우 읍내에는 '[i]'로 발음하는 사람이 많지만 북부 천주면의 사람들은 '[ni]'로 발음한다고 한다. 함경북도에서는 북부에 한해서 어두에 '[ri]'가 남아 있다.

---

25) 중화군 내의 지명.

26) [역자주] '[te-nuk](第六)', '[tɛ-nu](大柳)'의 'nuk, nu'는 모음으로 끝나는 한자 뒤에서도 'ㄹ'이 'ㄴ'으로 바뀌었다는 점에서 특이하다.

27) [역자주] 평안도 방언에서도 당시에 두음법칙은 존재하므로 어두의 'ㄹ'은 'ㄴ'으로 실현되는 것이 일반적인데 이 단어들은 어두에서도 'ㄹ'이 그대로 실현되고 있어 특이하다. 모두 한자음이라는 공통점이 있다.

16. ㄱ-구개음화

어두에 '기(ki)', '겨(kiɔ)'가 있는 단어 가운데 '길(kir, 路)', '기둥(ki-tuŋ, 柱)', '겨(kiɔ, 糠)', '계집(kiɔi-čip, 女)', '곁(kiɔt, 側)', '키(kʰi, 箕)'는 전국 각지에 걸쳐 '[ʧil], [ʧi-duŋ], [ʧe], [ʧe-ʤip], [ʧɔt], [ʧʰi]' 등 '[k]'가 '[ʧ]'로 변하는 경우가 많지만 평안도에서는 이 단어들을 '[kil], [ki-duŋ], [kjɔ], [kje-ʤip], [kjɔt], [kʰi]'이라고 하여 전부 원음을 보존한다. 단 희천군의 동부인 신풍면에서는 '[kil]'을 '[ʧil]'이라고 하는 현상이 있다는 것을 들은 바 있다.

17. ㅎ-구개음화

'ㅎ(h)'을 어두에 가지고 있는 단어 가운데, '혀(hiɔ, 舌)', '힘(him, 力)', '혀다(hjɔ-ta, 引)'를 '[se], [sim], [ˀsɔ-da]'라고 하는 등 전국 각지에 걸쳐 '[h]'가 [s]로 변하는 곳이 적지 않은데 평안도에서는 이를 '[hjɔ], [him], [hjɔ-da]'라고 하여 원음을 보존한다.

18. 'ㅿ'

어원상 'ㅿ'[28]으로 표기된 부분은 오늘날 방언에서는 '[s]'로 쓰이기도 하고 완전히 그 자음적 가치가 소실되기도 하는데[29] 평안도에서는 후창 지

28) 'ż'로 표기한다.
29) 연구편의 'ㅿ(ż)' 항목 참조.

방에 '[s]'가 약간 존재하는 것 외에 다른 지방에는 '[s]'가 나타나지 않는다. 예컨대 'ᄀᆞᅀᅢ(kɐ-żai, 鋏)'[30]가 '[ka-we], [ka-wi], [kaŋ-ɛ], [kaŋ-e], [kaŋ-a], [kaŋ-u]'[31]가 되고 '구ᅀᅲ(ku-żiu, 槽)'[32]가 '[kuŋ-i], [kwɛŋ-i]'가 되며 '나ᅀᅵ(na-żi, 薺)'가 '[nɛŋ-i]'로, '기ᅀᅳᆷᄆᆡᆫ다(ki-żŭm-mɐin-ta, 耕)'[33]가 '[ki:m-mɛn-da]'[34]로 되는 따위이다.

19. 어중의 '[b]'

'[tal-bi], [ta-ri](髢, 假髮)', '[nu-bi], [nu-e](蠶)'와 같이 방언에 따라 음절 중간에 '[b]'가 나타나는 경우와 나타나지 않는 경우가 있는데[35] 평안도 방언에서는 후창, 자성 지방에 약간의 예외가 있는 것 외에는 '[b]'가 나타나지 않는다. 즉, '假髮'[36]은 '[ta-ri], [ta-rɛ], [ta-ru]',[37] '蠶'[38]은 '[nu-e], [nuŋ-e]', '姉妹'[39]는 '[nu-i], [nui], [nu]'가 되며 '鰕'[40]는 '[sɛ-u], [sɛ-u-ʤi], [seŋ-u], [seŋ-u-ʤi]'로 발음되는 것이다.

---

30) 자료편 225쪽 참조.
31) 후창은 '[kaŋ-ɛ]' 또는 '[ka-sɛ]'로 발음된다.
32) 자료편 226쪽 참조.
33) 자료편 171쪽 참조.
34) 후창에서는 '[ki-sim-mɛn-da]'라고도 한다.
35) 연구편 '음절 중간에 나타나는 '[b]'를 참조. [역자주] 이 논문은 이 책의 2부에 "한국어 어중에 나타나는 '[b]'"라는 제목으로 실려 있다.
36) 자료편 144쪽 참조.
37) 후창, 자성 지방에서는 '[tal-bi]'로 발음한다.
38) 자료편 324쪽 참조.
39) 자료편 62쪽 참조.
40) 자료편 305쪽 참조.

20. '예(iɔi)'의 실현

'예[je]'가 '[t], [n], [r]'과 결합하는 경우에 '[e]'로 변하는 것은 앞에서 설명한 대로인데,41) '[s], [k]'와 결합한 '셰(siɔi, 世)', '계(kiɔi, 界)' 등도 '[se], [ke]'와 같이 '[e]'로 바뀐다. 단 '예(iɔi, 藝)'는 자성, 강계, 희천, 황주 지방에서 '[je]'로 나타난다.

21. '야(ia)'의 실현

'야[ja]'가 '[t], [r]'과 결합한 경우에 '[a]'로 변화하는 것은 앞의 설명대로인데,42) '[h]'와 결합한 '향[hjaŋ](香, 向)'의 경우 '妙香山'은 '[mjo-haŋ-san]'(순천, 의주)과 '[mjo-hɛŋ-san]'(중화), '香水'는 '[haŋ-su]'(중화), '香峰里'는 '[hɛŋ-boŋ-ni]'(순천), '向日'은 '[haŋ-il]'(의주)'과 '[hɛŋ-il]'(순천, 중화) 등 '[haŋ], [hɛŋ]'으로 변한다. 이것은 이 지방에서 '[hjaŋ]'의 발음이 어려움을 가리킨다.

22. '여(iɔ)'의 실현

'여[jɔ]' 음이 '[t], [n], [r]'과 결합하는 경우에 '[ɔ]'로 변하는 것은 앞의 설명대로이다.43) 그 외에 '[k], [m], [p], [ʧ], [h]'와 결합할 때 '[ɔ]'로 바뀌지 않고 '京[kjɔŋ]', '經[kjɔŋ]', '壁[pjɔk]', '別[kjɔl]'과 같이 원음

41) 6, 9, 12번 항목 참조.
42) 5, 11번 항목 참조.
43) 6, 9, 12번 항목 참조.

'[jɔ]'를 그대로 가지는 것도 많지만 때로는 '京[keŋ]', '壁[pek]', '病[peŋ]', '東西[toŋ-se]', '面長[men-daŋ]', '郵便所[u-pʰen-so]', '石油[se-gju]' 등과 같이 '[e]'로 발음되는 것이 있다.[44] '[jɔ]'가 '[e]'로 발음되는 지역은 주로 자성, 정주, 구성, 박천, 안주이다.

23. '요(io)'의 실현

'요[jo]'가 '[t], [r]'과 결합한 경우에 '[o]'로 변화는 것은 앞에서 설명한 바 있다.[45] 그 외에 '[k], [m], [p], [s], [ʧ], [h]'와 결합할 때에는 원음대로 발음되거나 '[o]' 또는 '[ø]'로 발음된다. '요'의 분포는 매우 복잡하여 간단하게 설명할 수 없지만 자성, 의주, 용암, 선천, 정주, 안주, 숙주 지방에서는 '학교(hak-kio, 學校)'를 '[hak-ko]', '교ᄉᆞ(kio-sɐ, 教師)'를 '[ko-sa]', '공ᄌᆞ묘(koŋ-čɐ-mio, 孔子廟)'를 '[koŋ-ʤa-mo]', '묘향산(mio-hiaŋ-san, 妙香山)'을 '[mo-hjaŋ-san]', '챠표(čʰia-pʰio, 車票)'를 '[ʧʰa-pʰo]', '효ᄌᆞ(hio-čɐ, 孝子)'를 '[ho-dza]' 등과 같이 'io'가 '[o]'로 변화한 것이 비교적 많고 강계, 구성, 박천 등이 그 다음으로 많으며 그 이외의 지역은 거의 대부분 원음대로 발음한다. 다만 다소 이상한 점은 안주 지방에서 '車票'를 '[ʧʰa-pʰø]'와 같이 말하고 순천, 중화 지방에서 '車票', '表面' 등의 '票, 表(pʰio)'를 '[pʰɛ]'로 발음하는 사실이다.

---

44) [역자주] 이 중 '동세(東西)'는 접미사 '-이'에 의해, '세규(石油)'는 움라우트에 의해 '[e]'가 나왔을 가능성도 배제할 수 없다.

45) 7, 13번 항목 참조.

24. '유(iu)'의 실현

'유[ju]'가 '[t], [r]'과 결합하는 경우에 '[u]'로 변화하는 것은 앞의 설명대로인데[46] 이 외에 '[k], [ʧ], [h]'와 결합할 때에는 원음 또는 '[ui], [u], [i]' 등으로 발음된다. 여기서 '규모(kiu-mo, 規模)', '규측(kiu-čʰŭk, 規則)', '휴식(hiu-sik, 休息)', '휴업(hiu-ɔp, 休業)' 등의 지역별 발음을 표시하면 다음과 같다.

(1) '규모(kiu-mo, 規模)', '규측(kiu-čʰŭk, 規則)'의 '규(kiu, 規)'
ㄱ. kju : 자성, 후창, 강계, 구성, 영변, 박천, 평양, 안주, 황주
ㄴ. ku : 자성, 강계, 의주, 용암, 구성, 영변, 박천
ㄷ. kui : 자성, 후창, 강계, 희천, 선천, 정주, 구성, 영변, 박천, 숙천, 평양, 안주, 순천, 중화, 황주
ㄹ. ki : 숙천

(2) '휴식(hiu-sik, 休息)', '휴업(hiu-ɔp, 休業)'의 '휴(hiu, 休)'
ㄱ. hju : 자성, 후창, 강계, 구성, 박천, 영변, 숙천, 평양, 황주
ㄴ. hu : 자성, 강계, 의주, 용암, 선천, 정주, 구성, 박천, 영변, 평양, 안주, 순천, 중화
ㄷ. hui : 자성, 후창, 희천, 숙천

즉 많은 지역에서 원음인 '[kju], [hju]'를 사용함과 동시에 '[ku], [kui]'와 '[hu], [hui]'로도 발음하는 것이다. 의주와 용암 두 지역에서 '[ku], [hu]'와 같이 '[u]'로 일관되게 발음하는 것과 숙천 지방에서 '規'를 '[ki]'로 발음하는 것이 주목을 끈다.

---

46) 8, 14번 항목 참조.

25. '외(oi)'의 실현

'외(oi)'는 경우에 따라 (1) [ø],[47] (2) [wɛ], (3) [ɛ] 등으로 발음된다.

(1) '[ø]'로 발음하는 지방

영변, 숙천, 평양 지방에서는 '내외(nai-oi, 內外)'를 '[nɛ-ø]', '괴이(koi-i, 怪異)'를 '[kø-i]', '괴슈(koi-siu, 魁首)'를 '[kø-su]', '쇠잔(soi-čan, 衰殘)'을 '[sø-ʤan]', '회답(hoi-tap, 回答)'을 '[hø-dap]', '집회(čip-hoi, 集會)'를 '[ʧip-hø]'로 하는 등 서울 지방과 같이 '[ø]'로 발음한다.

(2) '[wɛ]'로 발음하는 지방

자성, 후창, 강계, 희천, 의주, 용암, 선천, 정주, 구성, 박천 지방에서는 '외(oi, 畏, 外)', '괴(koi, 怪, 魁)', '쇠(soi, 衰)', '회(hoi, 回, 會)' 등을 거의 예외 없이 '[wɛ], [kwɛ], [swɛ], [hwɛ]'로 발음한다. 그러나 박천, 안주 지방에서는 '[kwɛ], [swɛ], [hwɛ]'를 '[kø], [sø], [hø]'라고도 한다. 이들 지방에서는 한자음 이외에도 '외롭다(oi-rop-ta, 孤獨)'을 '[wɛ-rop-ta]', '왼몸(oin-mom, 全身)'을 '[wɛn-mom]'으로 발음하는 경향이 있다. 후창, 강계 지방에서는 '외(oi, 瓜)'를 '[wɛ]'라고 하고 그 외에 '되오(toi-o, 成)'을 '[twɛ-o]'라고 하는 지역도 있다.

(3) '[ɛ]'로 발음하는 지방

자성에서는 '외(oi, 畏)', '쇠(soi, 衰)', '회(hoi, 會, 回)'를 각각 '[wɛ], [swɛ], [hwɛ]'라고 말하는 것 이외에 '[ɛ], [sɛ], [hɛ]'라고도 발음한다. 안주에서는 '畏, 外'와 '回'를 각각 '[ø]', '[hø]'라고 하는 것 외에 '[ɛ], [hɛ]'라고도 하며 순천에서는 '畏, 外', '怪, 魁', '衰', '回, 會'를 예외 없

47) 연구편의 'oi' 항목을 참조.

이 '[ɛ]', '[kɛ]', '[sɛ]', '[hɛ]'라고 한다. 중화에서는 '外', '怪, 魁', '衰', '回, 會'를 각각 '[ø], [kø], [sø], [hø]'라고 하는 것 외에 '[ɛ], [kɛ], [sɛ], [hɛ]'라고도 한다. 각 지방에서는 한자음 외에도 '외롭다(oi-rop-ta, 孤獨)'를 '[ɛ-rop-ta]', '왼몸(oin-mom, 全身)'을 '[ɛn-mom]'이라고 발음하는 경향이 있다.

요컨대 '외(oi)'의 발음은 영변, 숙천, 평양 지방이 서울 지방과 동일하지만 평안남북도 대부분의 지역에서는 일반적으로 '[wɛ]'가 유력하다고 할 수 있을 것이다. 다만 이 중간에 있는 순천, 중화, 자성 지방에서 '외(oi)'가 '[ɛ]'로 변하는 것은 이상한 느낌을 준다. 박천, 안주 지방이 '[ø], [wɛ], [ɛ]'의 세 가지의 발음을 가지는 것은 여기가 방언 특징의 충돌 지점임을 나타낸다.

26. '의(ủi)'의 실현

'의(ủi)'를 포함하는 '긔(kủi, 記, 基)', '희(hủi, 喜, 希, 姬)', '의(ủi, 義)'는 많은 지역에서 '[ki], [hi], [i]'와 같이 발음되고 있다. 다만 지명 '의주(ủi-čiu, 義州)'를 '[ủ-ʤu]', '희천(hủi-čʰiɔn, 熙川)'을 '[hủ-ʧʰɔn]'이라고 발음하는 지방도 적지 않다.

27. '위(ui)'의 실현

'위(ui)'를 포함한 '위(ui, 違, 危)', '귀(kui, 歸, 貴)', '휘(hui, 揮)', '취(čʰiui, 取)' 등은 서울 지방과 같이 '[ui], [kui], [hui], [ʧʰui]'로 발음된다.

28. '와(oa)'의 실현

'와(oa)'를 포함하는 '완(oan, 椀)', '왕(oaŋ, 王)', '왈(oar, 日)', '과(koa, 瓜)', '관(koan, 官)', '좌(čoa, 坐)', '화(hoa, 華)', '황(hoaŋ, 黃)' 등은 서울과 마찬가지로 많은 지방에서 각각 '[wan], [waŋ], [wal], [kwa], [kwan], [ʦwa], [hwa], [hwaŋ]'로 발음하지만 '坐席'의 '좌(čoa, 坐)'는 많은 지방에서 '[ʦa]'로 발음한다.

29. '워(uɔ)'의 실현

'워(uɔ)'를 포함한 '원(uɔn, 元, 原, 院)', '월(uɔr, 月)', '궐(kuɔr, 闕)'과 같은 한자는 서울 지방과 같이 각각 '[wɔn], [wɔl], [kwɔl]'로 발음된다.

30. '왜(oai)'의 실현

'왜(oai)'를 포함한 '쾌(k^hoai, 快)'와 같은 것도 서울 지방과 같이 '[k^h wɛ]'로 발음된다.

'평안남북도 방언의 음운'에 대한 해설

이 글은 독립해서 발표한 것은 아니고 원래는 ≪京城帝國大學法文學部研究調査册子≫ 제1집(1929년) "平安南北道の方言"에 포함되어 있었다. "平安南北道の方言"은 앞부분에서 방언 조사 과정에 대한 간략한 설명과 평안도의 연혁을 설명한 후 음운, 어법, 어휘의 세 부분에 걸쳐 조사 자료와 거기에 대한 해설을 덧붙이고 있다. 이 중 음운 부분만 따로 떼어 번역한 것이 이 글이다.[48)]

小倉進平은 1928년 제국 학사원의 학술 연구 보조를 받아 10월부터 12월까지 2차례에 걸쳐 평안남북도의 방언 조사를 실시하였다. 교통이 불편한 몇몇 지역을 제외하면 대부분의 지역이 조사 대상지였다.[49)] 조사 결과는 총 30개의 하위 항목으로 나누어 제시하였다. 주로 조사 자료를 나열한 것이 주가 되고 방언 분포에 대한 내용이나 설명은 간략하게 추가되어 있을 뿐이라서 중심 내용이라고 할 만한 것이 별로 없다. 하위 항목에서 다루는 주제만 모아서 제시하면 다음과 같다.

1항 : 'ᆞ'
2항 : 'ㅈ, ㅊ'의 음가
3항 : 'ʃ'의 실현
4항~8항 : ㄷ-구개음화
9항~15항 : 어두 'ㄴ, ㄹ'의 실현 및 ㄴ-구개음화
16항 : ㄱ-구개음화
17항 : ㅎ-구개음화
18항 : 'ㅿ'
19항 : 어중의 '[b]'

48) 여기서는 ≪朝鮮語方言の研究≫ 하권에 재수록된 것을 번역하였다.
49) 조사 대상에서 빠진 지역은 평안북도의 창성, 벽동, 초산, 위원 등 압록강 인근 지역과 평안남도의 덕천, 영원이다.

20항~30항 : 이중모음

크게 보면 'ᄋᆞ', 구개음화, 유성마찰음, 이중모음의 네 가지로 내용을 분류할 수 있다. 이 네 가지 주제는 小倉進平이 방언 음운론에서 가장 많이 다룬 것이기도 하다.

14장
함경남도와 황해도 방언의 음운

1. 'ᄋᆞ'[1]

어원상 'ᄋᆞ(ɐ)'로 표기하는 단어 가령 'ᄆᆞᆯ(mɐr, 馬), ᄑᆞᆯ(pʰɐr, 臂), ᄑᆞ리(pʰɐri, 蠅)' 등은 함경북도 갑산군에서는 일반적으로 '[mol], [pʰol], [pʰori]'와 같이 발음하고 풍산, 혜산에서는 '[mal]~[mol], [pʰal]~[pʰol], [pʰari]~[pʰori]'와 같이 두 가지 발음을 가진다.[2] 'ᄆᆞᄋᆞᆯ(mɐ-ɐr, 村)', 'ᄇᆞᄅᆞᆷ(pɐ-rɐm, 風)'도 풍산, 갑산에서는 '[ma:l]~[mo:l]', '[pa-ram]~[po-rom]'의 두 가지 형태로 나타난다. 그러나 그 외의 지방에서는 모두 '[mal], [pʰal], [pʰa-ri], [ma:l], [pa-ram]'으로 발음한다. 황해도에서는 'ᄋᆞ(ɐ)'가 '[o]'로 변하는 것이 없고 모두 '[a]'로 나타난다. 인접한 여러 도에서의 'ᄋᆞ'를 관찰하면 함경북도 회령, 종성, 경원 지방에서는 'ᄋᆞ(ɐ)'가 '[o]'로 변하는 것이 있지만 평안남북도, 강원도는 모두 '[a]'만 나타난다.[3]

---

1) [역자주] 원 논문에는 개별 항목의 제목이 없지만 독자의 편의를 위해 제목을 달았다.

2) 장진에서도 '蠅'을 '[pʰori]'로 발음한다고 한다.

3) '연구편' 22쪽 'ᄋᆞ(ɐ)' 항목 참조. [역자주] ≪朝鮮語方言の研究≫의 상권은 '자료편'이고 하권은 '연구편'이다. 여기서 말하는 '연구편'은 ≪朝鮮語方言の研究≫ 하권을 말한다. 이후의 각주에서 말하는 '자료편'이나 '연구편'도 모두 마찬가지이다. '연구편'의 'ᄋᆞ(ɐ)' 항목은 이 책의 4부에 실린 '음운 각론'에 들어 있으므로 참고할 수 있다.

2. 'ㅈ, ㅊ'의 음가

함경남도에서는 서울 지방과 마찬가지로 'ㅈ(č), ㅊ(čʰ)'이 각각 '[ʧ], [ʤ]'와 '[ʧʰ]'로 발음됨에 비해 황해도 대부분은 평안남북도 일원이나 함경북도 북부와 같이 '[ʦ], [dz]'와 '[ʦʰ]'로 발음된다. 다만 황해도 남부의 금천, 연안 지방에서 명확하게 '[ʧ], [ʤ]'와 '[ʧʰ]'로 발음되는 것은 서울 지방의 영향을 받은 것이다.

3. 'ʃ'의 실현[4)]

'샤(sia), 셔(siɔ), 쇼(sio), 슈(siu)'의 's'는 어중에 있는 경우 함경북도의 회령, 종성, 경원 지방과 평안북도 일부 지방[5)]에서 '[ʃ]'로 발음하지만 함경남도 및 황해도에서는 모두 '[s]'이다.

4. '디(ti), 티(tʰi)'의 실현

'디(ti), 티(tʰi)'는 평안남북도 대부분과 함경북도 회령, 종성 지방에서 원음인 '[ti], [tʰi]'로 발음하지만 함경남도와 황해도에서는 대체로 '[ti], [tʰi]'로 발음하지 않는다. 다만 이번에 조사할 수 없었지만 평안도 방언의 영향을

---

4) [역자주] 역사적으로 이전 시기의 '샤, 셔, 쇼, 슈'가 현재 어떻게 바뀌었는지를 고찰하는 내용이다. 대부분의 방언에서는 'y'가 탈락하여 '사, 서, 소, 수'로 변화했지만 일부 방언에서는 'y'의 영향으로 'ㅅ'이 구개음으로 바뀐 '[ʃ]'로 실현된다.

5) [역자주] 평안북도 의주가 여기에 속한다. 자세한 것은 이 책의 4부에 실린 "평안남북도 방언의 음운"을 참고할 수 있다.

매우 현저하게 받았을 것이라고 생각되는 함경남도 장진 지방에서는 'ti'를 분명히 '[ti]'로 발음한다. 이처럼 '디(ti), 티(tʰ)'가 '[ti], [tʰi]'로 발음되는 것은 평안남북도가 본원지이고 그 여파가 함경남도의 북부까지 약간 미치지만 그 이남에서는 전혀 그 모습을 보이지 않는다고 말할 수 있을 것이다.

5. '댜(tia), 탸(tʰia)'의 실현

'댜(tia)'와 '탸(tʰia)'가 어중에 있는 경우[6] 평안남북도에서는 모두 '[ta], [da]'와 '[tʰa]'로 발음되며[7] 함경북도 종성, 회령 지방에서는 원래 표기처럼 '[tja], [dja]'와 '[tʰja]'로 발음되거나 혹은 '[ta], [da]'와 '[tʰa]'로 발음된다.[8] 그런데 함경남도와 황해도에서는 이러한 현상이 없고 일반적으로 '[ʧa], [ʤa]'와 '[ʧʰa]'로 나타난다. 다만 장진 지방에서는 '댱진(tiaŋ-čin, 長津)'을 '[taŋ-ʤin]'이라고 발음한다.

6. '뎌(tiɔ), 텨(tʰiɔ)'의 실현

'뎌(tiɔ)'와 '텨(tʰiɔ)'가 어중에 놓일 때 평안남북도에서는 모두 '[tɔ], [dɔ]'와 '[tʰɔ]'가 되고[9] 함경북도 종성, 회령 지방에서는 원래 표기대로

6) 다만 어원적으로 보아 그것이 늘 올바르다고 할 수 없는 경우도 있을 것이다. 이하의 6, 7, 8번 항목도 마찬가지이다. [역자주] 여기에 제시된 어중의 '댜, 탸' 중에는 어원적으로 다른 음이었을 가능성도 있음을 지적한 것이다.

7) 예를 들어 '면댱(miɔn-tiaŋ, 面長)'을 '[miɔn-daŋ]', '화턍(hoa-tʰiaŋ, 和暢)'을 '[hoa-tʰaŋ]'으로 발음한다.

8) 예를 들어 '뎡거댱(tiɔŋ-kɔ-tiaŋ, 停車場)'을 '[tjɔŋ-kɔ-djaŋ]' 또는 '[tɔŋ-kɔ-daŋ]'으로 발음한다.

9) 예를 들어 '뎜심(tiɔm-sim, 點心)'을 '[tɔm-sim]'으로, '텬디(tʰiɔn-ti, 天地)'를

'[tjɔ], [djɔ]'와 '[tʰjɔ]'가 되거나 또는 '[tɔ], [dɔ]'와 '[tʰɔ]'가 된다.[10] 그런데 함경남도와 황해도에서는 이러한 현상이 없고 일반적으로 '[ʧɔ], [ʤɔ]'와 '[ʧʰɔ]'로 실현된다. '뎌(tiɔ, 笛)', '뎌(tiɔ, 彼)'와 같은 단어도 평안도의 많은 지방[11]에서는 '[te]'가 되는데 함경남도와 황해도에서는 모두 '[ʧɔ]'이다. 단 장진 지방은 평안도의 영향을 받아 '點心'을 '[tɔm-sim]', '天地'를 '[tʰɔn-di]'라고 하여 예외를 보인다.

'뎨(tiɔi), 톄(tʰiɔi)'를 포함하는 한자어 예컨대 '형뎨(hiɔŋ-tiɔi, 兄弟)', '신톄(sin-tʰiɔi, 身體)'의 '뎨(tiɔi), 톄(tʰiɔi)'는 평안도에서 '[hiɔŋ-de], [sin-tʰe]'에서 보듯이 '[de], [tʰe]'로 변하여 발음되는데 함경남도와 황해도에서는 거의 모두 '[hjɔŋ-ʤe], [sin-ʧʰe]'와 같이 '[ʤe], [ʧʰe]'로 발음된다. 다만 함경남도 가운데 영흥군의 요덕면과 횡천면에서 '天地'를 '[tʰɔn-di]'로 발음하고[12] 또 장진읍 내에서 '兄弟'를 '[hjɔŋ-de]', '第一, 第二'의 '第'[13]를 '[te]' 또는 '[ʧe]'로 발음하는 것은 평안도 방언의 영향을 받았다고 해야 할 것이다. 한편 평안북도 후창 지방에서 '뎌(tiɔ), 텨(tʰiɔ)'를 '[te], [tʰe]'로 발음하는 것 외에 '[ʧe], [ʧʰe]'로도 발음하는 것은 함경남도 방언의 영향을 받은 결과일 것이다.

7. '됴(tio), 툐(tʰio)'의 실현

'됴(tio)'와 '툐(tʰio)'는 어중에 있을 경우 평안도에서는 모두 '[to], [do]'

'[tʰɔn-di]'로 발음한다.

10) 예를 들어 '뎐답(tiɔn-tap, 田畓)'을 '[tjɔn-dap]' 또는 '[tɔn-dap]', '텬디(tʰiɔn-ti, 天地)'를 '[tʰjɔn-di]' 또는 '[tʰɔn-di]'로 발음한다.

11) 후창은 제외.

12) 영흥에서 청취하였다.

13) [역자주] 이전 시기의 한자음은 '뎨'였다.

와 '[tʰo]'가 되는데[14] 함경남도와 황해도에서는 거의 모두 '[ʧo]'와 '[ʧʰo]'로 나타난다.[15] 다만 평안북도 후창 지방에서 '朝鮮', '善'을 '[to-sɔn], [to-tʰa]'라고 하기보다 '[ʧo-sɔn], [ʧo-tʰa]'라고 더 많이 하는 것은 함경도 방언의 영향 때문이다.

8. '듀(tiu), 튜(tʰiu)'의 실현

'듀(tiu)'와 '튜(tʰiu)'가 어중에 있을 경우 평안도에서는 모두 '[tu], [du]'와 '[tʰu]'로 발음하고[16] 함경북도 종성과 회령 지방에서는 '[tju], [dju]'와 '[tʰju]'로 발음한다.[17] 그런데 함경남도와 황해도에서는 거의 모두 '[ʧu], [ʤu]'와 '[ʧʰu]'로 실현된다.[18] 다만 장진 지방에서 '듕강리(tiuŋ-kaŋ-ri, 中江里)'를 '[tuŋ-gaŋ-ni]', '듕남리(tiuŋ-nam-ri, 中南里)'[19]를 '[tuŋ-nam-ni]'라고 하는 등 '듀(tiu)'를 '[tu]'라고 발음하는 것은 평안도 방언의 영향을 받은 것이며 또한 평안북도 후창 지방에서 '晝夜'를 '[tu-ja]', '國中'을 '[kuk-tuŋ]'이라고 발음하기보다 '[ʧu-ja]', '[kuk-ʧuŋ]'이라고 발음하는 경우가 더 많은 것은 함경도 방언의 영향 때문이다.

---

14) 예를 들어 '됴션(tio-siɔn, 朝鮮)'을 '[to-sɔn]', '됴타(tio-tʰa, 善)'를 '[to-tʰa]'로 발음한다.
15) 예를 들어 '朝鮮'은 '[ʧo-sɔn]', '善'은 '[ʧo-tʰa]'로 발음한다.
16) 예를 들어 '듀야(tiu-ia, 晝夜)'를 '[tu-ja]', '튱신(tʰiuŋ-sin, 忠臣)'을 '[tʰuŋ-sin]'이라고 한다.
17) 예를 들어 '국듕(kuk-tiuŋ, 國中)'을 '[kuk-tjuŋ]'이라고 발음한다.
18) 예를 들어 '晝夜'를 '[ʧu-ja]', '國中'을 '[kuk-ʧuŋ]'으로 발음한다.
19) 모두 장진군 내의 里 이름.

9. '녀(niɔ), 녜(niɔi)'의 실현

어두음으로 'ㄴ(n)'을 가지고 있는 것 중 '녀(niɔ)', '녜(niɔi)' 등은 평안남북도에서 '[nɔ], [ne]'로 변화하지만[20] 함경남도와 황해도에서는 대체로 이러한 현상이 없고 서울 지방과 같이 '녀(niɔ)'는 '[jɔ]', '녜(niɔi)'는 '[je]'로 발음한다.[21]

10. '니(ni)'의 실현

'니(ni)'는 평안남북도에서 어두에 있어도 분명히 '[ni]'로 발음되는 특징[22]을 가지고 있지만[23] 함경남도에서는 풍산, 장진군 내에서 미약하게나마 '葉'을 '[nip-sa-gui]'라고 하는 것 이외에는 모두 서울 지방과 같이 '니(ni)'는 '[i]'가 된다. 황해도에서는 황주에서 현저하게 평안도의 영향을 받아 '[ni](齒)', '[nip-sa-gui](葉)', '[nik-ta](熟)' 등의 단어가 어두에 '[n]'을 가지고 있다. 그러나 남쪽으로 내려오면서 점차 그 모습이 사라짐으로써 재령, 서흥에서 겨우 '齒'를 '[i]~[ni]'로 발음하는 것을 제외하면 다른 지방에서는 모두 서울 지방과 같이 '[i]'로 발음한다.

---

20) 예를 들어 '십년(sip-niɔn, 十年)'을 '[sim-nɔn]', '녀름(niɔ-rŭm, 夏)'를 '[nɔ-rŭm]', '녯적(niɔis-čɔk, 昔)'을 '[net-ʧɔk]'으로 발음한다.

21) 예를 들어 '夏'를 '[jɔ-rŭm]', '昔'을 '[jet-ʧɔk]'이라고 한다.

22) 혹은 '[di]'에 가깝게 발음된다. [역자주] 이 문제에 대한 자세한 논의는 "이병근(1980), 동시조음 규칙과 자음 체계, ≪말소리≫ 1, 대한음성학회"에서 이루어진 바 있다. 여기에 따르면 비음이지만 동기관적인 구강자음을 약하게 동시조음시키는 '[^{b}m], [^{d}n]'와 같은 음성이 여러 방언에 존재하는데 小倉進平이 '[di]'에 가깝게 들린다고 한 것도 이것을 말하는 듯하다.

23) 예를 들어 '니(齒)'를 '[ni]', '닙사귀(葉)'를 '[nip-sa-sui]'로 발음한다.

11. '랴(ra), 랴(ria)'의 실현

어두의 '라(ra), 랴(ria)'는 평안남북도에서 '[na]'가 되는 것이 원칙이지만[24] 함경남도와 황해도의 경우 장진 등지에서 '兩班'에 대해 '[naŋ-ban], [jaŋ-ban]'을 절반씩 사용하는 것을 제외하면 거의 모두 '[ja]'로 발음한다.[25] 평안북도 중 후창 지방에서 '[na]'보다 '[ja]'가 더 많이 사용되는 것은 함경도 방언의 영향을 받은 것이다. 또한 여기서 주의해야 할 점은 함경북도 국경 지방에서는 어두의 '라(ra), 랴(ria)'를 원음대로 발음하고 함경남도 풍산 지방에서는 '羅興里'[26]를 '[ra-hŭŋ-ni]' 또는 '[na-hŭŋ-ni]'라고 함으로써 원음에 가까운 '라[ra]' 음이 존재한다는 사실이다.

단어 중간에 '라(ra), 랴(ria)'가 있는 경우 평안도에서는 '[na]'로 바뀌는 것이 원칙인데[27] 함경남도와 황해도에는 이러한 현상이 전혀 존재하지 않는다.[28]

---

24) 예를 들어 '량반(riaŋ-pan, 兩班)'을 '[naŋ-ban]', '량칙동(riaŋ-čʰɐik-toŋ, 良策洞)'을 '[naŋ-ʧʰɛk-toŋ]'이라고 발음한다.

25) [역자주] '[ja]'로 발음되는 것은 어두의 '랴'에만 국한된다고 해야 할 것이다. 함경남도나 황해도에서 어두의 '라'도 '[ja]'로 발음된다고 할 수는 없다. 함경남도나 황해도에서 어두의 '라'는 서울과 마찬가지로 '나'로 발음되는 듯하다. 이것은 다른 경우도 마찬가지여서 일반적으로 함경남도나 황해도 방언에서 'ㄹ'로 시작하는 음절은 어두에서 서울과 비슷한 실현 양상을 보인다고 할 수 있다.

26) 羅興里는 풍산군 안에 있다.

27) 예를 들어 '닷량(tas-riaŋ, 五兩)'을 '[tan-naŋ]', '측량(cŭk-riaŋ, 測量)'을 '[ʧŭŋ-naŋ]'으로 발음한다.

28) [역자주] 어중의 '라, 랴'는 평안도에서 '나(na)'가 아닌 '라(ra)'로 발음된다고 보아야 할 것이다. '나(na)'가 된다고 제시한 예는 모두 그 앞에 'ㄹ'을 제외한 자음이 옴으로써 선행 자음에 의해 'ㄹ'이 'ㄴ'으로 바뀐 결과에 불과하다. 소위 'ㄹ'의 비음화가 적용된 것이다. 자음 대신 모음이 선행했다면 '라, 랴'는 평안도에서 모두 '라(ra)'로 발음되며 이것이 올바른 원칙이다. '라, 랴'뿐만 아니라 다른 'ㄹ'로 시작하는 음절도 같은 원칙의 지배를 받는다.

12. '러(rɔ), 려(riɔ)'의 실현

어두의 '러(rɔ), 려(riɔ)'는 평안남북도에서 '[nɔ]'가 되고[29] 단어 중간에서는 '[nɔ], [ne]'가 되는 것이 원칙인데 함경남도와 황해도에서는 이러한 현상이 전혀 없다.[30] 다만 평안북도 후창 지방에서 어두의 '려(riɔ)'가 '[nɔ]'로 되기보다 '[jɔ]'로 되는 것이 더 많다는 섬,[31] 함경북도 국경 지방에서는 어두의 '러(rɔ), 려(riɔ)'가 원음 그대로 발음된다는 점, 함경남도 풍산 지방에서는 어두의 '려(riɔ)'가 '[jɔ]'로도 발음된다는 사실[32]은 주의해야 할 것이다.

13. '로(ro), 료(rio)'의 실현

평안북도에서 어두의 '로(ro), 료(rio)'는 '[no]', 어중의 '로(ro), 료(rio)'는 '[ro]'가 되는 것이 원칙인데[33] 함경남도와 황해도에서는 어두의 '료(rio)'가 서울 지방과 같이 '[jo]'가 된다.[34] 또한 함경북도 국경 지방에서는 어두에 있는 '로(ro), 료(rio)'가 원음 그대로 발음되는 것이 많고 함경남도 풍산 지방에서도 원음이 자주 존재한다.[35] 평안북도의 후창 지방은 함경남도와 같

---

29) 예를 들어 '령감(riɔŋ-kam, 令監)'을 '[nɔŋ-gam]', '려힝(riɔ-hɐiŋ, 旅行)'을 '[nɔ-hɛŋ]'으로 발음한다.

30) [역자주] 각주 28)에서 지적한 것처럼 '[nɔ], [ne]'가 아닌 '[rɔ], [re]'가 되어야 옳다.

31) 예를 들어 '令監'을 '[jɔŋ-gam]'이라고 한다.

32) 예를 들어 '련습(riɔn-sŭp, 練習)'을 '[rjɔn-sŭp]~[jɔn-sŭp]', '례셩강(riɔi-siɔŋ-kaŋ, 禮成江)'을 '[rje-siɔŋ-kaŋ]~[je-sɔŋ-gaŋ]'으로 발음한다.

33) 예를 들어 '론어(ron-ɔ, 論語)'를 '[non-ɔ]', '룡산(rioŋ-san, 龍山)'을 '[noŋ-san]', '료리(rio-ri, 料理)'를 '[no-ri]'로 발음한다.

34) 예를 들어 '龍山'을 '[joŋ-san]'이라고 한다.

35) 예를 들어 '龍山'을 '[rioŋ-san]~[joŋ-san]'으로 발음한다.

이 '[jo]'가 될 때가 많다.

14. '루(ru), 류(riu)'의 실현

평안남북도에서 '루(ru), 류(riu)'는 어두에서 '[nu]', 단어 중간에서는 '[ru]'가 되는 것이 원칙인데[36] 함경남도와 황해도에서는 이러한 현상이 없고 서울 지방과 동일하게 발음한다. 평안북도 후창 지방도 이와 같다. 또한 함경북도 국경 지방에서는 어두에 오는 '류(ru), 류(riu)'의 'ㄹ(r)'을 원음 그대로 발음하는 것이 가능하며[37] 함경남도 풍산군에서도 '六十'을 '[rjuk-sip]~[juk-sip]', '栗谷'을 '[rjul-gok]~[jul-gok]'이라고 하듯이 원음을 보존하는 경우가 있다.

15. '리(ri)'의 실현

'리(ri)'는 어두에서 함경북도의 국경 지방 및 평안남북도의 거의 전역에 걸쳐서 원음을 보존하여 '[ri]'로 발음되는데 함경남도와 황해도에서 이 현상이 존재하는 것은 풍산 지방에 국한되고[38] 그 외는 모두 서울 지방과 같이 '[i]'로 발음된다.

---

36) 예를 들어 '륙십(riuk-sip, 六十)'을 '[nuk-sip]', '률곡(ruir-kok, 栗谷)'을 '[nul-go k]', '세류(siɔi-riu, 細流)'를 '[se-ru]'로 발음한다.

37) 예를 들어 '留하다'를 '[riu-ha-da]'로 발음한다.

38) 풍산 지방에서는 '[ri]' 외에 '[i]'로도 발음된다.

16. ㄱ-구개음화

어두에 있는 '[ki], [kjɔ]' 등의 '[k]'는 거의 규칙적으로 황해도에서는 원음 '[k]'로, 함경남도에서는 '[ʧ]'로 변하여 나타난다.

의미	음성형	
	황해도	함경남도
糠[39]	[kiɔ], [ke]	[ke], [ʧe], [ʧʰe]
女	[ke-ʤip], [ki-ʤip]	[ke-ʤip]
箕	[kʰi]	[ʧʰi]
傍	[kjɔt]	[ʧɔt]
路	[kil]	[ʧil]
柱	[ki-duŋ]	[ʧi-duŋ]
瓦家	[ki-wa-ʤip], [kja-ʤip]	[ʧi-wa-ʤip], [ʧi-ɛ-ʤip], [ʧɛ-ʤip], [ʧa-ʤip]
長	[ki-ri]	[ʧi-re], [ʧil-ˀsi], [ʧil-ˀse]

이 현상을 인근의 여러 도와 비교하면 평안남북도와 경기도에서는 전부 원음 '[k]'를 보존하며, 함경북도에서는 국경 지방에서 원음을 유지하지만 함경남도에 가까운 함북 지역과 강원도 전역은 '[ʧ]'로 바꾸어 발음한다.

17. ㅎ-구개음화

'[h]'를 어두에 가지는 단어 중 '힘(him, 力)', '혀(hjɔ, 舌)'[40]는 함경남

39) 아래에 제시된 여러 단어의 자세한 분포는 '자료편' 참조. '糠'은 182쪽, '女'는 65쪽, '箕'는 180쪽, '傍'은 51쪽, '路'는 35쪽, '柱'는 117쪽, '瓦屋'은 118쪽, '길이'는 38쪽.

40) '힘'의 분포에 관해서는 '자료편' 114쪽, '혀'에 관해서는 '자료편' 92쪽을 참조.

도와 황해도에서 일반적으로 '[sim], [se]'가 된다. 이를 인근의 여러 도와 비교하면 평안남북도에서는 모두 원음 '[h]'가 분명하게 존재하고 함경북도와 강원도에서는 많은 경우 '[s]'로 변한다.

18. 'ㅿ'

예전에 'ㅿ(ż)'으로 표기된 단어는 오늘날 여러 방언에서 '[s]'를 가지거나 자음적 가치가 완전히 소실되었는데[41] 함경남도와 황해도는 매우 현저한 대조를 보이고 있다.

단어	의미	음성형	
		황해도	함경남도
ᄀᆞᅀᆞᆯ[42]	秋	[ka-ul]	[ka-sil], [ka-ůl]
ᄀᆞᅀᅢ	鋏	[ka-u], [ka-wi], [ka-we]	[ka-sɛ]
구ᅀᅲ	槽	[kui-juŋ], [kui-jɔŋ], [kweŋ], [kwɔŋ], [kuiŋ], [kuŋ], [kui], [kwe], [kwɛŋ-i]	[ku-suŋ], [ku-soŋ], [ku-si]
나ᅀᅵ	薺	[nɛŋ-i]	[na-si]
기ᅀᅳᆷ ᄆᆡ다	耕	[ki:m-mɛn-da]	[ʧi-sim], [ʧi-sům], [ʧi-ům-mɛn-da]

즉 함경남도에서는 대체로 '[s]'가 나타나되 그 남부 지역은 황해도와 마찬가지로 단순한 모음 혹은 '[j]'로 변하였다. 'ㅿ(ż)'가 '[s]'로 변하는 현상은 함경북도, 강원도에도 꽤 많이 존재하지만 평안남북도에서는 후창 지방에 약간 나타나는 것 외에는 존재하지 않는다.

---

41) '연구편'의 'ㅿ(ż)' 항목 34쪽을 참조. [역자주] '자료편'의 'ㅿ(ż)' 항목은 이 책의 4부에 "음운 각론"이라는 제목으로 수록되어 있다.
42) 아래에 제시된 여러 단어의 자세한 분포는 '자료편'을 참조. '秋'는 18쪽, '鋏'은 225쪽, '馬槽'는 226쪽, '薺'는 199쪽, '耕'은 171쪽.

19. 어중의 '[b]'

'[tal-bi], [ta-ri](髢)', '[nu-bi], [nu-e](蠶)'와 같이 방언에서 음절 중간에 '[b]'가 나타는 경우와 나타나지 않는 경우가 존재하는데[43] 황해도와 함경남도의 분포 상태는 다음과 같다.

의미	음성형	
	황해도	함경남도
糊刷毛[44]	[kui-ja], [kui-jɔl], [kwɛl]	[kui-bal], [p^{h}u-ˀki-bal], [kui-jɔl]
夕燒	[no:l]	[nu-bu-ri], [nŭ-bu-ri], [no-bul], [nu-ri], [no-ri], [no:l], [na-o-ri], [nu-gu-ri]
蠶	[nu-e], [nu-i], [nu-we], [nue]	[nu-be], [nu-bi], [nu-e], [nuŋ-e]
姉妹	[nu-i]	[nu-bi], [nŭi-bi], [nu-i], [nu-u]
髢	[ta-rɛ], [tal-bi]	[tal-bi]
窶籔	[ˀto-a-ri], [ˀtu-a-ri], [ˀtwe-gi]	[ˀta-ba-ri]
啞者	[pɔŋ-ɔ-ri], [pɔ-bɔ-ri]	[pɔ-bɔ-ri]
鰕	[sɛ-u]	[sɛ-bi]
葵	[a-uk]	[a-buk][45]
牛蒡	[u-wɔŋ], [wɔŋ]	[u-boŋ], [u-bɔŋ], [u-wɔŋ], [wɔŋ]
石臼	[hoak]	[ho-bak], [ho-bɛ-gi], [hoak]

요컨대 '[b]'가 존재하지 않는 지역은 대체로 황해도 전역과 함경남도 중

43) "音節の中間にあらはれる[b]"의 42쪽을 참조. [역자주] 이 논문은 이 책의 2부에 "한국어 어중에 나타나는 '[b]'"라는 제목으로 실려 있다.

44) 아래에 제시된 여러 단어의 자세한 분포는 '자료편'을 참조. '糊刷毛'는 227쪽, '夕燒'는 8쪽, '蠶'은 324쪽, '姉妹'는 62쪽, '髢'는 144쪽, '窶籔'는 233쪽, '啞者'는 107쪽, '鰕'는 305쪽, '露葵'는 209쪽, '牛蒡'은 210쪽, '石臼'는 181쪽.

45) [역자주] ≪鄕藥救急方≫에 '아욱'이 '阿夫'로 표기되어 있어 어중의 '[b]'가 존재했음을 명확히 알 수 있다.

영흥 부근 이남이고 '[b]'가 존재하는 것은 영흥 이북이라고 할 수 있을 것이다. 이것을 인근의 여러 도와 비교해 보면 함경북도에서는 '[b]'로 나타나는 경우가 많고 강원도에서는 '[b]'가 존재하는 것과 그렇지 않은 것이 대략 절반씩이지만 평안남북도에서는 자성, 후창의 일부에서 '[tal-bi](髢)'와 같은 형태가 존재하는 것을 제외하면 '[b]'가 나타나지 않는다.

20. 평음과 경음의 대응

서울 지방에서 평음[46]으로 존재하는 것이 함경남도와 황해도에서 경음[47]으로 자주 나타나며 또한 서울 지방에서 경음으로 존재하는 것이 함경남도와 황해도에서 평음으로 나타나는 경우가 있다. 다만 경음으로 나타나는 것은 함경남도에서 현저하다.

의미	음성형	
	황해도	함경남도
茄子[48]	[ka-ʤi]	[ˀka-ʤi], [ka-ʤi]
買	[san-da]	[ˀsan-da]
鵲	[ˀka-ʧʰi], [ka-ʧʰi]	[ˀka-ʧʰi], [ka-ʧʰi]

46) [역자주] 원문에는 '단일 자음(單一 子音)'으로 되어 있다. 그런데 그 의미는 자음이 하나 있음을 뜻하지 않고 경음과 대립되는 평음임을 뜻한다. 따라서 이해의 편의를 위해 '평음'이라고 바꾸었다.

47) [역자주] 원문에는 '된시옷'으로 되어 있다. '된시옷'은 두 가지 의미를 가진다. 하나는 경음을 표기하는 ㅅ-계 합용병서의 'ㅅ'을 가리키고 다른 하나는 경음 자체를 가리킨다. 여기서는 경음을 가리키는 용법으로 '된시옷'을 사용하였다. 의미를 더 분명히 하기 위해 경음으로 바꾸었다.

48) 아래에 제시된 여러 단어의 자세한 분포는 '자료편'을 참조. '茄子'는 196쪽, '사다'는 373쪽, '鵲'은 268쪽.

21. 명사에 붙는 '-이'

명사의 끝에 '[i]'를 붙이는 것[49]은 함경남도와 황해도 방언에서 어느 정도 공통적인 현상인데 특히 함경남도에서 현저하다.

의미	음성형	
	황해도	함경남도
釜[50]	[ka-ma], [ka-mɛ]	[ka-mɛ]
馬鈴薯	[kam-ʤa], [kam-ʤi]	[kam-ʤɛ], [kam-ʤa], [kam-ʤi]
鯖	[ko-dǘŋ-a], [ko-dǘŋ-ɔ], [ko-maŋ-a], [ko-maŋ-ɛ]	[ko-doŋ-e], [ko-duŋ-e], [ko-do-e], [ko-maŋ-e], [ko-ma-i]
龜	[kɔ-buk], [kɔ-bu-gi]	[kɔ-bu-gi]
大鼓	[puk]	[puk], [pup], [pup-hi]
葱	[pʰa], [pʰɛŋ-i]	[pʰa], [pʰa-i], [pʰ-e], [pʰɛŋ-i], [pʰɛŋ-ɛ]
牛	[so]	[sø]
裳	[ʧʰi-ma], [ʧʰi-mɛ]	[ʧʰi-mɛ]

황해도의 수안, 곡산, 신계 지방과 함경남도 남부 지방의 발음 사이에 유사점이 있는 것은 지리적 이유 때문이다. 또한 함경남도에서 발음되는 '[kɔ-bu-gi](龜)', '[pup-hi](大鼓)'에서 '[i], [hi]'[51]는 그대로 주격을 나타내는 조사로도 사용되지만[52] 함경남도의 많은 사람들은 느낌상 '[i], [hi]'를 붙여 하나의 단어처럼 생각하고 있다. 이것은 함경북도에서도 완전히

49) '애(ai)'는 [ɛ], '에(ɔi)'는 '[e]'가 된다. [역자주] '애'는 '아'로 끝나는 명사, '에'는 '어'로 끝나는 명사 뒤에 '[i]'가 붙을 때를 가리킨다.

50) 아래에 제시된 여러 단어의 자세한 분포는 '자료편'을 참조. '釜'는 230쪽, '馬鈴薯'는 196쪽, '鯖'은 308쪽, '龜'는 285쪽, '大鼓'는 246쪽, '葱'은 215쪽, '牛'는 295쪽, '裳'은 158쪽.

51) [역자주] '부피'의 형태 분석을 '붑+히'로 하여 '[hi]'가 나오게 되었다. 그러나 예전에는 '鼓'를 의미하는 단어가 '붚'이었고 아직도 방언형으로 '붚'이 존재하므로 '붑+히' 대신 '붚+이'로 분석하여 '[i]'만 인정하는 것이 타당할 듯하다.

52) '[kɔ-bu-gi kʰǘ-da](거북이가 크다)' 참조.

동일하다.

22. 명사에 붙는 '-기'

명사의 끝에 '[ki], [gi]'를 붙이는 것은 황해도에서도 어느 정도 나타나지만 함경남도 방언의 특징이다.[53)]

의미	음성형	
	황해도	함경남도
粉[54)]	[ka-ru], [kal-lu]	[kal-gi]
樹	[na-mu̇], [naŋ-gu], [naŋ-gu̇]	[nam-gi], [naŋ-gi]
獐	[no-ru], [nol-ga-ʤi]	[nol-ga-ʤi], [nol-gi]
大根	[mu-u], [mu-i], [mu-ju], [mi-u]	[mu:], [muk-ku], [muk-ki]
山葡萄	[mɔ-re], [mɔ-rɛ], [mɔl-gu], [mɔl-gui]	[mɔl-gi], [mɔl-gu], [mɔl-gui]
小豆	[pʰat], [pʰɛk-ki]	[pʰat], [pʰɛk-ki]
杼	[puk]	[puk], [puk-ki], [puk-ku]
炭	[sut]	[sut], [suk-ki], [suk-ku]
狐	[jɔ-u], [jɔ-ui], [jɔŋ-kʰwɛ-i]	[jɔk-ki], [jɔŋ-ˀki], [jeŋ-ˀki]
柄	[ʧa-ru]	[ʧal-gi]
爼	[kʰal-tʰo-mak], [kʰal-tʰo-ma-gi]	[to-mɛ], [to-mɛ-gi], [tom-bɛ-gi]

함경남도 남부 지방의 발음이 황해도와 비슷한 것은 주로 지리적인 관계

53) [역자주] 小倉進平이 명사의 끝에 붙는다고 한 '-기'의 'ㄱ'은 기원적으로는 어간의 일부였다고 보는 견해가 현재 주류를 이룬다. 그것을 고려하면 여기서 다루는 '-기'는 실제로는 '-이'로 볼 수 있으며 따라서 앞 항목에서 다룬 내용과 비슷하다고 하겠다.

54) 아래에 제시된 여러 단어의 자세한 분포는 '자료편'을 참조. '粉'은 162쪽, '木'은 333쪽, '獐'은 289쪽, '大根'은 202쪽, '山葡萄'는 188쪽, '小豆'는 213쪽, '梭'는 245쪽, '炭'은 509쪽, '狐'는 299쪽, '柄'는 256쪽, '爼'는 234쪽.

에 의한 것이다. 단어의 끝에 '[ki], [gi]'를 붙이는 것은 함경북도와 공통된 현상이며 북한 방언의 특징이라고 해야 할 것이다. 그리고 이런 종류의 '[ki], [gi]'는 종종 주격을 나타내는 조사로서 쓰이는 경우가 있지만[55] 일반적으로는 '[ki], [gi]'가 붙은 전체가 하나의 명사처럼 인식되고 있다.

'[ki], [gi]' 이외에 '[ʧi], [ʤi]'를 단어의 끝에 붙이는 경우가 있는데 이것 또한 함경남도에서 현저하다.

의미	음성형	
	황해도	함경남도
鍬[56]	[kwɛi], [ˀkwɛŋ-i], [ˀkwak-ʧi]	[kwɛ-gi], [kwak-ʧi], [ˀkwak-ʧi]
尾	[ˀko-ri], [ˀko-raŋ-i], [ˀko-raŋ-ʤi]	[ˀko-ri], [ˀko-raŋ-i], [ˀko-raŋ-ʤi], [ˀkoŋ-ʤi], [ˀko-raŋ-dɛ-gi], [ˀko-raŋ-dɛŋ-i]
蚯蚓	[ʧi-reŋ-i], [ʧi-re-i]	[ʧi-re], [ʧi-reŋ-i], [ʧi-riŋ-i], [ʧi-re-ʤi]
蠐螬	[kum-be-i], [kum-beŋ-i]	[kum-be], [kum-bi], [kum-bɛŋ-i], [kum-biŋ-i], [kum-bɔ-ʤi], [kum-be-ʤi]

이 경우에도 황해도와 함경남도 남부 방언 사이의 현저히 유사점을 볼 수 있다.

23. '예(iɔi)'의 실현

모음 '예[je]'가 '[k], [n], [t], [r], [m], [p], [s], [ʧ]' 등과 결합할 경우에는 서울 지방과 마찬가지로 대부분 '[ke], [ne], [ʧe]'와 같이 '[e]'로

55) 예를 들어 '[kal-gi man-tʰa](가루가 많다)'나 '[nam-gi kʰŭ-da](나무가 크다)' 등이 있다,

56) 아래에 제시된 여러 단어의 자세한 분포는 '자료편'을 참조. '鍬'는 172쪽, '尾'는 286쪽, '蚯蚓'은 328쪽, '蠐螬'는 322쪽.

변화한다. 다만 '예[je](藝)', '옛날[jen-nal](昔)' 등은 각 지역에서 원음대로 '[je]'라고 발음한다.

24. '야(ia)'의 실현

'야[ja]'가 여러 자음과 결합할 때 황해도에서는 대체로 원음이 유지되지만 함경도에서는 '햐(hia)'를 포함한 '향(hiaŋ, 香)'의 경우 지방에 따라 '[hɛŋ],[57] [haŋ]'으로 발음한다. 이러한 경향은 평안도에서도 약간 보인다.

25. '여(iɔ)'의 실현

'경긔도(kiɔŋ-kŭi-to, 京畿道)', '별로히(piɔr-ro-hi, 別)'에서 '경(kiɔŋ), 별(piɔr)'의 '여(iɔ)'[58]는 황해도 일원과 함경남도의 북청, 홍원 지방에서 분명히 원음을 보존하여 '[jɔ]'로 발음한다. 앞에 제시한 지역 이외의 곳에서는 대체로 '경(kiɔŋ)'을 '[kjɔŋ]~[keŋ]'으로 '별(piɔr)'을 '[pjɔl]~[pel]'로, '병(piɔŋ, 病)'을 '[pjɔŋ]~[peŋ]'으로 발음하는데 '[e]'로 발음하는 사람들은 일반적으로 노인이나 부녀자 등이다. 다음에 함경남도에서 보이는 '여'의 발음 분포 상태를 제시한다.

---

57) '妙香山'을 '[mjo-hɛŋ-san]'이라고 한다.
58) '연구편'의 'iɔ' 항목 28쪽을 참조. [역자주] 'iɔ' 항목은 이 책의 4부에 "음운 각론"이라는 제목으로 수록되어 있다.

한자	단어	음성형	지역
面	면댱(面長)	[men-ʤaŋ], [men-ʤɛ]	거의 전역
便	편안(便安)	[p^{h}en-an]	이원, 홍원, 함흥, 오로, 영흥, 고원, 문천, 덕원
石	셕유(石油)	[se-gju], [se-gui]	함흥, 오로, 신흥, 영흥
平	원평면(元平面)	[wɔn-p^{h}jɔŋ-mjɔn], [wɔn-p^{h}eŋ-mjɔn]	신흥
	가평면(加平面)	[ka-p^{h}jɔŋ-mjɔn], [ka-p^{h}eŋ-mjɔn]	신흥
	평강(平康)	[p^{h}jɔŋ-kaŋ], [p^{h}eŋ-gaŋ]	안변, 신고산
坪	남평면(南坪面)	[nam-p^{h}jɔŋ-mjɔn], [nam-p^{h}eŋ-mjɔn]	신흥
	진평면(鎭坪面)	[ʧin-p^{h}eŋ-mjɔn]	영흥
	대평면(大坪面)	[tɛ-p^{h}eŋ-mjɔn]	영흥
	문평면(文坪面)	[mun-p^{h}eŋ-mjɔn]	덕원
城	학셩면(鶴城面)	[hak-seŋ-mjɔn]	안변
邊	안변(安邊)	[an-ben]	덕원, 안변, 신고산
境	디경리(地境里)	[ʧi-geŋ-ni]	덕원
瑞	셔곡면(瑞谷面)	[se-goŋ-mjɔn]	안변
鐵	텰령(鐵嶺)[59]	[ʧ^{h}e-rjɔŋ]	신고산

한자음에 있어서 함경남도에서는 대체로 '여(iɔ)'가 '[e]'로 변화하는 경향이 두드러진다. 한자음 이외의 고유어에 대해서 보면 다음 결과를 얻을 수 있다.

단어	음성형	
	황해도	함경남도
며누리(婦)[60]	[mjɔ-nu-ri], [me-nu-ri]	[me-nu-ri]
별(星)	[pjɔl]	[pjɔl], [pel], [pe-ri], [pi:l]
벼(稻)	[pjɔ], [pe], [pø]	[pe]
벼루(硯)	[pjɔ-ru], [pe-ru]	[pjɔ-ru], [pe-ru], [pe-ri]
벼룩(蚤)	[pjɔ-ru-gi], [pjɔ-ru-ʤi], [pe-ru-gi], [pe-ru-ʤi], [pe-ri-gi]	[pe-re-gi], [pe-ru-ʤi], [pe-ri-gi]
혀(舌)	[sɔ], [se]	[se]

59) 강원도에 있는 고개.

한자음의 경우만큼 엄격하지 않지만 고유어에서 '여(iɔ)'가 '[e]'로 변하는 것은 황해도보다도 함경남도에서 훨씬 현저한 것을 알 수 있다. '여(iɔ)'가 '[e]'로 바뀌는 현상은 평안도에서는 여러 곳에서 볼 수 있지만 그 외의 인접한 도에서는 함경북도의 남부, 강원도의 해안가를 따라 출현한다는 점에 주의해야 한다.

26. '요(io)'의 실현

'요[jo]'[61] 모음을 포함한 단어, 가령 '학교(hak-kio, 學校)', '교ᄉᆞ(kio-sɐ, 教師)', '묘포(mio-pʰo, 苗圃)', '공ᄌᆞ묘(koŋ-čɐ-mio, 孔子廟)', '묘향산(mio-hiaŋ-san, 妙香山)', '챠표(čʰia-pʰio, 車票)', '표면(pʰio-miɔn, 表面)', '효ᄌᆞ(hio-čɐ, 孝子)'에서의 '교(kio), 묘(mio), 표(pʰio), 효(hio)' 등은 함경남도 홍원, 함흥, 오로, 신흥, 정평, 영흥, 고원, 문천, 덕원, 즉 함흥을 중심으로 하는 지역에서는 대체로 '[hak-kø], [kø-sa], [mø-pʰo], [koŋ-ʤa-mø], [mø-hjaŋ-san], [ʧʰa-pʰø], [pʰø-mjɔn], [hø-ʤa]'와 같이 '[ø]'로 변한 경우가 많다. 그러나 그 외의 지역, 즉 풍산, 갑산, 혜산에서는 '[ø]' 이외에 '車票'를 '[ʧʰa-pʰo]', '孔子廟'를 '[koŋ-ʤa-mo]', '孝子'를 '[ho-ʤa]'라고 하듯이 '[o]'로 발음하는 경우가 있다. 황해도에서는 금천 지방에서 미약하게 '[ø]'로 발음하는 경우가 있는 것을 제외하면 대부분 '[jo]'로 발음한다. '[ˀpio-ʤok](凸)', '[pʰjo-bɔm](豹)'와 같은 단어도 황해도에서는 그대로 발음되지만 함경남도에서는 '[ˀpø-ʤuk],[62] [ˀpøʤok], [ˀ

60) 아래에 제시된 여러 단어의 자세한 분포는 '자료편'을 참조. '子의 妻'는 63쪽, '星'은 6쪽, '稻'는 206쪽, '硯'은 243쪽, '蚤'는 325쪽, '舌'은 92쪽.

61) '연구편'의 'io' 항목 33쪽을 참조. [역자주] 'io' 항목은 이 책의 4부에 "음운 각론"이라는 제목으로 수록되어 있다.

62) '자료편' 486쪽을 참조.

pɛ-ʤok], [ˀpo-ʤuk]'과 '[pʰo-bɔm]'으로 발음된다. '요(io)'가 '[ø]'로 바뀌는 현상은 함경북도에서는 남부 지역에 존재하고 강원도에서는 해안 지방을 비롯해 그 외의 지방에도 존재한다.

27. '유(iu)'의 실현

'유[ju]'를 포함한 단어, 가령 '규측(kiu-čʰŭk, 規則)', '휴가(hiu-ka, 休暇)'에서의 '규(kiu), 휴(hiu)'는 함경남도의 많은 지방에서 '[kui], [hui]'와 같이 발음되지만 일부 지방에서는 '規'가 '[ki]'와 같이 발음되는 경우가 있다. 황해도에서는 연안 지방에서 '規'가 자주 '[kui]'로 발음되는 것을 제외하면 모두 '[ju]'이다. '유(iu)'가 '[ui]'로 변화하는 현상은 평안도와 강원도에서도 꽤 널리 나타나고 있다.

28. '외(oi)'의 실현

'외(oi)'[63]를 포함한 단어는 다음 네 가지로 발음된다.

(1) '[ø]'

함경남도에서는 풍산, 오로, 신흥, 정평, 영흥, 고원, 문천, 덕원, 안변, 신고산 지방, 황해도에서는 해주, 옹진, 태탄, 장연, 은율, 안악, 황주, 재녕, 서흥, 수안, 금천, 곡산, 신계 등지에서 '외국(oi-kuk, 外國)', '괴이(koi-i, 怪異)', '쇠잔(soi-čan, 衰殘)', '회답(hoi-tap, 回答)', '집회(čip-hoi, 集會)'의

63) '연구편'의 'oi' 항목 26쪽을 참조. [역자주] 'oi' 항목은 이 책의 4부에 "음운각론"이라는 제목으로 수록되어 있다.

'외(oi), 괴(koi), 쇠(soi), 회(hoi)'를 '[ø], [kø], [sø], [hø]'로 발음한다. 따라서 이 지방에서는 '외(oi, 黃瓜)'를 '[ø]',64) '왼몸(oin-mom, 全身)'을 '[øn-mom]~[on-mom]', '왼통(oin-tʰoŋ, 全部)'를 '[øn-tʰoŋ]'으로 발음한다.

(2) '[ɛ]'

함경남도에서는 북청 지방에서 '회답(hoi-tap, 回答)', '집회(čip-hoi, 集會)'를 '[hø-dap], [ʧip-hø]' 또는 '[hɛ-dap], [ʧip-hɛ]'로 발음하고, 함흥에서는 앞에 나온 여러 단어 외에 '외국(oi-kuk, 外國)'을 '[ɛ-guk]', '괴슈(koi-siu, 魁首)'를 '[kɛ-su]', '쇠잔(soi-čan, 衰殘)'을 '[sɛ-ʤan]'과 같이 발음하기도 한다. 따라서 이들 지방에서는 일반적으로 '왼몸(oin-mom, 全身)'을 '[ɛn-mom]', '왼통(oin-tʰoŋ, 全部)'를 '[ɛn-tʰoŋ]', '된다(toin-ta, 成)'를 '[tɛn-da]', '외(oi, 黃瓜)'를 '[ɛ]', '왼압(oin-ap, 最前)'을 '[ɛn-ap]'이라고 발음한다. 또한 홍원에서 읍내의 사람들은 '回, 會'를 '[hø]'라고 하지만 바로 인근 촌락인 서상리(西上里)에서 통학하는 학생은 이를 모두 '[hɛ]'라고 발음하는 진기한 현상을 발견하였다. '뵈(poi, 麻布)'는 함경남도 각지에서 '[pø],65) [pɛ]'로 발음하는 것 이외에 '[pe]'로도 발음한다. 이 밖에 '蕎麥'은 본래 '모밀(mo-mir)'이지만 영홍, 고원, 문천, 덕원 지방에서는 '[mø-mil]', 안변, 신고산 지방에서는 '[mø-mul]'이 되고, 홍원, 함흥 지방에서는 축약되어 '[møl]'이 되며 오로, 신홍, 정평에서는 'ø'가 'ɛ'로 바뀌어 '[mɛl]'로 나타나는 것이 극히 흥미로운 사실이다. 황해도에서는 '외(oi)'가 '[ɛ]'로 변하는 현상을 전혀 찾아볼 수 없다.

---

64) 함경남도에서는 안변, 황해도에서는 금천, 장연을 제외한 지방에서 '오이[o-i]'라는 2음절로 발음한다.

65) '자료편' 151쪽 참조.

(3) '[e]'

함경남도에서는 이원, 신흥, 안변 지방에서 '괴슈(koi-siu, 魁首)'를 '[ke-su]'라고 발음하는 경우가 있는데 그다지 현저하지 않다. 황해도에서는 이 현상이 연안에서 가장 현저하게 나타나고 금천이 그 다음이다. 즉 이들 지역에서는 '외국(oi-kuk, 外國)'을 '[e-guk]', '괴슈(koi-siu, 魁首)'를 '[ke-su]', '쇠잔(soi-čan, 衰殘)'을 '[se-ʤan]', '회답(hoi-tap, 回答)'을 '[he-dap]', '집회(čip-hoi, 集會)'를 '[ʧip-he]'와 같이 발음한다. 한자음 이외에 고유어에서도 이들 지역에서는 대체로 같은 변화를 보인다. 다음에 약간의 예를 제시한다.

단어	음성형
괴롭다(苦)[66]	[kø-rop-ta], [ke-rop-ta]
괴기[魚)	[ke-gi]
도리혀(却)	[tø-rjɔ], [te-rjɔ]
뫼(墓, 山)	[mø], [mi], [me]
뫼밀(蕎麥)	[me-mil]
뵈(麻布)	[pe], [pɛ]
쇠(鐵)	[se]
쇠통(全部)	[se-tʰoŋ]
안된다(不可)	[an-døn-da], [an-den-da]
왼압(最前)	[en-ap]

(4) '[we]'

함경남도 갑산, 혜산에서는 '외국(oi-kuk, 外國)'을 '[we-guk]', '괴슈(koi-siu, 魁首)'를 '[kwe-su]', '쇠잔(soi-čan, 衰殘)'을 '[swe-ʤan]', '회답(hoi-tap, 回答)'을 '[hwe-dap]', '집회(čip-hoi, 集會)'를 '[ʧip-hwe]'와 같이 '외(oi)'를 모두 '[we]'로 발음한다. 따라서 이들 지방에서는 '외(oi, 黃

66) 아래에 제시된 여러 단어의 자세한 분포는 '자료편'을 참조. '괴롭다'는 349쪽, '고기'는 308쪽, '따라서'는 483쪽, '묘, 뫼'는 35쪽, '메밀'은 201쪽, '베'는 151쪽, '쇠'는 221쪽, '전부'는 490쪽, '안 된다'는 375쪽, '가장 앞'은 55쪽.

瓜)'를 '[we]', '왼몸(oin-mom, 全身)'을 '[wen-mom]', '안된다(an-toin-ta, 不可)'를 '[an-dwen-da]'로 발음한다. 황해도에서는 이 현상을 볼 수 없지만 황해도 남쪽에 인접한 경기도 개성 지방에서 '外國'을 '[we-guk]', '魁首'를 '[kwe-su]', '衰殘'을 '[swe-ʤan]', '回答'을 '[hwe-dap]', '集會'를 '[ʧip-hwe]', '안 된다'를 '[an-dwen-da]'라고 하는 것 외에 '괴롭다(koi-rop-ta, 苦)'를 '[kwe-rop-ta]', '쇠(soi, 鐵)'을 '[swe]'라고 발음하는 등 함경남도와 아주 유사한 점을 가지고 있다. 이런 발음의 변화는 함경북도, 경상남북도의 일부에도 존재한다.

이상을 인근의 여러 도와 비교하면 (1) '[ø]'는 한국어의 표준적인 발음이며 경기도, 강원도 등에 존재하고, (2) '[ɛ]'는 평안도의 안주, 순천, 중화 지방에 다소 존재하며 (3) '[e]'는 함경북도의 경우 경성, 길주, 성진 지방에 약간 존재하고 경상도에서는 꽤 널리 분포하며 (4) '[we]'는 함경북도의 일부와 강원도 평해, 경상남북도의 일부에 걸쳐 존재하고 있다.

29. '위(ui)'의 실현

모음 '위(ui)'는 지방에 따라 다음과 같이 변화한다.

(1) '[ui]'

'귀(kui, 歸, 貴)', '휘(hui, 揮)', '취(čʰiui, 取)'는 함경남도와 황해도에서 대체로 원음대로 '[kui], [hui], [ʧʰui]'라고 발음한다.

(2) '[i]'

함경남도 북청과 함흥에서는 '歸, 貴', '揮', '取'가 '[ki]', '[hi]', '[ʧʰ

i]'처럼 '[i]'로 변화한 경우가 꽤 많은데 황해도에서는 드물다.[67)]

(3) '[u]'

함경남도 안변 지방에서는 '위틔(ui-tʰɐi, 危殆)'의 '위'를 '[ui]~[u]'로, '위익면(ui-ik-miɔn, 衛益面)'[68)]을 '[u-iŋ-mjɔn]'이라고 발음하지만 일반적으로는 원음을 보존한다. 황해도에서는 '위(ui)'가 '[u]'로 변하는 것이 더욱 드물다. 한자음 이외에 고유어에 대해 관찰해 보아도 황해도는 함경남도에 비해 '[ui]'를 보존하는 정도가 더 농후해서 '[u]'로 변하는 것이 적은 듯하다.

의미	음성형	
	황해도	함경남도
釘[69)]	[mo-da-gui], [mo-da-gu]	[mo-da-gui], [mo-da-gu], [mo-da-gi]
杏	[sal-gui], [sal-gu]	[sal-gui], [sal-gu]
疣	[sa-ma-gui], [sa-ma-gu]	[sa-ma-gu]
蜀黍	[sui-su], [su-su]	[su-su], [sui], [suk-ku]

인근의 여러 도 중에서 '위(ui)'가 '[i]'로 변하는 것은 함경남도에서 북청, 함흥 지방에 많고 함경북도에서는 성진, 길주, 나남, 경성 지방에 존재할 뿐이며, '위(ui)'가 '[u]'로 변하는 것은 황해도보다는 함경남도에서 좀 더 현저하고 그 중에서도 특히 안변 부근을 중심으로 남부에 더 많다.

67) 물론 옹진군 내의 '순위도(siun-ui-to, 巡威島)'를 이 지역 사람들은 '[sun-i-do]'라고 하는 경우가 있기는 하다.

68) 위익면은 안변군에 있다.

69) 아래에 제시된 여러 단어의 자세한 분포는 '자료편'을 참조. '釘'은 124쪽, '杏'은 191쪽, '疣'는 110쪽, '수수'는 208쪽.

30. '의(ŭi)'의 실현

'의(ŭi)'라는 모음을 포함한 단어, 가령 '긔(kŭi, 記, 基)', '희(hŭi, 喜, 希, 姬)', '의(ŭi, 義)'와 같은 것은 함경남도와 황해도에서 모두 '[ki], [hi], [i]'로 된다. 단 '신의쥬(sin-ŭi-čiu, 新義州)' 등에서의 '의(ŭi, 義)'는 함경남도에서 주로 '[ŭ]'로 발음되고 황해도에서는 '[i]'로 발음되는 지방이 꽤 많다. 인접한 여러 도에서는 '의(ŭi)'가 '[i]'로 많이 변했다.

31. '와(oa)'의 실현

'와(oa)'를 포함한 음절, 예컨대 '완(oan, 完), '왕(oaŋ, 王)', '왈(oar, 日)', '과(koa, 瓜)', '관(koan, 官)', '좌(čoa, 坐)', '화(hoa, 華)', '환(hoan, 還)', '황(hoaŋ, 黃)'과 같은 것은 함경남도와 황해도에서 '[wan], [waŋ], [wal], [kwa], [kwan], [ʧwa], [hwa], [hwan], [hwaŋ]'으로 많이 발음되지만 '官', '坐'와 같은 것은 지방에 따라 '[kan], [ʧa]'와 같이 발음되는 경우도 적지 않다.

32. '워(uɔ)'의 실현

'워(uɔ)'를 포함한 음절, 가령 '원(uɔn, 元, 院, 原)', '월(uɔr, 月)', '권(kuɔn, 卷)', '궐(kuɔr, 闕)' 등은 함경남도와 황해도에 걸쳐 '[wɔn], [wɔl], [kwɔn], [kwɔl]'과 같이 발음된다. 단 '꿩([ʔkwɔŋ], 雉)'이라는 단어는 함경남도의 대부분 지역[70]에서 '[ʔkoŋ]'으로 발음한다.

33. '왜(oai)'의 실현

'왜(oai)' 모음을 포함한 음절, 예컨대 '쾌(kʰoai, 快)'와 같은 것은 함경남도와 황해도에서도 대체로 '[kʰwɛ]'로 발음하는데 북청, 갑산, 이원, 함홍, 영홍, 고원, 안변 등에서는 '[kʰɛ]'라고도 발음한다.

34. '웨(uɔi)'의 실현

'웨(uɔi)'는 이원, 신홍 두 지방을 제외하고는 함경남도와 황해도에서 모두 '[wɛ]'로 발음된다.

35. 1음절 단어와 2음절 단어의 대응

같은 단어가 어떤 지방에서는 1음절이고 어떤 지방에서는 2음절인 경우가 있다.

의미	음성형	
	황해도	함경남도
蟹[71]	[kwe], [kɔ-i], [kù-i]	[ke], [kɔ-i]
黃皮	[o-i]	[ø], [we], [ɛ], [o-i]
野	[tùl]	[tùl], [tù-re], [tu-ru]
石臼	[hwak]	[hwak], [ho-bak], [ho-bɛ-gi]
犬	[kɛ], [ka-i]	[kɛ]
鳥	[sɛ], [sa-i]	[sɛ]
牛蒡	[u-wɔŋ], [wɔŋ]	[u-boŋ], [u-bɔŋ], [u-wɔŋ], [wɔŋ]
雉	[ˀkwɔŋ], [ˀku-ɔŋ]	[ˀkwɔŋ], [ˀkoŋ]

70) 북청, 덕원, 안변, 신고산은 제외.

36. 결론

이상에서 서술해 온 바와 같이 함경남도와 황해도의 음운 분포 상태를 관찰하면 간단하게 설명하는 것이 쉽지 않지만 두 도에서의 현저한 차이점을 대체로 다음과 같이 들 수 있다.

① 어두에 있는 '기(ki), 겨(kiɔ)' 등의 'k'는 황해도에서는 원음인 '[k]'를 보존하지만 함경남도에서는 '[ʧ]'로 변화한다.[72)]

② 어원상 'ㅿ'로 표기된 것은 함경남도에서는 '[s]'로 많이 나타나지만 황해도에서는 '[s]'가 존재하지 않는다.[73)]

③ '[nu-be] : [nu-e](蠶)'의 관계처럼 '[b]'가 나타나는 것은 함경남도에 많고 나타나지 않는 것은 황해도에 많다.[74)]

④ 명사의 마지막에 '[i], [ki], [gi]'를 붙이는 것은 함경남도에서 현저하고 황해도에는 적다.[75)]

⑤ '여(iɔ)'는 황해도에서 대체로 '[jɔ]'이지만 함경남도에서는 '[e]'로 변하는 것이 많다.

또한 이러한 음운 분포를 함경남도 내부로 국한해서 보면 남부와 북부에 차이가 있으며 더욱이 남부 지방의 발음이 여러 가지 면에서 황해도의 발음과 유사한 것은 전적으로 지리적인 관계를 바탕으로 한 결과라고 할 수 있다.

---

71) 아래에 제시된 여러 단어의 자세한 분포는 '자료편'을 참조. '蟹'는 303쪽, '黃瓜'는 203쪽, '野原'은 28쪽, '石臼'는 181쪽, '犬'은 287쪽, '鳥'는 279쪽, '牛蒡'은 210쪽, '雉'는 270쪽.

72) 16번 항목 참고.

73) 18번 항목 참고.

74) 19번 항목 참고.

75) 21, 22번 항목 참고.

'함경남도와 황해도 방언의 음운'에 대한 해설

이 글은 따로 발표한 것이 아니고 1930년에 나온 ≪京城帝國大學法文學部硏究調査册子≫ 제2집 "咸鏡南道及び黃海道の方言" 중 일부이다. "咸鏡南道及び黃海道の方言"은 제목에서 알 수 있듯이 함경남도와 황해도의 방언 조사 결과를 보고한 것인데 자료는 음운, 어법, 어휘로 나누어 제시하였다. 여기서는 이 중 음운 부분만 따로 떼어 번역하였다.[76)]

방언 조사는 1929년에 이루어졌다. 구체적으로 보면 함경남도 방언은 1929년 6월 21일부터 20일 동안 북청, 풍산 등 15개 지역을 조사하였다. 또한 같은 해 9월에는 공무상 출장을 가면서 함남 고원 지역을 추가로 조사하였다. 장진은 사정상 직접 조사하지 못하고 대신 장진군 출신자를 통해 보충했다고 한다. 황해도 방언은 1929년 8월 5일부터 4일 동안 곡산, 신계를 조사하고 1929년 12월 9일부터 18일까지 연안, 해주 등 11개 지역을 조사하였다. 황해도 방언과 밀접한 관련이 있는 경기도 개성 방언도 조사 지점에 포함시켰다.

이 글에서 다루는 주제는 모두 35항목에 걸쳐 있다. 구체적인 내용은 다음과 같다.

1항 : 'ᄋᆞ'
2항 : 'ㅈ, ㅊ'의 음가
3항 : 'ʃ'의 실현
4항~8항 : ㄷ-구개음화
9항~15항 : 어두 'ㄴ, ㄹ'의 실현 및 ㄴ-구개음화
16항 : ㄱ-구개음화
17항 : ㅎ-구개음화
18항 : 'ㅿ'

76) ≪朝鮮語方言の硏究≫ 하권에 재수록된 것을 번역하였다.

19항 : 어중의 '[b]'
20항 : 평음과 경음의 대응
21항, 22항 : 명사 뒤에 붙는 접미사
23항~34항 : 이중모음
35항 : 1음절과 2음절의 대응

이러한 주제는 小倉進平이 다른 방언을 조사할 때에도 가장 역점을 두었던 것들이다. 그는 조사 결과를 바탕으로 함경남도와 황해도의 방언 차이와 함경남도 내부의 방언 구획에 대해서도 간략히 언급하였는데 결론은 다음과 같다.

(1) 함경남도와 황해도 방언은 ㄱ-구개음화, △의 변화, 어중 '[b]'의 유무, 명사에 붙는 '-이'의 유무, '여'의 변화 등에서 차이를 보인다.
(2) 함경남도 방언은 북부와 남부의 차이가 발견되는데 특히 남부 지역 방언이 황해도와 비슷한 것은 지리적인 이유 때문이다.

15장 제주도 방언의 음운

1. ‘ᄋᆞ’1)

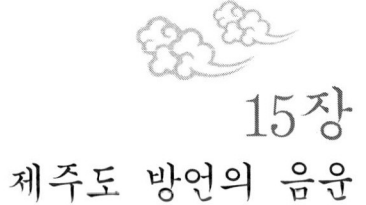

제주도 방언에 존재하는 ‘ᄋᆞ(ɐ)’2)는 한반도의 어떤 지역에서도 발견할 수 없는 특수한 종류의 음에 속한다. 이것을 음성학적으로 관찰하면 아래 그림에 배치된 것과 같다.

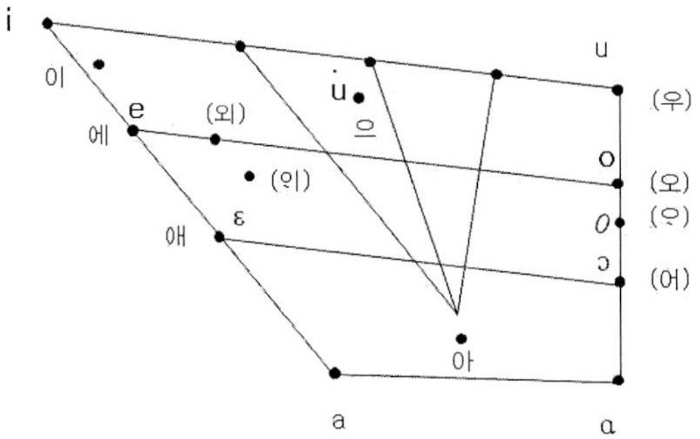

1) [역자주] 원 논문에서는 개별 항목의 제목이 없지만 독자의 편의를 위해 제목을 달았다.

2) [역자주] ‘ɐ’는 ‘ᄋᆞ’의 로마자 표기 기호이고 ‘[ɑ]’는 ‘ᄋᆞ’의 발음 기호이다. 小倉進平은 모든 한글에 대해 로마자 표기 기호와 발음 기호의 두 가지를 부여한 후 각각을 문자 기호, 표음 기호라고 불렀다. 자세한 것은 이 책의 5부에 수록한 “한글의 로마자 표기법”을 참고할 수 있다.

'ㆍ'는 반폐모음 '오[o]'와 반개모음 '어[ɔ]'의 중간에 위치하여 일본어의 'オ'와 유사한 듯하지만 'オ'보다는 약간 입술이 둥그스름해져서 발음되는 음이라고 느껴진다. 여기서는 이것을 '[ɒ]'로 표시한다. 'ㆍ'의 원음(原音)이 어떤 것이었는지의 문제는 잠시 덮어 두고 제주도 방언에서 'ㆍ'의 발음은 여러 문제의 해결에 있어 귀중한 자료를 제공해 준다고 할 것이다.

역사적으로 볼 때 'ㆍ'로 표기된 단어는 오늘날 각 방언에서 '아[a]', '오[o]', '어[ɔ]', '우[u]', '으[ů]', '이[i]'로 나타난다. 다음에 그 예를 제시한다.[3)]

古語	각 방언의 음성형					
	[a]	[o]	[ɔ]	[u]	[ů]	[i]
ᄆᆞᆯ(馬)	[mal]	[mol]				
ᄑᆞᆯ(臂)	[pʰal]	[pʰol]				
ᄂᆞᄆᆞᆯ(菜)	[na-mul]	[no-mul]	[nɔ-mul]			
ᄐᆞᆨ(頤)	[tʰak], [tʰɛk]	[tok-su-ga-ri]	[tʰɔk]			
ᄆᆞᅀᆞᆯ(村)	[ma:l]	[mo:l]	[mɔ:l]			
ᄒᆞᆰ(土)	[halk], [hak]					
ᄒᆞᄂᆞᆯ(天)	[ha-nal]			[ha-nul]	[ha-nůl]	
ᄇᆞᄅᆞᆷ(風)	[pa:-ram]	[po:-rom]			[pa:-rům]	
ᄑᆞᆺ(小豆)	[pʰat], [pʰak]	[pʰot]				
아ᅀᆞ(弟)			[a-u]			[a-i]

'ㆍ'가 주로 '[a]' 또는 '[o]'로 나타난다고 하더라도 그 현상이 항상 규칙적으로 나타나는 것이 아니라 다소의 혼란이 있는 것이 일반적이다. 예컨대 서울 지방이나 중부의 많은 지역에서 'ᄆᆞᆯ(馬)'은 '[mal]'로, 'ᄀᆡ'는 '개[kɛ]'로 발음되듯이 거의 모든 경우에 'ㆍ'가 '[a]'로 바뀌지만 'ᄇᆞᆯ(件)'을 '[pɔl]', 'ᄇᆞᆯ셔(旣)'를 '[pɔl-sɔ]', 'ᄐᆞᆨ(頤)'을 '[tʰɔk]'이라고 하는 것처럼 '[ɔ]'로 바뀐 단어가 약간 있음을 발견하게 된다. 또한 함경북도, 경상남도,

3) 자세한 것은 '자료편' 참조. [역자주] '자료편'은 ≪朝鮮語方言の硏究≫(1944년 간행) 상권을 가리키고 '연구편'은 ≪朝鮮語方言の硏究≫ 하권을 가리킨다.

전라남북도 등에서 'ᄆᆞᆯ(馬)'을 '[mol]', 'ᄑᆞᆯ(臂)'을 '[pʰol]'이라고 발음하듯이 '[o]'가 되는 예를 많이 볼 수 있지만 한편으로 'ᄡᆞᆯ(米)'을 '[ˀsol]'이라고 하지 않고 'ᄀᆞ장(極)'을 '[ko-ʤaŋ]'이라고 발음하지 않는 것처럼 예외를 여럿 찾을 수 있는 것이다.[4] 제주도에서는 어원적으로 'ᆞ'로 표기된 단어가 거의 모두 '[a]'도 아니고 '[o]'도 아닌 앞에 기술한 제주도 방언의 독특한 모음 '[ɒ]'로 발음되며 이를 한글로 표기할 때에도 분명 'ᆞ'로 표기하는 것이 일반적이다. 예컨대 아래와 같이 고유어에 대해 'ᆞ'를 분명히 발음하여 구분할 뿐만 아니라[5] 한자음 중에도 원래부터 'ᆞ'로 표기되는 것은 대부분 분명히 '[ɒ]'로 발음할 뿐 '[a]'와 혼동하는 일이 없다.

고유어		
[kɒsɛ](陜)	[kɒsil](秋, 收穫)	[kɒl](郡)
[kɒse](邊)	[kɒʧʰi](如)	[kɒrŭn-da](日)
[kɒru](粉)	[nɒmɒ](菜)	[nɑ](顔)
[tɒk-sɛ](鷄)	[tɒk sɛk-ki](鷄卵)	[tɒ](月)
[tɒ-ui](髢)	[tɒrɒm-ʧui](蝙蝠)	[mɒsil], [mɒsŭl], [mɒul](村)
[mɒrɒ](旨)	[mɒ-lŭn-da](乾)	[mɒk-ta](淸)
[mɒ](馬)	[mɒŋ-sɛŋ-i](仔馬)	[pɒk-ta](明)
[ˀpɒn-da](吮)	[ˀpɒ-li](速)	[pɒ-la](蹈)
[pɒ-lŭn-da](塗)	[pɒ-sɔ], [pɒ-sɔ](旣)	[sɒna-i](男)
[ˀsɒ], [kon-ˀsɒ](米)	[ʧɒruk](柄)	[ʧʰɒm-sɛ](雀)
[tʰɒk], [tʰak](頤)	[pʰɒn-da](賣)	[pʰɑ](小豆)
[hɒn-da](爲)	[hɒk](土)	

4) [역자주] 小倉進平은 매우 이른 시기부터 'ᆞ'가 '오'로 바뀌는 변화에 대해 언급했지만 이러한 변화가 첫 음절의 양순음 다음에 놓인 'ᆞ'에만 적용된다는 사실을 지적하지 않았다. 그런데 여기서의 설명을 보면서 그가 'ᆞ>오'의 변화가 일어나는 적용 환경을 전혀 인식하지 못했음을 확실히 알 수 있다. 'ᄡᆞᆯ'이나 'ᄀᆞ장'의 'ᆞ'는 양순음 뒤에 놓이지 않았기 때문에 '오'로의 변화를 기대할 수 없는데도 그는 이것들을 모두 단순한 예외로 처리하고 있는 것이다.

5) 그 중에는 'ᄂᆞᆷ(他人)'을 '[nom]', 'ᄇᆞᆯ(件)'을 '[pul]'로 발음하듯이 'ᆞ'가 다른 모음으로 변한 경우가 없는 것은 아니다.

한자어		
[möŋ-ʤɒ](孟子)	[koŋ-ʤɒ](孔子)	[mo-ʤɒ](帽子)
[noŋ-sɒ](農事)	[sɒsil](事實)	[sɒbu](師父)
[ʧɒgjɔk](資格)	[ʧɒdoŋ-ʧʰa](自動車)	[ʧʰɒʧʰɒ](次次)
[hɒŋ-saŋ](恒常)	[hɒk-kjo](學校)	

제주도 사람의 발음을 주의해서 들으면 대체로 그 고형이 'ᄋᆞ'인지 아닌지를 구별할 수 있다고 해도 좋을 정도이다. '[ɒ](ᄋᆞ)'와 '[a](아)' 사이에 분명히 발음상의 구별이 존재한다는 사실은 앞에서 말한 대로인데 그 특징은 하나의 단모음에서만 나타나는 것이 아니라 다른 모음과 결합한 경우에도 나타난다. 즉 '애([ɛ])'와 'ᄋᆡ[ö]' 사이에도 명백한 구별이 있는 것이다. 예컨대 아래에 제시된 것은 각지에서 명확하게 발음상의 구별을 유지한다.

선행음	애[ɛ]	ᄋᆡ[ö]
ㄱ	[kɛ-mat](浦), [kɛ](犬), [pe-gɛ](枕), [ʧo-gɛŋ-i](蛤)	[pɔn-gö](電), [ˀsil-gö](膽), [kö-u-ri](蚯蚓), [kök](客)
ㄴ	[nɛ-ga](私), [ko-nɛŋ-i](猫)	[nö](煙), [nö-ˀtok](煙突)
ㄷ	[tɛ](竹), [ˀtɛ](時), [tɛ-ʧʰo](棗)	[tö-dap](對答)
ㄹ	[su-rɛ-gi](鳶)	[pol-lö](本來)
ㅁ	[kul-mɛ](鞦韆), [ka-mɛ](釜), [son-to-mɛ](套手), [i-mɛŋ-i](額), [ʧʰi-mɛ](裳)	[mö-jaŋ](每樣)
ㅂ	[pɛ](繩), [po-bɛ](寶)	[pö](倍)
ㅅ	[sɛŋ-i](雀), [sɛk-ki](繩)	[söŋ-ʧʰɛ](生菜), [sɔn-söŋ](先生)
ㅇ	[ɛk-kjɔ-hɒn-da](惜), [son-ɛ-gi](犢), [ɛ-ˀsün-da](心勞), [ɛ-sɔl](涯月, 地名)	[öŋ-do](櫻桃)
ㅈ	[ʧɛn-da](度)	[ʧö](灰)
ㅌ		[tʰö](垢)
ㅍ	[pʰɛ-ma-nuŋ](葱)	
ㅎ	[hɛ](害)	[hö](日)

다만 일부 경우에 '애[ɛ]'와 'ᄋᆡ[ö]'의 구별이 혼동되거나 또는 'ᄋᆡ[ö]'와 '에[e]'가 혼동될 때가 있다. 다음과 같은 것이 그 예이다.

애[ɛ]	ᄋᆡ[ö]	에[e]
[mɛ](鷹)<제주>	[mö](鷹) <성산, 대정, 서귀>	
[pɛ](繩) <제주, 대정, 서귀, 성산>		
	[pö](舟) <제주, 서귀, 대정>	[pe](舟) <제주, 성산>
	[pö](腹) <제주, 서귀, 성산>	[pe](腹) <제주, 대정>
	[pö](梨) <제주, 서귀, 성산>	[pe](梨) <제주, 대정, 성산>
	[kan-mö](笠帽) <서귀>	[kan-me](笠帽) <제주, 대정, 성산>
[ɛ-gi](兒) <제주, 서귀, 성산>	[ö-gi](兒)<대정>	

2. '어'의 음가

서울 지방에서 '어'는 '[ɔ]'[6]와 '[ə]'[7]의 두 가지로 발음되지만[8] 제주도

6) '[ɔ-düi](何處)'와 같은 경우.

7) '[ə-dɔ](得)'와 같은 경우.

8) [역자주] 서울 지역어에서 '어'가 두 가지 음가를 가진다는 것은 이미 잘 알려진 바이다. 일반적으로는 '어'의 두 가지 음가가 음장과 관련이 있어서 장모음일 때의 '어'가 단모음일 때의 '어'보다 앞에서 나고 혀의 높낮이도 더 높다고 알려져 있다. 이 글에서의 '[ə]'가 장모음의 '어'에 해당하고 '[ɔ]'가 단모음의 '어'에 해당한다고 할 수 있다. 최근 연구에서는 '어'에 인접한 자음도 모음의 음가에 영향을 준다고 한다. 자세한 내용은 "김 현(2008), /ㅓ/의 음성 실현과 그 실현 조건, ≪국어학≫ 52, 국어학회"를 참고하기 바란다.

에서는 '어'가 모두 '[ə]'로만 발음된다.

3. '여[jɔ]'의 실현

'경긔도[kjɔŋ-gŭi-do](京畿道)', '긔별[kŭi-bjɔl](寄別)' 등의 '京[kjɔŋ]', '別[pjɔl]'과 같이 '[jɔ]'를 포함한 한자음은 올바르게 발음하면 '[jə]'가 되지만 제주도 전역은 일반적으로 '[e]'로 바뀌는 상태에 있다.

[sin-pʰeŋ-ni](新坪里)<대정>	[kwaŋ-pʰeŋ-ni](廣坪里)<대정>
[tʰo-pʰeŋ-ni](吐坪里)<서귀>	[pʰeŋ-dǒ](坪垈)<성산>

한자음뿐만 아니라 일반적인 단어에서도 '[jɔ]'는 '[e]'로 변화하는 경향이 제주도 전체에서 나타난다.

[pe-ruk](벼룩, 蚤)	[pe-gɛ](벼개, 枕)
[pel](별, 星)	[pe-sil](벼슬, 位)
[pe-ri](벼루, 硯)	[peŋ](병, 甁)
[pʰen-da](펀다, 暢)	

'[jɔ]'가 '[e]'로 변하는 것은 경상남도와 전라남도에서도 매우 두드러진 현상이다.

4. '요[jo]'의 실현

'[jo]'를 포함하는 단어, 예컨대 '흑교[hɑk-kjo](學校)', '교ᄉᆞ[kjo-sɑ](教

師), '효ᄌᆞ[hjo-ʤɔ̈](孝子)'의 '[kjo], [hjo]'는 일반적으로 원음대로 발음되지만 '차표[ʧ^{h}a-p^{h}jo](車票)', '문표[mun-p^{h}jo](門票)'의 '票'는 다음과 같은 발음 분포를 보인다.

車票	[ʧ^{h}a-p^{h}jo]<서귀>	[ʧ^{h}a-p^{h}ɛ]<제주>	[ʧ^{h}a-p^{h}e]<대정, 성산>
門票	[mun-p^{h}ɛ]<성산>	[mon-p^{h}ɔ̈]<서귀>	

'[p^{h}jo]'가 '[p^{h}ɛ]' 또는 '[p^{h}e]'로 바뀌는 현상은 경상, 전라 방면에는 존재하지 않고 평안남도와 함경북도의 극히 일부에서만 존재한다.

5. '외[ø]'의 실현

'외[ø]'를 포함하는 단어, 가령 '외국[ø-guk](外國)', '괴수[kø-su](魁首)', '쇠약[sø-jak](衰弱)', '회답[hø-dap](回答)', '운동회[un-doŋ-hø](運動會)', '죄인[ʧø-in](罪人)' 등에서의 '[ø], [kø], [sø], [hø], [ʧø]'는 모두 '[we], [kwe], [swe], [hwe], [ʧwe]'와 같이 발음된다. 한자음뿐만 아니라 고유어 중 '[ø]'를 포함하고 있는 단어도 제주도 전역의 많은 곳에서 '[we]'로 변한다.

[kwe-rop-ta](괴롭다, 苦)	[kwe-gi](괴기, 肉)
[mot-twen-da](못 된다, 不能)	[swe](쇠, 牛)
[ˀswe](쇠, 鐵)	[ʧ^{h}am-we](참외, 眞瓜)
[wen-ʧ^{h}ak](왼쪽, 左方)	

다만 '외운다[ø-un-da](誦)'와 같은 단어는 제주와 대정에서 '[we-un-da]', 서귀포와 성산포에서 '[e-un-da]'라고 한다. '[ø]'가 '[e]'로 변하는 현상은

경상남도 해안 지방에서는 일반적이지만 전남 지방에는 존재하지 않으며 '[ø]'가 '[we]'로 변하는 현상은 전라남도와 경상남도에는 존재하지 않고 오히려 경상북도 각지에서 나타난다.[9)]

6. '유[ju], 와[wa], 워[wɔ]'의 실현

전라남도와 경상남도의 어떤 지방에서는 '規[kju]'를 '[ku], [kui]', '休[hju]'를 '[hu], [hui]', '完[wan]'을 '[an]', '王[waŋ]'을 '[aŋ]', '黃[hoaŋ]'을 '[haŋ]', '原[wɔn]'을 '[ɔn]', '月[wɔl]'을 '[ɔl]', '卷[kwɔn]'을 '[kɔn]'과 같이 발음하여 '[ju]'가 '[u], [ui]'로, '[wa]'가 '[a]'로, '[wɔ]'가 '[ɔ]'로 변하는 현상이 있지만 제주도에서는 그런 현상이 없으며 대체로 원음을 보존하고 있다.[10)]

7. 'ㅈ, ㅊ'의 음가

'ㅈ(č)', 'ㅊ(čʰ)'의 발음은 서울 지방과 동일하여 각각 '[ʧ], [ʤ]'과 '[ʧʰ]'로 발음되며, 다른 지방에서 보이듯이 '[ʦ], [dz]'과 '[ʦʰ]'로 발음되는 경우는 없다.[11)]

---

9) [역자주] '[ø]'가 '[e]'로 나타나는 것은 '[ø]>[e]'라는 직접적인 변화의 결과라기보다는 '[ø]>[we]'를 거친 후 'w'가 탈락한 결과라고 보아야 할 것이다.

10) [역자주] 전남 방언과 경남 방언의 자료는 이 책의 4부에 수록된 "남부 방언의 음운"을 참고할 수 있다.

11) [역자주] 다른 지방이라 함은 주로 평안남북도 방언을 의미한다. 여기에 대해서는 이 책의 4부에 수록된 "평안남북도 방언의 음운"을 참고할 수 있다.

8. 'ʃ'의 실현

'샤(sia), 셔(siɔ), 쇼(sio), 슈(siu)'는 서울 지방과 같이 '[sa], [sɔ], [so], [su]'로 발음되며 '[ʃa], [ʃɔ], [ʃo], [ʃu]'로 발음되는 경우가 없다.[12)]

9. ㄷ-구개음화

'댜(tia), 뎌(tiɔ), 됴(tio), 듀(tiu), 디(ti)'와 '탸(tʰia), 텨(tʰiɔ), 툐(tʰio), 튜(tʰiu), 티(tʰi)'는 서울 지방과 같이 '[ʧa], [ʧɔ], [ʧo], [ʧu], [ʧi]'와 '[ʧʰa], [ʧʰɔ], [ʧʰo], [ʧʰu], [ʧʰi]'로 발음될 뿐 '[tja], [tjɔ], [tjo], [tju], [ti]'와 '[tʰja], [tʰjɔ], [tʰjo], [tʰju], [tʰi]'로 발음되는 경우는 없다.

10. 어두 'ㄹ'의 실현

'라(ra), 러(rɔ), 로(ro), 루(ru), 르(rů)'의 'ㄹ(r)'이 어두에 있으면 '[na], [nɔ], [no], [nu], [nů]'와 같이 '[n]'으로 발음되며 '랴(ria), 려(riɔ), 료(rio), 류(riu), 리(ri)'의 'ㄹ(r)'이 어두에 있으면 '[ja], [jɔ], [jo], [ju], [i]'와 같이 그 원음을 소실하는데 이것은 서울 지방의 발음과 동일하다.

---

12) [역자주] 여기서 말하는 '샤, 셔, 쇼, 슈'는 이전 시기의 형태이며 이것이 현재 어떻게 바뀌었는지를 살피고 있다. 대부분의 방언에서는 중세국어 시기의 치음 뒤에 오던 'y'가 탈락하는 모습을 보일 뿐이다.

11. 어두 'ㄴ'의 실현

'ㄴ(n)'을 두음으로 하는 단어 가운데 '녀름(niɔ-rŭm, 夏)', '녯날(niɔis-nar, 昔日)'과 같이 'ㄴ'이 '여(iɔ)', '예(iɔi)' 등과 결합하는 것은 서울 지방과 같이 '[jɔ-rŭm], [jen-nal]'로 발음된다. 그런데 'ㄴ'이 '이(i)'과 결합하는 '니(ni, 蝨), 니(ni, 齒)'와 같은 단어는 다음과 같은 형태에서 원음인 'ㄴ(n)'을 보존하며 때로는 '[di]'와 같이 들릴 때가 있다.13)

니(蝨)	[nŭi]<제주, 대정>, [ni]<서귀>
니(齒)	[ni]~[nit-pal]<제주, 서귀, 성산>, [nŭi]~[nŭit-pal]<대정>

'니(ni)'로 표기되는 경우에 원음 '[ni]'가 보존되는 것은 함경북도 방언에 존재하는 현상이다.

12. ㄱ-구개음화

'기(ki), 겨(kiɔ), 키(k^{h}i)' 등의 두음에 있는 'ㄱ(k), ㅋ(k^{h})'은 어느 지역에서나 거의 '[ʧ], [ʧ^{h}]'로 변화한다.

[ʧe-u](겨우, 辛)	[ʧɔ-sil](겨울, 冬)
[ʧɔt](겻, 傍)	[ʧɔn-dŭin-da](견 다, 耐)
[ʧi-ʤip-pa-i](계집아해, 子女)	[ʧip-hŭ-da](깁흐다, 深)

---

13) [역자주] "이병근(1980), 동시조음 규칙과 자음 체계, ≪말소리≫ 1, 대한음성학회"에서 자세히 논의한 바 있듯이 小倉進平이 '[di]'에 가깝게 들린다고 한 것은 제주도 방언의 'ㄴ'이 특수한 환경에서 비음이지만 동기관적인 구강 자음을 약하게 동시조음시키는 '[^{d}n]'로 실현됨을 지칭한 것이다.

[ʧi-rŭm](기름, 油)	[ʧil](길, 路)
[ʧi-doŋ](기동, 柱)	[ʧit-puɔ han-da](깃붜ᄒᆞ다, 喜)
[ʧim-ˀkŭi]<대정, 서귀, 성산>, [ʧim-ʧʰi]<제주>(김치, 漬物)	[ʧil-lŭn-da](기른다, 養)
[ʧi-rɔ-gi]~[ʧi-rɔk-ʧi]<대정, 서귀, 성산>, [ʧi-rɔk-si]<제주>(길이, 長)	[ʧi-ɛ]<제주>, [ʧi-sɛ]<성산>, [ʧi-ɛ]~[ʧi-sɛ]<대정, 서귀>(기와, 瓦)

이 현상은 한반도의 각지에서 널리 나타나고 있으며 제주도와 지리적으로 가장 관계 깊은 전라남도, 경상남도에서도 매우 현저하다.

13. ㅎ-구개음화

'ㅎ(h)'을 두음으로 하는 단어, 예컨대 '[him](力), [hjɔ](舌), [hjuŋ-njɔn](凶年)'과 같은 것은 거의 모든 지방에서 '[sim],[14] [se], [suŋ-njɔn]'과 같이 발음된다. 경상남도, 전라남도 각지에서도 대체로 같은 환경의 'ㅎ(h)'이 '[s]'로 변한다.

14. 'ㅿ'

어원상 'ㅿ(ż)'으로 표기되는 음이 제주도에서는 일반적으로 '[s]'로 발음된다.

14) 제주는 '[him]'.

[kɒsɛ](ᄀᆞ새, 鋏)	[kɒǔl], [kɒsil](ᄀᆞ슬, 秋, 收穫)
[kɒse](ᄀᆞᇫ애, 邊)	[ʧɔ-sil](겨ᅀᅳᆯ, 冬)
[na-si]<제주>, [nan-sɛŋ-i]<성산>(나ᅀᅵ, 薺)	[pu-si-rɔm](부ᅀᅳ름, 腫物)
[a-si](아ᅀᆞ, 弟)	[jɔ-siŋ], [jɔ-si](여ᅀᆞ, 狐)

전라남도와 경상남도 남부에서도 대략 동일한 현상이 존재한다.

15. 어중의 '[b]'

'[nu-e] : [nu-be](蠶)', '[nu-i] : [nu-bi](妹)'와 같이 음절 중간에 있는 음이 지방에 따라 모음으로 발음되거나 '[b]'가 첨가되어 발음되는 것이 있는데 제주도에서는 서울 지방과 같이 '[b]'가 나타나지 않는다.

[nu-e](누에, 蠶)	[nu-i](누이, 妹)
[tɒ-ui](ᄃᆞᆯ에, 髭)	[sɛ-u]<제주>, [sɛ-ui]<대정, 서귀, 성산>(새우(鰕)

그러나 다음 단어는 '[b]'를 포함한다.

[pɔ-bɔ-ri](벙어리, 啞)	[u-baŋ-ʤi](우웡, 牛蒡)

전라남도 남부와 경상남도 남부에서 이 단어들의 분포를 보면 '蠶'을 '[nui-bi]', '妹'를 '[nu-bu]', '髭'를 '[tal-bi]', '鰕'를 '[sɛ-bi]'라고 하여 오히려 제주 방언과는 다른 것을 발견할 수 있다.

16. 평음과 유기음의 대응

서울 지방과 내륙의 많은 지방에서는 유기음이 아닌데 제주도에서 유기음으로 나타나는 경우가 가끔 있다.[15)]

[ʧʰe](겨, 糠)	[ṭʰal](딸기, 苺)
[tʰɔ-rɔ-ʤin-da](떠러진다, 落)	[tʰɔl-da](떨다, 振)
[tʰuin-da](뛴다, 躍)	[tʰö](떼, 群)
[tʰɛ-jɔk]<제주, 대정>, [tʰe-jɔk]<서귀, 성산>(잔듸, 莎)	[tʰoŋ-si](동시, 厠)
[tʰü̇l-lin-da](들린다, 違)	[pʰeŋ](병, 瓶)
[pʰo](보, 風呂敷)	[ʧʰoŋ-de-gi]<제주, 대정, 서귀> (종달새, 雲雀)
[ʧʰa-da](짜다, 鹹)	[tʰɔ-u]<제주>, [tʰe]<대정>, [tʰe-ui]<서귀>, [tʰe-be]<성산>(떼, 筏)

17. 평음과 경음의 대응

보통 경음[16)]을 가지지 않은 단어가 제주도 방언에서는 경음을 가지고 반대로 경음을 가진 단어가 제주도 방언에서는 경음을 가지지 않는 경우가 있다. 단 이 현상은 일정한 규칙성을 발견할 수 있는 단계까지 이르지는 않았다.

---

15) [역자주] 이런 대응을 보이는 단어 중에는 기원적으로 어두자음군을 가진 것들이 많다. 여기에 대해서는 이미 오래 전부터 많은 논의가 있어 왔다. 자세한 것은 "이기문(1955), 어두 자음군의 생성 및 발달에 대하여, ≪진단학보≫ 17, 진단학회"를 참고할 수 있다.

16) [역자주] 원문에는 '된시옷'으로 되어 있으나 '경음'을 지칭하는 용법으로 쓰였기 때문에 의미를 명확히 하기 위해 '경음'으로 번역하였다.

[tu-rɔm]<제주, 대정, 서귀>, [ˀtu-rɔm]<성산>(두루미, 鶴)	[ˀswe](쇠, 鐵)
[ˀsi-gol](시골, 鄕)	[ˀsi-wɔn-hɵda]<제주, 대정>(시원하다, 凉)
[ˀʧon-nŭn-da](존는다, 啄)	

18. 1음절과 2음절의 대응

서울 지방에서 '[na-mu](樹)'와 같이 2음절로 발음하는 단어를 제주도에서는 1음절로 발음하는 경우가 있다.

[nam]<성산>, [naŋ]<제주, 대정, 서귀, 성산>(나무, 樹)
[ka-si nam]<성산>, [ka-si-naŋ]<제주, 대정, 서귀>(가시나무, 橡)
[so-naŋ]<제주, 대정, 서귀, 성산>, [sol-la-mu]<제주, 대정, 서귀>, [so-na-mu]<성산>(소나무, 松樹)

또한 서울 지방에서 어미에 '[i]'를 붙여서 '[kɔ-mɔr-i](蛭)', '[tom-i](鯛)', '[tu-rum-i](鶴)' 등이라고 하는 단어에 대해 제주도에서는 '[i]'를 붙이지 않고 음절을 줄여서 발음하는 경우가 있다.

[kɔ-mɔl]<대정, 서귀, 성산>, [kɔ-mɔl-ʤaŋ]<제주>(거머리, 蛭)
[tom]<제주, 대정, 서귀, 성산>, [toŋ-ʧʰi]<제주>(도미, 鯛)
[tu-rɔm]<제주, 대정, 서귀>, [ˀtu-rɔm]<성산>(두루미, 鶴)

19. 억양

경상남도에서 전라남도 남해안에 걸쳐 담화에 독특한 억양이 존재한다는 사실은 그 누구도 쉽게 느끼는 것이지만 제주도 방언에는 이런 현저한 어조의 변화가 없으며 일반적으로는 극히 평조(平調)로 나타난다. ≪耽羅誌≫[17]에 "사람들의 말이 매우 난삽하며 앞이 높고 뒤가 낮다(村民俚語歎澁 先高後底)"라고 되어 있어서 제주도 방언의 어조에 대해 언급한 것으로 보이지만 오늘날에는 이러한 현상을 명확히 확인할 수 없는 듯하다.

20. 결론

이상과 같이 제주도 방언을 음운의 측면에서 관찰할 때 ① 'ᄋᆞ'와 같이 현저한 특색을 가진 것도 있고 그 외에 ② 어두에서 '[ni]'가 발음되고 ③ '딸기[ˀtal-gi](苺)'를 '[tʰal]', '병[pjɔŋ](甁)'을 '[pʰeŋ]'이라고 하듯이 유기음으로 발음되는 특이한 현상이 존재한다. 물론 육지 방언과 공통된 현상도 적지는 않다.

17) [역자주] 1653년 제주 목사 이원진(李元鎭)이 ≪東國與地勝覽≫과 ≪濟州風土錄≫을 참고하여 편찬한 책이다.

‘제주도 방언의 음운’에 대한 해설

이 글은 독립되어 발표된 것이 아니고 1931년 간행된 ≪靑丘學叢≫ 5호에 “濟州道方言”이라는 제목으로 수록된 논문의 일부이다. “濟州道方言”은 1930년 6월 경성제국대학의 명을 받아 제주도에 출장을 가서 조사한 방언 자료를 정리한 글이다. 조사지는 제주, 대정, 서귀포, 성산포의 네 군데였다. 小倉進平은 1911년 제주도로 방언 조사를 간 적이 있으며 이 때의 결과를 바탕으로 1924년에 나온 ≪南部朝鮮の方言≫ 부록에서 제주도 방언의 가치에 대해 논의하였다. 그러나 그 스스로가 당시의 조사 결과에 대해 부족함을 느껴 1930년에 다시 방언 조사를 가게 되었다.

이 논문도 다른 방언 논문들과 마찬가지로 조사 결과를 음운, 어법, 어휘로 나누고 있다. 이 중 여기서는 음운 부분만 번역하였다.[18] 음운편은 총 19개의 하위 주제로 이루어져 있다.

1항 : ‘ᄋᆞ’
2항 : ‘어’의 음가
3항~6항 : 이중모음
7항 : ‘ㅈ, ㅊ’의 음가
8항 : ‘ʃ’의 실현
9항 : ㄷ-구개음화
10항~11항 : 어두 ‘ㄴ, ㄹ’의 실현 및 ㄴ-구개음화
12항 : ㄱ-구개음화
13항 : ㅎ-구개음화
14항 : ‘ㅿ’
15항 : 어중의 ‘[b]’

18) ≪朝鮮語方言の硏究≫ 하권에 실린 논문을 번역하였다.

16항 : 평음과 유기음의 대응
17항 : 평음과 경음의 대응
18항 : 1음절과 2음절의 대응
19항 : 억양

하위 주제들은 다른 방언 논문에서 다룬 것과 비교할 때 큰 차이가 없다. 다만 다른 방언에 비해 'ᄋᆞ'에 대한 논의가 매우 자세하면서도 장황하게 이루어졌는데 이것은 'ᄋᆞ'가 제주도 방언에 아직 남아 있어 주목을 끌기 때문이다.

16장
대구 부근 방언의 음운

1. ‘ᄋᆞ’1)

‘ᄆᆞᆯ(mɐr, 馬)’, ‘ᄑᆞᆯ(pʰɐr, 臂)’, ‘ᄑᆞᆺ(pʰɐs, 小豆)’ 등과 같이 어원상 ‘ᄋᆞ(ɐ)’로 표기된 단어는 대구 지방에서 ‘[a]’로 발음된다. 가령 ‘ᄆᆞᆯ(mɐr, 馬)’이라는 단어의 ‘ᄋᆞ’는 전라남도나 경상남도의 통영, 거제, 남해, 하동 지방에서 ‘[mol]’과 같이 모음 ‘[o]’로 발음되지만 경남 북부에서부터 경북 전역에 이르기까지는 모두 ‘[mal]’[2]이다. 다만 ‘ᄑᆞᆯ(pʰɐr, 臂)’,[3] ‘ᄑᆞᆺ(pʰɐs, 小豆)’[4] 등의 ‘ᄋᆞ’는 ‘mɐr’의 ‘ᄋᆞ’와 발음 분포가 꼭 일치하지는 않지만 대구 부근에서는 모두 ‘[a]’로 발음된다.

2. ‘어’의 음가

‘어’의 발음은 경기도나 충청도의 이북에서 대체로 ‘[ɔ]’[5]와 ‘[ʉ]’[6]의 두

1) [역자주] 원 논문에서는 개별 항목의 제목이 없지만 독자의 편의를 위해 제목을 달았다.
2) ‘자료편’ 292쪽 참조. [역자주] 여기서 말하는 ‘자료편’이라는 ≪朝鮮語方言の研究≫(1944) 상권을 가리킨다. 이하도 마찬가지다.
3) ‘자료편’ 102쪽 참조.
4) ‘자료편’ 213쪽 참조.

가지가 있는데[7] 남부 방언에서는 '[ɔ]' 한 가지만을 가지고 있는 지방도 있고 '[ʉ]' 한 가지만 가지고 있는 지방도 있다. 전라북도 지방 같은 경우 '[ɔ]'로 일관되게 발음하는 경향이 현저하고 경상남북도 지방에서는 '[ʉ]'로 일관되게 발음하는 경우가 많은 듯하다. 대구를 비롯하여 김천, 영천, 의성, 경주, 성주, 지례 등에서는 모두 '어머니'의 '어'와 '없다'의 '어'를 '[ʉ]' 한 가지로만 발음한다. 따라서 '어'를 '[ʉ]'로만 발음하는 지방에서는 이 음을 '으'와 구별하기 힘든 경우가 많다.

3. '여'의 실현

'여'도 '[jɔ-rɔ](多)'와 '[jʉ-rɔ](開)'의 경우와 같이 두 가지 발음이 있다. 그 분포 상태는 대체로 앞 항목 '어'의 경우와 일치한다. '여'의 발음에 있어서 주의해야 할 점은 '여'가 어중에서 '[e], [i], [ɛ]' 등으로 변화해서 발음된다는 사실이다. 여기서 '병(病)'이라는 단어의 발음을 제시하면 다음과 같다.[8]

ㄱ. [pjɔŋ] : [경남] 동래×, 부산×, [경북] 포항×, 흥해×, 의성×, 상주×, 함창×, 문경, 예천×, 안동, 영주, 청송[9]

ㄴ. [peŋ] : [경남] 동래×, 부산×, 마산, 합천, 거창 이남의 일대, [경북] 영덕×, 김천

ㄷ. [piŋ] : [경남] 창녕, 밀양, [경북] 영천, 포항×, 흥해×, 영덕×, 대구,

5) '어머니[ɔ-mɔ-ni](母親)'와 같은 경우.
6) '없다[ʉp-ta](無)'와 같은 경우.
7) [역자주] '[ʉ]'는 '[ɔ]'보다 혀의 높낮이도 높고 중설에 더 가깝다.
8) '자료편' 105쪽 참조.
9) '×'는 두 가지 이상의 발음을 가지고 있는 지방을 표시한다.

성주, 의성ˣ, 상주ˣ, 함창ˣ, 예천ˣ

ㄹ. [pɛŋ] : [경남] 울산, 동래ˣ, [경북] 경주

즉 대구를 중심으로 한 지역에서는 '여'를 '[i]'로 발음하는 경우가 가장 많고 따라서 이 지역에서는 보통 '벽[pjɔk](壁)', '별[pjɔl](別)', '편지[pʰjɔn-dʒi](片紙)'를 각각 '[pik]', '[pil]', '[pʰin-dʒi]'와 같이 말한다.

4. '요'의 실현

서울 지방의 '[jo]'는 지방에 따라 '[o], [ø]' 등으로 발음된다. 예컨대 '車票'라는 단어의 '표[pʰjo](票)'[10]는 대구, 고령, 김천, 의성, 예천, 안동, 영주, 청송 지방에서 모두 '[pʰo]'이고, '학교[hak-kjo](學校)',[11] '효자[hʰjo-dʒa](孝子)'[12] 등도 이 지방에서는 '[hak-ko]~[hɛk-ko]', '[ho-dʒa]~[so-dʒa]'와 같이 발음한다. 이것은 경상남도 지방에서도 공통적인 현상이다. 또한 '일요일[il-jo-il](日曜日)', '월요일[wɔl-jo-il](月曜日)', '목요일[mog-jo-il](木曜日)', '금요일[kŭm-jo-il](金曜日)' 등 자음을 말음으로 하는 음절 뒤에 있는 '요[jo](曜)'는 발음이 곤란해서 '[o]' 혹은 '[ɔ]'로 변하는 지역이 종종 있다. 즉 '[o]'[13]가 되는 지역은 대구 부근으로서 경상북도에서는 영천, 영덕, 성주, 김천 지방, 경상남도에서는 합천, 창녕, 밀양 지방이며 '[ɔ]'[14]로 변하는 지역은 경상북도 예천이다.

10) '자료편' 260쪽 참조.
11) '자료편' 134쪽 참조.
12) '자료편' 70쪽 참조.
13) '[il-o-il], [mog-o-il], [kŭm-o-il]' 등과 같다.
14) '[il-ɔ-il], [mog-ɔ-il], [kŭm-ɔ-il]' 등과 같다.

5. '외'의 실현

서울 지방의 '[ø]'는 경기도, 강원도, 충청남북도, 전라남북도 등 여러 도에서 대체로 '[ø]'로 발음되지만 경상남북도 지방에서는 지역에 따라서 '[ɛ], [e], [we], [wɛ], [wi]'와 같이 발음된다. 가령 '외국[ø-guk](外國)'의 '외[ø](外)'를 대구 중심으로 검토해 보면 다음과 같다.

ㄱ. [ɛ] : [경남] 울산, 동래, 부산[15)]
ㄴ. [e] : [경남] 마산, 거제, 통영, 진주, 남해, 하동[16)]
ㄷ. [we] : [경남] 진주,[17)] [경북] 지례, 상주, 함창, 문경[18)]
ㄹ. [wɛ] : [경남] 부산, 거창,[19)] [경북] 포항, 흥해, 영덕, 김천, 의성, 예천, 안동, 영주, 청송[20)]
ㅁ. [wi] : [경남] 창녕,[21)] [경북] 문경[22)]

'외[ø](外)'의 발음은 매우 복잡하지만 대구는 대체로 '[wɛ]'의 세력 하

---

15) '외[ø](外)'와 동형인 '외[ø](瓜)'를 양산, 동래, 부산에서는 '[ɛ]'라고 하고, '왼[øn](左)'을 양산, 동래, 부산, 밀양에서는 '[ɛn]'이라고 한다.
16) '외[ø](瓜)'를 마산, 진주에서는 '[e]'라고 하고 '왼[øn](左)'을 진주에서는 '[en]'이라고 한다.
17) 거창에서는 '외[ø](瓜)'를 '[we]', '왼[øn](左)'을 '[wen]'이라고 한다.
18) '외[ø](瓜)'를 청송에서는 '[we]', '왼[øn](左)'을 고령, 예천에서는 '[wen]'이라고 한다.
19) '외[ø](瓜)'를 양산, 부산, 김해에서는 '[wɛ]', '왼[øn](左)'을 양산, 부산, 김해, 마산에서는 '[wɛn]'이라고 한다.
20) '외[ø](瓜)'를 예천에서는 '[wɛ]'라고도 한다.
21) 합천, 창녕에서는 '외[ø](瓜)'를 '[wi]', '왼[øn](左)'을 '[win]'이라고 한다.
22) '외[ø](瓜)'를 고령, 의성, 예천, 안동, 영주 지방에서는 '[wi]', '왼[øn](左)'을 대구, 의성, 안동, 영주 지방에서는 '[win]'이라고 한다. 또한 '외[ø](瓜)'를 대구, 밀양에서는 '[i]', '왼[øn](左)'을 합천, 김천 지방에서는 '[in]', '외운다[ø-un-da](誦)'를 대구에서는 '[i-un-da]'라고 하듯이 '[ø]'가 '[i]'로 변하는 지방도 있다.

에 있다고 말할 수 있다. 다만 '[ø]' 음을 포함한 단어는 영남 지방에서 모두 '外'의 음운 현상과 동일하게 발음되는 것이 아니라 단어에 따라 다소의 차이가 있다. 가령 앞에서 거론한 '외[ø](瓜)',[23] '왼[øn](左)',[24] '외운다[ø-un-da](誦)'[25] 등의 단어 외에 '괴상[kø-saŋ](恠常)', '회답[hø-dap](回答)',[26] '운동회[un-doŋ-hø](運動會)' 등의 '恠, 回, 會'는 대구를 비롯한 김천, 의성에서 각각 '[kɛ], [hɛ], [hɛ]'로 발음된다.[27]

6. '와'의 실현

서울 지방의 '[wa]'는 남부 방언에서는 '[a]'로 바뀌는 지역이 많다. 예컨대 '관리[kwal-li](官吏)', '환갑[hwan-gap](還甲)',[28] '좌석[ʧwa-sɔk](坐席)'의 '[kwan], [hwan], [ʧwa]'는 경남 부산, 마산, 진주, 거창, 협천, 창녕, 밀양과 경북 대구, 지례, 김천, 의성, 상주, 함창, 문경, 예천에서 대체로 '[kal-li], [han-gap], [ʧa-sɔk]'과 같이 '[kan], [han], [ʧa]'로 발음된다. 단 경북 영천, 경주, 포항, 흥해, 영덕, 고령, 성주, 안동, 영주, 청송 지방에서는 비교적 충실하게 '[wa]'를 보존한다. 그리고 '[wa]'의 발음이 곤란한 지역에서는 일본어의 'わたくし(watakushi, 私)', 'わすれる(wasureru, 忘)', 'わらふ(warahu, 笑)'를 'あたくし(atakushi)', 'あすれる(asureru)', 'あらふ(arahu)'로 발음하는 경향이 있다.

---

23) '자료편' 203쪽 참조.
24) '자료편' 53쪽 참조.
25) '자료편' 377쪽 참조.
26) '자료편' 513쪽 참조.
27) [역자주] 이러한 차이를 야기하는 요소 중 하나는 '외' 앞에 자음이 오는가의 여부이다.
28) '자료편' 68쪽 참조.

7. '워'의 실현

서울 지방의 '[wɔ]'는 지방에 따라 '[ɔ]'로 바뀌는 경우가 있다. 예컨대 '정월[ʧɔŋ-wɔl](正月)',[29] '만원[man-wɔn](滿員)', '한권[han-gwɔn](一券)'의 '[wɔl], [wɔn], [gwɔn]'은 경북 영천, 경주, 포항, 흥해, 영덕, 고령, 성주, 의성, 문경, 안동, 영주, 청송과 경남 마산, 거창, 창녕에서는 대체로 원음을 보존하지만 경남 하동과 경북 지례, 김천, 상주, 함창에서는 '[ɔl], [ɔn], [gɔn]'이 되며 경남 합천, 밀양과 경북 대구에서는 '[wɔl], [wɔn], [gwɔn]'과 '[ɔl], [ɔn], [gɔn]'이 각각 절반씩이다. 또한 '꿩[ˀkwɔŋ](雉)'[30]과 같은 단어는 안동, 영주, 청송 부근에서는 올바르게 '[ˀkwɔŋ]'이라고 발음하지만 경남 양산, 부산과 경북 대구, 의성에서는 '[ˀkoŋ]'이 된다.

8. '왜'의 실현

서울 지방의 '[wɛ]'는 지역에 따라서 '[ɛ]'가 된다. 가령 '상쾌[saŋ-kʰwɛ](爽快)', '왜놈[wɛ-nom](倭奴)'[31]의 '[kʰwɛ], [wɛ]'에 대해 경남 울산과 경북 영천, 경주, 포항, 흥해, 영덕, 고령, 성주, 의성, 청송에서는 대체로 원음을 보존하지만 경남 동래, 부산, 진주, 하동, 거창, 합천, 창녕, 밀양과 경북 대구, 지례, 김천, 상주, 함창, 예천, 안동에서는 '[kʰɛ], [ɛ]'가 된다.

---

29) '자료편' 16쪽 참조.
30) '자료편' 270쪽 참조.
31) '자료편' 79쪽 참조.

9. 'ㅿ'

어원상 'ㅿ(ż)'으로 표기된 부분은 지방에 따라 완전히 자음적 성질을 소실하거나 또는 '[s]'로 나타나는데 대구 부근의 분포 상태는 다음과 같다.

	대구	김천	의성	영천	상주	밀양	고령
구유(馬槽)[32]	ʧuk-tʰoŋ	ku-si	ʧuk-tʰoŋ	kui-i	ku-si	ku-si	ku-si
여ᅀᆞ(狐)[33]	ja-si	ja-si	jɔ-hi, jɛ-si	jɛ-su	ja-si, jɔ-si	ja-si	jɔ-si
무수(大根)[34]	mu-si	mu-si	mu-si, muk-ku	mu-si	mu-si, muk-ku	mu-si	mu-si
가ᅀᅢ(剪刀)[35]	ka-si-gɛ	ka-si-gɛ	ka-si-gɛ	ka-si-gɛ	ka-sɛ	ka-si-gɛ	ka-si-gɛ

즉 대구 부근은 모두 '[s]' 일색인 것을 알 수가 있다. 이러한 특징이 이 지방에서 예전부터 존재했다는 사실은 '[mu-u](大根)'이라는 단어에 관해 ≪象胥紀聞拾遺≫[36]에서 설명한 내용으로도 분명하다.

10. 어중의 '[b]'

'덥다[tɔp-ta](暑)', '맵다[mɛp-ta](辛)', '부럽다[pu-rɔp-ta](羨)' 등 형용

32) '자료편' 226쪽 참조.
33) '자료편' 299쪽 참조.
34) '자료편' 202쪽 참조.
35) '자료편' 225쪽 참조.
36) '연구편' 419쪽 참조. [역자주] '연구편'은 ≪朝鮮語方言の硏究≫(1944) 하권을 가리킨다. ≪象胥紀聞拾遺≫은 1841년 오다 간사쿠(小田管作)가 저술한 책이다. 그 내용 중에 통신사로서 일본에 건너간 사람 중 서울 출신이 있었는데 동래에 갔을 때 '무우시'라고 불리는 물건이 있어서 처음에는 무엇인지 몰랐다가 나중에 '무'였음을 알았다는 내용이 나온다. 여기서 '무우시'라는 방언형이 꽤 오래 전부터 있었음을 알 수 있는 것이다. 자세한 것은 이 책의 4부에 수록된 "음운 각론"의 5절을 참고할 수 있다.

사의 연결형[37]은 지방에 따라서 '[tɔ-wɔ-], [mɛ-wɔ-], [pu-rɔ-wɔ-]'와 같이 '[wɔ-]' 또는 '[wa-]'가 나타나는 경우와 '[tɔ-bɔ-], [mɛ-bɔ-], [pul-bɔ-]'와 같이 '[b]'가 나타나는 경우가 있다. 대구 부근에서 이 현상의 분포 상태는 다음과 같다.

	대구	김천	의성	영천	상주	밀양	고령
덥+어(暑)[38]	tɔ-bɔ-	tɔ-bɔ-	tɔ-bɔ-	tɔ-bɔ-	-	tɔ-bɔ-	tɔ-bɔ-
맵+어(辛)[39]	mɛ-bɔ-	mɛ-ba-	mɛ-bɔ-	mɛ-ba-	-	mɛ-ba-	mɛ-ba-
부럽+어(羨)[40]	pul-bɔ-	pul-bɔ-	pul-bɔ-	pul-bɔ-	pul-pɔ-	pul-bɔ-	pul-bɔ-

즉 대구 부근에서는 '[b]'로 일관되게 발음된다는 사실이 발견된다.

11. 평음과 경음의 대응

서울 지방에서는 경음[41]을 동반하지 않는데 이 지방에서 경음을 동반하는 경우가 많다.

	대구	김천	의성	영천	밀양	고령
가지(茄子)[42]	ka-ʤi	ka-ʤi	ka-ʤi	ka-ʤi	ˀka-ʤi	-
게(蟹)[43]	ˀki	ki	ki	ki	ˀki	ˀki
개구리(蛙)[44]	ˀkɛ-go-ri	ˀkɛ-go-ri	ˀkɛ-gu-ri	ˀkɛ-gu-ri	ˀkɛ-gu-ri	ˀkɛ-gu-ri
굽다(炙)[45]	ˀkup-ta	ˀkup-ta	ˀkup-ta	ˀkup-ta	kup-ta	kup-ta

37) [역자주] 연결형이란 어간 뒤에 비종결어미 '-아/어'가 결합된 활용형을 말한다.
38) '자료편' 358쪽 참조.
39) '자료편' 358쪽 참조.
40) '자료편' 359쪽 참조.
41) [역자주] 원문에는 '된시옷'으로 되어 있다. 이 때의 된시옷은 '경음'을 나타내기 때문에 이해를 편하게 하기 위해 '경음'으로 번역한다.
42) '자료편' 197쪽 참조.

	대구	김천	의성	영천	밀양	고령
괭이(鍬)[46]	ˀkɛŋ-i	ˀkɛŋ-i	ˀkwɛŋ-i	ˀkɛŋ-i	ˀkɛŋ-i	ˀkweŋ-i
병아리(雛鷄)[47]	ˀpi-ga-ri ˀpi-gɛŋ-i	ˀpiŋ-a-ri	ˀpi-ɛ-ri ˀpi-a-ri	ˀpi-ga-ri ˀpi-gɛŋ-i	ˀpi-gɛŋ-i	pil-ga-ri
혀(舌)[48]	ˀsɛ, sɛ	ˀsi-ˀpa-dak, se, ˀsɛ	sɛ	sɛ	se, swe	si
수염(鬚)[49]	ˀsi-jɔm	ˀsi-jɔm	se-mi	sɛ-mi	sɛ-mi	sui-jɔm
쇠(鐵)[50]	si	ˀsi	ˀswɛ	swe	swe	swe

이 현상은 경상남도 남부 지방에서 가장 현저하고 경상북도의 동북부에서는 별로 없음을 고려할 때 대구 부근은 그 중간 정도에 해당한다고 할 수 있다.

12. 악센트

영남 지방 방언에 특별한 악센트가 존재한다는 사실은 누구나 바로 알 수 있다.[51] 필자는 오늘날까지 그에 관해서 충분한 조사를 한 적이 없지만 여

43) '자료편' 303쪽 참조.
44) '자료편' 330쪽 참조.
45) '자료편' 381쪽 참조.
46) '자료편' 172쪽 참조.
47) '자료편' 278쪽 참조.
48) '자료편' 92쪽 참조.
49) '자료편' 83쪽 참조.
50) '자료편' 221쪽 참조.
51) [역자주] 小倉進平은 ≪國語及朝鮮語 發音概說≫(1923)에서 악센트(accent)에 대해 원래는 음의 고저를 나타내었지만 후대에 그 의미가 바뀌어 음의 강약도 나타내게 되었다고 한 후 구별을 위해 음의 강약과 관련된 악센트는 강약 악센트(壓アクセント, stress-accent), 음의 고저와 관련된 악센트는 고저 악센트(調アクセント, pitch-accent)라고 불렀다. 대구 방언에 대해 사용하는 악센트는 고저 악센트에 해당한다고 할 수 있다.

기에 있는 자료를 기초로 완전하지 않아도 이 문제에 대해 조금 다루고자 한다. 우선 단어의 악센트인데 그에 대해서는 대구, 김천, 의성, 영천, 안동, 예천, 영덕, 양산 등 여러 지점의 방언에서 약간의 단어를 추출하여 비교를 시도해 보기로 한다.

[1] 2음절 단어 중 첫 음절에 악센트가 오는 것[52]

지집[ʧi´-ʤip](女) : 대구, 의성, 영천, 안동, 예천[53]

짐치[ʧim´-ʧʰi](漬物) : 대구, 김천, 의성, 영천, 안동, 예천, 영덕[54]

가매[ka´-mɛ](釜) : 대구, 김천, 의성, 영천, 안동, 예천, 영덕, 양산

구시[ku´-si](馬槽) : 대구, 김천, 영천, 양산[55]

거북[kɔ´-buk](龜) : 대구, 김천, 의성, 영천, 안동, 예천, 영덕, 양산

거품[kɔ´-pʰum](泡) : 대구, 김천, 의성, 영천, 안동, 예천, 영덕, 양산

늬비[nɯi´-bi](蠶) : 대구, 양산, 누베[nu´-be] : 영덕, 니비[ni´-bi] : 영천, 누에[nu´-e] : 의성, 안동, 누애[nu´-ɛ] : 예천[56]

나부[na´-bu](蝶) : 대구, 김천, 영천, 예천, 영덕, 양산, 나비[na´-bi] : 안동[57]

달비[tal´-bi](髢) : 대구, 김천, 의성, 영천, 예천, 영덕, 양산, 다리[ta´-ri] : 안동

도매[to´-mɛ](俎) : 대구, 김천, 의성, 영천, 안동, 예천, 영덕, 양산

도미[to´-mi](鯛) : 대구, 영천[58]

몰개[mol´-gɛ](砂) : 대구, 의성, 영천ˣ, 안동, 영덕, 모래[mo´-rɛ] : 김천, 영천ˣ, 예천, 양산[59]

말밤[mal´-bam](菱實) : 대구, 김천, 의성, 안동, 예천, 영덕, 양산, 말방[mal´

52) 악센트가 있는 부분은 [´]로 표시한다.

53) 양산에서는 평판이고 김해에서는 2음절에 악센트가 온다. [역자주] 평판은 악센트의 변화가 없이 동일 악센트가 연속되는 것을 뜻한다.

54) 양산에서는 평판이다.

55) 의성은 명확하지 않다. 안동, 예천, 영덕은 '죽통[ʧuk-tʰong]'이다.

56) 김천은 '니[ni]'이다.

57) 의성은 '나뱅이[na-bɛŋ´-i]'이다.

58) 김천, 의성에서는 '도미[to-mi´]', 울산에서는 '대미[tɛ-mi´]'로 모두 2음절에 악센트가 있다.

59) 영덕에서는 '몰개미[mol-gɛ´-mi]'이다.

-baŋ] : 영천

마늘[ma´-nŭl](大蒜) : 대구, 김천, 의성, 영천, 안동, 예천, 영덕, 양산

비실[pi´-sil](職) : 대구, 김천, 의성, 안동, 예천, 영덕, 배슬[pɛ´-sŭl] : 양산

비루[pi´-ru](硯) : 대구, 김천, 의성, 안동, 배루[pɛ´-ru] : 영천, 양산, 비로 [pi´-ro] : 예천, 베루[pe´-ru] : 영덕

바다[pa´-da](海) : 대구, 김천, 의성, 영천, 안동, 예천, 영덕, 양산

빨쥐[ˀpal´-ʧui](蝙蝠) : 대구, 의성, 영덕, 빨지[ˀpal-ʧi] : 김천, 영천, 안동, 뽈찌[ˀpol´-ˀʧi] : 예천, 양산60)

방구[paŋ´-gu](岩) : 대구, 김천, 의성, 영천, 안동, 예천, 영덕, 양산

바닥[pa´-dak](奕) : 대구, 의성, 영천, 안동, 예천, 영덕, 바독[pa´-dok] : 김천, 빠닥[ˀpa´-dak] : 양산

비개[pi´-gɛ](枕) : 대구, 김천, 의성, 영천, 안동, 예천, 영덕, 양산

버섬[pɔ´-sɔm](癬) : 대구, 영천, 양산, 버짐[pɔ´-ʤim] : 김천, 의성, 안동, 예천, 버즘[pɔ´-ʤŭm] : 영덕

쐐비[ˀswɛ´-bi](鰕) : 대구, 의성, 쌔비[ˀsɛ´-bi] : 김천, 영덕, 새비[sɛ´-bi] : 영천, 새우[sɛ´-u] : 안동, 예천61)

씰개[ˀsil´-gɛ](膽) : 대구, 김천, 양산, 씨래[ˀsi-rɛ] : 의성, 씨개[ˀsi-gɛ] : 안동, 예천

이마[i´-ma](額) : 대구, 김천, 안동, 예천, 양산, 이매[i´-mɛ] : 의성, 영천, 영덕

연기[jɔn´-gi](煙) : 대구, 김천, 의성, 안동, 연개[jɔn´-gɛ] : 영천, 예천, 영덕, 양산

재비[ʧɛ´-bi](燕) : 대구, 김천, 의성62)

지네[ʧi´-ne](百足蟲) : 대구, 의성, 안동, 지니[ʧi´-ni] : 김천, 지내[ʧi´-nɛ] : 영천, 예천, 영덕, 양산63)

---

60) 김천에서는 '뽈찌[ˀpol-ˀʧi´]'로 2음절에 악센트가 있다.

61) 양산에서는 '새[sɛ]'이다.

62) 예천, 양산, 김천에서는 '재비[ʧɛ-bi´]', 안동에서는 '제비[ʧe-bi´]'로 모두 2음절에 악센트가 있다.

63) 울산에서는 '지내[ʧi-nɛ´]'이다.

지럼[ʧi´-rɔm] : 대구, 김천, 의성, 지름[ʧi´-rɯm] : 영천, 안동, 예천, 영덕, 양산

참이[ʧʰam´-i](眞瓜) : 대구, 김천, 영천, 참위[ʧʰam´-ui] : 의성, 예천, 영덕, 참애[ʧʰam´-ɛ] : 양산

2 2음절 단어 중 둘째 음절에 악센트가 오는 것

감자[kam-ʤa´](馬鈴薯) : 대구, 김천, 의성, 영천, 안동, 예천, 영덕, 양산

군듸[kun-dɯi´](鞦韆) : 대구, 김천, 의성, 영천, 안동, 예천, 영덕, 군대[kun-dɛ´] : 양산

구무[ku-mu´](穴) : 대구, 의성, 안동, 예천, 양산×, 구영[ku-jɔŋ´] : 김천, 영천, 영덕, 양산×

가리[ka-ri´](粉) : 대구, 의성, 영천, 영덕, 양산, 가루[ka-ru´] : 김천, 안동, 예천

구두[ku-du´](靴) : 대구, 김천, 의성, 영천, 안동, 예천, 영덕, 양산

노리[no-ri´](獐) : 대구, 의성, 영천, 안동×, 영덕, 양산, 노루[no-ru´] : 김천, 안동×, 예천

두부[tu-bu´](豆腐) : 대구, 김천, 영천×, 안동×, 예천, 드부[tɯ-bu´] : 영덕, 조피[ʧo-pʰi´] : 의성, 영천×, 양산, 두비[tu-bi´] : 안동×[64]

도치[to-ʧʰi´](斧) : 대구, 김천, 의성, 도구[to-gu´] : 안동, 예천, 영덕[65]

덤불[tɔm-bul´](蔓) : 대구, 김천, 의성, 영천, 안동, 예천, 영덕, 양산

대추[tɛ-ʧʰu´](棗) : 대구, 김천, 의성, 영천, 안동, 예천, 영덕, 양산[66]

동태[toŋ-tʰɛ´](輪) : 대구, 의성, 영천, 안동, 예천, 영덕, 양산[67]

돌개[tol-gɛ´](桔梗) : 대구, 의성, 영천, 도래[to-rɛ´] : 김천[68]

문지[mun-ʤi´](塵) : 대구, 김천, 의성, 영천, 안동, 예천, 영덕, 양산

---

64) 함양에서는 '뚜부[ˀtu´-bu]'와 같이 1음절에 악센트가 있다.

65) 양산에서는 평판, 영천, 울산에서는 '도치[to´-ʧʰi]'와 같이 1음절에 악센트가 있다.

66) 함양에서는 '대추[tɛ´-ʧʰu]'와 같이 1음절에 악센트가 있다.

67) 김천에서는 '도랑태[to-raŋ´-tʰɛ]'라고 한다.

68) 안동, 예천, 양산에서는 '돌가지[tol-ga´-ʤi]'라고 한다.

무시[mu-si´](大根) : 대구, 김천, 영천, 양산, 묵구[muk-ku´] : 의성, 안동, 예천, 영덕

미물[mi-mul](蕎麥) : 대구, 김천, 의성, 안동, 예천, 매물[mɛ-mul] : 영천, 양산, 메물[me-mul´] : 영덕

멀구[mɔl-gu´](山葡萄) : 대구, 의성, 영천, 안동, 예천, 영덕, 머루[mɔ-ru´] : 김천, 모래[mo-rɛ´] : 양산

모시[mo-si´](餌) : 대구, 의성, 안동, 몹시[mop-si´] : 영천[69]

모래[mo-rɛ´](明後日) : 대구, 김천, 영천, 안동, 예천, 영덕, 양산, 모레[mo-re´] : 의성

복성[pok-sɔŋ´](桃) : 대구, 영천, 복숭[pok-suŋ´] : 김천, 양산, 복상[pok-saŋ´] : 의성, 안동, 예천, 영덕

벌서[pɔl-sɔ´](旣) : 대구, 김천, 의성, 영천, 안동, 예천, 영덕, 양산

새북[sɛ-buk´](曉) : 대구, 김천, 양산, 새박[sɛ-bak´] : 의성, 안동, 새복[sɛ-bok´] : 영천, 예천, 영덕

수시[su-si´](蜀黍) : 대구, 김천, 양산, 숙구[suk-ku´] : 의성, 안동, 예천, 영덕, 숙기[suk-ki´] : 영천

살구[sal-gu´](杏) : 대구, 김천, 의성, 영천, 안동, 예천, 영덕, 양산

손툽[son-tʰup´](手爪) : 대구, 안동, 예천, 손톱[son-tʰop´] : 김천, 의성, 손텁[son-tʰɔp´] : 양산, 손틉[son-tʰüp´] : 영천, 영덕

언덕[ɔn-dɔk´](丘) : 대구, 김천, 의성, 영천, 안동, 예천, 영덕[70]

야시[ja-si´](狐) : 대구, 김천, 양산, 옉기[jek-ki´] : 예천[71]

우붕[u-buŋ´](牛蒡) : 대구, 김천, 양산, 우벙[u-bɔŋ´] : 영천, 안동, 예천, 영덕, 우봉[u-boŋ´] : 의성

유리[ju-ri´](雹) : 대구, 김천, 의성, 안동, 예천, 영덕, 양산[72]

---

69) 김천에서는 '모새[mo´-sɛ]', 양산에서는 '모시[mo´-si]'와 같이 1음절에 악센트가 있다.

70) 양산에서는 '언덕[ɔn´-dɔk]'과 같이 1음절에 악센트가 있다.

71) 의성에서는 '얘수[jɛ´-su]', 울산에서는 '얘수[jɛ´-su]'와 같이 모두 1음절에 악센트가 있다.

72) 영천에서는 '누리[nu´-ri]'와 같이 1음절에 악센트가 있다.

지동[ʧi-doŋ´](柱) : 대구, 김천, 의성, 영천, 안동, 예천, 영덕73)

재와[ʧɛ-wa´](僅) : 대구, 의성, 영천, 양산, 지우[ʧi-u´] : 김천, 안동, 예천, 제우[ʧe-u´]~제고[ʧe-go´] : 영덕

지녁[ʧi-njɔk´](夕) : 대구, 김천, 의성, 안동, 양산, 저녁[ʧɔ-njɔk´] : 영덕, 지넉[ʧi-nɔk´] : 영천74)

제자[ʧe-ʤa´](弟子) : 대구, 김천, 의성, 영천, 안동, 예천, 영덕, 양산

조리[ʧo-ri´](笊) : 대구, 김천, 의성, 안동, 예천, 영덕, 양산, 조래[ʧo-rɛ´] : 영천75)

자리[ʧa-ri´](柄) : 대구, 의성, 영천, 안동, 예천, 영덕, 양산, 자루[ʧa-ru´] : 김천

처매[ʧʰɔ-mɛ´](裳) : 대구, 김천, 의성, 영덕, 채매[ʧʰɛ-mɛ´] : 영천, 양산, 치매[ʧʰi-mɛ´] : 안동, 예천

홍진[hoŋ-ʤin´](痲疹) : 대구, 김천, 의성, 영천, 안동, 예천, 영덕, 양산

하리[ha-ri´](火爐) : 대구, 김천, 예천, 양산, 화리[hoa-ri´] : 영천, 안동, 영덕76)

3 3음절 단어 중 첫 음절에 악센트가 오는 것

도매뱀[to´-mɛ-pɛm](蠑螈) : 대구, 김천, 의성, 안동, 예천, 양산

미누리[mi´-nu-ri](婦) : 대구, 김천, 의성, 안동, 예천, 매너리[mɛ´-nɔ-ri] : 양산77)

빼다지[ˀpɛ´-da-ʤi](引出) : 대구, 김천, 의성, 영천, 안동, 영덕, 양산

사마구[sa´-ma-gu](痣) : 대구, 김천, 영천, 영덕78)

어금니[ɔ´-gŭm-ni](牙) : 대구, 김천, 의성, 영천, 안동, 예천, 영덕, 양산

---

73) 양산에서는 평판이다.

74) 예천에서는 '적[ʧɔk]'이라고 한다.

75) 함양에서는 '조리[ʧo´-ri]'와 같이 1음절에 악센트가 있다.

76) 의성에서는 '화리[hoa´-ri]'와 같이 1음절에 악센트가 있다.

77) 영천에서는 '매눌[mɛ´-nŭl]', 영덕에서는 '메눌[me-nul´]'이라고 한다.

78) 그 외에 포항, 울산, 함양 등에서도 '사마구[sa´-ma-gu]'라고 하고, 의성, 안동, 예천, 영주, 양산, 김해에서는 '사마구[sa-ma´-gu]'와 같이 2음절에 악센트가 있다.

전뒨다[ʧɔn´-dǜin-da](耐) : 대구, 김천, 의성, 영천, 안동, 예천, 영덕, 양산

4 3음절의 단어 중 둘째 음절에 악센트가 오는 것

기러기[ki-rɔ´-gi](雁) : 대구, 의성, 영천, 안동, 영덕, 기리기[ki-ri´-gi] : 김천, 양산, 기레기[ki-re´-gi] : 예천

가시개[ka-si´-gɛ](剪刀) : 대구, 김천, 의성, 영천, 안동, 예천, 영덕, 양산

깨고리[ˀkɛ-go´-ri](蛙) : 대구, 김천, 의성, 예천, 깨구리[ˀkɛ-gu´-ri] : 영천, 안동, 영덕, 양산

나생이[na-sɛŋ´-i](薺) : 대구, 김천, 의성, 영천, 안동, 예천, 나싱이[na-siŋ´-i] : 영덕[79)]

나막신[na-mak´-sin](木履) : 대구, 김천, 의성, 영천, 안동, 예천, 영덕, 양산

무지개[mu-ʤi´-gɛ](虹) : 대구, 김천, 의성, 영천, 안동, 예천, 영덕, 양산

버버리[pɔ-bɔ´-ri](啞) : 대구, 의성, 영천, 안동, 예천, 영덕[80)]

5 3음절의 단어 중 셋째 음절에 악센트가 오는 것

머시마[mɔ-si-ma´](男兒) : 대구, 김천, 의성, 안동, 예천[81)]

이상 1~5에 이르는 현상을 통해서 보면 대구 부근의 단어 악센트는 자체적으로 공통점을 발견할 수 있지만 양산, 울산, 김해 지방에서는 약간 다른 점이 있음을 확인할 수 있다.

지금까지는 독립된 단어의 악센트를 살펴보았다. 여기에 조사가 붙어 구를 이루거나 문장을 이루는 경우에 일어나는 악센트 변동 현상은 아직 조사할 기회를 얻지 못했지만 참고 삼아 아래에 필자가 동래, 부산, 김해에서 조사한 결과[82)]를 제시한다.[83)]

---

79) 양산에서는 '나시랭이[na-si-rɛŋ-i]'라고 한다.

80) 김천, 양산, 김해, 함양 등에서는 '버부리[pɔ´-bu-ri]'와 같이 1음절에 악센트가 있다.

81) 김해에서는 '머스마[mɔ-sǜ´-ma]'와 같이 2음절에 악센트가 있다.

82) 세 군데의 조사 결과는 완전히 일치했다.

단어	문 장
[ka-si´-gɛ](剪刀)	[ʧɔ´-sa-ram-ŭi ka-si´-gɛ-rŭl ka´-ʤɔ-o-nŭ-ra] (저 사람의 가위를 가져오너라)
[ka-ri´](粉)	[ko-ʧʰi´-ka-ri-nŭn mɛ-u´ mɛp-ta] (고춧가루는 매우 맵다)
[jɔ´-rum](夏)	[jɔ´-rum-i ʧi-na´-go ka-ŭ´-ri tø´-jɔt-ta] (여름이 지나고 가을이 되었다)
[ha´-nal](天)	[pjɔ-ri´ ha´-na-re ˀpɔn-ˀʧɔk´ ˀpɔn-ˀʧɔk´-ha-da] (별이 하늘에 번쩍번쩍 하다)
[sa-ram´](人)	[ʧo-hŭn sa-ram´-ŭl sa-raŋ´-han-da] (좋은 사람을 사랑한다)
[ka´-ma-gi](烏)	[ka´-ma-gi han-ma´-ri-ga na-mu´-u´-e an´-ʤɔ-it-ta] (까마귀 한 마리가 나무 위에 앉아 있다)

다만 대구 부근의 악센트가 이와 일치하는지 여부는 분명치 않다.

여기에 한 마디 덧붙이자면 전라도 방언의 악센트는 경상 방언과는 다른 점이 많다. 필자는 오늘날까지 그 차이를 정밀히 조사할 기회가 없었으나 전라남도 방언에는 대체로 다음과 같은 세 가지 유형의 악센트가 존재하는 듯하다.

1 광주형

2음절 또는 3음절 이상의 단어에서 악센트가 항상 둘째 음절에 온다. '하날[ha-nal´](天), 나무[na-mu´](樹), 일기[il-gi´](日氣), 거울[kɔ-ul´](鏡), 바다[pa-da´](海), 구름[ku-rum´](雲), 나븨[na-bŭi´](蝶), 개구리[kɛgu´-ri](蛙), 수양버들[su-jaŋ´-pɔ-dŭl](垂柳), 하날이 맑다[ha-na´-ri malk-ta](天晴)'와 같은 것이 그 예이다. 광주, 구례, 순천, 돌산, 고흥, 벌교가 여기에 속한다. 이 지방에서는 일본어 발음도 그 영향을 받아서 'ハナ̊(LH, 鼻)',[84] 'ハナ̊

83) 왼쪽에 있는 것은 단독으로 발음되는 경우의 악센트이고, 오른쪽에 있는 것은 문장 속에서 발음되는 경우의 악센트이다.

84) [역자주] 일본어 단어의 악센트는 ( ) 속에 'H, L'을 써서 나타내며 편의상 'H'인 음절에 '°'도 표시한다. 'H'가 악센트가 있다는 뜻이다.

(LH, 花)', 'ハシ(LH, 橋)', 'ハシ(LH, 箸)', 'ウミ(LH, 海)', 'ヤマ(LH, 山)', 'アメ(LH, 雨)', 'ハシラ(LHL, 柱)', 'アリマス(LHLL, 有)', 'アメガ[LHL]降リマス(비가 내립니다)', 'ハナガ[LHL]𠹭キマス(꽃이 핍니다)', 'ハシヲ[LHL]渡リマス(다리를 건넙니다)'와 같이 말한다.

2 여수형

2음절 단어에서는 첫 음절에, 3음절 이상의 단어에서는 둘째 음절에 악센트가 온다. '하날[ha´-nal](天), 거울[kɔ´-ul](鏡), 바다[pa´-da](海), 수양[su´-jaŋ](垂楊), 처음[ʧʰɔ´-ŭm](始)'과 '하날이 밝다[ha-na´-ri malk-ta](天晴), 거울을 향한다[kɔ-u´-rŭl hjaŋ-han-da](向鏡), 수양버들[su-jaŋ´-pɔ-dŭl](垂柳), 처음 본다[ʧʰɔ-ŭm´ pon-da](始見)'와 같은 것이 그 예이다. 여수, 옥과, 곡성, 보성, 장성이 여기에 속한다. 이 지역에서는 일본어의 발음도 그 영향을 받아서 'ハナ(HL, 鼻)', 'ハナ(HL, 花)', 'ハシ(HL, 橋)', 'ハシ(HL, 箸)', 'スギ(HL, 杉)', 'ハシラ(LHL, 柱)', 'ワタシ(LHL, 私)', 'ハナガ[LHL]𠹭キマス(꽃이 핍니다)', 'スギノ[LHL]並木(삼나무 가로수)'와 같이 말한다.

3 목포형

2음절 또는 3음절 이상의 단어에서 악센트가 항상 첫 음절에 온다. '하날[ha´-nal](天), 그림[kŭ´-rim](繪), 일기가 좋다[il´-gi-ga ʧo-tʰa](天氣好), 하날이 밝다[ha´-na-ri malk-ta](天晴), 그림을 본다[kŭ´-ri-mŭl pon-da](見繪)'와 같은 것이 그 예이다. 목포, 장흥, 해남, 함평, 나주가 여기에 속한다. 이 지방에서는 일본어의 발음도 그 영향을 받아서 'ハナ(HL, 鼻)', 'ハナ(HL, 花)', 'ハシ(HL, 橋, 다리)', 'ハシ(HL, 箸)', 'ハナガ[HLL]𠹭キマス(꽃이 핍니다)', 'ハシヲ[HLL]渡リマス(다리를 건넙니다)', 'ハシヲ[HLL]取リマス(젓가락을 잡습니다)'와 같이 말한다.

이러한 전라남도 방언의 악센트가 경상도 방언의 악센트와 어떤 관계를 맺는지에 대해서는 더 자세한 조사가 필요하다.

'대구 부근 방언의 음운'에 대한 해설

이 글은 독립된 논문이 아니고 1943년 ≪大邱府史≫에 "大邱附近の方言"이라는 제목으로 실린 논문 중의 일부이다. 제목에서 알 수 있듯이 대구와 그 부근인 김천, 영천, 경주, 성주, 고령의 방언을 다룬다. 방언 조사 경위에 대한 자세한 기록이 없어 언제 어떻게 방언 자료를 수집했는지 알 수 없다. 小倉進平 스스로도 이용하는 자료가 불완전하다는 점을 시인하고 있다.

방언 조사의 보고서 성격을 띠고 있는 다른 논문과 마찬가지로 본문은 음운, 어휘, 어법의 세 부분으로 되어 있다. 이 중 음운 부분만 번역하여 수록하였다.[85] 음운편은 총 12개의 하위 주제로 되어 있다. 그가 쓴 다른 방언 관련 논문과 비교하면 주제가 매우 적은 편이다.[86] 이 논문에서 특히 많은 비중을 두고 논의한 것은 악센트이다. 여기서의 악센트는 음의 고저를 뜻한다. 경상도 방언에 존재하는 독특한 음의 고저 즉 일반적으로 성조라 불리는 운소는 다른 방언과 구별되기 때문에 이것을 중점적으로 다룬 듯하다. 이 논문의 하위 주제는 다음과 같다.

1항 : 'ᆞ'
2항 : '어'의 음가
3항~8항 : 이중모음
9항 : 'ㅿ'
10항 : 어중의 '[b]'
11항 : 평음과 경음의 대응
12항 : 악센트

---

85) 여기서는 ≪朝鮮語方言の硏究≫(1944) 하권에 실린 논문을 번역하였다.
86) 이 책의 4부에 실린 다른 방언 논문을 보면 보통 20개 안팎, 많은 것은 30개가 넘는 하위 주제들을 다루고 있다. 그와 비교할 때 12개의 주제는 매우 적은 수라고 할 수 있다.

17장
음운 각론

Ⅰ. ɐ(ᄋᆞ)

'말(馬)'은 예전에 'ᄆᆞᆯ'로 표기했다. 오늘날 서울 발음으로는 '[mal]'이라고 한다. 모음자 'ᄋᆞ'는 후대에 실용적 가치를 잃음과 동시에 원음도 불분명해져서 현재는 '[a], [ɔ], [o], [u], [i]' 등의 음으로 나타난다.

'말(馬)'이라는 단어는 오늘날 방언에서 다음과 같이 세 종류로 발음된다.[1)]

(1) ᄆᆞᆯ[m*o*l][2)] : 제주도

제주도 방언에 존재하는 'ᄋᆞ'는 한반도의 어느 지역에서도 발견할 수 없는 특수한 성질의 모음에 속한다. 즉, 폐모음 '[o]'와 개모음 '[ɔ]'의 중간에 위치하는 후설 모음이다.[3)] 'ᄋᆞ'의 원음(原音)이 어떤 것이었는지와는 별도

1) 자료편(≪朝鮮語方言の研究≫ 상권)의 292쪽 참조. [역자주] 이후에 나오는 '자료편'도 모두 1944년에 간행된 ≪朝鮮語方言の研究≫ 상권을 나타낸다.

2) [역자주] 아래에 설명되어 있듯이 '*o*'는 'o'와 'ɔ'의 중간에 위치한 모음으로 제주도 방언의 'ᄋᆞ'에 해당하는 모음이다. 자세한 것은 이 책의 4부에 수록된 "제주도 방언의 음운"을 참고할 수 있다.

3) 이 책(≪朝鮮語方言の研究≫ 하권)의 25장인 '제주도방언' 참조.

로 이 섬(제주도)에서의 'ᄋᆞ' 발음은 'ᄋᆞ'의 원음을 해결하는 데 큰 시사점을 줄 것이다.

(2) 몰[mol] : 전남・전북・경남의 일부, 함남・함북의 북부
몰이[mol-i] : 함북 북부의 한 지방

(3) 말[mal] : 전남・전북・경남・함남의 대부분, 경북・충남・충북・강원・경기・황해・평남・평북의 전체
말이[mar-i] : 함북 북부의 한 지방

이상을 요약하면 '[mɑl]'은 제주도에서만, '[mol]'은 한반도의 남단 및 북단에서만 쓰이고, '[mal]'은 한반도의 대부분 지역에서 가장 널리 사용되고 있음을 알 수 있다.

이 'ᄋᆞ'의 옛 음가가 '[ɑ]' 내지 '[o]'와 비슷했으리라는 것은 오래 전 일본에 전해진 한국어의 발음이나 그 밖의 것에 의해서도 증명할 수 있다.[4] 즉, 고유어나 한자음과 상관없이 대체로 'ᄋᆞ'로 표기하는 음은 일본 자료에서 'お(o)'행 음으로 표기된 것이 많은 것이다. 예컨대 ≪和漢三才圖會≫[5]에서 '天(하ᄂᆞᆯ)'[6]을 '波乃留(ha-*no*-ru)', '子(아ᄃᆞᆯ)'을 '阿止留(a-*do*-ru)', '鷄(ᄃᆞᆰ)'을 '止留木(*to*-ru-ki)', '人蔘(인ᄉᆞᆷ)'을 '伊牟曾牟(i-mu-*so*-mu)', '商人(쟝ᄉᆞ)'[7]를 '知也久曾(cha-ku-*so*)'라고 했고, ≪昆陽漫錄≫[8]의 언문도(諺

4) [역자주] 'ᄋᆞ'의 음가에 대해 小倉進平은 1923년에 펴 낸 ≪國語及朝鮮語發音概說≫에서 간략한 언급을 한 바 있다. 즉 'ᄋᆞ'는 '아'와 '오'의 중간음으로 본 것이다.

5) 데라시마 료안(寺島良庵)이 1713년에 지음. 이 책의 '조선국어(朝鮮國語)' 항목.

6) [역자주] 원래의 책에는 한자만 나오고 그 한자에 대응하는 고유어는 나오지 않는다. 독자의 편의를 위해 각 한자가 가리키는 단어를 중세국어 어형으로 제시하였다.

7) [역자주] 일본 자료의 표기를 보면 '샹인'이 아닌 '쟝ᄉᆞ'를 뜻하는 듯하다.

8) 아오키 곤요우(青木昆陽)가 1763년에 지음.

文圖)에서 'ᄉᆞ'는 'ソ(so)', 'ᄋᆞ'는 'ヲ(o)', 'ᄌᆞ'는 'ゾ(zo)'라는 가나(假名) 문자를 대응시켰으며, 또 각종 옛 문헌에서 '牧使(목ᄉᆞ)'를 'もくそ(mo-ku-sɒ)'로, '泗川(ᄉᆞ천)'을 'そてん(sɒten)'으로, '通事(통ᄉᆞ)'를 'とぐそ(to-gu-sɒ)'로 표기한 것이 모두 여기에 속한다. 또 한국어의 표준적인 철자법에서도 본래 'ᄋᆞ'로 표기되던 것이 일찍부터 '어(ɔ), 오(o), 우(u)' 등의 문자로 고정된 것이 적지 않다. '粉(ᄀᆞᄅᆞ)'를 'kɒ-ru(ᄀᆞ루)', '袖(ᄉᆞ매)'를 'so-mai(소매)', 도구나 옷 등을 셀 때의 '重, 件, 襲(ᄇᆞᆯ)'을 'pɔl(벌)', '頤(ᄐᆞᆨ)'를 'tʰɔk(턱)' 등으로 표기한 것이 그 예이다.

이상으로 '말(馬)'이라는 단어는 제주도에 존재하는 '[mɒ]'이나 한반도 남단 및 북단에 존재하는 '[mol]'과 같이 예전에 '[ɒ]' 또는 '[o]'와 유사한 모음을 포함했음을 알 수 있다. 일본의 옛 기록으로는 ≪和漢三才圖會≫에서 '말(馬)'을 '毛留(mɒru)', ≪朝鮮物語≫[9]에서 같은 단어를 'もる(mɒru)'라고 하였고, 서양 기록으로는 N. Witsen[10]이 'mool', J. Klaproth[11]가 'mŏl'이라고 하였으며, 중국 문헌인 ≪華夷譯語≫[12]에서 '馬墨二'[13]이라고 기록한 것은 모두 예전의 발음을 표기한 것으로 보인다.[14] 동아시아

---

9) 기무라 리에몬(木村理右衛門)이 1750년에 지음.

10) ≪Noord en Oost Tartarye≫(1705년). [역자주] 이 책 제목의 번역은 학자에 따라 차이가 있는데 "이기문(2000), 십구세기 서구 학자들의 한글 연구, ≪학술원논문집(인문 · 사회과학편)≫ 39, 대한민국 학술원"에서는 '북 · 달단지(北·東韃靼誌)'라고 했다.

11) ≪三國通覽圖說≫(1832년).

12) [역자주] 이 책은 중국 명나라 홍무제의 명에 따라 1382년부터 순차적으로 나온 대역 어휘집이며 총 13권으로 되어 있다. 중국 인근의 여러 민족의 언어들을 대상으로 기본 어휘를 뽑아 한자로 그 음을 표기하였다. 이 중에는 한국어 어휘를 다룬 ≪朝鮮館譯語≫도 있는데 여기서 말하는 ≪華夷譯語≫란 곧 ≪朝鮮館譯語≫를 뜻한다. ≪朝鮮館譯語≫는 대체로 15세기 초엽 이후에 나왔다고 추정하고 있다.

13) ≪華夷譯語≫에서 '墨'은 '墨立(頭, 머리)', '墨大(遠, 멀다)'와 같이 'mɔ(머)'에도 쓰이고 또한 '墨大(晴, 淸, 明, ᄆᆞᆰ다)', '餒墨(野菜, ᄂᆞᄆᆞᆯ)'과 같이 'ᄆᆞ'에도 사용된다.

14) [역자주] '二'는 ≪朝鮮館譯語≫에서 종성 'ㄹ(l)'을 표기하는 데 주로 쓰였으

의 여러 언어에서는[15] '말(馬)'을 'morre(Goldisch), móŕŕä(Ussuri), morre, mur(Oltscha), morre(Biraren, Manäger, Goldisch), mori(Orotschen), morí, morín(Buchta-Solonen), morí, móri(Orončono-Solonen), murin, morín(Manäger), mórińi, móri(Dachuren), morin(Mandschu, Tungusisch, Nertschinsk), mù-lîn(Žučen), morin, murin, muréun(Tungusen), múrin (Kondógir-Tungusen, Mangusea, Jenisseier), murín(Bargusin), murin (Amur-Tungusen, Tungusen, Spassky, Tschapogirisch), murrin(Orotschonen), muri(Orotschen), múril(Angara), marín(Lamutsch), morón(Ochotskischer), myi(Orotschen)' 등으로 말하는데[16] 첫 음절에 'o' 또는 'u'가 많이 포함된 것은 한국어의 어원을 푸는 유력한 근거가 될 것이다.

요컨대 '[mal]'은 오늘날 한국의 대부분 지역에서 널리 사용되고 있고 '[mɑ̆l], [mol]'은 겨우 궁벽진 곳에서만 사용될 뿐이지만 예전에는 오히려 이와 반대로 '[mɑ̆l], [mol]'이 일반적으로 널리 사용되고 있었다고 생각된다. 그리고 후세에 한국의 중부 지역에서 '[mal]'로의 변화가 일단 일어나자 이 '[mal]'은 급격한 기세로 한반도 각지를 휩쓸어 고형([mɑ̆l], [mol])을 남북한의 일부 지역에 몰아넣은 형국에 이른 것으로 보인다. 앞서 말한 일본의

므로 '墨二'는 중세국어 어형 'ᄆᆞᆯ'을 표기한 것이라고 할 수 있다.

15) [역자주] 원본에는 자료가 매우 알아 보기 힘들게 되어 있고 잘못된 부분도 있다. 여기서는 이 자료가 수록된 원저 ≪Goldisch-Deutsches Wörterverzeichniss≫를 보고 '단어형(해당 언어)'의 형식으로 수정하여 제시하였다. 언어의 명칭은 원저의 독일어를 그대로 따랐다.

16) Leopold von Schrenck의 ≪Reisen und Forschungen im Amur-Lande≫ 2권인 ≪Goldisch-Deutsches Wörterverzeichniss≫(1900)의 119쪽. [역자주] ≪Reisen und Forschungen im Amur-Lande≫는 러시아 상트페테르부르크(St. Petersburg)에 있는 왕립 학술원(Kaiserlichen Akademie der Wissenschaften)의 명령으로 1854년부터 1856년까지 아무르(Amur) 지역을 답사한 결과를 담은 책이다. 총 2권으로 되어 있으며 1권은 1896년 ≪Giljakisches Wörterverzeichniss≫이라는 제목으로 나왔고 2권은 1900년에 간행되었다. 2권에는 아무르 인근 지역의 언어 자료를 수록하고 있는데 직접 수집한 자료 이외에 다른 사람의 조사 자료도 함께 제시하였다.

다른 문헌에 나타난 'mo-'라는 형태는 아마도 오늘날보다 더 널리 분포했으리라 추측되는 시기의 한국 방언에서 가져간 것으로 생각된다.

이상은 'ᄋᆞ'의 분포를 나타내는 '말(馬)'이라는 단어를 선택한 것인데 그렇다고 해서 'ᄋᆞ'를 포함한 모든 단어가 '말(馬)'의 분포와 일치하는 것은 아니다. 가령 'ᄑᆞᆯ'(臂)이라는 단어를 먼저 예로 들면 제주도에 'ᄋᆞ'가 남아 있는 것은 '말(馬)'의 경우와 같으며 이것을 '[pʰol]'로 발음하는 지역이 전남·전북·경남·함남·함북의 일부로 '말(馬)'을 '[mol]'로 발음하는 지역과 거의 일치하지만 전남에서 '[pʰol]'의 분포는 '[mol]'보다 약간 넓다.[17] 또한 'ᄑᆞᆺ(小豆)'[18]과 'ᄑᆞ리(蠅)'[19]도 참조할 수 있다.

Ⅱ. oi(외)

'oi(외)' 표기에 대한 지방의 발음 차이를 알기 위해 한자 '外(외)'와 더불어 'oi'를 포함한 다른 단어에 대해서도 살펴본다.[20]

1 외[ø]

독일어의 'ö'에 가까운 소리. 오늘날 경기·충남·전남·전북·강원·황해·평남·함남의 대부분 및 충북·경남·경북·함북의 일부 등에서 사용되고 있고 현재 한국어의 표준적인 발음이 되었다.

'외(外)'에 국한하지 않으면 일반적으로 '[ø]'는 이전에 'o-i'의 두 음절로 발음한 것도 있었던 듯하다. '괴(猫)'를 ≪東國輿地勝覽≫에서 '高伊(ko-i)',[21] ≪和漢三才圖會≫에서 '古伊(ko-i)', N. Witsen[22]에서 'kooy',

17) 자료편 102쪽 참조.
18) 자료편 213쪽 참조.
19) 자료편 320쪽 참조.
20) '外'에 대해서는 '자료편' 54쪽 참조.

J. Klaproth[23]에서 'kôy'라고 했고 '외(胡瓜)'를 오늘날 방언으로 [o-i]이라고 하는 곳도 있다. 예전 일본 기록에 남겨진 한국어 가운데에도 '뫼(山)'을 ≪和漢三才圖會≫에서 '毛惠(mo-e)', ≪朝鮮物語≫에서도 'もい(mo-i)', '왼(左)'를 ≪朝鮮物語≫에서 'をいんべん(o-in ben, 한국어로 '왼편[øn-pʰjɔn]')', 지명 '회령(會寧)'을 ≪朝鮮物語≫에서 'ほいれん(ho-i ren, 한국어로 '회령[hø-rjɔŋ]')', 지명 '괴산(槐山)'을 옛 문헌에서 'こいさん(ko-i san, 한국어로 '괴산[kø-san]')' 등으로 표기한 것도 그 예이다.

2 애[ɛ]

경남의 대부분, 경북・평남・함남・함북의 일부에서 사용되고 있다. 가령 경남 밀양군의 '산외면(山外面)'은 '사내면[san-ɛ-mjɔn]', 김해군의 '외동리(外洞里)', '회현(會峴)'은 각각 '애동니[ɛ-doŋ-ni]', '해인[hɛ-in]', 경북 연일군[24]의 '괴동동(槐東洞)'은 '개동동[kɛ-doŋ-doŋ]'으로 발음된다. 보통 명사인 '참외[ʧʰam-ø]', '안 된다[an-døn-da]'와 같은 것도 이 지역에서는 '참애[ʧʰam-ɛ]', '안댄다[an-dɛn-da]'로 불린다.

3 에[e]

전남・경남・충남・충북・강원・황해・함북의 일부에서 발음되고 있고, 전북, 경북, 경기, 함남에서는 쓰이지 않는다. 예를 들어 충북 청주군의 '강외면(江外面)'은 '강에면[kaŋ-e-mjɔn]', '괴산군(槐山郡)'은 '게산군[ke-san-gun]'으로 발음되고 보통 명사로는 '쇠고기[sø ko-gi]'가 경남 하동군, 황해 연안군 등에서 '세고기[se ko-gi]', '쇠(鐵)[sø]'가 '세[se]', '괴롭다[kø-

21) 권40의 흥양현(興陽縣) 항목에 '木長興府, 高伊部曲'이 있고, 그 아래에 "高伊는 猫에 대한 방언이다(高伊者方言猫也)"라고 주석했다.

22) ≪북・달단지(Noord en Oost Tartarye)≫(1705년).

23) ≪三國通覽圖說≫(1832년).

24) [역자주] 연일군은 영일군의 옛 지명이며 현재는 포항시로 바뀌었다.

rop-ta]'가 '게롭다[ke-rop-ta]' 등으로 불린다.

④ 이[i]

경남・경북의 일부에서만 존재한다. 예컨대 경북 상주군에서는 '회답(回答)[hø-dap]'을 '히답[hi-dap]', '괴이(怪異)[kø-i]'를 '기이[ki-i]' 등으로 발음한다.

⑤ 왜[wɛ]

평북에서 가장 많이 쓰이고, 경남・경북・함북의 일부에서 사용된다. 가령 평북 귀성군의 '용퇴동(龍退洞)'은 '농퇘동[noŋ-tʰwɛ-doŋ]',[25] 경북 청송군의 '월외리(月外里)'는 '월왜리[wɔl-wɛ-ri]' 등으로 발음된다.

⑥ 웨[we]

전남・경남・경북・충남・충북・경기・강원・함남・함북의 일부에서 사용되고 전북, 황해, 평남, 평북 지방에서는 쓰이지 않는다. 예를 들어 충북 단양군의 '괴평리(槐坪里)', '회산리(檜山里)'는 각각 '궤평리[kwe-pʰjɔŋ ri], 훼산리[hwe-san ri]'로, 함북 부거군의 '횡병동(橫兵洞)'은 '휑병동[hweŋ-bjɔŋ-doŋ]'으로 발음되고, 보통 명사로서는 강원의 평해[26] 지방 등에서 '쇠[sø]'를 '쉐[swe]', '참외[ʧʰam-ø]'를 '참웨[ʧʰam-we]' 등으로 발음하는 것이 여기에 속한다.

---

25) [역자주] 평북 방언에서는 반모음 'y'로 시작하는 이중모음 앞에 ㄴ-계, ㄷ-계 자음이 올 때 구개음화를 적용시키지 않고 'y'를 탈락시키는 변화를 거친다. '농퇘동'의 '농'은 '룡(龍)'에 두음법칙이 적용되어 '뇽'이 된 상태에서 ㄴ-구개음화에 이은 ㄴ-탈락이 일어나지 않고 'y'가 단순히 없어져서 나왔다. 자세한 것은 이 책의 4부에 수록된 "평안남북도 방언의 음운"을 참고할 수 있다.

26) [역자주] 현재는 경북 울진군에 소속되어 있다.

⑦ 위[wi]

경남・경북의 일부에서만 존재한다. 예컨대 경북 고령 등에서 '외롭다[ø-rop-ta]', '괴롭다[kø-rop-ta]'를 '위롭다[wi-rop-ta]', '귀롭다[kwi-rop-ta]'와 같이 발음한다.

Ⅲ. iɔ(여)

'iɔ(여)' 표기에 대한 지방의 발음 차이를 알기 위해 한자 '病(piɔŋ)'과 더불어 'iɔ'를 포함한 다른 단어에 대해서도 살펴본다.[27)]

① 병[pjɔŋ]

경북・충남・충북・경기・황해의 대부분에서 사용되고 다른 지역에서는 이 '[pjɔŋ]'과 다음 형태인 '[peŋ]'이 대체로 함께 쓰이고 있다. '[pjɔŋ]'은 오늘날 한국어의 표준적 발음이다. '京[kjɔŋ]', '別[pjɔl]' 등에서의 '[jɔ]' 발음도 '[pjɔŋ]'의 경우에 준한다.

② 벵[peŋ]

전남・경남의 대부분, 경북의 일부에서 사용되고 충남, 충북, 경기, 황해에서는 거의 쓰이지 않는다. 또 전북, 함남, 함북, 평남, 평북에서는 '[peŋ]'과 앞의 '[pjɔŋ]'이 대체로 함께 사용되며 강원도의 동해안에서는 대체로 '[peŋ]', 강원도의 서쪽에서는 '[pjɔŋ]'이 우세하다. '京[keŋ]', '別[pel]' 등에서의 '[e]' 발음도 '[peŋ]'의 경우에 준한다. 가령 전남 나주군의 '문평면(文坪面)'은 '문펭면[mun-pʰeŋ-mjɔn]', 보성군의 '명봉면(鳴鳳面)'은 '멩봉면[meŋ-boŋ-mjɔn]', 함남 혜산군의 '별동면(別東面)'은 '벨동면

---

27) '병(病)'에 관해서는 '자료편' 105쪽 참조.

[pel-doŋ-mjɔn]'으로 발음되는 것이 그 예이다.

한자음에 존재하는 '[jɔ]'가 '[e]'로 변하는 것은 꽤 오래 전부터의 습관이었을 것이며 일본 문헌에 '[jɔ]'가 '[e]'로 표기된 예가 아주 많다. 예컨대 ≪朝鮮物語≫나 그 외의 문헌 중에 한자음 '[kjɔ], [njɔ], [pjɔ], [sjɔ], [tjɔ]'가 '[ke], [ne], [pe], [se], [te]'의 형태로 나오는 경우가 빈번하다.

(ㄱ) 지명

한자	지명	한국한자음	가나(假名)	가나음(假名發音)
京	京畿	kjɔŋ-gɯ̈i(경긔)	けぐい、けんくひ	ke-ŋui
慶	慶尚道	kjɔŋ-ʃaŋ-do(경샹도)	けぐしやぐ	keŋu ʃa-ŋu
	慶州	kjɔŋ-ʤu(경주)	けくしう	ke-ŋu ʃu:
鏡	咸鏡	ham-gjɔŋ(함경)	はんげく	ham-geŋu
城	開城	kɛ:-sjɔŋ(개:셩)	かせん	ka-sen
	高城	ko-sjɔŋ(고셩)	かうせん	ko:-sen
	利城	(r)i-sjɔŋ(리셩)	りせん	ri-sen
	石城	sjɔk-sjɔŋ(셕셩)	せきせん	seki-sen
	漢城	han-sjɔŋ(한셩)	かんせん	kan-sen
星	星州	sjɔŋ-ʤu(셩주)	せくしう	seŋu-ʃu:
西	西水浦	sjɔ-ʃu gɛ:(셔슈개:)[28]	せすがい	se-su ŋai
平	平康	pʰjɔŋ-gaŋ(평강)	へぐかう	heŋu-kô
	平壤	pʰjɔŋ-jaŋ(평양)	へぐしやく	heŋu-ʃaŋu
	平海	pʰjɔŋ-hɛ:(평해:)	へぐはい	heŋu-hai
寧	朔寧	saŋ-njɔŋ(상녕)	しやくねん	ʃaŋu-nen
	會寧	hø-rjɔŋ(회령)	ほいれぐ、ほいれん	hoi-reŋu hoi-ren
営	水営	ʃu-jɔŋ(슈영)	しゆえぎ しゆえん	ʃu-eŋi ʃu-en
永	永安(道)	jɔŋ-an(영안)	ゑあん	e-an
	永川	jɔŋ-ʧʰɔn(영천)	ゑぐてん	eŋu-ten
延	延豊	jɔn-pʰuŋ(연풍)	えんほん	en-hon
全	全羅	ʧɔl-la(절라)	てるら	teru-ra
鉄	鉄原	tʰjɔl-wɔn(텰원)	てるうん	teru-un
川	端川	tan-ʧʰɔn(단천)	たんてん	tan-ten
	漣川	(r)jɔn-ʧʰɔn(련천)	れんてん	ren-ten
青	北青	puk-ʧʰɔŋ(북청)	ほくせん	hoku-sen
清	忠清(道)	ʧʰuŋ-ʧʰɔŋ(충청)	ちくせぐ	ʧiŋu-seŋu
	清道	ʧʰɔŋ-do(청도)	せんぐだう てくとい	seŋu-dô teŋu-doi

(ㄴ) 보통 명사

한자	보통 명사	한국 한자음	가나(假名)	가나음(假名發音)
兄	兄	hjɔŋ(형), sjɔŋ(셩)	へぎ、せぎ	heŋi, seŋi
別	別將	pjɔl-ʧaŋ(별장)[29]	べるちやぐ	beru-ʧaŋu
	訓別	hun-bjɔl(훈별)[30]	ふんべつ	hun-beʦu
平	曉	p^{h}jɔŋ-mjɔŋ(평명)[31]	へくめく べくめく	heŋu-meku beŋu-meku
	久敷	p^{h}jɔŋ-an(평안)[32]	ぺなん、べなん	pe-nan, be-nan
姓	農夫	pɛk-sjɔŋ(백셩)[33]	ぱくせぎ ぱくせぐ	paku-seŋi paku-seŋu
船	船倉	sjɔn-ʧ^{h}aŋ(션창)[34]	せんさん	sen-san
千	千	ʧ^{h}ɔn(쳔)	でん	den
	一千	il-ʧ^{h}ɔn(일쳔)	いるてん	iru-ten
請	求請	ku-ʧ^{h}ɔŋ(구청)[35]	くせぐ くつせき	ku-seŋu kus-seki

이상은 오로지 한자음에서의 'iɔ' 변화를 관찰한 것인데 이 분포는 대체로 고유어의 경우에도 일치한다. 이것은 '자료편' 중 '별[pjɔl]' 항목[36]을 참조하라. 또한 한자음과 마찬가지로 고유어에서도 'iɔ'가 'e'로 변화한 것이 꽤 오래 전부터 존재했음은 예전에 일본으로 유입된 다음과 같은 단어를 통해 알 수 있다.

한자	한국어	가나(假名)	가나음(假名發音)
星	pjɔl(별)	ぺる	peru
十	jɔl(열)	ゑる	eru
開	jɔl-ta(열다)	ゑつた	eru-ta

28) '개:[gɛ:]'는 '浦'의 의미다.
29) 관직명이다.
30) 통역을 맡은 사람의 지위가 낮은 관직명.
31) '平明'의 한자음.
32) '平安'의 한자음.
33) '百姓'의 한자음.
34) 쓰시마(對馬) 방언에서 제방(堤防)의 의미.
35) 산물(産物)을 소망하는 것.
36) 6쪽.

요컨대 한국의 한자음 및 고유어에서 'iɔ'를 포함한 상당수의 단어가 일본 기록에서 비교적 규칙성 있게 '[e]'로 나타난 것은 매우 흥미로운 사실이다. 여기서 추측한다면 이 '[e]'는 이미 오래 전에 한반도 남쪽에서 발달하여 한국인과 접촉한 일본인이 그 발음을 그대로 전한 것으로 보인다.

③ 빙[piŋ]

주로 전남・전북・경남・경북의 일부에서 사용된다. '名[mjɔŋ]', '坪[pʰjɔŋ]' 등에서의 '[jɔ]' 발음도 '[piŋ]'의 경우에 준한다. 예를 들어 전남 담양군의 '천변리(川邊里)'는 '친빈리[ʧʰin-bin-ri]',[37] 경남 밀양군의 '용평리(龍坪里)'는 '용핑리[joŋ-pʰiŋ-ri]'로 발음된다.

④ 뱅[pɛŋ]

경남의 남해안, 경북의 동부 등에서만 존재한다. '慶[kjɔŋ]', '夕[sjɔk]'[38] 등에서의 '[jɔ]' 발음도 '[pɛŋ]'의 경우에 준한다. 가령 경남 김해군 지방에서 '경상(慶尙)'을 '갱상[kɛŋ-saŋ]', 양산군에서는 '명곡리(明谷里)'를 '맹공니[mɛŋ-goŋ-ni]', 경북 경주군에서는 '석양(夕陽)'[39]을 '색양[sɛg-jaŋ]'으로 발음하는 것이 그 예이다.

Ⅳ. io(요)

'io(요)' 표기에 대한 지방 발음의 차이를 알기 위해 한자 '票(표)'를 이용

37) [역자주] '천변리(川邊里)'의 '천(川)'이 '친'으로 나타나는 것은 '川'의 이전 한자음이 '쳔'이었으므로 '邊'이 '빈'으로 나타나는 것과 동일하다고 할 수도 있고 움라우트에 이은 'e＞i'의 결과라고 할 수도 있다.

38) [역자주] '夕'의 이전 한자음이 '셕'이다.

39) 자료편 260쪽 참조.

했다. '차표(車票)', '문표(門票)' 등의 단어는 모두 지방에서도 간단히 습득할 수 있는 단어이기 때문이다.

[1] 표[pʰjo]

표준음이며 각 도에 걸친 지역에 널리 분포되어 있는데 충남, 충북, 경기, 황해, 함북에서 비교적으로 충실히 이 음을 보존하고 있다. 이 지방에서는 '妙[mjo]', '孝子[hjo-ʤa]' 등을 '[mjo], [hjo-ʤa]'와 같이 말한다.

[2] 푀[pʰø]

전남, 전북, 강원, 함남 지방을 주로 하는 발음이다. 이 지방에서는 '妙[mjo], 孝子[hjo-ʤa]' 등을 '[mø], [hø-ʤa]'와 같이 말한다.

[3] 포[pʰo]

경남, 경북, 평북 지방을 주로 하는 발음이다. 이 지방에서는 '妙[mjo]', '孝子[hjo-ʤa]' 등을 '[mo], [ho-ʤa]'와 같이 말한다.

[4] 페[pʰe]

각지에 돌발적으로 나타난다.

[5] 패[pʰɛ]

각지에 돌발적으로 나타난다.

Ⅴ. z(ㅿ)

한글 창제 당시(1446년) 28자 중에 자음 문자 'ㅿ'이 포함되어 있었지만 이후 얼마 안 돼서 그 사용이 쇠퇴함으로써 오늘날 방언에서는 한 편으로 완전히 자음적 가치를 소실하여 'ㅇ'과 같이 나타나고 다른 한 편에서는 'ㅅ(s)'으로 나타난다. 여기서 그 예로 '구슈(ku-żiu, 槽)'라는 단어를 들기로 한다.

'구슈'는 농가 등에서 사용하며 굵은 나무 줄기를 파내고 거기에 우마(牛馬)의 먹이를 넣는 일종의 여물통을 말한다. ≪訓蒙字會≫에서 '馬槽'를 'ᄆᆞᆯ구슈(mɐr-ku-żiu)', ≪南明禪師繼頌≫[40]에서 '槽頭'를 '구ᅀᅵ(ku-żi)'라고 하였다. 오래 전에는 'ㅿ'를 사용하고 있었지만 후세 중부 방언을 표기한 여러 문헌에서는 '櫪, 槽' 등을 '구유[ku-ju]', '구융[ku-juŋ]', '구요[ku-jo]'로 훈을 달았듯이 'ㅿ'이 소실되었다. 뒤에서 설명하겠지만 현재 중부 지방에서는 '구융[ku-juŋ]', '궁이[kuŋ-i]' 등 '[s]'가 나타나지 않지만 다른 지방에서는 '구시[ku-si]', '귀숭[kui-suŋ]'과 같이 '[s]'를 동반하고 나타난다. 아래의 자료 중 (1)에서 (13)까지는 '[s]'를 동반하지 않은 것이고 (14)에서 (19)까지는 '[s]'를 동반한 것이다.[41]

(1) 구융[ku-juŋ]	경기・충북・강원의 일부
(2) 궁[kuŋ]	황해의 일부
(3) 궁이[kuŋ-i]	평북의 대부분 및 강원 동해안의 일부[42]
(4) 괭이[kwɛŋ-i]	황해와 평남의 경계에 있는 극히 일부[43]
(5) 궝[kwɔŋ]	황해의 극히 일부
(6) 궤[kwe]	황해의 극히 일부
(7) 궹[kweŋ]	경기・황해의 극히 일부
(8) 귀[kui]	황해의 일부

40) [역자주] 흔히 ≪南明集諺解≫라고 불린다. 원제는 ≪永嘉大師證道歌南明泉禪師繼頌諺解≫이다.

41) 또한 '자료편' 226쪽을 참조하라.

42) 평북 후창, 강계, 희천 지방에서 '독목선(獨木船)'를 '궁이[kuŋ-i]'라고 지칭하는 것은 모양이 유사해서 유추한 것이다.

43) [역자주] 원문의 '일부(一部)'는 '일부'로 번역하고 '일소부(一小部)'는 '극히 일부'로 번역하였다.

(9) 귀영[kui-jɔŋ] 황해의 일부
(10) 귀융[kui-juŋ] 경기・강원・황해의 일부
(11) 귀이[kui-i] 경북의 동부
(12) 귀잉[kui-iŋ] 경기의 극히 일부
(13) 귕[kuiŋ] 황해의 극히 일부
(14) 구송[ku-soŋ] 함남의 극히 일부
(15) 구수[ku-su] 충남의 대부분 및 충북・전북의 일부
(16) 구숭[ku-suŋ] 강원 동해안의 일부 및 함남의 남부
(17) 구시[ku-si] 전남・전북・경남・함남・함북의 대부분, 경북의 서부, 충북의 일부
(18) 귀숭[kui-suŋ] 강원의 일부
(19) 기숭[ki-suŋ] 강원의 일부

그 외에 지방에 따라 '쇠통[sø-tʰoŋ](牛飼桶)', '밥통[pap-tʰoŋ](飯桶)', '죽통[ʧuk-tʰoŋ](粥桶)' 등의 단어가 사용되고 있다.

이상 '구유'라는 단어에 대해 현재의 방언 분포 상태를 관찰하면 '[s]'를 포함하지 않는 것과 '[s]'를 포함하는 것의 두 종류가 분명히 구별되고, 동시에 분포 지역에서도 명확한 경계가 존재함을 알 수 있다. 즉, '[s]'를 포함하는 지방은 전남・전북・충남・경남・함남・함북의 대부분, 충북・경북의 일부 및 경북과 함남을 연결하는 강원 동해안 지역이고, '[s]'를 포함하지 않는 지방은 이 이외의 지역인 경기・황해・평남・평북의 대부분 및 충북・경북의 일부이다. 다시 말하면 '[s]'를 포함하지 않은 중부 및 서부 방언이 '[s]'를 포함한 북부 및 남부 한국어 방언에 의해 포위된 형태이며, 이는 '[s]'를 포함하지 않은 중부 방언의 진출로 말미암아 '[s]'를 포함한 방언이 점차 변경으로 밀려나고 있는 것이라고 할 수 있다.

이상은 오로지 '구유'라는 하나의 단어에 대해서만 '[s]'의 방언 분포 상태를 고찰한 것이다. 그러나 예전에 'ㅿ'으로 표기된 그 외의 많은 단어들도 위와 같이 어떤 지방에서는 '[s]'를 포함하지 않고 어떤 지방에서는 이를 포

함하는 대립적 현상이 나타난다. 여기서 간단하게 그 예를 제시하면 다음과 같다.

표준어형	'[s]'가 없는 형태	'[s]'가 있는 형태
무(大根)	무우[mu-u], 무:[mu:]	무시[mu-si], 무수[mu-su] 등
가을(秋)	가을[ka-ŭl]	가실[ka-sil], 가슬[ka-sŭl] 등
겨울(冬)	겨울[kjɔ-ŭl]	겨실[kjɔ-sil], 저실[ʧɔ-sil] 등
가위(剪刀)	가위[ka-ui]	가새[ka-sɛ], 가시개[ka-si-gɛ] 등
여우(狐)	여우[jɔ-u]	여시[jɔ-si], 여수[jɔ-su], 야시[ja-si] 등
웃음(笑)	우움[u-um]	웃음[u-sum] 등

그렇다면 위 단어들의 '[s]' 유무에 따른 방언 분포는 앞에서 말한 '구슈'의 '[s]' 유무에 의한 분포와 일치할 것인가? 예를 들어 '무수(mu-żu, 大根)'라는 단어를 검토해 보자. 다음 자료 중 (1)에서 (4)까지는 '[s]'를 동반하지 않는 것이고 (5), (6)은 '[s]'를 동반하는 것이며 (7) 이하는 그 밖의 것이다.[44)]

(1) 무:[mu:]	경기 · 강원 · 평남 · 평북의 대부분, 함남의 남부(북부는 '묵기[muk-ki]'), 충남 · 충북 · 황해의 일부
(2) 무이[mu-i]	황해의 일부, 강원 · 평남의 극히 일부
(3) 무유[mu-ju]	경기 · 황해의 극히 일부
(4) 미우[mi-u]	황해의 대부분
(5) 무수[mu-su]	충남 · 충북의 대부분, 전남 · 전북 · 강원 · 함남의 일부
(6) 무시[mu-si]	전남 · 경남 대부분 및 전북 · 경북의 일부
(7) 묵구[muk-ku]	경북 · 충북 · 강원 · 함남의 일부

44) 자료에 관해서는 '자료편' 202쪽을 참조. [역자주] (7)~(9)도 어중에 자음이 오므로 '[s]'를 유지하는 방언형으로 볼 수 있다. 분포도 대체로 일치한다.

(8) 묵기[muk-ki]　　　　함남・함북의 대부분
(9) 믹기[mik-ki]　　　　함북의 일부
(10) 놈삐[nɑm-ˀpi]　　　　제주도

이상의 분포 상태를 오로지 '[s]'의 유무로 검토하면 '[s]'를 포함하는 지역은 전남・전북・충남・충북・경남의 대부분 및 경북・강원의 일부 등이고, '[s]'를 포함하지 않는 지역은 경기・강원・황해・평남・평북의 대부분, 충남・충북・함남의 일부로 앞서 말한 '구슈'에서의 분포와 거의 일치하는 것을 발견하게 된다. 단, '무'의 경우 함남・함북의 대부분 및 경북・충북・강원의 일부에서 '[s]'가 나타나는 것은 없고 '[-ku], [-ki]' 등의 어미로 끝나는 것[45]은 '구슈'의 분포와 일치하지 않는다. 그렇지만 이 '[-ku], [-ki]'는 아마도 후대에 이 지역에서 특별히 발달한 일종의 어미[46]일 것이므로 이 어미가 발달하기 이전에는 'ㅿ'에 대해 '[s]'를 보존했을 것이다.

이상으로 우리는 '구유(槽)'와 '무(大根)' 두 단어에 존재하는 'ㅿ'의 방언 분포 상태가 거의 일치함을 알았다. 앞에서 예시한 같은 유형의 '가을', '겨울', '가위', '여우', '웃음' 등에 나타난 'ㅿ'의 분포에 대해 검토해 보아도 거의 동일한 결과를 얻는다. 이것을 볼 때 'ㅿ'에 기인하는 '[s]'의 유무에 관한 연구는 방언 경계를 확정하는 표지가 될 만하다.

그런데 'ㅿ'이 지방에서 '[s]'로 나타난 것은 극히 새로운 현상은 아니다. 1841년 오다 간사쿠(小田管作)[47]의 ≪象胥紀聞拾遺≫ 중 한국 방언을

45) [역자주] '묵구, 묵기, 믹기' 등을 가리킨다.
46) 경북・강원・함남・함북 지방에서는 '[pʰat](팥)'을 '패기[pʰɛk-ki]'라고 하고 '[jɔ-ho](여우)'를 '역기[jɔk-ki], 옉기[jek-ki], 역겡이[jɔk-keŋ-i]'라고 하며 '[mu:](무)'를 '묵기[muk-ki], 묵구[muk-ku]'라고 하는 등 어미에 '[-ki], [-ku]'를 붙이는 것이 매우 많다. [역자주] '[-ki], [-ku]'의 'k'를 어미의 일부로 본 것은 현재로서는 받아들일 수 없다. 현재 통용되는 일반적인 견해는 '[-ki], [-ku]'가 나타나는 단어들의 재구형에 'k'가 있었다고 보므로 'k'는 어미가 아닌 어간의 일부일 가능성이 더 크다. 이 문제는 "이기문(1962), 중세국어의 특수 어간교체에 대하여, ≪진단학보≫ 23, 진단학회"를 참고할 수 있다.
47) 당시의 한국어 통역관.

서술한 항목에는 다음과 같은 기사가 있다.

> "통신사로서 일본에 건너온 사람 가운데 서울 출신인 사람이 있었다. 이 사람의 이야기에 따르면 예전에 동래에 갔을 때 '무우시'라고 불리는 물건이 있었다. 처음에는 그것이 무엇을 말하는 것인지 몰랐는데 실물을 보니 '무우'[48]인 것을 알았다."

이 기사에 의하면 지금부터 약 100년 전 경상남도의 일부에서 '무'를 '무:시[mu:-si]'라고 말한 것을 추측할 수 있다.

그렇다면 'ㅿ'이 왜 오늘날 방언에서 '[s]'으로 나타나거나 혹은 자음적 성질을 완전히 소실하여 나타나게 되었을까? 이것에 대해서 필자는 우선 'ㅿ'이란 문자의 원음(原音)을 밝힐 필요가 있다고 생각한다. 'ㅿ'이라는 문자는 원래 한글 창제 시기에는 중국 한자음의 일모(日母)를 표기하기 위해 채용되었다. 중국음 일모(日母)의 음가에 관해서는 종래 각종 학설이 있는데 그것이 고유어를 나타내는 데 사용될 때에는 반드시 중국 한자음의 음가와 일치할 필요는 없다고 본다.[49] 이에 관해서는 여기서 자세한 설명을 생략하지만[50] 필자의 결론은 한국어에 사용된 'ㅿ'이 무성음 '[s]'에 대응하는 유성음 '[z]'와 유사한 음이었을 것이라고 생각한다. 즉 'ㅿ'이 '[z]'와 유사한 음이었기 때문에 한 편에서는 '[s]'로 변하고, 다른 한 편에서는 '[j]'를 거쳐서 완전히 자음적 가치를 잃는 데 이르렀다고 본다.[51] 'ㅿ'이 '[z]'과 유사

48) [역자주] 원문에 'ムウウ(무우우)'로 되어 있어 '무우'로 옮겼다. '무ᅀᅮ'에서 'ㅿ'이 탈락하면 '무우'가 된다. '무우'를 표기법상 '무'로 바꾼 것은 1988년에 개정 공포된 '한글 맞춤법 개정안'에 와서이다.

49) [역자주] 日母의 음가에 대해서는 크게 n-계열로 재구하는 주장과 nz-계열로 재구하는 주장이 있다. 즉 기원적으로 'n'과 유사한 비음에서 변화했다고 보기도 하고 비음과 마찰음의 연쇄로부터 변화했다고 보기도 하는 것이다.

50) 자세한 것은 ≪朝鮮語方言の研究≫에 수록된 '여우를 의미하는 한국 방언(狐を意味する朝鮮方言)' 단원을 참조.

51) [역자주] 'ㅿ'이 기원적으로 존재했는지에 대해서는 이견이 있다. 원래는 전부 'ㅅ'이고 이것이 유성음 사이에서 'ㅿ'으로 발달했다고 보는 견해도 있고 'ㅿ'

한 음이었다는 것은 다음과 같은 사실에서도 대략 추측할 수 있다.

(ㄱ) 홍무 연간(年間)에 편찬된 중국 문헌 ≪華夷譯語≫에서 '弟'를 '阿自',[52)53)] '秋'를 '格自',[54)] '冬'을 '解自',[55)] '天邊'를 '哈嫩格自,'[56)] '江邊'을 '把剌格自'[57)]라고 하였는데 이 때의 '自'는 모두 예전에 'ㅿ'으로 표기되었으며[58)] 현재 방언에서는 이 부분에 '[s]'가 있거나 혹은 '[s]'가

이 원래부터 존재했다고 보는 견해도 있다. 전자의 경우 유성음 사이에 존재하는 모든 'ㅅ'이 'ㅿ'으로 바뀌지는 않았다는 점이 가장 큰 약점이다. 이 문제를 해결하기 위해 후자와 같은 입장에서는 특수한 환경에서만 'ㅅ'이 'ㅿ'으로 바뀔 수 있고 그 이외의 환경에서 나타나는 'ㅿ'은 기원적으로도 'ㅿ'이었다는 주장을 펼친다. 전자와 같은 입장은 "河野六郎(1945), ≪朝鮮方言學試攷-'鋏'語考-≫, 東都書籍"과 "이숭녕(1956), ㅿ음고, ≪서울대학교 논문집≫ 3, 서울대학교"에서 드러나고 후자와 같은 입장은 "이기문(1972), ≪국어음운사연구≫, 서울대 한국문화연구소"에서 보인다. 小倉進平의 견해는 'ㅿ'이 원래부터 존재했다고 보는 쪽에 속한다. 한편 小倉進平은 이전 논의에서 'ㅿ'의 원음가가 '[z]' 또는 반모음 '[j]'였다고 보았는데 여기에 와서 원음가가 '[z]'였다고 수정하였다. 小倉進平의 이전 주장은 이 책의 3부에 수록된 "일본어와 한국어의 발음 개설"을 참고할 수 있다.

52) [역자주] 중세 어형 '아ᅀᆞ'에 대응한다.

53) 일본 자료인 ≪和漢三才圖會≫에서는 '弟'를 '阿之'라고 했고 ≪朝鮮物語≫에는 'あじ'라고 표기하고 있는데, 여기서의 '之'와 'じ'는 'ㅿ'을 표기한 것이 아니라 한국 방언의 'si'를 표기한 것이라고 생각한다. [역자주] 이 두 문헌이 간행된 시기가 모두 18세기 이후이기 때문에 당시에는 'ㅿ'이 이미 소실되었다고 보고 이런 판단을 한 듯하다.

54) [역자주] 중세 어형 'ᄀᆞᅀᆞᆯ'에 대응한다.

55) [역자주] 중세 어형 '겨ᅀᅳᆯ'에 대응한다.

56) '哈嫩'은 '하늘[ha-nal](天)'을 표기한 것이다. [역자주] '哈嫩格自'는 '하ᄂᆞᆯᄀᆞᅀᅵ'를 나타낸다고 볼 수 있다.

57) '把剌'는 '海', '江' 등의 고어 '바ᄅᆞᆯ(pa-rɐr)'를 표기한 것이다. [역자주] '把剌格自'는 '바ᄅᆞᆯᄀᆞᅀᅵ'를 나타낸다고 볼 수 있다.

58) [역자주] '自'가 나타내는 부분의 한글 표기에 'ㅿ'이 쓰였음을 나타낸다. 'ㅿ'을 일모자(日母字)가 아닌 '自'와 대응시켰다는 점이 눈에 띈다. '自'의 한국 한자음은 ≪東國正韻≫에서는 'ᄍᆞᆼ', 그 외의 문헌에서는 'ᄌᆞ'로 나타나 그 초성이 ㅈ-계열임을 알 수 있으며 중국 한자음으로는 그 초성이 'ʦ' 또는 'dz'로 역시 'ㅿ(z)'과는 차이가 있다.

없이 나타난다.

표준 어형	'[s]'가 없는 형태	'[s]'가 있는 형태
아우(弟)	아우[a-u], 아오[a-o]	아시[a-si]
가을(秋)	가:을[ka:-ŭl]	가:실[ka:-sil], 가:슬[ka:-sŭl]
겨울(冬)	겨:을[kjɔ:-ŭl]	겨:실[kjɔ:-sil], 저:실[ʧɔ:-sil] 등
가(邊)	가에[ka-e]	가세[ka-se]

또한 같은 책(≪華夷譯語≫)에서 '紫[ʧa]'에 대하여 '自'를 대응시키고 있는 것도 '自'가 단순히 모음만으로 이루어진 것이 아니었음을 말하는 듯하다.

(ㄴ) 예전에 한국어에서 'ㅿ'으로 표기된 단어가 만주어에서 '[j]'로 나타나는 것은 매우 주의를 기울여야 할 사실이다.[59] 다음에 그 예를 제시한다.

표준 어형	중세국어	만주어
구유(槽)	ku-żiu(구ᅀᅲ)	huju
마음(心)	mɐ-żɐm(ᄆᆞᅀᆞᆷ)	mujilen[60]
마음(志)	mɐ-żɐm(ᄆᆞᅀᆞᆷ)	mujin
냉이(薺)	na-żi(나ᅀᅵ)	nachiba

이상을 고찰할 때 'ㅿ'의 어원학적 가치는 대단히 크다고 할 수 있다.

59) [역자주] 앞서 小倉進平은 'ㅿ'의 음가가 'z'이며 'j'를 거쳐 소실되었다고 했는데 이러한 판단 근거에는 만주어에서 'ㅿ'이 'j'로 나타나는 사실도 있었을지 모른다.

60) ≪華夷譯語≫에서는 '心(ᄆᆞᅀᆞᆷ)'의 여진어를 '墨怎'이라고 표기하고 있다. [역자주] ≪華夷譯語≫에서는 '心'에 대응하는 당시의 한국어도 '墨怎'이라고 표기하였다. '墨怎'은 'ᄆᆞᅀᆞᆷ'을 가리킨다. '怎(즘)'은 '가ᅀᆞᆷ(가ᄉᆞ멸다 참고)'의 'ᅀᆞᆷ'을 나타내는 데에도 쓰였다.

'음운 각론'에 대한 해설

여기에 들어 있는 글들은 1944년에 간행된 ≪朝鮮語方言の研究≫ 하권의 앞부분에 실려 있다.[61] 정식 논문으로 발표했던 것이 아니고 ≪朝鮮語方言の研究≫를 출판하면서 따로 덧붙인 글들이다. 비록 독립된 논문은 아니지만 각각의 음운이 지역적으로 어떤 양상을 보이는지 살피면서 경우에 따라서는 변화에 대해서도 언급하고 있어 '음운 각론'이라는 제목을 새로 붙인 후 다섯 개의 주제를 묶었다. 여기에 묶은 다섯 주제 중 넷(ᄋᆞ, 외, 여, 요)'은 모음에 대한 것이고 다른 하나(ㅿ)는 자음에 대한 것이다. 참고한 방언 자료는 모두 ≪朝鮮語方言の研究≫의 상권에 수록되어 있다. 각 글의 중요 내용은 다음과 같다.

(1) 'ᄋᆞ'는 방언 분포형, 일본, 중국 문헌에 반영된 한국어 자료, 동아시아 여러 언어에 나타난 자료 등을 종합할 때 'o' 또는 '*o*'와 비슷한 음가를 지녔을 것으로 추측된다.

(2) '외(oi)'는 방언에 따라 'ø, ɛ, e, i, wɛ, we, wi'와 같이 다양한 형태로 반영되어 있다. 이 중 단모음 'ø'로 나타나는 형태 중에는 이전 시기에 'o-i'의 두 음절이었던 것들도 있다.

(3) '여(iɔ)'는 지역에 따라 'jɔ, e, i, ɛ'로 나타난다. '여'는 오래 전부터 한반도의 남쪽에서 '에'로 변화하였다.

(4) '요(io)'는 지역에 따라 'jo, ø, o, e, ɛ'로 나타난다.

(5) 이전 시기의 'ㅿ'은 방언에 따라 'ㅅ'으로 나타나는 형태와 'Ø(zero)'로 나타나는 형태가 나뉜다. 'ㅿ'은 원래 유성음 'z'의 음가를 가졌으며 이것이 어떤 방언에서는 무성음 's'로 바뀌고 어떤 방언에서는 반모음 'j'를 거쳐 탈락하기에 이르렀다.

---

61) 이 글들은 이미 1940년 'Tokyo Bunko(동경 문고)'에서 小倉進平이 펴 낸 ≪The Outline of the Korean Kialects≫에 실려 있다. ≪The Outline of the Korean Kialects≫을 확대・보완하여 낸 책이 ≪朝鮮語方言の研究≫이므로 여기서는 1944년에 간행된 글을 번역하였다. 그렇지만 여기 실린 글들이 처음 나온 것은 1940년이라고 보아야 할 것이다.

5부

그 밖의 주제들

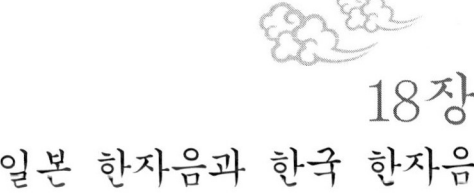

18장 일본 한자음과 한국 한자음

1. 漢音, 吳音, 唐音과 한국 한자음

일본 한자음에 漢音, 吳音 , 唐音 등이 각각 따로 있다는 것은 모두가 잘 알고 있는 사실이다. 그런데 한국 한자음에도 두 가지 이상의 다른 음이 있다는 사실에 매우 주의를 해야 하다. 여기서는 일본 한자음과 한국 한자음의 종류에 대해서 서술하고자 한다.

1.1. 일본에 漢字가 전래된 연대

일본 한자음을 논의하는 데 우선 漢字가 일본에 수입된 연대를 생각할 필요가 있다. 일반적인 설에 따르면 한자가 일본에 전래된 시기는 284년(應神天皇 15)[1] 백제의 왕자 阿直岐[2]가 일본에 오고 그 다음 해에 王仁[3]이

1) [역자주] 오우진(應神) 천황(201~310)은 15대 천황이다. 재위 기간은 270년 1월1일부터 310년 2월15일까지이다.

2) [역자주] 아직기(阿直岐)는 ≪日本書紀≫, ≪古事記≫에 따르면 백제에서 일본에 파견된 사신이다. 후에 일본으로 귀화했다고 한다.

3) [역자주] ≪古事記≫에는 다음과 같은 기록이 있다 : 백제에도 현인이 있다면 헌상하라는 응신천황의 명령을 받아 백제가 헌상한 사람의 이름은 와니키시(和邇吉師)라고 한다. ≪論語≫ 10권과 ≪千字文≫ 1권을 헌상하였다(百濟國若有賢人者貢上 故 受命以貢上人名 和邇吉師 即論語十卷 千字文一卷并十一卷付是人即貢進). 또 ≪日本書紀≫에 의하면 王仁은 백제왕의 사신

와서 ≪論語≫와 ≪千字文≫을 바쳤을 때라고 한다. 사카키바라 요시노(榊原芳野)[4]도 "나는 기원 전부터 應神天皇의 시대에 이르기까지 외국인이 온 적은 있었지만 문자가 전해진 것은 들어본 적이 없다. 神功皇后[5]가 신라를 토벌했을 때부터 한국과 왕래가 많았기 때문에 문자도 전해졌다."라고 했다. 한자의 전래는 과연 이 때에 시작한 것일까? 필자는 이것을 다시 연구할 필요가 있다고 생각한다.

우선 應神天皇 이전에 일본과 중국이 직접 교섭한 상태를 고찰해야 하는데 그 증거는 역사상 여기저기서 뚜렷하게 찾아볼 수 있다. 1784년(天明 4)에 筑前國[6] 那珂郡[7] 滋賀島[8]의 땅 속에서 '漢倭奴國王'이라고 새겨진 金印이 발견되었다. 이것은 ≪後漢書≫(卷 1) 光武帝 本紀에 "A.D. 57년 1월 신미일에 東夷의 왜노국왕이 사신을 보내 봉헌하였다(中元二年(垂仁帝 86)春正月辛未 東夷倭奴國王遣使奉献)"라고 되어 있고, 또 같은 책의 卷 15 '東夷傳'에 "A.D. 57년 후한의 광무제에게 倭의 奴國이 공물을 바치며 賀禮하였다. 사자는 스스로 대부라고 칭하며 왜국의 최남단이라고 하였다. 광무제는 인수를 주었다(建武中元二年 倭奴國奉貢朝賀使人自稱大夫倭國之極南界也 光武賜以印綬[9])"라는 기록이 있는 것과 함께 생각해야 하며, 이 金印이야말로 後漢의 光武帝가 筑前國 伊覩縣主인

아직기(阿直岐)의 추천을 받고 應神天皇의 초대를 받아 285년(應神天皇 16) 2월 백제에서 일본으로 건너간 후 귀화하였다고 한다.

4) [역자주] 사카키바라 요시노(榊原芳野)(1832~1881)는 에도(江戸) 출신의 국학자이다.

5) [역자주] 진구우(神功) 황후(170~269)는 14대 추아이(仲哀) 천황의 황후이며 15대 오우진(應神) 천황의 모친이다.

6) [역자주] 筑前國은 예전에 일본의 지방 행정상 구분되었던 나라 중 하나다. 그 지역은 현재의 후쿠오카(福岡) 서부이다.

7) [역자주] 那珂郡은 筑前國에 존재했던 군이다.

8) [역자주] 滋賀島는 현재 후쿠오카시의 동구에 속하는 섬이며 하카타만의 북부에 위치하고 있다. 고대 일본과 대륙, 반도와의 해상 교역에서 거점 역할을 했다.

9) [역자주] 인수(印綬)란 중국에서 신하에게 하사하는 인장이며 관직의 증표로 삼은 제도를 말한다. 인(印)은 인장, 수(綬)는 그것을 드리운 끈을 말한다.

아무개(某)에게 준 것이라 보고 있다. ≪後漢書≫의 '東夷傳'에는 "왜는 한국의 동남쪽 바다에 있고 산이 많은 섬을 거주지로 하며 대략 백여 개 나라로 나누어져 있다. 무제가 조선을 멸망시킨 이래 한에 사신을 보낸 나라는 30여 개이다. 이 나라들은 모두 왕을 칭하며 대대로 세습되었다. 大倭王은 邪馬臺國에 산다(倭在韓東南大海中依山島爲居百餘國皆稱王 自武帝滅朝鮮[10]使驛通於漢者三十許國 皆稱王世世傳統 其大倭王居邪馬臺)"라고 되어 있고,[11] 또 같은 책에는 安帝永初 4년(景行帝 40)[12] 倭人이 奉獻한다고 했고 ≪三國志≫에는 그 사신이 일본에 건너오면서 對馬를 경유해서 九州에 와 末盧, 伊都, 奴國, 不彌國, 投馬, 邪馬臺, 狗奴를 순행하였다고 하는 기사가 있어서 역시 중국과 일본의 왕래가 있었음을 상상하기 어렵지 않다.

따라서 漢字도 應神天皇 이전에 일본에 알려졌다고 생각해야만 할 것이다. ≪日本書紀通釋≫[13]에서 "그래서 조정에는 알리지 않았더라도 우리 황국에 한자가 전해온 것이 垂仁天皇[14]의 말기라고 추정해 보면 神功皇后의 征韓[15] 시기까지는 약 150년 정도 간격이 있다. 그 시간이 지나는 동안 개인적으로 중국과 교류가 있었을 것이고 중국에서 쓰는 문자를 배우고 통하여 어쩌면 자신을 위해서도 사용하며 중국의 서적도 분명치 않지만 읽을 수 있는 사람들도 있을 것이다"라고 말한 것은 매우 당연하다고 생각한다.

다음으로 한국과의 관계는 어땠을까? 오래 전에 수사노오 노미코토(素盞

10) [역자주] 여기서 말하는 조선(朝鮮)은 衛氏 朝鮮(衛滿 朝鮮)을 말한다. BC 108년 무제에 의해 멸망되었다.
11) 이는 서기 1, 2세기경일 것이다.
12) [역자주] 서기 110년에 해당한다.
13) [역자주] 이이다 다케사토(飯田武鄕, 1828~1900)라는 국학자가 48년에 걸쳐 집필한 ≪日本書紀≫의 주석서 70권이다.
14) [역자주] 수이닌(垂仁) 천황(B.C. 69~A.D. 70)은 ≪古事記≫, ≪日本書紀≫에 기록된 11대 천황으로 재위 기간은 B.C. 29년부터 A.D. 70년까지이다.
15) [역자주] ≪日本書紀≫에서 神功皇后가 4세기 신라를 정벌했다고 한 기록을 말한다.

鳴尊)[16]가 한일 양국을 왕래하고 있었던 것은 새삼스럽게 말할 필요가 없다. 그 후 기원전 20년(垂仁天皇 10), 즉 신라 시조 38년에 왜나라 사람 고코우(瓠公)[17]가 조롱박을 허리에 매고 한국에 건너갔다는 기사도 보이고 있기 때문에 그 외의 교류 또한 있었다는 것을 추측하기 어렵지 않다. 반 노부토모(伴信友)[18]의 ≪讀史竊述≫에서는 "孝靈天皇[19] 시절 신라의 왕자인 天日槍[20]이 일본에 와서 처자를 얻고 귀화했는데 당시 한국에는 이미 한자가 수입되었던 것이 분명하기 때문에 그도 물론 문자를 알고 있었을 것이다. 그렇다면 일본에 한자가 도래한 것도 꽤 오래된 일일 것이다."라고 논의하고 있다. 다만 여기에 대해 쿠로카와 마요리(黑川眞頼)[21]는 "天日槍의 귀화는 사실이라고 하지만 그 시대는 멀리 神代의 시기였다. 중국으로 치면 周나라보다 훨씬 이전인 것이다. 그렇기 때문에 天日槍은 한국인이지만 한자를 전한 사람이 아니다. 한국에 한자가 사용된 흔적을 보면 新羅의 왕인 昔脫解[22]의 시기이다. 그리고 B.C. 87년(崇神 11) 이후 한국인 중 일본으로 귀화한 사람이 아주 많은 것을 보면 일본에 한자가 전래된 것은 崇神 시대[23]부터인 듯하다."라고 하여 연대에 있어 조금 다른 견해를 말하고 있다.

---

16) [역자주] 수사노오 노미코토(素盞嗚尊)는 일본 신화에 등장하는 신이다. ≪日本書紀≫에서는 素盞嗚尊, 素戔嗚尊, ≪古事記≫에서는 建速須佐之男命, 須佐乃袁尊, ≪出雲國風土記≫에서는 神須佐能袁命, 須佐能乎命 등으로 표기되어 있다.

17) [역자주] 고코우(瓠公)는 신라가 건국할 때 중요한 역할을 했던 인물이다. 원래 일본인이었다가 신라에 귀화했으며 조롱박을 허리에 매고 바다를 건너온 데서 그 이름이 유래했다고 ≪三國史記≫에 나와 있다.

18) [역자주] 반 노부토모(伴信友)(1773~1846)는 에도 시대의 국학자이다.

19) [역자주] 고우레이(孝霊) 천황(B.C. 342~B.C. 215)은 ≪古事記≫, ≪日本書紀≫에 기록된 7대 천황으로 재위 기간은 B.C. 290년부터 B.C. 215년까지이다.

20) [역자주] 아메노히보코(天之日矛, 天日槍)는 ≪古事記≫, ≪日本書紀≫의 일본 신화에 등장하는 신으로 원래 신라의 왕자였다.

21) [역자주] 구로카와 마요리(黑川眞頼, 1829~1906)는 에도 시대와 메이지 시대의 국학자이다.

22) [역자주] 석탈해 왕은 신라의 4대 왕이며 재위 기간이 57년~80년이다.

23) [역자주] B.C. 97년부터 B.C. 68년까지를 이른다.

또 아라이 하쿠가(新井白蛾)는 아라이 하쿠세키(新井白石)[24]의 학설을 보충하여 "그렇다면 문자는 應神天皇 이전부터 건너와서 應神天皇 시대부터 번성하게 되었다고 해야 할 것이다"라고 논의하고 있다.

이상과 같이 한자 전래의 시대에 대해서는 여러 설이 분분하여 의견이 모아지는 지점을 알기 어려운 듯하다. 그렇지만 어떤 이가 말했듯이 한자가 전래된 시기를 經典 전래의 시기로 보아야 하는 이유에 대해서는 의문을 가지게 된다. 漢學의 전래와 漢字 전래의 연대가 반드시 합치될 필요는 없다. 한학이 전래되면서 일본인이 곧바로 이를 학습할 정도의 준비와 문화를 가지고 있었다면 正史上으로는 실리지 않았더라도 漢字는 일부의 사람들 혹은 넓은 범위까지 이미 쓰이고 있었음을 인정해야 한다고 본다.

1.2. 漢吳音

그렇다면 당시 전래된 한자음은 소위 吳音이었을까, 漢音이었을까? 이것도 오래 전부터 여러 학설이 있었던 문제로 서둘러 단언할 수 없으며 지금은 다만 여러 학자들의 학설을 참조하여 대략 그것들이 귀착하는 부분을 서술하는 데에 그치고자 한다.

종래의 학설에서는 漢音을 중국 북방의 음, 吳音을 중국 남방 즉 江左의 음이라고 했는데 오늘날의 연구 결과에서 보면 이러한 구별은 결코 인정할 수 없다. ≪たはれ草≫(雨森芳洲)[25] 등에는 "어떤 사람이 '吳音, 漢音'이라고 하는 것을 묻기에 吳音은 韓國의 한자음, 漢音은 중국의 한자음이며 그것이 해가 지나 어느 새 이 나라(일본)의 소리가 되었다고 대답을 했다"라고 되어 있다. 그러므로 여기서는 '吳音'과 '漢音'의 구별이나 발생지는 다루지 않고 다만 漢音, 吳音이라는 두 음의 전래 시기 전후에 대하여 고찰하고자 한다.

---

24) [역자주] 에도 시대 중기의 무사, 정치가, 학자이다.

25) [역자주] 아메노모리 호슈(雨森芳洲, 1668~1755)가 지은 수필로 다른 문화에 대한 뛰어난 식견을 발견할 수 있다.

한자 전래의 기원이 오래 되었다는 것은 이미 앞에서 말한 바와 같다. 그러나 문헌을 읽기 위해서 일본인이 정식으로 한자음을 배우기 시작한 것은 正史가 전해 주듯이 阿直岐와 王仁이 일본으로 건너온 때부터일 것이다. 그렇다면 당시 사용한 음은 漢音과 吳音 중 어느 것이었을까? 應神天皇 이후 513년(繼體天皇[26] 7)에는 백제로부터 오경박사(五經博士) 段揚爾가 오고 516년에는 오경박사 高安茂가 段揚爾를 대신해서 일본에 왔다고 전해지고 있지만 그 음이 과연 漢音, 吳音과 같은 중국 고유의 음이었는지 혹은 한국화된 한자음이었는지를 알 수 있는 근거는 조금도 없다. 아라이 하쿠세키(新井白石)는 당시의 한자음이 漢音이라고 하여 "단 문헌에 비추어 볼 때 漢音이 전해진 것은 왕인이 왔을 때부터이고 吳音이 전해진 것은 佛像經論이 왔을 때부터라고 볼 수 있을 것이다(只文献ノ徵トスルニ足レルヲ取テ、漢音ノ傳ハレルコトハ王仁ガ來リシ日ニ始マリ、吳音ノ傳ハレルハ佛像經論ノ來リシ日ニ始マレリトスルニハ如クベカラズ)"라고 논의하고 있다.

이 문제에 관한 여러 학자들의 학설을 더듬어 가 보면 모토오리 노리나가(本居宣長)[27]는 "漢音이 欽明天皇[28] 시대에 전래되었을 것"이라고 했고, ≪和訓栞≫(谷川士清)[29]과 ≪衝口發≫(藤井貞幹)[30] 등에서는 "推古天皇[31] 시대의 遣唐使[32] 이후에 漢音이 전래되었다"고 했으며, ≪三音正

26) [역자주] 게이타이(繼體) 천황(450~531)은 26대 천황이며 재위 기간은 507년부터 531년까지이다.

27) [역자주] 모토오리 노리나가(本居宣長)(1730~1801)는 에도 시대에 활동한 국학자, 문헌학자, 의사이다.

28) [역자주] 긴메이(欽明) 천황(509~571)은 29대 천황이며 재위 기간은 539년부터 571년까지이다.

29) [역자주] 다니가와 고토스가(谷川士清, 1709~1776)는 에도 시대의 국학자, 문헌학자이다. ≪和訓栞≫은 오십음의 순서로 배열된 일본 최초의 국어사전이다.

30) [역자주] 후지이 사다모토(藤井貞幹, 1732~1797)는 에도 시대의 유명한 학자이며 도우 데이칸(藤貞幹) 또는 후지와라 사다모토((藤原貞幹)로도 불린다. ≪衝口發≫은 1781년에 편찬된 고고학 연구서이며 일본 황실의 전통을 부정하고 일본 문화의 상당수가 한국으로부터 전래된 것이라는 주장을 담고 있다.

譌≫(僧文雄)[33]에서는 "元明天皇[34]의 시대에 이르기까지는 오직 吳音만 있었고 延暦[35] 이전에는 漢音이 없었다"고 했다. 그 외에 여러 학자들의 학설은 연대의 선후에 차이가 있어도 어쨌든 吳音은 漢音보다 일찍 일본에 전래되었음을 인정한다는 점에서 일치하고 있다.

이상의 여러 학설을 통해 吳音과 漢音의 전래 시기가 언제인지 대략 알 수 있는데 이렇게 해서 어느 사이에 일본에는 吳音과 漢音이 대립을 보이기에 이르렀던 듯하며 延暦 무렵에는 이미 그 흔적을 역사적으로 발견할 수 있다. 즉 "798년(延暦 17) 格太政官이 말씀하시기를 여러 책을 읽을 때 漢音을 가지고 읽고 吳音은 사용하지 않는다(延暦17年格太政官宣日 諸讀書出身等令讀漢音 勿用吳音)"라고 했고, "798년(延暦 17) 조칙(詔勅)에서는 五經을 읽을 때 漢音을 사용하고 명경의 학도들은 이를 따라서 十三經을 읽으며 詩文雜書와 같은 것은 吳音과 漢音을 섞어 쓰고 佛書와 같이 오래된 책은 吳音으로 읽는다(延暦17年詔用漢音讀五經 明經之徒從之讀十三經也 如詩文雜書吳漢雜用 佛書仍舊以吳音讀焉)"라고 했으며, 804년(延暦 23) 정월 조칙(詔勅)에서 "諸論을 읽는다고 해도 경을 읽지 않는다는 것은 이루지 못한다는 뜻이고 그 넓은 經論에 이른 뜻을 배우려는 자는 漢音만 해서는 안 되고 이것은 이후에도 항상 그렇다(雖讀諸論若不讀經者亦不得度 其廣涉經論習義特高者勿限漢音自今以後永爲恒例)" 등이라고 한 것을 보면 그 당시에 漢音과 吳音이 세상에 함께 사용되

31) [역자주] 수이코(推古) 천황(554~628)은 33대 천황이며 첫번째 女帝이다. 재위 기간은 593년부터 628년까지이다.

32) [역자주] '遣唐使'는 일본이 당(唐)에 파견한 조공사(朝貢使)를 말한다. 수(隋)나라에 파견한 조공사는 遣隋使라고 한다.

33) [역자주] ≪三音正譌≫은 吳音, 漢音, 華音 세 음의 '잘못(譌)'를 바로잡은 책이다. 분유(文雄)는 중국 음운학에 있어 에도 시대 최고의 연구자였다.

34) [역자주] 겐메이(元明) 천황(661~721)은 나라 시대 초대 천황이며 재위 기간은 707년부터 715년까지이다.

35) [역자주] 엔랴크(延暦)는 일본 원호의 하나로 782년부터 805년까지의 기간을 가리킨다. 이 시대의 천황은 간무(桓武) 천황이다.

고 있었음을 알 수 있다.[36]

그 외에 ≪古事記≫는 대체로 吳音을 사용하고 있으나 때때로 다른 용법이 나오고 ≪日本書紀≫, ≪萬葉集≫ 등은 그 용법이 조금도 일정치 않고 漢音과 吳音이 섞여서 쓰인다. 또한 ≪和名抄≫, ≪新撰字鏡≫ 등에서도 분명하게 구별되었다고 할 수는 없다. 이것으로부터 보아도 당시에 漢音과 吳音이 함께 사용되고 있었음을 충분히 알 수 있다.

어떤 학자는 일본의 고서 중에 漢音도 아니고 吳音도 아닌 다른 음이 사용되고 있었음을 지적하고 이것을 고음(古音) 또는 고려음(高麗音)이라고 부르기도 하였다. 아라이 하쿠세키(新井白石)의 ≪同文通考≫, 다니가와 고토스가(谷川士清)의 ≪倭訓栞≫, 모토오리 노리나가(本居宣長)의 ≪漢字三音考≫, 세키 마사미치(關政方)의 ≪聲調篇≫, 구로카와 마요리(黒川春村)의 ≪音韻考証≫ 등에서는 모두 이것을 인정하고 있다. 어떤 사람은 이를 가지고 漢魏 시대의 북방 고음(古音)이 전해진 것이라고 하였다.

더불어 말하면 延曆 무렵에 사용된 漢音이라는 단어는 어디엔가 불명한 점이 있는 듯하다.[37] 즉 792(延曆 11)년 조칙에 "明經을 배우는 학도는 吳音을 배우면 안 된다. 발성, 송독은 이미 와류(訛謬)가 있다. 漢音을 익히도록 하라(明經之徒不習正音 發聲誦讀旣致訛謬熟習漢音)"라고 되어 있고 793년(延曆 12)의 제도(制度)에 "금후 年分度者[38]는 漢音을 배우지 않으면 得度를 시킬 수 없다(自今以後年分度者非習漢音勿令得度)"라고 했고 817년(弘仁 8)의 조칙에 "삼십 이하의 학도에게 들려줬다. 관직에 있는 사람 4명, 무위무관(無位無官)인 사람 6명을 골라 대학료(大學寮)에서 漢

36) [역자주] 이 기록들이 어떤 문헌에 나오는지는 제시하지 않았다.

37) [역자주] 漢音이 두 가지의 서로 다른 용법으로 사용되고 있었음을 지적한 것이다. 漢音은 중국 한나라(漢國)의 한자음을 뜻할 수도 있고 일본 내에서 쓰이는 吳音과 대립되는 개념일 수도 있다.

38) [역자주] '연분도자(年分度者)'는 중국이나 일본처럼 승려의 출가득도(出家得道)가 국가의 통제를 받은 사회에서 매년 득도자의 정원이 규정되어 있던 제도를 가리킨다.

語를 배우게 하도록 말씀하셨다(宣擇三十以下聽令之徒入色四人白丁六人於大學寮使習漢語)”라는 기록이 있다.

또한 ≪續日本紀≫의 843년(承和 10) 朝野朝臣鹿取[39] 薨去의 조항에 “대학에서 역사와 한문에 걸쳐 배울 때 함께 漢音을 알게 된다. 音生의 시험이 시작됐다(少遊大學頗涉史漢 兼知漢音 始試音生[40])”라고 했고 같은 책의 845년(承和 12) 조항에 善道朝臣眞貞[41]의 죽음을 기록하면서 “단 옛부터 내려오던 漢音을 배우지 않으면 漢字의 四聲도 구분할 수 없다. 가르침에 있어 모두 세속의 잘못된 음을 사용하고 있다(但舊來不學漢音, 不辨字之四聲, 至於教授總用世俗蹐訛之音耳)”라고 했으며 같은 책 850년(嘉祥 3) 기록에 仁明[42]이 총명하시다고 말한 후에 “經史를 가장 즐기고 강의하고 설명할 때 피곤하지 않기 위해서 漢音을 잘 배운다. 그러면 그 청탁도 알 수 있다(最耽經史 講說不倦 能練漢音辨其淸濁)”라는 기록이 있다.

모토오리 노리나가(本居宣長)는 漢音, 漢語라는 단어를 사용하면서 “모두 그 당시 한나라(漢國)의 음이므로 우리 나라(일본)에서 정한 漢音이 아니다. 당시 이미 여기(일본)서 정한 한자음이 있기 때문에 이것과 對比하여 한나라(漢國)의 음을 漢音이라고 불렀다”고 말하고 있다. 天武[43] 시대에

39) [역자주] ‘朝野朝臣鹿取’의 ‘아소미(朝臣)’는 정치적, 사회적 지위를 가리키기 위해 세습한 칭호의 하나이며 위에서 두 번째에 해당한다. 황족 이외의 신하 중에는 가장 높은 위치이다. 따라서 ‘朝野朝臣鹿取’는 朝臣의 칭호를 얻은 아사노노 가토리(朝野鹿取, 774~843)를 가리킨다.

40) [역자주] 당시에는 음도(音道)라는 것이 있었는데 이는 일본 율령제의 대학료에서 유교 경전을 그대로 음독하기 위해 필요한 漢音의 발음을 배우는 학과를 가리켰다. 여기서 음도를 배우는 자를 음생(音生)이라고 했다.

41) [역자주] ‘善道朝臣眞貞’은 朝臣의 칭호를 가진 젠도 마사다(善道眞貞)라는 사람을 뜻한다.

42) [역자주] ‘仁明’은 닌묘(仁明) 천황(810~850)을 가리킨다. 54대 천황이며 재위 기간은 833年부터 850년까지이다.

43) [역자주] 덴무(天武) 천황(631~686)은 ≪皇統譜≫에 의하면 40대 천황이며 재위 기간은 673년부터 686년까지이다.

대학에 음박사(音博士)[44]를 둔 이래 持統[45] 시대에는 당의 음박사인 薩弘格, 續守言이 왔고 또한 神護景雲[46] 연간에 당의 음박사 袁晋卿 등이 일본에 온 기사가 보이며 大學式에 "대부분 年分度者 시험을 볼 때 음박사 두 명을 보내고 승강소(僧綱所)에 가서 漢音으로 시험을 보게 하였다(凡試年分度者遣音博士二人就僧綱所試漢音)" 등이 있는 것에서 생각해 보면 당시 조정에서는 漢나라 사람을 스승으로 삼은 흔적이 보이며 위에 있는 문장 속에도 '試音生'이라든지 '辨淸濁'이라든지 '不辨字之四聲'이라 하는 것을 보면 여기서 말하는 漢音이라는 것은 모토오리 노리나가(本居宣長)가 말하듯이 한나라(漢國)의 음을 의미하는 것으로 보인다. 그러나 같은 延暦의 조칙 중에 "여러 종류의 서적을 읽을 때 漢音으로 읽어야 할 것이며 吳音은 사용하지 말라(諸讀書出身等令讀漢音 勿用吳音)"고 했을 때의 漢音은 어떻게 생각해도 吳音에 대립시킨 것으로밖에 해석할 수 없다.

이상을 요약하면 당시 사용한 漢音이라는 단어는 두 가지 의미로 사용되었다고 보아야 할 것이다. 만약 모토오리 노리나가(本居宣長)의 학설을 인정하여 당시 漢音이라는 단어가 한나라(漢國)의 음을 뜻한다고 한다면 그가 말한 소위 漢나라의 음이라는 것이 과연 우리가 말하는 한오음(漢吳音)을 가리키는 것일까? ≪三音考≫ 중에 "그 漢音이라고 하는 것은 진정한 漢나라의 음으로 일본의 漢音이 아니다. 이미 漢나라의 진정한 음을 배우게 한다는 것은 반드시 그 나라의 漢音이어야 되고 吳音이어서는 안 된다"라고 한 것을 보면 소위 延暦 시대의 모범적인 한자음이라는 것은 당시 한나라(漢國)의 한자음인 漢音(吳音과 대립하는 말로서의)을 의미하는 것으로

---

44) [역자주] 音博士는 일본의 율령제(律令制)에서 두었던 박사의 하나이며 대학료(大学寮)에 소속되었고 명경도(明經道)의 학생들에게 경서를 漢音으로 음독하는 것을 가르쳤다.

45) [역자주] 지토(持統) 천황(645~703)은 41대 천황이며 재위기간은 690년부터 697년까지이다.

46) [역자주] 진고케이운(神護景雲)은 일본 원호(元號)의 하나로 767년부터 769년까지의 기간을 가리킨다.

보인다.

또 ≪悉曇三密抄≫에 "처음으로 金禮信이 대마도에 왔을 때 吳音을 전하였다. 나라 전체에서 이것을 배웠고 이 때문에 이름을 大馬音이라고 하였다. 다음으로 表信公이 하카타(후쿠오카 현)에 왔을 때 漢音을 전하였는데 이는 唐音이라고 한다"라는 기록이 있고[47] ≪對馬貢銀記≫에는 "欽明天皇 시대 불법(佛法)이 처음으로 건너왔는데 이 섬에 비구니 한 명이 있어서 吳音으로 이를 전하였다(欽明天皇[48]之代 佛法始渡吾土 此島有一比丘尼以吳音傳之)"라고 되어 있고 ≪政事要略≫에는 "大織冠 가마타리(鎌足)[49]가 집정할 때 백제의 禪尼法明이 대마도에 와서 吳音으로 維摩經을 읽었고 吳音으로 大馬讀을 말했다. 이것이 吳音의 기원이다(大織冠鎌足執政時 百濟禪尼法明來于對馬島吳音誦維摩經 因吳音曰對馬讀 乃吳音之起源也)"라고 기록하고 있지만 이것을 곧 漢音과 吳音의 기원이라고 부를 수 없음은 ≪三音正譌≫이나 ≪漢字三音考≫ 등에도 서술되어 있다.

1.3. 唐音과 宋音

唐音이라고 하는 것은 과연 무엇일까? 미나모토노 히로카타(源弘賢)의 ≪漢音考≫[50] 중에 "[질문] 지금의 唐音은 언제부터 전해온 것일까? [답변] 1306년(德治 1) 虎關[51] 禪師의 ≪三重韻≫에서 모두 唐音을 표시하고 있다. 이 무렵에 지금의 唐音이 사용되기 시작했을 것이다. 또한 [질

47) ≪悉曇藏≫에도 이렇게 보인다.
48) [역자주] 긴메이(欽明) 천황(509~571)은 29대의 천황이며 재위 기간은 539년부터 571년까지이다.
49) [역자주] 후지와라노 가마타리(藤原鎌足, 614~669)는 아스카(飛鳥) 시대의 정치인으로 후지와라(藤原)의 시조이다.
50) [역자주] 한음의 연혁, 변화 등에 대해서 질문과 답변 형식으로 쓴 책이며 1791년에 완성되었다고 한다.
51) [역자주] 본명은 고칸 시렌(虎關師錬, 1278~1346)이며 임제종의 승려이다.

문] '行在所(アンザイシヨ[anzaishiyo]), 行燈(アンドン[andon]), 花瓶(クワビン[kuwabin]), 茶瓶(チヤビン[chiyabin]), 草瓶(サウビン[saubin]), 天秤(テンビン[tenbin])' 등의 단어가 사용되는 것은 어째서인가. [답변] 이는 京都 將軍의 시대[52]에 五山僧이 자주 營中에 들어가 이 唐音을 전한 듯한데 柳營[53]께서 아끼시는 스님들이었기에 唐音도 자연스럽게 세간에 알려져 지금 세상에까지 전해진 것으로 보인다."라고 한 것을 통해 그 전반을 알 수 있다. 즉 唐音이란 禪宗의 전래[54]와 함께 일본에 들어간 당시의 한자음을 가리키는 것이다. 그 시기에 일본과 송의 교류는 매우 성황을 이루었으며 이전에 奝然,[55] 寂照[56] 등의 스님이 중국에 건너간 것을 시작으로 覺阿,[57] 榮西[58] 등이 가마쿠라(鎌倉)[59] 시대 초기에 일본으로 되돌아갔다는 사실도 있으니 그들이 모두 唐音을 일본에 전한 것으로 생각된다.

1307년(德治 2)에 출판된 虎關 禪師의 ≪聚分韻略≫에는 唐音으로 후리가나(振假名)[60]를 표시하고 있고 그 후의 책에도 이와 같은 것이 꽤 많이 있는 것으로 보인다. 무로마치(室町)[61] 시대가 되면 소위 五山 文學[62]이라고 하는 일종의 특별한 멋을 지닌 문학이 승려들 사이에서 유행했으며

52) [역자주] 1336년부터 1392년까지를 말한다.
53) [역자주] 장군을 가리킨다.
54) [역자주] 일반적으로 그 시기가 12, 13세기라고 한다.
55) [역자주] 쵸넨(奝然)(938~1016)은 헤이안(平安) 시대 중기 東大寺의 승려이다.
56) [역자주] 자쿠쇼(寂照)(962~1034)는 헤이안 시대 중기 천태종의 승려이자 문인이다.
57) [역자주] 가쿠아(覺阿)(1143~?)는 헤이안 시대 후기에서 가마쿠라 시대 초기에 걸친 천태종의 승려이다.
58) [역자주] 에이사이(榮西)(1141~1215)은 일본 임제종의 원조이다.
59) [역자주] 가마쿠라(鎌倉) 시대는 1185년경부터 1333년에 이르는 시기를 말한다.
60) [역자주] 한자 옆에 讀音을 가나로 단 것을 이른다.
61) [역자주] 무로마치(室町) 시대는 1336년부터 1573년에 이르는 시기를 말한다.
62) [역자주] 五山 文學은 가마쿠라 시대 말기에서 무로마치 시대에 걸쳐서 선종 사원에서 행하여진 한문학을 가리킨다. 이것은 五山 文化의 핵심이었다.

조정 내외에서 승려는 은근히 큰 세력을 가지고 있었다. 따라서 그들이 사용하는 언어는 민간에게도 도도히 흘러들어가 唐音은 일상어로서도 사용되었던 것이다. 五山 僧徒가 강술한 抄物類 및 설교서 등에서는 그 모습을 현저하게 볼 수 있다. 예컨대 ≪沙石集≫에서는 '法施(ホツセ[hotsuse]), 外用(ゲイウ[geiu]), 大悲(ダイヒ[daihi]), 利益(リヤク[riyaku]), 濁世(ジヨクセ[jiyokuse]), 勇猛(ユミヨウ[yumiyou]), 酒肉(シユジク[shiyujiku]), 影像(ヤウザウ[yauzau])'과 같은 단어를, ≪碧巖錄抄≫에서는 '請益(シンエキ[sineki]), 胡論(ウロン[uron]), 兄弟(ヒンレイ[hinrei]), 詐明頭(サミンチウ[saminchiu]), 蒸餅(シンビン[shinbin])'과 같은 종류를, 또한 ≪壒嚢抄≫ 등에서는 오늘날도 아직 가끔씩 사용하는 '請暇(シンカ[shinka]), 行脚(アンギヤ[angiya]), 鈴(リン[rin]), 法眷(ハフケン[hafuken]), 諷經(フキン[fukin]), 看經(カンキン[kankin]), 挑灯(チヤウチン[chiyauchin]), 行在(アンザイ[anzai])' 등과 같은 단어를 찾을 수 있고, ≪節用集≫ 등에서도 지금 말한 것 이외에 '下火(アコ[ako]), 杏子(アンズ[anzu]), 衣鉢侍者(イフジシヤ[ifujishiya]), 饂飩(ウンドン[undon]), 紅糟(ウンサウ[unsau]), 胡散(ウサン[usan]), 羹(カン[kan]), 磬(キン[kin]), 火鈴(コリン[korin]), 塔頭(タツチウ[tatsuchiu]), 楪子(チヤツ[chiyatsu]), 暖簾(ノレン[noren])' 등과 같은 단어를 발견할 수 있는 것이다.

어쨌든 가마쿠라(鎌倉) 시대 이후 唐音이 전래한 것은 분명한 사실이며 唐音을 알 수 있는 노래도 많이 만들어진 것 같다. 가령 다음과 같은 노래가 있다.[63]

一은 五에, 四는 二에, 五는 三에 통하고[64](一は五に四は二に通ひ五は

63) [역자주] 아래 노래에 대한 설명은 바로 이어진다. 다만 참고 삼아 큰 줄기만 말한다면 '一, 二, 三, 四, 五'와 같은 숫자는 일본어의 단모음을 나타내는 것으로 '一'은 'a', '二'는 'i', '三'은 'u', '四'는 'e', '五'는 'o' 계열의 모음을 표시한다.

64) [역자주] '통한다'는 것은 변화한다는 의미이다.

三に)
二三은 원래대로 하네(二三の時は本坐がへしぞ)
長音은 撥音[65]으로, 撥音은 撥音으로, 입성의(引くははね、はねるはは ぬる、入聲の)
말음은 없애라. 3음절은 중간 음절을 생략한다(あしをきりすて三字中畧)

'一은 五에'라고 한 것은 'ア[a][1] イ[i] ウ[u] エ[e] オ[o][5]' 중 'アン[aN]'[66]이 'オン[oN]'으로 바뀐 것을 말한다.[67] '四는 二에 통하고'는 'カ[ka] キ[ki][2] ク[ku] ケ[ke][4] コ[ko]' 중 'ケン[keN]'이 'キン[kiN]'으로 변한 것을 의미한다. '五는 三으로'는 'サ[sa] シ[shi] ス[su][3] セ[se] ソ[so][5]' 중 'ソン[soN]'이 'スン[suN]'으로 바뀐 것을 가리킨다. '二三은 원래대로'란 'タ[ta] チ[chi][2] ツ[tsu][3] テ[te] ト[to]'의 'チン[chiN]'과 'ツン[tsuN]'이 그대로 'チン[chiN]'과 'ツン[tsuN]'으로 발음되는 것을 뜻한다. '長音은 撥音'이라는 구절은 'トウ[tou](東)'가 'ツン[tsuN]'으로 발음되는 것을,[68] '撥音은 撥音' 구절은 'チン[chiN](珍)'이 'チン[chiN]'으로 발음되는 것을,[69] '입성의 말음을 없애라'라는 구절은 'カク[kaku](格)'를 'コ[ko]'로 발음하고 'タツ[tatsu](達)'를 'ト[to]'로 발음하는 것을 의미한다. '3음절은 중간 음절을 생략한다'는 것은 'ギヨク[giyoku](玉)'을 'ギク[giku]'로, 'リヤク[riyaku](畧)'을 'リク[riku]'로 발음하는 것을 말한다.[70]

65) [역자주] '撥音'이란 일본어의 종성에 쓰이는 비음을 나타내는 용어이다.
66) [역자주] 'ン'는 종성으로 쓰인 비음을 나타내지만 그 조음 위치가 후행음에 따라 달라지므로 독립되어 쓰일 때는 발음 기호 'N'으로 표시한다. 'N'은 비음이지만 조음 위치가 정해져 있지 않은 것으로 유럽 구조주의 음운론에서의 원음소(archi-phoneme)과 비슷한 성격을 지닌다.
67) [역자주] 'an'이 'on'으로 바뀐 것은 一인 'a'가 五인 'o'로 변한 것이므로 '一은 五'라고 읊은 것이다. 이후에 나오는 숫자 관련 표현도 모두 마찬가지이다.
68) [역자주] '[tou]'는 장음을 가지고 있는데 비음을 종성으로 가지는 변화가 일어나 '[tsun]'이 되었다.
69) [역자주] 비음 종성은 변화가 없음을 의미한다.

≪倭訓栞≫에서도 이것을 설명하며 "南無阿彌陀佛은 唐音으로 'の[no]む[mu]を[wo]み[mi]と[to]ふ[fu]'라고 했다. 여기서 'の[no], を[wo], と[to]'의 세 음은 노래에서 '一은 五에'라고 표현한 것으로 'な[na] に[ni] ぬ[nu] ね[ne] の[no]', 'あ[a] い[i] う[u] え[e] お[o]', 'た[ta] ち[chi] つ[tsu] て[te] と[to]'의 一音(a)이 변하여 五音(o)이 되었다. 'む[mu], み[mi], ふ[fu]'의 세 음은 '二三은 원래대로'라는 구절에 따라 읽을 수 있는 것이고 '佛'을 'ふ[fu]'이라고 하는 것은 '입성의 말음을 없애라(入聲の足を切りすてよ)'에 해당한다.[71] '四는 二에 통하고'는 '明'을 'みん[min]'이라고 하는 것이다.[72] '五는 三으로'라는 것은 '村'을 'す[su]'라고 하는 것과 같다.[73] '長音은 撥音으로'는 '東'을 'つん[tsun]'이라고 읽는 것이고 '撥音은 撥音으로'는 '珍'을 'ちん[chin]'이라고 읽는 것이며 '3음절은 중간 음절을 생략한다'는 '玉'을 'きく[kiku]'라고 하는 종류이다"라고 했다.

그러나 ≪三音正譌≫에서는 華音[74]의 미묘함을 이 노래가 제대로 나타내지 못한 부분을 지적하면서 "華音이 있다는 사실이 잘 알려지지 않은 이유가 무엇이냐고 물으면 웃지 않을 수 없다. 원래 華音의 미묘함은 입으로 전달할 수 없기 때문에 이를 전할 수 없었던 것이다(弗知有華音之在者之所爲　不耐抱腹者乎　夫華音之微密妙自非口授莫由傳之)"라고 논하고 있다. 필자 역시 이 노래는 분명 계몽을 위해 알기 쉬운 수단으로써 세상 사람들에게 제시한 것에 불과하다고 생각한다.

唐音 이외에 宋音이란 명칭을 사용하는 사람도 있다. 宋音을 唐音과 같다고 보기도 하고 전혀 다르다고 보기도 한다. ≪三音正譌≫ 중 어떤 학

70) [역자주] 'ギヨク[giyoku](玉)'와 'リヤク[riyaku](畧)'에서 각각 중간 음절인 'yo'와 'ya'가 생략되어 'ギク[giku]'와 'リク[riku]'가 되었다.
71) [역자주] '佛'은 입성에 해당하므로 그 말음을 없애면 'fu'와 같은 개음절이 된다.
72) [역자주] 아마도 '明'의 원래 음은 '[men]'이었던 듯하다.
73) [역자주] 아마도 '村'은 원래 음이 '[so]'였던 듯하다.
74) 그는 唐音을 가리켜 이렇게 말했다.

설을 배척하는 항목에서 "우리 나라(일본)의 中古[75]에 전해온 것에 唐音, 宋音이 있는데 그 구체적인 것은 아직 잘 알지 못한다. 우리 선배인 冏公은 말씀하길 白色을 '波幾世幾(hakiseki)'라고 읽는 것은 唐音이고 '波世(hase)'라고 읽는 것은 宋音이다. 단언컨대 예전에 전해진 잘못된 음은 대개 이것이 아닐까 하며 지금 소위 五山 唐音과 같은 부류이다(本邦中古相傳者有唐音宋音未知其備矣 我先輩冏公曰 白色讀爲波幾世幾者唐音也 讀爲波世者宋音 斷曰舊來展轉譌謬者蓋非是 今世所謂五山唐音之類也)"라고 하여 唐音과 宋音의 구별이 존재하지 않은 것을 논하고 있다. 필자가 생각하기에 둘의 구별은 실제로 존재한 것이 아니고 단지 같은 음에 당나라와 송나라의 이름을 취하여 이를 唐音이라고 하고 宋音이라고 한 것이 아니었을까 한다. 분유(文雄)의 ≪磨光韻鏡≫에서는 唐音 특히 抗州音이 明나라 사람에 의해 멸시되었는데도 불구하고 唐宋 때 왕의 명에 의해 간행된 운서(韻書)의 규칙에 맞는 점이 있다고 해서 唐音을 華音이라고 부르고 있다.

분유(文雄)의 학설 외에 도쿠가와(德川)[76] 시대의 나가사키(長崎)에 살던 오카지마 간잔(岡島冠山)은 唐音에 많이 능통하여 ≪唐話纂要≫, ≪唐譯便覽≫, ≪唐語便用≫, ≪字海便覽≫ 등의 책을 썼으며 그 밖에도 唐音에 대해 논의한 사람이 많이 있었던 것을 볼 때 얼마나 그 음이 빈번하게 수입되었는지 충분히 추측할 수 있다. 그러나 실제로 당나라 말을 사용할 수 있었던 계층은 시인, 譯者 또는 상인 등 일부의 인사에 국한되었고 일반 사람이 학습한 한자음은 역시 종래 이어져 온 일본화 된 漢音, 吳音 등의 한자음이었을 것이다.

---

75) 中古는 일본 역사, 특히 일본 문학사의 시대 구분에서 헤이안 시대(794-1185년경)를 중심으로 한 시기를 말한다.

76) [역자주] 1603년에서 1867년에 이르는 시기를 말한다.

1.4. 한국 한자음의 종류

일본 한자음은 앞에서 말한 바와 같이 漢音, 吳音, 唐音 등의 구별이 있으며 이것이 학습에 불편함을 끼쳤다는 점은 모두가 인정하는 바다. 그렇다면 한국 한자음은 어떨까? 어떤 사람은 한국 한자음은 오로지 한 종류에 불과하기 있기 때문에 일본어보다 학습에서 훨씬 편리하다고 한다. 물론 한국 한자음의 종류가 일본에 비해 적다는 것은 사실이지만 반드시 한 가지로 국한할 수는 없다. 가령 다음은 한 글자가 두 가지의 음을 가지고 있으며 특히 일반적으로 사용되고 있는 漢字들이다.77)

顯著(현저) 著手(챡슈)	下降(하강) 降伏(항복)	報告(보고) 忠告(츙곡)	大率(대률) 眞率(진솔)
便利(편리) 大便(대변)	形狀(형상) 書狀(셔장)	寺刹(ᄉᆞ찰) 司僕寺(ᄉᆞ복시)	減省(감ᄉᆡᆼ) 反省(반셩)
知識(지식) 識錄(지록)	沈約(심약) 浮沈(부침)	星辰(셩신) 生辰(ᄉᆡᆼ진)	衰敗(쇠패) 斬衰(참최)
星宿(셩슈) 宿所(슉소)	音樂(음악) 哀樂(ᄋᆡ락)	貿易(무역) 容易(용이)	行列(항렬) 行實(ᄒᆡᆼ실)
自見(ᄌᆞ현) 目見(목견)	懇切(간절) 一切(일체)	差誤(차오) 參差(참치)	又復(우부) 反復(반복)
殺戮(살륙) 降殺(강쇄)	不可(불가) 可不(가부)	變更(변경) 更又(ᄀᆡᆼ우)	人力車(인력거) 電車(뎐챠)
父母(부모) 亞父(아보)	忖度(촌탁) 法度(법도)	善惡(션악) 愛惡(ᄋᆡ오)	

77) [역자주] 둘 이상의 음을 가지는 한자를 흔히 파음자(破音字)라고 한다. 파음자가 가진 음들의 차이는 해당 한자음의 시기별 차이와 관련이 있다는 논의는 최근에도 계속 이어지고 있다. 즉 같은 한자라도 시기에 따라 그 음이 달라질 수 있는데 파음자는 시기별로 다른 음들을 모두 가짐으로써 둘 이상의 음을 보유하게 되었다는 것이다.

두 가지 음만 있는 것이 아니고 다음과 같이 세 가지 음을 가진 경우도 적지 않다.

多數(다수) 頻數(빈삭) 數罟(촉고)	飮食(음식) 饋食(궤ᄉᆞ) 易食其(이이기)

이들이 일본어의 漢音, 吳音, 唐音 등과 같은 성격이라고 단언할 수는 없지만 이런 한자음들에 대한 연구는 한국어의 역사적 변천을 더듬어 가는 데 있어 필수적이며 빠뜨릴 수 없는 작업 중의 하나이다.

2. 일본 한자음과 한국 한자음의 비교

일본 한자음과 한국 한자음을 비교해서 상호 관계를 살피는 것은 언어학적으로 매우 흥미로운 문제이지만 이것을 자세히 고찰하는 것은 그리 쉬운 일이 아니다. 여기서는 일본 한자음과 한국 한자음의 초성(Initial sound)과 종성(Final sound)에 대해 간단한 비교표를 제시하는 것에서 그치고자 한다.

2.1. 두음

두음(頭音)이란 한자의 맨 앞에 오는 음을 가리킨다.[78] 한자음의 두음을 논의하는 데에는 여러 가지 방법이 있겠지만 가장 편리하고 알기 쉬운 것은

78) [역자주] 여기서의 두음(頭音)은 초성(初聲)에 해당한다. 즉 음절의 첫머리에 놓이는 음을 뜻하는 것이다. 두음이라는 용어는 단어의 첫머리에 오는 음과 혼동의 여지가 있어 초성이라는 용어가 더 적합할 듯하다. 그러나 이 논문에서는 두음을 '말음(末音)'과 대립되는 개념으로 사용했으며 '말음'은 '종성(終聲)'과는 다르게 쓰였기 때문에 '두음' 역시 초성으로 바꾸지 않고 그대로 사용한다.

중국 성운학에서의 소위 36字母 분류를 따르는 것이다. 그래서 이 자음을 표준으로 하여 일본과 한국의 한자음을 비교해 보고자 한다.[79)]

중국의 字母	일본 한자음	한국 한자음
(1) 見, 溪, 群[80)]	'k'('g'인 것도 소수 있음)	'ㄱ'
(예) 江, 企, 其, 懇, 君, 交, 禁 등		

중국의 字母	일본 한자음	한국 한자음
(2) 匣, 曉[81)]	'k'('g'인 것도 소수 있음)	'ㅎ'
(예) 巷, 戶, 回, 恨, 寒, 禍, 護 등		

匣母, 曉母에 속한 한자는 중국에서도 'h'이지만 일본에서 이를 'k'로 표기한 것은 일본어에서 오래 전에 'h'가 존재하지 않았음을 증명하는 것이라고 논의하고 있다.

중국의 字母	일본 한자음	한국 한자음
(3) 疑[82)]	'g'('k'인 것도 소수 있음)	'ㅇ'
(예) 玉, 宜, 魏, 魚, 言, 瓦, 牛 등		

중국의 字母	일본 한자음	한국 한자음
(4) 心, 審, 邪, 禪[83)]	's, z'	'ㅅ'
(예) 松, 師, 西, 山, 隨, 善, 常 등		

79) [역자주] 아래의 표에 제시된 일본 한자음과 한국 한자음은 초성만 표시한다.

80) [역자주] 중국 성운학에서 見母는 牙音의 全淸, 溪母는 牙音의 次淸, 群母는 牙音의 全濁을 가리킨다. 중세국어 한자음 표기에서는 見母가 'ㄱ', 溪母가 'ㅋ', 群母는 'ㄲ'으로 반영되는 것이 원칙이다.

81) [역자주] 匣母는 喉音의 全濁, 曉母는 喉音의 次淸을 가리킨다. 중세국어 한자음 표기에서는 匣母가 'ㆅ', 曉母가 'ㅎ'으로 반영되는 것이 원칙이다.

82) [역자주] 疑母는 牙音의 不淸不濁을 가리킨다. 중세국어 한자음 표기에서는 疑母가 'ㆁ'으로 반영되는 것이 원칙이다.

83) [역자주] 心母는 齒頭音의 全淸, 審母는 正齒音의 全淸, 邪母는 齒頭音의

중국의 字母	일본 한자음	한국 한자음
(5) 精, 照, 從, 牀[84]	's'('z'인 것도 소수 있음)	'ㅈ'
(예) 宗, 紙, 主, 眞, 專, 從, 助 등		

중국의 字母	일본 한자음	한국 한자음
(6) 淸, 穿[85]	's'	'ㅊ'('ㅈ'인 것도 소수 있음)
(예) 怱, 此, 初, 親, 遷, 靑, 稱 등		

중국의 字母	일본 한자음	한국 한자음
(7) 日[86]	'z(漢音)', 'n(吳音)'	'ㅇ'
(예) 兒, 二, 女, 人, 然, 饒, 柔 등		

중국의 字母	일본 한자음	한국 한자음
(8) 端, 知, 定, 澄[87]	't'('d'인 것도 소수 있음)	'ㄷ'('ㅈ, ㅌ, ㅊ'인 것도 소수 있음)
(예) 東, 都, 單, 當, 丁, 重, 智, 治 등		

중국의 字母	일본 한자음	한국 한자음
(9) 透, 徹[88]	't'('d'인 것도 소수 있음)	'ㅌ'('ㄷ, ㅈ, ㅊ'인 것도 소수 있음)
(예) 通, 土, 太, 天, 湯, 丑, 恥 등		

全濁, 禪母는 正齒音의 全濁을 가리킨다. 중세국어 한자음 표기에서는 心母가 'ᄼ', 審母가 'ᄾ', 邪母는 'ᄽ', 禪母는 'ᄿ'으로 반영되는 것이 원칙이다.

84) [역자주] 精母는 齒頭音의 全淸, 照母는 正齒音의 全淸, 從母는 齒頭音의 全濁, 牀母는 正齒音의 全濁을 가리킨다. 중세국어 한자음 표기에서는 '精母'가 'ᅎ', 照母가 'ᅐ', 從母가 'ᅏ', 牀母가 'ᅑ'으로 반영되는 것이 원칙이다.

85) [역자주] 淸母는 齒頭音의 次淸, 穿母는 正齒音의 次淸을 가리킨다. 중세국어 한자음 표기에서는 淸母가 'ᅔ', 穿母가 'ᅕ'으로 반영되는 것이 원칙이다.

86) [역자주] 日母는 半齒音의 不淸不濁을 가리킨다. 중세국어 한자음 표기에서는 日母가 'ㅿ'으로 반영되는 것이 원칙이다.

87) [역자주] 端母는 舌頭音의 全淸, 知母는 舌上音의 全淸, 定母는 舌頭音의 全濁, 澄母는 舌上音의 全濁을 가리킨다. 중세국어 한자음 표기에서는 端母, 知母가 'ㄷ', 定母, 澄母가 'ㄸ'으로 반영되는 것이 원칙이다.

88) [역자주] 透母는 舌頭音의 次淸, 徹母는 舌上音의 次淸을 가리킨다. 중세국

중국의 字母	일본 한자음	한국 한자음
(10) 泥, 孃[89]	't(漢音)', 'n(吳音)'	'ㄴ'
(예) 尼, 女, 怒, 乃, 內, 暖, 匿, 褥 등		

중국의 字母	일본 한자음	한국 한자음
(11) 幇, 滂, 竝, 非, 敷, 奉[90]	'h', 'b'	'ㅂ, ㅍ'
(예) 封, 悲, 普, 本, 彼, 風, 編 등		

중국의 字母	일본 한자음	한국 한자음
(12) 明, 微[91]	'b(漢音)', 'm(吳音)'	'ㅁ'
(예) 木, 美, 武, 沒, 文, 馬, 亡 등		

중국의 字母	일본 한자음	한국 한자음
(13) 影, 喩[92]	'Ø', 'y', 'w'	'ㅇ'
(예) 翁, 移, 沿, 用, 余, 爲, 遠 등		

중국의 字母	일본 한자음	한국 한자음
(14) 來[93]	'r'	'ㄹ'
(예) 籠, 累, 里, 頼, 連, 羅, 歷		

어 한자음 표기에서는 透母, 徹母 모두 'ㅌ'으로 반영되는 것이 원칙이다.

89) [역자주] 泥母는 舌頭音의 不清不濁, 孃母는 舌上音의 不清不濁을 가리킨다. 중세국어 한자음 표기에서는 모두 'ㄴ'으로 반영되는 것이 원칙이다.

90) [역자주] 幇母는 脣重音의 全清, 滂母는 脣重音의 次清, 竝母는 脣重音의 全濁, 非母는 脣輕音의 全清, 敷母는 脣輕音의 次清, 奉母는 脣輕音의 全濁을 가리킨다. 중세국어 한자음 표기에서는 일반적으로 脣重音과 脣輕音을 구분하지 않기 때문에 幇母, 非母는 'ㅂ', 滂母, 敷母는 'ㅍ', 竝母, 奉母는 'ㅃ'으로 반영된다. 그렇지만 순경음 표기 방식을 고려하면 '非母, 敷母, 奉母'는 'ㅸ, ㆄ, ㅹ'으로 표기할 수도 있다.

91) [역자주] 明母는 脣重音의 不清不濁, 微母는 脣輕音의 不清不濁을 가리킨다. 중세국어 한자음 표기에서는 일반적으로 明母와 微母를 모두 'ㅁ'으로 표기하지만 순경음의 표기 방식에 따른다면 微母는 'ㅱ'으로 표기할 수 있다.

92) [역자주] 影母는 喉音의 全清, 喩母는 喉音의 不清不濁을 가리킨다. 중세국어 한자음 표기에서는 影母가 'ㆆ', 喩母가 'ㅇ'으로 반영되는 것이 원칙이다.

93) [역자주] 來母는 半舌音의 不清不濁을 가리킨다. 중세국어 한자음 표기에서는 'ㄹ'로 반영되는 것이 원칙이다.

이상은 일본 한자음과 한국 한자음을 간단히 비교한 데 불과하다. 일본에서는 도쿠가와 시대부터 字母에 대해 활발히 연구해 왔지만 한국에서는 두세 명의 학자가 연구하는 데 그쳤다고 할 수 있다. 신숙주, 최세진과 같은 사람들은 한국이 배출한 가장 걸출한 음운학자들인데 그들은 字母의 대해 오늘날 사용되지 않는 글자도 대응시키고 있다. 이것을 자세히 소개하는 것은 매우 흥미로운 일이지만 너무나 여러 갈래에 걸친 부분이 많기 때문에 생략하기로 한다.

2.2. 말음

말음(末音)이란 한자의 마지막에 오는 음을 가리킨다.[94] 말음을 비교할 때에는 ≪奎章全韻≫과 같은 운서를 사용하는 것이 편리하다.

1 'ウ(u)' 長音符를 가진 것

㉠ '江韻, 講韻, 絳韻'에 속하는 한자 중 다수는 일본 한자음으로는 'アウ(au)', 한국 한자음으로는 '앙(ang)'이 된다.

(예) 巷(カウ[kau] : 항),[95] 邦(ハウ[hau] : 방), 江(カウ[kau] : 강) 등

㉡ '豪韻, 晧韻, 號韻'에 속하는 한자의 漢音[96]은 'アウ(au)', 吳音은 'オウ(ou)'인데 한국 한자음으로는 '오, 요'가 된다.

(예) 老(漢音 ラウ[rau], 吳音 ロウ[rou] : 로), 早(漢音 サウ[sau], 吳音 ソウ[sou] : 조) 등

94) [역자주] 이 정의대로라면 '말음(末音)'은 종성(終聲)에 대응한다. 그러나 실제 용법을 보면 오히려 중성과 종성을 합친 개념, 즉 성운학에서의 韻母와 같은 개념으로도 쓰이고 단순히 종성과 같은 개념으로도 쓰인다.

95) [역자주] ' : '를 기준으로 왼쪽에 가타가나와 발음 기호로 표기한 것은 일본 한자음을 나타내고 오른쪽에 한글로 표기한 것은 한국 한자음을 나타낸다. 다른 것도 모두 마찬가지이다.

96) [역자주] 이하에 나오는 '漢音, 吳音'은 모두 일본 한자음을 뜻한다.

㉢ '爻韻, 巧韻, 效韻'에 속하는 한자의 漢音은 'アウ(au)', 吳音은 'エウ(eu)'인데 한국 한자음으로는 '요'가 된다.

(예) 巧(漢音 カウ[kau], 吳音 ケウ[keu] : 교), 卯(漢音 バウ[bau], 吳音 メウ[meu] : 묘) 등

㉣ '東韻, 董韻, 送韻, 冬韻, 宋韻'에 속하는 한자의 漢音은 'オウ(ou)'인데 한국 한자음으로는 '옹(ong)'이 된다.

(예) 公(漢音 コウ[kou] : 공), 送(漢音 ソウ[sou] : 송) 등

㉤ '鍾韻, 腫韻, 用韻'에 속하는 한자의 漢音은 'オウ(ou)', 吳音은 'ユウ(yuu)'인데 한국 한자음으로는 '용'이 된다.

(예) 重(漢音 チョウ[ʦyou], 吳音 ジュウ[zyuu] : 중), 勇(漢音 ヨウ[you], 오음 ユウ[yuu] : 용) 등

㉥ '候韻, 厚韻'에 속하는 한자의 漢音은 'オウ(ou)'인데 한국 한자음으로는 '우'가 된다.

(예) 樓(漢音 ロウ[rou] : 루), 走(漢音 ソウ[sou] : 주) 등

㉦ '登韻'에 속하는 한자의 漢音과 吳音, '蒸韻, 拯韻, 證韻'에 속하는 한자의 吳音은 'オウ(ou)'인데 한국 한자음으로는 '웅'이 된다.

(예) 增(漢音・吳音 ソウ[sou] : 증), 興(吳音 コウ[kou] : 홍) 등

㉧ '尤韻, 有韻, 宥韻'에 속하는 한자의 漢音은 'イウ(iu)'인데 한국 한자음로는 '우, 유'가 된다.

(예) 舊(漢音 キウ[kiu] : 구), 休(漢音 キウ[kiu] : 휴) 등

㉨ '虞韻, 麌韻, 遇韻'에 속하는 한자의 漢音은 'ユウ(yuu)'인데 한국 한자음으로는 '우, 유'가 된다.

(예) 須(漢音 シュ[syu] : 수), 注(漢音 チュ[ʦyu] : 주) 등[97]

ㅊ 대체로 '梗韻, 諍韻, 淸韻, 靜韻, 敬韻'에 속하는 한자의 漢音은 'エイ(ei)', 吳音은 'ヤウ(yau)'인데 한국 한자음으로는 '영'이 된다.

(예) 省(漢音 セイ[sei], 吳音 シャウ[syau] : 성), 警(漢音 ケイ[kei], 吳音 キヤウ[kyau] : 경), 兄(漢音 ケイ[kei], 吳音 キヤウ[kyau] : 형) 등

이 현상은 일본어에서 가장 현저하게 나타난다.

2 'イ(i)' 長音符를 가진 것

이것은 앞 항목의 ㅊ을 참고할 수 있다.

3 입성음

ㄱ '藥韻, 陌韻, 錫韻, 職韻'에 속하는 한자는 일본 한자음으로 'ク(ku)', 'キ(ki)', 한국 한자음으로는 'ㄱ'이 된다.

(예) 各(カク[kaku] : 각), 黑(コク[koku] : 흑), 食(ショク[siyoku] : 식), 夕(セキ[seki] : 석), 適(テキ[teki] : 덕) 등

이 입성음 'k'는 일본어에서는 자주 'ka, ki, ku, ke, ko'[98] 등으로 바뀌어 다양하게 쓰이고 있다. 다음의 지명이 그러한 예 중 하나이다.

色麻(シカマ[sikama])	安直(アチカ[achika])	美作(ミマサカ[mimasaka])
各務(カガミ[kagami])	安積(アサカ[asaka])	博多(ハカタ[hakata])
邑樂(オハラキ[oharaki])	佐伯(サヘキ[saheki])	

ㄴ '質韻, 物韻, 月韻, 曷韻, 黠韻, 屑韻'에 속하는 한자는 일본 한자

97) [역자주] 설명에서는 '虞韻, 虁韻, 遇韻'의 발음이 漢音에서 'ユウ(yuu)'라고 했지만 예로 제시된 '須, 注'의 발음은 'yu'로 되어 있어 차이가 난다.

98) [역자주] 원문에는 'カ行 音'으로 되어 있다.

음으로는 ‘チ[chi]’, ‘ツ[ʦu]’, 한국 한자음으로는 ‘ㄹ’이다.

(예) 發(ハツ[haʦu] : 발), 栗(リツ[riʦu] : 률), 骨(コツ[koʦu] : 골), 脫(ダツ[daʦu] : 탈), 八(ハチ[hachi] : 팔) 등

이 입성음 ‘t’는 일본어에서는 자주 ‘ta, chi, ʦu, te, to’[99] 등으로 바뀌어 다양하게 쓰인다. 다음의 지명이 그러한 예 중 하나이다.

設楽(シダラ[sidara])	秩父(チチブ[chichibu])	乙訓(オトクニ[otokuni])
物理(モトロヰ[motorowi])	佳質(カシト[kaʦto])	益必(ヤケヒト[yakehito])

㉢ ‘緝韻, 合韻, 葉韻, 洽韻’에 속하는 한자는 일본 한자음으로는 ‘フ[hu]’ 또는 ‘ツ[ʦu]’, 한국 한자음으로는 ‘ㅂ’이 된다.

(예) 立(リフ[rihu], リツ[riʦu] : 립), 執(シフ[sihu], シツ[siʦu] : 집), 雜(ザフ[zahu], サツ[saʦu] : 잡), 甲(カフ[kahu] : 갑), 葉(エフ[ehu] : 엽), 合(ガフ[gahu] : 합), 答(タフ[tahu] : 답) 등

이 입성음 ‘p’는 일본어에서는 자주 ‘ha, hi, hu, he, ho’[100] 등으로 바뀌어 다양하게 쓰이고 있다. 다음의 지명이 그러한 예 중 하나이다.

愛甲(アユカハ[ayukaha])	邑樂(オハラキ[oharaki])	雜太(サハダ[sahada])
合志(カハシ[kahasi])	揖保(イヒホ[ihiho])	給黎(キヒレ[kihire])
邑代(イヒシロ[ihisiro])	雜賀(サヒカ[sahika])	揖宿(イフスキ[ihusuki])
邑知(オホテ[ohote])	法吉(ホホキ[hohoki])	

99) [역자주] 원문에는 ‘タ行 音’으로 되어 있다.
100) [역자주] 원문에는 ‘ハ行 音’으로 되어 있다.

4 발음(撥音)

발음(撥音)은 예전부터 운학에서 후내(喉內), 설내(舌內), 순내(脣內)의 三內로 분류하고 있다. '喉內'는 '-ng'로 끝나는 음, '舌內'는 '-n'으로 끝나는 음, '脣內'는 '-m'으로 끝나는 음을 의미한다. 오늘날의 발음으로는 三內 모두 일본어에서 'ン(N)'의 한 글자로 표기되는데 한국어에서는 'ㅇ', 'ㄴ', 'ㅁ'의 세 가지를 구별하고 있다.

㉠ '東韻, 冬韻, 江韻, 陽韻, 蒸韻'에 속하는 한자는 일본 한자음으로는 漢音, 吳音 모두 'ウ(u)'로 표기되는데 한국어로는 'ㅇ'이 된다.
(예) 空(クウ[kuu] : 공), 農(ノウ[nou] : 농), 邦(ハウ[hau] : 방), 兩(リヤウ[riyau] : 량) 등

후내의 발음이 '-ng'이기 때문에 이 운에 속하는 한자는 종종 일본어의 鼻音적 'ga, gi, gu, ge, go'[101]를 나타낼 때 사용된다. 다음 물명(物名), 지명이 그러한 예 중 하나이다.

鐘禮(シグ̊レ[sigure], 時雨)	相模(サガ̊ミ[sagami])	香美(カガ̊ミ[kagami])
伊香(イカガ̊[ikaga])	愛宕(オタギ̊[otagi])	餘綾(ヨロギ̊[yorogi])
久良(クラギ̊[kuragi])	美囊(ミナギ̊[minagi])	當麻(タギ̊マ[tagima])
望多(ウマグ̊タ[umaguta])	香山(カグ̊ヤマ[kaguyama])	勇禮(イグ̊レ[igure])

㉡ '眞韻, 文韻, 元韻, 寒韻, 刪韻, 先韻'에 속하는 한자는 일본 한자음으로는 漢音, 吳音 모두 'ン(N)'으로 표기되는데 한국어로는 'ㄴ'이 된다.

101) [역자주] 원문에는 '鼻音的 ガ行'으로 되어 있다. '鼻音的'이란 문맥상 '비음으로부터 변화한' 또는 '비음에 대응하는'의 의미인 듯하다.

(예) 引(イン[iN] : 인), 諫(カン[kaN] : 간), 旱(カン[kaN] : 한), 反(ハン[haN] : 반), 半(ハン[haN] : 반) 등

설내의 발음이 '-n'이기 때문에 이 운에 속하는 한자는 각각 일본어의 'na, ni, nu, ne, no'를 포함한 단어를 표기하거나 'na, ni, nu, ne, no'로 변하여 사용된다. 다음 물명(物名), 지명이 그러한 예 중 하나이다.

信濃(シナノ[sinano])	因幡(イナバ[inaba])	員辨(イナベ[inabe])
引佐(イナサ[inasa])	雲梯(ウナデ[unade])	男信(ナマシナ[namasina])
乙訓(オトクニ[otokuni])	遠敷[ヲニフ[wonihu])	讃岐(サヌキ[sanuki])
散吉(サヌキ[sanuki])	敏馬(ミヌメ[minume])	信夫(シノブ[sinobu])
民太(ミノタ[minota])	半月(ハニワリ[haniwari])	半挿(ハニサフ[hanisahu])
白粉(ハフニ[hahuni])	蒟弱(コニヤク[koniyaku])	木蘭(モクラニ[mokurani])
紫宛(シヲニ[siwoni])	牽牛子(ケニコシ[kenikosi])	近衛(コノヱ[konowe])
薫衣(クヌエ[kunoe])		

'n'과 'r'의 조음 위치가 거의 같기 때문에[102] 이 舌內 한자의 운이 일본어의 'ra, ri ru re, ro'[103]로 변하여 사용된 예도 적지 않다. 다음이 그런 예 중의 하나이다.

102) 'r'은 진동음이고 'n'은 비음이다. [역자주] 유음 중 비설측음 계열 즉 r-계열의 자음은 'tap, flap, trill'의 세 가지 조음 방식이 구별된다. 'tap, flap'는 혀끝이 조음점에 한 번만 닿지만 'trill'은 여러 번 닿는다는 차이가 있다. 'tap'와 'flap'은 혀끝이 조음점에 닿을 때의 이동 방향이 앞인지 뒤인지에 따라 구분된다. 小倉進平은 이 중 일본어나 한국어의 'r'이 진동음에 속한다고 보고 있다. 1960년대 이전에 이루어진 국내 학자들의 연구에서도 'ㄹ(r)'이 진동음으로 분류된 적이 있지만 지금은 그런 견해를 받아들이지 않는다.

103) [역자주] 원문에는 'ラ行 音'으로 되어 있다.

讚良(サラ゚ラ[sarara])	播磨(ハリマ゚[harima])	平群(ヘグリ゚[heguri])
駿河(スル゚ガ[suruga])	群馬(クル゚マ[kuruma])	敦賀(ツル゚ガ[tsuruga])
訓覇(クル゚ヘ[kuruhe])	訓覓(クル゚ペキ[kurufeki])	

㉢ '侵韻, 覃韻, 鹽韻, 咸韻'에 속하는 한자는 일본 한자음으로는 漢音, 吳音 모두 'ン(N)'으로 표기되는데 한국 한자음으로는 'ㅁ'이 된다.

(예) 森(シン[siN] : 삼), 禁(キン[kiN] : 금), 染(セン[yaN] : 염), 南(ナン[naN] : 남) 등

脣內의 발음이 '-m'이기 때문에 이 운에 속하는 한자는 종종 일본어의 'ma, mi, mu, me, mo'[104]를 포함한 단어를 표기하거나 'ma, mi, mu, me, mo'으로 변하여 사용된다. 다음 물명(物名), 지명이 그러한 예 중 하나이다.

伊參(イサマ゚[isama])	男信(ナマ゚シナ[namasina])	安曇(アヅミ゚[adzumi])
美含(ミグミ゚[migumi])	玖潭(クタミ゚[kutami])	美談(ミタミ゚[mitami])
志深(シジミ゚[sizimi])	印南(イナミ゚[inami])	南佐(ナメ゚サ[namesa])
惠曇(ヱドモ゚[wedomo])	陰陽(オム゚ヤウ[omuyau])	花柑子(ハナカム゚シ [hanakamusi])
龍膽(リウタム゚[riutamu])	灯心(トウシミ゚[tousimi])	三郎(サム゚ラウ[samurau])
三衣匣(サム゚エノハコ [samuenohako])	汗衫(カサミ゚[kasami])	至心(シシモ゚[sisimo])

104) [역자주] 원문에는 'マ行 音'으로 되어 있다.

'일본 한자음과 한국 한자음'에 대한 해설

이 글은 1920년에 간행된 ≪國語及朝鮮語のため≫의 6장과 7장을 번역한 것이다.[105] 이 책은 일본어와 한국어의 계통은 물론이고 어학사, 방언, 문자 등 다방면에 걸쳐 여러 가지 내용을 다루고 있다. 그 중 한자음과 관련된 내용만을 따로 발췌・번역한 후 '일본 한자음과 한국 한자음'이라는 제목을 붙였다.

원래 책의 6장은 제목이 "漢音, 吳音, 唐音과 한국 한자음(漢・吳・唐音及朝鮮語の字音)"으로 그 내용은 일본 한자음에 남아 있는 漢音, 吳音, 唐音의 문제와 한국 한자음에 대한 것이다. 일본에 한자음이 전래된 시기는 물론이고 漢音, 吳音, 唐音의 사용 시기와 용법 등에 대해 설명한 후 한국 한자음의 계통에 대해서도 간략히 언급하였다. 수많은 사람과 책이 별다른 설명 없이 인용되고 내용도 복잡하여 이해하기 어렵게 되어 있다.

원래 책의 7장 제목은 "일본 한자음과 한국 한자음의 비교(國語字音と朝鮮語字音の比較)"이다. 제목 그대로 두 나라의 한자음을 대조하고 있다. 두음(頭音)과 말음(末音)으로 나누어 어떤 차이가 있는지를 제시하였다. 그렇지만 구체적인 설명은 생략되었고 항목별로 단순히 나열하는 데 그치고 있다.

---

105) 여기서는 ≪小倉進平博士著作集(Ⅳ)≫(京都大 國文學會 刊行)에 수록된 것을 번역하였다.

19장
한국어 모음의 발음 기호

한국어의 모음은 일본어에 비해 복잡하다. 따라서 가나(假名)를 사용해서 전사하는 것이 곤란한 것은 물론이고 로마자로 전사할 때에도 많은 어려움을 동반하며 종래의 표기법도 각기 매우 달랐다. 필자는 한국어를 학문적으로 다루는 데 있어 그 음을 정확히 표기할 수 있는 발음 기호를 정할 필요가 있다고 느끼고 이전부터 개인적으로 타당하다고 생각하는 기호를 정하여 사용해 왔다. 이제 여기서 그 안을 공표하여 많은 연구자의 비평을 구함과 동시에 뒤쳐진 한국어학을 위해 충분한 힘을 보탤 수 있기를 희망하는 바이다.

한국어 모음의 발음 기호를 정하는 데 있어서 우선 서양인이 시도한 로마자 전사법을 훑어볼 필요가 있다. 무릇 한국어 어휘가 서양에 소개되어 로마자로 표기된 것은 꽤 오래 되었다. 그 중 Witsen(1705),[1] Broughton(1804),[2]

---

1) [역자주] N. Witsen이 1705년에 지은 ≪Noord en Oost Tartarye≫를 가리키는 듯하다. 이 책 제목의 한국어 번역은 학자마다 차이가 있다. "이기문(2000), 십구세기 서구 학자들의 한글 연구, ≪학술원논문집(인문・사회과학편)≫ 39, 대한민국 학술원"에서는 '북・달단지(北·東韃靼誌)'로 번역했다.

2) [역자주] W. R. Broughton이 1804년에 지은 ≪A voyage of discovery to the North Pacific Ocean≫을 가리키는 듯하다. 이 책은 일본이나 한국을 포함하여 북위 32°~52°에 위치한 아시아의 해안을 탐사한 내용을 담고 있다.

Hall(1818)[3] 등에서는 많은 어휘를 수집하였으나 그 대부분은 단지 귀로 들은 것일 뿐 한글 표기를 바탕으로 한 것이 아니기 때문에 모음의 표기에 있어서 일정한 기준이 설정되지 못한 것은 어쩔 수 없다. 그 후 한글이 알려지면서 한글의 각 모음자에 대해 일정한 문자를 배당하여 그 음을 표시하게 되었다. 필자는 여기서 발음 기호를 정함에 있어 먼저 서양의 중요 연구자 십여 명이 채택한 표기법을 살펴보기로 한다. 모음 글자는 11개의 기본 모음자 외에 편의상 그 조합으로 이루어지는 것들도 일부 포함하기로 했다. 각 번호에 해당하는 저자와 논저명은 표 뒤에 따로 제시하였다.

		1	2	3	4	5	6	7	8	9	10	11	12	13	14	15
A	아	a	a	a	a	A	a	a	a	a	ä	Ha	ah	a	a	a
B	야	ia	Я	ia ya	ya	yA	ya	ya		ia	yä	Hia	yah	ya	ya	ya
C	어	ō eu e	ō	u	ŭ	E	e(ŏ)	ŏ	ö ŏ ŭ	e	ŭ	Hau	ö	yö ü	ō ŭ	ö
D	여	iō	̈ē	yu	yŭ	yE	ye (yŏ)	yŏ		ie	yŭ	Hiau	yö	yö yü	yō yŭ	yö
E	오	o	o	o	o	o	o	ō	o	o	ō	Ho	o aw	o	o	o
F	요	iɔ	ë	yo	yo	yo	yo	yō		io	yō	Hio	yo yaw	yo	yo	yo
G	우	ou	y	oo	u	ou	ou	u	u	u	$\overline{\text{oo}}$	Hou	ou	yu	u	u
H	유	iou	Ю	yoɔ	yu	you	you	yu		iu	y$\overline{\text{oo}}$	Hiou	you	yu	yu	yu
I	으	eu	Ы	u	eu	EU	eu	eu	eu	ö	eu	Heu	eu	eu	ŭ	eu
J	이	i	И	i	i	I	i	i	i		ï	Hi	ee	i	i	i
K	ᄋᆞ	ă	a	a	ă	Ă	ă	a	a	ă	ä	Ha	a ah	a	ă ŭ	ă
L	애	è			è	AI	ai				ă	Hai	ai		$\overline{\text{ai}}$	
M	ᄋᆡ	è			è	ĂI	ăi				ă	Hai	äi		$\overline{\text{ai}}$	
N	에	é éi			é	EI	ei				ā	Hei	ay		e	
O	예	ié iei				YEI	yei				yā	Hiei	yä yea		ye	
P	와	oi	ya	wa		OA	oa				wä	Hoa	oa wah	wa		

3) [역자주] B. Hall이 1818년에 지은 ≪Account of a voyage of discovery to the west coast of Corea, and the Great Loo-Choo Island≫를 가리키는 듯하다.

		1	2	3	4	5	6	7	8	9	10	11	12	13	14	15
Q	외	oé				OI	oi				ā	Heu	oi wee		$\overline{\text{oi}}$	
R	왜	oè				OAI	oai				wă		way			
S	워	oueu ouō	yo	wu	OUE	oue					wŭ	Hou_u	waw	wö wü		
T	위	oui			OUI	oui					wï	Houi	oui wee		$\overline{\text{ui}}$	
U	웨	oué ouei			OUÉ	ouei					wā	Houei	way			
V	ᄋᆔ	iui			YOUI						wï	Hu	youee		y$\overline{\text{ui}}$	
W	의	eué			EUI	eui					euï	Heui	eui		ŭi	

① C. Dallet, ≪Histoire de l'Église de Corée≫, 1874.

② M. Poutzilo, ≪Essai de Dictionnaire Russe-Coréen≫, 1874.

③ J. Ross, ≪Corean Primer≫, 1877.

④ W. G. Aston, "Proposed arrangement of the Korean alphabet", ≪Translation of the Asiatic Society of Japan≫ vol. Ⅷ, 1880.

⑤ Les Missionnaires de Corée de la Société des Missions étrangères de Paris, ≪Grammaire Coréenne≫, 1881.

⑥ J. Scott, ≪Corean manual or phrase book≫, 1887(2nd ed. 1893).

⑦ H. G. Underwood, ≪An introduction to the Korean spoken language≫, 1889(2nd ed. 1914)

⑧ H. B. Hulbert, "The Korean alphabet", ≪Korean Repository≫ vol. Ⅰ. No. 1, 3, 1892.

⑧ H. B. Hulbert, "Romanization again", ≪Korean Repository≫ vol. Ⅱ. No. 8, 1895.

⑨ G. von der Gabelentz, "Zur Beurtheilung des Koreanischen Schrift und Lautwesens", ≪Sitzungsberichte der Königlich Preussischen Akademie der Wissenschaften zur Berlin≫, 1892.

⑩ W. M. Baird, "Romanization of Korean Sounds", ≪Korean Repository≫ vol. Ⅱ. No. 5, 1895.

⑪ C. Alévêque, ≪Petit Dictionnaire Français-Coréen≫, 1901.

⑫ J. W. Hodge, ≪The stranger's handbook of the Korean language≫,

1902.
⑬ J. S. Gale, ≪A Korean-English Dictionary≫, 1911(2nd ed.).
⑭ P. A. Eckardt, ≪Koreanische Konversations-Grammatik mit Lesestücken und Gesprächen≫, 1923.
⑮ 가자나와 쇼자부로(金澤庄三郎) 박사.

이 외에도 Siebold, Klaproth, Medhurst, Rosny 등의 전사법이 더 있지만 번거로운 부분이 있어 제외하였다.

A '아'

여러 연구자들은 많은 경우 'a'로 표기한다. Alévêque(⑪)가 'Ha'로 한 것은 어두의 'h'를 묵음으로 하는 프랑스식 철자법에 의한 것이다. 일본어 'ア'와 마찬가지로 'a'도 아니고 'ɑ'도 아닌 그 중간 위치에 있는 듯하다. 'a'로 표기하기로 한다.

B '야'

러시아 문자 'я'를 사용한 것은 희귀하지만 그 외의 많은 경우는 'ia' 또는 'ya'다. 원래 '야'는 단모음이 아니라 '아' 앞에 'ɪ'가 첨가된 것이기 때문에[4] 'ɪa'로 표기해야 한다. '야'를 'ja'로 표기하는 것이 더 알기 쉬울 수도 있지만 '야'의 실제 발음이 'j'와 같은 자음적인 음을 포함하지 않으며[5] 또한 예전에 쓰이던 'ㅿ'을 음성 기호로 나타낼 때 'j'가 가장 적당하기 때문에[6] '야'는 'ɪa'로 표기한다. 다만 't, t^{h}, s, ʧ, $ʧ^{h}$'[7] 등을 제외한 자음이

4) '여, 요, 유'도 '어, 오, 우' 앞에 'ɪ'가 첨가되어 이루어졌다. [역자주] 'ɪ'는 단모음 '이'를 나타내는 기호이다. 따라서 小倉進平은 '야, 여, 요, 유' 등을 단모음 둘로 이루어진 모음 연쇄로 파악한 듯하다.
5) [역자주] 여기서 알 수 있듯이 小倉進平은 '야, 여, 요, 유'의 선행음을 반모음('j'로 표시)으로 보지 않고 일반적인 단모음('ɪ'로 표시)으로 보았다.
6) [역자주] 小倉進平은 처음에 'ㅿ'의 음가가 반모음 '[j]'라고 생각했다. 이후에는 이 견해를 수정하여 'ㅿ'의 음가를 '[z]'로 보았다.

앞에 오는 경우에는 ‘ɪ’가 ‘j’로 바뀐다.[8] 그래서 ‘얇다(薄)’는 ‘ɪalp-ta’로, ‘뺨(頰)’은 ‘ˀpjam’으로, ‘샤진(寫眞)’은 ‘sa-ʤin’으로 표기한다.

Ⓒ ‘어’

프랑스 선교사들의 문법서(⑤)에서는 ‘어’를 ‘E’로 대표하고 “묵음의 ‘e’[9] 또는 짧고 부드러운 ‘o’이다. ‘eu’는 분명 때로는 개모음, 때로는 긴 무성음으로 발음된다(le son d'un e muet ou d'un *o* bref et doux ; se prononce quelquefois eu très-ouvert, quelquefois eu long et sourd)”라고 한 뒤 문자는 ‘*ô*’와 ‘EU’의 두 가지를 설정해서 구별하고 있다. 예컨대 동일한 ‘업다’라도 의미에 따라 ‘ɑp-ta(負, 업-)’와 ‘EUp-ta(無, 없-)’의 발음에 구별이 있음을 언급한 것이다. 오늘날 서울의 표준어에서 ‘어’의 발음에 이러한 두 가지 구별이 있음은 이후의 여러 연구자들도 인정하고 있으며 필자도 전적으로 동의한다.[10] 다만 발음 기호에 있어서는 단순하고 합리적인 것을 선택하고자 한다.

1유형의 ‘어’에 속하는 대표적인 예로서 ‘업다’, ‘벌(罰)’을 들 수 있다. 이 때의 ‘어’에는 프랑스 선교사들(⑤)이 ‘*ô*’로 표기한 것, Underwood(⑦),

7) [역자주] 이 글에서 小倉進平은 유기음을 표기할 때 자음 오른쪽에 ‘ ʻ ’을 덧붙였다. 그렇지만 여기서는 편의상 ‘ʰ’를 덧붙이기로 한다.

8) [역자주] ‘t, tʰ, s, ʧ, ʧʰ’가 제외된 것은 역사적으로 치음 뒤에서의 ‘y’ 탈락과 관련이 된다. ‘s, ʧ, ʧʰ’와 같이 중세국어 시기에 치음이었던 자음 뒤에 오는 반모음 ‘y’는 모두 탈락했으며 ‘t, tʰ’ 역시 ‘야’ 앞에서는 구개음화가 적용되기 때문에 반모음 ‘y’가 탈락한다.

9) [역자주] 묵음의 ‘e’란 아마도 ‘étude’의 ‘e’와 같이 어말에 위치하며 발음이 되지 않는 ‘e’를 가리키는 듯하다.

10) [역자주] 잘 알려져 있다시피 ‘어’는 크게 두 가지 음가를 지니는데 이것은 음장과 밀접한 관련이 있다. 장모음의 ‘어’는 단모음의 ‘어’보다 혀의 높낮이가 더 높다고 하는 것이 일반적이다. 小倉進平은 단모음의 ‘어’에 해당하는 것을 1유형의 ‘어’, 장모음의 ‘어’에 해당하는 것을 2유형의 ‘어’로 분류하였다. 최근의 논의에 따르면 ‘어’에 인접한 자음의 조음 위치 역시 ‘어’의 음성 실현에 영향을 준다고 한다. 자세한 것은 “김 현(2008), /ㅓ/의 음성 실현과 그 실현 조건, ≪국어학≫ 52, 국어학회”를 참고할 수 있다.

Hulbert(⑧)가 영어 'not, odd' 등의 단모음 'ŏ'에 해당한다고 한 것, Baird(⑩)가 영어 'ŭp'의 'ŭ'에 해당한다고 한 것, Eckardt(⑭)가 'O̊rgel'의 'ŏ', 또는 '고지 바이에른 방언의 유성음 a(oberbayrischen a mit dem Kehlkopf)'와 비슷하다고 한 것 등이 속한다. 필자는 'ɔ'로도 충분하다고 본다.

2유형의 '어'에 속하는 대표적인 예로는 '업다(無)', '벌(蜂)'을 들 수 있다. 이 경우의 '어'에는 프랑스 선교사들(⑤)이 'EU'로 표기한 것, Underwood(⑦)가 독일어의 'ö' 또는 영어 'urn'의 'ur'에 해당한다고 한 것, Hulbert(⑧)가 독일어의 'ö'에 해당한다고 한 것, Baird(⑩)가 영어 'pûrr'의 'û'에 해당한다고 한 것, Eckardt(⑭)가 순수한 'u'가 아니라 "'u'를 발음할 때의 후두 상태이되 약하고 가볍게 발음하며 입의 모양은 거의 'u'나 'e'와 비슷하고 입술을 둥글게 함(schwach, leicht gehaucht, mit dem Kehlkopf gebildetes u, fast mit derselben Mundstellung wie a und e, also ohne Rundung der Lippen)"으로써 발음되는 다른 'ŭ'라고 한 것이 속한다. 그러나 필자는 2유형의 '어'가 프랑스어의 'EU'나 독일어의 'ö'에 해당한다고는 생각하지 않는다. '어'는 일본어의 'ウ(ɯ)'와 같이 두 입술의 동그스름함을 지니지 않으며 게다가 'ウ'보다 혀끝(舌端)을 전방으로 내밀고 혓바닥(舌面)을 낮으면서도 평평하게 함으로써 발음되는 중성(中性)적인 음으로 보인다. 여기서는 2유형의 '어'를 'ɯ̈'로 표기한다. Baird(⑩)가 1유형과 2유형의 '어'가 포함된 'kûn-nŭ-kao(渡, 건너가오)'라는 흥미로운 예를 제시했는데 여기서는 이것을 'kɯ̈n-nɔ-kao'로 표기한다.

1유형과 2유형의 '어'는 서울과 많은 지방에서 구별하여 발음하지만 남부 방언 중에는 1유형은 없이 2유형만 존재하는 것이 있다.[11)]

11) [역자주] 小倉進平이 1943년에 발표한 "大邱附近の方言"에서는 2유형의 '어'만 존재하는 방언으로 경상남북도의 많은 방언, 1유형의 '어'만 존재하는 방언으로 전라북도 방언을 언급했다. 이 논문은 이 책의 4부에 "대구 부근 방언의 음운"이라는 제목으로 수록되어 있으므로 참고할 수 있다.

D ‘여’

‘어’ 앞에 ‘ɪ’가 첨가된 것이기 때문에 ‘ɪɔ’로 표기해야 한다.12) 다만 ‘t, tʰ, s, ʧ, ʧʰ’ 등을 제외한 자음이 앞에 오는 경우에는 ‘ɪ’가 ‘j’로 변화한다. 그러므로 ‘영원(永遠)’은 ‘ɪɔŋ-wɔn’, ‘경셩(京城)’은 ‘kjɔŋ-sɔŋ’, ‘명일(名日)’은 ‘mjɔŋ-ɪl’, ‘뎐토(田土)’는 ‘ʧɔn-tʰo’, ‘셔리’(書吏)는 ‘sɔ-rɪ’로 표기한다.

‘어’에 1유형과 2유형의 구별이 존재하는 것과 마찬가지로 ‘여’도 당연히 그에 대응하는 두 가지 음이 존재한다. 1유형의 ‘여’가 들어있는 어휘에는 ‘여러(衆)’, ‘병(瓶)’, 2유형의 ‘여’가 들어있는 어휘에는 ‘연다(開)’, ‘병(病)’과 같은 것이 있다. 프랑스 선교사들(⑤)은 특히 1유형의 ‘여’를 ‘ɪo’, 2유형의 ‘여’를 ‘IEU’로 표기하고 있다. 여기서는 1유형의 ‘여’를 ‘ɪɔ’와 ‘jɔ’, 2유형의 ‘여’를 ‘ɪɯ̈’와 ‘jɯ̈’로 나타낸다. 가령 ‘여러’는 ‘ɪɔ-rɔ’로, ‘병(病)’은 ‘pjɯ̈ŋ’으로 표기하는 것이다.

한국어에서 1유형 ‘ɪɔ’ 또는 ‘jɔ’가 없어지면서 2유형의 ‘ɪɯ̈’ 또는 ‘jɯ̈’로 통일되어 가는 경향은 앞 항목(‘어’ 항목)의 경우에 준한다.

E ‘오’

거의 모든 연구자가 ‘o’로 표기한다. 음의 장단(長短)을 가지고 두 가지로 나누는 연구자도 있지만 그것은 음량의 차이일 뿐 음질의 차이가 아니기 때문에 구분할 필요가 없다. ‘오’는 두 입술의 원순성을 충분히 지속하는 음으로 일본어의 ‘オ’와는 성질이 꽤 다르다. 기호로는 ‘o’가 충분하다고 본다. 예를 들어 ‘온다(來)’, ‘본다(見)’를 ‘on-da’, ‘pon-da’로 표기하는 것이다.

F ‘요’

어두에 놓일 때에는 ‘ɪo’, ‘t, tʰ, s, ʧ, ʧʰ’ 등을 제외한 자음 뒤에 올 때

12) [역자주] 원문에는 ‘ɪa’로 되어 있다. 실수일 가능성이 높으므로 ‘ɪɔ’로 수정하였다.

는 'jo'가 된다. 가령 '요긴(要緊)'은 'ɪo-gin', '학교(學校)'는 'hak-kjo', '됴상(弔喪)'은 'ʧo-saŋ', '쇽담(俗談)'은 'sok-tam'으로 표기하는 것이다.

G '우'

영어식으로는 'u'나 'oo', 프랑스어식으로는 'ou', 러시아어식으로는 'y' 등으로 표기되었다. 연구자 중에는 음의 장단에 따라 기호를 달리 하는 사람이 있는데 그럴 필요까지는 없다. '우'는 일본어의 'ウ'와는 성질이 달라서 두 입술을 충분히 움직여 이를 앞으로 돌출함으로써 발음하며 기호로는 'u'가 좋다고 생각한다. 예컨대 '눈(眼)', '풀(草)'을 'nun', 'p^hul'로 표기하는 것이다.

H '유'

어두에 놓일 때에는 'ɪu', 't, t^h, s, ʧ, $ʧ^h$' 등을 제외한 자음 뒤에 올 때에는 'ju'가 된다. 예를 들어 '유리(琉璃)'는 'ɪu-rɪ', '규모(規模)'는 'kju-mo', '슈로(水路)'는 'su-ro', '쥭(粥)'은 'ʧuk'으로 표기하는 것이다.

I '으'

프랑스어식으로 'eu'를 배당한 것이 가장 많고 러시아어식인 'ЫI'나 'ö', 'ŭ' 등을 사용한 것도 있다. 외국인에게는 이 문자의 발음법과 전사법이 가장 힘든 것 중 하나였다. 프랑스 선교사들(⑤)은 이 문자를 'EU'으로 표기한 후 "'eu'는 무성의 폐모음으로 발음되는데 때로는 묵음의 'e' 또는 짧은 'ă'[13]로도 발음된다(EU se prononce eu avec un son sourd et fermé(EUripide, EUphrate), quelquefois comme l'e muet, ou le petit ă)" 라고 논의했고 Underwood(⑦), Baird(⑩)와 같은 사람도 프랑스어의 'eu'와 동일하다고 말했다. 그러나 Hulbert(⑧)는 다음과 같이 '으'가 결코 프랑스어의 'eu'에 해당하는 것이 아님을 논의했는데 이는 종래의 모호함을 깨

13) 짧은(petit) 'ă'는 뒤에서 말할 'ㆍ'를 의미한다.

뜨린 것으로 매우 통렬하다.

"'으'는 영어에서 항상 사용되지만 독립된 모음으로는 인정되지 않는다. 이 모음은 모음 중에서 가장 단순하다. 우선 혀는 구강 내의 자연스러운 위치에 있고[14] 입술과 치아는 약간 열리며 결코 어떤 특별한 음을 발음하는 듯한 입 모양을 취하면 안 된다. 'the man'을 발음할 때의 'e'에 해당한다. 'the'의 'e'는 항상 사용되는 불분명한 전이음(indefinite transitional sound)이기는 하나 다른 음과 구별해서 표기하기는 어렵다. Baird는 프랑스어의 'eu'로 표기하고 있지만 '으'는 결코 프랑스어의 'eu'가 아니다. 왜냐하면 프랑스어의 'eu'는 두 입술을 약간 돌출하고 혀는 'rude'를 발음할 때와 같이 약간 앞쪽으로 밀어내며 게다가 혀를 뒤쪽으로 당기는 작용이 없기 때문이다. 반면에 '으'는 두 입술이 일반적인 상태에 있고 혀는 앞으로 도출하지 않거나 또는 약간 뒤쪽으로 당긴다. 그러나 여기서는 정확함(accuracy)보다는 간편함(simplicity)에 역점을 두어 편의상 'eu'라는 표기 방식을 인정하기로 한다."

원래 '으'의 음가에는 두 가지 요소가 포함되어 있는 듯하다. 첫 번째로 혀의 위치를 보면 그 뒷부분이 'ü'의 위치를 취한다는 점에서 'u'와 같은 종류인 후방모음임을 의미한다. 그런데 'ü'와 다른 점은 'ü'에 'i'의 성질이 더 포함된다는 사실이다. 즉 혀의 뒷부분이 올라감과 동시에 'i'의 특징인 혀의 앞부분도 올라가며[15] 아울러 'i'의 특징인 두 입술의 끝이 좌우로 벌어지는 현상이 현저하게 덧붙는 것이다. 입술의 양 끝을 좌우로 당기면 당길수록 '으'의 특징이 분명해진다는 점은 'i'의 요소가 다분히 포함되어 있음을 증명한다. 또한 두 입술의 측면으로만 보면 'ü'는 경미한 원순성을 동반하지만 '으'는 그러한 원순성을 동반하지 않는다는 점에서 근본적인 차이

14) [역자주] 자연스러운 위치란 아마도 단순히 숨을 쉴 때 혀가 놓이는 위치를 말하는 듯하다.

15) 즉 혓바닥(舌面) 전체가 올라가는 것이다.

가 있다. 요컨대 'ŭ'와 '으'는 구강의 중간에서 발음되는 중성적인 모음이라고 할 수 있지만 '으'는 'ŭ'보다도 오히려 앞부분에 위치한다고 할 수 있을 것이다. 프랑스어의 'eu'와 같은 음이라고 하는 학설이 맞지 않는다는 점은 이로부터 미루어 알 수 있다.

필자는 대체로 앞에서 소개한 Hulbert의 학설에 동의한다. '으'는 'i'와 'ŭ'의 중간음인데 일반적으로는 'u'와 비슷한 종류의 음이라고 생각되기 때문에 'ŭ'라는 기호를 사용한다. 또한 어떤 이는 '으'에 대해서 'ы' 또는 'ɯ'라는 기호를 사용한다. 'ы'나 'ɯ'는 'u'의 원순성이 없다는 점에서 '으'와 약간 비슷한 점을 지니기는 하나 'i'라는 요소가 전혀 없다는 점에서 큰 차이가 있다. 프랑스 선교사들(⑤)은 앞에서 말한 2유형의 '어'뿐만 아니라 '으'에 대해서도 일반적으로 'EU'를 사용하고 있는데 이 두 모음은 결코 혼동하면 안 된다고 생각한다.

마지막으로 Eckardt(⑭)는 이 음을 'ŭ'으로 표기하고 "한국어의 '으(ŭ)'는 자주 나타나며 거의 신음하는 가슴소리에 가까운데 매우 부정확하고 약하며 별다른 노력을 하지 않고 발음된다(ŭ im Koreanischen häufig vorkommender, fast stönender Brustlaut, wird zwischen u und ü, ganz ungenau, flüchtig und ohne jede Kraftanstrengung gesprochen)"라고 했는데 설명이 명확하지는 않다.

J '이'

대부분의 연구자들은 'i'로 표기한다. 필자는 이 '이'를 개구(開口)의 'ɪ'로 표기하는 것이 좋다고 생각한다.[16]

K 'ᄋᆞ'

이 문자는 한글 창제 당시에는 일반적으로 사용되었고 발음도 분명했지만

---

16) [역자주] 뒤의 <그림 2>에서도 알 수 있듯이 'ɪ'는 'i'보다 더 입을 많이 벌려서 발음하는 모음이다.

오늘날은 잘 사용되지도 않고 발음도 분명하지 않다. 다만 예전에 'ᆞ'로 표기된 단어가 오늘날 서울말에서 경우에 따라 단모음 'a'[17] 또는 '으(ŭ)'[18]로 발음될 때가 있다는 것은 여러 연구자의 설명에도 보이며 또한 방언 중에는 '오(o)'로 나타나는 경우[19]도 흔하다.

여기서 주의해야 하는 것은 제주도 방언에서의 'ᆞ' 발음이다. 앞에서 말한 바와 같이 'ᆞ'는 오늘날 일반적으로는 생명이 없는 문자가 되어 버렸고 어휘에 따라서 'a'가 되기도 하고 'ŭ' 또는 'o'가 되기도 한다. 그런데 제주도 방언에서는 규칙적으로 'o(오)'와 'ɔ(1유형의 '어')'의 중간음으로서 원순성을 지니고 발음된다. 제주도 사람들의 발음을 들으면 내륙의 각 지역에서 혼동되는 '아'와 'ᆞ'가 대체로 구분되는 것처럼 느끼는 것이다. 필자는 제주도 방언의 'ᆞ'를 'ɑ̀'로 표기한다. 예컨대 'ᄆᆞᆯ(馬)'을 'mɑ̀l', 'ᄃᆞᆯ(月)'을 'tɑ̀l', 'ᄉᆞ실(事實)'을 'sɑ̀sil'로 표기하는 것이다.

L 'ᄋᆡ'

프랑스 선교사들(⑤)은 프랑스어 개구(開口)의 'è', Underwood(⑦)는 영어 'air'의 'ai', Baird(⑩)는 영어 'hăt'의 'ă'라고 간주할 정도로 개구음(開口音)이다. 여기서는 'ɛ'에 배당시킨다. 예컨대 '개(犬)'를 'kɛ:', '해(日)'를 'hɛ:'라고 표기하는 것이다.

M 'ᄋᆡ'

일반적으로는 '애'와 같은 음이기 때문에 'ɛ'로 표기한다. 다만 제주도 방언에서는 'ᆞ'가 두 입술의 원순성을 지닌 음이기 때문에 'ᄋᆡ'도 '애'와 같은 완전한 개구음(開口音)은 아니고 '외'[20]와 비슷한 종류의 음이되 다만

17) 가령 '오ᄂᆞᆯ(今日)'을 'o-năl'로 발음한다.
18) 가령 '하ᄂᆞᆯ(天)'을 'ha-nŭl'로 발음한다.
19) 가령 'ᄆᆞᆯ(馬)'을 'mol', 'ᄑᆞᆯ(臂)'을 'pʰol'로 발음한다. [역자주] 'ᆞ'가 '[o]'로 나타나는 것은 주로 그 앞에 양순음이 오는 경우인데 小倉進平은 이 사실을 한 번도 제대로 인식하지 못했다.

'외'보다는 약간 개구(開口)의 형태를 띈다. 여기서는 'ᄋᆡ'에 대해 'ö'라는 발음 기호를 부여한다. 제주도 사람이 '애'와 'ᄋᆡ'를 분명히 구별해서 발음하는 것은 내륙 사람들이 기이하게 느낄 정도이다. 가령 내륙에서는 '대(竹)'와 'ᄃᆡ(對)'를 모두 'tɛ:'라고 발음하지만 제주도 사람은 '대(竹)'를 'tɛ:', 'ᄃᆡ(對)'를 'tö'로 발음한다. 또한 내륙에서는 '해(害)', 'ᄒᆡ(日)'를 모두 'hɛ:'로 발음하지만 제주도 사람은 '해(害)'를 'hɛ:', 'ᄒᆡ(日)'를 'hö'로 구별해서 발음한다.

N '에'

프랑스 선교사들(⑤)은 프랑스어 합구(合口)의 'é', Underwood(⑦)는 영어 'day, end' 등의 'a, e', Baird(⑩)는 영어 'fate, met' 등의 'a, e'라고 했으며 합구음(合口音)이라는 점에서 일치한다. 'e'가 발음 기호로 적절하다. 예를 들어 '게(蟹)'를 'ke:', '세(三)'를 'se:'로 표기하는 것이다. 일본인들은 자주 '애'와 '에'의 발음을 혼동하는데 입의 개구(開口)라는 이치를 이해하면 쉽게 고칠 수 있다.

O '예'

프랑스 선교사들(⑤)은 'YEI'로 대표하고 있지만 'amitié', 'moitié' 등의 'ié'와 같이 발음되는 음이라는 점을 미리 말하고 있다. 그 외의 여러 연구자들도 두음에 'y'를 붙이고 있으므로 'je'로 표기해야 할 것이다. 예컨대 '옛날'[21]을 'je:n-nal', '예비(豫備)'를 'je:bi'라고 표기하는 것이다. Underwood(⑦)는 '예'가 자음 뒤에서 발음이 곤란한 경우 '에'와 동일하게 발음된다고 했는데 이것은 타당한 지적이다. 가령 '계집(kje:-ʧip, 女)'은 'ke:-ʧip', '셰상(sje:-saŋ, 世上)'은 'se:-saŋ'과 같이 발음되는 경우가 있다.

---

20) Q 항목 참조.
21) 정확하게는 'ᄉᆞᆺ날'.

P 'ㅘ'

원래 'o'와 'a'가 결합한 이중모음인데 실제로는 'wa'로 발음된다. 'wa' 라고 표기한다.

Q 'ㅚ'

이 문자도 발음이나 전사가 곤란한 것 중의 하나라고 생각된다. 프랑스 선교사들(⑤)은 'OI'를 표준으로 삼고 실제 발음은 'ŌÉ, EUI, EU'와 같다고 했고, Underwood(⑦)는 어떤 경우에는 '되오(to become)'와 같이 'were'의 'we'이고 어떤 경우에는 '죄(sin)'와 같이 'w'가 다소 불분명한 음이고 어떤 경우에는 '쇠(metal)'와 같이 프랑스어의 'eu'로 들린다고 했으며, Hodge(⑫)는 'oi'를 동시에 발음한 것으로 때로는 'wee'와 같이 들릴 때가 있다고 했다. Baird(⑩)는 'ㅚ'에 대해 'ā'를 할당했는데 필자는 'ㅚ'가 원래 독일어의 'ö'와 비슷한 음이며 'ø'로 표기하는 것이 적당하다고 생각한다. 예컨대 'ᄂᆡ외(內外)'를 'nɛ:ø', '쇠(鐵)'를 'sø'로 하는 것이다.

'ㅚ(ø)'는 지역에 따라서 발음하기가 어려워 'ㅞ(we)', 'ㅙ(wɛ)', 'ㅐ(ɛ)', 'ㅔ(e)'나 그 밖의 다른 음으로 변화하는 경우가 흔하다. 또 이 'ㅚ(ø)'는 제주도 방언의 'ᆡ(ӧ)'와 유사성을 지니는데 'ㅚ(ø)'가 'ᆡ(ӧ)'에 비해 개구(開口)의 정도가 좁다는 차이가 있다.

R 'ㅙ'

원래는 'o, a, i'가 합쳐진 삼중모음인데 실제 발음은 프랑스 선교사들(⑤)이 'oai, oè, ouè', Underwood(⑦)가 'ware'에서의 'w'라고 했다. 여기서는 'wɛ'로 표기한다.

S 'ㅝ'

원래는 'u'와 'ɔ'가 합쳐진 이중모음인데 실제 발음은 자음 'w'와 모음 'ɔ'와의 결합이다. 여기서는 'wɔ'로 표기한다.

T 'ᅱ'

원래는 'u'와 'ɪ'가 결합한 이중모음인데 실제 발음은 'w'와 모음 'ɪ'의 결합인 경우가 적지 않다. 여기서는 'wi'로 표기한다.

U 'ᅰ'

원래는 'u, ɔ, ɪ'가 결합한 삼중모음인데, 실제 발음은 프랑스 선교사들(⑤)이 프랑스어 'neué', 'loué' 등의 'oué'라고 했고 Underwood(⑦)는 영어 'way'의 'wa'에 해당한다고 했다. 'we'로 표기해야 할 것이다.

V 'ᆔ'

어두에 놓인 경우 'ɪuɪ'와 같이 발음되어 'j'가 뚜렷하게 나타나지는 않지만 't, tʰ, s, ʧ, ʧʰ' 등을 제외한 자음 뒤에서는 'juɪ'가 된다. 가령 'ᄀᆔ('規[규]'의 잘못된 음)'는 'kjuɪ'로 표기하고 'ᄎᆔ(醉)'는 'ʧʰuɪ'로 표기하는 것이다.

W 'ᅴ'

항상 분명한 이중모음으로 발음된다. 'ɯ̇ɪ'로 표기한다. 예를 들어 '의심(疑心)'을 'ɯ̇ɪ-sɪm', '믭다(憎)'를 'mɯ̇ɪp-ta'로 표기한다. 다만 '의'는 방언에서 '으(ɯ̇)' 또는 '이(ɪ)'와 같은 단모음으로 발음되는 경우가 있다.

이상은 한국어 모음의 발음 기호를 서술한 것이다. 다음으로 필자는 이 모음들의 조음 위치를 도표 위에 표시하여 부족한 설명을 보충하고자 한다. <그림 1>은 단순히 기본 모음의 위치를 표시한 것이고 <그림 2>는 한국어 모음의 위치를 가리키되 편의상 일본어의 모음[22]도 함께 나타낸 것이다. 또한 <그림 2>의 아래에는 한글과 여기서의 발음 기호를 대조해 놓았다.

22) 일본어의 모음은 개인적인 느낌에 의한 것이다.

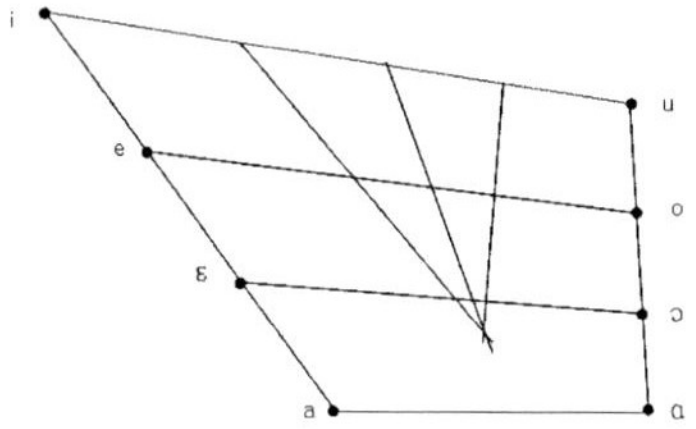

<그림 1> 기본 모음도

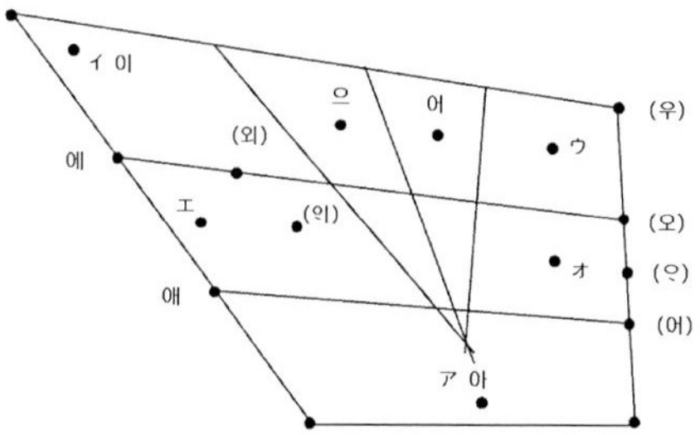

<그림 2> 한국어와 일본어의 모음 위치

아	a	야	ɪa, ja	(어)	ɔ(1유형)	어	ɯ̈(2유형)
(여)	ɪɔ, jɔ(1유형)	여	ɪɯ̈, jɯ̈(2유형)	(오)	o	(요)	ɪo, jo
(우)	u	유	ɪu, ju	으	ɯ̇	이	ɪ
ᄋᆞ	a, ɯ̇ 등	(ᄋᆞ)	ɑ(제주도)	애	ɛ	ᄋᆡ	ɛ
(ᄋᆡ)	ɑ̈(제주도)	에	e	예	je	와	wa
(외)	ø	왜	wɛ	워	wɔ	위	wɪ
웨	we	위	ɪuɪ, juɪ	의	ɯ̇ɪ		

자음의 표기법에 관해서는 다음에 비평을 청하는 기회가 있을 것이라 생각한다.

(1930년 8월 씀)

'한국어 모음의 발음 기호'에 대한 해설

이 논문은 1931년 ≪音聲の研究≫ 4호에 실렸으며 원래 제목은 "朝鮮語母音の記號表記法に就いて"이다.[23] 제목에서도 알 수 있듯이 한국어의 모음 각각을 표시하는 데 적절한 발음 기호를 정하는 내용을 담고 있다. 서구 여러 학자들의 논의에 나타난 발음 기호들을 일일이 검토하면서 그 타당성을 논한 후 최종적인 안을 제안했다. 논의 가운데 모음에 대한 음운론적 내용도 일부 나오지만 대부분은 적절한 발음 기호를 정하고 그 예시를 보이는 데 주력하고 있다.

---

23) 여기서는 ≪小倉進平博士著作集(Ⅲ)≫(京都大 國文學會 刊行)에 수록된 것을 번역하였다.

20장
한국어와 일본어의 음운

1. 모음의 수

일본어의 모음이 ‘ア, イ, ウ, エ, オ’의 5개이고 한국어의 모음이 ‘아[a], 야[^{i}a], 어[ɔ], 여[^{i}ɔ], 오[o], 요[^{i}o], 우[u], 유[^{i}u], 으[ů], 이[i], ᄋᆞ[a]’[1]의 11개인 것은 일반적으로 인정하고 있는 바이다. 그러나 문자가 실제 발음을 항상 정확하고 충실하게 표기하지는 않는다. 학문적으로 엄격히 논의하면 문자의 수와 음운의 수 사이에 반드시 절대적인 일치를 발견할 수는 없다. 실제로 가나(假名) 중 ‘エ’는 문자로는 하나이지만 현대의 발음으로는 ‘[e], [ε]’의 두 음이 포함되며, ‘イ’도 ‘[i], [ï]’ 등의 서로 다른 음이 포함된다. 한글 중 ‘어’와 같은 것도 문자로서는 하나이지만 실제로는 ‘[ɔ]’와 ‘[ɯ]’를 나타내는데 이 역시 같은 현상이다.

한국어 모음의 수는 앞에서 말했듯이 11개라고 믿고 있지만 그 중 ‘야, 여, 요, 유’ 네 가지는 이중모음에 속하기 때문에 실제 단모음(單母音)의 수는 나머지 7개이다. 요컨대 각 음들의 미세한 뉘앙스는 논외로 친다 하더라

1) [ ] 안에 있는 것은 발음 기호이다. 이하 같음. [역자주] 小倉進平은 한글 표기에 대해 문자 기호와 발음 기호(또는 表音 기호)를 구분한다. 그래서 [ ] 안에 있는 것이 발음 기호라는 사실을 명시한 것이다. 문자 기호와 발음 기호에 대해서는 5부에 실린 “한글의 로마자 표기법”을 참고할 수 있다.

도 실제적인 모음의 수는 일본어가 5개, 한국어가 7개이다. 이처럼 한국어와 일본어의 모음은 그 숫자에서도 차이가 날 뿐만 아니라 음질에서도 현저한 차이가 드러난다. 이런 여러 가지 점을 관찰할 때 오늘날 한일 두 언어의 모음 조직이 동일하다고 곧장 단정하는 것은 곤란하다.

2. 원모음(原母音)[2)]

일본어의 모음 조직 중 'ai'가 'e'로 바뀌고[3)] 'au'가 'o'로 바뀌는[4)] 경향이 꽤 현저하기 때문에 한 편으로는 'e, o'가 다른 모음에 비해 2차적인 지위에 있다고 할 수 있다.[5)] 이런 사실로부터 어떤 학자는 일본어의 원모음이 'a, i, u'의 세 가지였다고 말한다. Chamberlain은 유구어(琉球語)와의 비교를 통해 이 사실을 증명하려고 한 것인데 어떤 학자는 유구어에도 예전부터 'e, o' 모음이 존재하고 있었다는 반증을 거론하기도 한다.[6)] 한국어의 단모음은 그 수나 음질에서 일본어의 모음과 차이가 있다는 사실은 앞에서 말한 바 있는데 아직 역사적 연구가 명확히 이루어지지 않았기 때문에 그 원모음의 문제를 논의하는 수준까지는 이르지 못했다.

2) [역자주] '原母音'이란 다른 모음으로부터 변한 것이 아니고 원래부터 존재했던 모음을 가리킨다.
3) '大根(だいこん, daikon)'를 'でいこん(dɛ:kon)'이라고 하는 경우.
4) '相(さう)'을 'そう'라고 하는 경우.
5) [역자주] 2차적인 지위란 원래부터 존재했다기보다는 다른 음으로부터 변화했음을 의미한다.
6) 이하 후유(伊波普猷)의 "琉球語の母音組織と口蓋化の法則(≪國語と國文學≫ 7권 8호)".

3. 중모음(重母音)

한국어와 일본어에는 각각 특유의 모음이 존재하기 때문에 그 결합으로 이루어진 이중모음 역시 각각 독특한 결과가 나오는 것은 당연한데 특히 다음 변화에 주의할 필요가 있다.

첫째, 일본어는 'dai-kon＞[de:-kon], [dɛ:-kon](大根)'과 같이 'ai'가 자주 '[e], [ɛ]' 등으로 변화하는데 한국어도 'ka-i>[kɛ:](犬)', 'sa-i>[sɛ](鳥)'와 같이 'ai'가 '[ɛ]'로 변한다.

둘째, 일본어는 'sa-u>[so:](相)'과 같이 'au'가 '[o]'로 변하는데 한국어는 'au'가 그대로 이중모음으로 발음되어 '[o]'로 변하는 것이 없다.[7)]

셋째, 한국어는 'so-i>[sø](鐵)', 'čo-i>[ʧø](罪)'와 같이 'oi'가 서울 지방에서 '[ø]'로 변하는데,[8)] 일본어에서는 일반적으로 이러한 현상을 보이지 않으며 오히려 '何々と謂ふ(-to-i-)'를 '何々ちふ'라고 하듯이[9)] 'oi'가 별개의 다른 음으로 바뀌지 않고 단순히 'o'가 탈락하는 경우가 있다. ≪萬葉集≫에서 '船木伎流等伊布'의 '等伊布(と謂ふ, to-i-hu)'가 같은 책에서 '由久智布比等波'의 '智布(ちふ, chi-hu)'로 표기된 것이 그 예이다. 그런데 한 편으로 'といふ(to-i-hu)'를 ≪古事記≫에서는 '阿岐豆志麻登布', ≪萬葉集≫에서는 '必禮布理伎等敷'의 'とふ(to-hu)'로 표기한 것을 보면 'ち(智)' 또는 'と(登, 等)'로 표기한 것은 'ti(ʧi)'도 아니고 'to'도 아닌 'tø'와 같은 음이 아닐까 한다. 즉 'oi'가 '[ø]'로 변하는 경향이 예전부터 일본어에도 존재한 것이 아닐까 하고 추측되는 것이다. 오늘날도 '太い[hu-to-i]奴だ'를 'ふてい[hu-te-i]奴だ'로 발음할 때의 'てい'는 '[te:]' 또는 '[tei]'가 아닌 '[tø]'와 같은 것이 아닐까 한다.

---

7) [역자주] 국어에는 이중모음 'au'는 존재하지 않는다. 다만 'a'와 'u'의 모음 연쇄만 존재할 뿐이다.

8) 다른 방언에서는 '[we], [wɛ]'와 같이 바뀌는 경우도 있다.

9) -ti->-ʧi-.

요컨대 중모음의 구성은 한국어와 일본어에 각각의 특징이 있어서 반드시 서로 일치하지 않음이 분명하다.

4. 모음조화

모음조화는 우랄 알타이 어족에 존재하는 음운 현상의 한 특징이라고 부르는 것이며 어간에 있는 모음이 그 뒤에 오는 접미사의 모음에 영향을 주는 현상을 말한다. 예컨대 Riedl[10)]이 말한 바에 따르면 헝가리어의 모음은 다음의 세 가지로 나뉜다.

① 강모음(强母音) : a, á, o, ó, u, ú
② 약모음(弱母音) : e, ö, ő, ü, ű
③ 중모음(中母音) : ė, é, i, í

첫째, 어간에 강모음 중 하나가 있으면 그 뒤에 오는 접미사에는 동일한 강모음이 나타나거나 또는 중모음이 나타나며 둘째, 어간에 약모음이 있는 경우에는 그 접미사에 약모음 또는 중모음이 나타나고 셋째, 어간에 중모음이 있는 경우에는 그 접미사에 중모음이 나타나거나 또는 때때로 강모음과 약모음 중 어느 것도 나타날 수 있다고 하는 꽤 엄격한 규약이 이루어지고 있다. 예를 들어 '여격'을 의미하는 접미사는 본래 '-nek'인데 앞에 강모음을 포함한 어간 'ház(家)'가 올 경우에는 'ház-nak(집에)'와 같이 '-nak'으로 바뀐다. 또한 '처소'를 의미하는 접미사 '-ról'이 약모음을 포함한 어간 'kert(庭)' 뒤에 올 때에는 'kert-röl(마당에서)'과 같이 '-röl'이 되고, 중모음을 포함하며 '장소'를 의미하는 접미사 '-ért'는 'ház-ért(집에)', 'kert-ért

10) Riedl, A. M.(1858), ≪Magyarische Grammatik≫, §18, ff.

(마당에)'와 같이 강모음이나 약모음을 포함하는 어간 모두에 접속될 수 있다.

이러한 현상은 항가리어에만 국한된 것이 아니고 핀란드어, 사모에드, 터키어, 몽고어 등에서도 나타나는 것으로 유명한데 한국어와 일본어에서는 어떠할까? Aston은 예전에 일본어와 한국어의 비교 연구11)에서 한국어는 일본어와 마찬가지로 이 현상이 없음을 암시하였지만 일본의 앞선 학자들 중에는 일찍이 이 현상에 대해 언급한 자가 있었다.12) 필자도 예전부터 이에 대해서 생각하고 연구를 진행 중이었는데 한국어의 모음조화 현상은 현재보다도 예전에 더욱 엄격하게 적용되고 있었음을 확인할 수 있었다.13) 필자는 이 사실이 한국어의 계통을 논의함에 있어 하나의 중요한 지표가 되어야 한다고 믿는다.

다음으로 일본어에 이러한 현상이 존재했는지 아닌지에 대해서는 아직 학자들의 주목을 충분히 받지 못한 것 같다. 오히려 이 현상이 존재하는 데 대한 적극적인 논증 자체가 불가능한 듯 보이기도 한다. 원래 우랄 알타이 어족에 존재하는 모음조화라는 명칭의 용법은 주로 앞에서 말한 바와 같이 어간과 접미사 사이에 일어나는 모음동화 현상14)을 의미하지만 이와 별도로 한 단어가 둘 이상의 음절로 이루어질 때 가장 앞에 있는 음절의 모음이 뒤에 오는 여러 음절의 모음을 자신과 같은 종류의 모음으로 동화시키는 현상15)에도 사용하는 듯하다.

첫 번째 용법의 경우 중심된 의미를 담당하는 어간의 모음 종류에 따라 접미사 '-nek'이 '-nak'으로 바뀌고 '-ról'이 '-ről, -rul, -rül'로 바뀌지만 접미사의 원래 의미에는 약간의 동요도 초래하지 않으나,16) 일본어에서는

11) Aston, W. G.(1879), ≪A comparative Study of the Japanese and Korean Languages≫.
12) 마에마 교사쿠(前間恭作)의 ≪韓語通≫(1909)과 ≪龍歌古語箋≫(1924) 등.
13) 오구라 신페이(小倉進平)의 ≪鄕歌及吏讀の硏究≫의 3편 1장 참조.
14) [역자주] 이것을 첫 번째 용법이라고 부르기로 한다.
15) [역자주] 이것을 두 번째 용법이라고 부르기로 한다.
16) 한국어도 이와 성격을 완전히 같이 하여 어간의 모음 여하에 따라 주격을 나타내는 조사는 'ɐn(ᄋᆞᆫ)' 또는 'ŭn(은)'이 되고 목적격을 나타내는 조사는 'ɐr(ᄋᆞᆯ)'

어간의 모음 종류에 따라 목적격을 나타내는 조사 'を(wo)'를 마음대로 'we, wa' 등으로 바꾸거나 여격을 나타내는 조사 'に(ni)'를 마음대로 'na, no' 등으로 바꿀 수 없다. 일본어에서는 이러한 모음의 변환이 곧바로 어격(語格)의 파괴를 의미하기 때문이다. 요컨대 한국어를 포함한 많은 우랄 알타이어에서는 접미사의 모음이 어간 모음에 따라 여러 가지로 바뀌는 현상이 그 언어의 구조에 근거를 둔 문법적 사실이지만 일본어에서는 그러한 성질이 완전히 결여되어 있다. 이것이 가장 먼저 한국어와 일본어 사이에 차이가 나는 점이다.

다음으로 두 번째 용법에 있어 한국어를 포함한 우랄 알타이어에 존재하는 현상이 일본어에서 발견되지 않는 것은 아니다. 예를 들어 ≪類聚名義抄≫에서 '渡'를 '禾タリ(wa-ta-ri)'와 'ホトリ(ho-to-ri)', '撓'를 'タワワ(ta-wa-wa)'와 'トヲヲ(to-wo-wo)', '亂'을 'ワワク(wa-wa-ku)'와 'ヲヲク(wo-wo-ku)'라고 표기하고 그 외에 '慄'을 'ワナナク(wa-na-na-ku)'와 'ヲノノク(wo-no-no-ku)'라고 표기하며, 또한 ≪古今集≫의 '東歌(甲斐)'에서 '甲斐がねをさやにも見しがけけれなく'라고 하여 '心(ko-ko-ro)'를 'ke-ke-re'로 표기한 것처럼 첫 음절에 'a'가 있으면 뒤에 이어지는 음절에도 'a'가 나타나고 첫 음절에 'o, e'가 있으면 둘째 이하의 음절에 'o, e'가 나타나는 등 언뜻 보기에는 우랄 알타이어의 모음조화 현상과 흡사한 현상이 있는 것처럼 보인다. 그러나 우랄 알타이어에서는 어떤 경우에도 거의 규칙적으로 모음조화가 기능을 발휘하는 데 비해 일본어에서는 그 기능을 충분히 인정할 수도 없으며 그 예시 역시 극소수에 불과하다.

이상 모음조화의 두 가지 용법에 대해 관찰한 결과 일본어의 모음조화 현상은 극히 미약하다고 해야 할 것이다. 그런데 또 다른 측면에서 모음조화 현상의 존재 여부를 널리 연구할 필요가 있다. 가령 Hoffmann이 일본어 문법[17]에서 동사의 지속 또는 조건 등을 표기할 때 '-ari, -iri, -ori, uri' 등의

또는 'ùr(을)'이 된다.

17) Hoffmann, J. J.(1868), ≪A Japanese Grammar≫, §77 등.

어미를 사용하는데[18] 어떤 것을 취할지는 오로지 그 앞에 있는 동사 어간의 모음에 의해 결정된다고 한 것, Grunzel[19]이 일본어의 지격(持格) 'の'의 원형은 '-na'였는데 대명사 '此(ko)', '其(so)'의 'o'에 영향을 받아서 'の(no)'가 되었다고 한 것, 또 '男(o-to-ko)', '女(o-to-me)'의 'to'는 원래 지격(持格) 'tsu'[20]에서 나왔는데 앞에 있는 모음 'o'에 영향을 받아 'to'로 변했다고 한 것과 같이 그 논의에 아직 미진한 점이 있지만 여러 방면에 걸쳐 널리 고찰할 필요가 있다. 요컨대 일본어는 적어도 현재의 연구 수준에서는 아직 모음조화 현상의 존재를 적극적으로 입증할 만한 수준에 다다르지 않았지만 최근 일본의 국어학계를 활기차게 하고 있는 옛 문헌의 한자 용법에 대한 연구 등으로 한층 발전한다면 일본에서도 예전에 모음조화 현상이 존재했음을 증명함으로써 나아가 이 문제에 있어 대륙의 여러 언어와 서로 비교하는 기회가 생길 수도 있다.

5. 자음의 수

일본어 자음의 수는 일반적으로 ① 오십음(五十音) 중 'ア'행 음을 제외한 9개 행의 자음, ② 네 종류 탁음(濁音) 행의 자음, ③ パ행 음 자음을 합친 것이라고 간주하는데 실제로는 'サ'행 음에 's, ʃ', 'タ'행 음에 't, ʧ, ʦ', 'ハ'행 음에 'h, f' 등의 여러 자음이 포함되어 있어서 그리 간단하지는 않다. 한국어는 현재 14개의 표음 문자가 있어서 자음의 수도 14개인 것처럼 생각하지만, 실재하고 있는 탁음에 대해서는 독립된 문자가 없으며 된시옷이라는 음은 두 자음의 결합[21]으로서 표기된다. 따라서 실제로 존재하는

18) '懸り'(ka-ka-ri), '積り'(tsu-mo-ri)와 같은 예를 거론했다.
19) Grunzel, J.(1895), ≪Entwurf einer vergleichenden Grammatik der altaischen Sprachen nebst einem vergleichenden Wörterbuch≫.
20) '天つ風(ama-tsu-kaze)' 등의 'つ'일까?

자음의 수는 문자의 수보다 훨씬 풍부하다. 한국어와 일본어 자음의 비교 연구는 별개의 문제로 치고 단순히 그 수만 관찰하더라도 상당한 차이가 있을 듯하다. 두 언어 사이의 관계를 어떻게 설명해야 하는지는 앞으로 근본적인 연구의 결과를 기다려야 한다.

6. 자음 사이의 동화

일본어의 음운 조직에서는 각 음절이 원칙상 모음으로 끝나며 자음으로 끝나는 것은 불가능하기 때문에 어중(語中)이나 단어의 연결에서 두 개의 자음이 결합하지 않으므로 두 자음 사이에서 동화 현상이 일어날 수 없다. 그러나 한국어의 음운 조직은 음절이 모음으로 끝날 수 있을 뿐만 아니라 자음으로도 끝날 수 있기 때문에 두 자음이 결합하는 현상이 매우 일반적이며 그 사이에서 특별한 동화 현상이 자주 나타난다. 예컨대 다음과 같다.

ㄱ.
① 松葉 'sor-nip'>[sol-lip]
② 洞里 'toŋ-ri'>[toŋ-ni]

ㄴ.
① 新羅 'sin-ra'>[sil-la]
② 植物 'sik-mur'>[siŋ-mul]

'sor-nip(松葉)'의 'r(l)'은 다음에 오는 'n'을 완전히 동화시켜 '[sol-lip]'으로 바꾸고 'toŋ-ri(洞里)'의 'ŋ'은 뒤에 오는 'r'을 반만 동화시켜서 '[toŋ-ni]'로 바꾸었다.[22] 또한 'sin-ra(新羅)'에서의 'n'은 후행하는 'r(l)'에 완전

21) 'ㅅㄷ', 'ㅅㅂ' 등.

히 동화되어 '[sil-la]'가 되고 'sik-mur(植物)'의 'k'는 뒤에 오는 'm'에 반만 동화되어 '[siŋ-mul]'이 되었다.[23] 동화의 방향에 따라 이 현상을 분류하면 (ㄱ)은 순행동화(progressive assimilation), (ㄴ)은 역행동화(regressive assimilation)이며 동화의 정도에 따라 분류하면 (ㄱ)의 (①)과 (ㄴ)의 (①)은 완전동화(complete assimilation), (ㄱ)의 (②)와 (ㄴ)의 (②)는 불완전동화(incomplete assimilation)이다. 이와 같은 자음 사이의 동화 현상은 물론 인구어(印歐語)에도 존재하지만 한국어와 같이 다양한 경우는 비슷한 사례를 찾을 수 없을 듯하다. 우랄 알타이 언어에서조차 이 정도로 완전한 작용은 일어나지 않는 것 같다.

7. 두음규칙(頭音法則, Anlaut-gesetz)

우랄 알타이 어족의 두음규칙은 종래 여러 연구자에 의해 자주 논의가 되어 왔는데 일본어와 한국어의 두음규칙은 대체로 이와 일치한다. 여기서 주된 현상 두세 가지를 서술하기로 한다.

첫째, 'r, l'을 꺼린다. 터키어, 만주어, 몽고어 등에서 이 현상이 현저한 사실은 세상에 잘 알려져 있는데 한일 두 언어도 대략 같다. 일본어에는 'ラ(ra)'행 음으로 시작하는 고유어가 존재하지 않는다고 하여 예전에 '러시아'와 같은 단어가 수입되었을 때에도 앞에 'オ'을 덧붙여 'オロシヤ'라고 했다고 전해질 정도인데 한 편으로 漢語[24]와 서양어[25] 중 일부는 예전부터 'ラ'행 음으로 발음되었다. 한국어도 어두에 'r, l'이 오는 것을 피하여 일본

22) 비음 'ŋ'은 'r'을 완전히 동화시켜서 'ŋ'으로 바꿀 수 없기 때문에 단순히 'r'의 조음 위치에서 이를 비음화 시켜 'n'으로 바꾼 것에 불과하다.
23) 비음 'm'은 'k'를 완전히 동화시켜 'm'으로 바꿀 수 없기 때문에 단순히 'k'의 조음 위치에서 이를 비음화 시켜서 'ŋ'으로 바꾼 것에 불과하다.
24) 論語, 利益 등.
25) lamp, London 등.

어와 마찬가지로 'r' 앞에 모음을 덧붙여 러시아를 '俄羅斯(a-ra-sa)'로 하는 것과 같은 예가 존재하는데 'ラ'행 음을 기피하는 정도는 더욱 철저하다. 즉 서울의 발음에서 'ra, rȯ, ro, ru, ru̇'가 어두에 존재하는 경우에는 '[na], [nɔ], [no], [nu], [nu̇]'로 발음되고 'ria, riȯ, rio, riu, ri'가 어두에 있는 경우에는 '[^{i}a], [^{i}ɔ], [^{i}o], [^{i}u], [i]'[26]로 발음되며[27] 약간의 예외도 없다. 요컨대 일본어와 한국어는 'ラ'행 음이 어두에 오는 것을 꺼린다는 점에서 공통점을 가지고 있지만 그 사이에는 어느 정도 차이가 있다고 하겠다.

둘째, 유성음(濁音)을 회피한다. 일본어는 漢語나 그 외의 외래어를 별도로 하면 고유어에서 유성음으로 시작하는 단어가 극히 드물었다고 하는데 한국어에서는 어두에 유성음이 오는 것이 어떠한 경우에서도 불가능하다. 그러므로 일본어에 능숙한 사람이 아니면 'ガツカウ(學校, gakkau)', 'バカ(馬鹿, baka)'와 같은 단어를 일반 한국인들은 'カツカウ(kakkau)', 'パカ(paka)'로 발음한다. 이 현상은 우랄 알타이 어족의 많은 언어도 마찬가지이다. 예컨대 핀란드어에서 'Dänemark(丁抹)'를 'Tanska', 'Bank(銀行)'을 'pankki'라고 발음하는 것이다.

셋째, 자음군을 기피한다. 일본어는 각 음절이 원칙적으로 모음으로 끝나기 때문에 두 개 이상의 자음이 연결되는 경우가 없다.[28] 따라서 영어 'Christ'라는 단어가 수입되자 'ch'와 'r' 사이, 's'와 't' 사이에 모음을 삽입해서 '[ki-ri-su-to]'라고 발음하고 네덜란드어 'bulik(錻力)'[29]가 수입되자 이것을 '[bu-ri-ki]'라고 발음하였다. 어두에 자음군이 오는 것을 꺼리는 경향은 우랄 알타이 언어들에서도 발견된다. 가령 핀란드어에서는 독일어

26) [역자주] '[^{i}a], [^{i}ɔ], [^{i}o], [^{i}u]'는 '야, 여, 요, 유'를 나타내는 기호이다. 여기에 대해서는 이 책의 5부에 수록된 "한글의 로마자 표기법"을 참고할 수 있다.

27) 평안도 방언에서는 'ria, riȯ, rio, riu, ri'가 '[na], [nɔ], [no], [nu], [ni]'로 발음된다.

28) 어두나 어중에서 모두 그렇다.

29) [역자주] 원문에는 'bulik'으로 되어 있지만 문맥상 'blik'가 옳은 듯하다. 이 단어가 네덜란드어에 있기는 하지만 뜻은 약간 다르다.

'strand(岸)'가 들어오자 'ranta'라고 발음하고[30] 헝가리어에서는 독일어 'stab(棒)'과 'prior(方丈)'이 수입되자 'istáp'[31]과 'perjel'[32]로 발음한 예가 있다.

그런데 한국어에는 이 점에 있어서 특이한 현상이 있다. 현대의 한국어에 존재하는 '된시옷'이라는 음 현상은 'ㅅㄱ, ㅅㄷ, ㅅㅂ' 등과 같이 자음의 왼쪽에 'ㅅ(s)'을 덧붙여서 표기하는데 이들 중 많은 것은 예전에 둘 또는 세 자음으로 발음된 흔적이 있는 것이다. '쑴[ˀgum](夢)', '쁴[ˀdüi](帶)' 등은 'skum', 'stüi', '쁫[ˀdüt](意)', '쌀[ˀsal](米)' 등은 'ptüt', 'psal'과 같이 모두 어두에서 두 개의 자음을 발음한 듯하며 '쎄[ˀgi](時)' 등은 'pski'와 같이 세 개의 자음까지도 어두에서 발음한 듯하다.[33] 가나자와 쇼자부로(金澤庄三郎) 박사가 예전에 일본어 'シトミ(si-to-mi, 蔀)'의 어원을 한국어 'stüm(苫)'[34]에서 찾고, 일본어 'シトギ(si-to-gi, 粢)'의 어원을 한국어 'stök(餅)'[35]이라고 생각한 것은 한국어에 존재하는 두음규칙을 응용한 설명이라고 말할 수 있으며 어원 해석에서 있어 매우 흥미로운 학설이라고 하겠다.[36]

30) 'str'이라는 세 자음군 중 두 음을 생략한 예.
31) 어두에 'i'라는 모음을 붙여서 'st'라는 두 자음의 연쇄를 피한 예.
32) 두 자음 사이에 모음을 삽입한 예.
33) [역자주] 소위 어두자음군에 대한 小倉進平의 생각은 이 책의 2부에 수록된 "된시옷"을 참고할 수 있다.
34) 현대 발음은 '[ˀdüm]'. [역자주] '뜸'은 ≪표준국어대사전≫(국립국어원)에 따르면 짚, 띠, 부들 따위로 거적처럼 엮어 만들었으며 비, 바람, 볕을 막는 데 쓰는 물건이다. 예전에는 '쁨'이었을 것으로 추정된다.
35) 현대 발음은 '[ˀdɔk]'. [역자주] '떡'을 말한다. 예전에는 '쩍'이었다.
36) 가나자와 쇼자부로(金澤庄三郎) 박사가 지은 ≪言語の研究と古代の文化≫(1913)의 61쪽, 83쪽 등.

8. 말음규칙(末音法則, Auslaut-gesetz)

말음규칙에 관해서는 한국어와 일본어 사이에 상당한 차이가 있다. 여기서 그 주된 점을 간략하게 서술하기로 한다.

첫째, 일본어의 각 음절은 원칙상 모음으로 끝나고 자음으로 끝나는 것은 없다고 한다. 따라서 영어인 'dog, top'는 'doggu, toppu'와 같이 발음된다. 그러나 17, 18세기 무렵에 외국인들이 써서 출판한 일본어에 관한 기사를 보면 당시의 일본어 발음에는 음절을 자음으로 끝맺는 현상이 일반적으로 존재한 것 같다. 예컨대 Montanus는 ≪Atlas Japanensis≫(1670)에서 '밥을 먹다(Eat rice)'를 '[Mis Cosmis]'[37]로, '나쁘다(bad)'를 '[warrangusar]'[38]로 표기했으며 Meistern은 ≪Der orientarisch-Indische Kunst-und Lustgärtner≫(1692)에서 '사람의 다리(Beine von Menschen)'을 '[Asch]',[39] '깨다(brechen)'을 '[jabrimesch]'[40]로 표기했고 Thunberg의 ≪Reise durch einen Theil von Europa, Afrika und Asia≫(1792)에서도 일본어의 'semeku'는 '[semekf]', 'toru'는 '[torr′]', 'abramussi'는 '[abramuss′]'와 같이 발음된다고 표기되어 있다.[41] 이상은 오로지 근대의 일본어[42] 발음을 표준으로 한 것이지만 이 현상이 실제로 그 이전의 발음에도 존재하지 않았나 하는 점은 더 연구를 필요로 한다. 가나(假名)나 그 밖의 문자에만 얽매이지 않고 항상 음운 현상의 실체를 직시해야 함을 잊으면 안 된다.

한국어의 음절은 모음으로 끝나는 것 외에 자음으로 끝날 수도 있다는 점

37) '飯きこしめせ'의 뜻인지 알 수 없다.
38) '悪うござる'의 뜻인지 알 수 없다.
39) [역자주] '다리(足)'는 현대 일본어로 'あし(a-shi)'이다.
40) '破ります'의 뜻.
41) [역자주] 이 예들은 '°'로 표시된 자음 뒤에 모음이 오지 않음으로써 결국 자음으로 음절이 끝난다는 공통점이 있다. 각각의 예를 현대 일본어 발음과 비교하면 'Asch'와 'あし(a-shi)', 'jabrimesch'와 '破ります(ya-bu-ri-ma-su)'에서 보듯이 모음의 유무에서 차이가 남을 알 수 있다.
42) 그 중에는 방언을 표기한 것도 있으리라 본다.

에서 일본어와 성질을 달리한다. 이 때 'k, t, p' 등과 같은 자음은 많은 언어에 존재하는 것과 같이 파열을 동반하는 파열음이 아니라 소위 폐쇄음(implosion)에 속한다. 따라서 한국어에 존재하는 말음 'k, t, p'는 영어 'rock, cat, top'에서의 'k, t, p'만큼 명료하게 들리지는 않는다. 그 결과 일본인이 '[ʧ΄oŋ-gak](總角)', '[ʧip](家)'과 같은 한국어를 그대로 일본어로 취급해서 사용할 때에는 '[ʧ΄oŋ-ga:]'와 같이 말음 'k'를 완전히 탈락시켜 발음하거나 '[ʧib-i]'처럼 'i'와 같은 모음을 첨가해서 발음하는 것이다.

둘째, 일본어에는 음절이 둘 이상의 자음으로 끝나는 것이 없지만 한국어에는 '[talk](鷄), [ⁱɔ-dalp](八)' 등 둘 이상의 자음으로 끝날 수 있다. 그러나 한국어에도 이런 종류의 발음은 그리 용이한 것이 아니라서 개인이나 방언에 따라 '[tal]' 또는 '[tak]', '[ⁱɔ-dal]' 또는 '[ⁱɔ-dap]'과 같이 두 자음 중 하나를 생략해서 발음하는 현상이 있다. 요컨대 한국어에서는 말음에 오는 자음군은 그리 자연스럽지 않다고 말할 수 있을 것이다. 우랄 알타이 제어는 언어에 따라 어말 자음군을 허용하는 것과 허용하지 않은 것의 두 종류가 있다.

9. 오십음도와 훈민정음

오십음도(五十音圖)가 실담(悉曇)[43]에서 기원하는 중국 ≪韻鏡≫의 조직과 밀접한 관계가 있다는 것은 세상에 잘 알려진 사실이다. 한국에서는 한글이라는 문자 그 자체의 기원에 관해 각종 이견이 있지만 한글 구성의 근본 정신에 실담 내지 중국 운학의 영향이 분명 있음을 부정할 수는 없다. 즉 한글 반포 당시 발음이나 그 밖의 의례(義例)를 제시한 ≪訓民正音≫[44]에서 한글의 배열 순서와 그 발음법을 다음과 같이 밝히고 있다.[45]

---

43) [역자주] '실담'이란 산스크리트어(梵語)와 그 문자를 가리킨다.
44) 서기 1446년(세종 28년).

ㄱ 牙音 如君字初發聲竝書如虯字初發聲
ㅋ 牙音 如快字初發聲
ㆁ 牙音 如業字初發聲
ㄷ 舌音 如斗字初發聲竝書如覃字初發聲
ㅌ 舌音 如呑字初發聲
ㄴ 舌音 如那字初發聲
ㅂ 脣音 如彆字初發聲竝書如步字初發聲
ㅍ 脣音 如漂字初發聲
ㅁ 脣音 如彌字初發聲
ㅈ 齒音 如卽字初發聲竝書如慈字初發聲
ㅊ 齒音 如侵字初發聲
ㅅ 齒音 如戌字初發聲竝書如邪字初發聲
ㆆ 喉音 如挹字初發聲
ㅎ 喉音 如虛字初發聲竝書如洪字初發聲
ㅇ 喉音 如欲字初發聲
ㄹ 半舌音 如閭字初發聲
ㅿ 半齒音 如穰字初發聲

즉 한글의 배열 방식은 牙音으로부터 점차 舌音, 脣音, 齒音, 喉音, 半舌音, 半齒音에 이르는데 이것은 실담이나 중국 운학의 분류 방식과 대체로 같다. 또한 牙音이면 牙音, 舌音이면 舌音에 속하는 한글 자형 사이에 각각 자획상의 관계가 존재하고 있는 것이다.[46] 요컨대 오십음도와 훈민정음은 한일 양국에서 독자적으로 발달했으며 언뜻 보면 아무런 관계가 없는 듯하지만 실제로는 그 선조(先祖)[47]가 동일한 형제와 같은 관계에 있다고 할 수 있다.

---

45) 여기서는 자음만을 제시한다.
46) [역자주] 같은 조음 위치에 속하는 글자들은 자획을 더하거나 빼는 관계가 성립한다는 사실을 지적한 것으로 보인다.
47) [역자주] 실담 또는 중국 운학을 가리킨다.

'한국어와 일본어의 음운'에 대한 해설

이 글은 독립된 논문으로 발표된 것은 아니고 1934년에 간행된 ≪朝鮮語と日本語≫라는 책의 1장에 해당한다.[48] 저자가 책의 앞부분에서도 밝혔듯이 음운, 어휘, 문자, 계통의 네 부분으로 나누어 한국어와 일본어를 매우 간략히 설명하고 있다.[49] 제목에서 '日本語'보다 '朝鮮語'가 먼저 나온다는 점, '國語' 대신 '日本語'를 사용한 점 등이 특이하다. '음운' 부분은 모두 9개의 주제로 이루어져 있다. 중요 내용은 대부분 이전에 발표한 논저에 이미 나왔다고 할 수 있다.

48) 여기서는 ≪小倉進平博士著作集(Ⅳ)≫(京都大 國文學會 刊行)에 수록된 것을 번역하였다.

49) 네 부분으로 나누었음에도 불구하고 이 책은 총 5장으로 구성되어 있다. 이것은 '문자'에 해당하는 장을 두 개 설정한 결과이다.

21장 한글의 로마자 표기법

(Ⅰ) 머리말[1]

세계의 그 어느 언어도 시대에 따라 각각 독특한 음운 변화를 겪는다. 그러한 변화 과정은 많은 경우에 그 언어를 표기한 문자로부터 미루어 알게 된다. 각 시대의 표기법은 각각 그 시대의 발음을 있는 그대로 표기한 것이어야 하지만, 발음은 분명히 변화했음에도 불구하고 표기는 예전 모습을 유지하는 경우가 적지 않다. 이것은 어느 나라에서건 역사적 표기법과 발음적 표기법이 결코 양립할 수 없는 경우가 생기기 때문이다. 예건대 일본어에서 '人を'의 'を', '行きませう'의 'ませう'는 오늘날 각각 'お', 'ましょう'와 동일하게 발음되지만 관습에 따라 'を'와 'ませう'로 표기되거나 한국어에서 '뎔(寺)', 'ᄆᆞᆯ(馬)'이 오늘날 '절', '말'로 발음되는데도 불구하고 역시 관습으로 인해 '뎔', 'ᄆᆞᆯ'이라고 표기되는 것이다.

한국어의 음성학적 연구를 하는 데 있어서 많은 경우는 현대 한국어를 연구 대상으로 한다. 그러므로 이것을 로마자 또는 표음 기호로 표기하고자 할 때에는 비교적 간단하다. 그렇지만 한 걸음 더 나아가 개별 음이나 개별 단어를 역사적으로 기술하고자 할 때에는 단순한 표음 기호만으로는 충분하지

1) [역자주] 독자의 편의를 위해 원문에는 없는 '머리말'이라는 단원 제목을 따로 설정하였다.

않은 경우가 적지 않다. 왜냐하면 표음 기호를 완전하게 갖추고 있다고 하더라도 'ㅿ, ㅸ, ㆆ'과 같이 오늘날 전혀 사용되지 않는 문자를 포함한 고어(古語)는 표음 기호로써 표기하는 것이 불가능하기 때문이다. 이처럼 한국어의 전체적인 연구에서는 표음 기호 이외에 별도로 문자에 대응하는 문자 기호를 제정해 둘 필요성을 느끼는 것이다.

필자가 말하는 표음 기호(Phonetische Zeichen)라는 것은 음절이 여러 개의 문자로 이루어졌는지 등의 문제는 전혀 고려하지 않고 그 발음을 정확히 기술해 내는 일정한 기호이다. 반면 문자 기호(Schrift-zeichen)라는 것은 단어를 이루는 각각의 문자에 대해서 별도의 기호를 부여하여 그 철자의 순서를 충실히 따르는 기호를 가리킨다. 예컨대 '개(犬)', '뎔(寺)'을 실제 발음에 따라 '[kɛ], [ʧɔl]'이라고 표기한 것은 표음 기호이고 철자상 각각의 글자를 밝혀서 'k(ㄱ)', 'a(ㅏ)', 'i(ㅣ)', 즉 'kai'와 't(ㄷ)', 'iȯ(ㅕ)', 'r(ㄹ)', 즉 'tiȯr'과 같이 표기한 것은 문자 기호다.

표음 기호와 문자 기호는 대체로 다음과 같은 특질이 있다.

첫째, 문자 기호는 각 시대의 원래 철자를 알고 더 나아가 그 어원을 찾는 데 편리하지만 표음 기호는 단지 각 시대의 발음을 기술하는 데 편리하다. 즉 '개'를 'kai'라고 표기하면 그 글자가 'ㄱ'과 'ㅏ'와 'ㅣ'로 이루어짐을 가리키는데 이것을 '[kɛ]'라고 표기하면 그 발음이 'kai'가 아니라 '[kɛ]'임을 나타낸다.

둘째, 문자 기호는 어떤 문자에 대한 기호에 지나지 않기 때문에 그 기호의 발음이 꼭 그에 부여되는 고유의 음과 일치할 필요 없이 극히 임의적임에 비해 표음 기호는 철두철미하게 발음을 대표하는 공인된 기호이어야 한다. 예를 들어 '외'는 '오'와 '이'의 결합으로 된 글자이기 때문에 문자 기호로는 편의상 'oi'라고 표기하지만 실제로는 현대 방언에서 '[ø], [we]'와 같이 발음되기 때문에 표음 기호를 사용할 경우 각각 필요에 따라 '[ø]' 또는 '[we]'로 구분한다. 또한 'ㆍ'라는 모음은 원음이 어떤 것이었는지에 대해 종래 여러 가지 설이 있어 혼란스러운 상태에 있는데 현대 방언의 발음에서는 '[a], [o], [ɔ], [u̇], [u]' 등으로 나타난다. 그러므로 현대의 발음을 표준으로 삼아 표기하고자 할 때에는 경우에 따라 '[a], [o], [ɔ], [u̇], [u]'로 구별하지만 'ᄋᆞ'를 나타내는 문자 기호로는 하나만으로도 충분하다. 여기서는 'ᄋᆞ'에 대해서 'ɐ'를 할당한다.

셋째, 문자 기호는 문자에 대한 기호이기 때문에 한 문자에 하나의 기호를 대응시키는 것을 원칙으로 하지만 표음 기호는 한 문자에 여러 종류의 발음이 있을 경우 각 종류에 대해 별개의 기호를 사용한다. 예컨대 'ㅈ'은 그 원음이 어떤 것이었는지에 대해서는 이견이 있지만 적어도 현대 방언의 발음에서는 '[ʦ], [ʧ]'의 두 종류가 있다. 이 때 'ㅈ'에 대한 문자 기호로는 'č'를 사용하고 표음 기호로서는 '[ʦ]'나 '[ʧ]'를 사용하여 이를 구별한다.

문자 기호와 표음 기호의 용법은 차차 본론에서 설명하기로 하고 일반적인 개념을 이해하기 위해 아래에 약간의 용례를 제시하기로 한다.

단어	문자 기호	표음 기호[2)]
ᄆᆞᆯ(馬)	mɐr	[mal, mol, mɑl]
외국(外國)	oi-kuk[3)]	[ø:-gu^{k}, we:gu^{k}]
긔능(技能)	kŭi-nŭŋ	[kŭi-rŭŋ]
됴션(朝鮮)	tio-siȯn	[t^{i}o-sɔn, ʧo-sɔn, ʦo-sɔn, to-sɔn]
량반(兩班)	riaŋ-pan	[^{i}aŋ-ban, naŋ-ban]

로마자 또는 로마자와 비슷한 문자를 채용한 서구의 많은 나라에서는 로마자 그 자체가 언어를 표기할 유일한 수단이었으며 올바른 철자법에 관한 논의 등을 제외하면 로마자 사용상 어려운 문제가 나타나지 않는다. 그러나

2) [역자주] 한 단어의 표음 기호 칸에 여러 개의 기호가 배열된 것은 다양한 방언형을 모두 제시한 데서 비롯된 결과이다.

3) [역자주] 원문에서는 '외'와 같이 두 개의 모음자가 하나의 음절을 이루는 문자 기호의 경우 두 모음자 'o'와 'i' 아래에 '‿' 표시를 해서 두 모음을 하나로 묶어 두었지만 여기서는 편의상 생략하기로 한다.

한국, 일본, 중국, 몽골, 만주, 터키, 인도, 헤브라이 또는 러시아, 그리스 등 로마자가 아닌 특수한 문자를 사용하는 언어에서는 로마자를 어떻게 적용해서 전사해야 할 것인지에 대해 예전부터 연구가 있어 왔다. 한국어의 로마자 전사법은 예전에 한국에 주재하던 서구의 선교사에 의해 논의된 것이 있는데 대다수는 상식적인 것으로서 음성학적 기초를 바탕으로 했다고는 말할 수 없다. 그 중에는 ≪韓佛辭典文法(Grammaire Coréenne)≫과 같이 문자 기호와 표음 기호의 구별을 대체로 명확하게 하려고 시도한 것도 있지만 다른 많은 것은 문자 기호와 표음 기호를 혼용하기 때문에 독자들이 이해하는 데 오히려 곤란함을 주는 예가 너무나 많다.

여기서는 문자 기호와 표음 기호의 사용을 구분하는 것이 한국어의 역사를 고찰하고 음운을 연구하는 데 극히 중요하면서도 편리하다고 믿는다. G. J. Ramstedt가 몽골어를 논의한 여러 논문 중 가령 "Ueber die Konjugation der khalkha-mongolischen(1903)" 등에서 몽골어를 표기하는 데에는 원칙적으로 자신들의 표음 기호를 사용하지만 특히 한 단어의 원래 철자나 어원 등을 알릴 필요가 있을 때에는 별도로 선이 굵은 문자 기호를 사용한 것도 문자 기호와 표음 기호를 구별할 필요성에 따른 결과라고 할 것이다.

필자는 예전에 "朝鮮語母音の記號表記法に就いて(1931), ≪音聲の研究≫ 4"라는 소논문을 써서 한국어 모음[4]의 표음 기호에 대해서 논의한 적이 있다.[5] 이 글에서의 기술은 오로지 표기법 체계에 관한 것이기 때문에 모음과 자음 전반에 걸쳐 있지만 기호를 채택한 이유에 대해 하나하나 상세히 설명할 틈은 없었다. 그러한 해설의 일부는 이미 발표된 몇몇 논문에 미루기로 한다.

서론에서 말한 이 글에서의 한국어 발음은 특별히 주석을 단 것을 제외하면 모두 서울 발음을 따랐다. 또한 표기법은 개정된 철자법[6]이 아니라 종래

4) 자음에 대해서는 언급하지 않았다.

5) [역자주] 이 논문은 "한국어 모음의 발음 기호"라는 제목으로 이 책의 5부에 수록되어 있다.

일반적으로 행해진 철자법을 바탕으로 한다.[7] 이 글에서 사용한 문자는 로마자뿐만 아니라 음성 기호나 단순한 부호 등 극히 잡다하지만 편의상 제목을 "로마자 표기법"으로 하였다.

(Ⅱ) 모음

<table>
<tr><td rowspan="3">(1)</td><th>한글</th><th>문자 기호</th><th>표음 기호</th></tr>
<tr><td>ㅏ</td><td>a</td><td>[a]</td></tr>
<tr><td colspan="3">나(私) : na[na], 방(房) : paŋ[paŋ][8]</td></tr>
</table>

<table>
<tr><td rowspan="3">(2)</td><th>한글</th><th>문자 기호</th><th>표음 기호</th></tr>
<tr><td>ㅑ</td><td>ia[9]</td><td>[^{i}a]</td></tr>
<tr><td colspan="3">량반(兩班) : riaŋ-pan[^{i}aŋ-ban], 댱(場) : tiaŋ[ʧaŋ][10]</td></tr>
</table>

<table>
<tr><td rowspan="5">(3)</td><th>한글</th><th>문자 기호</th><th>표음 기호</th></tr>
<tr><td>ㅓ(1유형)[11]</td><td>ȯ</td><td>[ɔ]</td></tr>
<tr><td colspan="3">머리(頭) : mȯ-ri[mɔ-ri], 어머니(母) : ȯ-mȯ-ni[ɔ-mɔ-ni]</td></tr>
<tr><td>ㅓ(2유형)</td><td>ȯ[12]</td><td>[ʉ]</td></tr>
<tr><td colspan="3">어더서(得) : ȯ-tȯ-sȯ[ʉ-dɔ-sɔ], 엇지(何) : ȯs-či[ʉ^{t}-ʧi]</td></tr>
</table>

6) 가령 'ㅅㄱ'을 'ㄲ', 'ㅅㄷ'을 'ㄸ'으로 하는 것 등.

7) [역자주] 여기서 말하는 개정된 표기법이란 1930년 조선총독부에서 공포한 '언문철자법'일 수도 있고 1933년 조선어학회에서 제정한 '한글맞춤법통일안'일 수도 있다. 그렇지만 小倉進平의 입장을 고려한다면 '언문철자법'일 가능성이 더 크다.

8) [역자주] 예시 자료에서 [ ] 속에 있는 것이 표음 기호이고 그 밖에 있는 것이 문자 기호이다.

9) 'ㅑ'는 문자의 구성상 'i'와 'a'가 결합한 것이 아니지만 일단 'ia'로 한다. 'ㅑ'의 발음은 이중모음 'ia'이며 문자 기호 'ia'와의 혼동을 피하기 위해 'i'를 작은 글자로 해서 [^{i}a]로 표기한다.

10) [ʧ^{i}aŋ]이어야 하는데 'ʧ'이라는 음이 있기 때문에 '^{i}'를 생략한다.

11) [역자주] '어'를 1유형과 2유형으로 나눈 것은 '어'가 환경에 따라 혀의 높낮이가 높은 음과 낮은 음으로 구별되기 때문이다. 小倉進平은 이전부터 '어'의 두

	한글	문자 기호	표음 기호
(4)	ㅕ(1유형)	iȯ	[^{i}ɔ]
	여러가지(各種) : iȯ-rȯ ka-či[^{i}ɔ-rɔ kaʤi], 경셩(京城) : kiȯŋ-siȯŋ[k^{i}ɔŋ-sɔŋ]		
	ㅕ(2유형)	iȯ[13]	[^{i}ʉ]
	여러서(開) : iȯ-rȯ-sȯ[^{i}ʉ-rɔ-sɔ], 경샹도(慶尙道) : kiȯŋ-siaŋ-to[k^{i}ʉŋ-saŋ-do]		

	한글	문자 기호	표음 기호
(5)	ㅗ	o	[o]
	솔(松) : sor[sol], 도마(俎) : to-ma[to-ma]		

	한글	문자 기호	표음 기호
(6)	ㅛ	io	[^{i}o]
	효용(效用) : xio-ioŋ[x^{i}o:-^{i}oŋ], 쇼(牛) : sio[so], 됴션(朝鮮) : tio-siȯn[ʧo-sɔn]		

	한글	문자 기호	표음 기호
(7)	ㅜ	u	[u]
	물(水) : mur[mul], 주머니(巾着) : ču-mȯ-ni[ʧu-mɔ-ni]		

	한글	문자 기호	표음 기호
(8)	ㅠ	iu	[^{i}u]
	구융(槽) : ku-iuŋ[ku-^{i}uŋ], 흉년(凶年) : xiuŋ-niȯn[x^{i}uŋ-n^{i}ɔn]		

	한글	문자 기호	표음 기호
(9)	ㅡ	u̇	[u̇][14]
	틀(機) : t'u̇r[t'u̇l], 은혜(恩惠) : u̇n-xiȯi[u̇n^{ə}-x^{i}e]		

가지 음가를 구분하고 있다. 자세한 것은 이 책의 5부에 수록된 "한국어 모음의 발음 기호"를 참고할 수 있다.

12) 문자 기호로는 1유형과 2유형 모두 똑같이 'ȯ'를 사용한다. 또한 2유형의 발음 기호로 필자는 종래 '[ɯ̈]'를 사용해 왔지만 자획(字劃)의 편이 및 국제음성협회에서 정한 '[ʉ]'와 현격한 차이가 없음을 인정하여 '[ʉ]'를 쓰기로 한다.

13) 문자 기호로는 1유형과 2유형 모두 동일하게 'iȯ'를 사용한다.

14) 종래 필자는 '으'에 대해 '[ɯ̇]'를 사용했는데 자획을 간단하게 할 뿐만 아니라 '어'의 2유형인 '[ʉ]'와의 관계를 유지하기 위해 '[u̇]'로 고쳤다.

	한글	문자 기호	표음 기호
(10)	ㅣ	i	[i]
	비(雨) : pi[pi:], 실(絲) : sir[sil], 구진 일(凶事) : ku-čin ir[ku:-ʤinᵊ-ˀil]		

	한글	문자 기호	표음 기호
(11)	·	ɐ	[a, ɔ, o, q u, ů 등][15)
	ᄒᆞ나(爲) : xɐn-ta[xan-da], ᄃᆞᆯ(月) : tɐr[tal]		

---

15) 'ᄋᆞ'의 원음이 어떤 것이었는지에 대해서는 여기서 상술할 여유가 없지만 필자는 '·'를 개구(開口)의 중성음(中性音으)로 보기 때문에 'ɐ'를 사용하기로 한다. '·' 글자는 현재도 한국인들 사이에 널리 사용되고 있는데 어원상으로나 발음상 확고한 의식이 있어서 그런 것이 아니고 막연하게 표기상으로만 사용되고 있다. 여기서 주의해야 할 점은 예전에 'ᄋᆞ'로 표기된 말이 현재 제주도에서는 어떠한 경우에도 'o'와 'ɔ'의 중간인 '[ɗ]'로 발음되고('한국어 모음의 발음기호(1931)'과 '제주도 방언(1931)' 참조), 전라남도와 경상남도의 남부 및 함경북도의 북부 등 여러 지방에서는 대체로 '[o]'로 발음되며, 다른 지방에서는 단어의 종류에 따라서 각각 차이가 있는데 [a], [ɔ], [u], [ů] 등으로 발음된다는 점이다.

예	ᄆᆞᆯ(馬)	[mɗ](제주도), [mal, mol](그 외의 지방)
	ᄂᆞ믈(菜)	[nɒmɗ](제주도), [na-mul, no-mul, nɔ-mul 등](그 외의 지방)
	하ᄂᆞᆯ(天)	[xa-nɗ](제주도), [xa-nal, xa-nul, xa-nůl 등](그 외의 지방)
	ᄇᆞ롬(風)	[pɒrɑm](제주도), [pa:-ram, pa:rům, po:-rom 등](그 외의 지방)

'ɐ'로부터 '[a], [o], [ɔ], [u]' 등으로의 변화는 오늘날 각 지방의 방언에만 존재하는 현상이라고 생각하는 사람이 있을지 모르는데 사실은 예전부터 어떤 한정된 동일 지역에서도 발생했다. 즉 중부 방언인 서울말(표준어)의 표기법을 봐도 원래 '·'였던 것이 '아', '어', '오', '우' 등으로 바뀌어 표기된 예가 꽤 오래 전부터 존재하는 것이다.

예	ᄆᆞᆯ(馬) mɐr	말[mal]
	ᄇᆞᆯ(件) pɐr	벌[pɔl]
	ᄉᆞ매(袖) sɐ-mai	소매[so-mɛ:]
	ᄀᆞᄅᆞ(粉) kɐ-rɐ	가로[ka-ro], 가루[ka-ru]

요컨대 'ᄋᆞ'에 대해 문자 기호로는 'ɐ', 표음 기호로는 각각의 경우에 따라 '[a], [o], [ɔ], [u]' 등을 사용하면 되는 것이다.

(12)	한글	문자 기호	표음 기호
	ㅐ	ai	[ɛ]
	개(犬)：kai[ㅏɛ:], 새(鳥)：sai[sɛ:]		

(13)	한글	문자 기호	표음 기호
	ㆎ	ɐi	[ɛ, ŏ][16]
	ᄒᆡ(日)：xɐi[xɛ], ᄆᆡᆼᄌᆞ(孟子)：mɐiŋ-čɐ[mɛŋ-ʤa]		

(14)	한글	문자 기호	표음 기호
	ㅒ	iai	[^{i}ɛ]
	ᄒᆞ얫다(爲)：xɐ-iais-ta[xa-^{i}ɛt-ta]		

(15)	한글	문자 기호	표음 기호
	ㅔ	ȯi	[e]
	게(蟹)：kȯi[ke:], 네(四)：nȯi[ne:]		

(16)	한글	문자 기호	표음 기호
	ㅖ	iȯi	[^{i}e]
	계집(女)：kiȯi-čip[k^{i}e:-ʧi^{p}]		

(17)	한글	문자 기호	표음 기호
	ㅚ	oi	[ø][17]
	뫼(山)：moi[mø], 괴셕(怪石)：koi-siok[kø-sɔ^{k}]		

(18)	한글	문자 기호	표음 기호
	ㅟ	ui	[wi][18]
	쥐(鼠)：čui[ʧwi], 귀신[鬼神)：kui-sin[kwi-sin], 위ᄐᆡ[危殆)：ui-t'ɐi[wi-t'ɛ]		

16) 한국의 대부분 지역에서는 '애'와 'ᄋᆡ'의 발음이 동일하기 때문에 표음 기호로는 둘 다 [ɛ]를 쓴다. 다만 제주도 방언의 'ᄋᆡ'는 '애'와 발음이 다르므로 표음 기호를 '[ŏ]'로 한다.

17) '외'는 서울 지방에서는 '[ø]'인데 지방에 따라서는 '[kɛ, ke, ki, kwe, kwɛ](怪)'와 같이 '[ɛ], [e], [i], [we], [wɛ]'로 발음되는 경우가 있다.

18) ① '[w]'는 현저한 마찰을 동반하지 않는 반모음적인 양순지속음을 나타낸다. (46) 'ㅸ' 항목을 참조하라. ② 'ㅱ'의 문자 기호로서도 'w'를 사용한다. (47) 참조.

(19)	한글	문자 기호	표음 기호
	ㅢ	ùi	[ùi]
	의론(議論) : ùi-ron[ùi-non], 긔(旗) : kùi[kùi]		

(20)	한글	문자 기호	표음 기호
	ㅘ	oa	[wa][19]
	도화(桃花) : to-xoa[to-xwa], 좌우(左右) : čoa-u[ʧwa-u]		

(21)	한글	문자 기호	표음 기호
	ㅝ	uȯ	[wɔ][20]
	원산(元山) : uȯn-san[wɔn-san], 대궐(大闕) : tai-kuȯr[tɛ:-gwɔl]		

(22)	한글	문자 기호	표음 기호
	ㅙ	oai	[wɛ][21]
	왜국(倭國) : oai-kuk[wɛ-gu^k], 상쾌(爽快) : saŋ-k'oai[saŋ-k'wɛ]		

(23)	한글	문자 기호	표음 기호
	ㅞ	uȯi	[we][22]
	웨(何故) : uȯi[we:], 궤(櫃) : kuȯi[kwe:]		

Ⅲ. 자음

자음의 표기법을 논하는 데 있어서는 단어나 음절에서의 위치, 특히 頭音(initial), 中音(medial), 末音(final)의 세 가지로 나누어서 설명하는 것이 편리하다. '집(čip[ʧi^p], 家)'이라는 단어에서 '[ʧ]'가 頭音이고 '[p]'가 末音

---

19) '와'는 지방에 따라서 '[xa](花), [ʧa](左)'와 같이 단순한 '[a]'로 발음되는 경우가 있다.

20) '워'는 지방에 따라서 '[ɔn](元), [kɔl](闕)'과 같이 단순한 '[ɔ]'로 발음되는 경우가 있다.

21) '왜'는 지방에 따라서 '[ɛ](倭), [k'ɛ](快)'와 같이 단순한 '[ɛ]'로 발음되는 경우가 있다.

22) '웨'는 지방에 따라서 '[wɛ]'와 같이 발음되는 경우가 있다.

인 것은 말할 것도 없겠지만 '기와집(ki-oa čip, 瓦家)'의 'č'나 'čip-an(家內)'의 'p'와 같이 연어(連語)의 일부로서 나타나는 경우에는 비록 어형상 각각 頭音 또는 末音임에도 불구하고 모두 中音으로 간주한다.[23] 이것은 연어의 구성 요소로서 놓이는 위치에 따라 분류한 것이며 단순한 편의상의 조치이다.

여기서는 이러한 방식에 따라 자음의 표기법에 관한 안을 제시하기로 한다. 이에 앞서 오랜 기간 동안 한국어학의 발전에 공헌한 서양인들의 연구를 완전히 무시할 수가 없을 뿐만 아니라 오히려 충분히 존중하고 음미할 필요가 있다고 생각하여 그 중 중요한 업적 20여 가지를 뽑아서 그 표기법을 일괄하여 표로 나타내기로 한다. 그 가운데에는 개별 음들의 성질에 대해서 상세한 설명을 덧붙인 것도 있지만 여기서 일일이 소개할 수는 없으므로 필요한 범위 내에서 간략히 각 항목을 서술하기로 한다.

	1	2	3	4	5	6	7	8	9	10	11	12	13
ㄱ	k	K	k	k	K	k	k	k	K	g	k	g	K
ㄴ	n	N	n	n	N	n	n	n	H	n	n	n	N
ㄷ	t	T	t	t	T	t	t	t	T	d	t	d	T
ㄹ	lr	L	n, l	l, n, r, nl	L, R	r	l	l, r	A, P	r, l	l	r, l	R, L
ㅁ	m	M	m	m, b	M	m	m	m	M	m	m	m	M
ㅂ	p	P	p	p	P	p	p	p	П	b	p	b	P
ㅅ	s	S	ts	s, sh	S	s	s	s, t	C	s, t	s	s	S, T
ㆁ			a, gn		G					ng			
ㅇ	ng					ng		ng			ng		NG
ㅈ	ts	Dz	tsh	ts, ch	TS	ts	ts	ts, tj	Ц	ds, j	ch	ds	TJ
ㅊ	ts'	Ts	ch	ts'h	TS'H	ts'		tch	$Ц^{x}$	ts, ch	chh	ts'	TCH
ㅋ	k'	K'	k'h	k'h	K'H	k'		kh	K^{x}	k	kh	k'	HK
ㅌ	t'	T'	t'h	t'h	T'H	t'		th	T^{x}	t	th	t'	HT
ㅍ	p'	P'	p'h	p'h	P'H	p'		ph	$Ц^{x}$	p	ph	p'	HP
ㅎ	h	H	h	h	H	h		h	X	h	h	h	H
ㅺ					SK				CK				KK
ㅼ					ST				CT				TT

23) [역자주] '기와집'의 'ㅈ'은 '집'의 頭音이고 '집안'의 'ㅂ'은 '집'의 末音이지만 '기와집'과 '집안' 전체를 기준으로 하면 모두 中音이 된다.

	1	2	3	4	5	6	7	8	9	10	11	12	13
ㅽ					SP				СП				PP
ㅆ					SS				CC				SS
ㅾ									СЦ				TTJ
ㅿ						z							
ㆆ													
ㅸ													
ㅱ													

	14	15	16	17	18	19	20	21	22	23	24	25	26	27
ㄱ	G	k	K	k	k	k, g	k, g	k, g	k	K	k	k, g	k	k
ㄴ	N	n	N	n	n	n	n	n, l, y	n	N	n	n	n	n
ㄷ	D	t	T	t	t	t, d	t, d	t, d	t	T	t	t, d	t	t
ㄹ	L	r, l	R, L	r, l	l, r	l, r	l, r	l, n, r	l, r	R, L	r, l	l, r	l, r	l, r
ㅁ	M	m	M	m	m	m	m	m	m	M	m	m	m	m
ㅂ	B	p	P	p	p	p, b	p, b	p, b	p	P	p	p, b	p	p
ㅅ	S	s, t	S	s, t	s, t	s, t	s	s, sh, t	s, sh	S, T	s, t	s, t	d, s	s
ㆁ	NG						ṅ	ng	ng	NG	ng	ng	ng	ŋ
ㅇ		ng	NG	ng										
ㅈ	DS, J	ch	TJ	j	ch	ch, j	č, j	ch, j	ch	TJ	ch	ch, j	tj	č
ㅊ	TS CH	ch'	TCH	tj ch	ch'	ch'	č'	ch'	ch'	TCH	'ch	ch'	tch	č'
ㅋ	K	k'	K'	hk	k'	k'	k'	k'	k'	K'	'k	k'	kh	k'
ㅌ	T	t'	T'	ht	t'	t'	t'	t'	t'	T'	't	t'	th	t'
ㅍ	P	p'	P'	hp	p'	p'	p'	p'	p'	PF	'p	p'	ph	p'
ㅎ	H	h	H	h	h	h	h	h, s	h	H'	h	h	h	h
ㅺ	G	kk, g	KK	g					g	KK	g	g	g	kk
ㅼ	D	tt, d	TT	d					d	TT	d	d	d	tt
ㅽ	B	pp, b	PP	b					b	PP	b	b	b	pp
ㅆ	S	ss, z	SS, Z	z					s, z	SS	ss, z	s	ss	ss
ㅾ	DS, J	chch j		j					j	TTJ	j	j, tj	dj	čč
ㅿ		j												j
ㆆ		n												
ㅸ														
ㅱ														

① P. F. von Siebold, ≪Archiv zur Beschreibung von Japan und dessen

Neben und Schutzländern : etc≫, 1832.

② M. Klaproth, ≪Aperçu de l'origine des diverses éeritures de l'ancien monde≫, 1832.

③ C. Gutzlaff, "Remarks on the Corean language", ≪Chinese Repository≫ Vol. Ⅰ, 1833.

④ "The Corean syllabary", ≪Chinese Repository≫ Vol. Ⅱ, 1834.

⑤ W. H. Medhurst(Philo-Sinensis), ≪Translation of a comparative vocabulary of the Chinese, Corean, and Japanese languages≫, 1835.

⑥ "Vocabulaire Chinois-Coréan-Aino", ≪Revue orientale et Americaine≫ Ⅵ, 1861.

⑦ L. de Rosny, ≪Aperçu de la langue Coréenne≫, 1864.

⑧ C. Dallet, ≪Histoire de l'eglise de Corée≫, 1874.

⑨ M. Poutzillo, ≪A Russo-Corean Dictionary≫(in Russian), 1874.

⑩ J. Ross, ≪Corean Primer≫, 1877.

⑪ W. G. Aston, "Proposed arrangement of the Korean alphabet", ≪Translation of the Asiatic Society of Japan≫ Vol. Ⅷ, 1880.

⑫ J. MacIntyre, "Notes on the Corean language", ≪The China Review≫ Vol. Ⅷ, 1879.

⑬ Les Missionnaires de Corée, ≪Grammaire Coréenne≫, 1881.

⑭ J. Ross, ≪Korean Speech, with grammar and vocabulary≫(New edition), 1882.

⑮ J. Scott, ≪A Corean manual or phrase book with introductory grammar≫, 1887(2nd ed. 1893).

⑯ C. Imbault-Huart, ≪Manuel de la langue Coréenne parlée, à l'usage des Français≫, 1887.

⑰ H. G. Underwood, ≪An introduction to the Korean spoken language≫, 1889(2nd ed. 1914)

⑱ H. A. Giles, ≪A Chinese-English Dictionary≫, 1892.

⑲ H. B. Hulbert, "The Korean alphabet", ≪Korean Repository≫ vol. Ⅰ. No. 1, 3, 1892, "Romanization again", ≪Korean Repository≫,

1895.

⑳ G. von der Gabelentz, "Zur Beurtheilung des Koreanischen Schrift und Lautwesens", ≪Sitzungsberichte der Königlich Preussischen Akademie der Wissenschaften zur Berlin≫, 1892.

㉑ W. M. Baird, "Romanization of Korean Sounds", ≪Korean Repository≫ vol. Ⅱ, 1895.

㉒ W. M. Baird, ≪Fifty helps for the beginner in the use of the Korean language≫, 1896(6th ed. 1926).

㉓ C. Alévêque, ≪Petit Dictionnaire Français-Coréen≫, 1901.

㉔ J. W. Hodge, ≪The stranger's handbook of the Korean language≫, 1897(2nd ed. 1902).

㉕ P. A. Eckardt, ≪Koreanische Konversations-Grammatik≫, 1923.

㉖ G. J. Ramstedt, "Remarks on the Korean language", 1928.

<table>
<tr><td rowspan="7">(24)</td><th>한 글</th><th>문자 기호</th><th>표음 기호</th></tr>
<tr><td>ㄱ(頭音)</td><td>k[24]</td><td>[k]</td></tr>
<tr><td colspan="3">길(路) : kir[kil], 겻(傍) : kiȯs[kiɔ^{t}]</td></tr>
<tr><td>ㄱ(中音)[25]</td><td>k</td><td>[k, g, ˀk, ŋ]</td></tr>
<tr><td colspan="3">각도(各道) : kak-to[kak-to], 먹어(食) : mȯk-ȯ[mɔg-ɔ, mɔ-gɔ],
투구(兜) : t'u-ku[t'u-gu], 죽는다(死) : čuk-nɐn-ta[ʧuŋ-nǔn-da]</td></tr>
<tr><td>ㄱ(末音)</td><td>k</td><td>[^{k}][26]</td></tr>
<tr><td colspan="3">삭(賃) : sak[sa^{k}], 박(瓠) : pak[pa^{k}]</td></tr>
</table>

24) Ross나 MacIntyre는 항상 'g'를 사용하고 있다. Ross는 'ㄱ, ㄷ, ㅂ, ㅈ'에 대해서 유성음 'g, d, b, ds(또는 j)'를, 'ㅋ, ㅌ, ㅍ, ㅊ'에 대해서 무성음 'k, t, p, ʦ(또는 ch)'을 사용하는 것이 일반적이다. 한국어 'ㄱ'의 두음이 무성음인지 유성음인지는 더 연구할 여지가 있겠지만 필자는 'k[k]'를 채택한다.

25) '각도[kak-to]'의 中音 '[k]'는 末音의 'k'와는 성질에 차이가 있어 분명히 파열을 한다. '먹어[mɔg-ɔ, mɔ-gɔ]'에서의 'ㄱ'은 파열음인지 마찰음인지 문제이지만 'g'로 표기한다. '죽(čuk)-'의 'k'가 '[ŋ]'으로 변한 것은 뒤에 오는 'n'에 동화된 결과이다. [역자주] '각도'의 'ㄱ'이 파열을 한다고 하는 것은 현재 관점에서는 수긍하기 쉽지 않다.

26) 이 때의 'k'는 '폐쇄음(implosive)'이며 파열을 동반하지 않기 때문에 청각상으로는 아무런 음도 들리지 않는다. 위첨자 '[^{k}]'를 사용해서 中音의 '[k]'와 구

<table>
<tr><td rowspan="8">(25)</td><td>한 글</td><td>문자 기호</td><td>표음 기호</td></tr>
<tr><td>ㄴ(頭音)</td><td>n</td><td>[n, n^{d},[27] 0[28]]</td></tr>
<tr><td colspan="3">나(我) : na[na], 네(四) : nȯi[ne, n^{d}e], 니(齒) : ni[i]</td></tr>
<tr><td>ㄴ(中音)</td><td>n</td><td>[n, $n^{ə}$, l]</td></tr>
<tr><td colspan="3">준비(準備) : čiun-bi[ʧun-bi], 큰일(大事) : k'ŭn-ir[k'ŭ$n^{ə}$-ˀil],[29]
천리(千里) : čiȯn-ri[ʧ'ɔl-li], 압니(前齒) : ap-ni[am-ni]</td></tr>
<tr><td>ㄴ(末音)</td><td>n</td><td>[n]</td></tr>
<tr><td colspan="3">근본(根本) : kŭn-pon[kŭn-bon], 부산(釜山) : pu-san[pu-san]</td></tr>
</table>

<table>
<tr><td rowspan="7">(26)</td><td>한 글</td><td>문자 기호</td><td>표음 기호</td></tr>
<tr><td>ㄷ(頭音)</td><td>t[30]</td><td>[t, ʧ, ʦ][31]</td></tr>
<tr><td colspan="3">담(垣) : tam[tam], 뎌(笛) : tiȯ[te, ʧɔ, ʦɔ],
디방(地方) : ti-paŋ[ti-baŋ, ʧi-baŋ, ʦi-baŋ]</td></tr>
<tr><td>ㄷ(中音)</td><td>t</td><td>[t, ˀt, d, ʧ, ʤ]</td></tr>
<tr><td colspan="3">받다(受) : pat-ta[pat-ta], 갈대(蘆) : kar-tai[kal-ˀtɛ],
안다(抱) : an-ta[an-ˀta], 간다(行) : kan-ta[kan-da],
국듕(國中) : kuk-tiuŋ[kuk-ʧuŋ], 교댱(敎場) : kio-tiaŋ[kio-ʤaŋ]</td></tr>
<tr><td>ㄷ(末音)</td><td>t</td><td>[^{t}]</td></tr>
<tr><td colspan="3">귿(末) : kŭt[kŭ^{t}], 받(畑) : pat[pa^{t}][32]</td></tr>
</table>

별한다.

27) '[n^{d}]'는 'd'를 지닌 'n'이다. '너'(汝), '누구'(誰)의 'ㄴ'도 자주 '[n^{d}]'으로 발음된다. "The Corean syllabary"에서 'ㄴ'이 頭音일 때 'd'로 변하는 경우가 종종 있다고 서술한 것은 이것을 가리킨다.

28) '0'는 자음이 탈락한 것을 가리킨다.

29) '큰일(大事)', '군악(軍樂)' 또는 '군현(郡縣)' 등과 같이 'n' 뒤에 모음이나 'ㅎ'이 올 때에는 'n'이 '[$n^{ə}$]'과 같이 발음되는 경우가 있다. '군악(kun-ak [ku$n^{ə}$-^{ə}ak])', '군현(kun-xion[ku$n^{ə}$-x^{i}ɔn])'. [역자주] '$n^{ə}$'이 어떤 음을 가리키는지는 명확하지 않다.

30) Ross나 MacIntyre는 항상 'd'를 사용한다((24)의 각주 참조).

31) 'ㄷ'이 '야, 여, 요, 유, 이' 앞에 올 때 평안도 지방에서는 대체로 원음 't'가 존재하고 다른 지방에서는 '[ʧ]' 또는 '[ʦ]'로 변한다.

32) '귿, 받'은 후대에 '긋, 밧'으로 표기한다. 이 때의 't'는 '폐쇄음(implosive)'이며 위첨자 '[^{t}]'로 표기하여 파열음 '[t]'와 구별한다.

	한 글	문자 기호	표음 기호
(27)	ㄹ(頭音)	r	[r, n, 0]
	리가(李家) : ri-ka[ri-ga, i-ga], 릭일(來日) : rɐi-ir[nɛ-il], 량반(兩班) : riaŋ-pan[^{i}aŋ-ban, naŋ-ban][33]		
	ㄹ(中音)	r	[r, l]
	도라온다(歸來) : to-ra-on-ta[to-ra-on-da], 본릭(本來) : pon-rɐi[pol-lɛ], 물속(水中) : mur-sok[mul-so^{k}]		
	ㄹ(末音)	r	[l]
	칼(刀) : k'ar[k'al], 돌(月) : tɐr[tal]		

	한 글	문자 기호	표음 기호
(28)	ㅁ(頭音)	m	[m, m^{b}][34]
	말(語) : mar[ma:l], 물(水) : mur[mul, mbul]		
	ㅁ(中音)	m	[m]
	감나무(柿木) : kam na-mu[ka:m na-mu], 금강(金剛) : kŭm-kaŋ[kŭm-gaŋ][35]		
	ㅁ(末音)	m	[m]
	춤(舞) : č'um[ʧ'um], 싸홈(爭) : ssa-xom[ˀsa-xom]		

	한 글	문자 기호	표음 기호
(29)	ㅂ(頭音)	p[36]	[p]
	밤(栗) : pam[pa:m], 병(病) : piŏŋ[p^{i}ʉ:ŋ]		
	ㅂ(中音)	p	[p, ˀp, b, m]

33) '리가'는 많은 지방에서 '[i-ga]'인데 함경북도 국경 지방에서는 '[ri-ga]'라고 발음하는 곳이 있다. '량반'은 평안남북도에서는 '[naŋ-ban]'과 같이 발음된다. '룡산(龍山)'을 '[noŋ-san]', '륙디(陸地)'를 '[nuk-ti]'로 발음하는 것도 이러한 예에 속한다.

34) '[m^{b}]'은 'b'를 지닌 'm'이다. '먼산(遠山)'의 '먼', '무엇(何)'의 '무'도 자주 '[m^{b}]'으로 발음된다. "The Corean syllabary"에서 'm'이 가끔 'b'로 바뀌는 경우가 있다고 한 것이나 ≪Grammaire Coréenne≫에서 "이 'm'이 'b-p' 혹은 'm-b'에 가깝게 발음될 때가 있다. 그러나 이것은 이어(俚語, patois)이다. '물(moul)'을 'boul'이라고 발음하는 것이 그 예이다."라고 한 것은 이 현상을 가리킨다.

35) '감긔(感氣, kam-kŭi)'가 '[kaŋ-gŭi]'로 발음되듯이 'm'은 다음에 오는 'k(g)'의 영향을 받아서 'ŋ'으로 변하는 경우가 있다.

	한 글	문자 기호	표음 기호
(29)	갑시(價) : kap-si[kap-si], 글방(書房) : kŭr-paŋ[kŭl-ˀpaŋ],[37] 집웅(屋根) : čip-uŋ[ʧib-uŋ, ʧi-buŋ], 아버지(父) : a-pȯ-či[a-bɔ-ʤi], 압록(鴨綠): ap-rok[am-no^{k}][38]		
	ㅂ(末音)	p	[^{P}][39]
	집(家) : čip[ʧi^{P}], 밥(飯) : pap[pa^{P}]		

	한 글	문자 기호	표음 기호
(30)	ㅅ(頭音)	s	[s][40]
	사름(人) : sa-rɐm[sa:-ram], 숑도(松都) : sioŋ-to[soŋ-do]		
	ㅅ(中音)	s	[s, ˀs, t, d, n]
	사슴(鹿) : sa-sɐm[sa-sŭm], 긔수(奇數) : kŭi-su[kŭi-ˀsu], 잇소(有) : is-so[is-so], 잇다(有) : is-ta[it-ta], 낫알(粒) : nas-ar[nad-al], 잇는 것(有物) : is-nɐn-kȯs[in-nŭn gɔ^{t}][41]		
	ㅅ(末音)	s	[^{t}]
	갓(笠) : kas[ka^{t}], 맛(味) : mas[ma^{t}]		

	한 글	문자 기호	표음 기호
(31)	ㆁ(頭音)[42]	ŋ	[0][43]
	오[吾) : ŋo[o], 의(疑) : ŋŭi[ŭi]		

36) Ross나 MacIntyre는 항상 'b'를 사용한다((24)의 각주 참조).

37) [역자주] 小倉進平은 경음화 현상을 발음 기호에 반영하는 경우가 거의 없다는 점에서 '글방'의 표음 기호를 '[kŭl-ˀpaŋ]'로 한 것은 이례적이다.

38) '갑시[kap-si]'에서의 中音 '[p]'는 末音 'p'와는 성격을 달리하며 분명히 파열한다. '압(ap)'의 'p'가 'm'으로 변하는 것은 다음에 오는 'r(n)'에 동화된 결과이다. '맵다(辛)[mɛp-ta]', '칩다(寒)[ʧ'ip-ta]'와 같이 어간의 말음으로서 'p'를 가진 형용사가 어미 변화를 하는 경우에는 '매운 고초(辛唐辛)[mɛ:-(w)un ko-ʧ'o]', '치운날(寒日)[ʧ'i-(w)un nal]' 등과 같이 'p'가 'w(u)'로 부드럽게 되는 경우가 있다. 'ㅸ(46)'를 참조하라.

39) 이 경우의 'p'는 폐쇄음(implosive)이며 위첨자 '[P]'로써 파열음 '[p]'와 구별한다.

40) Gutzlaff는 'ㅅ'에 대해 'ʦ'를 배당했고, "The Corean syllabary"에서는 'ㅅ'에 대해서 's, sh'를 할당하고서 'ㅅ'이 'ʦ'와 혼동되는 경우도 있다고 서술했다. '잇소[is-so]' 등에서의 's'를 방언에 따라 'ʦ'와 같이 발음하는 사람이 있다는 것을 들은 적이 있다.

41) '잇는(is-nɐn)'의 's'가 '[n]'으로 변한 것은 다음에 오는 'n'에 동화된 결과이다.

42) 'ㆁ'은 원래 漢字의 36字母 중 疑母에 속하는데 현재는 아래 항목인 (32)의 'ㅇ'과 같은 방식으로 사용되며 자음으로서의 가치를 완전히 상실했다.

	한 글	문자 기호	표음 기호
(31)	ㆁ(中音)	ŋ	[ŋ]
	밍글(作) : mɐiŋ-kɐr[mɛŋ-gal], 동경(東京) : toŋ-kiȯŋ[toŋ-g^{i}ɔŋ]		
	ㆁ(末音)	ŋ	[ŋ]
	춍[銃] : č'oŋ[ʧ'oŋ], 모양(模樣) : mo-iaŋ[mo-^{i}aŋ]		

	한 글	문자 기호	표음 기호
(32)	ㅇ(頭音)[44]	ɔ	[0]
	어미(母) : ɔȯ-mi[ɔ-mi], 온다(來) : ɔon-ta[on-da]		
	ㅇ(中音)	ɔ	[0]
	오이(瓜) : ɔo-ɔi[o-i], 독에(甕) : tok-ɔȯi[tog-e, to-ge]		
	ㅇ(末音)	ɔ	[0]
	징(之) : čiɔ[ʧi], 셍(世) : siȯiɔ[s^{i}e][45]		

	한 글	문자 기호	표음 기호
(33)	ㅈ(頭音)	č	[ʧ, ʦ][46]
	준다(與) : čun-ta[ʧun-da, ʦun-da], 제비(燕) : čȯi-pi[ʧe-bi, ʦe-bi]		
	ㅈ(中音)	č	[ˀʧ, ʤ]
	굴지(屈指) : kur-či[kul-ˀʧi], 글ᄌᆞ(文字) : kůr-čɐ[kůl-ˀʧa], 샤진(寫眞) : sia-čin[sa-ʤin]		
	ㅈ(末音)	č	[^{t}]
	곶(花) : koč[ko^{t}], 곶(串) : koč[ko^{t}][47]		

	한 글	문자 기호	표음 기호
(34)	ㅊ(頭音)	č'	[ʧ', ʦ'][48]
	칙(冊) : č'ɐik[ʧ'ɛ^{k}], 치마(裳) : č'i-ma[ʧ'i-ma]		

43) [역자주] '[0]'은 자음이 없다는 표시이다. (32)도 마찬가지이다.

44) 'ㅇ'은 원래 漢字 36字母 중 喩母에 속하는데 현재는 완전히 자음의 가치를 소실하고 다음에 오는 모음자의 장식으로 첨부되는 데 불과한 존재가 되었다.

45) 예전에는 '支, 齊, 魚, 模, 皆, 灰' 등 여러 운의 漢字의 말미(末尾)에 'ㅇ'을 붙였는데 후대에는 전혀 사용하지 않게 되었다.

46) 'ㅈ'에 대해서는 'ch, ʦ, ʦh' 등과 같은 무성음 기호를 사용하는 사람과 'dz, tj, ds, j' 등과 같은 유성음 기호를 사용하는 사람이 있다. 여기서는 'ʧ, ʦ'를 취한다. '[ʧ]'나 '[ʦ]'가 되는 것은 방언차 때문인 듯하다.

47) 예전에는 '花(곶)', '串(곶)'을 '곶'이라고 표기한 예가 있다. 末音 'ㅈ'은 '[^{t}]'로 발음된 듯하다.

<table>
<tr><td rowspan="5">(34)</td><th>한 글</th><th>문자 기호</th><th>표음 기호</th></tr>
<tr><td>ㅊ(中音)</td><td>č'</td><td>[ʧ', t]</td></tr>
<tr><td colspan="3">좇거늘(逐) : čoč'kȯ-nŭr[ʧot-kɔ-nŭl],[49]
맛치다(終) : mas-č'i-ta[mat-ʧ'i-da]</td></tr>
<tr><td>ㅊ(末音)</td><td>č'</td><td>[^{t}]</td></tr>
<tr><td colspan="3">빛(光) : pič'[pi^{t}][50]</td></tr>
</table>

<table>
<tr><td rowspan="4">(35)</td><th>한 글</th><th>문자 기호</th><th>표음 기호</th></tr>
<tr><td>ㅋ(頭音・中音)</td><td>k'</td><td>[k'][51]</td></tr>
<tr><td colspan="3">콩(大豆) : k'oŋ[k'oŋ], 키(大) : k'i[k'i], 식칼(庖丁) : sik-k'ar[sik-k'al]</td></tr>
<tr><td colspan="3">일반적으로 'ㅋ'은 末音으로 사용하지 않는다.</td></tr>
</table>

<table>
<tr><td rowspan="4">(36)</td><th>한 글</th><th>문자 기호</th><th>표음 기호</th></tr>
<tr><td>ㅌ(頭音・中音)</td><td>t'</td><td>[t', ʧ', ʦ'][52]</td></tr>
<tr><td colspan="3">털(毛髮) : t'or[t'ɔl], 암톩(牝鷄) : am-t'ɐrk[am-t'alk],[53]
텬디(天地) : t'iȯn-ti[t"ɔn-di, t'ɔn-di, ʧ'ɔn-ʤi, ʦ'ɔn-dzi]</td></tr>
<tr><td colspan="3">일반적으로 'ㅌ'은 末音으로 사용하지 않는다.</td></tr>
</table>

<table>
<tr><td rowspan="5">(37)</td><th>한 글</th><th>문자 기호</th><th>표음 기호</th></tr>
<tr><td>ㅍ(頭音)</td><td>p'</td><td>[p'][54]</td></tr>
<tr><td colspan="3">폴(臂) : p'ɐr[p'al], 피(血) : p'i[p'i]</td></tr>
<tr><td>ㅍ(中音)</td><td>p'</td><td>[p', p]</td></tr>
<tr><td colspan="3">글피(明後日) : kŭr-p'i[kŭl-p'i], 깊고(深) : kip'-ko[kip-ko][55]</td></tr>
</table>

48) 'ㅈ'에 대해서 'dz, tj, ds, j' 등의 유성음 기호를 사용하는 사람은 'ㅊ'에 대해서 'ʦ, ch'와 같이 유기음이 아닌 기호를 사용한다.

49) 예전에는 '逐(좃-)'을 '좇-'으로 표기한 예가 있다.

50) 예전에는 '光(빗)'을 '빛'으로 표기한 예가 있다.

51) 'ㄱ'에 대해서 유성음 'g'를 사용하는 사람은 이 항목의 'ㅋ'에 대해서는 유기음이 아닌 'k'를 사용한다. (24) 참조.

52) 'ㄷ'에 대해서 유성음 'd'를 사용하는 사람은 이 항목의 'ㅌ'에 대해서 유기음이 아닌 't'를 사용한다((26) 참조). 'ㅌ'이 '야, 여, 요, 유, 이' 등의 모음 뒤에 올 때 평안도 지방에서는 대체로 원음 't''가 유지되고 그 외의 지방에서는 '[ʧ']' 또는 '[ʦ']'로 변한다.

53) [역자주] 이 기호대로라면 '돍'은 종성에서 'ㄺ'이 모두 발음되었다고 보아야 하는데 믿기 어렵다. 이미 이 당시에는 음절말에서 자음군이 발음될 수 없었다.

54) 'ㅂ'에 대해서 유성음 'b'를 사용하는 사람은 이 항목의 'ㅍ'에 대해서는 유기

	한 글	문자 기호	표음 기호
(37)	ㅍ(末音)	p'	$[^p]$
	닙(葉) : nip'[ni^p, i^p][56]		

	한 글	문자 기호	표음 기호
(38)	ㅎ(頭音 · 中音)	x	[x, ç]
	허리(腰) : xo-ri[xɔ-ri], 힘(力) : xim[çim], 급히(急) : kůp-xi[kůp-çi]		
	일반적으로 'ㅎ'은 末音으로 사용하지 않는다.		

	한 글	문자 기호	표음 기호
(39)	ㅺ(頭音)	sk	[ˀg][57]
	ᄭᅩ리(尾) : sko-ri[ˀgo-ri], ᄭᅮᆯ(蜂蜜) : skur[ˀgul]		
	ㅺ(中音)	sk	[ˀk][58]
	노ᄭᅳᆫ(紐) : no-skůn[no-ˀkůn], 잇ᄭᅳᆯ다(牽) : is-skůr-ta[it-ˀkůl-da]		
	일반적으로 'ㅺ'은 末音으로 사용하지 않는다.		

	한 글	문자 기호	표음 기호
(40)	ㅼ頭音)	st	[ˀd, ˀʤ, ˀdz][59]
	ᄯᆞᆯ(娘) : stɐr[ˀdal], ᄯᅥ나다(離) : stȯ-na-ta[ˀdɔ-na-da]		
	ㅼ(中音)	st	[ˀt, ˀʧ]
	ᄭᆡᄯᅥ리다(毁) : skai-stȯ-ri-ta[ˀgɛ-ˀtɔ-ri-da], 일ᄯᅡ(失) : ir-sta[il-ˀta], 엇ᄯᅵ(如何) : ȯs-sti[ʉ:t-ˀʧi][60]		
	일반적으로 'ㅼ'은 末音으로 사용하지 않는다.		

음이 아닌 'p'를 사용한다. (29) 참조.

55) 예전에는 '깁고'를 '깊고', '놉고'를 '높고'라고 표기한 예가 있다.

56) 예전에는 '닙(葉)'을 '닢'이라고 표기한 예가 있다. 말음 'ㅍ'은 '$[^p]$'로 발음한 듯하다.

57) 된시옷 'k'는 인두(咽頭)에서 'k'의 파열과 후두 파열(glottal explosion)이 동시에 이루어지는 것이므로 청각상 유성음으로 들릴 때가 많을 듯하여 '[ˀg]'로 표기하였다. [역자주] 된시옷 'k'란 'k'의 된소리를 가리킨다. 다른 경우도 이와 동일하다.

58) 中音의 'ㅺ'은 '[ˀk]'에 가까운 것 같다. 'ㅼ, ㅽ, ㅾ' 등도 이에 준한다.

59) 된시옷 't'는 설두(舌頭)에서 't'의 파열과 후두 파열이 동시에 이루어지기 때문에 청각상 유성음으로 들리는 경우가 많을 듯하여 '[ˀd]'로 표기하였다. 또한

	한 글	문자 기호	표음 기호
(41)	ㅽ(頭音)	sp	[ʔb]
	ᄲᆞᆯ리(速) : spɐr-ri[ʔbal-li], ᄲᅩᆸ다(拔) : spop-ta[ʔbop-ta]		
	ㅽ(中音)	sp	[ʔp]
	잣ᄲᅡ디다(倒) : čas-spa-ti-ta[ʧat-ʔpa-ʤi-da], 쇳ᄲᅮᆯ(牛角) : siois-spur[sø-ʔpul]		
	일반적으로 'ㅽ'은 末音으로 사용하지 않는다.		

	한 글	문자 기호	표음 기호
(42)	ㅆ(頭音・中音)[61]	ss	[ʔs]
	싹(芽) : ssak[ʔa^{k}], 씹다(咀嚼) : ssip-ta[ʔsip-ta], 안쓰다(不書) : an-ssŭ-ta[an-ʔsŭ-da]		
	일반적으로 'ㅆ'은 末音으로 사용하지 않는다.		

	한 글	문자 기호	표음 기호
(43)	ㅾ(頭音)	sč	[ʔʤ, ʔdz]
	ᄶᆞ다(< ᄧᆞ다, 織) : sčɐ-ta[ʔʤa-da, ʔdza-da], ᄶᅬ다(< ᄧᅬ다, 曝) : sčoi-ta[ʔʤø-da, ʔdzø-da]		
	ㅾ(中音)	sč	[ʔʧ, ʔʦ]
	갈ᄶᆡ(行時) : kar-sčȯi[kal-ʔʧe, kal-ʦe], 둘ᄶᅢ(二番目) : tur-sčai[tu:l-ʧɛ, tu:l-ʦe]		
	일반적으로 'ㅾ'은 末音으로 사용하지 않는다.		

	한 글	문자 기호	표음 기호
(44)	ㅿ(頭音)	j[62]	[j, 0]
	ᅀᅣ(助詞) : ja[ja], ᅀᆞ동(兒童) : jɐ-toŋ[a-doŋ]		

'ㅼ'이 '야, 여, 요, 유, 이' 앞에 올 때 평안도 지방에서는 대체로 '[ʔd]'가 유지되고 그 외의 지방에서는 '[ʔʤ]' 또는 '[ʔdz]'로 변한다.

60) '일ᄶᅡ'와 '엇ᄶᅵ'는 어원적으로는 '일다(잃다)', '엇디'가 옳은데 종종 'ᄶᅡ', 'ᄶᅵ'로 표기한다.

61) 'ㅆ'은 중국 한자음 중 齒頭音과 正齒音을 포함한 齒音의 頭音을 표기할 때에도 사용되었다.

62) 'ㅿ'은 원래 漢字 36字母 중 日母에 해당하는데 후대에는 많은 경우 'ㆁ((32) 참고)'과 동일하게 사용되었다. 日母의 표기법에 대해서는 여러 가지 학설이 있지만 여기서는 'j'를 할당한다.

<table>
<tr><td rowspan="5">(44)</td><td>한 글</td><td>문자 기호</td><td>표음 기호</td></tr>
<tr><td>ᅀ(中音)</td><td>j</td><td>[0, s, x]</td></tr>
<tr><td colspan="3">ᄆᆞᅀᆞᆷ(心) : mɐ-jɐm[ma-ùm], 여ᅀᆞ(狐) : iȯ-jɐ[ⁱɔ-u, ⁱɔ-si, ⁱɔ-xo],
나ᅀᅵ(薺) : na-ji[na-si, naŋ-i, na-i]</td></tr>
<tr><td>ᅀ(末音)</td><td>j</td><td>[ᵗ]</td></tr>
<tr><td colspan="3">ᄀᆞᇫ(邊) : kɐj[kaᵗ]63)</td></tr>
</table>

<table>
<tr><td rowspan="7">(45)</td><td>한 글</td><td>문자 기호</td><td>표음 기호</td></tr>
<tr><td>ᅙ(頭音)</td><td>ʔ64)</td><td>[0]</td></tr>
<tr><td colspan="3">ᅙᅡᆨ(惡) : ʔak[aᵏ], ᅙᅳᆷ(音) : ʔùm[ùm]</td></tr>
<tr><td>ᅙ(中音)</td><td>ʔ</td><td>[ˀ]</td></tr>
<tr><td colspan="3">가ᇙ길(行路) : karʔ-kir[kalˀ-kil, kal-ˀkil], 비호ᇙ사ᄅᆞᆷ(學人) : pɐi-xorʔ sa-rɐm[pɛ-xolˀ sa:-ram, pɛ-xol ˀs:-ram]65)</td></tr>
<tr><td>ᅙ(末音)66)</td><td>ʔ</td><td>[0]</td></tr>
<tr><td colspan="3">바ᇙ(八ᅙ) : parʔ[pal],67) ᅀᅧᇙ(熱) : jiȯrʔ[ⁱɔl], ᅀᅵᇹ(入) : jiʔ(緝韻),
혀ᇹ(血) : xiȯʔ(屑韻)68)</td></tr>
</table>

<table>
<tr><td rowspan="3">(46)</td><td>한 글</td><td>문자 기호</td><td>표음 기호</td></tr>
<tr><td>ᄫ(頭音)</td><td>β</td><td>[P]69)</td></tr>
<tr><td colspan="3">ᄫᅥᆷ(虎) : βȯm[pʉ:m]70)</td></tr>
</table>

---

63) 그 뒤에 '-애(處所)'와 같은 조사가 결합할 경우에는 'ᅀ'이 'ᄀᆞ애[ka:-ɛ]' 또는 'ᄀᆞ새[ka:-sɛ]'와 같이 'ㅇ'이나 'ㅅ'으로 나타난다.

64) 'ᅙ'은 원래 한자 36字母 중 影母에 속하던 것인데 후세에는 (32)의 '[0]'과 똑같이 사용되었다. 'ᅙ'의 원음에 대해서는 아직 정설이라고 할 것이 없는 듯한데 여기서는 'ᅙ'을 후두폐쇄음(glottal stop)으로 보고 'ʔ'을 사용한다.

65) 옛 문헌에 이와 같은 한글 표기가 있다. 두 음절 사이에서는 오늘날도 후두 폐쇄가 이루어지는 듯하다.

66) 'ᅙ'은 예전의 한국 漢字音에서 '質', '勿', '曷', '轄' 등 여러 운에 속하는 글자에 쓰였고, 중국 漢字音에서는 '屋韻, 陌韻'('藥韻'은 제외)(이상 '-k'), '質韻, 勿韻, 曷韻, 轄韻, 屑韻'(이상 '-t'), '緝韻, 合韻, 葉韻'(이상 '-p') 등 여러 운의 글자에 사용되었다.

67) 한국의 예전 한자음.

68) 'ᅀᅵᇹ(入)'과 '혀ᇹ(血)'은 중국 한자음이다.

69) [역자주] 'P'는 대문자이며 무성양순파열음을 나타내는 소문자 'p'와는 구별된다. 小倉進平은 대문자 'P'를 양순마찰음을 나타내는 기호로 사용한 듯하다. 자세한 것은 각주 70)을 참고할 수 있다.

(46)	한 글	문자 기호	표음 기호
	ㅸ(中音)	β	[u, ü, w 등]
	ᄀᆞᄫᆞᆯ(村) : kɐ-βɐr[ka:-ül], 두ᄫᅴ(蓋) : tu-βöi[tu-e], 더ᄫᅳᆫ(暑) : tö-βün[tɔ:-ün]71)		
	일반적으로 'ㅸ'은 末音으로 사용하지 않는다.		

(47)	한 글	문자 기호
	ㅱ(頭音)72)	w73)
	ᄝᅪᆫ(萬) : woan, ᄝᅮᆫ(問) : wun	
	ㅱ(末音)	w
	셔ᇢ(小) : siöw, 다ᇢ(刀) : taw, 지ᇢ(酒) : čiw74)	

(48)	한 글	문자 기호	표음 기호
	ㄲ(頭音)	kk75)	
	뀨ᇰ(窮) : kkiuŋ, 껴ᇢ(橋) : kkiöw		

70) 'ᄫᅥᆷ'은 현대국어에서는 '범'이라고 한다. 'ㅸ'은 본래 漢字 36字母 중 '非母, 敷母에 해당하며 한국의 고유어 頭音에 사용된 예는 'ᄫᅥᆷ' 이외에는 존재하지 않는 듯하다. 'β'는 양순마찰음을 나타낸다. [역자주] 이 언급은 짧지만 매우 중요한 의미를 지닌다. 小倉進平은 시종일관 'ㅸ'의 음가는 'w'라는 견해를 다른 글에서 견지해 왔다. 그런데 여기서는 어두에 놓인 'ㅸ'의 음가가 양순마찰음이라고 한 것이다. 이것은 일견 모순되는 듯하지만 사정이 있다. 대부분의 'ㅸ'은 어두에 오지 않는다. 小倉進平 스스로도 'ᄫᅥᆷ'을 제외하면 頭音에는 'ㅸ'이 쓰이지 않는다고 했다. 따라서 'ㅸ'의 음가는 頭音이 아닌 中音을 기준으로 정할 수밖에 없었던 것이다. 中音으로 쓰인 'ㅸ'의 표음 기호에서 알 수 있듯이 'ㅸ'은 'w' 또는 그와 유사한 음으로 표기되었다. 따라서 小倉進平은 'ㅸ'의 음가를 'w'로 볼 수밖에 없었다.

71) 이 단어들은 오늘날 '가을', '뚜에', '더운'으로 표기한다.

72) 'ㅱ'은 한자음의 頭音과 末音으로만 사용된다. 'ㅱ'은 字母나 韻字의 규칙에 따라서 기계적으로 표기할 뿐 실제 한국 한자음에 의거해 표기한 것이 아니기 때문에 문자 기호만 설정하고 표음 기호는 생략한다.

73) 'ㅱ'은 원래 漢字 36字母 중 微母에 해당하며 한국의 고유어 頭音에는 사용되지 않는다. 예에 나온 'ᄝᅪᆫ', 'ᄝᅮᆫ' 등은 후대에 '완', '운' 등으로 바뀌어 표기되었다. 문자 기호 '[w]'는 (18) '위', (20) '와', (21) '워' 등의 표음 기호로도 쓰였다.

74) 'ㅱ'은 '蕭韻, 爻韻, 尤韻' 등 여러 운에 속하는 漢字의 중국음에만 사용되었다. '셔ᇢ', '다ᇢ', '지ᇢ' 등은 후대에 '샨', '단', '잔' 등으로 바뀌 표기되었다.

75) 'ㄲ'은 원래 漢字 36字母 중 群母에 해당되는 것으로서 한국어 고유어의 頭

	한 글	문자 기호	표음 기호
(48)	ㄲ(中音)	kk	[ʔk]
	홀까(爲) : xɐr-kka[xal-ʔka], 홀꼬(爲) : xɐr-kko[xal-ʔko][76]		
	일반적으로 'ㄲ'은 末音으로 사용하지 않는다.		

	한 글	문자 기호	표음 기호
(49)	ㄸ(頭音)[77]	tt	
	땡(大) : ttai0, 똑(獨) : ttok		
	ㄸ(中音)	tt	[ʔt]
	바돌때(所受) : pa-tor ttai[pa-dol ʔtɛ], 홀띠라(爲) : xor-tti-ra[xol-ʔti-ra][78]		
	일반적으로 'ㄸ'은 末音으로 사용하지 않는다.		

	한 글	문자 기호
(50)	ㅃ(頭音)[79]	pp
	뿛(佛) : ppurʔ, 뽕(步) : ppo0, 빨리(速) : ppɐr-ri[ʔbal-li]	
	일반적으로 'ㅃ'은 中音과 末音으로 사용하지 않는다.	

	한 글	문자 기호	표음 기호
(51)	ㅆ(頭音)	ss	[ʔs]
	썅(上) : ssiaŋ, 씸(甚) : ssim,[80] 쏘다(射) : sso-ta[ʔso-da]		

音에는 일반적으로 사용되지 않는다. 이 항목 이후로 (54)까지의 한자음 표기는 앞 항목인 'ㅱ'과 마찬가지로 실제 한국 한자음에 의거한 것이 아니기 때문에 문자 기호만 표기하고 표음 기호는 생략하기로 한다.

76) 이상은 옛 문헌의 용례이다. '가, 고(의문의 조사)'로도 충분하지만 발음 그대로 'ㄱ'을 竝書하였다.

77) 'ㄸ'은 원래 漢字 36字母 중 定母에 해당하며 고유어의 頭音에는 일반적으로 사용되지 않는다.

78) 이상은 옛 문헌의 용례이다. '대, 디'로도 충분하지만 발음 그대로 'ㄷ'을 竝書하였다.

79) 'ㅃ'은 원래 漢字 36字母 중 竝母에 해당하며 한국어의 고유어 頭音에는 많이 사용하지 않는다.

80) '썅', '씸'은 한국 한자음을 표기한 것이다. 예전에 한국에서는 중국 한자음의 치두음(齒頭音)인 邪母를 표기할 때 'ᄴ'을 사용하고 정치음(正齒音)인 禪母를 표기할 때 'ᄿ'을 사용했지만 한국 한자음에서는 邪母와 禪母를 구별해서 표기할 필요가 없었기 때문에 'ㅆ'으로 치두음과 정치음을 모두 나타냈다.

	한 글	문자 기호	표음 기호
(51)	ㅆ(中音)	ss	[ˀs]
	말쏨(言) : mar-ssɐm[mal-ˀsam], 우름쏘릐(雷鳴) : u-rŭmsso-rɐi[u-rŭm ˀso-rɛ][81]		
	일반적으로 'ㅆ'은 末音으로 사용하지 않는다.		

	한 글	문자 기호	표음 기호
(52)	ㅹ(頭音)[82]	pp0	
	ᄈᆗ(父) : pp0u, ᄈᆡ(肥) : pp0i		
	일반적으로 'ㅹ'은 中音과 末音으로 사용하지 않는다.		

	한 글	문자 기호	표음 기호
(53)	ㅉ(頭音)	čč	
	쪈(前) : ččiȯn, 짭(雜) : ččap[83]		
	ㅉ(中音)	čč	[ˀʧ, ˀʦ]
	날쩨(生時) : nar-ččȯi[nal-ˀʧe, nal-ˀʦe][84]		
	일반적으로 'ㅉ'은 末音으로 사용하지 않는다.		

	한 글	문자 기호	표음 기호
(54)	ㆅ(頭音)[85]	xx	[ˀx, ˀç]
	ᅘᅮᇢ(後) : xxuw, ᅘᅡᆸ(合) : xxap, ᅘᅧ(燃燈) : xxiȯ[ˀç^{i}ɔ]		
	ㆅ(中音)	xx	[ˀx, ˀç]
	ᄲᅢᅘᅧ나다(秀發) : spa-xxiȯ-na-ta[ˀba-ˀç^{i}ɔ-na-da], 도르ᅘᅧ(反) : to-rɐ-xxiȯ[to-ro-ˀç^{i}ɔ][86]		
	일반적으로 'ㆅ'은 末音으로 사용하지 않는다.		

81) 이상은 옛 문헌의 용례이다. '숨', '소'로도 충분하지만 발음 그대로 'ㅅ'을 竝書하였다.

82) 'ㅹ'은 'ㅸ'을 두 개 중복해서 쓴 형태인데 漢字 36字母 중 奉母에 해당하며 고유한 한국어에는 나타나지 않는다.

83) '쪈', '짭'은 한국 한자음을 표기한 것이다. 예전에 한국에서는 중국 한자음의 치두음(齒頭音)인 從母를 표기할 때 'ᅏ'을 사용하고 정치음(正齒音)인 澄母, 牀母를 표기할 때 'ᅑ'을 사용했는데 한국 한자음에서는 從母와 澄母, 牀母를 구별해서 표기할 필요가 없었기 때문에 'ㅉ'으로 치두음과 정치음을 모두 표기하였다. 한국의 고유 頭音에는 'ㅉ'을 사용되지 않았던 듯하다.

84) 이상은 옛 문헌의 용례이다. '제'로도 충분하지만 발음 그대로 'ㅈ'을 竝書하였다.

85) 'ㆅ'은 원래 漢字 36字母 중 匣母에 해당하며 고유한 한국어의 頭音에는 많이 나타나지 않는다.

Ⅳ. 기호표

앞에서 서술한 여러 종류의 한글 문자 기호와 표음 기호를 정리하면 다음과 같다.

번호	한글	문자 기호	발음 기호	번호	한글	문자 기호	발음 기호
(1)	ㅏ	a	a	(28)	ㅁ	m	m, m^{b}
(2)	ㅑ	ia	^{i}a	(29)	ㅂ	p	p, ˀp, ^{p}, b
(3)	ㅓ	ȯ	ɔ, ʉ	(30)	ㅅ	s	s, ˀs, ^{t}, d, n
(4)	ㅕ	iȯ	^{i}ɔ, ^{i}ʉ	(31)	ㆁ	ŋ	ŋ, 0
(5)	ㅗ	o	o	(32)	ㅇ	ɔ	0
(6)	ㅛ	io	^{i}o	(33)	ㅈ	č	ʧ, ˀʧ, ʦ, ^{t}, ʤ
(7)	ㅜ	u	u	(34)	ㅊ	č'	ʧ', ʦ', ^{t}
(8)	ㅠ	iu	^{i}u	(35)	ㅋ	k'	k'
(9)	ㅡ	u̇	u̇	(36)	ㅌ	t'	t', ʧ', ʦ'
(10)	ㅣ	i	i	(37)	ㅍ	p'	p', ^{p}
(11)	ㆍ	ɐ	a, ɔ, o, ɑ u, u̇ 등	(38)	ㅎ	x	x, ç
(12)	ㅐ	ai	ɛ	(39)	ㅺ	sk	ˀk, ˀg
(13)	ㆎ	ɐi	ɛ, ö	(40)	ㅼ	st	ˀt, ˀʧ, ˀd, ˀʤ, ˀdz
(14)	ㅒ	iai	^{i}ɛ	(41)	ㅽ	sp	ˀp, ˀb
(15)	ㅔ	ȯi	e	(42)	ㅆ	ss	ˀs
(16)	ㅖ	iȯi	^{i}e	(43)	ㅾ	sč	ˀʧ, ˀʦ
(17)	ㅚ	oi	ø	(44)	ㅿ	j	j, ^{t}, s, z, 0
(18)	ㅟ	ui	wi	(45)	ㆆ	ʔ	ˀ, 0
(19)	ㅢ	u̇i	u̇i	(46)	ㅸ	ß	u, u̇, w 등
(20)	ㅘ	oa	wa	(47)	ㅱ	w	
(21)	ㅝ	uȯ	wɔ	(48)	ㄲ	kk	ˀk
(22)	ㅙ	oai	wɛ	(49)	ㄸ	tt	ˀt
(23)	ㅞ	uȯi	we	(50)	ㅃ	pp	ˀp
(24)	ㄱ	k	k, g, ˀk, ŋ, ^{k}	(51)	ㅆ	ss	ˀs
(25)	ㄴ	n	n, n^{d}, $n^{ə}$, l, 0	(52)	ㅹ	pp0	
(26)	ㄷ	t	t, ^{t}, ʧ, ʦ, d, ʤ	(53)	ㅉ	čč	ˀʧ, ˀʦ
(27)	ㄹ	r	r, l, n, 0	(54)	ㆅ	xx	ˀx, ˀç

86) 이상은 옛 문헌의 용례이다. '혀'로도 충분하지만 발음 그대로 'ㆅ'을 竝書하였다.

'한글의 로마자 표기법'에 대한 해설

이 논문은 1934년 ≪小田先生頌壽記念朝鮮論集≫에 실렸으며 원래 제목은 "諺文のロ-マ字表記法"이다.87) 小倉進平은 이 글을 발표하기 몇 년 전에 모음의 표기법에 대한 논문을 쓴 바 있는데 자음까지 포함하여 한글의 로마자 표기법 전반에 대한 자신의 견해를 밝히기 위해 이 논문을 썼다. 로마자 표기를 함에 있어 글자 하나하나에 기계적으로 대응하는 문자 기호와 발음을 나타내는 표음 기호를 구분함으로써 한글 표기는 두 가지 기호로 구별하여 표시할 수 있게 되었다.

학술적인 내용이라고 보기는 어려워 특별히 언급할 만한 내용도 없다. 다만 로마자 기호를 정하면서 간략히 제시한 내용 중 세 가지 정도는 지적할 만하다. 우선 자음의 기호를 정하면서 頭音, 中音, 末音으로 쓰일 때의 표음 기호를 달리했는데 이 과정에서 한국어 자음의 변이음 종류와 분포에 대한 대략적인 내용이 기술되었다. 또한 지금은 쓰이지 않는 한글 표기에 대해서도 로마자 기호를 정했는데 이 때 한자음의 문제나 'ㅸ'의 음가 등에 대해 부수적으로 설명한 내용 등은 참고할 만하다. 마지막으로 서구 학자들의 로마자 표기 방안을 정리한 부분도 유용하게 쓰일 수 있다.

87) 여기서는 ≪小倉進平博士著作集(Ⅲ)≫(京都大 國文學會 刊行)에 수록된 것을 번역하였다.

22장
한국어의 계통 -음운-

1. 모음조화

모음조화(vocal harmony)는 우랄 알타이 어족에 속하는 언어의 특징적인 음운 현상이라고 간주할 수 있다. 모음조화를 간단히 정의하면 主된 자리에 있는 단어 또는 음절 속의 모음이 그 다음에 오는 종속적 위치의 단어 또는 음절의 모음을 자신과 같은 부류의 모음으로 동화시키는 현상을 가리킨다.[1] 즉 主된 위치의 단어에 강모음(强母音)이 있으면 종속된 위치의 단어에도 강모음이 나타나고 主된 위치의 단어에 약모음(弱母音)이 존재하면 종속된 위치의 단어에도 약모음이 나타나는 현상인 것이다.[2] 예컨대 마자르어(Magyar)[3]에서 여격(dative)을 의미하는 조사는 원래 약모음을 포함한 '-nek'이지만 강모음을 포함한 명사 'ház(집)' 뒤에 결합할 때는 '-nek'의 'e'가 'a'로 변하여 'ház-nak(집에)'가 되며 또한 탈격(delative)을 의미하는 조사는 원래 강모음을 포함하여 '-ról'이지만 그것이 가끔 약모음을 포함하

---

1) [역자주] 모음조화를 동화로 보아야 하는지에 있어서는 다른 이견도 있다.
2) [역자주] 강모음과 약모음은 小倉進平이 모음조화에 참여하는 모음들의 부류를 구분하는 용어이다. 강모음은 흔히 양성모음이라고 부르는 것이고 약모음은 이에 대립되는 음성모음을 가리킨다. 여기에 대한 자세한 논의는 이 책의 2부에 수록된 "모음조화"를 참고할 수 있다.
3) [역자주] 헝가리어를 가리킨다.

는 명사 'kert(뜰)' 다음에 올 때는 '-ról'의 'ó'가 'ő'로 변하여 'kert-ről(뜰에서)'이 되는 것과 같은 현상을 말한다.[4)]

모음조화 현상은 우랄 알타이 어족의 모든 언어에 존재한다고 한다. Radloff[5)]는 이 현상이 나타나는 정도에 따라서 (1) 이 현상이 전혀 없는 언어,[6)] (2) 불규칙이지만 그 흔적을 잘 보존하는 언어,[7)] (3) 엄격하게 적용되는 언어[8)]의 세 가지로 나누고 있다. 그러나 이 현상이 현저한 것은 우랄 어족이라고 할 수 있다. 가령 Szinnyei[9)]와 같은 학자는 핀노 우그르어(Finno Ugric) 중에서 랍어(Lap), 페름어(Perm), 오스탸크어(Ostyak)는 모음조화가 전혀 없지만 헝가리어(Hungary),[10)] 핀란드어(Finnish), 서부 체레미스어(Cheremis) 등에서는 매우 잘 발달되어 있다고 했다. Sauvageot[11)]도 모음조화 현상이 가장 현저한 것은 헝가리어(Hungary)이며 핀란드어, 체레미스어, 보굴어(Vogul)에서는 소규모로 적용되고 랍어, 페름어, 오스탸크어에서는 흔적을 찾아볼 수 없다고 말하고 있다. 또한 Castrén[12)]은 사모예드어 중 모음조화 현상이 완전히 적용되는 것은 카맛신 방언뿐이고 오스탸크, 사모예드 및 북부사모예드 방언에서는 극히 불완전하다고 말했다.

모음조화 현상은 알타이 어족의 언어들에서도 많이 나타나고 있다. Ramstedt의 경우도 "이 모음조화는 현재의 몽고어, 터키어족에 속하는 모든 언어, 퉁구스 방언에서 많이 발견할 수 있는데 이는 이미 원시 고대어에서부터 시작된 것이다"[13)]라고 논의하고 있다. 한국어 특히 고대 한국어가 이 모

---

4) [역자주] 헝가리어의 강모음, 약모음, 중모음 목록은 이 책의 5부에 번역하여 수록한 "한국어와 일본어의 음운"에 나오므로 참고할 수 있다.

5) Radloff, W.(1882), ≪Phonetik der nördlichen Türksprachen≫.

6) 사모예드어(Saomyed), 오스탸크(Ostyak) 방언 등.

7) 퉁구스어(Tungus) 등.

8) 핀란드어(Fin), 마자르어(Magyar), 몽고어(Mongolian), 터키어(Turkic) 등.

9) Szinnyei, J.(1922), ≪Finnisch-ugrische Sprachwissenschaft≫.

10) 마자르어(Magyar).

11) Sauvageot, A.(1924), ≪Langues Finno-ougriennes et langues Samoyedes≫.

12) Castrén, A.(1854), ≪Grammatik der Samojedischen Sprachen≫.

음조화의 현상을 가지고 있었다는 것은 분명한 사실이며[14] 적어도 그 사실이 존재하는 한 한국어는 우랄 알타이 제어와 공통의 같은 피를 나누었다고 할 수 있을 것이다.

2. 두음법칙[15]

두음법칙(頭音法則, Anlautgesetz)은 알타이 제어에서 'r'이 어두에 나타나지 않는다는 현저한 사실로써 세상 사람들에게 알려져 있다. 사모예드어에서도 'r'은 결코 어두에 나타나지 않으며[16] 한국어도 마찬가지이다.[17] 또한 우랄 알타이 제어에서는 일반적으로 어두에 둘 이상의 자음, 즉 자음군이 오는 것을 꺼린다. 예컨대 핀란드어에서는 'Frankreich, Stockholm, Spiel'과 같은 외국어가 들어왔을 때 이것들을 각각 'Ranska, Tukholma, peli'[18]와 같이 변화를 시켜서 발음한다.[19] 한국어에서는 현재의 '뿔[ʔpul](角), 쌀[ʔsal](米)'과 같은 단어가 '[spul]', '[psal]'처럼 어두에 두 자음이 발음되었던 흔적이 있으며 언뜻 보기에는 대륙의 여러 언어와 음운 현상이 일치하지 않는 것처럼 보인다.[20] 그렇지만 실제로 그러한지를 판단하는 데에는 장차

---

13) Ramstedt, G. J.(1926), アルタイ諸民族とその言語, ≪民族≫, 1-4.

14) 졸저 ≪鄕歌及び吏讀の硏究≫ 3편 1장 참조.

15) [역자주] 원문에서는 두음법칙과 말음법칙을 하나의 단원으로 묶었지만 이해의 편의를 위해 여기서는 두 단원으로 나누기로 한다. 내용의 변화는 없다.

16) "Castrén, A.(1854), ≪Grammatik der Samojedischen Sprachen≫"의 §22, 132, 156, 166, 등.

17) 졸저 ≪朝鮮語と日本語≫(1934)의 10쪽. [역자주] 5부에 "한국어와 일본어의 음운"이라는 제목으로 번역해서 수록하였다.

18) [역자주] 일반적으로 외국어를 수용할 때는 최대한 충실하게 발음하려고 하는 경향이 강하기 때문에 원어의 자음이 탈락하는 경우는 흔히 찾아볼 수 없다. 그런데 핀란드어에서는 'Frankreich, Stockholm, Spiel'의 어두음 'f, s'를 모두 탈락시키는 조정을 거쳐 받아들였다는 점에서 매우 특이하다.

19) ≪朝鮮語と日本語≫(1934)의 11쪽.

여러 가지 문제가 놓여 있는 듯하다.

어두에서의 무성음과 유성음에 관해서는 무성음과 유성음 모두가 허용된다고 하기도 하고 무성음과 유성음 중 어느 한 쪽만 허용된다고 하여 견해 차이가 꽤 나타나고 있다. 이것은 주로 불완전한 관찰을 바탕으로 했기 때문에 무조건 믿을 수는 없다. 다만 여기서는 한 예로서 알타이 제어에서 양순음 'p, b'가 어두음으로 쓰일 때의 분포와 상호 관계에 대해 언급하고자 한다. Adam[21]은 퉁구스어에서는 어두음으로서 'b'가 가장 많고 'p'도 여러 방언에 나타나지만 만주어에서는 'f'로 나타나는 경우도 적지 않음을 말하였다. Ramstedt[22]는 터키어와 몽고어에서 어두음에 무성의 순음이 존재하지 않는 것은 주지의 사실이지만 퉁구스 방언으로부터 추측할 때 몽고어에도 예전에는 'p'가 어두에 존재했으며 'p'가 'f, h'로 변한 후 완전히 소실하는 데에 이른 것이 꽤 오래된 시대의 일이고 이러한 변화가 일단 터키어와 몽고어에 일어난 이후에는 이들 언어에 'p' 또는 'f'로 시작하는 외국어가 수입된 경우에도 'b'로 바뀌는 현상이 나타났다고 했다. 그는 이에 관한 많은 예증을 들었고 그 결론으로 오래 전 알타이 제어는 어두에 쓰인 순음으로 'p^h-' 또는 이와 유사한 무성음을 가지고 있었겠지만 그 음이 '先몽고어(vormongolisch)'와 '先터키어(vortürkisch)' 단계에서 'φ, f, χ'와 'h'로 변화한 후 다시 완전히 소실되었음을 제시하였다.

여기서 순음 'p'를 두음으로 한 한국어 단어 중 알타이 제어의 단어와 관

---

20) [역자주] 어두자음군이 존재한다는 것은 알타이 어족의 다른 언어와 성격을 달리 하는 점임에 틀림없다. 小倉進平은 예전에 어두자음군이 존재했다는 사실을 이미 잘 알고 있었고 박사논문의 3편 2장에 그와 관련된 논문도 썼다. 그러나 어두자음군의 생성에 대해서는 많은 관심을 가지지 못했다. 1950년대 이후의 국어 연구에서는 어두자음군이 어중의 모음 탈락에 의해 만들어졌다고 보는 견해가 우세하다. 그에 따르면 한국어도 기원적으로는 어두자음군이 없었다고 할 수 있다.

21) "Adam, L.(1873), ≪Grammaire de la langue Tongouse≫"의 §10.

22) Ramstedt, G. J.(1920), Ein anlautender stimmloser Labial in der mongolisch-türkischen Ursprache, ≪Journal de la société finno-ougrienne≫ 32.

계가 있다고 생각되는 것에 대해서 비교를 시도해 보면 (1) 한국어의 'p-, pʰ-'가 알타이 제어에서 'p-'로 나타나는 것, (2) 한국어의 'p-, pʰ-'가 알타이 제어에서 'b-'로 나타나는 것, (3) 한국어의 'p-, pʰ-'가 알타이 제어에서 'f, w, v'로 나타나는 것, (4) 한국어의 'p-, pʰ-'가 알타이 제어에서 'm'으로 나타나는 것[23]이 있다.[24] 한편 한국어에서 오래 전부터 외국어의 'b, f, w, v' 등을 'p'로 표기한 사실 등으로부터 추측할 때 한국어의 'p-'는 오히려 고음(古音)을 보존하는 것이며 골디어(Goldi)의 'p-'가 알타이 제어의 원음을 보존하는 것이라는 Ramstedt의 추측과 같이 적어도 어두의 'p-'에 있어서는 한국어도 골디어와 같이 알타이 제어의 고음을 이어받은 것이라고 말할 수 있지 않을까 한다.

3. 말음법칙

다음으로 말음법칙(末音法則, Auslautgesetz)에 대해서 관찰하면 알타이 제어에서는 모음 또는 단일 자음으로 끝나는 단어가 가장 많고[25] 둘 이상의 자음으로 끝나는 단어가 있는지의 여부는 언어에 따라 달라서 매우 복잡하다. 요컨대 일률적인 말음법칙을 간단하게 규정하는 것이 어두음의 경우보다 훨씬 어려운 듯하다.[26] 한국어의 단어는 모음뿐만 아니라 단일한 자음이나

23) 알타이 제어의 'p, b, w, v'가 한국어에서 'm'으로 나타나는 경우도 약간 있다.

24) ≪朝鮮語と日本語≫(1934)의 22~24쪽. [역자주] 독자의 이해를 위해 각 부류별로 하나씩의 예만 간단히 제시하기로 한다. (1) 부류 예로는 한국어의 '파리(蠅), 벌(蜂)'이 'palèm, palm, pēdem, pētem' 등으로 나타나는 것, (2) 부류 예로는 한국어의 '박수(巫)'가 'baqsi, baqši'로 나타나는 것, (3) 부류 예로는 한국어의 '버들(柳)'이 'fodo, fodoxa'로 나타나는 것, (4) 부류 예로는 한국어의 '팔(臂)'이 'mürun, murü'로 나타나는 것을 들 수 있다.

25) 언어에 따라 자음의 종류에는 차이가 있다.

26) [역자주] 이 책보다 1년 앞서 간행한 ≪朝鮮語と日本語≫에서는 한국어와 일본어를 비교하면서 좀 더 다양한 말음법칙을 논의한 적이 있다. 이 책의 5부에

자음군으로도 끝나는 다양성을 가지고 있다.[27)]

이 외에 모음 조직, 자음 조직 등에 대해서도 언급하고 싶지만 지면상의 관계로 이것은 생략한다.

"한국어의 일본어의 음운"이라는 제목으로 수록되어 있으므로 참고할 수 있다.

27) [역자주] 여기서 알 수 있듯이 말음법칙은 두음법칙과 반대되는 것으로 단어의 끝에 적용되는 개념이다. 그런데 국어 음운론 연구에서는 한 때 음절말에 올 수 있는 자음의 종류가 7개로 한정되어 일어나는 음운 현상(벗+도 → 벋도 등)들에 대해서 말음법칙이라는 용어를 사용한 바 있다. 이러한 태도는 말음법칙의 원래 개념을 고려해 볼 때 타당하지 않다. 음절말과 단어말은 엄연히 구분되는 위치인 것이다. 이희승의 ≪국어학개설≫(1955)에서 '말음법칙'이라는 용어 대신 '받침법칙'이라는 용어를 사용한 것도 이러한 사실 때문이다.

'한국어의 계통-음운-'에 대한 해설

이 글은 1935년에 펴 낸 ≪朝鮮語の系統≫ 2장에 해당한다.[28] 小倉進平은 이 책에서 한국어의 계통과 관련된 여러 논의를 소개한 후 음운, 어휘, 문법 등에 걸쳐 한국어와 우랄 알타이 어족의 공통점을 지적하였다. 이 중 2장은 음운편으로 모음조화, 두음법칙, 말음법칙의 세 가지 현상을 들어 한국어가 우랄 알타이 어족에 속하는 언어들과 비슷하다는 사실을 설명하였다. 모음조화는 이전부터 小倉進平이 강조하던 현상이다. 두음법칙은 'r'의 어두 분포, 어두자음군의 존재, 유성음과 무성음의 분포라는 세 가지 하위 항목을 가지고 논의하였다. 말음법칙은 특별한 내용을 찾기 힘들다고 했다.

28) 여기서는 ≪小倉進平博士著作集(Ⅳ)≫(京都大 國文學會 刊行)에 수록된 것을 번역하였다.

용어 찾아보기

인명 찾아보기

역자 약력 이진호 李珍昊

부산에서 출생하였으며 서울대학교 국어국문학과에서 문학사, 문학석사, 문학박사 학위를 취득하였다. 국어 음운론을 전공하며 현재는 전남대학교 국어국문학과 교수로 재직 중이다. 저서로는 ≪국어 음운론 강의≫, ≪통시적 음운 변화의 공시적 기술≫이 있으며 다수의 논문이 있다.

이이다 사오리 飯田綾織

일본 도쿄에서 출생하였으며 고쿠시칸(國士館) 대학에서 정치학사, 정치학석사 학위를 취득하였다. 전남대학교 국어국문학과에서 문학석사 학위를 받은 후 박사과정까지 수료하였다. 현재 전남대학교 일어일문학과 초빙 교원으로 재직 중이다. 저서로는 ≪생활일본어≫(공저)가 있다.

小倉進平과 國語 音韻論

초판인쇄 2009년 2월 1일
초판발행 2009년 2월 8일

역자 李珍昊 · 飯田綾織
발행처 제이앤씨
등록번호 제7-220

주소 서울시 도봉구 창동 624-1 현대홈시티 102-1206
전화 (02) 992 / 3253
팩스 (02) 991 / 1285
전자우편 jncbook@hanmail.net
홈페이지 http://www.jncbook.co.kr
책임편집 조성회

ⓒ 李珍昊 · 飯田綾織 2009 All rights reserved. Printed in KOREA

ISBN 978-89-5668-679-0 93810 **정가** 40,000원

* 이 책의 내용을 사전 허가없이 전재하거나 복제할 경우 법적인 제재를 받게 됨을 알려드립니다.
** 잘못된 책은 구입하신 서점이나 본사에서 교환해 드립니다.